KB234497

보스의 노골적 취향

2

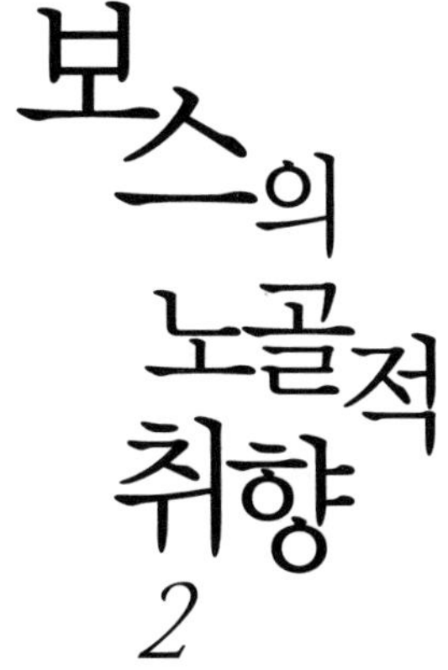

보스의 노골적 취향 2

이여운 장편소설

CONTENTS

1권

2권

20. 애증의 중국

　다시 병원에 찾아온 도혁을 진우는 의아해하면서도 의심하는 눈으로 쳐다보았다. 마지막 진료 때 생긴 일을 생각하면 도혁은 절대 이 병원에 오면 안 되었다. 그런데 제 발로 다시 온 것이다. 그래서 진우는 자신의 환자임에도 불구하고 불신의 눈으로 도혁을 쳐다보게 되었다.

　"왜 또 왔어?"

　"의사가 환자한테 할 소리는 아닌 거 같은데."

　의사라서 참고 있는 것이었다. 자신의 환자였으니까 도혁의 병을 치료해주고 싶은 마음이 강했다. 하지만 그것과 은채의 일은 별개였다.

　"설마 그 뒤로 우리 처제 만난 거 아니지?"

　"병원 진료 온 환자한테 할 적합한 질문은 아닌 거 같은데."

　진우는 분한 눈으로 도혁을 보았다. 은채가 도혁 이야기를 할 때마다 분해서 못 참겠다고 열변을 토한 심정을 이제야 좀 이해할 수 있을 것 같았다.

　"그래서 불면증이 또 심해졌어?"

"넌 이은서랑 어떻게 결혼까지 하게 된 거야?"

"그것도 환자가 의사한테 할 질문은 아냐!"

의사로서의 선을 지키려고 노력하는데 도혁이 사적인 질문을 하자 진우는 그만 참지 못하고 목소리가 높아졌다. 그리고 바로 반성했다. 이런 건 의사의 태도가 아니라면서.

더 침착해야 했다. 환자 앞에서 흥분하는 의사는 꼴불견이었다.

"네가 내 병 고치려면 남들처럼 살아야 한다며. 그러니까 네 이야기 해보라고. 남들이 어찌 사는지 알아야 나도 그리 살든가 말든가 할 거 아니야."

그건 그가 도혁에게 상담할 때 한 이야기라 헛소리 말라고 할 수는 없었다. 그리고 그 말이 진심이라면 도혁이 남의 일에 관심을 가지게 되었다는 것이다. 정말이지 괄목할 만한 변화였다. 그게 아무래도 처제인 은채 때문인 거 같다는 게 엄청나게 불안하기는 하지만 말이다.

"그런데 왜 하필 은서랑 결혼한 이야기를 묻는 건데?"

"그나마 네 지루한 인생에서 제일 재미있는 이야기잖아. 넌 이은서 빼면 그냥 흑백 아냐?"

부정할 수가 없다. 그런데 그걸 자신보다 더 흑백인 권도혁한테 듣는다는 게 기분이 안 좋을 뿐이었다. 진우는 환자를 치료하는 의사의 마음으로 이야기를 시작했다.

"내가 먼저 짝사랑했었어."

"당연히 그랬겠지. 이은서가 눈이 삔 게 아니라면."

사람이 기껏 좋은 마음으로 이야기하는데 초장부터 초를 치는 도혁의 말에 진우는 입을 꾹 닫고 도혁을 노려보았다. 도혁은 조용히 할 테니까 어서 말하라는 듯이 공손히 손을 들어 올렸다.

"의대 공부하느라 매일 도서관에서만 살았는데 어느 날 도서관에서 공부하던 애들이 갑자기 시끄러운 거야. 메이퀸이 도서관에 왔다고. 난 그때까지 예쁜 여자는 공부 안 하는 줄 알았는데."

"언제 재미있어지는 거냐?"

진우가 흘겨보자 도혁은 다시 입을 다물었다. 도혁 때문에 억지로 시작한 이야기지만 진우는 자신의 이야기에 자신이 푹 빠져서 말했다. 시간이 아무리 흘러도 빛바래지 않는 아름다운 추억이었으니까.

"시험 공부하러 도서관에 왔던 은서가 우연히 내 옆자리에 앉았어."

"그래서 첫눈에 반하기라도 했냐?"

"아니. 처음엔 예뻐서 나랑 전혀 상관없는 사람이라고만 생각했지."

자기 이야기에 빠진 진우는 도혁이 끼어들어도 개의치 않고 이야기를 이어갔다.

"해부학 수업 때문에 너무 힘들어서 의대를 그만두고 싶었던 방황기가 있었는데, 그래서 한동안 도서관에 못 간 적이 있었어. 다시 갔을 때는 당연히 내 지정석에 다른 사람이 앉았을 거라 생각했는데 은서가 앉아 있더라고. 은서가 나한테 그 자리를 다시 양보해줬어. 내 지정석이었다는 거 안다면서. 그 배려심에 좀 놀랐었지. 나란 사람이 그 자리에 앉아서 공부하고 있었다는 걸 알고 있다는 것도 좀 기뻤어. 그때부터였던 거 같아. 내가 은서를 좋아하게 된 건. 그래서 의대도 계속 다니게 되었고."

가만히 듣고만 있던 도혁은 뭔가 좀 이상하다고 생각했다. 분명 서진우가 짝사랑한 이야기로 진행되어야 하는데 어째 듣고 있으니 이은서가 먼저 서진우를 몰래 좋아한 것처럼 들리잖나.

"이은서는 왜 네 자리에 앉아서 공부했던 건데?"

"우연이겠지."

"도서관에 자리가 그렇게 없냐? 우연히 네 옆자리에 앉고, 네 자리에 앉게."

"왜? 그럼 안 돼?"

그의 추억에 도혁이 지적을 하자 진우는 좀 기분이 나쁘다는 표정으로 도혁을 보았다. 도혁은 다리를 털며 심드렁한 태도를 보였다.

"나한테 도움이 될 줄 알았는데 전혀 안 되네. 그만해라. 재미없다."

그는 순진한 남자의 순애보가 미인을 얻는 성공 스토리를 기대했는데 어째 여우 같은 여자한테 낚인 온달 스토리가 되어가는 것 같아서 바로 듣기를 포기했다. 그리고 그런 도혁의 빠른 결정에 진우는 진짜 화가 날 뻔했다. 그의 아름다운 추억에 가위질을 해댄 것이었으니까.

"네가 그래서 제대로 된 사랑을 못 하는 거야!"

진우가 그를 탓하는 말에 도혁은 별로 상처받지 않았다. 오히려 10년 동안 자기가 먼저 짝사랑했다고 착각하고 있는 진우가 더 불쌍할 뿐이었다. 그 착각 때문에 결혼해서도 잡혀 살고 있으니까. 이은서 전화만 오면 어명 받들 듯이 전화 들고 나가는 꼴이 아주 꼴불견이었다.

그는 절대 진우처럼 되지 말자고 결심했다. 이은서처럼 되리라.

상대가 홀리는 줄도 모르고 반하게 만드는 거다.

　요즘 도혁의 기분이 좋아 보여 박 실장도 안심하고 있었다. 약혼식은 아직 해결된 게 아무것도 없지만 지금의 도혁이라면 분명 현명하게 해결책을 찾을 것이라 믿었다.
　"이게 뭡니까?"
　박 실장이 내민 공연 티켓 두 장을 보고 도혁은 뭐냐는 눈으로 올려다보았다.
　"뮤지컬 티켓입니다. 은채 양이 좋아할 테니까 같이 가십시오."
　도혁은 뭐든 알고 있는 박 실장을 보며 뭔가 쑥스러워졌다. 알고 보면 박 실장이 두 사람 사이의 큐피드였다. 역사상 제일 늙은 큐피드일 것이다.
　"알겠습니다."
　차마 고맙다는 말은 나오지 않아서 도혁은 티켓을 자신의 앞으로 잡아당기며 꼭 가겠다고만 했다. 그리고 인사하고 등을 돌려 나가려는 박 실장에게 뒤늦게 물었다.
　"아버지는 아무 말씀 없으십니까?"
　박 실장은 돌아보며 주름진 미소를 지었다.
　"아시잖습니까, 회장님 성격. 결정적인 때가 아니면 안 움직이실 겁니다."
　결국 다 알고도 잠잠하다는 것이다.
　"절 어항 안 물고기로 생각하시는군요."

그리고 물고기는 물을 떠나서는 절대 살 수 없다고 여기는 것이다.

도혁은 뮤지컬 티켓을 들어 올려 보며 짧게 한숨을 내쉬었다.

"그런데도 난 한가하게 뮤지컬 관람인가."

예전이라면 시간 낭비라며 절대 가지 않았을 곳이지만 은채가 분명 좋아할 거 같았기에 버릴 수 없는 티켓이었다. 그리고 돈이 있으면 언제든 살 수 있는 티켓이겠지만, 박 실장이 가져다주지 않았다면 그는 생각도 못 했을 것이다.

상대방이 원하는 걸 생각하는 데 그는 아직 서툴기만 했다.

도혁의 메시지를 받고 은채는 입이 귀에 걸렸다. 그가 이제야 제대로 애인답게 행동해주는구나 싶었으니까.

도혁에게 답 문자를 보내고 은채는 기분이 좋아져서 언니네 집 현관 비밀번호를 눌렀다. 아버지의 심부름으로 언니네 집에 곰국을 가져다주러 온 길이었다. 연애도 하는 꽃다운 나이에 심부름이나 다닌다고 투덜거리며 왔는데 오히려 잘되었다. 언니한테는 고급스러운 옷이 많으니 뮤지컬 볼 때 입고 가게 하나 슬쩍 빌려 가야겠다. 곰국을 주고 데이트 옷을 취하는 것이다.

도혁은 회사 일 때문에 은채를 데리러 가지 못하고 공연장 앞에서 만나기로 했다. 사람들 퇴근 시간과 겹쳐서인지 차가 자꾸 멈출 때마다 도혁은 마음만 급해져서 시계를 보게 되었다. 이대로 차를 타고 가면 뮤지컬 공연이 시작되어서야 도착할 것 같았다.

"차 세워요."

아직 목적지에 도착하지 않았는데 도로 중간에서 차를 세우라는 도혁의 말에 운전기사는 당황했지만 보스의 지시대로 갓길에 차를 세웠다. 차가 길에 서자마자 도혁은 차에서 내려 바로 앞에 있는 지하철역으로 걸어갔다.

운전기사는 놀란 눈으로 도혁의 뒷모습을 좇았다. 권도혁 대표가 사람들로 북적대는 지하철을 타려고 하다니. 보고 있어도 도저히 믿기지 않는 것이었다.

은채가 약속 장소에 도착해 보니 도혁은 아직 도착 전이었다. 이럴 줄 알았으면 좀만 덜 서두를걸. 후회하며 은채는 통유리에 비친 자신의 모습을 확인했다.

무대에 오르는 것도 아닌데 무대에서 노래할 때처럼 화장을 하고 거리로 나왔더니 좀 어색하긴 했다. 언니네 집에서 몰래 빌려 온 치마도 입어보니 굉장히 짧았다. 다리 각선미가 그대로 드러나는 치마였다. 이 앙큼한 언니가 얌전한 척하면서 할 건 다 했나보다.

집에서 직접 한 머리 세팅이 망가지지 않게 손으로 조금씩 만지고 있는데 유리창을 통해 지나가던 남자와 눈이 마주쳤다. 그녀의 다리를 보다가 딱 걸린 것이다.

은채는 남자를 향해 눈을 부라렸다. 이 자식이! 어딜 봐! 그런데 그놈만 그런 게 아니었다. 뒤이어 유리창에 나타난 남자의 눈도 그녀의 다리를 향해 있었다. 내가 당신들 보여주려고 입고 온 줄 알아? 눈 돌려!

어디 피해 있을 곳이 없나 둘러보니 야외라서 탁 트인 공간뿐이었다. 도혁이 빨리 오길 바랄 뿐이었다. 전화할까 하다가 그러면 너무 참을성 없어 보일 거 같아 은채는 그냥 전화기를 손에 들고만 있었다. 도혁이 타고 오는 차라면 바로 눈에 띌 거 같아서 은채는 도로를 달리는 차들을 유심히 보고 있었다.

공연 시간이 가까워져올수록 혹시 늦는 건 아닌가 하는 불안감이 들기 시작했다. 기껏 언니 옷까지 훔쳐서 예쁘게 꾸몄는데 말이다. 아무리 회사 일 때문이라도 늦으면 화를 낼 것이다.

한참 도로 쪽을 쏘아보고 있는데 도혁의 목소리가 들린 건 그녀의 뒤쪽이었다.

"난 이쪽에 있다고."

은채는 놀라서 고개를 돌렸다. 정말 도혁이 그녀의 뒤에 서 있었다. 그의 차가 오는 걸 못 봤는데 말이다.

"차는 어디에 세운 거예요?"

"차 없어."

"네?"

차를 장난감 모으듯이 여러 대 가지고 있는 남자가 차가 없다는 말이 처음엔 무슨 뜻인지 알 수가 없었다.

"지하철 타고 왔어."

다른 사람이 했으면 그냥 일상이었을 말을 권도혁이 하니 외계어가 되고 있었다.

"당신이 지하철을 탔다고요?"

"그래."

"지하철을 산 게 아니라?"

"마음은 사고 싶었지."

사람이 그렇게 많을 줄은 몰랐기에 도혁은 인상을 꽉 썼다. 은채는 여전히 그의 말이 쉽게 믿기지 않았다. 지하철 안의 도혁은 전혀 상상이 안 되었으니까.

도혁은 그녀가 홍대에서 노래할 때처럼 화장이 진한 걸 보고 피식 웃었다.

"설마 네가 무대 올라가서 공연할 건 아니지?"

은채는 눈을 흘겼다. 그냥 예쁘다고 한마디 하면 될 걸 꼭 토를 단다니까.

그래도 도혁이 옆에 있으니 그녀 혼자 있을 때와 달리 남자들이 함부로 그녀를 쳐다보지 못했다. 그녀의 옆에 있는 도혁의 카리스마에 바로 눈을 돌리는 것이다. 은채는 힐긋 도혁을 올려다보았다. 제일 먼저 그녀의 다리에 눈이 가던 다른 남자와 달리 도혁은 앞만 보며 걷고 있었다.

지하철만 타고 오면 다인가? 관찰력이 있어야지.

도혁이 그녀의 예쁜 다리를 몰라주었으니 길 가다 그가 여자 다리에 눈 돌아가는 모습이 걸리면 가만두지 않겠다고 은채는 결심했다.

인기 있는 뮤지컬이었기에 자리는 만석이었다. 그녀와 도혁의 자리는 VIP석이어서 무대가 가장 잘 보였다.

은채는 소극장 뮤지컬만 봤었고 이런 대형 뮤지컬은 제대로 본 경험이 없었기에 시작도 전에 기대가 되었다. 무대 세트부터 굉장히 잘 꾸며져 있었다.

그녀가 음악 좋아하는 걸 알고 일부러 뮤지컬 공연을 보여주는 도혁에게 고마워서 은채는 도혁의 귀에 대고 속삭였다.

"다음 데이트에는 당신 좋아하는 곳으로 가요."

도혁은 그녀의 얼굴을 보았다. 그녀의 제안이 의외라는 듯이.

그녀는 자신이 좋아하는 것만 요구하는 이기적인 여자가 아니었다. 칭찬하고 싶으면 칭찬하라고 싱긋 웃는데 도혁이 두 번 생각할 것도 없이 자신이 가고 싶은 곳을 말했다.

"그럼 호텔 가도 돼?"

은채는 입을 꾹 다물었다. 그녀가 노려보자 도혁은 쉽게 포기했다. 싫으면 말고.

키스하는 데도 그렇게 오래 걸렸는데 그 이상은 더 오래 걸릴 거라는 건 처음부터 짐작하고 있었다. 그래서 그는 아예 그녀의 속도에 맞추고 있었다. 그래야 그가 섣불리 제 욕심만 채우려고 하지 않을 테니까.

"설마 지금까지 만났던 여자들이랑은 진짜 호텔밖에 안 갔어요?"

이야기의 주제가 썩 좋지 않은 쪽으로 흘러가는 거 같았기에 도혁은 진지한 표정으로 은채를 보며 부탁했다.

"서로의 과거는 묻지 말기로."

은채는 그를 흘겨보다 다시 무대 쪽을 보았다. 도혁은 은채의 얼굴을 살폈다. 혹시 기분이 나빠진 건가 싶었는데 진짜 기분이 나빠질 일이 생겨나고 말았다.

“어머, 도혁 씨. 여기서 다 보네.”

여자 목소리가 그를 아는 척하는 순간, 도혁은 감이 좋지 않았다. 돌아보니 민서연이 서 있었다. 그나마 눈치 백 단 민서연을 마주친 걸 다행으로 여겨야 하는 거란 말인가. 하여튼 먼저 허튼소리는 안 할 여자였다.

민서연은 나란히 앉아 있는 그와 은채를 흥미로운 눈으로 쳐다보다 은채에게 방긋 웃었다.

“우리 만난 적 있죠?”

은채도 그녀를 기억하고 있었다. 그날 파티에서 그녀에게 말을 걸어준 낯선 사람은 그녀뿐이었으니까.

“네, 도혁 씨 여동생 파티에서.”

“그땐 권도혁이랑 많이 안 친하다고 하더니 이젠 많이 친해졌나 봐요?”

은채는 뭐라고 대답하지 못하고 얼굴만 붉혔다. 도혁은 눈빛으로 민서연에게 어서 사라지라고 경고했다. 민서연은 좀 불안해 보이는 도혁을 보며 의미심장한 미소를 지었다.

“그럼 다음에 봐요.”

그렇게 아무 탈 없이 민서연이 사라진 듯했다. 이 정도면 선방이었다고 도혁이 안도하고 있는데 은채가 그에게 물었다.

“왜 저 여자가 당신을 다시 봐요?”

여자들은 너무 예민했다.

“그냥 인사야.”

“난 아무 남자한테나 그런 인사 안 해요.”

“민서연은 하나보지.”

"저 여자랑도 호텔 갔어요?"

도혁은 은채의 턱을 손으로 잡고는 무대 쪽으로 돌렸다.

"뮤지컬 보러 왔으면 뮤지컬이나 봐. 이상한 데 신경 쓰지 말고."

"나도 그러고 싶은데 당신이 못 그러게 하고 있잖아요."

그에게 턱이 잡힌 은채는 눈동자만 돌려 그를 쏘아보았다. 정확히 말해 그가 아니라 민서연이 그리 만든 것이지만 변명해봤자 분위기만 더 안 좋아질 게 뻔했기에 도혁은 속으로 한숨만 삼켰다. 참 피곤한 뮤지컬 관람기였다.

공연 시작 전에는 뮤지컬 한 편을 제대로 볼까 싶었는데 뮤지컬이 막상 시작되자 은채는 다른 건 다 잊고 공연에만 집중했다. 바로 눈앞에서 펼쳐지는 노래와 춤의 향연에 넋을 놓았다. 그래서 뮤지컬이 끝난 뒤에도 은채는 그 여운에서 벗어나지 못하고 두 손을 맞잡은 채 멍하니 무대를 보고 있었다. 이미 배우들도 무대 인사를 마치고 내려간 뒤였다. 사람들이 퇴장하고 있었기에 도혁은 은채에게 말했다.

"각선미 아가씨, 우리도 그만 나가지."

그녀는 자신이 처음으로 짧은 치마 입은 것을 그가 모를 거라 생각했다. 하지만 남자는 본능적으로 100m 밖의 여자 다리도 감지할 수 있는 능력을 타고난다. 굳이 말하지 않아도 아는 건 '정'만이 아니었다.

넋 놓고 있던 은채는 그의 낯선 부름에 그를 향해 휙 고개를 돌리며 따졌다.

"나 선미 아니에요."

어이없는 대꾸에 도혁은 짓궂은 표정을 지으며 미소 지었다.

“난 그 이름이 더 마음에 드는데.”

“나 선미 아니라고요!”

도혁은 먼저 일어나서 발끈하고 있는 은채에게 손을 내밀었다.

“그만 가자, 이은채.”

그가 불러주는 그녀의 이름에 심장이 반응했다. 마치 그와 연결되어 있는 듯이.

은채는 그제야 손을 올려 도혁의 손을 잡았다.

“음음음.”

피아노 학원을 청소 중이던 은채의 입에서는 절로 콧노래가 흘러나왔다. 도혁과 함께 본 뮤지컬에서 들었던 노래였다.

막 출근했던 원장 선생님은 그녀의 노랫소리를 듣고 방긋 웃으며 인사를 했다.

“기분 좋은가봐, 이 선생.”

은채는 허리를 펴며 밝게 인사를 했다.

“어서 오세요, 원장 선생님.”

원장 정숙의 손에 오늘따라 짐이 많았다. 그녀가 무슨 짐이냐고 묻자 정숙이 들고 온 종이 가방을 자신의 책상 위에 올려놓으며 설명해주었다.

“아, 우리 남동생 갈아입을 옷. 요즘 병원 일이 너무 바빠서 집에도 못 들어왔거든요. 그래서 좀 이따 세진 병원 다녀와야 해요. 한가할 때 갔다 올 테니까 애들 좀 잘 부탁해요, 이 선생.”

그녀 혼자 아이들을 봐야 한다는 것보다 의외인 건 정숙의 남동생이 세진 병원에 다닌다는 것이었다. 거기다 친구 중에 피가 무서워 정신과 전문의가 된 사람이 있다고 했다.

"원장 선생님 성씨가 뭐였죠?"

정숙은 서운하다는 듯이 말했다.

"어머, 아직도 몰랐어? 문씨잖아. 문정숙."

거기서 차마 남동생 이름이 문태경이냐고 물을 수가 없었다. 정숙은 동생 이야기를 하며 한숨을 푹 내쉬었다.

"이렇게 연애도 못 할 정도로 바쁘게 살 줄 알았으면 일반외과 말고 좀 한가한 과로 가라고 할 걸 그랬어. 요즘은 정말 걱정이라니까. 나이도 찰 만큼 찼는데 결혼할 생각은 안 하고 일만 하고 있으니 말이야."

정숙의 이야기를 들을수록 태경이 맞느냐고 묻는 게 무의미해졌기에 은채는 희미하게 웃기만 했다.

태경이 정말 잘되었으면 좋겠다. 의사로서도, 자기 짝을 만나는 것도.

그녀는 계약서에 쓴 대로 도혁의 냉장고를 음식으로 꽉꽉 채워놓았다. 고기, 채소, 과일, 마실 거, 간식거리까지. 이젠 도혁의 집 냉장고만 열면 언제든 원하는 걸 꺼내서 먹을 수가 있었다. 자신이 채워넣은 속이 꽉 찬 냉장고를 뿌듯하게 쳐다보던 은채는 도혁에게 메시지를 보냈다.

그녀는 메마른 그의 감성을 촉촉하게 채워줄 드라마들을 일부러 챙겨서 왔다. 아주 눈물 콧물 쏙 빼는 것들만 보여줄 생각이었다.

도혁은 드라마에 대한 강한 거부 반응을 보였다. 그딴 걸 자신이 왜 봐야 하느냐고 엄청 투덜대고 있을 것이었다. 그래서 은채는 친절하게 알려주었다.

바로 날아온 도혁의 답장을 읽고 그녀는 피식 웃고 말았다.

권도혁도 아주 가끔은 귀여웠다.

도혁이 오길 기다리는 동안 그녀는 거실에 오늘 볼 드라마 DVD를 준비해놓고 냉장고에서 드라마를 보면서 먹을 간식들도 꺼내놓았다. 이 집 헬퍼 일을 해서 좋은 점은 그의 집을 내 집처럼 이용할 수 있다는 것이다. 시작하는 연인들은 감히 따라 할 수 없는 스킬이었다.

"아참! 그게 아직도 있나?"

은채는 갑자기 떠오르는 물건이 있어서 서둘러 도혁의 드레스 룸 안으로 들어가 보았다. 역시나 아직도 그때 산 보석 목걸이가 도혁의 드레스 룸 안에 있었다.

은채는 반짝이는 보석 목걸이를 보며 실실 웃었다. 이거 살 때만 해도 도혁을 돈지랄하는 재벌 자식이라 불렀는데 말이다. 은채는 보석 목걸이를 꺼내서 두 번째로 자신의 목에 걸어보았다. 그녀가 가지기에는 너무 부담되는 물건이었지만 그의 집에 있는 동안만은 하고 있어도 괜찮지 않을까 싶었다.

문을 열고 들어오던 도혁은 평범한 차림에 목에 건 목걸이만 휘황찬란한 그녀를 보고 놀라서 멈추어 섰다.

"드라마 보는 준비가 현란하군."

놀리는 말처럼 들렸기에 은채는 새침한 표정을 지으며 물었다.

"왜요? 이거 내가 하면 안 돼요? 이 목걸이 주인 따로 있어요?"

"있겠어? 지금이라도 가지려면 가져."

눈 돌아가게 비싼 목걸이를 참 하찮게 넘겨준다 싶었다. 그에게 물질적인 건 싼 거나 비싼 거나 다 마찬가지로 무의미한 듯했다.

"안 가져요. 그냥 이 집에 있을 때만 할 거야."

신발을 벗고 들어오던 도혁은 그녀의 말에 멈추어 서며 그녀를 보았다.

"그러니까 네 집 돌아갈 때는 그 목걸이도 나도 다 놓고 가겠다는 건가?"

"그게 싫으면 당신이 우리 집 같이 가던가요."

말로는 절대 줄일 수 없는 두 사람 사이의 벽이었다. 그걸 그녀도 알고 그도 알았다. 누구의 잘못도 아니었다. 그냥 그렇게나 서로가 다른 것일 뿐이었다.

도혁은 그 다름에 항의하듯이 고개를 숙여 그녀의 입술에 짧고도 깊게 입을 맞추고는 옷을 갈아입는다면서 드레스 룸 안으로 들어갔다.

은채는 목걸이를 괜히 했나 싶어서 짧게 한숨을 내쉬었다. 하지만 이렇게 예쁜 목걸이를 아무도 안 하고 내버려두면 너무 아깝잖은가.

[엄마, 가지 마. 엄마, 나 밥도 조금 먹을게. 말도 잘 들을게. 엉엉. 가지 마, 엄마.]

화면 속 아이가 재혼하기 위해 떠나는 엄마를 붙잡고 눈물을 뚝뚝 흘리자 화면 밖에서 은채도 같이 눈물을 뚝뚝 흘렸다.

"엉엉. 가면 안 되는데. 저 엄마 진짜 못됐다. 엉엉엉."

도혁에게는 엄마가 재벌이랑 결혼하려고 어린 아들을 보육원에 버리고 떠나는 드라마 내용도 황당했지만 그 드라마를 보며 펑펑 우는 은채가 더 가관이었다. 그렇게 울 거면 목에 건 목걸이는 좀 떼고 울라고 하고 싶었다. 그녀의 목은 번쩍번쩍거리고 있는데 얼굴에서는 눈물이 줄줄 흐르고 있으니 그는 도저히 적응되지 않았다.

"다른 드라마 없어?"

"엉엉. 아직 열다섯 편이나 남았어요."

저 재미없는 걸 열다섯 시간이나 더 봐야 끝난다는 것에 도혁은 절로 얼굴이 찌푸려졌다.

도혁에게 보여주려고 했던 드라마를 그녀만 흠뻑 빠져서 훌쩍거리며 보고 있는데 옆자리가 너무 조용했다. 고개를 돌려보니 도혁이 소파에 기대 눈을 감고 있었다.

뭐야, 설마 자나?

은채는 조심스럽게 손을 들어 그의 얼굴 앞에서 흔들어보았다. 도혁은 눈을 뜨지 않았다. 진짜 잠이 든 것 같았다.

"그럼 불면증 괜찮아진 건가?"

정신과 상담까지 받아서 엄청 심각한 거라고만 생각했었다. 그런데 드라마를 보다가도 자는 걸 보니 이젠 괜찮아진 것도 같았다. 은채는 침실에서 이불을 가져와서는 도혁의 몸 위에 덮어주었다. 그가 잠들었으니 그녀는 그만 가봐야 할 거 같은데 그냥 가기가 좀 아쉬웠다.

은채는 잠든 도혁의 얼굴을 가만히 보았다. 조각 같은 얼굴은 냉정한 느낌이긴 했지만 그래도 이젠 남처럼 느껴지지는 않았다.

신기한 일이었다. 다른 사람도 아닌, 권도혁과 그녀가 이런 사이가 되다니 말이다.

이대로 돌아가기 아쉬웠던 은채는 종이와 펜을 가져다가 종이 위에 오선지를 그렸다. 그리고 머릿속에 떠오르는 악상들을 종이 위에 옮겨놓았다.

아침에 소파에서 눈을 뜬 도혁은 실없는 웃음을 흘렸다. 사랑을 하면 나사가 하나씩 빠진다고 하던데, 그가 아무 데서나 잠을 잔 것이다.

은채가 덮어주고 간 이불을 젖히고 일어나 앉으니 탁자 위에 은채가 놓고 간 메시지가 보였다.

메시지와 함께 악보가 그려져 있었다. 도혁이 보기에는 그냥 콩나물 대가리들이었다. 악보만 보아서는 이게 어떤 음악인지 그는 알 수가 없었다.

"이걸 나보고 어쩌라고."

줄 거면 직접 노래로 불러주던가.

도혁은 주방 쪽으로 고개를 돌렸다. 아일랜드 탁자 위에 랩으로 포장된 주먹밥이 있었다. 밥이 있는 아침 풍경이 낯설어야 마땅한데 그게 이젠 그리 싫지가 않았다.

"이러다 다 바뀌겠네."

도혁은 중얼거리며 희미하게 웃었다. 약을 안 먹고도 잠을 푹 자서인지 아침에 눈을 뜬 것만으로도 이리 기분이 개운한 날은 처음이었다.

매일 오던 동이가 학원에 오지 않아 은채는 현이에게 물어보았다.

"동이는 학교에서 놀다가 다쳐서 병원 갔어요."

"다쳐? 얼마나?"

"몰라요. 병원 간 뒤로는 안 돌아와서. 하지만 선생님이 괜찮을 거라고 했어요."

피아노 학원 정식 학생도 아니었지만 은채는 동이가 걱정되었다.

그래서 학원이 끝난 뒤 동이네 집까지 찾아가보았다. 동이네 집은 그녀의 집과 가까운 나라 아파트였다. 생활 보호 대상자들이 사는 곳이었다. 나이가 굉장히 많아 보이시는 동이 할머니께서 문을 열어주셨다.

"동이가 다쳤다고 해서요. 지금 동이 집에 있나요?"

"아이고, 들어와요, 들어와. 어린애들이야 뛰어놀다 다치기도 하는 거지 뭐. 그 나이 때는 뼈도 바로바로 붙어."

그녀의 목소리를 들은 건지 방에 있던 동이가 깁스한 발을 절뚝이며 나왔다.

"선생님."

"헉. 깁스까지 했네. 뼈 부러진 거야?"

"헤헤. 몰라요."

다치고도 좋다고 웃고 있으니 뭐라 할 말이 없었다. 그래도 크게 다친 건 아닌 거 같아 다행이었다.

"온 김에 밥이나 먹고 가요. 내 금방 차려줄게."

지금은 밥 먹을 시간도 아닌데 할머니가 밥을 주신다고 하였다.

"그럼 그럴까요?"

거절하는 게 더 할머니를 실망시키는 일일 것 같아 은채는 집 안으로 들어섰다. 할머니가 밥을 준비해주시는 동안 그녀와 동이는 할머니가 부업으로 하시는 마늘을 깠다. 동이의 다리가 불편해 보여 그녀 혼자 하겠다고 했는데도 동이는 괜찮다고 하며 계속 마늘을 깠다.

"병원은 또 안 가도 되는 거야?"

"네. 내가 워낙 튼튼해서 금방 멀쩡해질 거래요."

"그렇다고 깁스한 채로 또 축구하고 그럼 큰일 나. 알았지?"

앉아서 마늘을 까다보니 화장실에 가고 싶었다. 은채가 동이에게 화장실이 어디냐고 물으니 동이는 손가락을 쭉 뻗었다. 팔이 짧아서 붙어 있는 두 개의 문 중 어디를 가리키는지는 정확하지 않았지만 어차피 둘 중 하나였기에 은채는 자리에서 일어나 화장실로 갔다.

달칵-.

화장실인 줄 알고 문을 여니 동이 방이었다. 50%의 확률이었는데 틀리는 걸 보니 그녀의 운은 별로 좋지 않은 듯했다. 문을 그냥 닫으려던 은채는 무언가를 발견하고 다시 문을 열었다. 동이 방에 종이 건반이 있었다. 손으로 삐뚤삐뚤하게 그린 피아노 건반이었다.

은채는 고개를 돌려 마늘을 까고 있는 동이를 보았다. 동이는 텔레비전에서 하는 만화를 보고 깔깔 웃고 있었다. 어려도 숨기고 싶은 마음이 있다는 걸 몰랐다. 그냥 보이는 것만이 전부라고 생각했던 자신이 부끄러웠다. 먼저 알아챘어야 했는데. 그녀는 어른이 되려면 한참 멀었나보다.

아버지와 아침 식사를 하는 날이었다. 그는 평소와 같은 시각에 왔는데 권 회장은 좀 늦었다. 권 회장이 오길 기다리는 동안 도혁은 핸드폰을 꺼내 은채에게 메시지를 보냈다.

아직도 자나?

밥 기다리는 개처럼 답장이 오길 기다리며 화면을 빤히 보고 있었는데 '드르륵' 문이 먼저 열렸다.

권 회장이었다.

도혁은 할 수 없이 핸드폰을 상 위에 뒤집어 올려놓고 자리에서 일어났다.

"앉아."

아버지를 따라 그도 앉았다. 그때 그의 핸드폰이 부르르 울렸다. 메시지가 아니라 전화였다.

그와 권 회장의 시선이 동시에 전화기로 향했다. 전화기는 자신의 존재를 과시하듯이 온몸으로 떨고 있었다.

부르르르르르-.

그가 받지 않고 가만히 있자 권 회장이 말했다.

"받아."

도혁은 아버지의 시선을 피하지 않으며 핸드폰으로 손을 뻗었다. 발신자를 확인하지 않고 받은 그는 제발 은채만 아니기를 빌었다.

"네, 권도혁입니다."

[뭐야, 그 말투는. 나예요.]

"지금 회장님이랑 식사 중이라 제가 나중에 전화 드리겠습니다."

마치 사업적 관계인 사람에게 말하듯 그리 말하며 도혁은 눈을 질끈 감았다. 그러고는 은채가 뭐라고 말하기 전에 종료 버튼을 눌러버렸다. 도혁은 바로 눈을 뜰 수가 없었다. 어차피 버릴 엄마에게 가지 말라 울며불며 붙잡은 드라마 속 꼬마보다 지금 자신의 행동이 더 바보 같았으니까.

그가 전화를 끊자 권 회장은 더는 전화에 관해 묻지 않고 식사를 시작했다. 도혁은 천천히 눈을 뜨며 입을 열었다.

"저 약혼 못 합니다."

권 회장은 고개를 들어 그를 보았다. 또 쓸데없는 소리를 하느냐는 눈빛이었다.

"언제까지 똑같은 소리만……."

"좋아하는 여자 생겼습니다."

권 회장은 별로 놀라지도 않았다. 비슷한 말을 이미 전에 들었기 때문이다.

"그건 약혼 전에 정리하라고 했을 텐데."

"재고 정리하듯이 그리 정리할 수 있는 관계가 아니라, 제가 좋아하는 여자라는 말입니다."

그를 보는 권 회장의 눈이 점점 좁아졌다.

"네 마음은 네가 정리해. 그런 거까지 부모한테 떠넘기지 말고."

"제가 무슨 생각하는지 들어보신 적이나 있으십니까? 저 지금 아버지한테 제 마음 처음 말해보는 겁니다."

"그렇게 약해빠져서 어떻게 내 뒤를 이어 그룹을 이끌겠다는 거야!"

"아버지한테 제 마음 책임져달라는 게 아니라 그냥 들어만 달라는 겁니다!"

"박 실장!"

갑자기 권 회장이 박 실장을 부르는 바람에 '드르륵' 방문이 열리고 밖에 있던 박 실장이 서둘러 방문 앞에 섰다.

"네. 부르셨습니까, 회장님."

"지금 중국 스키 리조트 진행 사항 어떻게 되고 있지?"

“네, 중국 정부에서 벌목 허가가 나서 빠르면 이달 말에 시공이 시작될 겁니다.”

“중국 파견, 이 녀석으로 보내.”

“네?”

그건 현장 경험이 있는 직원들이 가게 되어 있었다. 도혁에게 그곳으로 가라는 건 이제 와서 밑바닥부터 새로 배우라는 거나 마찬가지였기에 박 실장은 놀란 눈으로 도혁을 보았다. 도혁은 굳은 표정으로 앉아 있을 뿐이었다.

처음으로 아버지 앞에서 솔직했는데 그 결과가 해외 추방이었다.

은채는 도혁과의 전화를 끊고 한참이나 멍하니 앉아 있었다. 생각 없이 걸었다가 크게 뒤통수를 맞은 기분이었다. 그래도 머리로는 이해를 했다.

도혁이 아버지 앞에서 그녀의 이름을 꺼내기 쉽지 않다는 걸 안다. 그의 아버지는 도혁의 약혼녀까지 점찍어놓으셨으니까. 아는데도 충격은 받나보다.

은채는 부스스 일어났다. 그렇다고 방구석에 박혀 있을 일은 아니었다. 학원에 가야겠다. 피아노를 치고, 아이들과 어울리다보면 잊혀질 거라 여겼다.

밖으로 나가려다 문지방에 발톱이 부딪힌 은채는 아픈 표정을 지으며 주저앉았다. 고작 이런 사소한 부딪힘에도 이리 아픈데 만약 그의 아버지 때문에 도혁과 헤어지게 되면 얼마나 아플지 짐작도 안 되었다. 은채는 주저앉은 자리에서 한참이나 일어나지 못했다.

학원에는 깁스한 동이가 놀러 왔다. 다리 하나만 불편할 뿐이지 평소의 동이와 똑같았다. 언제든 통통 뛰어다니는 동이를 보자 은채는 힘을 내야겠다는 의지가 생겼다. 그랬더니 애써 꾸민 목소리가 아니라 진짜 기운찬 목소리가 나왔다.

"동이야, 잠깐 이리로 와봐."

그녀가 부르는 소리에 동이는 절룩거리며 다가왔다.

"왜요?"

은채는 피아노 의자의 한쪽을 손으로 툭툭 치며 동이에게 앉아보라고 했다. 하지만 동이는 다가오지 않고 가만히 서 있을 뿐이었다. 꼭 주인 못 믿는 강아지 같았다.

은채는 동이의 의심을 지우기 위해서 한층 부드러운 목소리로 말했다.

"여기 와서 앉아봐. 듀엣곡을 쳐야 하는데 손이 모자라."

"전 피아노 안 쳐요."

"모르면 선생님이 가르쳐줄게."

동이는 그래도 싫다고 고개를 크게 젓더니 다시 아이들이 있는 쪽으로 절뚝절뚝 걸어갔다.

동이의 뒷모습을 보며 은채는 짧게 한숨을 내쉬었다. 이제 보니 어린놈이 똥고집이었다. 아무래도 좀 체계적인 방법으로 회유해야 할 듯했다. 어린이의 자존심도 소중하니까.

"까아아아아. 와아아아아."

한창 바쁘게 아이들 레슨을 해주고 있는데 갑자기 밖에 있던 아이들이 단체로 소리를 질러대서 그녀는 서둘러 밖으로 나가보았다.

아이들에 둘러싸여 고목처럼 서 있는 도혁을 보고 은채는 놀라서 눈이 휘둥그레졌다. 설마 아이들 싫어하는 도혁이 부르지도 않았는데 학원까지 올 줄은 몰랐다. 아이들 때문에 오도 가도 못하던 도혁은 그녀를 보고 살았다는 표정을 지었다.

"잠깐 이야기 좀 해."

"나 아직 학원 안 끝났어요. 할 이야기 있으면 기다려요."

역시 도혁의 전화를 쉽게 잊을 수 없었는지 그녀의 말투가 차가웠다.

"기다리라고? 여기서?"

도혁은 자신을 외계인 보듯 올려다보고 있는 아이들을 내려다보며 못마땅한 표정을 지었다. 하지만 그의 고집대로 하기에는 지금 그리 떳떳한 처지가 아니라서 할 수 없이 그는 소파에 앉았다.

은채는 정말 그에게 화가 난 건지 뒤도 안 돌아보고 다시 레슨 방으로 사라져버렸다. 거기까지 쫓아 들어가면 진짜 화낼 거 같아서 도혁은 우선 얌전히 앉아 있었다.

그러나 장소가 장소인지라 가만히 앉아 있는 것도 힘든 일이었다. 똘망똘망한 눈동자들이 사방에서 쳐다보는 게 너무 부담되었다.

"아저씨는 뭐예요?"

보면 모르냐. 사람이다.

"우리 선생님 애인이에요?"

뭐 그런 걸 궁금해해. 어린 게 뭘 안다고.

"아저씨는 피아노 칠 줄 알아요?"

그 질문을 한 아이가 다리를 쩔뚝이며 다가와서 도혁은 거슬린다는 눈으로 쳐다보았다. 그야 워낙 귀한 몸이라 교양으로 어릴 때 좀 배웠었다.

"알아."

하지만 치지는 않았다. 그냥 알고만 있을 뿐이었다.

"와아, 진짜요? 그럼 한 곡만 쳐봐요."

뭐 그런 걸 듣고 싶어 해. 귀찮게.

"됐어. 너나 쳐."

그의 거절에 동이는 고개를 저었다.

"전 이 학원 안 다녀요. 그러니까 아저씨가 쳐요."

그럼 난 이 학원 다니냐.

귀찮게 하지 말라고 경고를 하려는데 뒤에서 은채의 목소리가 들려왔다.

"할 일 없이 기다릴 거면 좀 쳐줘요."

도혁은 고개를 돌려 그녀를 보았다. 오늘 아버지한테 깨진 거로 모자라 아이들 앞에서 광대 노릇까지 하란 말인가. 내가 뭘 그렇게 잘못했다고.

"아니면 분위기 흐리지 말고 가던가요."

은채의 일침에 도혁은 할 수 없이 소파에서 일어났다. 아이들은 그가 선생님께 혼나서 그냥 가나보다 싶어 그를 따라 시선을 움직였다. 하지만 도혁이 향한 곳은 입구가 아니라 입구 근처에 놓아둔 피아노 앞이었다. 비어 있는 피아노에 도혁이 앉았다. 동이가 절뚝거리며 걸어와서 그 옆에 찰싹 붙어서 무슨 곡을 칠 거냐고 물었다. 혼자 치기 억울했던 도혁은 동이를 끌어다가 그의 옆에 앉혔다.

"젓가락 행진곡 칠 거야. 알지?"

도혁의 힘에 끌려 얼떨결에 피아노 앞에 앉은 동이는 안다고 고개를 끄덕였다. 도혁이 먼저 피아노 건반 위에 손을 올렸다. 동이가 손을 올리지 않자 도혁이 동이의 손을 잡아서 억지로 건반 위에 올렸다.

혼자 창피할 수는 없었다. 차라리 둘이 낫지.

딩딩딩딩딩딩. 딩딩딩딩딩딩딩.

단조로운 행진곡을 도혁이 시작하자 동이가 쫓아서 치기 시작했다. 두 남자가 피아노 치는 모습을 은채는 뒤에서 지켜보았다.

도혁이 피아노를 칠 수 있다는 것도 몰랐지만 학원에서 항상 다른 아이들 피아노 치는 걸 구경하기만 했던 동이가 피아노 치는 것 역시 드문 풍경이었다. 아마 도혁 역시 이 학원에서는 이방인이었기에 마음이 움직였나보다.

동이는 젓가락 행진곡의 경쾌한 리듬을 악보대로 치는 게 아니라 자신만의 해석을 더해 흥겹게 치고 있었다. 배운 적도 없는 어린애가.

그래서 도혁이 화를 냈다. 악보대로 치라며.

두 남자의 티격태격한 연주에 아이들은 깔깔 웃었고, 그녀는 마음이 복잡했다.

도혁이 피아노 치는 것과, 동이가 피아노 치는 게 각각 전혀 다른 의미로 그녀에게 다가오고 있었다.

"……."

또각또각.

"……."

뚜벅뚜벅.

학원이 끝나고 집으로 돌아가는 길에 도혁은 그녀의 옆에서 걸으면서 그답지 않게 그녀의 눈치를 보았다. 그녀가 먼저 전화에 대해 물을 만도 한데 은채는 그 이야기는 전혀 하지 않았다.

하지만 분명 마음속 깊이 담아두고 있을 것이다. 이 싸늘한 공기가 그 증거였다.

"혹시 군대 간 남자 친구 기다려본 적 있어?"

그의 물음에 은채가 고개를 돌려 그를 보았다. 왜 분위기 파악 못하고 그런 질문을 하느냐는 듯이 눈빛이 살짝 일그러졌다.

"없어요. 왜요?"

"그럼 유학 간 남자 친구라도."

"그러니까 없다고요. 왜 자꾸 그런 걸 묻는데요?"

도혁은 눈을 찌푸리고 입술만 웃었다.

"나 중국 가."

뭐? 또?

"당연히 기다려줄 거지?"

그렇게 말하며 웃는 도혁의 얼굴을 은채는 한 대 얻어맞은 얼굴로 쳐다보기만 했다. 그녀가 할 말을 잃고 멍하니 쳐다보기만 하자 도혁은 그녀의 표정을 살피다 떠보듯이 물었다.

"설마 고무신 거꾸로 신는 거 생각하는 건 아니겠지?"

너무 놀라서 아무 생각 안 하고 있었다. 그래서 평생 고무신 따위는 신을 일 없는 도혁이 왜 갑자기 고무신 이야기를 꺼냈는지도 깨닫지 못했다. 그녀가 아무 말이 없자 도혁은 두 팔을 벌려 곰 인형 안듯이 그녀를 꽉 껴안으며 그녀의 충격에 소금 치는 말들을 했다.

"어차피 한국에서 중국 가는 거나 서울에서 부산 가는 거나 시간은 비슷비슷해."

전혀 안 비슷했다. 부산 가는 데 여권이나 비자가 필요하지는 않으니 말이다. 설마 그녀의 연애에 중국이 가장 최대의 방해자로 등장할 줄은 몰랐다. 그 어마어마한 대륙을 어찌 이기나.

"나 집에 갈래요."

이미 집에 가던 중인데도 중국 간다는 도혁의 말에 놀라서 은채는 자신이 어디로 가고 있었던 건지도 까먹었다.

힘없이 걸음을 옮기는 그녀의 옆에 도혁이 바짝 붙어서 걸으며 재차 강조했다. 중국은 이제 일본보다 가까운 나라라고. 중국이 있어서 우리나라 경제가 발전할 수 있다는 소리를 집에 도착할 때까지 듣지도 않는 여자에게 그는 주구장창 해댔다.

은채가 화를 내는 것에는 익숙해서 어찌 대처할지 감으로는 아는데 그녀가 아무 말이 없으니 그로서도 달리 어찌해야 할지 몰랐다. 뭐라도 말은 해야겠기에 나날이 발전하고 있는 중국 경제에 대해서 말했다. 그게 그가 중국에 가야만 하는 결정적인 이유였으니까.

"그럼 너도 나랑 같이 중국 갈래?"

집 앞에 도착했을 때 도혁이 명석한 해결책이라며 내놓은 말에 그제야 은채는 고개를 들어 도혁을 흘겨보았다.

"우리 아버지는요?"

그녀가 하루만 외박해도 바리깡을 꺼내 들어 점검해두시는 그의 아버지가 그녀가 중국 가는 걸 허락할 리가 없었다. 도혁은 미처 생각 못 했다는 듯이 아차 싶은 표정을 지었다.

"너희 아버지는 재혼 안 하서?"

지금 그걸 말이라고.

당신 아버지는 그럼 이혼 안 하시냐고 되받아치고 싶은 걸 참으며 은채는 도혁에게 씹어 말했다.

"가요."

도혁은 못마땅한 눈으로 그녀를 내려다보았다.

"내가 천 마디 할 동안 네가 나한테 한 말이 고작 가라는 한 마디인가?"

"부족하면 두 마디로 해줘요?"

"됐어."

도혁도 말 몇 마디 적선하는 은채에게 빈정 상한 듯 고개를 돌려버렸다. 사람이 기껏 드높은 자존심 접어가며 피아노까지 쳤는데, 결국 끝은 안 좋았다. 괜히 쳤다.

"나도 가고 싶어서 가는 거 아냐."

그에게 등을 돌려 집으로 걸어가버리는 은채에게 도혁은 마지막 변론을 하듯이 변명했다. 그녀가 그의 잘못이라고 오해하는 거 같았으니까.

은채가 고개를 돌려 그를 보았다. 아까와 그리 달라지지 않은 눈빛이었다.

"당신이 누가 가란다고 갈 사람이에요?"

그 말에 도혁은 뜨끔했다.

아버지가 추방하듯이 그를 중국에 보내려고 해도 결국 마지막 결정은 그가 내렸다. 그가 맡은 일이었고 절대 망칠 수 없었다. 그가 아버지의 말을 거역하면 아버지는 분명 투자 건을 취소할 것이고, 그럼 리조트 건설은 시작부터 난항을 겪을 것이다. 겨우 얻어낸 벌목 허가까지 취소될지도 몰랐다.

결국 도혁도 더는 한 마디도 할 수가 없게 되었다.

21. 남자가 사랑할 때

아침에 눈을 뜬 은채는 바로 일어나지 않고 멍하니 천장을 올려다 보고만 있었다. 어제 도혁에게서 중국 간다는 말을 들은 뒤부터 빈혈기가 생긴 듯 기운이 없었다. 차라리 화를 냈으면 지금보다는 괜찮았을 것 같은데 화를 낼 기운조차 없었다.

남자 친구 군대 보내는 여자들 기분이 이럴 것 같았다.

두 사람의 연애에 국가가 개입하는 것처럼 그녀와 도혁의 사이에 중국이 딱 끼어든 것이다.

"늙어가는 처지에 고무신은 무슨."

그녀도 이젠 어린 나이가 아니지만 도혁은 군대에서 받아주지도 않을 나이였다. 거기까지 생각한 은채는 벌떡 일어나 앉았다. 이런 일에 우울증 걸려 방구석에 처박혀 있기에는 그녀의 시간이 아까웠다. 조금만 더 지나면 주름 걱정할 나이인데 우울해하며 시간을 보낼 수는 없었다.

어른이면 어른답게 연애를 하자. 어른답게!

은채는 침대에서 나와 나갈 준비를 했다. 아직 시간이 이르니 서

둘러 준비하고 나가면 도혁이 출근하기 전에 그의 집에 갈 수 있을
것이다.

딩동-.

도혁이 문을 열어주도록 일부러 초인종을 누른 은채는 문이 열리
자 평소보다 더 방긋 웃으며 손까지 흔들었다.

"아침에 나 보니 엄청 반갑죠?"

"……."

전날에는 말 한 마디 안 하더니 다음 날 활짝 웃으며 아침 일찍
나타난 은채를 도혁은 말없이 쳐다만 보았다.

도대체 어느 장단에 맞추어야 하는 건지 알 수 없었다. 설마 조울
증인가 의심이 들 정도였다. 둘이 나란히 손을 잡고 정신과 상담하
러 가기는 죽어도 싫었다.

"아침 안 먹었죠? 내가 만들어줄 테니까 그거 먹고 출근해요."

"그거 말고, 따로 할 말 있는 거 아냐?"

도혁은 그녀가 단지 그의 아침을 챙겨주기 위해서 이렇게 부지런
히 움직였다고는 믿지 않았다. 그는 순수하지 못했고, 은채는 부지
런하지 못했으니까.

은채는 부엌 쪽으로 걸어가며 어깨를 으쓱했다.

"아! 당신 중국 가는 거요? 처음 들었을 때는 좀 충격이었는데 가
만 생각해보니 회사 일인데 내가 너무 예민하게 반응한 거 같아요.
이젠 괜찮아요."

"가면 1년은 있어야 하는데."

우뚝, 은채의 걸음이 멈추었다. 등을 돌리고 있어서 얼굴은 보이

지 않았지만 표정이 어떨지 경직된 어깨만으로도 알 수 있을 것 같았다. 하지만 은채는 그의 짐작이 틀렸다는 듯이 다시 밝은 표정으로 그를 돌아보았다.

"당신 돈 많잖아요. 그러니까 주말마다 비행기 타고 한국 와요. 한국이랑 중국 거리, 서울이랑 부산이라면서요."

말이 그렇다는 거지. 공항에서 탑승 수속하는 것까지 따지면 아침에 비행기 타고 왔다가 얼굴 보고 다시 중국으로 돌아가게 될지도 몰랐다. 하지만 지금은 그녀의 말에 토를 달면 안 될 것 같아서 도혁은 그렇다고 고개를 끄덕였다.

"그렇지. 나 돈 많지."

은채는 더는 중국 이야기는 하지 않고 냉장고를 열어 자신이 직접 사다놓은 음식 재료들을 꺼냈다. 출근하기 위해 옷을 입어야 했던 도혁은 드레스 룸으로 가면서 힐끔힐끔 은채의 동태를 살폈다.

여자는 복잡하다는 말이 진리인가보다. 그래도 이은채만은 단순해서 그가 휘어잡을 거라고 생각했는데 전혀 아니었다. 채소를 써는 그녀의 손길까지 복잡해 보였다.

어젯밤과 오늘 아침 은채가 보여준 감정 패턴으로 유추해보았을 때, 앞으로 그녀가 어찌 돌변할지 모르니 그때그때 맞추어 순발력을 발휘해야 했다.

그는 언제나 상위 1%에 속한 삶만 살아왔다. 그러니까 순발력도 상위 1%를 발휘하자.

은채가 아침으로 만든 건 연어 오믈렛이었다. 달걀 안에 연어와 채소를 넣어 만든 부드러운 식감의 음식이었다.

"내가 일부러 요리 레시피 찾아본 거예요. 당신 입에 맞죠?"

도혁은 음식을 떠먹으며 그렇다고 고개를 끄덕였다. 지금은 그녀가 마요네즈 범벅인 요리를 주어도 맛있다고 해야 할 상황이었지만, 그녀의 말대로 진짜 그의 입맛에 맞았다. 재료 본연의 맛만 살아 있는 음식이라 음식 냄새에 예민한 도혁이 먹기에도 부담이 없었다.

"내가 요리도 하면 잘해요. 식당 집 딸이잖아요."

그렇게 말하며 은채가 방긋 웃는데 도혁은 같이 웃지 못하고 계속 그녀의 표정을 살피게 되었다.

"그래서 내가 진짜 중국 가도 상관없다고?"

그녀가 절대 안 된다고 하면 난감하지만 그녀가 전혀 상관하지 않는 것 역시 별로 기분이 좋지 않긴 마찬가지였다.

군대 가는 남자에게 여자가 잘 갔다 오라고 쿨하게 한마디만 하면 남자는 군대 가서 생고생할 게 굉장히 억울하게 느껴질 것이다. 자신이 고생하는 걸 군대 밖의 여자는 전혀 신경도 안 쓸 것 같으니까.

그가 먼저 중국 이야기를 꺼내자 은채의 얼굴에서 웃음기가 사라지기는 했다. 그녀의 표정이 무거워지자 도혁도 덩달아 긴장하게 되었다.

"솔직히 아직은 잘 모르겠어요. 당신이 진짜 중국에 가야 내가 어떨지 알겠어요."

그녀가 진심으로 말하자 도혁은 오히려 더 불안했다. 그럼 그가 중국에 간 사이에 못 참고 변심할 수 있다는 걸로 들렸으니까. 도혁은 오믈렛을 먹으며 은채의 얼굴을 보았다. 그녀에게 고무신의 인내심이 있을까 살펴보았지만 어디로 튈지 모르는 자유분방함과 인내심은 어울리는 단어가 아니었다.

“무언가를 제일 오래 참아본 게 얼마나 돼?”

그의 돌발 질문에 은채는 당근 스틱을 씹어 먹으며 생각을 하다 히죽 웃어 분위기를 희극적으로 만들었다.

“당신이랑 계약한 한 달.”

농담이라면 정말 재미없었다. 진심이면 무서워졌다. 인내심의 유통기한이 한 달이라는 거니까.

“하루에 몇 시간 자?”

그가 중국 가는 거랑 그녀가 몇 시간 자는 거랑 무슨 상관인지 은채는 알 수 없었다.

“8시간이요. 왜요?”

“나 중국에 가 있는 동안 5시간으로, 아니, 4시간으로 줄여봐.”

“내가 왜요?”

아무리 좋아하는 사이라고 해도 불면증까지 같이 나누자고 하는 건 너무했다. 그런데 도혁은 말도 안 되는 자기주장에 대한 이유까지 확실했다.

“사람은 몸이 편하면 자꾸 편한 길로만 가려 하는 못된 습성이 있다고. 그래서 바다 건너 있는 어려운 남자보다 바로 옆에 있는 편한 남자를 찾게 되고. 그러니까 나 없는 동안 네 몸을 괴롭히라고. 그래야 네가 내가 없는 괴로움을 잊지 않지.”

“그딴 헛소리나 할 거면 그냥 먹어요.”

은채가 직접 수저에 오믈렛을 퍼서 그의 입에 찔러 넣어주는 바람에 도혁은 더는 궤변을 늘어놓을 수 없었다. 이 상황에서 마음이 더 심란한 건 그녀가 아니라 그였다.

결국 그는 중국에서 죽어라 일만 하게 될 것이고, 은채는 한국에서 벌레 같은 놈들에게 무방비하게 노출당한 채 자유롭게 살 거다.

아무리 생각해도 그의 손해였다. 절대적으로 그가 불리했다.

출근하자마자 도혁이 내민 종이를 박 실장은 의아한 눈으로 쳐다보았다. 건축 도면이 흔한 건설 회사에서 음표가 그려진 악보가 나오는 것은 절대 흔한 일이 아니었으니까.

"이게 뭐지?"

그래서 베테랑 비서 박 실장도 이 악보의 용도에 관해 물어봐야만 했다.

"이은채가 저한테 준 겁니다. 윤서일한테 가져가서 발표할 수 있는 곡인지 알아봐주세요."

은채가 만든 음악이란 걸 알고 난 뒤에야 박 실장은 도혁의 의도를 알고 악보 종이를 조심스럽게 집어 들었다. 습작처럼 연필로 오선지가 삐뚤삐뚤 그려진 악보였다. 이것만 보아서는 프로가 만든 음악이라고는 전혀 생각되지 않았다.

"만약 윤서일 씨가 발표할 수 있다고 하면 노래도 은채 양이 부르는 겁니까?"

"아뇨. 노래는 유명한 대중 가수가 부르게 해주세요. 그래야 노래가 뜰 테니까."

무명 가수보다는 인기 가수가 불러야 노래가 대중성이 생기겠지만 직접 노래를 부르는 가수인 은채가 그걸 좋아할지 알 수 없어서 박 실장은 난감한 표정을 지었다. 그런 박 실장에게 도혁이 덧붙였다.

"그래야 내가 중국에 간 뒤에도 TV에서 그 노래가 나올 때마다 이은채가 날 잊지 않겠죠."

그녀가 꿈이라고 생각하는 노래에 그 자신의 존재를 아주 깊이 박아놓고 싶었다. 그 노래가 흘러나올 때마다 그녀가 중국에 가 있는 그의 존재를 기억할 수 있게.

박 실장은 어이없는 눈으로 도혁을 보았다. 어떻게 은채를 도와주는 방식조차 자기 위주일 수 있는지, 놀라울 정도였다.

"대표님 중국 가는 거 은채 양은 어떻게 생각하나요?"

도혁은 쓴 표정을 지었다. 그녀가 이해해주는 척하는 게 더 신경이 쓰였으니까.

은채가 순간의 감정에 따라 반응하고 움직이는 즉흥적인 인간이라는 건 이미 많이 겪어봐서 너무 잘 알았다. 그 없이 혼자 있는 동안 그 마음이 얼마나 많이 바뀔지는 짐작할 수도 없는 일이었다.

어머니가 그와 아버지를 버리고 떠나려다 사고로 죽은 뒤부터 그는 항상 버리는 쪽이었다. 두 번 다시 버림받는 입장은 되지 않겠다는 생각이 무의식중에 트라우마가 되었던 것인지도 몰랐다. 그러니 그가 먼저 버림받을까 불안한 상황이라면 그가 먼저 끝내는 게 옳았다. 그게 그에게 어울렸다.

하지만 그는 은채와 이렇게 끝내고 싶지 않았다. 아직 제대로 무언가 해보지도 못했는데 아버지의 명령 때문에 헤어져야만 한다면 어머니의 일처럼 평생 마음속 응어리로 남을 듯했다.

그런 기억은 한 번으로 족했다.

두 번은 절대 만들고 싶지 않았다.

그것도 또 아버지 때문이라면 기필코 막을 것이다.

동이가 피아노 치는 걸 보던 은채는 원장 선생님과 동이에 대해서 진지하게 상의해보고 싶은 것도 있었기에 학원에서는 도혁에 대한 생각을 일부러 뒤로 미뤄두기로 했다. 무언가에 몰두하는 건 좋은 거지만 집착하게 된다면 그건 오히려 정신 건강에 안 좋으니까.

그녀는 순수하게 몰두하고만 싶었다. 도혁에게도, 음악에도.

"어머, 동이가 진짜 피아노를 쳤어요?"

원장 선생님은 동이가 피아노를 쳤다는 말에 굉장히 놀랐다. 사실 직접 본 그녀도 동이의 피아노 실력에 깜짝 놀랐다. 직접 배우지도 않고 보고 들은 것만으로도 그 정도 친다는 건 피아노에 타고난 재능이 있다는 것이었다.

"네, 아무래도 동이가 내심 피아노를 배우고 싶어 하는 거 같아요. 집에 갔을 때 종이로 만든 피아노 건반도 있었거든요."

원장 선생님은 짧게 한숨을 내쉬었다.

"사실은 처음에 나도 그런 줄 알고 동이한테 피아노 배워보지 않겠냐고 말했었는데, 동이가 싫다고 해서 더 강요 못 했어요."

"그게 아무래도 제 생각에는 돈 때문인 거 같아요. 동이네 집이 할머니 혼자 계시는 생활 보호 대상자거든요."

"나도 그런 거 같다고 짐작은 했어요. 하지만 자존심 때문인지 그냥 치라는 말에도 피아노에는 흥미 없다는 말만 하더라고요."

어린아이의 자존심이라고 쉬운 게 아니었다. 사나이로 태어난 동이가 가진 건 그 자존심이 전부일 수도 있었다.

"아마 돈 안 받고 가르쳐준다고 해도 동이는 싫다고 할 거예요."

그녀도 이미 해봤기에 동이가 그리 나올 거라는 걸 알고 있었다.

"어떻게 자연스럽게 동이가 피아노 치게 할 수 없을까요?"

원장 선생님은 태경의 누나답게 학원비 내는 학원생도 아닌 동이에 대해 그녀와 같이 깊게 고민해주었다. 그런데 동이의 자존심을 다치지 않게 피아노를 가르쳐줄 만한 방법이 쉽게 떠오르지 않았다.

Rrrrrrrr-. Rrrrrrrr-.

일하느라 바쁜 시간일 텐데 도혁에게서 전화가 걸려왔다.

도혁은 중국에 간다고 말할 때도 직접 학원으로 찾아왔고, 한가한 시간이 아니라 이렇게 없는 시간을 쪼개서 전화도 했다. 그전보다 도혁이 그녀를 더욱 신경 쓰는 것 같아 기분이 썩 나쁘지 않았다. 뭐, 그렇다고 그가 중국에 간다는 게 좋다는 것도 절대 아니었다. 장거리 연애는 정말 자신 없었다.

통화 버튼을 누르기 전 은채는 미리 한숨을 푹 쉬고는 평소보다 더 밝은 목소리로 전화를 받았다.

"네."

[어디 가고 싶은 곳 없어?]

그녀가 말하기도 전에 도혁이 먼저 묻는 말에 은채는 피식 실소가 절로 흘러나왔다. 정말 그와는 어울리지 않는 말이었다. 그는 자기중심적인 사람이었다. 그러니 남이 가고 싶은 곳을 물을 게 아니라 자기가 가고 싶은 곳을 말해야 하는데 말이다.

"마지막 데이트 같은 거예요?"

[마지막이란 말 쓰지 마.]

도혁은 정말 기분 나쁜 듯이 목소리를 깔았다. 그녀도 살짝 콧등에 주름을 만들었다. 말하고 보니 또 기분이 우울해지는 것 같기도 했다. 정말 쓰지 말아야겠다.

"그럼 남산 갈래요?"

[남산?]

그의 목소리에서 살짝 '왜 하필 산이야?'라는 뉘앙스가 느껴졌다. 평지를 달리는 조깅은 좋아해도 높은 곳 오르는 등산은 별로인가 보다.

"왜요? 싫어요?"

[너야말로 어울리지 않게 산 좋아했어?]

남산이 산인가. 그냥 데이트 코스지.

"거기서 자물쇠 달면 안 헤어진대요."

[그 말 한 사람이 돈 달라고는 안 했어?]

사람이 참 낭만이 없다. 이리 보면 그녀의 취향과 정말 안 맞는 남자인데 어쩌다 이 남자가 좋아진 건지 아직도 불가사의였다. 끝까지 미스터리로 남을지도 몰랐다.

"그러니까 남산 같이 가기 싫다고요?"

[같이 가.]

도혁은 선심 쓰듯이 같이 가준다고 했다. 그래도 그녀의 말에 져주는 듯한 태도가 싫지는 않았다. 그래서 그녀는 한 단계 더 나아가서 물었다.

"만약 내가 남극 같이 가자고 하면 거기도 같이 가줄 거예요?"

[넌 왜 가고 싶은 곳이 다 그래?]

진심으로 불만이 느껴지는 도혁의 투덜거림에 그녀는 쿡 웃음이 터졌다. 이번에도 역시 가기 싫다는 말은 하지 않는 그가 오늘은 좀 예쁘다.

그날 저녁 평소보다 일찍 퇴근한 도혁이 운전하는 차를 타고 남산으로 향했다. 유명한 데이트 코스답게 남산에는 손에 손을 잡은 남녀 커플들이 많았다.

그들 역시 그곳에 있는 연인들처럼 이젠 커플인데도 유독 도혁이 튀어서인지 마치 물과 기름처럼 다른 사람들과 분리되는 듯했다.

"건축학적 미학으로 최악이군."

남산에 가득 걸려 있는 자물쇠를 보자마자 도혁이 한 말이었다. 연인들이 사랑 좀 해보겠다고 수도 없이 달아놓은 남산의 자물쇠 울타리는 도시 건설을 하는 회사의 대표로서는 싹 갈아엎고 싶게 만드는 흉한 풍경일 뿐이었다.

그녀가 가방에서 자물쇠를 꺼내 보이자 인상 쓰고 있던 도혁은 언제 그랬느냐는 듯이 적극적으로 말했다.

"한 개로 되겠어? 백 개 정도 달자."

한 30% 정도 교화된 듯한 사이비 신도 같은 느낌이랄까.

"하나니까 더 의미 있는 거예요."

은채는 허세 떨지 말라고 나무라며 도혁에게 자물쇠를 내밀었다. 그가 직접 달아야 효력이 있을 거 같았으니까.

"자물쇠 하나 값으로 안 헤어지는 거면 우리 사이가 너무 싼 거 아닌가?"

도혁은 역시 이런 미신 같은 행동은 영 체질에 맞지 않는다는 듯 한마디 했다.

그의 말이 틀린 건 아니었다. 단단히 자물쇠를 채운다고 해서 연인들이 언제나 한결같을 거라고는 생각하지 않았다.

"헤어지고 싶지 않은 마음을 이렇게 행동으로 옮긴다는 게 중요한 거예요. 아무것도 안 하면 아무 마음도 아닌 거나 같잖아요."

그녀의 진지한 말에 도혁은 좀 놀랐다는 표정을 지었다. 그러고는 허리를 숙여 그녀와 눈을 맞추고는 그녀보다 더 진지한 눈빛으로 물었다.

"그럼 너 이게 몇 번째 자물쇠야?"

"자물쇠를 당신 입에 달아줄까요?"

그녀의 경고에 도혁은 그제야 조용히 그녀가 내민 자물쇠를 받아 들었다. 자물쇠 밑에 그녀가 손으로 적은 이니셜을 보고 도혁이 마른 미소를 지었다.

그의 이니셜과 그녀의 이니셜 사이에 하트가 그려져 있었다.

"유치해요?"

그가 자물쇠를 빤히 보고만 있기에 은채는 입을 쭉 내밀며 따져 물었다. 도혁은 별말 없이 남들이 그러듯이 남산 한 귀퉁이에 자물쇠를 달았다. 참 유치한데, 생각보다 나쁘지 않았다. 항상 하늘과 가까운 꼭대기에서만 살던 그였는데 자물쇠가 '찰칵' 채워지는 순간 서울 땅에 발을 디딘 기분이 들기도 했다.

"이런 데이트 어때요?"

그가 자기 시간 써가면서 여자랑 이렇게 밖에 돌아다닌 적이 없다는 걸 알기에 레스토랑에서 밥을 먹으며 은채는 넌지시 물어보았다.

도혁은 와인을 한 모금 마시며 간단하게 대답했다.

"보람은 있네."

　도대체 데이트에 보람이 웬 말인가. 진짜 '체험 삶의 현장' 같은 소리 하고 있다.

"무슨 보람이요?"

"네가 점점 날 좋아하는 보람."

은채는 크게 한 번 웃어주었다.

　마음이 적금도 아니고, 데이트할 때마다 복리식으로 불어나는 거란 말인가.

"아니거든요."

　그녀는 야무지게 부정해주었다. 그녀는 쉬운 여자가 되기 싫었으니까. 하지만 도혁은 자기 고집이 있었다.

"계약서 쓸 때보다 좀 더 좋아졌잖아."

"아니에요."

"상하이에서보다 좋아졌잖아."

"아니라고요."

　그녀가 툴툴거리며 부정하자 도혁이 눈을 내리깔고 그녀를 보았다. 그리 본다고 그녀의 마음이 투명 유리처럼 비쳐 보이는 건 아니었다. 그녀는 도혁의 눈을 피해 창밖을 보았다. 밤이라 창문이 거울처럼 그녀의 얼굴을 비추고 있었다. 그녀의 두 뺨이 취한 듯 붉었다. 이럴 줄 알았으면 볼 터치를 아주 진하게 하고 오는 건데 말이다.

"그럼 아직도 우리 집에서 자고 갈 정도는 아냐?"

　도혁의 질문에 얼굴에 번진 홍조가 심장까지 번졌다. 은채는 놀란 눈으로 그를 다시 돌아보았다.

　예전이었으면 어디서 수작질이냐고 화부터 냈을 텐데, 이젠 당황스럽고 좀 무섭다. 그녀 역시 싫지 않다는 게. 그 정도로 그를 좋아하고 있다는 걸 느껴버렸다.

그녀가 싫다 좋다 대답은 못 하고 떨리는 눈으로 쳐다보고만 있자 도혁도 짧게 한숨을 쉬며 와인을 마셨다. 자신의 발걸음이 아니라 타인의 발걸음에 발맞추어 걷는 건 쉬운 일이 아니었다. 익숙하지 않은 보폭이라 자칫하면 넘어질 수도 있고, 때론 너무 느려 속이 터질 수도 있고, 반대로 너무 빨라 감당하지 못할 수도 있다.

"그만 가자."

아직 같이 있어도 괜찮은 시간인데 도혁이 그냥 돌아가자고 하자 은채는 난처했다. 그녀가 대답하지 않아서 그가 화가 난 것 같았으니까.

은채는 먼저 일어나는 도혁의 손을 서둘러 잡았다. 도혁이 고개를 돌려 그녀를 내려다보는데 눈빛이 서늘했다. 그게 그녀를 조급하게 만들었다.

"조, 조금만 기다려 주면 안 돼요?"

당장 같이 가자고 할 수 있으면 좋겠지만 그건 도저히 용기가 나지 않았다. 아버지도 걸렸고, 그녀 자신도 그에게 모든 걸 주어도 되는지 확신할 수 없었으니까.

그녀의 자신 없는 부탁에 도혁은 마른 웃음을 지었다. 그의 커다란 손이 그녀의 머리 위에 올라오더니 그녀의 머리카락을 가볍게 헝클어뜨렸다.

"너야말로 나 엄청 기다려야 하는 거 잊지 마."

맞다. 그가 중국에 가면 한참 못 볼 수도 있었다. 그래서 그가 그런 말을 했나 싶어 마음 한쪽이 아렸지만 그래도 선뜻 결심이 서지는 않았다. 처음이었으니까. 처음은 무엇이든 어렵다.

둘 다 와인을 마셔서 집에 갈 때는 운전기사가 운전하는 차 뒷좌석에 나란히 앉았다. 도혁은 말이 별로 없었다. 사실 그녀가 하는 말마다 얄밉게 받아치기는 했지만 먼저 조잘대는 수다쟁이는 아니었다. 그녀가 말이 많아서 덩달아 그도 말을 많이 하게 된 것이었다.

은채는 운전하는 기사의 눈치를 보다 조심스럽게 도혁의 어깨에 머리를 대었다. 가만히 있던 도혁이 그녀의 어깨를 한 팔로 감싸더니 자신의 가슴 쪽으로 끌어당겼다. 그녀의 몸이 그의 넓은 가슴에 푹 파묻혔다. 그녀는 운전기사가 신경 쓰이는데 도혁은 둘만 있는 듯 아무렇지 않게 그녀를 안았다.

문득 상하이에서 같이 탔던 리무진이 떠올랐다. 그때 그 도시에서 그녀는 그에게 푹 빠진 듯했다.

그런데 이젠 그가 혼자 그곳으로 간다고 하니, 사랑의 오작교였던 중국이 애증의 중국으로 변해버렸다.

"전화 매일 해요."

그런 말을 하자 꼭 지금 당장 헤어지는 것처럼 쓸쓸해졌다.

"시간 날 때 만나러 오고."

아마 지금처럼 자주 볼 수는 없을 것이다. 아무리 가까운 나라라고 해도 한국이 아니었다. 서로의 상황에 쫓기다가 만나는 횟수는 점점 줄어들 수도 있었다.

그녀를 안은 그의 손에 힘이 더 들어갔다. 그가 탁한 목소리로 물었다.

"같이 가자 그러면 싫다고 할 거지?"

싫은 게 아니라 안 되는 거였다. 그녀는 세상에서 아버지가 제일 무섭기도 했지만 아버지만 혼자 두고 딴 나라로 갈 수는 없었다.

"넌 왜 이렇게 어렵니?"

그녀가 그에게 해주고 싶은 말이었다. 그가 지금보다 조금만 더 평범했어도 그가 중국에 가서 둘이 떨어지는 일은 없을 것이다.

그의 입술이 그녀를 찾아 내려왔다. 맞닿은 입술이 오늘따라 달콤 쌉싸름했다.

와인을 마셔서 그런가보다. 아니면 마음이 써서 그런지도.

그가 멀리 가버리는 게…… 정말 싫었다.

정 여사는 놀란 표정으로 도혁을 맞아주었다. 집안 행사가 있는 날도 아닌데 그가 먼저 집까지 찾아온 일은 처음이었으니까.

"어떻게……."

"오빠!"

정 여사가 미처 묻기도 전에 도연이 그를 발견하고 달려왔다. 도혁은 불안해 보이는 새어머니도, 지나치게 그를 반기는 의붓동생도 건조한 눈으로 쳐다보았다. 평생 가족이란 이름으로 묶인 사람들인데, 그에게는 여전히 낯설기만 한 이들이었다. 그의 어머니가 그를 그리 여겼듯이 말이다.

"아버지 서재에 계십니까?"

아버지의 명령대로 중국에 가야만 하는 건 아무리 생각해도 부당하다는 생각이 들어 다시 한 번 제대로 아버지와 이야기를 해보기 위해 찾아온 것이었다. 하지만 살면서 한 번도 아버지를 이겨본 적이 없으니 그의 뜻대로 될 거라는 자신은 없었다. 그래서 먼저 아버지와의 대화는 피하게 되어버렸었는데, 이번만은 그럴 수가 없었다. 자신 없다고 피하게 되면 은채와도 헤어지게 될 거 같았으니까.

그러고 싶지 않았다. 그럴 수 없었다.

누구와 함께 있어도 지워지지 않았던 혼자라는 절대 고독.

그녀를 만나고서야 비로소 둘이 될 수 있었다.

그러니 이젠 약혼을 피하고 싶어서가 아니라, 그녀의 존재 자체가 그에게는 필요했다. 둘이라는 게 어떤 건지 알게 된 이상 다시 혼자 남고 싶지 않았다.

달칵-.

서재의 문을 여니 아버지는 커다란 마호가니 책상에 앉아 회사에 서처럼 일하고 있었다. 아버지가 일하는 모습은 아버지가 밥 먹는 모습보다 도혁에게 더 익숙했다. 그리고 회사에서 도혁은 아버지의 아들이 아니라 권 회장의 부하였다. 그러니 이 싸움은 쉽지 않았다.

"중국 스키 리조트 사업, 제가 포기하면 어쩌실 겁니까?"

권 회장은 아주 지독한 냄새를 맡은 것 같은 표정으로 도혁을 보 았다. 도혁이 한 말은 그냥 무시하고 넘길 수준이 아니었으니까.

좋아하는 여자가 있다는 말보다 더 해선 안 되는 말이었다. 도혁 이 이 사업을 포기하면 세진 그룹 총수가 될 자격까지 박탈당할 수 도 있었다. 비즈니스적으로 그의 목숨을 내놓은 거나 마찬가지였다. 그랬기에 그가 아버지를 향해 던질 수 있는 최고의 무기가 되기도 했다.

"미친 거냐?"

"아버지야말로 제가 여자 좀 만난다고 중국으로 쫓아 보내시는 건 너무 감정적인 결정 아니십니까. 그래서 저도 아버지처럼 결정

내린 겁니다."

"그 입 닥치지 못해!"

아버지의 고함이 문 밖을 넘자 넓은 집 안의 공기가 날카롭게 긴장되었다. 그의 등 뒤 문 밖에서 새어머니도, 도연도, 도진도, 그리고 일하는 사람들도 모두 불안하게 서재의 동태를 살피고 있을 게 뻔했다. 이 집의 왕은 언제나 아버지였으니까.

"네가 가진 모든 거 내놓고 그 계집한테 갈 거 아니면 중국 가서 일이나 똑바로 해."

그리고 아버지는 독재자였다. 자기 뜻을 거역하는 사람에게 용서란 없었다. 그의 어머니에게도 그랬고, 지금 도혁에게도 그러고 있었다. 그래서 도혁은 더 반발심이 생기고 있었다. 아버지만 아니었다면 어머니가 그리 허무하게 죽지는 않았을 거라는 분통함이 다시 솟아올라왔다.

"아뇨. 못 내놓습니다. 지금 제가 가진 것 중에 아버지가 주신 것만 있는 게 아니니까요. 제가 노력해서 가진 것들도 있습니다. 그러니 제 것을 빼앗고 싶으시면 저와 전쟁 치를 각오는 하셔야 할 겁니다."

결국 선전포고로 마무리하고 도혁은 서재 문을 박차고 나왔다.

마음이 답답했다. 아버지를 만나고 나면 항상 이랬다. 마치 혈관 속으로 독이 스미는 듯 온몸의 감각이 지끈거렸다.

그래서 그가 불안하게 만들어버린 새어머니와 동생들에게 제대로 인사도 못 하고 그 집을 나와버렸다. 아마 당분간 아주 오래도록 이 집에 올 일이 없을 것이다.

권 회장의 호출을 받은 박 실장은 담담한 표정으로 권 회장 앞에서 있었지만 마음속은 복잡했다. 도혁이 집으로 찾아가 권 회장과 한바탕한 것을 뒤늦게 전해 들었다. 그 때문에 마음 상한 권 회장이 만약 은채까지 건들려고 한다면 두 사람 사이는 점점 더 나빠질 것이다. 박 실장은 도혁과 은채 사이보다 도혁과 권 회장 사이가 더 걱정이었다.

권 회장은 굳은 표정으로 앉아서 한참이나 말이 없었다. 박 실장은 인내심을 가지고 권 회장이 말을 하길 기다렸다.

"도혁이 중국 가는 거."

권 회장이 입을 열었을 때 박 실장은 불안한 눈으로 그의 눈과 입을 주시하였다. 권 회장의 지시에 도혁이 처음으로 반발한 것이니 어떤 핵폭풍이 몰아닥칠지 알 수 없었다.

"취소해."

권 회장의 말에 박 실장은 처음엔 믿을 수 없다는 표정을 지었다. 자신이 가는귀가 먹어서 잘못 들은 건가 의심이 들 정도였다. 그래서 되묻고 말았다. 무능한 비서처럼 말이다.

"어차피 잠깐 만나고 다니는 여자애일 텐데 내가 너무 예민하게 반응했어."

그게 아니라는 걸 그도 알고 권 회장도 알았다. 왜냐하면 도혁이 자신의 마음에 대해 권 회장에게 말한 건 처음이었으니까. 그건 그만큼 진심이라는 뜻이었다. 스쳐 지나가는 여자가 아니기에 자신의 모든 걸 거는 배팅도 하는 것이었다.

"회장님, 대표님은."

박 실장이 도혁의 마음을 대변해주려고 했으나 권 회장이 그의 말을 자르고 들어왔다.

"약혼식은 무조건 12월이야. 차질 없이 준비해."

권 회장이 못 박는 말에 박 실장은 복잡한 심경이 되었다. 꼭 그때까지는 도혁이 고삐 풀린 망아지처럼 날뛰어도 봐준다는 뜻으로 들렸으니까. 도혁이 모든 걸 내던질 듯이 나오니 일이 커지지 않게 권 회장이 한 발 뒤로 물러서는 것이었다. 때를 기다리며 말이다.

세상에서 가장 어려운 아버지와 아들 사이였다.

박 실장에게서 중국 건이 취소되었다는 말을 전해 듣고도 도혁은 마음이 썩 편하지는 않았다. 왜냐하면 그가 아버지를 협박한 거나 마찬가지였으니까.

한 회사의 대표로서 치졸했다. 권 회장이 '넌 세진 건설을 맡을 자격이 없다.'고 말해도 할 말이 없는 상황이었다.

"아버지는 절대 이대로 넘기실 분이 아니에요."

[네, 그러니 은채 양한테 더 잘해주십시오.]

지금이 아니더라도 언제든 폭풍이 몰아닥칠 수 있었다. 분명한 건 그 폭풍이 12월 전에 불어올 거라는 것이었다. 그가 혼자였을 때는 살이 터지든 뼈가 부러지든 별로 겁나지 않았는데, 옆에 은채가 있다고 생각하니 불안함이 생겼다.

아버지와 그의 전쟁이었다. 그 싸움에 절대 그녀가 다치게 할 수는 없었다.

학원에서 아이들이 피아노 치는 걸 봐주고 있는데 레슨실 밖에서

아이들이 갑자기 환호성을 질러댔다. 당연히 피아노 치던 아이도 집중력이 떨어져서 문으로 달려갔다.

아이들을 조용히 시키려고 문 앞으로 걸어갔던 은채는 아이들에 둘러싸여 있는 남자를 보고는 놀라서 저도 모르게 문 아래로 몸을 숨겼다. 옆에 있던 유치원생 아이가 그런 그녀를 이상하다는 눈으로 쳐다보았다.

"선생님, 뭐 하세요?"

"쉿, 숨바꼭질하는 거야."

피아노 안 치고 논다는 말에 아이는 방실 웃었다.

은채로서는 당황스러운 상황이었다.

밖에 태경이 있었던 것이다.

아무래도 누나인 원장 선생님을 만나러 온 것 같았다. 한 번쯤은 마주칠 거라 생각했지만 이렇게 빨리 만나게 될 줄은 몰랐다.

"선생님, 언제까지 숨어 있어요?"

어느새 그녀랑 똑같이 쭈그려 앉아 있던 아이가 그녀에게 물었다. 은채는 순진무구한 아이의 얼굴을 두 손으로 꼭 안아준 뒤 일어났다. 태경이 갈 때까지 여기 숨어 있을 수는 없었다. 태경에게 미안한 건 있지만 잘못한 건 아니었으니까. 이젠 당당해져야 할 때인 것 같았다.

그녀가 문을 열고 밖으로 나갔을 때 아이들은 태경이 사온 과자를 먹느라 정신이 없었다. 태경은 원장인 정숙과 이야기를 하다 문을 열고 나오는 그녀를 발견하고 놀란 표정을 지었다.

그녀와 태경이 아는 사이라는 걸 모르는 정숙만이 웃으며 그녀에게 태경을 소개해주었다.

"이 선생, 내 동생이야. 인사해요."

은채는 어색하게 웃었다. 생각해보면 이런 우연이 자꾸 겹치는 건 도혁이 아니라 태경이었다. 인연이라고 말할 수 있을 정도로 말이다. 아마 그녀가 도혁을 만나지 않았다면 태경과 그녀의 사이는 많이 달라졌을지도 몰랐다.

태경은 누나의 학원에서 은채를 마주칠 줄은 몰랐기에 많이 놀랐다. 친구인 진우 때문에 그녀를 알게 된 뒤에는 그의 의지로 그녀를 만난 것도 있지만 그녀에 대해 완전히 포기한 다음에 우연히 마주친 것이라 정리되었던 마음이 다시 복잡해지고 있었다.

인연이란 때론 얄궂다. 장난꾸러기처럼.

"잘 지내셨어요?"

"네, 보시다시피."

"다행이다."

서로에 대한 배려가 오히려 분위기를 경직되게 만들고 있었다.

"사실은 명동에서 은채 씨한테 꽃다발 준 거 진우 부탁이었어요."

태경은 아주 뒤늦게 첫 만남의 진실을 고백했다. 그녀가 누굴 좋아하는지 알고 있어서인지 오히려 솔직해지는 면이 있었다. 그가 무슨 말을 해도 그녀가 좋아하는 사람이 바뀌는 건 힘들다는 걸 알게 되어서인 것 같았다. 태경과 진우의 사이를 몰랐던 은채는 놀란 눈으로 그를 올려다보았다.

"정말요?"

"네, 진우랑 대학 동기라서."

그래서 진우를 통해 그녀와 더 가까워져 보려고도 했지만 결국 잘 안 되었다. 그게 두 사람의 한계였는지 모른다고 지금은 담담히 인정하고 있었다.

"그런데 이젠 누나를 통해 또 만나게 되었네요. 저희 둘은 어차피 마주치게 될 운명인 거 같으니 그냥 편하게 대해요. 나도 그러고 싶으니까."

그 말은 태경이 그녀를 그저 아는 사람으로 편하게 알고 지내고 싶다는 뜻으로 들려서 은채는 차마 그것까지 거절할 수는 없었다.

태경을 만난 걸 도혁에게 말을 해야 하나 말아야 하나 고민하고 있는데 도혁이 연락을 해왔다.

[전엔 네가 가고 싶은 곳 갔으니 이번엔 내가 가고 싶은 곳 가야지.]

참 손해 보는 거 싫어한다. 그녀가 한 대 때리면 공평하게 자기도 한 대 때리겠다고 할 수도 있는 남자였다.

"어디 갈 건데요?"

[여행 갈래?]

"안 돼요."

바로 거부의 말이 나왔다. 왜냐하면 '우리 집에서 자고 가.'랑 같은 맥락의 말 같았으니까. 그런 식으로 다르게 말했을 때 그녀가 별로 똑똑하지 못해서 못 알아들을 거라고 생각해서 한 말이라면 그는 좀 맞아야 했다.

[어딘지 들어보지도 않고 거절인가?]

"뻔하잖아요. 당신이 휴양지에서 쉬는 걸 좋아하겠어요, 관광지 구경하는 걸 좋아하겠어요."

[음, 부정 못 하겠군.]

그녀는 그의 육체와 돈에 눈이 멀어 그랑 사귀는 게 아니었다. 이 정도 파악한 뒤에도 좋으니 계약서에 도장을 찍은 거다.

[중국에 가지 않게 된 기념으로 분위기 좀 잡으려 했는데 싫다니 할 수 없군. 그럼 난 기계처럼 일이나 할게.]

도혁이 무심하게 하는 말에 그녀는 두 눈이 반짝 떠졌다.

"네? 방금 뭐라고 했어요?"

뚝─.

전화는 일방적으로 끊겨버렸다. 은채는 도혁의 제멋대로인 전화 매너에 화도 못 내고 멍하니 끊긴 전화기를 들고만 있다가 허둥지둥 가방만 챙겨 들고 뛰어나갔다.

방금 자신이 들은 말이 맞는 건지 그를 만나 직접 확인해야만 했다. 만약 장난한 거면 진짜 때려버릴 것이다.

택시 기사 아저씨가 질릴 정도로 닦달해가며 세진 건설까지 간 은채는 마치 마라톤이라도 뛴 사람처럼 거친 호흡을 내쉬며 회사 로비에 들어섰다.

"혹시 대표실 손님이십니까?"

그녀가 숨을 정리하고 묻기도 전에 경비원이 먼저 그녀에게 물어 왔다. 그녀가 그렇다고 고개를 끄덕이자 경비원은 그녀에게 길을 터 주었다. 마치 '너를 위해 준비했어.'라는 식의 통과였다. 어쨌든 그 덕 에 엘리베이터를 타고 비로 대표실까지 갈 수 있었다.

늦은 밤이라 회사에서 마주치는 사람은 거의 없었다. 집에 돌아갔 거나 사무실에 박혀 남은 일을 열심히 하는 사람뿐이었다. 그래서 회사 복도를 걷는 사람은 침입자와도 같은 그녀 혼자뿐이었다.

아마 대표실에는 박 실장도 같이 있을 것이다. 그러니 우선 박 실 장에게 자세히 물으면 될 것이었다. 도혁이 진짜 중국에 안 가도 되는 건지. 박 실장이라면 장난치지 않고 아주 성실히 믿음직한 대답을 줄 것이다.

그런데 당황스럽게도 비서실은 텅 비어 있었다. 도혁이 사무실에서 일하고 있다면 당연히 비서실에도 사람이 있을 줄 알았는데 말이다.

설마 자신이 빈 사무실을 찾아온 것인가 싶어 서둘러 집무실 쪽으로 달려간 은채는 노크도 없이 벌컥 문을 열었다. 환하게 불이 켜진 집무실 안, 도혁이 팔짱을 끼고 소파에 기대 서 있었다.

"있었네."

그녀가 넋 놓고 하는 중얼거림에 도혁은 피식 웃었다.

경비실에서 연락을 받아 그녀가 올라오고 있는 건 미리 알고 있었다. 그가 그리 전화를 끊었는데도 다시 전화하지 않는 걸 보고 급한 성격에 직접 찾아올 거라는 것도 짐작했고. 그래서 도혁은 일부러 경비실에도 말해두고 비서실 직원들도 다 보낸 것이었다. 손님 맞을 준비하듯이.

"내 생각에는 네가 날 아는 것보다 내가 더 많이 널 아는 거 같아."

한 치의 오차도 없이 그녀가 이리 왔으니 말이다.

"진짜 중국 안 가요?"

그녀가 한걸음에 불편한 그의 사무실까지 찾아와 불안한 마음을 뚝뚝 떨어뜨리며 하는 질문에 도혁은 웃음을 지우며 깊고 검은 눈빛으로 고개를 끄덕였다.

"응. 안 가려고."

네 옆에 있을게. 네 옆에 있어야겠어.

22. 권 대표's 러브 하우스

세상에서 제일 위대한 연애 코치는 술이었다. 적당한 취기는 분위기를 부드럽게 만들고 사람의 자신감을 상승시켜주었다.

은채는 도혁이 중국에 안 가게 된 기념으로 제대로 분위기 있는 데이트를 하고 싶었다.

"오늘 너무 많이 마시는 거 아냐?"

그녀가 밥보다 와인을 더 마시는 걸 보고 도혁이 그녀에게 한마디 했다. 은채는 히죽 웃으며 꿋꿋하게 와인을 마셨다.

"오늘따라 와인이 맛있네."

좀 더 마셔야 했다. 지금은 너무 맨정신이었다.

술을 많이 마시는 그녀가 거정된 도혁은 평소보다 술을 적게 마셨다. 둘 다 취하면 문제였으니까. 그녀를 안전하게 집에 데려다 주어야 할 책임이 그에게 있었다.

"참, 나 금요일에 홍대에서 공연해요!"

은채는 갑자기 술이 확 오른 사람처럼 신이 난 목소리로 도혁에게 말했다. 오랜만에 홍대에서 공연하게 되었다. 한 곡 부르고 내려오는 짧은 공연이지만 무대에 오르는 일은 언제나 설렌다.

"그래?"

도혁이 그 말만 하고 아무 말이 없자 은채는 웃던 입술이 작아졌다. 그녀에게 중요한 일에 그가 좀 더 관심을 가져주길 바랐는데 말이다. 아직은 무리인 건지, 평생 무리인 건지 모르겠다.

"올 거죠?"

"난 일 때문에 못 갈 거 같은데."

회사 일 때문에 못 온다는 말에 은채의 얼굴에 걸려 있던 미소가 완전히 사라졌다.

"정말 간만에 하는 공연인데."

그녀가 무대에 설 때마다 사람들은 노래할 때가 제일 반짝이고 예쁘다고 말해주곤 했다. 그래서 그런지 그런 예쁜 모습을 그에게 보여주고 싶었다.

"난 그냥 따로 불러줘."

노래와 무대의 차이도 모르는 도혁의 무심한 말에 은채의 기분이 가라앉았다. 음악 하는 남자를 사귈 때는 몰랐던 서운함이다. 그의 잘못이 아니라고 생각해도 기분은 나아지지 않았다.

"스키 리조트 사업 때문에 난 앞으로 회사 일이 더 많아질 거야."

물 들어온 김에 노 젓는다고, 바쁘다고 한 김에 쭉 바쁠 거라고 말하는 도혁 때문에 은채는 완전히 술이 당겨서 분위기 잡아가며 마시던 와인을 벌컥벌컥 마셨다.

그녀가 술꾼처럼 술을 마시기 시작하자 도혁이 이상하게 보며 물었다.

"진짜 맛있어서 마시는 거야?"

“네, 엄청 맛있어요!”

아닌데, 기분 안 좋아서 마시는 술인 거 같은데.

분위기 잡으려고 마셨던 술은 결국 그녀를 취객으로 만들었을 뿐이고, 금요일이 다 되어가도록 도혁에게선 연락이 없었다.

“뭘 기대하는 거야. 회사 일이라는데.”

은채는 울리지 않는 핸드폰을 내려놓으며 한숨을 푹 내쉬었다. 도혁이 안 와도 공연은 해야 했다. 무대 위에서 그녀는 한 남자만을 위한 여자가 아니라 그녀의 노래를 들어주는 모든 이들을 위한 가수였으니까.

울적한 기분을 털어내기 위해 일찍 홍대에 갔는데 그녀의 앞으로 퀵 서비스가 하나 와 있었다. 발신자가 없어서 누가 보낸 건지 알 수 없었지만 굉장히 큰 상자였다.

“네 팬이 보낸 거겠지.”

그렇다고 하기에는 요즘은 너무 공연이 뜸했다. 설마 오랜만에 공연하는 거라 잘하라는 응원에서 간식이라도 보낸 건가 싶었다. 그래도 그녀를 기억하는 팬이 있다는 것에 기분이 좋아져서 상자를 열었는데 뚜껑을 열자마자 눈이 부셨다.

“우와.”

옆에 있던 클럽 매니저가 더 놀랐다.

“이 목걸이 대박이다. 진짜 다이아몬드같이 만들었네.”

상자 안에는 도혁이 예전에 그녀를 꼬시려고 샀던 목걸이와 처음 보는 레드 드레스, 그리고 빨간 구두까지 들어 있었다. 그래서 보낸 사람의 쪽지도 없었지만 그녀는 누가 보냈는지 알 수 있었다.

이 목걸이를 목에 걸고 무대에 올라가면 진짜 좋겠다고 생각했는데, 그게 정말 그녀의 눈앞에 있었다. 오늘 공연에서 그녀를 더욱 눈부시게 만들어줄 최고의 액세서리였다.

그러니 기뻐해야 맞는 건데 은채는 씁쓸하게 웃었다.

"치, 자기는 못 오면서."

그 때문에 이리 쓸쓸한 마음이 될 줄은 몰랐다. 그녀가 항상 신이 나서 날아다니는 공연 날인데, 그 공연장에 그가 없을 거라는 사실이 한없이 공허했다.

도혁의 금요일 저녁 스케줄은 접대였다. 최종 투자 결정권이 있는 이사진들과의 저녁 식사였다. 권 회장도 함께 참석하는 자리라 그가 빠질 수 없었던 것이다.

도혁은 손목시계를 보았다. 은채가 홍대에서 공연할 시간이 거의 다 되었다. 그는 노래에 대해 전혀 모르지만 그날 그가 공연에 못 간다는 말을 듣고 난 뒤부터 술만 마시던 은채 때문에 자꾸 신경이 쓰였다.

"하하, 권 대표는 회장님을 그냥 빼다 박았습니다. 이렇게 이른 나이에 큰 사업을 맡아 진행하는 것도 다 회장님의 핏줄이니까 가능한 거 아니겠습니까?"

이사들은 권 회장에게 아부하기 바빴다. 이런 영양가 없는 소리나 듣고 앉아 있느라 은채의 공연에 못 간다는 게 그에게도 고역이었다.

"이제 최건 의원 사위만 되면 권 대표의 앞날은 탄탄대로일 겁니다. 축하합니다, 회장님.”

아직 약혼식은 하지도 않았는데 너무 일찍 축하하는 최 이사 때문에 도혁은 표정이 굳었다.

“죄송한데, 축하는 아직 이른 거 같습니다, 최 이사님.”

도혁이 입을 열자 모두의 시선이 그에게 몰렸다. 도혁은 그 시선들 중 아버지를 똑바로 응시하며 또박또박 말했다.

“한두 푼 들어가는 사업도 아니니 회사를 위해서도 절대 실수가 없어야 한다고 생각합니다. 그런데 제 능력이 아직은 미천해서 사업 하나만 생각하기도 벅찹니다. 그러니 약혼은 무리입니다.”

이사들 앞에서 약혼할 수 없다고 말하는 도혁을 권 회장이 서슬 퍼런 눈으로 쳐다보았다. 앞에 사람들만 없었다면 바로 고함이 날아왔을 상황이었다. 이사들이 술렁이기 시작했다. 왜냐하면 최건 의원 딸과 도혁의 약혼은 이미 공식화된 사실 같은 것이었으니까. 그 때문에 도혁 쪽으로 완전히 줄을 갈아타려는 이사들도 많았었다.

“그럼 올해 약혼…… 안 하는 겁니까?”

약혼 축하 인사를 했던 최 이사가 도혁과 권 회장을 번갈아 보며 당황한 목소리로 물었다.

“지금은 스키 리조트 투자 건으로 모인 자리이니 그 이야기만 해. 내 아들 약혼은 내가 알아서 할 테니까.”

“제가 알아서 합니다. 제 약혼이니까요.”

권 회장이 대화를 정리하려고 했는데 도혁이 마지막에 끼어드는 바람에 분위기는 더 위태로워졌다. 모두가 권 회장의 눈치를 보았다. 자비나 용서가 없는 권 회장의 성정을 알기에 이건 정말 큰일이라고 모두 노심초사했다.

"언제까지 그 입 함부로 놀릴 거냐?"

참는 건 여기까지라는 경고가 권 회장의 입에서 떨어졌다. 도혁은 앉아 있던 자리에서 일어나며 재킷의 단추를 채웠다.

"혹시 저 망하라고 투자 건 반대하실 분 계십니까?"

이사들은 말이 없었다. 말할 수 있는 분위기 자체가 아니었다. 모두 권 회장의 눈치만 살폈다. 하지만 도혁은 그 침묵을 자기 뜻대로 받아들였다.

"없군요. 감사합니다."

마지막으로 예의 바르게 고개 숙여 인사까지 한 도혁은 흐트러지지 않은 걸음으로 룸을 나왔다. 도혁의 뒤를 박 실장이 서둘러 쫓았다. 권 회장이 걱정되기는 했지만 지금 그는 도혁의 비서였으니까.

여유 있게 룸을 걸어 나온 도혁은 문이 등 뒤에서 닫히자마자 갑자기 전속력으로 뛰기 시작했다. 박 실장이 놀라서 쫓아가려고 했지만 느린 그의 걸음으로는 도저히 무리였다.

"대표님!"

박 실장이 도혁을 불러보았지만 도혁은 멈추어 서지 않았다. 은채의 공연에 시간 맞춰 가려면 숨도 쉬지 말고 뛰어야 했다.

공연이 끝나고 멤버들과 단골 고깃집에서 가벼운 회식이 있었다. 은채는 그 자리에서 동이 이야기를 했다.

"돈 때문에 하고 싶은 거 못 하는 건 너무 억울하잖아. 거기다 동이는 아직 너무 어리고."

돈과 음악 사이에서 갈등을 많이 했던 멤버들은 깊이 동조했다.

"어떻게 아이 자존심 안 다치게 피아노 치게 할 수 있는 방법 없을까?"

"아이한테도 남자의 자존심이 있다는 거냐."

호야는 팔짱을 끼고 절레절레 고개를 젓기만 했고, 류는 그냥 평소처럼 말없이 술만 마셨고, 안주로 나온 오징어를 씹던 동우가 무언가 생각난 듯이 핸드폰을 꺼내서는 웹 페이지 하나를 열었다.

세진 백화점에서 열리는 대회를 홍보하는 페이지였다.

"이건 어때? 어린이 밴드 대회인데."

"어린이 밴드 대회?"

"응. 여기 나가서 상 타면 부상으로 피아노를 줘. 그거 타면 마음껏 칠 수 있잖아."

은채는 진짜인가 싶어서 동우가 보여준 페이지를 자세히 살펴보았다. 정말 2등 상품이 피아노였다.

"우와! 좋네."

대회에 나가서 자기 실력으로 피아노를 타면 동이도 분명 좋아할 것이다. 더 이상 종이 건반으로 칠 필요가 없었다.

"그런데 밴드면 동이 한 명만 나가는 것도 아니잖아. 다른 아이들도 같이 나가야 하는 거 아니야?"

류가 지적했지만 은채는 어렵지 않을 거라고 생각했다.

"피아노 학원생 중에 하고 싶은 아이들 모으면 될 거야. 아이들한테 좋은 추억도 될 수 있을 거 같은데."

그리고 밴드 음악은 그녀가 직접 하고 있으니 피아노보다 더 잘 가르쳐줄 수도 있었다.

“내가 이거 하면 도와줘야 해. 알았지?”

은채는 멤버들에게 협조를 부탁했다. 자신들이 공연하는 건 아니지만 아이들과 음악 하는 게 재미있을 거 같았기에 멤버들도 쉽게 승낙을 했다.

Rrrrrrrr-. Rrrrrrrr-.

전화벨 소리에 핸드폰을 꺼내 보니 도혁의 전화였다. 벌써 일이 끝난 건가 싶어서 은채는 반갑게 전화를 받았다.

“벌써 회사 일 끝났어요? 난 오늘 밤새는 줄 알았네.”

이렇게 일찍 끝나는 일이었으면 그녀의 공연을 보고 간 다음에 했어도 됐을 텐데 말이다.

[공연 벌써 끝났어?]

“네, 당신이 보내준 옷 입고 목걸이 하고 잘 끝냈어……, 어라? 근데 공연 끝난 건 어떻게 알아요?”

그녀가 시작 시간만 말해준 거 같은데 말이다.

[젠장. 괜히 뛰었네.]

그가 갑자기 욕을 하자 은채는 눈을 치켜 올렸다.

“지금 나한테 욕한 거예요?”

그녀가 그한테 서운하다고 말해야 하는 상황인데 말이다.

[나 지금 너 공연하는 클럽이야.]

“네?”

그녀가 벌떡 자리에서 일어나자 멤버들이 다 쳐다보았다.

“진짜요? 일 있어서 못 온다고 했잖아요.”

[그런데 왔지. 그런데 끝났네.]

‘그런데’의 연속 속에 허무함이 느껴졌다. 그래도 그녀는 기분이 좋아졌다. 그가 그녀의 공연을 보러 오려고 애썼다는 소리니까. 은채는 서둘러 멤버들에게 가봐야 한다고 말하고는 식당을 나왔다.

"지금 클럽 근처 식당이에요. 클럽 앞에 있어요. 내가 갈게요."

도혁에게 그 자리에 있으라고 말하고 이번엔 그녀가 뛰었다. 모퉁이만 돌면 바로 클럽이었다.

쿵쿵. 심장이 기분 좋게 뛰었다. 코너를 돌아 클럽 앞에 있는 도혁을 발견하자마자 은채는 멈추지 않고 바로 그를 향해 뛰어가 그의 품에 뛰어들었다. 그녀의 힘에 밀려 도혁의 큰 몸이 휘청할 정도였다. 그가 공연 시간에 맞추어 오지 못했어도 그녀는 이 순간이 좋았다.

하얀 이가 다 보일 정도로 크게 웃는 그녀를 보고 도혁은 허탈하게 웃었다.

"늦을 수도 있는 거지. 그걸로 왜 그리 낙담해요."

그가 어떤 자리를 박차고 나왔는지 알면 그녀는 감히 그런 소리를 못 할 것이다. 이사들한테 의심할 빌미 다 주고 와봤더니 그녀의 공연은 끝나고 이상한 오징어들이 공연하고 있었다.

"넌 인기 없어서 공연이 그렇게 짧은 거야?"

설마 30분도 안 늦었는데 공연이 끝나 있을 줄은 몰랐다. 그의 말에 은채는 눈을 흘겼다.

"오늘은 두 곡 부르는 거였단 말이에요."

"고작 두 곡 부르는데 나보고 오라고 했던 거라고?"

은채는 입가가 실룩였다. 누가 들으면 그녀가 일 다 팽개치고 공연 보러 오라고 닦달했다고 여기겠다. 그녀는 오라고 강요한 적 없었다. 올 거냐고 물어만 봤던 거지.

"알았어요. 다음부터는 권 대표님 스케줄 확인하고 미리 공연 시간 허락받을게요. 됐어요?"

도혁은 절레절레 고개를 저었다. 자신이 잠시 미쳤던 거라고. 왜 여길 와야 한다는 강박증에 사로잡혔단 말인가. 공연 시간이 얼마나 되는 줄도 몰랐으면서. 무계획적이고, 충동적이었다. 혼자 자책하던 도혁은 충격받은 얼굴로 그녀를 보았다.

"내가 꼭 너같이 굴었어."

전염병이라도 옮은 듯한 표정을 짓는 도혁에게 은채는 코에 힘을 팍 주며 경고했다.

"한마디만 더 하면 나 진짜 화내요."

원래는 그가 그녀를 집까지 바래다주어야 하는데 도혁이 공연 늦은 거에 너무 충격받아 하는 것 같아 그녀가 그를 집까지 바래다주었다. 그에게 돌려줄 것도 있었다.

도혁의 집에 도착했을 때 은채는 보낸 목걸이와 옷과 구두를 꺼내 그에게 돌려주었다.

"너한테 준 거야."

어차피 그가 가지고 있어도 쓸 수도 없는 물건들이었다.

"우리 집에 둘 수 없어요. 알잖아요. 우리 아버지 성격."

이 물건들 집에 두었다가 아버지한테 들키는 날에는 한바탕 뒤집어질 것이다. 이걸 그녀의 돈으로 사도 문제였고, 남자한테 받았다고 하면 더 문제였다.

선물을 줘도 가져갈 수 없다는 그녀의 얼굴을 보며 도혁은 짧게 한숨을 쉬었다.

"이거 덕분에 나 무대에서 진짜 예뻤어요."

은채는 그거면 충분하다며 활짝 웃었다. 웃는 그녀의 얼굴을 보던 도혁이 낮게 말했다.

"나도 보고 싶어."

사실 그 모습 하나 보고 싶어 그리 뛰어갔던 건데 말이다. 그가 선물한 목걸이를 하고 옷 입고 노래하는 그녀는 얼마나 예쁜지, 그의 눈으로 직접 보지 않으면 의미가 없다.

은채는 도혁에게 보여주기 위해서 도혁의 집에서 다시 그가 선물로 준 레드 드레스로 갈아입었다. 화장도 공연할 때처럼 공들여 하고 구두까지 신었다. 마지막으로 조심스럽게 목걸이를 두르고 거실로 나가니 도혁은 관객이 되어 소파에 앉아 있었다.

은채는 나비처럼 사뿐사뿐 앞으로 걸어가 무대에서 했던 인사를 그대로 했다.

"안녕하세요. 인디아 레드의 '수'입니다."

조명이 없어도, 환호가 없어도, 악기들의 소리가 없어도 앞에 있는 그의 존재만으로 부족한 게 없다는 사실이 그녀를 들뜨게 만들었다.

그녀는 가볍게 몸을 흔들며 박자를 탔다. 무반주였지만 리드미컬하게 노래를 시작했다.

"오! 이제부터 당신은 휴일이에요. 너무도 밋진 휴일 말이에요."

이젠 익숙한 노래 가사에 도혁은 피식 웃음을 흘렸다. 은채는 노래하며 그에게 다가왔다. 확실히 노래할 때의 그녀는 평소와 달리 카리스마가 있다.

눈빛은 자신감으로 가득했고, 몸짓은 유혹적이었으며, 목소리는 달콤했다.

"손해 보는 일은 아닐 거예요. 모든 것이 달라질 거예요."

그녀의 손이 그를 향해 유혹적으로 뻗어왔다. 그가 잡으려고 하자 은채는 꼬리 치고 가버리는 고양이처럼 휙 그의 손을 털어내며 반대편으로 방향을 틀었다.

하지만 놓칠 그도 아니었다. 벌떡 일어나 그녀의 가는 허리를 한 팔로 감아 붙잡았다. 그녀의 손이 그의 가슴을 짚으며 거리를 유지했다. 나 쉬운 여자 아니라는 듯이.

"내가 당신에게 웃어주길 바란다면 꽃을 줘요. 아주 빨간 장미를."

그녀의 노래는 아직 계속되고 있었다. 아니, 이젠 노래가 아니라 유혹이었다.

그는 기꺼이 그 유혹에 빠져들 마음이 있었다. 빨간 장미를 달라면 이 집을 빨간 장미로 가득 채울 것이다.

"내가 당신에게 키스하길 바란다면 반지를 줘요. 내 약지에 딱 맞는 반지를."

반지를 달라면 세상에서 오직 하나만 존재하는 그런 반지를 구해서 줄 것이다. 오히려 그녀의 노래를 홍대가 아니라 집에서 듣게 된 게 다행이었다. 홍대였다면 그녀에게 키스할 수 없었을 테니까.

도혁은 입가에 매력적인 웃음을 흘리며 노래하는 그녀의 입술로 다가갔다.

중국 스키 리조트 사업이 본격화되면서 회사 일은 어쩔 수 없이

늘어났다. 회사 대표가 바쁘다는 건 직원들도 정신없이 일하고 있다는 뜻이었다. 매일 마라톤 회의가 이어졌다. 직원들은 자기가 맡은 부분만 잘하면 되지만 모든 회의에 참석해야 하는 도혁은 부분으로 된 것들을 모아서 완벽한 완성체를 그 누구보다 먼저 보아야만 했다.

"호텔을 중심으로 상가군, 물놀이장, 놀이공원 같은 여러 가지 다양한 부대시설이 집중되는 곳이 꼭 필요합니다. 이 부분은 스키 리조트에서 스키 활동 이외의 즐거움을 더 중요시하는 초급자 스키어 중심의 리조트 배치 형태가 되어야 할 겁니다."

초대형 스키 리조트인 만큼 스키를 즐기는 사람만을 배려한 리조트로는 부족했다. 다양한 사람들을 만족하게 하는 리조트로 만들어야 수익 창출을 해낼 수 있었다.

"Breckenridge 스키 리조트는 광산 마을 전체를 리조트화했습니다. 그곳에 사는 사람들이 합심하여 도시 전체를 리조트화한 것이 인위적으로 만들어낸 리조트보다 더 관광성이 높다고 봅니다."

도혁이 낸 제안에 직원들은 난감한 표정을 지었다. 중국 정부 하나 설득하는 것도 힘들었는데 이젠 중국의 마을 사람 전부를 설득하고 리조트 사업에 대해 교육하라고 말하고 있는 것이니 말이다.

"그것까지 같이 진행하려면 지금 인원으로는 너무 부족한데."

"지원은 아낌없이 하겠습니다. 가능하게만 만드세요."

그나마 자정쯤 퇴근을 해야 잠깐 은채를 만나러 갈 수 있었다. 그가 집 앞이라고 말하면 은채는 자다 일어나서 카디건만 가볍게 걸치고 나왔다.

인디아 레드의 '수'는 신데렐라 사촌쯤 되는지 자정을 넘으면 절대 볼 수 없었다.

"이렇게 죽어라 일만 해야 재벌 되는 거면 난 재벌 절대 안 해요."

사실 그는 자신이 그렇게 많이 일한다고 생각하지 못하고 살아왔다. 그는 살면서 한가했던 적이 없었다. 어릴 때는 어학, 수학, 경영, 교양 따위를 배우느라, 커서는 회사 일을 배우고 실적을 쌓느라. 그나마 그만의 시간을 가진 게 최근 은채를 만나고 나서부터였다. 이젠 알았다. 같이 있으려면 적당히 한가해야 한다는 걸.

"잠은 자요?"

이렇게 늦은 시간에 그녀를 만나고 가서 아침 일찍 출근해야 했다. 거기다 그는 불면증까지 있었다.

"그게 나의 장점이지. 잠자는 시간까지 일할 수 있는 거."

"그러다 미인박명하겠네."

그를 '미인'이라고 하는 말에 도혁은 살짝 눈썹을 찌푸렸다. 못마땅한 기색이 뚜렷한 그의 얼굴을 보고 은채는 피식 웃었다. 그리고 졸렸다. 사실 그가 너무 늦은 시간에만 와서 그녀도 요즘 제대로 잠을 못 자고 있었다.

벌써 새벽 2시였다. 거기다 집 앞. 이건 데이트라고 말할 수 없는 만남이었다.

"중국 안 간다고 좋아했더니, 그게 이 시간에만 만난다는 건 줄은 몰랐지."

그녀는 속았다는 눈으로 그를 흘겨보았다. 도혁은 뭘 모르는 소리 말라는 듯 자신의 어깨를 툭툭 손으로 쳤다.

"내가 중국에 있었으면 내 어깨 베고 자지 못했겠지. 자. 엄청 편할 테니까."

전혀 안 편할 거 같은 허세 베개였다. 하지만 그녀는 슬쩍 머리를 그의 어깨에 기댔다. 푹신하지는 않았지만 마음에는 들었다.

"나 이러고 있다 진짜 잠들면 어쩔 거예요?"

"그냥 우리 집으로 데리고 가는 거지."

그녀가 바로 일어나려고 하자 도혁이 손으로 그녀의 머리를 잡고 다시 그의 어깨에 기대게 하였다.

"깨워줄게."

그래도 은채는 불안한 눈으로 그를 올려다보았다. 그 때문에 그녀가 아버지에게 혼날 일이 생긴 게 한두 번이 아니었으니까.

"진짜 깨워야 해요."

그녀는 이러고 있다 분명 잠들 거 같았다. 그와 달리 그녀는 잠이 많았으니까.

"내가 잠들었다고 당신 집에 데려가면 납치예요."

"그래, 산적 같은 너희 아버지가 잡으러 오시겠지."

도혁은 불이 꺼진 안방 쪽을 보며 한숨을 푹 쉬었다. 은채의 아버지만 없었어도 이 연애는 참 편했을 텐데 말이다. 그리고 그의 아버지도 없었으면 더 좋았을 테고.

"나 학원 아이들 모아서 어린이 밴드 만들려고요."

은채는 자기 일을 도혁에게 말해주었다. 도혁은 듣기만 했다.

"피아노 치게 해주고 싶어서요. 동이 알죠? 그때 같이 피아노 친 아이. 예감이 동이가 피아노 시작하면 엄청 잘할 거 같아요. 하암."

분명 듣는 사람이 더 졸린 법인데, 어째 종알종알 이야기하는 그녀가 하품이 나왔다. 졸린 눈을 깜빡이는 그녀를 내려다보며 도혁은 피식 웃었다.

역시 먼 중국에서 전화 통화하는 것보다는 이리 옆에서 보는 게 백만 배는 나았다.

하지만 회사일 때문에 이렇게 새벽에 잠깐씩 차 안에서만 만날 수 있었다. 그래서 그녀를 만나고 돌아갈 때마다 항상 아쉬움이 남았다. 그렇다고 그녀한테 근처 호텔에 오라고 하면 펄쩍 뛸 게 뻔하고. 그의 집이라도 이 근처였다면 조금 편하게 만날 수 있을 것이다.

그때 창밖으로 부동산 간판이 보였다. 자주 온 곳인데 저기 부동산이 있는 건 오늘 처음 알았다. 아마 사람은 자기가 필요한 것만 선별해서 보는 시각이 있나보다.

도혁은 부동산 쪽을 보고 한쪽 입꼬리를 말아 올렸다.

피아노 학원에서 은채는 원장인 정숙의 동의를 구하고 어린이 밴드 대회에 나갈 아이들의 지원을 받았다. 그녀가 제일 먼저 꼬신 건 동이가 좋아하는 현이였다. 왜냐하면 현이가 한다고 해야 동이도 자연스럽게 하게 될 것이니까.

"어린이 밴드 대회요?"

음악은 피아노밖에 배워본 적이 없는 현이는 그게 뭐 하는 거냐는 눈으로 그녀를 쳐다보았다.

"그래, 현이는 목소리도 예쁘고 얼굴도 예쁘니까 밴드에서 노래하면 정말 인기 많을 거야. 사람들 앞에서 노래해보고 싶지 않아?"

"전 그런 거 부끄러운데."

현이가 부끄럽다며 빼자 은채는 안 되겠다 싶어서 현이의 두 손을 꼭 잡고 사정을 했다.

"현이야, 네가 해야 동이가 할 거거든. 동이를 위해 그냥 해주지 않을래?"

"동이를 위해서요? 그럼 이게 동이한테 좋은 일이에요?"

현이는 큰 두 눈을 동그랗게 뜨며 순진무구하게 물었다.

"선생님이 자세히 이야기해줄 수는 없는데 동이한테 엄청 좋은 일이야. 동이 맞춤 로또야. 로또!"

현이는 고민이 되는 듯 잠시 생각을 하더니 그리 오래지 않아서 고개를 끄덕였다.

"그럼 할게요."

어쩜 얼굴뿐만 아니라 마음마저 이렇게 예쁜지. 동이가 왜 현이를 좋아하는지 이제야 알 거 같아서 은채는 현이의 작은 몸을 꼭 끌어안으며 고맙다고 몇 번이나 말했다.

현이가 스카우트되었으니 동이는 그냥 옵션 같은 것이었다. 현이가 한다고 하면 뭔지도 모르고 무조건 할 것이었다.

보통 사람이라면 다 그렇듯이 그녀도 아침에는 일어나는 게 굉장히 힘들었다. 알람 소리를 듣고도 못 일어날 때가 많았다. 그런 날이면 아버지한테 등짝을 맞아야 겨우 일어나곤 했다. 특히나 요즘은 혹시 새벽에 찾아올지 모를 도혁을 기다리다 자느라 더 아침에 일어나는 게 고역이었다.

Rrrrrrrrrr-. Rrrrrrrrrr-.

아침 일찍부터 울리는 시끄러운 벨 소리에 은채는 눈살을 찌푸렸다. 손을 뻗어 우선 알람을 껐다. 그런데 알람이 미친 건지 바로 또 울리는 것이었다. 은채는 잠투정을 하며 핸드폰을 눈앞까지 가져왔다. 알람인 줄 알았는데 알고 보니 전화였다. 그것도 새벽 다섯 시 반에 울리는 전화였다.

은채는 통화 버튼을 누르며 우선 짜증부터 냈다.

"나 아직 잘 시간이라고요."

[건강을 위해 아침 운동 해.]

은채는 이불 속으로 더 깊게 파고들며 웅얼거렸다.

"아침 운동 당신이나 하라고요. 난 잠이 더 좋아요."

[나, 너랑 같이 운동하려고 너희 집까지 뛰어왔어.]

도혁이 그녀의 집 앞이라는 말에 은채는 눈이 번쩍 떠졌다.

"거짓말이죠?"

절대 사실일 리 없었다. 그와 그녀의 집이 얼마나 먼데 이 시간에 그녀의 집 앞에 있을 수 있단 말인가. 차로 빨리 와도 한 시간이었다.

[그거야 밖에 나와 보면 아는 거잖아.]

은채는 침대에서 벌떡 몸을 일으켰다. 그리고 좀비처럼 움직여 대문으로 향했다. 설마 하는 마음 반, 절대 아닐 거라는 불신 반이었다. 은채는 대문을 여는 대신 대문 옆 돌을 밟고 올라서서 담 위로 고개를 내밀고 밖을 살펴보았다. 새벽이라 거리에는 사람들이 없었다.

하지만 아무도 없는 건 아니었다. 대문 바로 앞에 트레이닝복을 입은 키 큰 남자가 후드를 깊게 눌러쓰고 서 있었다. 진짜 도혁이 이 새벽에 그녀의 집 앞에 있는 걸 보고 은채는 눈과 입이 동시에 벌어졌다.

놀란 표정의 그녀를 발견한 도혁이 저벅저벅 담 앞으로 걸어왔다. 은채는 도혁이 다가오는 걸 보고도 벌어진 입이 다물어지지 않았다. 자신이 아직도 꿈을 꾸고 있는 듯했다. 새벽이면 몰라도 지금은 아침이었다. 분명 그가 올 수 없는 시간이었다.

키가 큰 도혁은 담 위로 가볍게 그녀의 얼굴과 마주했다. 도혁은 금방 일어난 게 분명한 그녀의 상태를 보고 '쯧' 혀를 찼다.

"그루밍 좀 해야겠어."

도혁이 그리 말하며 그녀의 턱을 고양이 쓰다듬듯이 손가락으로 간질이는데 은채는 순간 자신이 사람인지 동물인지 헷갈렸다.

"미쳤어요? 아침 운동하러 여기까지 오게?"

은채는 뒤늦게야 화를 냈다. 안 그래도 회사 일로 몸을 혹사시키면서 이렇게 무리하게 아침 운동을 하다니. 이건 건강을 위한 운동이 아니라 빨리 죽으려고 작정을 한 것이다. 그런데 그녀의 목소리가 컸는지 안방 쪽에서 아버지의 목소리가 들려왔다.

"은채냐? 아침부터 뭔 일이야?"

아버지가 일어나 나오시려는 소리를 듣고 기겁을 한 은채는 부리나케 대문을 열고 나와서는 도혁의 손을 붙잡고 뛰었다. 가능한 아버지의 눈에 띄지 않는 곳까지.

아침에 눈 뜨자마자 뛰었더니 정신도 없고 숨도 찼다. 헉헉대고 있는 그녀의 어깨 위에 도혁이 트레이닝복 상의를 벗어 덮어주었다. 더운 여름에 옷 덮어준다고 감격할 일은 없었다.

"더워요."

"좀 가리라고."

도혁도 잔소리를 하며 후드까지 그녀의 머리에 푹 씌워주었다. 그러고 보니 잘 때 입는 옷이라 거의 안 걸치고 있긴 했다. 도혁이 덮어준 상의가 커서 그녀가 입은 짧은 반바지보다도 길었다. 은채는 트레이닝복의 지퍼를 목까지 채우며 그를 흘겨보았다. 민소매 티만 입고 있는 도혁의 탄탄한 팔뚝은 바람직하긴 했지만 이 시간은 절대 안 바람직했다.

"아침 운동하다 과로사할 일 있어요? 우리 집까지 올 시간 있으면 집에서 좀 자요."

연애도 살아는 있어야 할 수 있는 거 아닌가.

"너희 집까지 오는 데 5분밖에 안 걸려."

그의 집에서 그녀의 집까지 비행기를 타고 오지 않는 이상 불가능한 일이었다.

"내가 바보인 줄 알아요? 당신 차가 아무리 빨라도……."

"나 이사했어."

마치 핸드폰 바꿨다는 듯이 말하는 도혁의 말에 은채는 놀라서 눈이 휘둥그레졌다. 은채는 놀란 마음을 진정시키고 진지하게 물어봤다.

"서, 설마 이 근처로 이사 왔다고요?"

"그래."

그녀가 사는 곳은 서민층 중에서도 좀 더 못사는 사람들이 몰려 있는 동네였다. 대기업에 취직한 사람이라도 나오면 엄청 출세했다는 소리가 나올 수 있는 그런 곳이었다. 그래서 그녀의 언니가 서울에서 제일 좋은 대학교에 붙었을 땐 플래카드까지 붙었었다. 동네의 자랑이라고.

그녀야 태어날 때부터 살아온 곳이니 상관없지만 도혁은 평생 이런 동네는 땅 한 번 안 밟아보고 살아온 사람이었다. 그런 그가 그녀를 만나기 위해 그녀의 동네로 이사까지 왔다는 게 도저히 믿기지가 않았다. 그가 꼭 거짓말을 하는 것 같았다.

"설마 당신 회사에서 이 근처에도 집 지었어요?"

"집이 레고인 줄 알아? 하룻밤 사이에 뚝딱 짓게."

도혁은 쉽게 믿지 못하는 그녀를 직접 이사했다는 집까지 데리고 갔다. 도혁이 구한 집은 옥탑방이었다. 그는 자신의 머리 위에 누가 사는 걸 참지 못하기에 은채의 집과 가장 가까우면서도 가장 높은 곳을 구한 것이다.

"저기, 너희 집 맞지?"

도혁이 가리킨 손가락 끝에는 정말 그녀의 집이 있었다. 도혁의 집에서 그녀의 집이 보이다니. 은채는 눈으로 보고 있어도 현실 같지가 않았다.

그가 사는 64층에서 보였던 건 그저 서울이었다. 그 누구의 집도 아닌 그냥 서울.

직접 데려와 확인시켜주었는데도 그녀가 아무 말이 없자 도혁은 그녀의 얼굴을 살펴보았다.

"무슨 말이라도 하지?"

그로서는 그녀를 위해 엄청난 변화를 감수한 것이었다. 이 환경의 변화가 그의 불면증에 어떤 영향을 끼칠지 아직은 알 수 없었다. 낡은 집의 나쁜 영향으로 약의 양을 늘려야 할 수도 있었고, 그녀를 만나는 게 편해져서 오히려 잘 잘 수도 있었다.

멍하니 자신의 집 지붕을 쳐다보던 은채는 한참 만에야 입을 떼었다.

“그럼 우리 아침 말고 밤에도 볼 수 있는 거예요?”

그렇게 묻는 그녀를 도혁이 눈을 가늘게 뜨며 쳐다보았다.

“밤에 만나서 뭐 하려고?”

은채는 인상을 쓰다 두 팔을 뻗어 도혁의 몸을 와락 끌어안았다. 복잡한 기분이지만 딱 하나 확실한 건 지금 자신의 두 팔로 그를 이리 안을 수 있다는 게 좋다는 것이었다.

진짜 고양이처럼 그의 가슴에 얼굴을 부비는 그녀를 보고 있으니 도혁은 절로 미소가 지어졌다. 이젠 그녀와 함께 있는 시간이 그의 고급 펜트하우스보다 좋았다. 그래서 그의 집을 포기한 게 후회가 되지는 않았다.

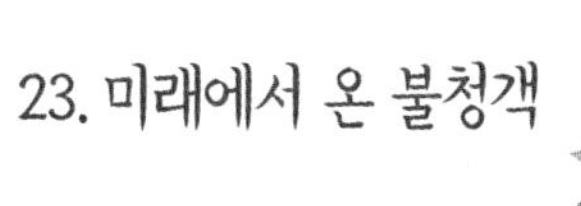

23. 미래에서 온 불청객

"너는 아침부터 그렇게 벗고 동네를 돌아다닌 거야!"

아버지는 대문을 열고 들어오는 그녀를 보고 역정부터 내셨다. 도혁의 옷을 입고 들어올 수가 없어서 대문 앞에서 벗고 들어왔더니 바로 잔소리가 날아왔다. 하지만 지금은 기분이 좋아서 그런지 아버지의 잔소리에도 그저 웃음이 나왔다.

"그냥 아침 운동한 거야."

그녀가 그런 걸 스스로 할 리 없다는 걸 너무 잘 아는지 아버지는 눈을 부라렸다.

"어디서 허튼짓하고 와서는 거짓부렁이여!"

아버지와 더 이야기해봤자 거짓말만 들통날 게 뻔했기에 은채는 후다닥 자신의 방으로 뛰어들어갔다. 밖에서 아버지가 소리치셨다.

"또 그러고 밖에 나다니면 한복 입고 다니게 할 거야!"

한복이 더 사람들 눈에 띌 텐데. 은채는 아버지의 괜한 심술에 투덜거리다 자신의 방을 둘러보았다.

은채는 도혁의 새집에 가져다놓을 물건들을 하나하나 챙기기 시작했다. 쿠션도 가져가고, 거울이랑 라디오도 가져가고……. 물건들을 골라내는데 또 웃음이 비집고 나왔다.

도혁을 만난 뒤 제일 행복한 것 같았다. 마음속이 기대감으로 가득했다. 64층 펜트하우스에서는 생각할 수 없었던 것들이 도혁의 새집에서는 다 가능할 것 같았다.

"어떡해. 나 너무 좋아."

어느새 웃다가 울상을 짓고 있었다. 불 속에 뛰어드는 부나비처럼 그렇게 아무것도 개의치 않고 그만 보게 되어가는 것 같아 난감했다.

절대 상처받지 않을 거라 장담했는데. 이젠 자신이 없었다.

이 설렘만큼 그녀는 상처받을 수도 있었다. 그럼 아마 아주 많이 아플 거 같았다.

그럼에도 멈출 수 없다면 이미 사랑이 되어버린 건지도 몰랐다.

그녀가 그를 사랑했다. 그리고 그는, 그는…… 절대 그런 말은 못할 남자였다. 그러니 그녀도 말하지 않을 거다. 그가 그녀보다 더 많이 좋아해주길 바라니까. 그녀가 더 사랑받고 싶었으니까. 다른 건 다 줄 수 있으니 이 정도 이기심은 봐주어야 했다.

박 실장은 출근한 도혁을 보고 주름진 미소를 지었다. 그가 기분 좋아 보였다. 다른 사람은 몰라도 박 실장은 알 수 있었다. 도혁의 무표정에 담긴 작은 변화를.

"이사한 집은 괜찮으십니까?"

“거지 같아요.”

그래도 그가 기분 좋은 건 확실했다.

“은채 양은 만나셨습니까?”

“그러려고 이사한 거니 만나야죠.”

도혁은 낮게 말하며 자신의 손을 쥐었다 펴기를 반복했다. 그런 그의 행동을 박 실장은 주시했다.

“무슨 생각하십니까?”

도혁은 손에 힘을 주어 주먹을 꽉 쥐었다.

“집을 짓고 싶어졌습니다.”

회사에서 하는 일은 건물 짓는 일이었다. 하지만 그가 원해서 선택한 일이 아니었기에 건물 짓는 건 일 그 이상도 그 이하도 아니었다. 건물을 지어 얼마나 돈을 벌어들이느냐가 유일한 목적이었다.

“사람들 적고, 나무 많고, 볕 잘 드는 양지바른 땅에 제 손으로 집을 하나 짓고 싶습니다.”

그리고 그 집에서 은채와 둘이 살고 싶었다. 아무의 방해도 받지 않고.

“그럼 우선 어떤 집을 지을지 밑그림을 그려야겠네요.”

박 실장은 도혁의 말을 거들었다. 그게 전혀 불가능한 일은 아니라는 듯이. 도혁은 고개를 돌려 박 실장을 보았다.

“저의 힘만으로도 집을 지을 수 있을까요?”

그는 사람들에게 시키는 것만 익숙했다. 그의 손을 직접 써서 끝까지 완성한 적은 없었다.

“욕심이 아니라 진심이라면 충분히 가능합니다.”

박 실장의 관념적인 말에 도혁은 눈을 좁혔다. 역시나 말을 위한 말이라고 생각했지만 그래도 듣는 데 기분이 나쁘지는 않았다.

그래, 집을 짓자. 설계도를 그리고, 땅을 찾고, 질 좋은 나무를 고르고, 톱질하고. 둘이 앉아서 편하게 쉴 수 있는 흔들의자 두 개도 만들어야겠다.

그의 상상 속에서 집이 뚝딱뚝딱 지어졌다. 그 상상 속 집에 서 있는 은채는 굉장히 행복해 보였다. 그게 그의 행복이라는 걸 모른 채 도혁은 만족한 미소를 지었다.

도혁의 이사로 에너지가 충만해진 은채는 어린이 밴드에 동이를 넣을 본격적인 수작에 들어가기로 했다. 동이가 좋아하는 현이를 포섭해두었으니 어렵지는 않을 거라고 생각했다.

깁스하고도 잘 노는 동이를 살펴보던 은채는 어린이 밴드 대회를 연다는 팸플릿을 아이들 앞에서 펼쳐 들었다.

"애들아, 밴드가 뭔지 알아?"

아이들답게 손을 번쩍 들며 대답했다.

"상처에 붙이는 거요!"

"그건 대일 밴드고, 이 밴드는 사람들이 모여서 하는 거야. 기타 치고, 드럼 치고, 노래 부르고. 어때. 재미있겠지?"

동이가 손을 번쩍 들었다.

"피아노가 없잖아요."

피아노 학원에서 하는 밴드에 피아노 없는 건 반칙이라는 듯이. 은채는 당황하지 않고 바로 해결책을 내놓았다.

"밴드에는 키보드가 있지. 피아노 잘 치면 키보드도 잘 쳐."

"그럼 저 키보드 할래요."

악기 중 피아노가 가장 익숙한 아이들이 너도나도 키보드를 하겠다고 손을 들었다. 사실 키보드는 동이에게 맡기고 싶은 것이었기에 은채는 아이들을 설득했다.

"학원에서 매일 피아노 치잖아. 그러니까 안 했던 걸 해야 재미있지 않겠어? 드럼이랑 기타도 해보면 엄청 재미있다?"

그때 그녀와 미리 이야기한 현이가 손을 번쩍 들었다.

"그럼 전 노래할래요."

현이가 한다는 말에 동이도 손을 번쩍 들었다.

"현이가 하면 저도 할래요."

그녀와 현이는 서로 눈을 맞추며 씨익 웃었다. 우선 1단계는 통했다.

어린아이들이기에 자신들이 하고 싶다고 바로 할 수 있는 건 아니었다. 밴드를 해보고 싶다는 아이들에게 부모님 허락을 받아오라는 숙제가 주어졌다. 그건 현이랑 동이한테도 적용되었다.

"혹시 부모님들이 싫어할까요?"

피아노는 교양 활동이라고 생각할 수 있지만 밴드는 그냥 딴짓이라고 여길 수도 있었다.

정숙은 웃으며 어깨를 으쓱했다.

"한번 기다려 봐요. 될 일이면 다 되게 되어 있으니까."

은채는 한숨을 짧게 쉬었다. 그저 동이한테 피아노 가르쳐주려던 일이 생각보다 커지고 있었으니까. 시작하면 중간에 포기할 수는 없었다. 그녀의 꿈이 아니라 다른 이의 꿈이기에 더 책임감이 느껴졌다.

오늘도 역시 회사 일로 바쁜 하루를 보내고 새벽에 귀가를 한 도혁은 아직은 낯선 빌라 옥탑방을 올려다보며 살짝 미간을 찌푸렸다. 집이 좋아서 구한 곳은 아니었으니까, 들어갈 때마다 남의 집 같은 건 어쩔 수 없었다.

직접 집 열쇠로 문을 열고 들어가 불을 켠 도혁은 아침에 봤을 때와 달라진 집 안 풍경을 보고 짧게 웃었다. 딱 봐도 은채가 가져다놓은 것들이었다. 집 열쇠를 주었더니 이질러났네. 그는 원래 필요한 가구들만 집에 들여놓았다. 그래야 집이 깔끔하니까. 그런데 은채가 가져다놓은 물건들은 전부 잡동사니였다.

"앞으로 절대 청소는 시키면 안 되겠군."

중얼거리며 도혁은 집 안으로 들어가 재킷을 벗었다. 씻으려고 옷을 벗고 있는데 그의 핸드폰이 울렸다. 은채였다. 그가 집에 들어오자마자 전화를 한 것을 보니 은채의 방에서 이 집이 바로 보이는 듯했다.

도혁은 창가로 걸어가 은채의 집 쪽을 보며 통화 버튼을 눌렀다. 밤에 보니 어느 집이 그녀의 집인지 잘 알 수가 없었다. 불빛만이 여기저기 어지럽게 번져 있을 뿐이었다.

[지금 집에 왔죠?]

"집보다는 숙소라는 말이 더 어울리겠네."

[내가 예쁘게 꾸며놨잖아요.]

"이게 꾸민 거였어?"

그의 기준으로는 어지른 거였는데. 그가 비꼬는 거라는 걸 눈치

챈 은채는 바로 말투가 까칠해졌다.

[됐어요. 자요.]

그냥 끊으려는 은채에게 도혁이 빠르게 말했다.

"밤에 보자며."

[그게 오늘 밤이라고는 안 했잖아요.]

그녀가 이젠 노련하게 잘 빠져나가자 도혁은 비스듬히 입술을 틀었다.

"그럼 난 이사한 보람도 없는 건가?"

[그럼 64층으로 그냥 돌아갈 거예요?]

도혁은 여러 불빛 중 은채가 있는 불빛을 찾느라 눈을 좁혔다.

"뭐야, 지금 나 떠보는 거야?"

[응. 당신이 그랬던 것처럼.]

"내가 그랬다고?"

[당신이 다른 여자랑 약혼해도 상관없냐고 계속 나 떠봤잖아요.]

그러고 보니 그랬지. 그땐 그것 외에는 달리 방법이 없을 정도로 답답했으니까.

"나한테 내가 쓴 방법을 써서 어쩌자는 거야. 너무 뻔하잖아."

[뻔하니까 속이는 건 아니잖아요.]

그녀의 불안이 손가락 틈으로 스며들어왔다. 그가 가까이 와서 그녀가 불안하다는 게 좀 섭섭하기도 했다. 이번에 그는 그런 거 계산할 틈도 없었는데 말이다.

"내가 뭐라고 말하면 올 거야?"

전화 반대편 은채는 생각해보는 듯 잠시 말이 없었다.

[그런 건 물어보면 반칙이지.]

도혁은 창가에 머리를 기대고 한숨을 내쉬었다. 불빛만 보아서는 모르겠다. 모두가 똑같은 색이었다.

"오늘 15시간이나 일했어."

좀 봐주라는 뜻으로 하소연했다. 피곤한 그에게 휴식 좀 달라고.

[내가 일하랬나. 자기 욕심에 하는 거면서.]

밤새 찔러봐도 안 될 거 같아서 도혁은 핸드폰을 귀에서 떼어냈다. 그러고는 스피커에 입을 대고 짧게 원망했다.

"그럼 혼자 좋은 꿈 많이 꾸라고."

뚝─.

먼저 종료 버튼을 누른 도혁은 핸드폰을 창가 위에 내려놓고 셔츠의 단추를 풀며 욕실로 걸어갔다. 오늘 밤 은채를 설득하지 못한 게 만족스럽지는 않지만 오늘 밤 못 보면 내일 아침에 보면 되니까.

마음에 여유가 생기니 좁은 집이 그리 좁게 느껴지지 않았다.

124평 집이든 12평 집이든 결국 중요한 건 그의 마음이었다.

도혁은 오늘만 날이 아니라고 빨리 마음을 정리했지만 오히려 거절한 은채가 끊긴 전화를 보고 입을 쭉 내밀었다.

"그냥 보고 싶다고 한마디만 하면 되잖아. 왜 그걸 못 해."

평소에 노골적으로 말하는 거 같으면서도 정작 중요한 말은 정말 못 하는 성격이었다. 은채는 무겁게 몸을 일으켰다. 사실 전화할 때부터 가볼 생각이었다. 그저 어떻게 말하나 한번 시험해본 건데, 역시나다. 첫술에 배부른 법 없으니 계속 시도해볼 것이다. 열 번 해서 안 되면 백 번, 그래도 안 되면 천 번. 지칠 때까지 계속 묻고 또 묻는 거다. 보고 싶다고, 사랑한다고. 도혁이 자기 마음 말해줄 때까지.

은채는 슬쩍 문을 열어서 아버지 방의 동태를 살폈다. 아버지가 주무시는지 방의 불은 꺼져 있었다. 하지만 잠귀가 밝으신 아버지는 작은 소리에도 잘 깨신다. 이런 야밤에 몰래 나가다 들키면 바로 회초리였다.

은채는 밤도둑처럼 살금살금 걸어서 대문으로 향했다. 대문이 낡아서 열리는 소리가 시끄러웠기에 늦은 밤에 아버지 몰래 나갈 때는 담을 넘어야 했다. 이미 여러 번 경험이 있었기에 은채는 망설이지 않고 담에 두 손을 짚고 훌쩍 뛰어올랐다.

하지만 한 번에 넘지 못하고 담 위에 올라서는데 낑낑댔다. 그녀가 담 넘을 때마다 아버지가 담 위에 기왓장을 덧대는 바람에 점점 담 넘는 게 어려워지고 있었다. 그래도 도전은 계속된다.

빠각-.

그녀의 발이 실수로 걸어찬 기와가 소리를 내며 바닥에 떨어졌다. 은채는 놀라서 아버지 방 쪽을 빠르게 돌아보았다.

설마 이 소리가 들렸을까?

진땀이 흐르는 몇 초의 시간, 은채는 숨 쉬는 걸 멈추었다.

Rrrrrrrr-. Rrrrrrrr-.

욕실에서 간단하게 씻고 나온 도혁은 자신의 전화가 울리는 소리를 듣고 입술을 씨익 말아 올렸다. 결국 은채가 다시 전화를 한 거라 여겼으니까.

창가로 성큼성큼 걸어간 도혁은 핸드폰을 집어 들다 눈썹을 찌푸렸다. 은채인 줄 알았는데 은채가 아니었다. 그래서 더 거슬리는 번호였다. 잠시 낯선 번호를 노려보던 도혁은 통화 버튼을 눌렀다.

[안녕하십니까, 권도혁 대표님. 타워 팰리스 관리실입니다.]

관리실?

이 새벽에 관리실에서 급하게 전화가 올 경우는 집에 불이 났거나, 도둑이 들었거나, 하여튼 절대 좋은 일일 리는 없었다.

"무슨 일이죠?"

[방문객이 찾아왔는데 대표님이 댁에 안 계셔서 전화 드렸습니다.]

"그럼 그냥 돌려보내요."

언제부터 방문객을 전화해서 일부러 알렸다고 이 새벽에 전화질인가.

[그게…….]

전화한 관리실 직원은 난감한 투로 어렵게 말을 이었다.

[대표님 약혼녀라고 해서.]

도혁의 눈빛이 순식간에 날카로워졌다.

똑똑.

문을 두드려도 안에서 아무런 인기척이 없자 은채는 불이 켜진 창가 앞으로 걸어가 안을 살펴보았다. 욕실 문도 열려 있고, 방 안은 텅 비어 있었다.

"불 켜놓고 어디 간 거야."

기껏 담까지 넘어서 왔는데, 설마 그녀가 안 올 거라 믿고 진짜 자기 집으로 돌아가버린 거면 그가 이사 와서 좋았던 만큼 실망이었다.

은채는 옥탑 평상에 걸터앉았다. 우선은 기다려볼 생각이었다. 불이 켜져 있으니 잠깐 밖에 나간 거라고 믿고 말이다.

"빨리 돌아오라고요, 보스 씨."

은채는 평상 아래 발을 흔들며 투덜거렸다.

끼이이익-.

타워 팰리스 주차장에 차가 거칠게 정차했다. 차에서 내려선 도혁은 곧장 엘리베이터로 걸어갔다. 머릿속에는 어서 빨리 자기가 약혼녀라고 주장하는 장애물을 치워버려야 한다는 생각뿐이었다.

왜 미국 학교에 있어야 할 최건 의원 딸이 지금 한국에 있는지 이유는 알 수 없지만 이렇게 기습적으로 찾아온 건 정말 실수한 거였다. 첫 만남부터 오만 정이 떨어지고 있었으니까.

"집 문을 열어달라고 하는 걸 겨우 말렸습니다."

관리실 직원은 자신들이 할 만큼 했다고 변명했지만 그래도 도혁에게는 불쾌한 상황이었다. 그를 여기까지 오게 하였으니까.

"경찰 불렀습니까?"

도혁의 질문에 관리실 직원의 얼굴이 사색이 되었다. 세진 그룹 후계자인 도혁도 어렵지만 새벽에 찾아와 주인 없는 집 문을 열어달라고 떼를 쓴 최건 의원 딸도 충분히 어려운 존재였다. 이거야말로 고래 싸움에 새우 등이 터지는 경우였다.

막무가내로 그의 집 문을 열어달라고 했던 최다애를 관리실 직원들이 겨우 설득해서 관리실에 데려다놓았다고 했다. 최다애가 최건의원 사람들을 부르지 않고 거기 얌전히 앉아 있다면 이유는 하나였다. 자기 아버지 몰래 한국에 들어온 것이다.

거기까지 판단을 내린 도혁은 최다애가 있다는 관리실의 문을 벌컥 열었다. 무료한 얼굴로 의자에 앉아 있던 여자가, 아니, 여자애가 그가 들어온 것을 보고 벌떡 일어났다. 우선 그 키에 좀 놀랐다. 얼굴은 분명 아직 고등학교도 졸업 못 한 10대인데 키는 은채보다 머리 하나는 더 컸으니까.

"약혼녀를 집에도 못 들어가게 하는 건 너무하지 않나요?"

이래서 애들은 질색이다. 앞뒤 다 자르고 약혼이라니, 현실감이 전혀 없는 거다.

"네가 학교 빠지고 한국 온 거 네 아버지는 아시나?"

아버지 이야기에도 최다애는 전혀 동요하지 않았다.

"네, 당연히 아시죠."

이제 보니 거짓말이 능숙하다. 별로 좋은 현상은 아니었다.

"그럼 너희 집으로 가. 우리 집에는 너 초대 안 하니까."

경고하고 돌아서는 그의 등에 대고 최다애가 급하게 소리쳤다.

"나 여자 있는 거 다 알고 온 거거든요."

도혁은 화가 난 눈으로 돌아보았다. 그 말은 최다애가 그의 뒷조사를 했다는 뜻이니까.

최다애가 핸드폰을 앞으로 내밀어 보여주었다. 사진 한 장이 떠 있었는데 그와 은채가 뮤지컬을 같이 봤을 때의 사진이었다.

"약혼식 전에 자유롭게 지내는 건 용서해줄 수 있어요. 남자들은 여자랑 달리 욕구 풀 곳이 필요하니까."

‘용서’와 ‘욕구’라는 말에 도혁은 기가 막힌 표정을 지었다. 어려서 뭘 모른다고 봐주기에는 너무 가버린 말이었다.

“하지만 약혼한 뒤에는.”

“그 약혼!”

칼날 같은 도혁의 목소리가 최다애의 말을 끊어놓았다. 도혁의 서슬 퍼런 눈을 보고 최다애도 움찔했다. 그녀의 입장에서는 그녀가 화를 낼 상황인데, 왜 도혁이 화를 내는지 이해할 수 없었다.

“절대 할 일 없어.”

그리고 도혁은 최다애가 다시 무슨 말을 하기 전에 문을 박차고 나와버렸다. 도혁은 주차장으로 내려가며 어딘가로 전화를 걸었다.

민서연.

그날 뮤지컬 공연장에서 만났던 사람은 그녀뿐이었다. 그리고 아직 공표되지도 않은 재벌가의 약혼 소식을 미리 알 수 있는 사람도 그녀였다.

[나한테 전화를 한 거 보니, 또 무슨 일이 생겼나봐요?]

마치 그에게 무슨 일이 생기길 애타게 기다렸다는 듯이 들리는 민서연의 인사말에 도혁이 이를 사리물었다.

“그 사진, 네가 보낸 거지?”

[사진이요? 무슨 사진?]

“나랑 끝까지 가보자는 거야?”

[무서워라. 여자한테 그리 매너 없이 굴면 안 되죠.]

그의 목소리에 독이 가득한 걸 느꼈지만 민서연은 겁을 먹지 않았다. 어차피 잃을 게 있는 건 그녀가 아니라 도혁이었으니까.

[나한테 그냥 화난 거 같으니까 끊을게요. 도움 필요하면 그때 연

락해요.]

뚝-.

민서연의 전화는 일방적으로 끊겼다. 도혁은 그대로 핸드폰을 바닥에 내팽개치려다가 참고 박 실장에게 전화를 걸었다. 이 상황에 믿고 의지할 사람은 박 실장뿐이었으니까.

[이 새벽에 무슨 일이십니까?]

자다 깨서 받았을 텐데도 박 실장의 목소리는 평소처럼 명료했다.

"최다애가 지금 한국에 있습니다."

[네?]

박 실장도 전혀 생각 못 한 상황인 듯 당황했다.

"저랑 이은채가 같이 찍힌 사진을 들고 우리 집까지 찾아왔습니다."

[도대체 누가 그런 사진을.]

"지금 중요한 건 최다애를 어떻게든 빨리 미국으로 다시 보내버려야 한다는 겁니다."

결국 방학하면 다시 돌아오겠지만, 하여튼 지금은 아니었다. 지금 마음 같아서는 그가 가진 수면제를 왕창 먹여서 잠든 최다애를 그대로 미국행 비행기에 싣고 싶었지만, 물건이 아니라 사람이니 그럴 수는 없는 일이었다.

짧지만 지친 외출을 마치고 이사한 옥탑에 올라와 보니 은채가 남기고 간 쪽지가 문 앞에 붙여져 있었다.

흥!

도혁은 밤하늘을 올려다보며 길게 한숨을 내쉬었다. 정말 욕 나오는 밤이었다.

Rrrrrrrrrr-. Rrrrrrrrrr-.

은채는 눈을 떴지만 전화를 받지 않고 가만히 노려만 보았다. 분명 지난밤 그 집에서 안 잔 걸 뻔히 아는데 도혁이 아침 일찍 전화를 한 것이니까 말이다.

사실 도혁의 잘못이 아니긴 했다. 평생 그런 좁은 방에서 살아본 적이 없는 사람이 그런 방에서 잠을 자는 게 편할 리는 없으니까. 거기다 도혁은 불면증까지 심했다. 거기까지 생각이 미치자 결국 은채는 핸드폰으로 손을 뻗어 통화 버튼을 눌렀다.

"왜요?"

[내 이름을 왜로 바꿔야겠군.]

아침부터 헛소리다.

"그러니까, 왜요."

[나와. 아침 운동하게.]

은채는 눈을 가늘게 떴다.

"지금 우리 집 앞이라고요?"

[그래.]

"지난밤에 그냥 집에 가서 잔 거 나 알아요."

기다리다 안 와서 그녀는 분노의 쪽지를 남기고 그냥 돌아왔었다. 그리고 또 담을 타고 집에 들어와야만 했다. 그녀가 담까지 탔는데 말이다. 그래서 더 그가 괘씸한 것이다.

[아니야. 회사에 일이 생겨서 잠깐 다녀온 거야.]

"그 새벽에요?"

[요즘 바쁘다고 했잖아.]

듣고 보니 거짓말은 아닌 것 같았다. 매일 늦게 퇴근했으니까.

"그럼 회사 갔다가 다시 온 거예요?"

자신의 오해일 수도 있다고 생각해서 그녀의 목소리가 많이 누그러졌다.

[그러니까 지금 네 집 앞에 있지 않겠어.]

은채는 그제야 부스스 침대에서 일어났다.

"사람이 잠은 자면서 일해야지. 어떻게 온종일 일만 해요? 그러니까 불면증 생긴 거잖아요."

사실 그의 불면증은 회사 안 다녔던 아주 어릴 때 생긴 거지만 도혁은 굳이 정정하지 않았다. 그녀와 그의 불면증에 대한 이야기를 하고 싶지는 않았으니까.

그녀가 분홍 트레이닝복으로 갈아입고 대문을 열고 나갔을 때 도혁은 까만 트레이닝복에 선글라스까지 끼고 있었다.

"운동할 때 선글라스 껴요?"

"오늘은 볕이 세."

그렇게 말하며 도혁은 자신이 쓰고 있던 선글라스를 벗어서 그녀의 얼굴에 씌워주었다. 하지만 그녀에게는 커서 선글라스가 주르르 콧등을 타고 흘러 코끝에 걸렸다.

은채는 흘러내린 선글라스 위로 눈동자를 댕그랗게 뜨고 그를 올려다보았다.

“이러고 뛰라고요?”

선글라스가 그녀의 눈을 보호해주는 게 아니라 그녀가 선글라스를 모시고 뛰어야 할 판이었다.

도혁은 피식 웃으며 그녀의 뺨을 두 손으로 감싸서는 마구 주물렀다. 그녀가 화장 안 했다고 너무 애완동물 취급이다.

“하지 마요.”

그녀는 쉬운 여자가 아니었다. 함부로 막 만지고 그럼 안 되었다.

쪽－.

그런데 도혁은 그녀의 입술에 입까지 맞추었다. 아버지가 언제 나오실지 모를 그녀의 집 앞에서 말이다. 당황한 은채는 도혁을 밀쳐내고 혼자 뛰어가버렸다. 도혁이 쫓아오자 그녀는 더 힘껏 뛰었다.

원래는 같이 산책 겸 하는 아침 운동이어야 하는데, 어느새 쫓고 쫓기는 추격전이 되어버렸다. 그녀는 꾸준히 운동한 게 아니었기에 뛴 지 얼마 되지 않아서 지쳐버렸다. 그녀는 가쁘게 숨을 몰아쉬며 벤치를 가리켰다.

“저기 앉아요.”

지친 건 자신이면서 왜 그보고 앉으라고 하는지 도혁은 알 수 없었지만 혼자 뛰어갈 수는 없었기에 먼저 벤치에 앉았다. 그제야 은채는 그의 다리에 머리를 기대고는 아예 벤치 위에 누워버렸다. 노숙자들이나 벤치에서 자는 줄 알았던 도혁은 황당한 표정으로 그녀를 내려다보았다.

“넌 길바닥에서도 잘 수 있나?”

“바쁜 당신한테 맞추어서 이 새벽에 아침잠도 포기하고 같이 뛰어주는 애인한테 뭐라고요?”

"잘 자."

도혁은 바로 꼬리를 내렸다. 그리고 은채는 정말 자려는 건지 점점 숨소리가 색색거렸다. 평온한 얼굴이었다. 혼자가 아니라 그가 옆에 있기에 그런 거라고 생각하니 가슴 한쪽이 뻐근했다.

"이 일만 마무리되면 같이 여행 가자."

눈 감고 있던 은채는 그의 말에 히죽 웃었다.

"무박으로?"

"아니, 1박으로."

그녀가 한쪽 눈만 떠서 그를 올려다보자 도혁은 기호 1번을 외치는 선거 유권자처럼 손가락 하나를 들고 다시 강조했다.

"1박."

그녀가 아무 말이 없자 도혁은 두어 번 더 강조했다. 1박이라고.

도연이 다애의 호출을 받고 간 곳은 호텔이었다. 부모님 몰래 학교를 빠지고 귀국을 한 거라 집에 들어갈 수 없었다. 도대체 학교에서 수업받고 있어야 할 아이가 왜 한국에 있는 건지 이상해서 가봤더니 최다애는 그녀를 보자마자 울며불며 그녀의 오빠인 도혁을 욕하기 시작했다.

"어떻게 날 그렇게 막 대할 수 있어! 내가 자기 약혼녀인데!"

사실 도혁이 잘 대해주는 사람은 이 세상에 없었기에 도연은 다애의 투정이 별로 마음에 와 닿지는 않았다.

"아직 약혼은 안 했잖아."

"곧 할 거야! 그럼 한 거나 마찬가지지."

다애는 도혁이 어릴 때부터 그녀를 무시한 게 그녀가 그저 나이가 어려서라고만 믿고 있었다. 그녀가 성인만 되면 무조건 자기를 좋아해줄 거라 믿는 다애의 밑도 끝도 없는 자신감이 도연은 가소롭기만 했다.

고작 두 살 많은 것뿐이지만 도연은 이미 사람 일이 그리 단순한 게 아니라는 걸 알고 있었다. 특히나 그녀의 오빠 권도혁은 절대 철부지 최다애를 좋아할 리가 없었다. 그녀가 아무리 나이를 먹어도 말이다.

"그래서 갑자기 한국에는 왜 왔는데? 아직 방학 아니잖아."

도연이 이유를 묻자 최다애는 핸드폰의 사진을 결정적인 증거처럼 보여주었다. 도연은 이미 아는 얼굴이었기에 별로 놀랍지도 않았다.

"넌 이미 알고 있었어?"

최다애가 그녀를 언니라고 안 부르는 게 도연은 거슬렸지만 아무렇지 않은 척 그냥 어깨만 으쓱했다.

"우리 오빠 같은 사람이 혼자인 게 더 이상하지 않겠어?"

"하지만 이렇게 사진 찍힌 적은 없었잖아!"

그건 그랬다. 워낙 비밀주의로 다녀서 여배우를 만난다더라, 이번엔 연상의 여사장이라더라……라고 소문만 무성하게 났었지 이런 증거 사진이 남은 적은 한 번도 없었다.

"그래서 이 사진 한 장 때문에 쪼르르 한국으로 날아왔다고?"

"그래! 이 여자 가만 안 둘 거야!"

도연은 그 여자를 도혁의 옆에서 치워버리겠다는 다애를 보며 자신도 저렇게 유치했었나 반성하게 되었다.

“그래서 어떻게 하겠다고?”

그녀는 가능한 한 거들기만 할 뿐 모든 유치한 짓은 최다애가 다 하는 거라면 도와줄 용의는 있었다.

박 실장이 끊어온 비행기 표를 보고 도혁은 인상을 썼다. 이틀 뒤 표였다. 무려 이틀이나 최다애라는 골칫거리를 떠안고 있어야 한다는 소리였기에 기분이 좋을 리가 없었다.

“우선 미국에 돌아가도록 설득할 시간이 필요하니까.”

“설득 안 통할 애입니다. 어떻게든 속여서 태워야죠.”

“속여요?”

그 말이 굉장히 불길하게 들렸기에 박 실장이 도혁을 불안한 눈으로 쳐다보았다.

도혁이 약혼 때문에 싸워야 할 적수는 최다애가 아니라 그의 아버지 권 회장이었다. 그래서 그는 쓸데없는 곳에 힘을 빼기가 싫었다. 최다애는 정면 승부를 할 상대가 아니었다. 그에게는 최다애의 눈만 가리는 게 온 세상의 눈을 가리기보다 훨씬 쉬웠다.

“그럼 은채 양한테도 말하지 않으실 생각이십니까?”

“네.”

은채와 그런 이야기는 절대 하고 싶지 않았다. 그럼 다시 옛날로 돌아가버릴 거 같았으니까.

이젠 아버지를 이기는 것보다 은채를 잃고 싶지 않은 마음이 더 컸다. 단지 아버지에 대한 반항심 때문이 아니라 약혼을 할 수 없는 명확한 이유가 생긴 것이다.

　어린이 밴드 모집을 하는데 생각도 못 한 변수가 등장했다. 현이의 어머니가 현이 공부에 방해된다고 반대를 하신 것이다. 현이 때문에 동이를 쉽게 끌어올 수 있었기에 이건 꼭 해결해야 하는 문제였다. 그래서 학원 끝나고 현이랑 같이 현이네 집에 직접 가보기로 했다. 무조건 안 된다는 입장은 아닐 것이니 잘 말씀드리면 허락을 받을 수 있을 거라고 생각했다.

　현이에게 어머니가 어떤 걸 잘 드시느냐고 물으면서 걸어가고 있는데 그녀의 옆으로 빨간 차가 멈추어 섰다. 아이와 함께 걸어가던 은채는 놀라서 현이를 껴안고 길옆으로 피했다.

　아이들 다니는 길에서 운전자한테 너무 위험하게 세운 거 아니냐고 따지려다가 운전자의 얼굴을 보고 은채는 할 말을 잃었다.

　"나 알죠? 타요."

　도혁의 이복동생 도연이었다.

　"저기, 제가 지금 이 아이 집에 가는 길이라."

　갑자기 나타나서 무조건 타라고 하는 네가, 니무 에의 없는 거라는 걸 순화해서 말해주었지만 역시나 도연은 자기 말이 먼저였다.

　"그래서 못 타겠다고요?"

　바로 눈꼬리가 치켜 올라가는 걸 보니 그녀의 사정을 이해해줄 마음은 눈곱만큼도 없는 것 같았다. 무시하고 싶었지만 도혁의 가족은 이제 그녀에게 너무 어려운 존재가 되어버렸다. 할 수 없이 은채는 현이를 내려다보며 사과했다.

"현이야, 선생님은 내일 너희 어머니 만나야겠다. 어머니한테 죄송하다고 말씀드려."

이미 찾아간다고 말을 해놓은 상태라 이중으로 미안하게 생겼다.

은채가 타자마자 도연은 바로 차를 출발시켰다.

"어디 가는 건데요?"

"가보면 알아요."

그녀가 물어도 도연은 제대로 대답을 해주지 않았다. 결국 썩 좋은 곳은 아니라는 뜻처럼 들렸다.

그리고 역시나 달리던 도연의 차가 멈추었을 때 그녀는 괜히 따라왔다는 후회를 절로 하게 되었다. 딱 봐도 클럽이었으니까.

은채가 평소 놀러 다녔던 클럽과는 사뭇 달랐다. 일명 상위 1%들의 놀이터라고나 할까.

얼굴만 보면 알 만한 스타 연예인들이 마치 옆집 친구들처럼 춤을 추며 놀고 있었다. 이런 상황이 아니었다면 은채도 놀라고 반가워서 당장 가서 사인을 받았을 사람들이었다.

"날 여기 왜 데려온 거예요?"

도혁의 동생이라서 무시하지 못하고 따라온 것이지 무조건 당해준다는 뜻은 아니었다. 그녀도 성격이라는 게 있었으니까.

도연은 별 설명 없이 자꾸 클럽 안쪽으로 들어갔다. 그녀의 걸음이 멈춘 건 VVIP 룸 앞이었다. 도연은 힐긋 그녀에게 시선을 주더니 룸의 문을 열었다.

긴 테이블이 놓인 넓은 방 안에는 여자 한 명이 앉아 있었다. 키가 크고 잘 꾸미고 있어서 얼핏 보면 아가씨인 것처럼 보였지만 얼굴은 아직 미성년자 티가 나는 어린 여자였다.

클럽에 오면 안 될 것 같은 어린 여자의 모습에 절로 인상이 써졌는데 모르는 여자가 당돌한 눈빛으로 은채를 쏘아보았다.

"내가 최다애예요."

여자애는 자신의 이름이 꼭 유명 브랜드라도 되는 것처럼 말했다. '그게 뭐.'라는 눈으로 그녀가 쳐다만 보자 최다애는 거만하게 팔짱을 끼며 더욱 목소리에 힘을 실었다.

"당신이 아니라 내가 권도혁 약혼녀라고."

'약혼녀'라는 말에 은채의 두 눈이 커다랗게 떠졌다가 그대로 얼어붙었다. 길 가다 갑자기 돌로 머리를 맞으면 이런 기분이 될까 싶었다.

도혁이 약혼하기 싫다고 노래를 불렀기에 그가 약혼할 여자가 이 세상에 존재하는 건 이미 알고 있었지만 설마 그녀의 앞에 이리 급작스럽게 나타날 줄은 몰랐다. 그것도 이 정도로 어린애일 줄이야.

참 비현실적인 현실이었다.

은채가 아무 말도 못 하고 쳐다보기만 하자 최다애의 얼굴에 승자의 미소가 걸렸다. 은채가 싸움을 시작하기도 전에 겁을 먹은 거라 여긴 것이다.

옆에서 관객처럼 있던 도연은 은채와 최다애의 일굴을 번갈아 살폈다. 사실 이런 자리에 함께 있는 게 썩 기분 좋은 일은 아니었지만 철부지 최다애가 일을 크게 만들지 못하게 감시해야 했다. 최다애가 이은채의 존재가 얼마나 하찮은지를 가르쳐주는 건 좋지만 그이은채를 다치게 해 일을 키우면 도혁이 엄청 화낼 게 뻔했다.

"도연 동생."

은채가 최다애가 아니라 도연의 이름을 부르자 도연은 움찔했다.

"내가 오빠 옆에 있는 거 마음에 안 드는 건 충분히 알겠는데."

당연히 거슬렸다. 상류층 사회는 품격을 엄청 중시하니까. 은채같이 품격이라는 게 아예 없는 여자가 낄 수 있는 곳이 절대 아니었다.

"이런 거 자꾸 하면 오빠한테 미움받아요."

"내가 뭘 어쨌다고!"

"지금 나 무시하고 둘이서 뭐 하는 거야!"

도연의 목소리와 최다애의 히스테릭한 목소리가 동시에 터져 나왔다. 은채는 한숨을 내쉬며 최다애를 보았다.

"그리고 그쪽도 그렇게 어릴 때부터 이런 데서 놀지 마요. 빨리 늙으니까."

은채는 그 말만 하고 돌아섰다. 최다애가 도혁의 진짜 약혼녀건 뭐건 지금은 무시하고 싶었다. 그녀와 약혼할 사람이 아니다. 도혁과 할 사람이었다. 그러니 도혁이 해결해야 했다.

"야! 너, 거기 안 서!"

도혁의 약혼녀가 이리 천지 분간 못 하는 어린애라 차라리 다행이었다. 은채보다 훨씬 사회적으로 성공하고 지적이고 교양 넘치는 목소리로 도혁의 약혼녀라고 밝혔다면 은채는 바보처럼 아무 말도 못 하고 굳어 있었을 것이다.

"뭐 하고 있어! 잡아!"

최다애가 은채의 곁에 있던 도연에게 날카롭게 명령했지만 도연은 못마땅한 눈으로 은채를 쳐다보기만 했다. 그녀가 한 말이 많이 신경 쓰였나보다. 그러고 보면 진짜 나쁜 애는 아닌 듯했다. 그럼 그녀가 무슨 말을 하든 상관하지 않고 최다애보다 더 심하게 굴었을 테니까.

등 뒤에서 문이 닫히자마자 온몸에 힘이 쭉 빠졌다. 은채는 비틀거리는 걸음으로 우선 여자 화장실을 찾아갔다. 이대로 저 많은 사람을 뚫고 이 클럽을 나갈 자신이 없었다.

Rrrrrrr-. Rrrrrrrr-.

핸드폰이 울렸지만 은채는 전화를 받지 않았다. 고작 이런 일에 이렇게 동요하는 자신이 실망스러웠다. 막 고등학교를 졸업한 여자애가 치기 부리듯이 한 말일 뿐인데, 그 말조차 제대로 부정하지 못했다.

그럼 도혁의 아버지인 권 회장을 만나게 되었을 때는 얼마나 더 바보같이 굴지. 앞이 깜깜했다. 지금 당장은 이 클럽을 빠져나가는 것도 힘에 부쳤다.

[고객님이 전화를 받지 않아 소리샘으로 연결됩니다.]

은채가 전화를 받지 않자 도혁은 못마땅한 눈으로 전화기를 쳐다보았다. 최다애 문제가 있어서인지 이런 사소한 일도 신경에 거슬렸다. 도혁은 혹시나 하는 마음에 다시 은채에게 전화를 걸었지만 역시나 은채는 전화를 받지 않았다. 할 수 없이 도혁은 메시지를 남겼다.

이 메시지 보면 바로 전화해.

은채는 화장실에서 도혁이 보낸 메시지를 봤지만 그의 명령대로 전화를 하지는 않았다. 놀란 가슴이 가라앉고 나니 이젠 도혁에게 미운 마음이 몰려오고 있었으니까.

그녀와 처음 만났을 때부터 이미 약혼 날짜를 받아놓은 남자였다.

그런데 약혼은 상관하지 않고 그녀를 흔들어놓고, 계약서를 쓰고, 여행을 가자고 했다.

은채는 입술을 꽉 깨물었다. 그의 탓만 하는 것 역시 억지인 것을 아니까.

약혼녀라고 말한 최다애만 봐도 도혁이 정한 약혼이 아니라는 건 너무 뻔히 알 수 있었다. 그렇게나 자기 멋대로인 어린애는 도혁이 좋아할 수 있는 타입이 전혀 아니었다. 아는데도 속상한 마음이 가시지가 않았다.

"이제 어떡하지."

은채는 힘없이 중얼거렸다. 과거에서부터 날아온 옛 여자 친구라면 그냥 무시하면 그만이지만 이건 미래에서 날아온 약혼녀였다. 무시한다고 사라지는 게 결코 아니라 점점 현실화되는 시간이 닥쳐올 뿐이었다.

은채는 화장실 벽에 머리를 찧었다. 차가운 타일이 이마에 닿았다. 막막한 마음이 쉬이 사그라지지 않았지만 한 가지는 확실했다.

이대로 도혁과 헤어지는 건 싫다는 거.

24. 두 사람만의 여행

기다려도 전화가 없고 전화해도 은채가 전화를 받지 않자 그는 회사 일도 뒤로 미루고 일찍 퇴근해 은채의 집 앞까지 왔다. 하지만 은채의 방은 불이 꺼져 있었다.

집에도 없으면 어딜 간 거야?

그제야 누가 가르쳐주지도 않았는데 어떤 불길한 예감이 들었다. 은채가 최다애의 존재를 알았다는. 사진 한 장 때문에 미국에서 한국으로 날아온 최다애는 도혁만으로는 만족이 안 되어서 직접 은채를 찾아갔을 것이다.

고작 스무 살밖에 되지 않은 여자라 그리 막무가내인지, 아니면 스무 살답지 않게 집착이 도를 넘는 건지 모르겠지만 그의 속을 뒤집어놓을 의도였다면 정말 제대로 명중이었다. 아버지보다 더 확실하게 도혁을 코너로 몰아넣었으니까.

도혁은 허탈감에 빠져 두 눈을 감았다 분을 참지 못하고 핸들을 내리쳤다.

빵—!

클랙슨 소리가 날카롭게 울렸다.

이건 불공평했다. 그에게 화가 났으면 화를 내면 될 일. 이렇게 연락 두절로 사라지는 건 그를 가장 무력하게 만들었다. 이건 명령하듯 그에게 약혼하라고 한 아버지보다 더 심했다. 적어도 아버지는 링 위에는 올라와주었다. 링 바깥으로 사라져 그가 아무것도 못 하게 만들지는 않았다.

"네가 제일 독해."

지금 그를 아프게 만드는 건 아버지도, 철없이 날뛰는 약혼녀도 아니었다. 바로 은채, 그녀였다.

그를 심장도 없는 냉혈한이라고 욕하는 사람들의 말에는 상처받지 않았지만 아무 답도 없는 은채가 더 그를 상처 입혔다. 어태까지 상처받을 심장은 없는 줄 알고 독하게 살았는데 지금은 심장이 붉게 아팠다. 이런 걸 원한 게 아니었는데. 이렇게 상처받으려고 그녀를 만난 게 아니었는데.

Rrrrrrr-. Rrrrrrrr-.

전화벨 소리에 반응해 핸들에 머리를 묻고 있던 도혁이 천천히 고개를 돌렸다. 조수석에 던져놓은 핸드폰을 보니 액정에 떠 있는 이름은 그가 찾던 이름이 아니었다. 전화를 건 사람은 윤서일이었다.

도혁이 집 근처에 이사 와서 좋다고 생각했는데 오늘은 그런 것도 아니었다. 그녀가 집에 가면 도혁이 바로 그녀를 만나러 올 수 있었으니까. 이런 기분으로 도혁을 만나면 예전처럼 싸움만 할 것 같았다.

그래서 그를 피해 정처 없이 거리를 헤매게 되었는데 그녀의 걸음이 멈춘 건 뜻밖에도 서점 앞이었다. 베스트셀러 작가 명함을 만들고 다녔던 민서연의 사진이 서점 입구에 크게 걸려 있었다. 그러고 보니 이 여자도 도혁 때문에 그녀에게 먼저 말을 걸었었다.

은채는 못마땅한 눈으로 민서연의 사진을 쳐다보았다. 명함은 집에 있어서 그녀의 전화번호를 당장 알 수는 없었지만 핸드폰을 꺼내 민서연을 검색해보니 그녀의 블로그가 나왔다. 은채는 그곳에 비밀 글로 짧게 글을 남겼다.

ㄴ권도연 생일 파티에서 명함 받았던 이은채입니다. 좀 만나죠.

만나자는 글과 함께 그녀의 전화번호를 남겼다. 화풀이할 상대가 필요했다. 민서연도 분명 그 어린 약혼녀처럼 도혁에게 집착하는 여자였으니까. 그녀들이 왜 관심도 없다는 남자에게 그리 집착하는지 이유나 좀 들어봐야겠다.

전화나 메시지가 아니라 블로그 글이라 연락이 안 올 수도 있다고 생각했는데 민서연의 연락은 굉장히 빨리 왔다.

[나 지금 청담 미용실이에요. 그쪽으로 와요.]

참 악어 같은 여자였다. 그녀가 울컥해서 밑도 끝도 없이 던진 말까지 덥석 잡아채니 말이다.

민서연이 말한 미용실까지 찾아갔을 때 민서연은 이미 머리를 끝내고 소파에 앉아 잡지를 읽고 있었다. 그냥 작가인 줄 알았는데 하고 있는 모습이나 생활 스타일은 도혁의 여동생이나 도혁의 약혼녀보다 더 상류층 같았다.

"빨리 왔네요."

민서연이 그녀를 보고 싱긋 웃었다. 그녀는 같이 웃을 수 없었다. 도혁의 약혼녀를 만난 날이니까.

"혹시 권도혁 약혼녀에 대해 알아요?"

그녀가 다짜고짜 묻는 말에도 민서연은 별로 놀라지 않았다. 마치 그녀가 그 때문에 먼저 연락한 걸 짐작이라도 한 사람처럼.

"알죠. 자기가 앞으로 이 나라 영애가 될 거라는 걸 걸음마 할 때부터 듣고 자란 완벽한 공주님이죠."

공주님은 백설공주처럼 예쁘고 교양 넘치는 줄 알았는데 최다애는 미사일을 장착한 쌈닭 같았다.

"그럼 권도혁이 그 여자애랑 약혼 안 하면 어떻게 되는 거예요?"

"그룹 내에서 자기 남동생한테 밀려나 영원한 2인자로 남겠죠."

설마 그 정도로 도혁에게 타격을 주는 약혼일 줄은 몰랐던 은채의 눈동자가 흔들렸다.

"남동생이면 가족이잖아요."

"가족은 가족인데 재벌가죠. 조선 시대 왕족 같은. 왕한테 아무리 왕자가 많아도 세자가 되지 못하면 왕이 되지 못하잖아요?"

그녀의 말에 눈에 띄게 주눅이 든 은채를 보던 민서연은 은근한 목소리로 물었다.

"내가 도와줄까요?"

은채의 눈빛에 날이 섰다. 그녀가 도혁의 사정에 대해 자세히 말해준다고 해서 좋은 사람이란 생각은 전혀 안 들었으니까.

"당신이 왜요?"

민서연은 싱긋 웃으며 아까 서점에서 보았던 그 책을 탁자 위에
내놓았다.

"책 홍보를 하려면 인맥이 필요하거든요. 그리고 권도혁은 다이아
몬드급 인맥이고."

그래서 그녀는 불씨가 될 사진을 일부러 미국에 있는 최다애에게
보냈다는 말은 뺐다. 굳이 은채가 알아서 그녀에게 이득이 될 말은
아니었으니까.

"됐어요. 당신이 알아서 책 홍보해요. 우리 일은 우리가 알아서
하니까."

조금은 고민할 줄 알았던 은채가 바로 거절하자 민서연의 얼굴에
걸려 있던 웃음도 사그라졌다. 이제 보니 이런 팅기는 맛에 권도혁
이 넘어갔나보다. 재미없게도 말이다.

"우리라고 하면서 왜 권도혁 전화는 피해요?"

민서연의 지적에 은채는 움찔했다. 그녀의 말대로였다. 핸드폰 진
동이 자꾸 울렸지만 그녀는 의식적으로 피하고 있었다.

민서연이 상체를 앞으로 숙여 쓸데없이 그녀에게 풍만한 가슴을
강조했다.

"당신이 지금 왜 자신 없는 줄 알아요?"

심리 상담을 받으러 온 게 아니었다. 민서연한테라도 화풀이하려
고 왔던 거지. 이젠 그만 돌아가려는데 민서연이 계속해서 말을 이
었다.

"이 바닥 여자들을 잘 몰라서 그래요. 상위 1% 여자들에 대해 아
무것도 모르는데 어떻게 최다애를 상대하겠어. 그냥 죽어라 권도혁
만 믿어야 하는데. 그 남자가 또 그리 쉽게 믿을 수 있는 타입이 아

니고."

"그만해요!"

민서연이 족집게처럼 짚어내자 은채는 제 발 저려 버럭 화를 내버렸다. 하지만 고단수인 민서연은 싱긋 웃어 보였다.

"속는 셈 치고 오늘 나랑 같이 놀아볼래요? 그럼 상위 1% 여자들이 어떤지 0.0001% 정도는 알 수 있을지도 모르는데."

믿음이 안 가기는 했지만 혹하기는 했다. 그녀는 정말 아무것도 몰랐으니까. 왜 최다애가 그리 당당히 도혁의 약혼녀라고 주장할 수 있는지 알고는 싶었다. 그게 그저 어린애의 치기인지 아니면 진짜가 될 수 있는 것인지.

민서연이 그녀를 데리고 간 곳은 하필이면 최다애를 만났던 그 클럽이었다. 은채는 황망한 눈으로 클럽 간판을 올려다보았다.

"여기가 꽤 유명한 놀이터인가 보죠?"

"뭐, 여기에 들어갈 수 있어야 셀러브리티라고 인정을 받는 거니까."

은채는 비웃음을 지었다. 이제 보니 셀러브리티라고 교양이 넘치는 사람들은 아닌 거 같았으니까.

억지로 끌려왔던 처음과 달리 제 발로 온 그녀는 블랙 드레스를 입고 있었다. 레드 드레스처럼 그녀를 화려한 나비로 만들지는 않았지만 공들인 화장과 함께 그녀를 도도한 귀공녀처럼 보이게 했다.

쳐다보는 남자들의 시선이 처음 왔을 때와 달랐다. 그녀의 정체를 알려고 머리부터 발끝까지 살피고 한 번의 가벼운 접촉을 원하는 눈웃음을 흘렸다. 하지만 오늘 그녀가 알고 싶은 건 남자들이 아니라 여자들이었다.

민서연을 따라 들어간 룸 안에는 여자들만 앉아 있었다. 한 명은 방송에서 본 적이 있는 듯한 유명 디자이너였고, 나머지 두 명은 차려입은 것만 보아도 돈 있는 재벌가의 딸들이라는 걸 알 수 있었다.

"오랜만이에요."

여자 중 여우상의 여자가 처음 보는 그녀를 탐색하듯이 보며 민서연에게 물었다.

"이쪽은 처음 보는 얼굴인데."

"아! 파리에서 귀국한 제 후배 작가."

파리라고는 파리바게뜨밖에 안 가본 은채는 표정 관리가 쉽지 않았다.

"딱 보니 얼굴로 글 쓰겠네."

욕 같은 농담을 하고는 서로 재미있다고 까르르 웃었다. 치근덕대는 남자 없이 여자들뿐인데도 묘하게 불편한 자리였다.

"최다애가 미국에서 귀국했다던데 여긴 안 왔나보죠?"

민서연이 먼저 최다애 이름을 꺼내었다.

"민 작가는 역시 소식이 빨라."

"겨울에 세진 그룹 장남이랑 약혼한다던데."

욱씬, 이젠 들을 때마다 상처가 되는 말이었다. 은채는 앞에 놓인 술잔을 들어서 쭉 들이켰다.

"권도혁이 어떤 인물인데 최다애를 쳐다나 보겠어. 혼인 신고만 하고 나면 소박맞기 딱이지."

여자들은 자기들끼리 재미있다고 까르르 웃었다. 그 자리에서 안 웃는 사람은 그녀뿐이라 민서연이 그녀의 옆구리를 꼬집었다. 같이 웃으라고. 할 수 없이 은채는 억지로 웃는 척을 했다. 웃는 게 이리 고역인 건 처음이었다. 상위 1% 여자들이 어떤지 알고 싶었던 거지 상위 1%가 하는 뒷담화를 듣고 싶었던 건 아닌데.

갑자기 룸의 문이 벌컥 열리며 여자들의 웃음소리가 끊겼다.

술안주가 되었던 최다애가 비틀린 웃음을 지으며 문 앞에 서 있는 걸 보자 여자들의 얼굴이 일제히 창백해졌다.

은채는 서둘러 고개를 돌렸다. 많이 꾸며서 못 알아볼 거 같기는 했지만 눈을 마주치면 위험했다.

"이 방에서 내 이름이 나와서 말이야. 다들 나한테 궁금한 게 많나봐?"

그들이 들어올 때는 귀부인처럼 다리 꼬고 앉아서 인사를 받았던 여자 세 명이 전부 벌떡 일어나 최다애의 옆으로 갔다. 혹시 다툼이라도 일어나나 싶었는데 그건 전혀 아니었다.

"귀국했다고 해서 보고 싶었던 거지. 들어와. 너무 반가워."

"어쩜. 안 본 사이에 더 예뻐졌어."

언제 험담했느냐는 듯이 여자들은 최다애 앞에서 혀에 꿀을 발랐다. '이것들, 뭐야.'라는 눈으로 은채는 그들을 보았다. 적응 못하는 그녀에게 민서연이 나직하게 말했다.

"상위 1% 안에서도 엄연히 서열은 있어요. 그런 건 나이, 능력 다 상관없이 무조건 권력의 질이죠. 이 안에서 잘난 척하던 인간들도 더 높은 서열이 나타나면 비굴해지고, 그렇게 물고 물리는 서열에서 최다애는 언제나 꼭대기에 있어요. 그래서 권 회장이 그녀를 선택한 거고. 그러니 권도혁이 최다애를 선택하면 상위 1% 중에서도 0.1%가 되는 거고. 당신을 선택하는 거면 1%도 위태로워지는 거고. 그러니 최다애가 어리다고 만만하게 본 거면 큰코다칠 거예요."

그 말은 꼭 주제 파악을 하라는 뜻으로 들려왔다. 그녀가 민서연을 돌아보자 민서연이 붉은 입술을 길게 늘어뜨렸다.

그녀를 이곳으로 데려온 민서연은 결코 그녀의 편이 아니었다. 민서연 역시 최다애와 많이 다르지 않았다. 이 낯선 세계 안에서 은채는 철저히 혼자라는 생각이 들었다. 그녀는 불편한 자리에 계속 있고 싶지 않았기에 민서연에게 물었다.

"화장실이 어디예요?"

민서연은 룸 안쪽을 가리켰다. 당연히 밖에 있을 줄 알았는데 클럽 룸 안에 따로 화장실이 있는 걸 알고 그녀가 놀란 표정을 짓자 민서연이 짓궂게 말했다.

"파우더룸. 어차피 진짜 화장실 찾는 건 아니잖아."

그녀는 민서연을 한 번 흘겨보고는 서둘러 자리에서 일어나 룸 안의 룸으로 들어가버렸다.

달칵-.

화장대 앞 의자에 걸터앉은 은채는 클러치에서 핸드폰을 꺼냈다. 도혁의 전화는 피해도 메시지 보낸 건 읽어볼 생각이었는데 의미를 알 수 없는 메시지가 와 있었다.

GBS 방송 봐.

전화를 안 받는 그녀에게 화를 내는 메시지일 줄 알았는데 전혀 엉뚱한 내용이었다. 이유는 알 수 없었지만 은채는 DMB에 접속했다. 그리고 도혁이 말한 방송 채널을 찾았다.

뉴스라도 하는 줄 알았는데 음악 방송이 하고 있었다. 막 아이돌 가수의 무대가 끝나고 유명한 여가수 해랑의 컴백 무대가 이어지고 있었다.

"도대체 이걸 왜 보라고 한 거야."

보라고 해서 보고 있긴 한데 아직은 도혁이 이 음악 방송을 왜 보라고 했는지 감을 잡을 수가 없었다.

그녀의 무대가 아닌 남의 무대였기에 심드렁한 시선으로 보고 있던 그녀의 표정이 살짝 바뀌었다. 신곡이라는 해랑의 노래가 이상하게 귀에 익었던 거다.

[당신의 밤에 흐르는 아름다운 달빛.]

이 가사.

[나의 밤에 빛나는 찬란한 별들.]

이 멜로디…… 그녀가 도혁에게 준 곡과 비슷했다. 아니, 똑같은 것 같았다. 은채의 시선이 노래 제목 밑에 뜨는 작사 작곡가의 이름에 멈추었다.

은채

믿을 수 없게도 그곳에 그녀의 이름이 있었다. 은채는 멍하니 작은 모니터 안 자신의 이름을 응시했다.

분명 그녀의 이름이었다.

은채, 아버지가 지어준 그녀의 이름이었다.

달칵―.

문을 연 도혁은 어디 갔다 왔는지 수상하게 블랙 미니 드레스로 한껏 꾸미고 있는 그녀를 말없이 쳐다보다 무미건조한 목소리로 물었다.

"나 죽이러 온 저승사자 콘셉트인가?"

이 비싸고 예쁜 옷을 보고 저승사자라고 하다니.

은채는 살짝 얼굴을 찌푸리다 두 팔을 뻗어 도혁의 허리를 끌어안았다. 그의 가슴에 얼굴을 묻고 익숙한 도혁의 체취를 맡으니 왈칵 눈물이 솟아났다.

"방송에 내 노래가 나왔어요."

은채가 처음 꺼낸 말에 도혁도 눈썹을 찌푸렸다. 그런 걸로 감격하기에는 썩 좋은 상황이 아니었으니까. 그녀가 사라진 오늘 하루, 그는 굉장히 엉망이었다.

그리고 그 노래는 그가 한 것도 아니었고, 온전히 윤서일의 작품이었다. 나쁜 상황은 그 때문에 일어나고, 그 해결은 윤서일 덕분에 된 이 상황에 도혁은 화만 났다.

도혁은 은채의 가는 목을 한 손으로 감싸고는 그녀의 귀에 속삭였다.

"여행 가자."

이 현실에서 벗어나고 싶었다. 지금 당장.

갑자기 여행을 가자는 도혁의 말에 은채는 싫다는 말을 하지 않았다. 여행이 전환점이 될 수도 있었으니까.

　두 사람에게 좀 더 강력한 유대감이 필요한 시기였다. 서로에게 쉽게 화도 못 내는 사이는 그녀를 불안하게 만들었다. 그들의 유대감이 이 정도 일로도 깨질 만큼 유리알 같을까봐. 그래서 다음 날 새벽 일찍, 아버지가 깨시기도 전에 여행길에 나섰다. 도혁과 함께.

　"여기 별로야."

　도혁의 불평에 은채도 한마디 했다.

　"여행은 당신이 가자고 했어요."

　"내 차로 가자는 거였어."

　"여행의 별미는 기차죠."

　"넌 기차도 씹어 먹나?"

　흘겨보는 그녀의 손을 도혁이 잡아끌고는 표 끊는 곳으로 걸어갔다. 불평은 해도 그녀가 하자는 대로 다 해주는 그였다. 그녀가 그런 고급 옷을 입고 어디 갔다 왔는지도 아직 묻지 않았다. 너무 그녀 맞춤형인 게 권도혁답지는 않았지만 편하기는 했다.

　"어디까지 가십니까?"

　"제일 먼 곳으로 두 장 줘요."

　'그러니까 어디냐고.'라는 눈으로 매표소 직원이 쳐다보자 은채가 서둘러 말했다.

　"부산 두 장이요."

　직원은 사무적으로 기록하며 기차푯값을 말했다.

　"117,600원입니다."

　도혁이 잡고 있는 그녀의 손을 놓지 않고 왼쪽 팔을 돌려 오른쪽 주머니에 있는 지갑을 꺼내서는 한 손으로 지갑을 열고 카드까지 꺼내려고 했다. 두 손으로 하면 금방 끝나는 일을 한 손으로 하느라 시간이 걸리니 매표소 직원도 쳐다보았다.

은채는 어색하게 웃으며 손을 흔들었다.

"이 손 놓고 꺼내면 되잖아요."

"싫어. 여행 내내 잡고 있을 거야."

'잘들 논다.'라는 눈으로 매표소 직원이 쳐다보기에 은채는 서둘러 자신의 손으로 도혁의 지갑에서 카드를 끄집어내서는 직원에게 내밀었다.

"빨리 계산해주세요."

은채는 창피해 죽을 거 같았다. 그녀가 아무리 팔을 흔들어도 도혁은 정말 손을 놓지 않았다. 거의 수갑 수준이었다.

"어쩐지 너무 내 맞춤형이라고 했어."

이런 식으로 복수하느냐는 눈으로 은채는 도혁을 흘겨보았다. 분명 그녀가 그의 전화를 받지 않은 것 때문에 이러는 게 분명했다.

"기차라는 거, 좁군."

도혁이 긴 다리를 꼬며 불평을 하자 은채는 꼬아 올린 도혁의 다리를 발로 쳐내서 풀었다. 항상 다리 꼬고 앉는 게 습관이었던 도혁은 발이 땅에 떨어지자 황당함을 참지 못하고 그녀를 쏘아보았다.

"좁으면 다리를 꼬지 마요. 허리에도 안 좋아."

도혁이 그녀를 흘겨보며 다시 다리를 꼬려고 하자 그녀는 또 칠 기세로 발을 들어 올렸다. 도혁이 경고했다.

"차지 마."

“그럼 꼬지 마요.”

“내 다리로 내가 꼬는 거야.”

“그럼 내 손은 당신 거라서 잡고 안 놓아주나?”

도혁이 그녀 보란 듯이 일부러 더 높게 다리를 들어 올리며 꼬았다. 과장된 뮤지컬 배우 같은 행동이었다. 그래서 그녀는 다시 차주었다. 축구공 차듯이.

그렇게 쓸데없는 걸로 다투면서 부산으로 향했다. 정작 싸워야할 말들은 한 마디도 못 하고.

세진 건설 비서실은 비상이 걸렸다. 스케줄이 밀려 있는 대표가 갑자기 사라진 것도 큰일이었지만 비어 있는 대표실에 갑자기 최건 의원의 딸인 최다애가 나타난 건 더 곤란한 일이었다.

“설마 일부러 나 피하는 거면 나 정말 못 참아요.”

약속도 잡지 않고 다짜고짜 찾아온 최다애는 자신의 아버지뻘 되는 박 실장한테도 거침없이 말했다. 그래도 박 실장은 기분 나쁜 티를 전혀 내지 않고 공손하게 대답해주었다.

“오늘은 일이 있어서 출근을 안 하셨습니다.”

“그러니까 그 일이 뭐냐고!”

“죄송합니다. 대표님의 사적인 일이라 저도 모르겠습니다.”

“무슨 비서가 이렇게 무능해!”

비서 생활 30년 동안 박 실장이 무능하다는 말을 들어본 건 오늘 단연코 처음이었다. 고작 20년 산 아가씨가 그의 30년 비서 인생을 함부로 평하고 있으니 우스운 일이었지만 박 실장은 티 내지 않고 다시 정중히 사과했다.

"죄송합니다. 오늘은 기다리셔도 못 만나실 테니까 그냥 돌아가시는 게 좋을 듯합니다."

최다애는 팔짱을 끼며 고집을 부렸다.

"난 오늘 꼭 만나고 가야겠으니 권 대표 데려와요. 안 그럼 회장님한테 말해서 비서실장 다른 사람으로 바꾸어버릴 거야."

억지스러운 최다애의 말을 들으며 박 실장은 은채를 걱정했다. 그에게 이 정도로 굴었다면 은채에게는 더 심했을 것이니까.

제발 두 사람이 이런 어린애 때문에 허무하게 끝나지는 않기를 바랐다. 같이 성장할 기회가 되기를.

"하암."

그녀가 입을 크게 벌리며 하품하자 도혁이 흘겨보았다.

"나랑 있는데 하품이 나오나?"

"당신이 새벽에 출발하자고 해서 어젯밤 한숨도 못 잤잖아요. 사람이 잠을 안 자면 당연히 하품이 나오지."

"난 안 나와."

"그래서 당신은 환자고요."

도혁이 하품한 그녀의 입술을 꼬집으려고 하자 은채는 서둘러 손을 들어 다가온 그의 손가락을 붙잡았다.

"여행 동안 스킨십 금지!"

도혁은 놀란 표정을 지었다. 그럴 거면 여행 따위 왜 오느냐는 듯이. 은채는 기회를 놓치지 않고 도혁에게 잡혀 있는 손을 들어 올려 흔들었다.

"싫으면 이 손 놓고요."

너무 오래 잡고 있었더니 손이 갑갑해 죽을 거 같았다. 이거 때문에 화장실 가고 싶은 것도 참고 있었다.

"손이에요, 아니면 전부예요?"

이 얼마나 뻔한 정답인가. 그녀라면 당연히 후자였다. 도혁도 갈등하는 듯이 손과 그녀의 얼굴을 번갈아 보았다. 은채는 어서 이 손을 놓으라는 뜻으로 씨익 웃었다. 도혁도 그녀와 같이 웃었다.

손을 풀어주나 싶었는데 그는 잡고 있는 손을 더욱 세게 잡았다. 윽! 은채는 손이 아파서 미간에 주름 하나가 생겼다.

"그럼 난 이 손으로 하겠어."

이건 해보자는 거였다. 은채는 눈을 치켜뜨며 입만 웃었다.

"그 말 꼭 지켜요."

안 지키기만 해봐라. 조인트를 까버릴 것이다.

결국 은채는 도혁과 두 손을 꼭 잡은 채 해운대로 갔다. 바다 바로 코앞까지 건물들이 들어차 있어서 도시인지 바다인지 헷갈리는 곳이었다.

"우와! 바다다, 안 하나?"

해운대 모래사장에 우뚝 서서 도혁이 무미건조하게 하는 말에 은채는 헛웃음을 지었다.

"방금 그거 내 성대모사 한 거예요?"

"비슷해서 놀랐나보지?"

"하지 마요. 이상해."

"우와! 바다다."

그녀가 하지 말라니까 도혁은 또 그녀가 했던 말을 국어 책 읽듯이 따라 했다. 은채는 이를 드러내다 다물며 진지하게 도혁에게 물었다.

"윤서일 씨 전화번호 알죠? 좀 가르쳐줘요."

이번엔 도혁이 인상을 썼다. 이 상황에 듣고 싶지 않은 이름이었으니까.

"네가 왜 그 인간 번호가 필요한데?"

"외삼촌한테 그 인간이 뭐예요. 그분! 그분 덕분에 내 노래가 방송에 나왔으니까 당연히 감사 인사를 해야죠."

"그 인간이 아니라, 내가!"

억울해서 말을 하던 도혁은 꾹 참으며 입을 다물었다. 말해봤자 기품 없는 공치사가 될 뿐이었으니까. 도혁은 훅 숨을 토해내며 바다를 보았다.

그가 돈 많은 걸 알아봤는지 해운대 갈매기들이 도혁에게 몰려들었다. 도혁은 몰려든 새들이 더러워 불쾌한 표정을 지었다.

그녀는 도혁에게 시비 걸려고 윤서일 이름을 꺼낸 게 아니었다. 정말 궁금해서 그런 것이었다.

"그냥 묻고 싶었어요. 내 노래 선택해준 게 내가 당신이랑 아는 사이라서 그런 건지, 아니면 정말 내 노래가 좋아서 그런 건지."

"나랑 상관없어. 음악에서는 내가 부탁한다고 들어줄 인간도 아
니고."

그는 윤서일에게 그저 은채의 음악을 보냈을 뿐이었다. 그 곡에
대한 평가는 오로지 윤서일의 안목이었다.

―역시 음악가는 사랑해야 좋은 노래가 나와. 나중에 너랑 헤어
지면 꼭 나한테 오라고 해. 그땐 더 좋은 노래가 나올 테니까.

그는 윤서일의 말 때문에 화가 났는데 은채는 윤서일 때문에 기
분이 좋아졌으니 그가 윤서일을 좋아할 수 있겠나.

"내가 그 노래 라이브로 불러줄까요?"

은채가 그의 품으로 파고들며 달콤하게 물었다. 도혁은 그런 그녀
를 말없이 내려다보았다. 그녀가 행복해 보여 다행인데 그의 힘은
아니었다. 실상 그가 해준 건 아무것도 없었다.

"최다애가 너한테 뭐라고 말했어?"

도혁의 돌발적인 질문에 웃던 은채의 얼굴이 굳었다. 그녀가 멀어
지려고 하자 도혁은 잡고 있던 손을 끌어당겨 그녀를 붙잡고는 끝까
지 대답을 강요했다. 결국 그 답을 뛰어넘지 못하면 미래가 보이지
않으니까.

너희는 분명 헤어질 거라는 윤서일의 말에 그저 불안해하고 있기
는 싫었다. 그런 건 전혀 그답지 않았다.

"어차피 아직 애잖아요. 그러니까 우리 신경 쓰지 말고."

"그래서 그 어린애가 내 약혼녀라고 고집부릴 때 넌 뭐라고 말했
는데?"

은채의 두 눈이 불안하게 흔들렸다. 최다애는 어영부영 피할 수 있었는데 도혁은 그게 안 되니 더 괴로웠다.

"그런 거 그만 물으면 안 돼요?"

그녀는 이런 상황이 정말 싫었다. 항상 즐거운 노래만 부르는 건 그녀의 성격이 그렇기 때문이다. 아프고 괴로운 건 싫었다. 그런 기분이 들면 도망치고만 싶었다. 그녀는 한 번도 정면으로 맞선 적이 없어서 그런 것들을 이기는 방법을 전혀 몰랐다.

"그러니까 넌 내가 약혼하기 전까지만 만날 생각이었어?"

은채는 도혁에게서 멀어지려고 그의 가슴을 한 손으로 힘껏 밀쳤지만 그는 꿈쩍도 하지 않았다. 궁지에 몰린 은채는 목소리가 높아졌다.

"당신이 왜 날 추궁해요? 내가 당신을 추궁해야지. 내가 약혼하는 게 아니잖아요. 그런데 왜 내 잘못인 것처럼 따져요? 당신이 나쁜 거잖아요."

그녀가 화를 내며 하는 말들을 서늘한 눈빛으로 듣고만 있던 도혁은 입술을 비틀었다.

"내가 나쁜 건 처음부터 알았잖아. 그런데 넌 왜 이제 와서 치사하게 구는 건데?"

정말 화가 난 은채는 밀어내던 손을 주먹 쥐고 그를 때리기 시작했다. 도혁의 몸을 때리긴 했지만 이리될 걸 몰랐던 것도 아닌데 그에게 마음을 줘버린 자신에게 가장 화가 났다. 그녀는 멍청하게 눈앞의 사람만 쫓아버렸다. 그리고 지금도 멍청해서 도대체 어찌해야 할지 모르겠다. 그와 헤어질 자신도 없지만 그의 진짜 약혼녀가 될 자신 역시 없었다.

도혁이 그녀의 몸을 옭아매듯이 끌어안았다. 반항하는 그녀를 완력으로 안고서 도혁은 경고했다.

"나랑 쓴 계약서 기억하지?"

몸부림치던 은채의 움직임이 둔해졌다. 은채는 놀란 눈으로 도혁을 올려다보았다.

"두 사람 다 동의하지 않으면 우린 못 끝나."

마치 이 순간을 위해 그런 계약서를 썼다는 듯이 도혁은 완곡했다. 은채는 같이 지낼 시간들을 생각하며 쓴 것인데 그는 오로지 끝나는 시간을 대비했다는 듯이.

"당신은 도대체 왜 나랑 만나요?"

이렇게 냉정한 남자한테는 차라리 정략결혼이 어울렸다. 사랑 빼고 모든 걸 가진 최다애 같은 여자와 말이다.

도혁은 복잡한 시선으로 그녀를 보았다. 마치 그녀의 얼굴 안에서 답을 찾듯이.

"그럼 넌 나랑 못 만나도 상관없어?"

그녀의 눈가가 파르르 떨렸다. 꽉 깨문 입술이 붉게 달아올랐다. 그럴 수 없으니까 이 멀고 먼 바다에 그와 함께 있는 것이었다. 그녀는 혼란스러우니 도혁이 제발 명확한 답을 주었으면 좋겠는데 이 상황에서도 그는 솔직하지 못했다. 진짜 처치 곤란한 남자였다.

싸우면 허기가 지게 마련이다. 해운대 바다에서 한바탕한 두 사람은 식당으로 자리를 옮겼다. 바다 바로 앞에 있는 호텔은 도혁도 무리 없이 식사할 수 있는 곳이었다. 창밖으로 보이는 바다가 서울의 호텔과는 많이 달랐다.

"설마 밥 먹을 때도 이 손 안 놓을 건 아니죠?"

대단한 게 싸울 때조차 도혁은 그녀의 손을 절대 놓지 않았다. 이젠 자신의 손인지 그의 손인지 무감각할 정도였다.

"안 놓을 건데."

'그래, 네 맘대로 해라.'라는 태도로 은채는 물 컵을 들어 올려 물을 마셨다. 그래도 속에 담아두고 있던 말들을 한 번 터트렸더니 좀 시원한 감이 있었다. 안에 담아두기만 하면 곪았을 것이다.

"너무 어려서 오히려 내가 나쁜 어른 된 기분이었어요."

은채가 마음이 진정된 뒤에야 최다애에 대해 말하자 도혁은 비소를 지었다.

"어리다고 다 순진하고 착한 건 아냐."

클럽에서 다른 사람들을 무시하는 최다애를 보니 그런 것 같기는 했다.

"훗! 그래도 내가 더 예뻤어."

여자의 자신감은 미모에서 완성된다는 듯이 은채가 갑자기 거만하게 다리를 꼬자 도혁은 기차에서 그녀가 그랬던 것처럼 그녀의 다리를 차서 꼰 다리를 풀어비렸다. 은채는 그를 흘겨보았다.

"어차피 최다애가 아니라 아버지와의 싸움이야. 그러니 괜히 어린 애한테 상처받을 거 없어."

도혁이 냉정한 게 마음에 드는 건 아니지만 최다애한테도 이렇게 냉정하게 굴 것이라는 생각에 은채는 안심이 되다가도 걱정이 되는 건 어쩔 수 없었다.

“난 아버지한테 항상 지는데.”

“넌 쓸데없이 감정적이니까. 난 달라.”

도혁은 자신 있게 말했지만 그런 도혁에게 썩 믿음이 가는 건 아니었다. 그가 아버지를 만나고 나왔을 때 두 번 다시 얼굴 보지 말자는 선고를 그에게 한 번 받아보았으니까.

“어떻게 할 건데요?”

“지금 하고 있잖아.”

지금? 바닷가 호텔에서 밥 먹는 거?

도혁이 무단결근했다는 건 바로 권 회장의 귀에까지 보고가 되었다. 더불어 최다애가 학기 중간에 갑자기 귀국했다는 것도. 결국 최다애 때문에 도혁이 무단결근했다는 소리였기에 권 회장의 표정은 잔뜩 굳어 있었다.

“그래서 지금 그 녀석 어디 있나?”

권 회장이 묻는 말에 박 실장은 침묵을 지킬 수밖에 없었다.

“그 가수랑 같이 있어?”

박 실장은 조심스럽게 권 회장을 보았다. 설마 권 회장이 은채에게 먼저 손을 쓸 거라고는 생각하지 않았다. 도혁이 은채를 알게 된 게 바로 권 회장 때문이었으니까.

“최다애 씨가 갑자기 들이닥치는 바람에 피하신 거 같습니다.”

“여자를 피해 도망을 가? 못난 놈.”

“대표님이 아니라 은채 양을 피하게 하신 겁니다. 최다애 씨와 만나면 상처만 되니까."

권 회장은 날카로운 눈으로 박 실장을 쳐다보았다.

"그러니까 자넨 내 지시를 들을 마음이 전혀 없는 거 같군."

박 실장은 마음이 무거웠다. 두 사람을 지켜주기에 자신의 힘이 너무 미약하다는 게 두 사람에게 미안할 뿐이었다.

"대표님한테는 은채 양이 꼭 필요합니다, 회장님."

이 말 한마디를 하기 위해서 30년의 용기가 필요했다.

만약 26년 전 그가 권 회장을 무서워하지 않고 제대로 직언을 했다면 도혁의 어머니가 그런 사고로 죽는 일은 없었을 거라는 자책이 내내 그를 따라다녔었다. 그래서 박 실장은 이번만은 권 회장의 권력 앞에 고개만 숙이고 있을 수는 없었다.

그는 이미 살 만큼 살았고, 두 사람은 이제 막 시작이었다. 그 시작을 어떻게든 지켜주고 싶었다.

먼 곳으로 와서인지 별로 한 것도 없는데 해가 저물고 있었다. 은채는 불길한 눈으로 도혁을 보았다.

"진짜 오늘 서울 안 가요?"

"말했잖아. 1박이라고."

도혁은 1박에 목숨 건 사람처럼 그 말을 할 때 눈에 힘을 잔뜩 주었다. 평소였다면 아버지 때문에라도 무조건 돌아가야 한다고 주장했을 텐데 서울에 가기 싫은 마음은 그녀도 있었기에 1박하는 걸로 도혁과 기 싸움을 오래 하지는 않았다.

“그래요. 1박해요. 대신 방은 내가 잡아요.”

“당연히 돈 내는 내가 잡아야지.”

“방값은 내가 내요!”

짜장면 값 낼 때부터 지금껏 참 쓸데없는 고집이었다. 왜 재벌 앞에서 계산 못 해 안달인가.

“네가 돈 낼 때마다 항상 안 좋은 기억이 있어.”

짜장면도 그랬고, 조조 영화도 그랬고, 이번도 불길했다.

“그럼 각자 알아서 방 구해 자고 아침에 만나든가요.”

여행 와서 따로 잘 거면 뭐하러 1박을 하나.

“알았어. 방은 네가 구해.”

그녀의 말대로 안 하면 은채가 그냥 서울로 올라갈 것 같았기에 도혁은 우선 은채가 방값 낸다는 곳으로 가보기로 했다. 삼세번이라는 말도 있으니까.

하지만 역시나 은채가 고른 숙박 시설 앞에서 도혁은 바로 걸음을 멈추었다. 내 이럴 줄 알았다면서 도혁은 은채를 노려보았다.

“이따위 걸 지금 방이라고 나보고 들어가라는 건가?”

“여기가 부산에서 제일 유명한 곳이에요. 여행자들 오면 다 여기서 잔대요.”

여행자들에게 숙박 시설로 유명하다는 곳은 어마어마하게 큰 찜질방이었다. 도혁이 찜질방을 와봤을 리가 없었다.

“난 여기서 죽어도 못 자.”

“어차피 호텔 가도 못 자는 거 아니에요?”

남의 불면증을 핑계로 쓰는 은채를 도혁은 살벌하게 노려보았다. 은채는 당근 주듯이 생글생글 웃어주었다.

"한번 자보면 좋을지도 모르잖아요. 누가 알아요? 찜질방이 불면증에 특효약일지."

"그럴 리가 있겠어!"

도혁은 진짜 욱해서 목소리가 높아졌다. 유명 찜질방에 드나들던 사람들이 다 쳐다보기에 은채는 도혁의 옆구리를 찌르며 조용히 하라고 했다. 창피하게 하지 말라고.

하지만 기분이 안 좋은 도혁은 행인도 노려보며 겁을 주었다.

"진짜 안 들어가요?"

"그래. 차라리 길거리에서 날밤을 새우겠어."

"나 부산 오면 여기 꼭 가보고 싶었는데."

그녀가 갑자기 울상을 지으며 약한 척을 하자 도혁은 움찔했다.

"여기 맥반석 달걀이 그렇게 맛있다던데. 부산까지 오고도 못 먹네."

맥반석 달걀이 뭐라고 그거 때문에 슬퍼하는가. 도혁은 절대 공감할 수 없었다. 공감하기도 싫었다.

"다음에는 꼭 찜질방에서 맥반석 달걀 같이 먹어주는 사람이랑 사귀어야지."

도혁은 정말 억울했다. 미국에서 날아온 약혼녀가 아니라 맥반석 달걀 때문에 차일 위기가 올 줄은 몰랐으니까.

한 번도 '공동'이라 이름 붙은 걸 사용한 적이 없는 도혁은 찜질방 문을 열고 들어와서도 쉽게 발걸음을 떼지 못했다. 사방에 같은 옷을 입고 있는 사람들이 돌아다니는 게 영 거슬렸다. 사람들이 입고 있는 단체복 같은 옷도 마음에 안 들었지만 곧 자신이 그 옷을 입게 될지도 모른다는 게 제일 불길했다. 그 문화적 충격에 도혁은 절대 놓지 않겠다던 은채의 손을 먼저 놓아버렸다.

"두 사람이요."

불안한 도혁을 내버려두고 은채가 직원에게 키 두 개를 받았다. 은채는 키 하나를 도혁에게 내밀었다.

"남자 탈의실은 저쪽이니까 갈아입고 나와요."

"저걸 왜 입어야 하는 건데?"

도저히 용납할 수 없는 도혁에게 은채는 당연하다는 듯이 설명해주었다.

"다 입으니까요. 혼자 그 슈트 입고 있는 게 더 튀지 않겠어요?"

그건 그랬다. 찜질방 안에서 단체복 입은 사람은 자연스럽지만 슈트 입은 사람은 미친 사람으로 찍히기 딱이었다.

도혁은 씨익 웃었다. 아직 늦지 않았다는 듯이.

그가 입을 열려고 하자 은채는 손가락으로 그의 입술을 꾹 누르며 말을 못 하게 만들었다.

"밤은 길어요. 너무 안달 내지 마요."

그는 안달 내는 게 아니라 짜증 내는 것이었다.

여자 탈의실로 쏙 들어가버리는 은채를 도혁은 애증의 눈으로 쳐다보았다. 이렇게 당하고만 있지는 않을 거라고 다짐하면서.

은채가 옷을 갈아입고 나왔을 때 역시나 도혁의 모습은 아직 보이지 않았다. 그녀가 탈의실에 있을 때 어쩌면 혼자 도망가버렸을지도 몰랐다. 찜질방 옷 입기 싫어서 말이다.

그녀는 여유롭게 맥반석 달걀을 사서는 빈자리를 찾아 앉았다. 유명한 찜질방이라서인지 정말 사람이 많았다. 시간이 꽤 흘러도 도혁이 오지 않자 은채는 깐 달걀을 입에 집어넣으며 인상을 썼다.

이 인간, 설마 진짜 갔나? 그렇게 1박을 노래 불렀으면서 그녀가 이렇게 1박할 기회를 주었는데도 스스로 걷어차나?

부질없다 생각하며 은채가 달걀을 통째로 우적우적 씹고 있는데 갑자기 주위의 분위기가 소란스러워졌다. 고개를 돌려 입구 쪽을 보니 도혁이 '틀린 그림'처럼 서 있었다. 찜질방 옷이 이렇게나 안 어울리는 사람은 처음이라 웃음이 터져 나오려고 했지만 은채는 입술을 깨물어 참으며 손을 번쩍 들었다.

도혁이 세상에 불만만 가득한 사춘기 소년의 걸음으로 그녀가 있는 쪽으로 걸어왔다. 용기를 낸 도혁에게 은채는 맥반석 달걀을 내밀었다. 달걀을 보고 도혁은 눈을 치켰다.

"이게 그 맥반석인지 뭔지 하는 놈인가?"

"부화되기 전에 삶아졌는데 수컷인지 암컷인지 어찌 알아요?"

그녀의 질문은 무시하고 도혁은 맥반석 달걀을 바닥에 놓고 손바닥으로 내리쳐 짓뭉개버렸다. 그제야 기분이 풀린다는 듯이 도혁은 한결 편해진 표정을 지었다. 먹을 걸로 이상한 짓을 하는 도혁을 보고 은채는 절레절레 고개를 저었다. 처음 정신병원에서 보았을 때부터 지금까지 한결같이 정상은 아닌 듯했다.

"여긴 상상했던 대로 조잡하군."

사람들이 아무 곳에서나 누워 있는 게 도혁의 눈에는 숙박 시설이 아니라 난민 시설처럼 보였다.

"주위가 복잡하면 오히려 잡생각이 안 들잖아요."

전에 그의 집에서 드라마를 볼 때 그가 자연스럽게 잠든 것을 보고 생각했었다. 그는 오히려 주위가 시끄러우면 더 잘 잘 수 있을지도 모른다고.

그가 그 좋은 집에서 쉽게 잠을 자지 못하는 건 조용한 곳에서 혼자 너무 자신에 대한 생각을 깊게 해서일 수도 있었다.

"분위기를 못 잡잖아."

"항상 자기가 산통 다 깨면서. 분위기는 무슨."

"내가 본격적으로 하지 않아서 잘 몰랐나보군. 우선 쇄골로 시작할까?"

그가 옷깃을 잡아당겨 자신의 쇄골을 보여주려고 하자 은채는 무덤덤하게 물었다.

"그래서 나도 여기서 벗으라고요?"

그는 이렇게 사람 많은 곳에서 벗을 수 있겠지만 그녀는 절대 안 되었기에 도혁은 바로 옷에서 손을 떼고 그녀의 손을 다시 잡았다.

"하여튼 여기 정말 마음에 안 들어."

밤에 손잡고 있는 거 말고는 할 수 있는 게 없었다. 도혁은 투덜댔지만 은채는 개의치 않고 그의 어깨에 머리를 기댔다.

"난 이제 정말 괜찮으니까 신경 쓰지 마요."

혼란이 가시니 어느새 그와 손을 잡고 있었다. 그와의 관계가 그리 약하지 않다는 것에 그녀는 안도했다. 또다시 최다애를 만난다고 해도 이젠 그리 나약하게 굴지는 않을 것이다.

"네가 아니라 내가 안 괜찮다고."

도혁은 끝까지 찜질방에 대해서 투덜댔다. 하여튼 중대한 일에는 강하고 사소한 일에는 약했다.

"그럼 우리 내기할래요?"

'내기'라는 말에 도혁이 흥미를 느끼는 눈으로 그녀를 보았다. 은채는 여러 방 중 불가마 방을 가리켰다.

"저 방에서 오래 버티는 사람 소원 무조건 들어주기."

도혁은 1초도 고민하지 않고 손을 들었다.

"콜."

그가 누구인가. 승부사였다. 내기라면 절대 안 졌다. 그녀는 원래 불가마에서 땀을 빼는 걸 좋아했기에 자신이 있었다. 그리고 도혁에게 있는 건 버티는 독기뿐이었다.

"사우나 많이 다녔어요?"

사내놈들 발가벗고 있는 곳은 상상만 해도 싫다는 듯이 도혁은 인상을 썼다. 도혁의 이마로 굵은 땀이 주르륵 흘렀다. 은채는 키득 웃으며 수건으로 도혁의 땀을 닦아주었다.

"덥죠?"

"내가 더우면 너도 더운 거 아닌가?"

"난 더워서 시원한 거고."

더우면 더운 거지 뭐가 시원하냐는 듯이 도혁은 눈살을 찌푸렸다.

"어차피 여기서는 따로 할 일도 없는데 게임이나 할래요?"

"됐어. 잘 거야."

도혁은 팔짱을 끼고 두 눈을 감았다. 하지만 5초를 버티지 못하고 짜증을 내며 말했다.

"뭘 하든 해!"

가만히 있으니까 더 참을 수가 없었다. 완전히 불 위에 놓인 오징어 꼴이었다.

은채는 두 다리를 모으며 기대감 서린 얼굴로 입을 열었다.

"그럼 진실 게임을 해요."

"그게 뭔데?"

"무조건 진실만 말하는 거요."

"그딴 걸 왜 해?"

"내가 하고 싶으니까. 첫 키스가 몇 살 때였어요?"

눈을 감고 있던 도혁은 실눈을 뜨고 그녀를 쳐다보았다.

"그런 걸 호랑이의 코털을 건드린다고 하지."

"헛소리 말고 진실만 말해요. 말 못 하겠으면 그냥 나가고."

그러니 게임에서 말을 안 해도 불가마에서 나가는 거고, 못 참아
도 나가는 거였다. 도혁은 이거 참 즐겁지 않은 상황이라고 생각하
며 마른 입술을 떼었다.

"중2 때."

"헉! 그렇게 일찍이요? 누구랑?"

"내 과외 선생."

어릴 때부터 발랑 까져서 또래 아이들은 상대도 안 했다는 소리
로 들렸다.

"성숙한 여자에 대한 동경이었던 거예요?"

"설마. 키스하고 잘랐어."

로맨틱해야 하는 첫 키스 얘기에서 해고가 나오자 은채는 그게
뭐냐는 표정을 지었다.

"키스까지 했다면서 왜 잘라요?"

"배울 거 다 배웠으니까."

중학교 2학년이 순진하다는 건 편견이었다. 권도혁은 학생 때부
터 나쁜 학생이었다.

"이제 내가 질문할 차례인가?"

그녀가 먼저 시작한 거지만 그의 대답이 마음에 안 들어서인지

그녀의 차례가 썩 달갑지 않았다.

"첫 경험이 언제야?"

첫 키스보다 더 노골적인 질문에 은채는 인상을 썼다. 이 인간, 이럴 줄 알았다.

도혁은 이제야 여유로운 표정으로 문 쪽으로 고갯짓했다.

"대답하든가, 나가든가."

은채는 땀을 닦아주던 수건을 들어서 도혁을 때리기 시작했다. 어차피 진 내기, 이대로 그냥 나가기는 억울했으니까.

도혁은 그녀의 수건을 손으로 막다가 불가마의 더위를 버티지 못하고 그녀보다 먼저 뻗었다.

"타, 타임."

타임 같은 소리 하고 있다. 치사한 인간한테는 그딴 거 없어!

불가마에서 나온 뒤 도혁은 커다란 통에 든 식혜를 거의 원샷하듯이 마셨다. 처음으로 그가 잘 먹는 걸 보고 은채는 뭔가 뿌듯해졌다.

"땀 빼고 나서 먹으니까 죽이죠?"

저 안에서 죽을 뻔했다는 눈빛으로 도혁이 그녀를 흘겨보았다.

"어쨌든 내기는 내가 이겼으니 내 소원 들어줘."

성격도 급하다. 불가마에서 나오자마자 소원부터 들이댔다.

"소원이 뭔데요?"

"호텔 가."

은채는 허탈하게 웃었다. 그래도 그녀는 그의 불면증을 생각해서 여기로 온 건데 말이다.

"그렇게 여기가 싫어요?"

도혁이 고개를 숙여 그녀의 이마에 자신의 이마를 대며 나직이 속삭였다.

"너랑 둘만 있고 싶어."

그런 식으로 말하면 그녀가 약해졌다. 그게 진심이면 좋지만 만약 그냥 그녀의 마음을 바꾸려고 작위적으로 하는 말이라면 그는 진짜 못된 남자였다.

결국 찜질방에서는 겨우 1시간 있다가 나와 도혁이 그리 원하고 바라는 호텔로 향했다. 그래도 찜질방에서 맥반석 달걀은 먹었으니 도혁은 제 할 일은 다 했다고 믿고 있을 것이다.

"어서 오십시오. 예약하셨습니까?"

호텔 프런트 직원의 상냥한 인사말에 은채는 쑥스러워지기 시작했다. 그와 비밀스러운 사이도 아닌데 뭔가 또 불장난하는 기분이 되었다. 그래서 그녀는 도혁의 등 뒤에 살짝 몸을 숨기고 도혁에게 방 예약을 맡겼다.

"스위트룸으로 주세요."

도혁의 목소리에 가슴이 쿵쿵 뛰기 시작했다. 아버지 눈치 보며 사느라 이렇게 대놓고 남자랑 외박한 적은 한 번도 없었다. 그녀는 도혁이 처음이었다. 그래서 걱정부터 될 수밖에 없었다.

은채는 도혁의 손을 잡아당겼다. 그가 돌아보자 은채는 입술을 깨물었다 뗐다.

"저기, 나……."

그한테 미리 말을 해야 할 거 같았다. 말하지 않고 센 척하면 나중에 더 감당이 안 될 게 분명했다.

"알아. 걱정하지 마."

그녀는 머뭇거리다 제대로 말도 못 했는데 도혁이 먼저 안다고 말했다. 그가 무얼 안다는 것인지 은채는 혼란스러웠다. 진짜 그녀의 마음을 읽은 것인지, 아니면 엉뚱한 착각을 하는 것인지.

직원에게 방 키를 받은 도혁은 그녀의 어깨에 팔을 두르고 엘리베이터가 있는 곳으로 걸어갔다. 은채는 여전히 불안한 눈으로 도혁을 올려다보았다.

"뭘 안다는 건데요?"

"네가 꽃뱀 아닌 거."

"뭐라고요?"

발끈하는 그녀의 이마에 도혁이 꾹 입술을 눌렀다.

"네가 아프면 나도 싫어."

그가 진짜 알고 있다는 것에 은채는 놀란 표정을 지었다. 그녀가 한마디도 안 했는데 어떻게 안 것인가 싶었다.

"도대체 경험이 얼마나 많으면 여자 얼굴만 봐도 다 아는 거예요?"

은채가 이젠 그를 의심하자 도혁은 피식 실소를 지으며 스위트룸이 있는 층을 눌렀다.

엘리베이터는 두 사람만 태우고 부드럽게 위로 상승했다.

"그만 노려봐. 네가 티 나게 홀린 거뿐이니까."

"내가 언제요?"

"내 벗은 몸 보고 도망간 날."

그러고 보니 그런 흑역사가 있었다. 얼마 되지도 않았는데 석기시대 이야기처럼 들렸다. 그땐 도혁이 세상에서 제일 위험한 남자였는데 말이다.

지금 그 위험한 남자와 같이 호텔 방으로 가고 있으니 심장이 안 떨릴 수가 없었다.

달칵-.

도혁이 호텔 방문을 열자 정갈하고 고급스럽게 꾸며진 스위트룸이 드러났다. 중국 호텔의 화려한 스위트룸보다는 소박하지만 두 사람이 같이 좋은 추억을 만들기에는 충분히 낭만적인 방이었다.

"먼저 들어가."

도혁이 방문을 잡고 그녀에게 처음을 양보했다. 그녀는 전혀 안 고맙다는 듯이 어색하게 웃었다. 어차피 그녀의 발로 그를 따라 여기까지 온 것이기에 은채는 거부 없이 먼저 방 안으로 발을 들여놓았다. 창밖으로 부산 바다가 넓게 펼쳐져 있었다. 밤새 방 안에만 있기는 어색했는데 바다는 좋은 산책 거리였다. 그래서 은채는 돌아서며 자연스럽게 권했다.

"우리 잠깐 나가서 밤바다라도 보……."

말을 끝마칠 수가 없었다. 도혁이 한 마리 짐승처럼 그녀에게 돌진해와서는 그녀의 입술을 삼킨 것이다. 밖에서는 신사인 척 굴다가 방문 닫히자 돌변한 건가 싶어서 순간 그녀의 심장이 오싹했다. 도혁이 그녀의 입술을 씹어서 아릿한 통증까지 느껴졌다. 먹잇감이 된 기분에 온몸의 감각이 곤두섰다.

순식간에 모든 걸 삼키고 지나가는 허리케인 같은 키스를 끝내고 도혁이 입술을 떼며 지독히도 무거운 목소리로 속삭였다.

"다신 내 전화 피하지 마."

은채는 실소가 나왔다. 그걸 왜 이제 말하나. 서울에서 그가 그녀에게 문을 열어주었을 때 했어야지.

“그 말을 지금껏 참았어요?”

그런 거라면 정말 엄청난 인내심이었다.

“그래, 동물은 잘못했을 때 바로 알려주어야 깨닫지만 인간은 그
럼 까먹거든. 그러니 내가 기억한다는 걸 깨닫게 해야지.”

그의 말대로 절대 안 까먹긴 하겠다. 그의 전화를 피하면 무시무
시한 응징을 당한다는 걸.

“그래서 부산 오는 내내, 그리고 부산에 있는 동안 계속 나한테
화만 났던 거예요?”

도혁은 그녀의 얼굴을 찬찬히 살피다 그녀의 입술에 다시 입을 맞
추었다. 아까와는 달리 부드러운 입맞춤이었다. 살살 간질이는 것
같은 긴 입맞춤에 절로 신음이 흘러나왔다.

은채는 두 팔을 들어 그의 목을 끌어안아 자신에게 더 가까이 당
겼다. 그러자 그의 몸이 그녀의 위로 기울었다.

“너 때문에 내가 엉망진창이야.”

그녀가 그에게 해주고 싶은 말이었다. 은채는 도혁의 뺨을 두 손
으로 감싸고 그의 눈빛을 응시하였다.

“그거, 날 좋아한다는 걸 당신 방식대로 말하는 거예요?”

그녀가 그의 옆에 있는 건 그녀가 그를 좋아하기 때문이었다. 그
녀의 마음에 의한 선택이있다. 그런데 이젠 욕심이 생겨서 그가 더
많이 그녀를 좋아해주었으면 좋겠다. 그가 절대 다른 여자에게 눈
돌리지 못하게.

“넌 질문이 너무 많아.”

알고 싶으니까. 그의 마음을.

“내가 당신을 좋아하니까.”

좋아한다는 말에 도혁의 검은 눈빛이 창밖의 바다처럼 일렁였다. 정작 소년 시절에도 순수하지 못했던 그였는데 그녀의 고백은 그를 다시 소년으로 끌고 간다. 그 미숙한 시절로.

"당신도 그래요?"

욕망이 아니라, 마음이길. 소유가 아니라, 사랑이길.

도혁이 허리를 숙이더니 그녀를 안아 올렸다. 그의 두 팔에 안기니 세상은 멀어지고 그만 남았다. 은채는 아직 대답하지 않은 그의 얼굴을 빤히 보았다.

도혁은 묵묵히 침대로 걸어가서 침대 위에 그녀를 내려놓고 그녀를 자신의 두 팔에 가두었다. 그대로 그녀를 안을 것처럼 행동하던 그는 막상 침대에 오자 그 시간이 영겁인 듯 그녀의 얼굴을 바라보았다.

솔직하지 못한 그라도 그녀는 좋아져버렸다. 그녀가 손을 들어 그의 뺨을 만지려는데 도혁이 중간에 그녀의 손을 잡았다. 그리고 말했다.

"You win."

박 실장이 옆에 있었으면 잔소리를 했을 것이다. 그게 아니라, '사랑해.'라고.

더는 그를 거부할 힘이 없는 은채는 그와 함께 침대 위로 쓰러졌다. 그녀의 긴 머리카락이 물결치며 하얀 침대 위에 탐스럽게 펼쳐졌다. 지금 그녀는 그에게 한 송이 장미였다. 그 장미를 꺾고 싶은 열망에 목이 탔다.

도혁은 그녀의 손에 깍지를 껴 꽉 잡고는 그녀의 입술에 깊게 키스를 했다. 벌어진 입술 사이로 뜨거운 혀가 미끄러져 들어와 그녀의 모든 걸 맛보았다. 그녀의 몸을 타고 미끄러져 내려간 그의 다른 손이 한 줌밖에 안 되는 가는 그녀의 허리를 휘어잡고 자신에게 끌어당겼다. 맞닿은 몸은 소스라칠 정도로 단단했다.

툭―.

그의 손이 스치고 갔을 뿐인데 브래지어의 후크가 풀렸다. 은채는 깜짝 놀랐지만 도혁을 멈추게 하지 못했다.

투둑―.

연이어 블라우스의 단추가 풀리는 소리에 그녀의 몸이 가늘게 떨렸다. 떨림이 시작되니 멈추지 않았다. 두려움인지 설렘인지 그녀도 알 수가 없었다. 그녀가 떠는 걸 느낀 도혁이 그녀의 긴장을 풀어주려고 키스를 퍼부었다. 입술, 뺨, 목덜미, 어깨……. 닿을 수 있는 모든 곳에 그의 입술이 뜨거운 흔적을 남겼다.

그래도 그녀의 떨림이 멈추지 않자 도혁은 두 팔로 그녀의 몸을 꽉 끌어안고 한동안 움직이지 않았다.

두근두근.

자신과 도혁의 심장이 힘차게 뛰는 소리에 귀가 먹먹했다.

"도혁 씨?"

분명 도혁이 원한 1박은 아직 제대로 시작도 안 했는데 도혁이 더 이상 아무것도 하지 않아서 은채는 조심스럽게 도혁을 불렀나. 자는 듯 눈을 감고 있던 도혁이 천천히 입을 열었다.

"내가 미쳤지."

욕인지 아닌지 헷갈리는 말이라 은채는 눈을 가늘게 떴다.

"이 상황에서 참을 수 있다니."

그녀는 이제 그에게 안겨도 괜찮았다. 그럴 마음을 먹고 그와 같이 이 방에 들어온 거였다.

"왜 참아요?"

"네가 두려워하는 거 같아서."

"난 잘 몰라서."

"그거 말고."

그가 그녀를 떠날 수도 있다는 두려움이 그녀의 마음 깊은 곳에 있는 거다. 그녀를 안으려는 순간 도혁이 그걸 느껴버렸다. 그리고 분통 터지게도 그건 그의 책임이었다. 우선 서울에 돌아가 약혼녀 문제부터 해결해야 했다. 그게 순서인 거 같았다. 은채는 그에게 첫 번째이면서 유일한 여자였으니까.

"자."

도혁은 은채의 이마에 입술을 꾹 눌렀다가 떼고는 그녀의 몸을 두 팔로 더 꽉 끌어안았다. 그가 진짜 이대로 잘 거 같자 은채는 복잡한 눈으로 도혁의 얼굴을 올려다보았다.

"설마 내 몸이 별로라."

"그럼 계속할까?"

도혁이 갑자기 두 눈을 번쩍 뜨며 묻자 은채는 반사적으로 고개를 저었다. 도혁은 그럴 줄 알았다면서 피식 웃고는 그녀의 몸을 다시 꽉 안았다.

"어쨌든 이렇게 1박인 거야."

정말 같이 잠만 자는 1박이었다. 그런데 은채는 그게 더 좋아서 도혁의 품으로 파고들었다. 그가 그녀를 소중히 여겨주는 이 느낌이 좋았다.

그도 그녀를 사랑한다는 강한 믿음이 생기고 있었다.

25. 권 회장의 경고

밤늦게 잤는데도 아침에는 일찍 일어났다. 그리고 뜻밖에도 도혁은 아직 자고 있었다. 그녀를 안고서 눈을 감고 자는 도혁을 은채는 신기한 눈으로 쳐다보았다.

큰 창으로 쏟아져 들어오는 햇살이 도혁의 몸 위에 부서져 내려 눈이 부셨다. 무방비하게 자는 그의 모습은 아름답기까지 했다. 칼날 같은 얼굴이라고 생각했던 이목구비에 부드러움이 흘렀다.

은채는 자연스럽게 흘러내린 그의 앞 머리카락에 손을 뻗다가 차마 만지지 못했다. 만지거나 움직이면 그가 깰까봐 그녀는 잠에서 깨어서도 움직이지 못하고 계속 그에게 안긴 채 누워 있었다.

생전 처음 느껴보는 안락한 구속이었다. 제 마음대로 움직일 수 없어 불편한데도 이대로 계속 있고 싶었다.

하지만 잠결인지 의도적인지 도혁의 손이 위로 올라와 그녀의 가슴을 만지자 그녀는 베개로 도혁을 밀어내고는 서둘러 침대에서 나와서 욕실로 들어가버렸다.

아침부터 베개에 얻어맞은 도혁은 인상을 쓰며 눈을 떴다. 자신이 왜 맞았는지도 모르는 눈빛이었다.

"원래 사람을 그리 사납게 깨우나?"

아침으로 나온 토스트를 씹어 먹으며 도혁이 투덜댔다. 은채도 지지 않고 그를 노려보았다.

"그러게 누가 내 가슴 만지래요. 아침부터 저질이야."

"어차피 같은 가슴인데 밤에는 되고 아침에는 안 된다는 건 무슨 논리야?"

은채는 얼굴이 붉어져서 도혁의 입에 빵을 쑤셔 넣어주었다. 그래야 말을 못 할 테니까.

"빨리 먹기나 해요. 서울 가게."

서울이라는 말에 도혁은 빵을 고무 씹듯이 씹었다. 딱 학교 가기 싫은 학생 표정이라 은채는 설마 하며 물었다.

"설마 안 가요? 당신 회사도 가야 하잖아요."

"그래, 가야지."

회사가 바쁜 건 대표인 그가 가장 잘 알고 있다. 어제는 미친 척 부산에 왔다지만 시간이 좀 흐르니 이성이 돌아오고, 그러니 회사 일이 신경 쓰이기는 했다. 하지만 그보다 은채와 이대로 헤어지기 싫은 마음이 더 컸다.

"넌 집에 가면 아버지한테 혼나지 않아?"

그걸 다 알면서 데려와놓고는 이제 와서 소용없는 걱정을 해주기에 은채는 도혁을 밉지 않게 흘겨보았다.

"한두 번 혼나는 거 아니니 다 요령이 있어요."

"그럼 자주 외박해도 되겠네."

"그런 소리가 아니라!"

발끈하던 은채는 그의 화법에 말리면 진짜 서울로 못 갈 거 같아서 손으로 빨리 먹으라는 제스처를 취했다.

"밥 먹고 바로 서울 가는 거예요."

못을 박는 그녀의 말에 도혁은 정말 싫다는 표정을 지었다. 회사밖에 모르던 일벌레가 타락하는 거, 하룻밤밖에 안 걸렸다.

올 때는 기차를 탔지만 갈 때는 도혁의 출근 시간에 맞추어야 했기에 비행기를 타기로 했다. 늑장 부리는 도혁을 끌고 김해 공항까지 간 은채는 비행기 표를 끊기 위해 도혁에게 돈을 요구했다.

올 때는 자기가 알아서 표를 다 끊더니 갈 때는 손가락 하나 까딱하지 않고 있다. 그래서 그녀가 자꾸 그를 재촉하게 되었다. 그런데 건성으로 지갑을 찾던 도혁이 어설픈 연기 톤으로 말했다.

"이런, 지갑을 택시에 두고 내렸나봐."

웃기고 있다.

"택시 내릴 때 택시비 계산했잖아요."

"그러니까 계산한 뒤에 두고 그냥 왔나보네."

"헛소리 따위 그만하고 빨리 지갑 줘요."

도혁이 순순히 지갑을 내놓지 않아서 그녀가 직접 그의 몸을 뒤졌다. 피하려는 도혁을 붙잡고 지갑을 찾아 주머니를 뒤지니 도혁이 그녀를 뿌리치고 바로 앞에 있는 남자 화장실로 들어가버렸다.

지금 뭐 하는 거냐고.

"빨리 나와요! 이번 비행기 놓치면 진짜 지각이라고요!"

그녀가 화장실에 대고 소리치니 공항에 온 여행객들이 다 쳐다보았다. 이대로는 안 되겠다 싶어서 은채는 도혁을 쫓아서 남자 화장실까지 뛰어들어갔다. 화장실 안이 텅 비어 있기에 은채는 좌변기가 있는 곳의 문을 벌컥 열었다. 마지막 칸에 도혁이 다리를 꼬고 앉아 있었다.

당장 나오라고 하려는데 남자 화장실로 들어오는 사람들의 발소리가 들렸다. 당황하는 그녀의 팔을 도혁이 잡아당겨 화장실 문을 닫아버렸다. 도혁 찾으러 들어왔다가 그녀까지 같이 갇힌 셈이었다.

은채는 그를 올려다보며 성을 내었다.

"그러니까 왜 숨어요! 비행기 타야 하는데 어쩔! 읍!"

도혁이 조용히 하라고 그녀의 입을 틀어막았다. 문밖으로 사람들의 말소리와 볼일 보는 소리가 들렸다. 정말 민망하고 창피한데 도혁이 그녀의 귀에 대고 속삭였다.

"남자 화장실에서 해본 적 없지?"

거의 자동이었다. 그녀의 발이 도혁의 발을 밟아버렸다.

"윽!"

발이 밟힌 도혁의 신음에 밖에서 사담을 나누던 남자들의 목소리가 갑자기 조용해졌다.

"방금 신음 안 들렸어?"

"그러게. 치질인가봐. 그게 쌀 때 엄청 아프다네."

"쯧쯧. 고생하세요."

남자들의 격려에 도혁은 오히려 인상을 썼지만 그녀 때문에 문을 박차고 나갈 수는 없었다.

은채가 그를 의심스러운 눈으로 보며 물었다.

"정말 그래요?"

"내가 어떻게 알아!"

버럭한 도혁은 먼저 문을 박차고 나가버렸다. 은채는 서둘러 그의 뒤를 쫓았다. 비행기를 타려면 정말 서둘러야 했다.

권 회장의 부름을 받고 아침 일찍 회장실을 찾아간 최다애는 권 회장이 무조건 자신의 편일 거라 믿고 있었다. 왜냐하면 그녀는 세진 그룹 후계자에게 가장 완벽한 날개를 달아줄 신붓감이었으니까.

세진 그룹의 오너가 그걸 모를 리가 없었다. 그러니 권 회장은 그 얼굴만 반반한 여자가 아니라 그녀의 편이어야 했다.

"오랜만에 뵙습니다."

권 회장과는 그녀의 집에서 열렸던 모임이나 파티에서 몇 번 마주 쳤던 적이 있었다. 그때 보았던 도혁을 그녀는 자신의 짝이라고 점 찍어놓았었다.

배경, 인물, 도도함까지 뭐 하나 빠지는 게 없는 도혁은 그 자체가 다이아몬드였고, 여자라면 누구나 다이아몬드를 탐내게 되어 있다. 그래서 최다애는 그를 꼭 가지고 싶었다.

"아직 학기 중 아니었나?"

약혼 이야기까지 오가는 사이인데 반갑다는 인사보다 취조하듯이 묻는 말이 돌아왔다.

"네, 하지만 이 사진이 저한테 와서 도저히 그냥 있을 수가 없었어요."

최다애는 당당하게 권 회장의 앞에 도혁과 은채가 찍힌 사진을 보여주었다. 그 사진을 보고 권 회장도 그녀처럼 분개해주길 바랐는데 권 회장의 반응은 무덤덤했다. 마치 겨우 이까짓 걸로 무슨 유난이냐는 듯했다. 그래서 최다애의 잘 다듬어진 눈썹이 살짝 찌푸려졌다. 상대가 권 회장만 아니었다면 참을성 없는 그녀는 벌써 소리쳤을 것이다. 내 말이 맞지 않느냐면서. 최다애는 안 되겠다 싶어서 변명하듯이 덧붙였다.

"이 여자 지금 자기 반반한 얼굴만 믿고 권 대표한테 들이대는 거예요. 곧 약혼인데 이런 여자 때문에 시끄러워지면 안 되잖아요. 그래서 제가 정리를 하려고."

"내 아들이 여자 하나 때문에 망가질 수도 있는 그런 시원찮은 인물이라는 뜻인가?"

최다애는 움찔했다. 권 회장의 반응은 결코 그녀에게 호의적이 아니고 오히려 공격적이기까지 했으니까.

사진을 보던 권 회장은 눈을 살짝 들어 최다애를 똑바로 보았다. 간담이 서늘해질 정도로 무감정한 눈빛이었다.

"그리고 자네는 약혼한 뒤에도 내 아들 일에 이리 일일이 간섭을 할 건가? 그럼 약혼 다시 생각해봐야겠군. 난 내 아들을 보필할 배우자가 필요했던 거지, 내 아들을 방해할 배우자는 필요 없네."

최다애는 떨리는 손을 꼭 쥐었다. 자신의 편인 줄 알았던 권 회장이 전혀 그렇지 않다는 걸 그녀는 깨달았다. 권 회장은 오직 그 자신과 아들인 도혁만 생각하고 있었다. 최다애로서는 거의 처음 겪어보는 좌절감이었다.

"제, 제가 생각이 짧았네요. 죄송합니다."

최다애는 그녀에게 어울리지도 않는 사과를 기계적으로 했다. 그렇지 않으면 권 회장이 당장 그녀의 아버지에게 전화해서 약혼 취소라고 할 거 같았으니까.

그럴 수는 없었다. 그녀가 얼마나 오래 기다린 약혼인데.

"그럼 오늘 바로 학교로 돌아가. 자기 일을 충실히 해야 다른 사람을 보필할 능력이 생기는 거니까."

최다애는 싫다는 말을 못 하고 억지로 웃기만 했다. 이대로 미국으로 쫓겨 가게 생긴 이 상황이 지독히도 마음에 들지 않았다. 다른 사람도 아니고 권 회장이 어떻게 그녀에게 이럴 수 있단 말인가. 배신감까지 들고 있었다.

"대답 안 하나?"

최다애는 억지로 대답했다.

"네, 알겠습니다."

정말 마음에 들지 않았지만 지금은 권 회장의 말을 들을 수밖에 없었다. 약혼할 때까지는 참아야 했다. 약혼식 뒤에는 권 회장도 그녀에게 이리 쉽게 약혼을 무른다는 소리는 설대 못 할 것이다. 그때까지만 참자고 최다애는 이를 악물며 견뎠다.

부산에서 서울 가는 비행 시간은 정말 짧았기에 도혁은 그녀의

손을 조물조물 하면서 계속 투덜거렸다. 출근해야 하는 사람은 도혁이면서, 왜 그녀가 억지로 여행을 끝내버린 것처럼 구나.

탁-.

은채는 도혁이 잡고 있는 손을 단호하게 뿌리치며 한마디 했다.

"그만 만져요. 내 손 닳아 없어지겠네."

"이젠 손까지 못 만지게 하는 건가? 어떻게 하루 사이에 마음이 변하지? 내일이면 지겨워졌다고 꺼지라고 하겠군."

이 인간, 말하는 거 봐라.

"이미 지겨워졌어요. 꺼져요."

이에는 이, 타박에는 타박이었기에 한마디 했더니, 도혁이 입을 꾹 다물고 그녀를 노려보았다. 말이 심했나 싶어서 은채는 한발 뒤로 물러났다.

"비행기 값 당신이 냈으니 비행기 착륙하면 꺼지던가요."

도혁이 계속 노려보자 은채는 포기하고 손을 내밀었다.

"알았어요. 지져 먹든 볶아 먹든 당신 맘대로 해요."

도혁이 그녀의 오른손을 쭉 잡아당겨서는 굳이 자신의 오른손으로 잡았다. 덕분에 그녀의 허리가 옆으로 심하게 휘었다.

"지금 나보고 이 자세로 쭉 가라고요?"

"편하게 앉아. 누가 불편하게 있으래?"

'그럼 댁이 손을 놔야지!'라고 화내고 싶었지만 그녀의 손을 맘대로 하라고 방금 말한 건 자신이었기에 은채는 히죽 웃으며 도혁에게 부탁했다.

"그냥 왼손으로 잡으면 나도 편하잖아요."

"내 왼손은 네가 싫다네."

이 인간이 진짜!

"서울 가면 당신 또 바빠서 잘 못 보잖아요. 우리 같이 있을 때는 사이좋게 지내요."

"자주 볼 거야."

서울 가도 자주 볼 거라는 그의 말에 은채는 눈을 찌푸리며 웃었다.

"진짜요?"

"그래, 늦어도 10시 전에 꼭 퇴근해서 갈게."

그녀를 만나러 오려고 퇴근 시간까지 바꾼다는 건 좀 감동이기는 했다. 그에게 첫 번째가 일이라는 걸 아니까.

"그래서 일 늦어지면 어쩌려고요?"

"내가 안 하면 능력 있는 아랫사람들이 하겠지."

조율이 필요했다. 그가 모든 걸 다 하려고 하는 건 욕심이라는 걸 처음으로 인정하게 되었다. 그는 일도 잘하고 싶고, 그녀도 보고 싶었으니 주위 사람들을 좀 더 믿기로 했다.

"사람들이 우리 대표님이 달라졌다고 하겠네."

"그래, 내 앞에서 기어오르지만 않으면 참겠어."

은채는 키득 웃으며 그의 어깨에 머리를 기댔다. 조금씩 변해가는 모습을 보여주는 그가 따뜻하게 느껴졌다. 절대 변하지 않을 거라 여겼던 사람인데 말이다.

그녀가 그를 좋아하니 그가 변하고 있었다. 그래서 그녀는 앞으로 그를 더 많이 좋아하고 싶었다.

그녀가 줄 수 있는 만큼 마음을 그에게 줄 것이다.

더는 그에게 상처받을까 노심초사하며 제 마음을 안전한 곳에 숨겨두지 않을 것이다.

　노련하고 속 깊은 박 실장은 눈코 뜰 새 없이 바쁜 이 시기에 대표가 무단결근해 있음에도 절대 전화로 어디냐고 독촉하지 않았다. 도혁을 믿고, 도혁의 두려움을 걱정하기 때문일 것이다. 그래서 도혁도 생각보다 더 빨리 회사로 돌아온 것이기도 했다. 대표실에 들어가면 제일 먼저 박 실장에게 무단결근에 대해 사과를 하고 어제 못 한 일들을 빠르게 처리할 생각이었다.

　대표실 문을 열고 들어가면서 바로 박 실장에게 말을 하려던 도혁은 그 자리에 멈추어 섰다. 모든 게 그가 처음 세진 건설에 들어왔을 때처럼 그대로인데, 딱 하나 달라진 게 있었다. 얼굴에 주름이 자글자글한 박 실장이 서 있어야 할 자리에 검은 머리에 건장한 30대 남자가 서 있었다. 남자는 군인처럼 절도 있게 머리를 숙였다.

　"오늘부터 박 실장님 대신 대표님을 모시게 된 이민국이라고 합니다."

　눈에 익은 얼굴이긴 했다. 세진 그룹 회장 비서실에 근무하던 사람이었으니까.

　도혁은 차갑게 웃었다.

　그의 아버지는 이런 사람이었다. 말 한마디 없이, 동정도 없이, 정도 없이, 자신의 밑에서 30년을 헌신한 사람을 하루아침에 잘라낼 수 있는 사람. 아들의 팔을 잘라내는 것에 주저함이 없는 사람.

　공기의 흐름도 이곳 주인의 눈치를 보며 흐르는 듯한 세진 그룹 회장실이었다. 그런데 사람들의 웅성거리는 소리가 항상 근엄한 이곳과 어울리지 않게 울려 퍼졌다.

"잠시만요."

뚜벅뚜벅-.

소란스러운 밖의 동태에 권 회장은 고개를 들었다.

벌컥-.

곧 집무실 문이 태풍을 만난 것처럼 거칠게 열리며 도혁이 들어섰다. 이리 올 것이라 예상하였기에 권 회장은 그리 놀라지도 않았다. 막아서는 회장 비서실 사람들을 뿌리치고 거침없이 권 회장이 앉아 있는 책상 앞까지 걸어온 도혁은 붉은 눈으로 아버지를 노려보며 공격적으로 말했다.

"박 실장님은 제 비서였습니다. 아무리 회장님이라도 통보 없이 함부로 자를 수는 없습니다."

권 회장은 동요 없이 도혁을 올려다보며 알려주었다.

"원래는 내 것인데 너한테 빌려준 거였을 뿐이지."

탕-!

도혁의 두 손이 책상을 거칠게 내려쳤다.

"물건 취급하지 마세요! 내 사람이라고요! 내가 믿을 수 있는 유일한 사람! 가족보다 더 의지했던 내 사람! 빌어먹을 아버지보다 더 아버지 같았던 내 사람!"

어릴 때는 아버지 앞에서 도혁은 그저 겁먹은 아이였을 뿐이었나. 아버지의 말 한마디가 천둥이었고, 벼락이었다. 그래서 감히 거역할 용기조차 내지 못했다.

하지만 지금은 달랐다. 그는 더는 아버지가 무서운 아이가 아니었다. 도혁은 항상 자신의 앞을 막고 우뚝 서 있던 거대한 벽 같았던 아버지를 매섭게 노려보았다.

“내 사람을 건들면 절대 가만 안 있을 겁니다.”

도혁의 선전포고에 권 회장은 마른 웃음을 지었다.

“그래서 해장국 집 딸도 네 사람이냐?”

이미 팔 하나가 잘려나갔기에 권 회장의 두 번째 칼날은 엄청나게 아프게 도혁을 찔러왔다.

이건 명백히 권 회장의 경고였다.

네 사람을 지키고 싶으면 자신의 말에 복종하라는.

도혁이 박 실장을 찾아갔을 때 그는 부인이 하는 한정식 집 ‘애담’에서 손님에게 돈 계산을 해주고 있었다. 대기업 대표의 비서실장이었던 엘리트가 평범한 아저씨로 변하는 건 딱 하루면 충분했다.

박 실장은 식당까지 자신을 찾아온 도혁을 보자 별로 놀라지도 않고 평소처럼 정중히 물었다.

“식사, 하셨습니까?”

“그 꼴을 보니 먹은 게 올라오는 거 같네요.”

아버지와 한바탕하고 바로 박 실장을 만나러 온 길이었다. 한 것도 없이 기운이 쭉 빠지고 있었다. 아버지에게 당하기만 하고 제대로 갚아주지도 못했는데 말이다.

“아, 낚시를 가려고 했는데 집사람이 안 된다고 해서.”

그렇게 말하며 박 실장은 멋쩍게 웃었다. 항상 비서로서 그의 앞에 섰지 힘없는 남편의 모습은 처음이었기에 좀 겸연쩍었다. 보스 앞에서 깔끔하게 차려입지 못해 실수한 것처럼.

"우선 저한테 전화해야 한다는 생각은 안 하셨습니까?"

"어차피 곧 알게 되실 거라."

그가 은채와 같이 있는 걸 알기에 박 실장이 일부러 전화하지 않은 것이었다. 그걸 알기에 도혁은 더 기분이 좋지 않았다. 그가 맞았어야 할 벼락을 박 실장이 대신 맞은 꼴이었다.

"아버지가 은채에 대해 직접 말했어요."

"아!"

박 실장은 깊은 탄식을 뱉어냈다. 권 회장이 은채에 대해 말했다면 더 이상 그녀를 모른 척하지 않는다는 뜻이었다.

권 회장은 조율에 능통한 사람이었다. 사람에 대한 정은 없어도 사람을 다루는 것에는 전문가였다. 박 실장은 도혁을 안심시키기 위해 말했다.

"그렇다고 당장 은채 양에게 저처럼 하시지는 않을 겁니다."

"그렇겠죠. 그냥 제 머리에 총구를 겨누며 겁을 준 거죠. 저희 아버지가 제일 잘하는 거."

어릴 적 그가 아버지의 사냥개에 물린 건 그가 먼저 사냥개를 공격했기 때문이었다. 아버지에게는 복종하면서 어린 그는 무시하는 그 몸집 큰 개가 그는 항상 마음에 들지 않았었다.

건방진 개를 길들이고 싶었고, 그 결과는 처참했다. 그때 아버지가 수술을 끝내고 정신을 차린 그에게 처음 한 말을 그는 아직도 또렷하게 기억하고 있었다.

―개죽음당하고 싶지 않으면 너보다 힘 있는 상대한테 먼저 공격하지 마. 항상 공격만이 승리는 아냐.

그를 억압한 것도 아버지였지만 그를 가르친 것도 아버지였다. 아버지는 그의 모든 것을 알고 있지만 그는 아버지의 일부분만 알고 있을 뿐이었다.

도혁이 자신의 모든 걸 걸고 싸워도 이기기 힘든 상대였다.

현이가 어린이 밴드 하는 걸 허락받기 위해서 현이네 집에 다시 가보기로 했는데 동이가 자신도 같이 가겠다고 해서 은채와 동이는 현이네 집에 같이 방문했다.

집에 있었던 현이는 반갑게 문을 열어주었다.

"선생님! 동이야!"

현이를 만나러 와서 동이는 마냥 좋을지 모르지만 은채는 책임감 때문에 조심스럽게 현이에게 물었다.

"어머니는 안에 계시니?"

"네. 들어오세요."

뛰어들어가려는 동이의 뒷덜미를 잽싸게 낚아채서 잡으며 은채는 단단히 주의를 시켰다.

"우린 오늘 중요한 일 때문에 온 거니까 장난치거나 소란스럽게 굴면 안 돼. 알았지?"

동이는 언제 천방지축처럼 굴었느냐는 듯이 또랑또랑하게 대답했다.

"저도 알 건 다 알아요."

도대체 뭘 안다는 거냐고 자세히 묻고 싶었지만 현이 어머니가 직접 현관 쪽으로 나오셔서 그럴 시간이 없었다.

현이가 어머니를 닮아 예쁜 줄 알았는데 뜻밖에 현이 어머니는 꽤 살집이 있으셨다. 하지만 그런 걸 따질 상황이 아니었기에 은채는 서둘러 고개를 숙여 현이 어머니에게 인사했다.

"안녕하세요. 현이 피아노 학원에서 보조 강사 일을 하는 이은채라고 합니다."

"네, 현이한테 말씀 많이 들었어요. 들어오세요."

친절하지만 부담되는 어머니들의 전형적인 멘트였다. 은채는 동이를 지팡이 삼아서 조심조심 현이네 집 안으로 들어갔다. 아버지가 공무원이라는 현이네 집은 중산층 가정집이라면 흔하게 볼 수 있는 풍경으로 꾸며져 있었다.

적당한 넓이의 거실, 적당한 가격의 패브릭 소파, 적당한 크기의 TV.

마치 적당한 규격으로 딱 맞추어놓은 듯한 집이었다.

이런 집에서 밴드의 열정을 설명하기가 좀 난감하기는 했다.

"어린이 밴드는 아이들에게 좋은 추억거리가 될 거라고 생각해 제가 아이들을 모았습니다. 제가 홍대에서 직접 밴드 활동을 하고 있거든요. 친구들과 함께하는데, 정말 좋은 활동입니다."

은채는 자신이 왜 어린이 밴드를 만들게 되었는지 우선 현이 어머니에게 설명해주었다. 현이 어머니는 그녀의 설명을 잔잔한 미소를 지으며 가만히 듣고 있다 은채가 눈치를 보며 말을 끝내고 나서야 입을 열었다. 자신은 그렇게 꽉 막힌 사람이 아니라는 듯이 아주 부드러운 어조였다.

"아이들이 재미있게 노는 거 저도 찬성이에요. 그런데 우리 현이가 중학교 올라갈 때쯤 강남 쪽으로 이사를 할 생각이에요. 그때 되어서 준비하면 늦거든요. 요즘은 유치원 때부터 영어 공부를 시작하는 시대이니까요. 딴 건 몰라도 현이 영어 공부는 확실히 시켜 두고 싶거든요.”

은채는 슬쩍 현이 쪽을 보았다. 어머니한테 이미 귀에 못이 박히게 들었는지 한마디 말도 못 하고 시무룩한 얼굴이었다.

동이는 현이가 강남으로 이사 간다는 말에 놀라서 벌떡 일어나며 외쳤다.

“현이가 강남 가면 저도 강남 갈 거예요!”

동이야, 선생님이 얌전히 있으라고 했잖니.

은채가 허락받는 데 전혀 도움이 안 되는 동이를 조용히 시키려는데, 현이 어머니가 안쓰러운 표정을 지으며 동이에게 말했다.

“동이야 넌 강남 못 가.”

어른만이 할 수 있는 말이었다. 그랬기에 동이보다 은채가 더 울컥해서 외쳤다.

“동이도 강남 갈 수 있습니다!”

어머니가 놀란 눈으로 그녀를 쳐다보았다. 다 큰 어른이 동이처럼 굴고 있었으니까. 그녀가 뒤늦게 깨닫고 움찔하는데 동이가 옆에서 자신 있게 말했다.

“네! 나 강남 가는 버스 몇 번인지 알아요.”

어머니와 은채는 같이 동이를 보았다. 동이는 현이에게 강남 갈 때 꼭 같이 가자고 손가락을 걸고 있었다. 그 순진함에 대고 현이 어머니도 뭐라고 말을 못 했다. 딸에 대한 욕심이 있을 뿐이지 나쁜 사람은 아니었으니까.

결국 한 번에 허락을 받지 못하고 현이네 집을 나와야 했다. 동이와 함께 터벅터벅 집으로 향하며 어떻게 해야 강남보다 더 혹한 제안을 현이 엄마에게 할 수 있을까 궁리하고 있는데 전에 한 번 본 적 있는 빨간 스포츠카가 그녀의 옆에 거칠게 멈추어 섰다. 아니나 다를까, 역시나 운전석 문이 벌컥 열리며 도연이 내려섰다.

"내 전화 일부러 피해요?"

도연이 화를 내는 말에 은채는 어안이 벙벙할 뿐이었다. 그녀는 도연에게 전화번호를 가르쳐준 적이 없었다. 변명해야 할 거 같은 분위기라 은채는 더듬거리며 설명했다.

"그게, 학생 어머니를 만나고 오는 길이라 잠시 꺼놓았는데."

도연은 기가 막힌다는 표정으로 그녀를 보았다. 마치 '바보가 어디 있나 했더니 바로 여기 있네.' 같은 반응이었다.

"엄청 속 편하네요. 우리 오빠가 무슨 상황인지 알고는 있는 거예요?"

그녀로서는 이해할 수 없는 말이었다. 그녀가 알기에 도혁은 지금 회사에 있어야 했으니까.

"도혁 씨한테 무슨 일 있어요?"

"내가 그걸 알고 싶어서 당신 찾아온 거잖아요! 박 실장님이 그렇게 잘렸는데 오빠가 멀쩡할 리가 없잖아."

박 실장이 잘렸다는 말에 은채는 놀라 눈과 입이 동시에 커졌다.

"박 실장님이 잘렸다니, 그게 무슨 소리예요?"

"토사구팽됐다고! 오빠한테 의리 지키다가 아버지 손에 목이 잘렸어요! 다음은 당신 목이야!"

은채는 살기를 느끼며 손으로 목을 감쌌다. 권 회장의 카리스마를 생각하면 도연이 그녀를 겁주려고 하는 말은 결코 아니었다.

"도혁 씨 지금 회사에 있어요?"

"그걸 나한테 물으면 어떡해! 내가 그거 때문에 여기까지 당신 만나러 온 건데!"

그녀가 무슨 뜻인지 모르겠다는 표정을 짓자 도연이 화가 난 눈으로 그녀를 쏘아보았다.

"오빠가 사라졌어요! 회사에도 집에도 없다고! 진짜 몰랐어요?"

잠시 눈앞이 캄캄해졌다. 도혁이 그녀에게 말도 없이 사라질 수 있다는 건 생각해보지 못했으니까. 하지만 다행히 그녀는 아직 도혁이 갈 만한 곳을 한 군데 더 알고 있었다.

은채는 바로 동이와 도연과 헤어져 도혁이 그녀 때문에 이사했던 옥탑방으로 달려갔다.

26. 사랑하기에 지켜야 하는 것

탕탕탕탕탕탕!

은채는 빚 독촉하는 빚쟁이처럼 계속 문을 두드렸다. 여기마저 없으면 그녀조차도 도혁이 어디로 가버린 건지 알 수 없었다.

그럼 그녀는 정말 그에게 화가 날 것이다. 어떻게 그녀에게 한마디 말도 없이 사라질 수 있단 말인가. 다른 게 배신이 아니었다. 그녀만 두고 말도 없이 사라지는 것도 배신이었다.

한참을 기다려도 안에서 아무런 인기척이 없어서 은채는 그대로 그 자리에 주저앉았다. 충격과 허탈감에 제 몸도 제대로 가눌 수가 없는 상태였는데 굳게 닫혀 있던 문이 그제야 '끼익' 소리를 내며 열렸다.

그리고 뻔뻔할 정도로 아무렇지 않아 보이는 도혁이 얼굴을 내밀고 그녀를 내려다보았다. 거기 주저앉아서 뭐 하느냐는 듯이. 은채는 그제야 벌떡 일어나며 그에게 외쳤다.

"왜 나한테 박 실장님 잘린 거 말 안 했어요!"

도혁은 그녀의 큰 목소리가 괴로워 눈살을 찌푸리며 건조하게 말했다.

“안 잘렸어.”

“거짓말하지 마요. 당신 여동생한테 들었다고요.”

도연이 시키지도 않은 행동을 한 걸 알고 도혁은 마땅찮은 표정을 지었다.

“내가 복직시킬 거야.”

도혁이 박 실장을 포기하지 않았다는 말은 안심되었지만, 그게 작은 일이 아니기에 그가 회사도 가지 않고 여기 와 있는 것일 게다.

“회사는 왜 안 갔어요?”

“당분간 파업이야.”

파업은 노조가 해야 하는 거였다. 회사 대표가 아니라. 회사 대표가 할 수 있는 농담 중 가장 자해성이 강한 농담이었다.

결국 그도 권 회장에게 토사구팽이 된 박 실장과 별반 다르지 않은 상황이란 것에 은채는 허탈한 표정을 지었다. 권 회장의 말 한마디가 순식간에 두 사람을 무력화시킬 정도로 막강한 줄은 미처 몰랐다.

“밥은 먹었어요?”

지금 당장 권 회장을 이기고 박 실장을 복직시킬 방법이 생각날 수 있는 건 아니었기에 은채는 눈앞에 있는 도혁의 상태부터 챙겼다. 그게 뭐 어려운 질문이라고 도혁은 깊게 생각을 하는 듯했다. 은채는 대답을 들을 필요도 없이 도혁에게 손을 내밀었다.

“우선 나가요. 이 집도 좁아서 불편하잖아.”

마치 좋은 곳으로 인도해주겠다는 듯이 내밀어진 그녀의 손을 도혁은 바로 잡지 못하고 눈을 내리깔고 물끄러미 바라보기만 했다. 도혁에게는 피치 못하게 후퇴한 상황이었기에 그녀에게 연락도 안

한 것이었다. 지고는 못 사는 그가 남에게 약한 모습 보이고 싶을 리가 없었다. 상대가 그녀라면 더더욱 싫었다.

　복잡한 머리를 식힐 때는 사람 많은 곳보다는 사람 적은 곳이 좋기에 도시락을 사서 공원을 찾아갔다.
　"이 시간에 공원 온 거 처음이죠?"
　이 시간뿐 아니라 한가하게 공원 산책 온 것도 처음인 도혁이었다. 평소와 달리 말이 없는 도혁 때문에 그녀만 혼자 계속 떠들고 있었다. 도시락은 도혁 먹으라고 산 건데 그는 거의 손도 대지 않았다.
　도혁이 지금 가장 크게 느끼는 감정은 무력감이었다. 이기는 것에만 집착하다보니 지는 것에는 익숙하지 않은 것이다.
　"내 이야기 듣고 있어요?"
　"아니."
　이런 순간에 뻔뻔하게 솔직한 걸 보니 아직 권도혁이 맞는 것 같았다. 하지만 괜찮지 않았다. 눈에 보이는 피가 없다고 해서 마음이 괜찮은 게 아니었으니까.
　"그럼 당신이 이야기해봐요."
　그녀의 말에 도혁이 고개를 돌려 그녀를 보았다.
　"아버지 때문에 얼마나 힘든지."
　도혁은 오히려 입을 꾹 다물었다. 말 없는 그의 시선이 더 아팠다. 그녀가 그를 동정하듯 쳐다보는 것 같자 도혁이 단호하게 말했다. 그는 궁지에 몰린 걸 인정하기도 싫었고, 동정받는 건 더욱 싫었다.

"난 이대로 당하지 않아."

그게 아니었다. 그가 질까봐 걱정인 게 아니라 그가 마음 아플 것이라 슬픈 것이다. 그런데 도혁은 자기 마음이 아픈 건지도 모르고 있다. 그의 아버지가 그의 심장을 돌덩이로 키워버렸나 보다.

"우리 술 마셔요!"

사람을 아련하게 보다가 갑자기 화가 난 사람처럼 소리치는 그녀 때문에 도혁이 움찔했다.

은채의 강요로 대낮부터 술을 마시게 되었다. 그것도 파전에 막걸리였다. 이 저렴함은 누구를 위로하기 위함인가 생각하며 도혁은 막걸리 냄새만 킁킁 맡았다. 색깔은 별로였지만 냄새는 나쁘지 않았다.

"그때 윤서일이랑 미련하게 마셨던 것처럼 마셔봐요."

은채의 요구에 도혁은 찝찝한 표정을 지었다. 그때 거북한 윤서일과 그렇게 술을 마신 이유는 그녀 때문이었으니까. 그녀의 꿈이 가수였기에 음반 기획자인 윤서일을 만나게 해주려던 것이었다. 그런데 이제 보니 그날 그를 아주 미련하게만 보았던 것이다.

이런 배은망덕한.

"그럼 내가 잘 마시는 술을 줘야지. 왜 마셔본 적도 없는 막걸리야?"

"막걸리 마시고 취하면 애미 애비도 못 알아보거든요."

애비 때문에 좌절한 그를 보고 애비를 잊어버리라는 소리 같았다. 위로 같기도 하고 욕 같기도 하다고 생각하며 도혁은 막걸리를 한 모금 마셨다.

생각보다 나쁘지 않았다. 오히려 소주보다는 그의 입맛에 맞았다. 그가 한 잔 마시는 동안 은채는 석 잔을 연거푸 마셨다.

"왜 술은 네가 더 마시는 거야?"

너도 애비를 잊고 싶냐?

은채는 막걸리 잔 너머로 도혁을 쳐다보았다.

"난 이렇게 같이 술 마셔주는 것밖에 해줄 수 있는 게 없잖아요."

그녀의 말에 도혁은 답답했던 마음이 조금 녹아내렸다. 사실 아버지를 향한 분한 마음을 참을 수가 없어 온종일 먹은 것도 없는데 체한 것 같았었다.

"아냐. 엄청난 게 있잖아. 알면서."

도혁은 장난스러운 말로 분위기를 풀려고 했는데 은채가 들고 있던 막걸리에 눈물 한 방울이 떨어지며 작은 파문이 일었다. 그 미약한 파문에 도혁은 심장이 한 대 얻어맞은 듯했다.

은채는 눈물 섞인 막걸리를 꿀꺽꿀꺽 쉬지도 않고 한 번에 다 마시고 빈 잔을 내려놓으며 '캬!' 시원한 소리까지 냈다. 은채는 언제 울었느냐는 듯이 방긋 웃었다.

"뭐, 어떻게든 되겠죠. 그렇죠?"

그녀가 대책 없이 하는 말에 도혁은 오히려 정신이 번쩍 들었다. 그가 이렇게 무력하게 있으면 안 되었다. 그녀를 지켜줄 수 있는 사람은 그뿐이었다. 그가 무너지면 그녀도 같이 무너지는 것이다.

그러니 그는 이렇게 지고만 살 수는 없었다. 아버지에게 맞서야 했다. 멈추지 않고, 계속.

결국 술은 은채가 더 많이 마셔서 술집에서 나올 때 그녀는 그의
등에 업혀 있었다.

"그래, 이게 이은채 식 위로법이군."

일부러 그를 번거롭게 만들어서 우울한 생각을 하지 못하게 하는
거다. 은채가 그런 깊은 생각으로 일부러 술이 떡이 되게 마신 거라
고 도혁은 억지로 이해했다.

"으음, 나는 노래하는 나비."

노래 나오는 거 보니 진짜 취한 거다. 내려놓으면 어디로 튈지 모
르니 집까지 이리 업고 가야 할 거 같았다.

"내가 응원가 불러줄게요."

"사람들 쳐다봐. 그냥 자."

"할 수 있어!"

은채가 갑자기 두 팔을 하늘로 쭉 뻗으며 외치자 도혁은 놀라서
멈추어 섰다. 그녀가 고래고래 소리 지르며 노래 부르는 바람에 지
나가는 사람들이 쑥덕이며 쳐다보았다.

"온 세상이 너를 응원하잖아! 달려! 마린 보이!"

그는 진짜 달리고 있었다. 창피해 죽을 거 같았으니까. 왜 사람의
다리는 차보다 빨리 뛸 수 없단 말인가. 사람들 눈에 다 보이게.

"헉헉."

은채의 집 앞까지 쉬지 않고 달려온 도혁은 정말 지쳐 있었다. 도
도하게 차만 타고 다니던 그가 이은채를 만나고 정말 많이 뛰어다니
고 있었다.

도혁은 그녀를 대문 앞에 내려놓고는 단단히 주의를 시켰다.

"딴 데 가지 말고 바로 집에 들어가."

그녀의 아버지 때문에 집까지 들어갈 수는 없었기에 대문 앞에 그녀를 두고 가야 했다. 그런데 그냥 두고 가기가 영 불안했다. 대문 열고 들어가는 거라도 보고 싶은데 제 발로 일어나지도 못하는 은채는 그럴 의지가 전혀 없어 보였다.

"할 수 있어."

아직 술이 덜 깬 은채가 주먹을 들어 올리며 아까 부른 노래를 또 불렀다. 도혁은 은채의 주먹을 손으로 눌러 아래로 내리며 억지로 웃었다.

"그래, 나도 할 수 있는 거 아니까, 그만 부르고 집에나 들어가."

분명 그가 위로받는 위치였는데, 어째 지금은 엿 먹는 기분인 걸까 생각하는데 은채가 그의 뺨을 두 손으로 붙잡고 입술을 꾹 눌렀다. 입술을 뗀 은채는 히죽 웃었다.

"화이팅. 우리 자기."

도혁은 입바른 응원은 좋아하지 않았다. 그런 말로 변하는 게 없다는 걸 아니까. 그런데 그녀의 응원이 그를 다시 살아나게 하고 있었다. 더는 화가 나지도 않고, 억울하지도 않고, 우울하지도 않았다.

"……다시 한 번 말해봐."

그의 부탁에 은채는 두 팔을 쭉 뻗어 올려 큰소리로 외쳤다.

"달려! 마린 보이!"

그거 말고!

"은채냐!"

집 안에서 만덕의 목소리까지 터져 나왔다.

도혁이 마린 보이를 외치는 은채를 두고 스피디하게 도망쳐야 할 순간이었다.

도혁은 다시 회사에 복귀하자마자 그가 없는 동안 올 스톱되어 있던 중국 스키 리조트 사업을 다시 원활하게 진행시키느라 그 전보다 더 바빠졌다.

아버지가 보낸 비서를 그가 해고할 수 있는 권한이 없다는 걸 알게 된 뒤 더 한을 품고 일한 것도 있었다.

그가 비서 하나 마음대로 자를 수 없는 위치라면 이 중국 사업을 성공해 그룹 내에서 그의 입지를 키우면 될 일이었다.

그나마 박 실장이 편하게 의견을 나누던 유일한 사람이었는데 박 실장이 사라지니 도혁은 회사 내에서 완전한 독재자가 되었다. 그 누구도 믿을 수 없고, 그 누구든 그를 배신하고 아버지에게 붙을 수 있었다. 그래서 소통과 대화 없이 무조건 그의 결정으로 밀고 나가게 되었다. 아버지가 바란 게 바로 이런 것이라 여기고 더 독하게 독재 대표가 되어 갔다.

Rrrrrrrrr-. Rrrrrrrrrr-.

한창 얼굴에 인상을 쓰고 각 부서에서 올린 서류에서 오늘의 먹잇감이 될 오류를 매의 눈으로 찾아내고 있는데 핸드폰이 울렸다. 도혁은 서류에 시선을 고정한 채 손만 뻗어 핸드폰의 통화 버튼을 눌렀다.

[회사죠?]

은채의 목소리에 도혁은 그제야 법 용어가 가득한 서류에서 눈을 떼고 핸드폰을 집어 들어 귀에 가져갔다.

"그래."

집도 다시 타워 팰리스로 옮겨야 했다. 그가 은채네 집 근처 옥탑에 방을 구한 걸 아버지가 알게 되면 더 골치 아파질 것이다. 당분간은 불편해도 그리해야 할 것 같다고 은채에게 말하려는데 은채가 먼저 전화한 용건을 말했다.

[내가 오늘 도시락 싸서 갈게요. 점심때 어디 안 나가죠?]

은채가 남들 시선 때문에 먼저 회사에 오기 꺼렸던 걸 알기에 도혁은 쓴 미소를 지었다. 꼭 학교 간 왕따 아들 걱정해서 학교 찾아온다는 어머니 같았으니까.

"나 이제 괜찮다고."

[알아요. 그냥 도시락 싸다 주고 싶어서 그래요. 남들 하는 것처럼.]

'남들 하는 것처럼'이란 말이 굉장히 이질적으로 들려왔다. 이게 남들 하는 연애와 같은 거라면 그가 은채와 여행 좀 갔다고 해서 아버지가 그의 비서를 마음대로 자르면 안 되는 거였다.

"그래, 그럼 오든가."

하지만 도혁이 그렇게 생각한다고 해도 남들 연애하는 것처럼 하고 싶다는 그녀까지 막을 수는 없었다. 그녀만이라도 그렇게 해서 마음이 편해진다면 나쁠 것 없었다.

[뭐 먹고 싶어요?]

그를 그리 겪어보고도 그런 질문을 한단 말인가. 도혁은 웃으며 대답했다.

"너."

뚜뚜뚜뚜뚜뚜뚜뚜ㅡ.

전화는 매몰차게 끊겨버렸다.

사실 도혁의 회사에 도시락을 싸서 간다는 건 그녀에게 모험이나 같았다. 그냥 면접 보러 가는 것이나 일하러 가는 게 아니라 무려 애인에게 도시락을 주러 가는 일이었다.

도시락을 만들면서도 괜히 그런다고 했나 부담이 되기는 했지만 회사에서 혼자 외롭게 일하고 있을 도혁을 생각하니 편하게 그냥 있을 수만은 없었다. 이 한 몸 희생해 기쁨조가 되어보자는 마음으로 은채는 결행을 했다.

도시락은 냄새에 예민한 도혁이 부담 없이 먹을 수 있게 김밥과 과일로 쌌다. 회사 사람들과 분명 마주칠 것이기에 은채는 옷과 화장도 신경 썼다. 화장은 무조건 예뻐 보이면서도 너무 꾸미지 않은 느낌으로. 치마는 단정한 플레어스커트지만 그녀의 각선미가 드러나게.

"니 어디 가나?"

집을 나서는 그녀를 아버지가 수상한 눈으로 쳐다보며 물었다. 어차피 지금은 환한 낮이었고 그녀는 얌전한 차림이었으니 아버지가 혼낼 상황은 아니었다.

"왜?"

"평소랑 분위기가 요상스레 다른 거 같아서 말이지."

역시 아버지는 딸에 대해 잘 아셨다. 하지만 잘 꾸며 입은 게 꼭 면접 갈 때랑 비슷해서 이상한 곳에 놀러 가려 한다고 화를 낼 수 없을 것이다.

"해 지기 전에 올 테니까 너무 걱정하지 마."

언제 오느냐고 묻지도 않았는데 굳이 귀가 시간을 먼저 밝히는 것도 수상했다. 그래서 만덕은 은채가 집을 나서자마자 진우에게 전화를 걸었다.

"서 서방, 우리 은채가 연애하나보다."

[네?]

전화기 속 진우는 지나치게 놀랐다.

"그것도 멀쩡한 놈이랑. 차려입고 나가는 폼이 절대 날라리 만나러 가는 게 아니었다."

[하하하하. 그럼 다행 아닌가요?]

진우는 어색하게 웃으며 대화를 부드럽게 끝내려고 했다.

"뭔 소리야! 남자는 나랑 서 서방 빼고 다 위험하다! 은채 만나면 꼭 캐물어 봐라."

은채가 진우에게 많이 상담하는 걸 알기에 미리 언질을 넣어두는 것이었다.

[네. 제가 잘 이야기해볼 테니까 너무 걱정하지 마세요, 아버님.]

진우가 양심에 찔려서 전화 받으면서 심장을 움켜잡은 것도 모르고 만덕은 몇 번이고 주의를 시켰다. 남자의 직업이 무엇인지 과거 여자관계는 어땠는지 다 알아봐야 한다면서. 여자관계가 깨끗했던 진우 같은 경우가 아니라면 만덕에게 남자는 당연히 의심해야 마땅한 종자였다.

은채는 높디높은 세진 건설을 올려다보며 길게 한숨을 내쉬었다.

신경 써서 차려입고 기운차게 오긴 했지만 막상 이 거대한 세상을 보니 주눅이 드는 건 어쩔 수 없었다. 도혁과 둘만 있을 때는 가끔 까먹기도 한다. 그가 어떤 세계에서 사는 사람인지.

은채는 도시락을 들어 올리며 주먹을 불끈 쥐었다.

"그래, 처음 온 것도 아니잖아. 무조건 고다."

회사에 도착해서는 도혁에게 전화를 하지 않고 프런트로 갔다. 어차피 도혁은 한창 일하고 있을 테니까.

도혁에게 직접 내려오라고 하는 건 좋지 않을 것 같아서 은채는 프런트 직원에게 대표실을 찾아온 손님이라고 알렸다.

"잠시만 기다려주십시오."

프런트 직원은 대표실에 전화를 걸었다. 아마도 비서실 직원이 전화를 받을 것이다. 막내 여 비서라면 안심이었다. 새로 왔다는 비서 실장만 아니길 빌었다.

전화를 끊은 프런트 직원이 난감한 표정으로 그녀를 보는데 예감이 좋지 않았다.

"죄송합니다. 대표님은 지금 약속된 손님이 아니면 만나실 수 없습니다."

그녀도 약속했다. 이 회사 대표의 비서를 통해서가 아니라 도혁과 직접. 그런데 그게 지금 전혀 소용이 없는 것이다. 기껏 용기 내서 왔는데 프런트도 통과하지 못하는 상황에 은채는 살짝 손이 떨렸다. 자신의 위치가 겨우 이 정도라는 게 적나라해지는 순간이었다.

하지만 못 들어가게 한다고 이대로 돌아갈 수는 없었다. 권 회장이라는 거대한 산이 저 앞에 있는데 이깟 프런트도 못 넘으면 그녀는 권 회장 발끝도 못 닿을 것이다.

여 비서는 파티션 위로 슬쩍 고개를 들어 박 실장의 자리를 차지하고 앉아 있는 이민국의 동태를 살폈다. 자신이 약속 잡지 않은 손님은 모두 캔슬하라는 지시 때문에 은채가 왔다는 전화를 받고도 대표실로 연결할 수가 없었다. 하지만 메모지에 적어놓기는 했다.

이 메모지만 대표실로 전하면 되는데 저 망할 이민국이 집무실 문을 지키고 있어서 쉽게 들어갈 수가 없었다. 지금 권 대표가 커피 한 잔 가지고 들어오라는 지시만 내리면 커피를 들고 들어가서 메모를 전할 수 있다.

여 비서는 양쪽 검지를 이마에 대고 집무실 쪽으로 텔레파시를 보냈다.

'커피를 마시고 싶다. 커피를 마시고 싶다. 커피를 마시고 싶다.'

옆자리의 이 과장이 그런 여 비서를 보고 고개를 절레절레 흔들었다. 언제나 한결같이 이상하다고 생각하며.

집무실 안에서 점심도 거르고 일을 하고 있던 도혁은 핸드폰을 들어 올렸다. 은채가 온다고 해서 일부러 밥도 먹지 않고 기다리고 있었는데 전화가 없었다. 도혁은 은채의 번호로 통화를 누르고 핸드폰을 귀에 가져다 댔다.

Rrrrrrrr-. Rrrrrrrr-.

[고객님이 전화를 받지 않아서 소리샘으로 연결됩니다.]

은채는 아직 차 안인지 전화를 받지 않았다. 할 수 없이 핸드폰을 그냥 내려놓으면서도 도혁은 뭔가 찜찜한 기분을 지울 수가 없었다. 그의 손은 습관적으로 키폰을 눌렀다.

[네, 대표님.]

하지만 무미건조한 새 비서의 목소리가 들려오자 도혁은 바로 인상을 썼다. 박 실장의 복귀도 문제지만 이 인간을 먼저 치워야 했다. 비서가 그의 일에 도움이 되는 게 아니라 방해만 되고 있었다.

"커피 한 잔 줘요."

그나마 이야기할 수 있는 건 박 실장이 직접 뽑은 여 비서였다. 진지한 일 이야기는 못 해도 은채 마중 정도는 부탁할 수 있을 것이다.

달칵-.

평소보다 아주 빠른 속도로 여 비서가 커피를 들고 집무실 문을 열었다. 꼼꼼히 집무실 문을 닫은 여 비서는 총총 걸어서 책상 앞까지 걸어왔다.

여 비서가 커피를 내려놓으면 부탁을 하려 했는데 여 비서가 먼저 커피 잔 밑으로 쪽지 하나를 쓱 밀어내며 그에게 건넸다. 도혁은 커피 잔 밑의 종이와 여 비서의 얼굴을 번갈아 보았다. 신성한 사무실에 어울리지 않는 간첩 접선 같은 행동이었다.

여 비서는 제 할 일을 다 마쳤다는 것에 만족한 표정을 지으며 고개를 꾸벅 숙여 인사했다. 박 실장이 나간 이후 우중충한 사무실에서 요즘은 여 비서가 웃는 걸 거의 본 적이 없었다.

도혁은 작게 접어진 종이를 펼쳐보았다.

[이민국 지시로 이은채 씨 프런트에서 통제되었습니다.]

내용을 읽은 도혁의 눈빛에 시퍼렇게 날이 섰다. 도혁은 거칠게 의자에서 일어나 집무실 문을 박차고 나갔다.

쾅-!

집무실 문이 열리는 소리에 이민국이 놀라서 자리에서 일어났다.

이 과장이 철없는 자식을 보는 듯한 시선으로 여 비서를 보았지만 여 비서는 슬그머니 시선을 피해버렸다.

도혁은 이민국 앞으로 거침없이 걸어가서는 누가 말릴 새도 없이 얼굴에 주먹을 날렸다.

퍽-.

얼마나 세게 때렸는지 이민국의 큰 몸이 휘청하며 거의 바닥에 쓰러질 뻔했다. 여 비서도 설마 폭력 사태까지 벌어질 줄은 몰랐기에 놀라서 비명까지 질렀다. 이 과장은 폭력 사태가 일어나도 경찰에 신고할 수가 없는 상황이라 굳은 표정으로 지켜보고만 있었다.

도혁은 개의치 않고 아버지가 보낸 이민국에게 날카롭게 경고했다.

"한 번만 더 내 손님한테 네 멋대로 굴면, 네 사표가 아니라 네 인생을 갈가리 찢어놓겠어."

도혁은 자신에게 맞아 피를 흘리는 이민국을 지나쳐 대표실 문을 활짝 열었다. 그가 직접 1층 프런트로 내려가기 위해 엘리베이터로 걸어가는데 거짓말처럼 엘리베이터 문이 열리며 그 안에서 은채가 나타났다.

"와! 내가 딱 맞춰 왔네."

어렵게 대표실까지 찾아온 은채는 엘리베이터 문이 열리자마자 보이는 도혁을 보고 그 어느 때보다 반갑게 활짝 웃었다. 노혁은 은채가 회사 안으로 못 들어온 줄 알았기에 대표실까지 무리 없이 올라온 은채를 귀신 보듯 보았다.

설계 1팀 이설록 대리

은채에게 허술하게 출입증을 뺏긴 사원 카드에 적힌 이름이었다.

"부모가 이름을 잘못 지었군."

진짜 설록이었다면 여자 미인계에 홀려 사원 카드를 빼앗기지는 않았을 것이다. 회사 보안을 위해 지급되는 사원 카드이니 이런 식으로 사원 카드를 분실한 직원은 중징계 감이었다.

"착한 사람이었어요. 그러니까 얌전히 돌려줘요. 이상한 짓 하지 말고."

도혁은 사원 카드 너머로 은채를 흘겨보았다.

"내가 무슨 이상한 짓을 한다는 거지? 이상한 짓은 네가 먼저 한 거 같은데."

"안 그럼 어떡해. 못 들어가게 하는데."

도혁을 따라 사무실 안으로 들어온 은채는 작게 투덜거리며 도시락 뚜껑을 열었다. 이런 일로 마음 쓰게 하고 싶지 않아서 일부러 전화도 안 했는데 그녀가 말을 하지 않아도 도혁은 이미 다 알고 있었다. 은채는 오히려 그게 더 속상했다. 완전 범죄가 될 수 있었는데 말이다.

그런 은채를 도혁은 말없이 쳐다보았다. 따지고 보면 그녀에게 엄청 상처가 되었을 수도 있는 일이었다. 그런데 은채는 오다가 잠깐 길을 헤맨 것 정도로 굴고 있으니 그게 더 거슬렸다. 도혁은 은채의 턱을 손가락으로 살짝 들어 올렸다.

"비운의 여주인공도 가끔은 매력적이야."

은채는 그를 보며 큰 눈을 깜빡였다.

"무슨 소리예요?"

그녀는 머리가 똑똑하지 못해 도혁이 왜 그런 말을 하는지 몰랐지만 그의 말은 가슴에는 콕 박혔다.

"나한테 화내도 괜찮다고."

그녀는 도혁에게 화내고 싶지 않았다. 그냥 오늘처럼 누군가, 어떤 힘이 도혁에게로 가는 그녀의 앞을 가로막아도 어떻게든 도혁에게 갈 길을 그녀가 찾을 수 있었으면 좋겠다. 그럼 적어도 그녀가 비운의 여주인공이 될 일은 없을 것이다.

"당신 만나고 내가 되는 일 없다고 막 화내면 당신은 어쩔 건데요?"

그녀의 질문에 도혁이 씁쓸한 눈빛으로 피식 웃었다. 정말 그렇게 되는 거 같아 마음이 안 좋은데 그래도 그녀가 그를 떠나지 않았으면 좋겠다. 그는 더는 혼자 있는 집이 편하지 않았으니까.

"울까?"

울며 매달리는 지질한 남자 주인공도 가끔은 귀엽다.

은채는 전화를 받고 서둘러 학원 밖으로 나갔다. 현이 어머니가 전화를 한 것이었다. 학원 앞에 있다고. 나가보니 정말 정장을 곱게 차려입은 현이 어머니가 학원 밖 가로수 밑에 서 있었다.

"안으로 들어가세요. 차라도 한 잔."

은채의 말에 현이 어머니는 고개를 절레절레 저었다.

"아니에요. 아이들 피아노 치고 있잖아요. 방해하기 싫어요."

어차피 아이들이야 항상 산만해서 별로 상관없는데. 그래도 왠지 현이 어머니의 분위기를 보아하니 더 강요하면 안 될 것 같아서 은채는 더 권하지 않았다.

"그런데 어쩐 일로 여기까지."

현이 어린이 밴드 하는 걸 허락하는 거면 그냥 전화 한 통으로 될 일이었다. 그렇게나 강남을 부르짖던 현이 어머니가 직접 발걸음까지 해서 허락할 정도의 일은 아니었다. 현이 어머니는 말을 시작하기 전에 짧게 한숨을 내쉬었다. 역시 좋은 이야기는 아닌 듯했다.

"선생님이랑 동이 다녀간 뒤에 자꾸 신경이 쓰이더라고요."

"아, 죄송합니다."

뭘 잘못한 건지는 모르겠지만 우선 사과는 해야 할 거 같아서 은채는 사과를 먼저 했다.

"선생님이야 제가 왜 밴드 허락하지 않았는지 이유를 아실 테니까 별로 안 부끄러운데 강남 가는 버스 안다는 동이 말이……"

순진한 아이의 말이 현이 어머니한테는 자신의 허영을 들켜버린 말이 되어버린 것이다. 보통 사람인 현이 어머니는 그래서 더 부끄러움이 커진 것이고, 자꾸 신경이 쓰여서 그 부끄러움을 잊을 수 있는 어떤 행동을 해야만 했던 거다.

"밴드 동이 때문에 시작한 거라면서요. 현이가 그러던데."

은채는 그렇다고 고개를 끄덕였다.

"동이한테 피아노 치게 해주고 싶었거든요."

"그럼 그 피아노 그냥 제가 사주면."

"피아노는 우리 학원에도 많아요. 하지만 동이는 절대 안 쳐요. 집에 가서 자기가 만든 종이 건반만 치지."

아마도 어떤 생각 없는 사람이 과거에 동이에게 가난으로 깊게 상처를 주었던 것 같았다. 그렇지 않다면 어린 동이가 이렇게나 트라우마를 가질 리가 없었다.

"동정 아니라 놀이로. 기부 아니라 친구들로. 그렇게 해주고 싶어서요."

현이 어머니는 찡그린 눈으로 입만 웃었다. 자신의 부끄러움을 내려놓을 방법이 결국 현이에게 밴드 하는 걸 허락하는 거밖에 없다는 게 답답하다는 듯이.

"그럼 우리 현이 보컬 시켜주세요. 따로 악기 배울 시간 들이지 않아도 되게."

조건이 붙었지만 거의 허락한 현이 어머니의 말에 은채는 활짝 웃으며 고개를 꾸벅 숙였다.

"고맙습니다. 허락해주셔서."

고작 한 장의 종이 건반으로 시작된 일일 뿐인데, 그 일이 그녀의 마음에 이리 따뜻한 기운을 줄 줄은 몰랐다. 동이가 아니라 그녀가 치유 받고 있었다.

그러니 아이들을 꼭 대회 무대에서 연주하게 할 것이다. 그녀가 섰던 무대보다 더 즐거운 무대를 아이들에게 느끼게 해주고 싶었다.

자신이 모은 어린이 밴드가 완성된 걸 누군가에게 자랑하고 싶었기에 은채는 집에 가는 길에 도혁에게 전화했다.

"내일부터 아이들 밴드 연습 시작할 거예요."

[애들 놀이이니 대충 연주하면 되겠네.]

이 인간은 좀 나아졌다 하면 바로 삐딱선이다. '모태 삐딱'이 분명하다.

[밤에 봐.]

그가 다시 타워 팰리스로 들어간 걸 알기에 은채는 고개를 저었다.

“그냥 주말에 봐요.”

[비싸게 굴지 말고 오늘 밤에 봐.]

그가 거리에서 시간 보내다 잠도 제대로 못 잘까 걱정하는 것이었다. 안 그래도 불면증인 걸 뻔히 아는데 어떻게 얼굴 잠깐 보자고 그보고 오라고 할 수 있겠나.

“주말에 봐요.”

[그럼 난 너의 주말 남자인가. 주 중 남자는 누구야?]

“왜 굳이 남자가 7일 다 필요하다고 생각하는데요? 난 혼자서도 잘 놀아요.”

[난 혼자 못 놀아. 그러니 밤에 봐.]

뚝-.

도혁은 그녀가 주말에 보자는 말을 하기도 전에 제 할 말만 하고 전화를 바로 끊어버렸다. 은채는 진짜 못 말릴 고집이라고 생각하며 한숨을 푹 쉬는데 갑자기 뒤에서 누군가 그녀의 손에 들린 전화를 빼앗아 갔다. 은채는 놀라서 휙 뒤를 돌았다.

“내 핸드폰!”

소매치기인 줄 알았는데 그녀의 핸드폰을 보고 있는 게 언니 은서라는 걸 알고 은채의 두 눈이 더 팽창됐다.

“어, 언니가 왜 여기 있어? 오늘 회사 안 갔어?”

하지만 그녀의 핸드폰 액정에 찍힌 도혁의 이름을 보고 은서는 말없는 시선으로 은채를 노려보기만 하였다. 이건 빼도 박도 못 하게 걸린 상황이었다. 은서가 뒤에서 그녀와 도혁이 통화하는 걸 다 들었다면 더 결정적이었다.

“네가 노래 부른다고 난리 칠 때는 응원은 못 해줘도 그래도 네 꿈이라고 존중해줬어. 그런데 권도혁이라고? 너 돈에 환장했어? 신데렐라 병이라도 있냐고.”

은서의 목소리는 그녀가 공부 안 하고 놀러 다니는 걸 꾸짖을 때처럼 냉정하고 낮았다. 하지만 언니가 얼마나 화가 나 있는지는 그녀의 핸드폰을 으스러지게 쥔 손이나 회사에 있어야 할 시간에 여기 있는 것만 봐도 알 수 있었다.

“세진 그룹 회장 비서실에서 왔다는 사람이 회사로 날 찾아왔었어. 그 사람이 나한테 뭘 줬을 거 같아?”

은채는 아무 말도 할 수 없었다. 창백한 얼굴로 은서를 쳐다보기만 했다. 설마 권 회장이 그녀가 아니라 그녀의 가족을 먼저 찾아갈 줄은 상상도 못 했다. 그랬기에 충격은 몇 배나 컸다.

은서는 자신의 가방에 그녀의 핸드폰을 집어넣더니 그 안에서 하얀 봉투를 꺼내서는 그녀에게 던졌다. 봉투가 그녀의 몸에 맞고 바닥에 떨어지며 그 안에 들어 있던 수표가 살짝 비집고 나왔다. 차가운 하얀 색의 돈이었다.

“내 명예, 우리 가족 명예 그만 더럽히고 네가 직접 돌려줘.”

도혁은 언니가 생각하는 것처럼 나쁜 남자가 아니라는 변명도, 내가 정말 그 남자를 좋아한다는 진심도. 지금은 아무 쓸모가 없었다.

그냥 그녀는 죄인이 되어버렸다. 언니에게, 가족들에게.

은채한테 온 카톡을 보고 도혁은 '쯧' 혀를 찼다. 그의 일 때문에 못 보는 거긴 하지만 그가 만나러 간다고 해도 오지 말라고 하니 섭섭함이 절로 생겼다.

톡톡.

은채의 메시지를 보며 손가락으로 책상을 일정한 속도로 두드리던 도혁은 단축 번호 1번을 꾹 눌렀다. 그의 단축 번호 1번은…….

[네, 대표님.]

박 실장이었다. 일 때문에 제일 많이 연락을 주고받았으니까. 그래서 은채를 만난 뒤에도 그 단축 번호는 바뀌지 않았다. 박 실장이 해고당한 뒤에도 당연히 그대로였고.

"이은채가 주말에만 만나자고 하는데 이게 무슨 뜻이죠?"

해고당한 사람한테 할 질문은 아니지만 도혁은 박 실장 말고 이런 걸 물어볼 사람이 없었다.

[대표님이 바쁘시잖습니까.]

"그러니까 바쁜 내가 수고스럽게 찾아간다고 하는데 그것도 싫대요."

[대표님이 불면증 있는 거 아니까 그 시간에 푹 자라는 뜻이겠죠.]

"내가 푹 자길 원하는 거라면 안 만나주는 게 아니라 같이 자줘야죠."

[은채 양이랑 한 침대를 같이 쓰고 싶으시면 결혼을 하셔야죠.]

박 실장이 말한 결혼이란 말은 아버지가 말했던 약혼과는 굉장히 다른 느낌으로 다가왔다. 분명 같은 뜻의 언어인데 말이다.

[은채 양과도 진짜 결혼은 힘드십니까?]

아직 그렇게 깊게 생각해보지는 못했었다. 왜냐하면 겨울에 있을 그의 약혼이 완벽하게 해결되지 않았으니까. 은채와의 미래는 그 다음 일이었다.

"최다애는 왜 그리 순순히 미국으로 돌아간 거죠?"

덕분에 민서연만 닭 쫓던 개 신세가 되었다.

[회장님이 보내신 걸로 압니다.]

도혁은 쓰게 웃었다. 그렇다고 아버지에게 고마운 건 전혀 없었다.

"결국 제가 물리쳐야 할 가장 큰 적은 아버지라는 소리네요."

박 실장 일까지 겹쳐서 아버지와는 정말 제대로 결판을 내야만 했다.

"아버지 약점 될 만한 게 정말 없나요?"

그 약점이라고 박 실장이 가져온 인디아 레드 앨범은 지금 그의 약점이 된 꼴이니 이런 걸 박 실장에게 묻는 게 참 무의미하기는 했다.

[이래보시면 어떨까요?]

그런데 해고당한 박 실장은 이제야 권 회장에게 서운함이 생겼는지 방법 하나를 그에게 제시했다. 들어봤는데 꽤 그럴듯했다.

은채는 은서에게 전화를 빼앗긴 뒤 온종일 불안했다. 도혁이 건 전화를 언니가 받을까 싶어 불안하기도 했고, 은서가 주고 간 돈 봉투가 무서워서 불안하기도 했다. 돈 봉투는 백 마디 말보다도 확실한 권 회장의 의사 전달이었다. 그녀가 도혁과 헤어지길 바라는 거였다. 원래 쉽게 허락해줄 리도 없다는 걸 알고 있었지만 막상 닥치고 보니 가슴에 돌 하나가 얹어진 기분이었다.

은채는 입술을 잘근잘근 씹다 피 맛을 느끼고 깨물었던 입술을 놓았다. 불안할 때마다 씹었더니 결국 살이 터져버렸다. 망연자실하게 앉아 있는데 컴퓨터 화면에서 카톡 메시지가 깜빡였다. 도혁이 보낸 것이었다.

왜 전화 안 받아? 집 앞이야. 나와.

오지 말라고 그렇게 말했는데 왔다는 도혁의 메시지를 보는 순간 갑자기 눈물이 핑 돌았다. 은채는 서둘러 티슈를 빼서 눈물과 피를 동시에 닦아내고는 일어났다. 도혁 앞에서 티를 낼 수는 없었다. 언제나 즐거운 노래만 부르고 싶은 그녀는 남 앞에서 청승 떠는 게 제일 싫었다.

끼이익-.

대문을 열고 나가니 골목 끝에 도혁의 차가 서 있었고, 도혁이 차에서 나와 차체에 기대 서 있었다. 도혁은 키가 커서 멀리서도 바로 눈에 띄었다. 그녀가 대문을 연 것을 보고 도혁이 차에 기댔던 몸을 바로 세워서는 그녀가 있는 곳으로 먼저 걸어왔다.

"전화도 안 받고, 굼뜨고. 뭐야, 진짜 주말 아니라고 나 만나기 싫었던 거야?"

원망 섞인 말을 하는 도혁을 은채는 빤히 보기만 했다. 도혁의 손이 뻗어와 터진 그녀의 입술에 닿았다.

"입술은 왜 이래?"

그의 눈이 가늘어졌다. 은채는 그제야 웃었다.

"관리 안 했더니 텄어요."

아직 그럴 정도의 겨울은 아니었기에 도혁은 계속 의심의 눈으로 그녀를 보았다. 하지만 입술 좀 찢어진 거로 추궁할 수는 없었기에 도혁은 은채의 손을 잡아끌며 자신의 차로 데려갔다.

집 앞에서 잠깐 볼 거로 생각했던 은채는 불안한 눈으로 운전하는 그를 보며 물었다.

"어디 가는 거예요?"

"나를 위해 준비한 곳."

참 흔한 표현인데 단어 하나가 거슬려서 은채는 눈을 가늘게 떴다.

"너를 위해 준비한 곳을 잘못 말한 건 아니죠?"

"응, 이 몸을 위해 준비한 곳."

도혁은 곧 죽어도 자신이 소중하다는 듯이 자신을 강조했다. 그녀가 굳이 스스로 자신을 잘 챙기는 그까지 걱정할 필요는 없을 거 같아서 불안함이 많이 가셨다.

도혁이 그녀를 데리고 간 곳은 뜻밖에 흔한 영화관이었다. 뭔가 상상할 수 없는 곳을 예상했던 그녀는 도혁을 올려다보았다.

"영화관이네."

"그래, 네가 나한테 조조 영화 보여줬으니 난 심야 영화 보여줄게."

"그런데 그게 왜 당신을 위해 준비한 게 되는 건데요?"

도혁은 들어가보면 안다는 듯이 그녀의 손을 잡아끌었다. 그리고 영화관 안에 들어가서야 비로소 도혁이 왜 그런 말을 했는지 알 수 있었다. 도혁이 VVIIP 상영관을 통째로 빌려서 사람이 아무도 없었던 거다. 도혁은 넓은 좌석에 긴 다리를 마음껏 뻗으며 자신만의 공간에 한껏 만족해했다.

“역시 돈은 이렇게 써야지.”

그녀 만나는 동안 돈을 마음껏 못 써 아주 답답했나보다. 오늘 도혁은 물 만난 고기였다. 그런 도혁을 은채는 한참이나 물끄러미 바라보다 물었다.

“좋아요?”

도혁은 바로 정색을 하며 그녀를 보았다. 자기 쉬운 남자 아니라는 듯이.

“영화나 골라. 뭐 볼 거야?”

정해진 영화만 봐야 하는 보통의 영화관과는 달리 모든 게 원하는 대로, 취향대로 가능했다. 그게 돈의 힘이다.

“드라마도 돼요?”

그녀의 물음에 도혁은 바로 인상을 썼다.

“그딴 건 네 집 TV로 봐. 영화관에서는 영화나 보라고.”

사실 딱히 보고 싶은 영화는 없었다. 그녀가 제일 처음 그를 데려간 곳이 영화관이라 도혁은 그녀가 영화를 굉장히 좋아한다고 생각했나보다.

“당신은 제일 처음 본 영화 기억나요?”

도혁은 뜻밖에 망설이지 않고 바로 대답했다.

“카사블랑카.”

도혁과 전혀 안 어울리는 영화라 은채는 눈을 동그랗게 떴다.

“누가 보여줬어요?”

“응. 박 실장이. 자기가 제일 좋아하는 영화라더군.”

그의 아버지가 해줬어야 할 걸 박 실장이 모두 해주었던 거다. 그의 비서가 되기 전에, 아주 어릴 때부터.

"그 영화에 유명한 대사 있는데, 알아?"

은채는 모른다고 고개를 저었다. 그녀는 카사블랑카를 보지 못했다. 도혁이 그녀에게 가까이 다가왔다. 그의 깊은 눈빛이 그녀를 품고 속삭였다.

"Here's looking at you, kid(당신의 눈동자에 건배를)."

두근-.

낭만에 취한 듯이 그녀의 심장이 뛰었다. 그래서 결국 영화는 카사블랑카를 골랐다.

흑백 영화는 잔잔한 듯 격정적이었다. 그녀가 영화를 보는 동안 도혁은 그녀를 안고 잤다. 중간중간 그가 정말 자나 확인해보면 도혁은 눈을 감은 채 고요했다. 그의 밤이 편해 보여 그녀도 하루 종일 느꼈던 불안함이 거의 다 사라졌다.

욕심은 없었다. 그냥 지금 그와 그녀가 느끼는 이 편안함이 깨지지 않고 오래 지속되었으면 좋겠다. 그거면 되었다.

은채는 그의 뺨에 살며시 입을 맞추었다.

"건들면 설레서 못 자."

도혁은 눈만 감고 있었는지 그리 중얼거리더니 그녀의 입술을 찾아서 꾹 눌렀다. 찢어진 입술이 아릿했다. 말캉한 살결을 적시던 입술이 더 욕심을 내어 그녀의 틈을 벌렸다. 밀려 들어온 그의 혀가 그녀의 안에 불을 질렀다. 홧홧하고 숨쉬기가 벅찼다.

은채는 눈을 감고 그를 느꼈다. 등, 허리, 가슴, 그녀를 만지는 손길이 점점 농밀해졌다. 흐느적거리는 그녀의 몸을 그의 손이 받치고 그의 몸에 밀착시켰다. 단단한 몸이 그녀를 압박하기 시작했다. 그녀는 분명 앉아 있었는데 어느새 의자에 거의 누워 있었다.

도혁이 그녀의 위에서 거친 숨을 토해냈다. 그녀의 옷을 잡은 그의 손에 힘줄이 솟아날 만큼 힘이 들어갔다. 그녀의 옷을 벗기려던 걸 가까스로 멈춘 것이었다.

이유는 여러 가지였다. 여기가 영화관이라서, 그녀가 곧 집에 들어가야 해서, 그에게 지금 그녀를 안을 자격이 있나 하는 의문이 생겨서.

"난 말이지."

도혁의 목소리가 위험할 정도로 허스키했다. 다 타버린 그을음처럼.

"참는 게 싫어. 나 하고 싶은 대로 못 하면 미칠 거 같다고."

은채는 아직 가시지 않은 몸의 열기 때문에 젖은 눈으로 그를 올려다보았다. 도혁의 손가락이 흐트러진 그녀의 머리카락을 귀 뒤로 넘겨주었다.

"그러니까 오래 안 끌어. 한 방에 다 끝낼 거야."

도혁의 말이 꼭 전투에 나가는 사람 같아서 은채는 불안하게 그를 보았다.

"뭘 끝내요?"

도혁은 서늘하게 웃으며 그녀의 뺨을 쓸었다. 그의 손은 지나치게 뜨거웠다.

"넌 그냥 기다리기만 하면 돼. 내가 다 끝내고 갈 때까지."

그녀의 눈빛이 흔들리며 긴 속눈썹이 파르르 떨렸다.

은채는 돈 봉투를 앞에 두고 두 시간째 망부석처럼 앉아 있었다.

좀 자고 일어나면 해결책이 생길 줄 알았는데 전혀 아니었다. 지난 밤 도혁을 만난 게 오히려 역효과였다. 머리만 더 복잡했다.

이 돈을 계속 그녀가 가지고 있을 수는 없었다. 이 돈을 준 권 회장에게 빨리 돌려주어야 했다.

도혁의 태도를 보니 곧 아버지와 한판 제대로 할 거 같은데 그때 그녀가 돈 받은 걸 알게 되면 문제가 복잡해질 것이다. 이럴 때 박 실장에게 전화해서 상담할 수 있으면 좋겠는데 언니가 그녀의 핸드폰을 가지고 가버려서 박 실장의 번호를 알 수가 없었다.

"아!"

은채는 박 실장을 처음 만났을 때 박 실장이 주었던 명함을 떠올리고는 명함을 찾아 방 안을 뒤지기 시작했다.

한참 만에야 책상 구석에서 명함을 찾아낸 은채는 안도한 표정을 지었다.

[은채 양, 오랜만이에요. 잘 지냈어요?]

그녀가 전화를 걸자 박 실장은 반갑게 전화를 받아주었다. 따지고 보면 그녀 때문에 부당 해고된 거나 마찬가지인데 말이다.

"죄송해요. 저 때문에 박 실장님만 해고되셔서."

[하하, 그 회사 30년 다니면서 이런 위기 한번 없었을까봐요. 살다 보면 다 생기는 일이에요. 어린 사람이 신경 쓸 거 없어요.]

위기가 있었겠지만 해고까지 간 적은 없었을 거다. 권 회장이 박 실장에게 너무 몰인정하게 군 것이었다.

"권 회장님이 저희 언니한테 돈 봉투를 보냈어요."

[이런.]

돈 봉투를 볼 때마다 답답한 마음만 가득했는데 박 실장에게 털어놓고 보니 조금 살 거 같았다. 도혁한테는 죽어도 말할 수 없는 일이었으니까.

[많이 속상했겠어요. 괜찮아요?]

"그래서 이 돈 다시 권 회장님한테 돌려드리려고요. 제가 어떻게 권 회장님 만날 방법이 있을까요?"

[다음 주 수요일 아침에 회장님 식사 예약이 '애담'에 잡혀 있어요. 대표님이랑 같이 드시는 거예요.]

권 회장을 만날 기회이기는 했지만 도혁과 마주치면 큰일이었다.

[제가 대표님한테는 30분 정도 늦게 예약 시간 말해놓을 테니까, 그때 회장님 만나봐요.]

박 실장의 말대로 하면 될 거 같았기에 은채는 안도를 했다.

"도와주셔서 고맙습니다."

[나야 항상 은채 양 편이니 기운 내요.]

박 실장은 처음부터 지금까지 한결같이 그녀에게는 잘해주었다. 그녀는 박 실장에게 잘해준 것도 없는데 말이다.

"제 편이라서 고생하시는 거 아니세요?"

박 실장이 다른 편으로 간다고 해도 그녀는 그를 원망하지 않을 것이다.

[난 은채 양이 더 걱정이니까, 힘든 일 있으면 꼭 전화해요.]

도혁이 왜 박 실장이 사라진 것에 그리 크게 흔들렸는지 권 회장은 꼭 알아야만 한다.

그렇지 않으면 평생 아들의 마음을 제대로 읽지 못하는 아버지가 될 것이다.

정 여사는 갑자기 찾아온 도혁 때문에 당황했다. 성인이 되자마자 스스로 이 집을 나간 뒤 도혁이 이리 불쑥 찾아올 때는 분명 안 좋은 일 때문이었다. 도혁은 정 여사에게 어려운 아들이었기에 그녀는 도혁을 보고도 반기지 못하고 굳은 얼굴로 물었다.

"연락도 없이 무슨 일이니?"

도혁은 무덤덤하게 자신이 찾아온 용건을 말했다.

"제 물건을 가져가려고 온 것뿐입니다."

"네 물건?"

도혁이 데려온 인부들을 정 여사는 불안한 눈으로 쳐다보았다. 도혁이 서재 쪽으로 향하자 더 당황했다. 그곳은 권 회장만 들어갈 수 있는 장소였으니까.

"네 방은 그쪽이 아니잖니."

막으려는 정 여사를 도혁은 서늘한 눈으로 쳐다보았다. 언제 보아도 권 회장을 떠올리는 얼굴과 눈빛이라 정 여사는 움찔했다.

"서재에 있는 제 어머니 책을 가져갈 겁니다. 제 어머니 물건이니 제 것이죠."

서재의 책들은 도혁의 어머니가 살아 있을 때부터 쭉 그 자리를 지키고 있는 낡은 책들이 전부였다. 그걸 도혁이 왜 이제 와서 가져가겠다는 건지 정 여사는 도저히 알 수가 없었다. 더군다나 도혁과 어머니 사이가 그리 좋지 않았다는 것도 알고 있었다.

"회장님한테 허락은 받은 거니?"

도혁은 더 이상 정 여사의 말에 대답하기 귀찮다는 듯이 그대로 서재 문을 벌컥 열어젖혔다. 도서관처럼 책들이 빽빽하게 꽂혀져 있는 책장으로 둘러싸인 서재의 내부가 드러났다. 도혁은 데려온 인부들에게 지시했다.

"여기 있는 책 다 빼내서 차에 실어요."

도혁이 하는 걸 불안하게 지켜보던 정 여사는 서둘러 안방으로 들어가 회장실에 전화했다. 이대로 그냥 잠자코 있다가는 그녀에게 불똥이 튈 것이 분명한 상황이었다.

권 회장이 알기 전에 일을 처리하는 게 계획이었기에 권 회장이 사람을 보냈을 때 이미 서재에 있던 어머니의 책은 전부 도혁의 집으로 옮겨진 뒤였다. 어마어마한 양의 책이었기에 도혁의 집 서재만으로는 부족해서 방 세 개를 책으로 채워야만 했다.

이게 박 실장이 귀띔해준 계획이었다. 아버지가 인디아 레드 앨범을 무시하지 못하고 산 거라면 아마 어머니의 책들에도 남다른 애착이 있을 것이다.

사실 지금껏 아무도 관심 두지 않았던 책들이었다. 도혁도 굳이 어머니에 대해 알고 싶은 마음이 없었기에 어머니의 책들을 읽어본 적이 없었다. 30년 가까운 긴 시간 동안 서재에 그림처럼 꽂혀 있던 책들이 자신의 집을 가득 채운 걸 보고 도혁은 쓴 미소를 지었다.

한 사람의 죽음이 설마 26년이 지나서도 산 사람에게 영향을 미칠 줄이야 누가 상상이나 했겠나. 차라리 아버지가 오지 않았으면 하는 마음도 있었다. 그렇게 미련스럽게 어머니에게 집착하고 있다는 걸 그에게 보여주지 말았으면 했다.

그건 전혀 아버지다운 게 아니었으니까. 아버지는 명령하는 사람이었지, 집착하는 사람이 아니었다.

딩동. 딩동. 딩동. 딩동.

초인종 소리가 기다림 없이 성급하게 연달아 들려왔다. 도혁은 서재에서 나와 현관으로 걸어갔다. 인터폰을 보니 권 회장이 서 있었다. 이 집에 도혁이 이사 오고 한 번도 온 적이 없던 아버지였다. 사실 아버지가 그를 만나러 오게 할 자신도 지금까지는 전혀 없었다. 항상 그가 아버지를 알현하러 가는 걸 당연히 여겼었다.

이제 보니 자신이 꽤 길들여진 채 살았다는 걸 깨달으며 도혁은 현관문을 열어주었다.

문이 열리자마자 권 회장은 거침없는 걸음으로 걸어 들어왔다. 얼굴에 노기가 가득했다. 도혁의 앞에 서자마자 손을 번쩍 치켜드는데, 그대로 도혁을 내리칠 거 같던 권 회장의 손은 허공에서 부르르 떨리기만 했다.

"네가 감히."

권 회장이 화낼 건 예상하였기에 도혁은 동요 없이 아버지의 얼굴을 정면으로 응시하며 제 할 말을 했다.

"아버지도 제 동의 없이 박 실장님 자르셨잖습니까."

"박 실장도 내 사람이었어! 처음부터 네 것이었던 건 아무것도 없이! 전부 다 내가 너한테 준 것이야!"

아버지의 그런 생각이 도혁은 내내 참을 수 없었다. 어릴 때는 성인만 되면, 성인이 된 뒤에는 회사만 맡으면 자유로워질 수 있을 거란 희망을 품었었는데, 전혀 아니었다. 아버지가 살아계시는 내내 도혁은 아버지의 부속품일 뿐이었다.

"뭐든 아버지 맘대로 생각하세요. 대신 저 책들 돌려받고 싶으면 박 실장님 복귀시키세요."

어머니의 책을 미끼로 거래하는 도혁을 권 회장은 차가운 눈으로 노려보았다.

"네가 이러면 내가 그 아이를 가만둘 거 같으냐."

도혁도 싸늘한 눈으로 아버지를 쳐다보았다. 아버지와 아들이 아니라, 적과 적의 시선만 있을 뿐이었다.

"은채는 아버지가 저한테 준 것이 아니라 처음부터 제 것이니 제가 지킵니다. 아버지는 아버지가 버린 아버지 사람이나 다시 제자리로 돌려놓으세요."

무모한 행동일 수도 있었다. 권 회장이 제대로 반기를 든 도혁을 그냥 둘 리가 없었으니까. 중국 건 때처럼 말로 끝날 상황이 아니었다. 오늘을 기점으로 그룹 내에서 막강한 지원자인 권 회장을 잃을 수도 있었고, 유언장의 내용이 그가 아니라 도진에게 유리하게 수정될 수도 있었다.

그런데 도혁은 뒷일이 걱정되지 않았다. 아버지가 말한 것처럼 이 일로 위험하게 된 건 아버지가 준 것들이고, 도혁이 지킬 수 있는 건 순수하게 도혁의 것이기 때문인가보다.

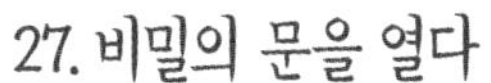

27. 비밀의 문을 열다

권 회장을 만날 생각에 마음이 심란하기는 했지만 그녀가 책임지고 가르쳐야 하는 어린이 밴드 일을 뒤로 미룰 수는 없었다. 대회 날짜는 이미 정해진 것이었으니까. 다른 팀보다 준비 기간이 짧으니 버리는 시간 없이 알차게 연습을 해야만 했다.

연습 장소로 원장 정숙이 피아노 학원을 빌려주었다. 아이들도 항상 오는 장소이니 부담은 없을 것이다. 밴드 할 때 필요한 악기와 장비들은 동우와 호야가 맡아서 가져다주기로 했다.

"그럼 곡 작업은 네가 할 거야?"

악기를 가지고 학원까지 와준 동우가 그녀에게 묻는 말에 은채는 고개를 끄덕였다.

"응. 생각 중이야. 그런데 아이들이 즐겁게 연주할 수 있는 곡이라고 생각하니 좀 어렵네."

그녀는 그리 고민 없이 술술 곡이 나오는 편인데 다른 일로 머리가 복잡해서인지 이번엔 쉽지가 않았다. 곡이 나오지 않으면 기존에 있는 곡으로라도 해야만 했다.

"그런데 왜 전화가 안 돼?"

"아! 나 핸드폰 사야 해."

"그래? 잃어버렸어?"

차마 언니한테 빼앗겼다는 말은 나오지 않았다. 동우가 중고 폰을 구해주겠다고 해서 부탁을 했다. 그녀로서는 잠깐 쓸 핸드폰이니 새 걸 사는 데 돈을 쓰는 게 아깝기도 했다.

> 왜 전화를 안 받아? 설마 나보다 바쁘다는 거야?

집에 와서 컴퓨터를 켜야 도혁과 카톡으로 메시지를 주고받을 수 있었다. 도혁 때문에라도 그냥 지금 가서 전화를 사야 하는 건 아닌가 싶었지만 동우가 바로 구해준다고 했으니 우선은 참아보기로 했다.

> 응. 나 요즘 바빠요. 그러니 통화는 밤에만.

양심에 찔리지만 어쩌겠나.

> 너 혹시 전화 누구한테 뺏겼어?

날아온 도혁의 톡을 보고 은채는 화들짝 놀라 뒤로 물러났다. 어떻게 이 인간은 단숨에 이걸 알 수 있단 말인가.

> 톡은 되는데 막상 전화하면 꺼져 있잖아.

그녀는 역시 단순했다. 그 생각은 미처 못 했다. 은채는 할 수 없이 도혁에게 말했다.

때론 예리한 게 기분 나빴다. '뺏겼다면 어쩔 건데! 다 너 때문인데!'라고 화내고 싶은 마음은 굴뚝같았지만 언니와 얽힌 일을 도혁이 알게 하고 싶지 않았기에 은채는 마음을 진정시키고 글자를 적었다.

만만한 게 아버지였다.

은채는 심장이 땅에 툭 떨어지는 것만 같았다.

땅에 떨어졌던 심장이 겨우 다시 살아나는 기분이었다. 박 실장이 복직되는 거면 나쁜 일은 아니라는 것이었다. 은채는 괜찮다고 자기 가슴을 문지르며 한 손으로 키보드를 눌렀다.

그녀도 곧 권 회장을 만나야 할 처지라 그냥 넘길 수 없는 말이었다.

도혁이 보낸 메시지를 보고 은채는 울상을 지었다. 도혁은 자신이 잘했다고 생각하는지 모르겠지만 그녀는 죽었다 싶었다. 도혁이 그렇게 불효 자식처럼 굴었는데 권 회장이 그녀를 좋게 볼 리가 없었다.

잘났다.

은채는 더는 도혁의 메시지를 보지 않고 침대로 비실비실 걸어가 풀썩 누워버렸다.
심장이 아픈 것처럼 따끔거렸다.
돈 봉투를 권 회장에게 돌려줄 생각을 하니 머리가 지끈거렸다.
컴퓨터 화면에서는 도혁이 쓰는 메시지만 계속 혼자 올라왔다.

그리고 1시간 뒤 퀵 서비스가 그녀 집 문을 두드렸다. 새 핸드폰이 든 택배를 들고.

박 실장이 말한 수요일 아침에 은채는 상갓집에라도 가는 듯 검은색 정장을 꺼내 입고 새벽 일찍 집을 나섰다. 오늘 권 회장을 만날 생각에 지난밤은 한숨도 못 잤다. 권 회장을 만나 무슨 말을 해야 할지도 막막했다.

끼이익-.

대문을 열고 나선 은채는 문 앞에 있는 박 실장을 보고 놀라 멈추어 섰다. 박 실장이 그녀를 보고 언제나처럼 인자한 미소를 지어 보였다.

"내가 같이 가줄게요."

그녀가 긴장할 것을 알고 부탁하지도 않았는데 이렇게 아침 일찍 와준 박 실장이 은채는 정말 고마웠다.

박 실장이 운전해주는 차를 타고 가는 동안 은채는 한 마디도 못 할 정도로 긴장했다. 살면서 이렇게 떨어본 적이 있을까 싶었다. 도혁조차 어려워하는 세진 그룹의 수장이었다. 세상에 그를 두려워하지 않는 사람이 있을까 싶었다. 있다면 대통령 정도 되는 걸까. 어쩌지. 어떻게 하지. 머리는 백지가 되어 아무 생각도 나지 않는데 운전하던 박 실장의 목소리가 들려왔다.

"무서운 거 알아요. 30년 동안이나 보아온 나도 어려운 분이니까."

그렇게 말하면 더 어렵다. 그냥 달리는 차에서 내려 도망치고 싶은 심정이었다.

"하지만 은채 양은 무서워하면 안 돼요."

무서운데 어떻게 안 무서워하나.

"은채 양이 회장님을 무서워하는 순간 대표님을 잃는 거예요."

순간 머리를 한 대 심하게 맞은 듯이 큰 타격이 왔다. 은채는 고개를 돌려 박 실장을 보았다. 박 실장은 앞만 보고 운전하며 담담히 가르쳐주었다.

"은채 양이 회장님을 이길 수 있는 건 아무것도 없어요. 그건 회장님도, 은채 양 자신도 너무 잘 아는 거잖아요. 그러니 은채 양이 회장님으로부터 대표님을 지킬 방법은 하나뿐이에요."

은채는 마른 침을 넘겼다.

"그 사람 아버지를 무서워하지 말라고요?"

"네."

"그걸로도 가능할까요?"

"적어도 기회는 만들 수 있어요."

"어떤 기회요?"

"상대방을 방심하게 만들 기회. 그럼 회장님한테도 은채 양의 목소리가 들릴지도 몰라요."

박 실장은 웃음을 지어 보였다. 그녀의 두려움을 잊게 만들어주려는 듯이.

은채는 도혁이 사준 핸드폰을 부적처럼 손에 꼭 쥐었다. 무서워하지 말자고 몇 번이고 자신에게 되새겼다. 끝없이. 그 말이 진심이 될 때까지.

아침의 '애담'은 고요하고 단아했다. 그리고 사람이 없었다. 권 회장이 도혁을 만나는 시간을 왜 이곳의 아침 식사 시간으로 정하는지 알 수 있을 듯했다.

권 회장을 만나러 가는 길, 그녀는 수많은 문을 통과해야 했다. 하나의 집에 이렇게도 많은 문이 있을 줄은 미처 몰랐다. 하나의 장지문을 열자 또 다른 장지문이 나왔다. 그게 마지막 문이었는지 장지문 앞에서 박 실장은 멈추어 섰다. 그의 뒤를 따르던 은채는 사형대 앞에 선 기분으로 덜컹거리며 멈추었다. 이제 정말 때가 왔다는 생각에 심장도 멈춘 것 같았다.

박 실장이 문 앞에 서서 정중히 말했다.

"회장님, 들어가겠습니다."

안쪽에서 묵직한 중년 남자의 목소리가 들려왔다.

"들어와."

'싫은데.'라고 할 수 있다면 얼마나 좋을까 생각하며 은채는 두 눈을 질근 감았다.

드르륵―.

문이 기어코 열려버렸다. 은채는 할 수 없이 감았던 눈을 떴다. 권 회장이 혼자 넓은 상 앞에 앉아 있었다. 권 회장의 존재는 그녀에게 언제나 오묘하게 복잡했다. 무서운 대기업 회장님이면서 또 다른 도혁이었다.

그녀를 본 권 회장이 '쯧' 혀를 찼다.

"또 검은 옷을 입었군. 칙칙하니까 입지 말라고 내가 그렇게 말했거늘. 내 이야기를 듣기는 하는 건가?"

은채는 권 회장의 말을 이해할 수가 없었다. 그녀가 권 회장 앞에서 검은 옷을 입은 건 처음인데 왜 그런 말을 하는지 알 수가 없었다. 은채는 해석 좀 해달라는 뜻으로 박 실장을 돌아보았는데 박 실장의 표정이 심상치 않았다. 마치 시체처럼 창백했다.

"박 실장님, 괜……."

그녀가 말을 다 끝내기도 전에 박 실장은 서둘러 뒤쪽 장지문을 닫아버렸다.

탁-.

세상과 그들을 단절시키듯이.

은채는 불안한 눈으로 박 실장을 보았다. 왜 권 회장보다 박 실장이 더 위험해 보이는지 알 수가 없었다.

"박 실장님?"

지금 도움을 줄 수 있는 사람은 박 실장뿐인데 그가 이렇게 나오면 그녀는 어찌할지 알 수가 없었다. 박 실장은 그녀만 들을 수 있게 나직하게 말했다.

"회장님 앞에서 한마디도 하지 마세요."

"네?"

여기 올 때는 권 회장 앞에서 겁먹지 말아야 그녀의 목소리가 권 회장에게 들린다고 했으면서 지금은 죽은 듯이 아무 말도 하지 말라고 하고 있으니 은채는 머리가 복잡해졌다.

"하지만."

"부탁이니 제발 내 말대로 해요. 아무 말도 하지 말고, 웃지도 말고, 그냥 회장님 하시는 말씀 듣고만 있어요.”

박 실장의 눈빛이 너무 간절해서 그녀는 싫다고 할 수가 없었다.

“그, 그럼 돈 봉투는?”

오늘은 그걸 권 회장에게 돌려주려고 온 것이었다. 그런데 박 실장은 고개를 저었다.

“다음에. 오늘 말고.”

그것마저 못 하게 하는 건 너무한 거 아니냐는 눈으로 박 실장을 보는데 방 안에서 권 회장의 목소리가 들려왔다.

“언제까지 거기 서 있을 거지?”

은채는 다시 긴장한 눈으로 권 회장을 보았다. 박 실장이 옆에서 작게 말했다.

“들어가요. 그리고 제발 아무 말도 하지 마요.”

은채는 울상을 짓다 억지로 얼굴을 펴며 앞으로 발을 옮겼다. 그녀가 권 회장이 있는 방 안으로 들어서자 그녀의 뒤로 문이 탁 닫히는 소리가 들렸다. 은채는 놀라서 돌아보았다. 박 실장이 보이지 않았다.

도혁은 아버지와의 아침 식사 약속을 지키기 위해 ‘애담’으로 가고 있었다. 그의 집에서 있었던 일 때문에 아버지가 식사 약속을 취소할 줄 알았는데 그렇지 않아서 그도 피하지 않고 만나러 가고 있었다. 절대 기분 좋을 수 없는 식사 자리가 될 것이 뻔했다.

Rrrrrrr-. Rrrrrrr-.

박 실장의 전화였다. 복직된 것 때문에 전화한 거라 여긴 도혁은 전화를 받았다.

"네, 실장님. 오늘부터 출근하시나요?"

[그게 아니라 회장님이 오늘 아침 약속을 취소하셨습니다.]

이미 거의 다 왔기에 도혁은 얼굴을 살짝 찌푸렸다.

"그럼 진작 말을 했어야지."

[죄송합니다.]

투덜대는 그에게 박 실장이 대신 사과를 했다. 박 실장에게 화낼 일은 아니었기에 입을 다물던 도혁은 무언가 이상한 것을 느끼고 박 실장에게 물었다.

"그런데 이 전화를 왜 박 실장님이 하는 거죠?"

회장실 비서가 해야 했던 전화였다.

[제가 오늘부로 회장실 비서실장으로 다시 복귀했습니다.]

도혁은 놀라서 몸이 절로 앞으로 튕겨 나왔다.

"뭐라고요!"

그의 비서는 고작 3년이고, 아버지의 비서는 27년이나 했으니 박 실장의 말이 아주 말도 안 되는 소리는 아니었지만, 박 실장을 해고 시킨 건 권 회장이었고, 복직시킨 건 도혁이었다. 그러니 당연히 그의 밑으로 돌아와야 했다.

"아버지 명령이죠?"

협박 같은 부탁으로는 순순히 박 실장을 복직시킬 수는 없을 것 이다. 그래서 도혁은 아버지가 수를 쓰는 거로 생각했다.

[아뇨. 제 의지입니다. 전 원래 회장님 비서였으니까요.]

하지만 박 실장의 대답은 그의 생각과 엇나갔다. 그게 도혁을 더

패닉 상태로 몰고 갔다. 아버지가 그를 힘들게 만드는 건 당연하게 생각한 일이지만 박 실장은 아니었다. 박 실장은 언제나 그의 편이 돼 주었던 사람이었다. 그런데 그가 가장 필요한 순간에 다시 아버지에게 돌아가겠다니. 이게 사실이라면 박 실장은 권 회장보다 더 잔인한 짓을 도혁에게 하고 있는 것이었다.

은채는 앞에 앉아 있는 권 회장의 눈치를 보느라 음식에는 손도 못 대고 있었다. 원래부터 권 회장과 밥을 먹으러 온 자리도 아니었다. 그저 돈 봉투를 전해주고 정말 재벌 물려고 한 꽃뱀이 아니라고 당당하게 말하고 돌아갈 생각이었다.

그런데 유일한 지원군이었던 박 실장이 아무 소리 하지 말고 권 회장이 하는 말만 듣고 있으라고 하고는 그녀를 권 회장과 둘만 있는 방에 던져놓아서 그녀는 거의 멘붕 상태였다.

"먹기 싫어도 먹어."

권 회장의 말에 은채는 어깨가 떨릴 정도로 놀랐다. 동그랗게 눈을 뜨고 권 회장을 보니 시선이 마주친 권 회장의 눈빛이 가늘어졌다.

"그 표정은 뭐지?"

분위기 전환상 웃으려던 은채는 웃지 말라는 박 실장의 말을 기억해내고는 표정이 굳었다. 그제야 권 회장은 의심이 풀린 듯 시선을 돌려 생선에 젓가락을 가져갔다.

한숨을 푹 내쉬자 몸에 힘이 빠지는데 권 회장의 다음 행동이 그녀를 더 경악하게 만들었다.

권 회장이 직접 발라낸 생선 살이 그녀의 앞에 있는 밥그릇 위에 놓인 것이었다.

도대체 왜! 이런 캐릭터 아니잖아!

"오늘은 남기지 말고 다 먹어."

은채는 서둘러 수저를 들어서 밥을 퍼먹기 시작했다. 안 그러면 정말 큰일 날 것 같은 상황이었다. 먹으라니 먹는 거다. 그러니 제발 권 회장이 제대로 그녀가 알아들을 수 있는 말을 해주었으면 한다. 상식선에서, 아주 냉정하게.

짧고도 길었던 권 회장과의 아침 식사 자리가 끝나고 은채는 녹다운이 되었다. 박 실장이 운전하는 차의 뒷좌석에 시체처럼 뻗어 있던 은채는 한참 만에야 힘없는 목소리로 박 실장에게 물었다.

"도대체 권 회장님이 저한테 왜 그리 친한 척 굴었는지 말씀 안 해주세요? 저 진짜 귀신에 홀린 기분이거든요."

권 회장이 그녀에게 험한 말을 할 걸 예상했지만 그리 친한 척 굴 줄은 정말 몰랐다. 그런데 박 실장은 그 이유를 알고 있는 것 같았다. 그러니 그녀에게 아무 말 말라고 충고를 한 것이리라.

운전하는 박 실장은 여전히 굳은 표정으로 말이 없었다. 은채는 답답한 눈으로 박 실장의 얼굴을 룸미러로 보았다.

"박 실장님도 모르세요?"

박 실장은 목이 타는 듯이 입술을 달싹이다 어렵게 말을 꺼냈다.

"은채 양이 문태경 선생 만나러 병원 갔을 때 대표님이 봤다고 했죠?"

갑자기 과거의 안 좋은 일을 되묻는 박 실장의 말에 은채는 얼굴을 찌푸렸다. 그날 일은 아무리 생각해도 억울했다.

"네, 도혁 씨는 아버지 주치의 만나러 병원 온 거 아니었어요?"

그녀의 앞에서 그 주치의랑 통화까지 했었다.

"네, 그랬었습니다."

그리고 박 실장이 다시 입을 꾹 다물기에 은채는 상체를 앞으로 빼서는 박 실장의 옆얼굴을 보았다.

"그래서 뭐요?"

"그래서 다시 그 주치의를 찾아가봐야겠습니다."

박 실장이 정확한 이유는 말해주지 않고 입을 다물자 은채는 혼자 짐작할 수밖에 없었다.

"그러니까 지금 권 회장님이 저한테 친절하게 굴었던 게 건강상의 문제 뭐 그런 소리는 아니시죠?"

"대표님 앞에서는!"

박 실장이 그답지 않게 목소리를 높이자 은채는 움찔했다. 박 실장은 다시 차분한 목소리로 그녀에게 당부했다.

"회장님 건강에 대해서는 한마디도 하지 말아주십시오. 부탁합니다."

왜 그녀가 야단맞는 기분이 되는지 모르겠다. 그것도 박 실장에게. 은채는 그러겠다고 박 실장 눈치를 보며 고개를 끄덕였다. 오늘은 권 회장보다 박 실장이 더 위압적인 이상한 날이었다. 정말 이상했다. 뭐라고 설명이 안 될 정도로.

불편했던 식사 자리에서 먹은 밥이라서인지 결국 체하고 말았다. 그녀는 소보다 더 튼튼한 위장을 가졌다고 자부했는데 말이다. 머리가 지끈거리고 속이 거북하고 몸에 기운이 빠져서 그녀는 결국 피아노 학원에도 가지 못했다.

아버지는 어디 가서 뭘 처먹었기에 이러냐고 화를 내시며 그녀의 열 손가락을 다 따버렸다. 이젠 손끝까지 얼얼했다.

Rrrrrrrr-. Rrrrrrrr-.

비몽사몽 누워 있다 전화벨 소리에 정신을 차렸다. 은채는 아직도 울리고 있는 전화 쪽을 보았다. 아무래도 도혁의 전화 같았다.

그녀는 바닥난 기운을 다 끌어모아 전화를 받으려고 손을 뻗다가 권 회장이 생각나서 전화 앞에서 손이 멈추었다. 그리고 절대 도혁에게 권 회장에 대해 말하지 말라는 박 실장의 당부도 마음에 걸렸다. 몸도 아파서 도혁에게 아무렇지 않은 척 말하는 게 힘들 것 같았다.

결국 은채는 전화 받는 걸 포기하고 눈을 감았다. 끊긴 전화는 그 뒤로도 몇 번 더 울렸다. 네가 이기나 내가 이기나 해보자는 것 같았다. 결국 신경 쓰여서 은채는 핸드폰을 잡고 짧게 문자 메시지를 남겼다.

메시지를 보낸 뒤 은채는 다시 눈을 감았다. 그녀가 전화 못 받는 이유를 설명했으니까 이젠 다시 전화가 안 오겠지 했는데 전화는 다시 울렸다. 은채는 눈을 감은 채 눈살을 찌푸렸다. 그래, 배려심은 권도혁의 이미지가 아니지.

하지만 순종적인 것도 그녀의 이미지가 아니라서 은채는 그냥 전화 전원을 꺼버렸다.

　은채가 아예 전화 전원을 꺼버린 걸 알고 도혁은 '쯧' 혀를 찼다. 전화 받으라고 핸드폰을 사줘도 전혀 소용이 없었다. 안 그래도 박 실장 때문에 기분이 안 좋은 날이었기에 은채까지 전화를 받지 않는 게 더욱 까칠하게 다가왔다.

　박 실장에게 받은 배신감을 은채를 통해서라도 풀고 싶었는데 은채까지 이렇게 나오니 그의 기분이 좋을 리가 없었다. 그렇게 믿었던 박 실장도 미련 없이 아버지에게 가버리는데 은채라고 그러지 말라는 법은 없었다. 그리 생각하니 기분이 끝도 없이 나빠졌다.

　박 실장은 세진 병원으로 권 회장의 주치의인 오태식 신경외과 교수를 찾아갔다. 오 교수는 갑자기 찾아온 그를 보고 오히려 드디어 때가 되었다는 표정을 지었다.

　"역시 박 실장님이 제일 먼저 아셨군요."

　박 실장은 안 게 아니었다. 짐작만 할 뿐이었다. 그리고 그 짐작이 제발 틀렸기를 바라는 마음으로 병원에 찾아온 것이기에 오 교수의 그런 말이 전혀 달갑지 않았다.

　"회장님 상태가 정확히 어떤 겁니까?"

　오 교수는 착잡한 표정을 지었다. 의사로서 가장 힘든 순간은 자신이 의사로서 완치시킬 수 없는 병에 대해 환자나 보호자에게 말해야 하는 순간일 것이다. 그건 의사의 존재 가치를 말살시키는 말이었으니까.

"그게……, 권 회장님이 워낙 독하신 분이라 그나마 이 정도인 겁니다. 보통 사람이었다면 상태가 더 심각해졌을 단계입니다. 그래서 제가 어떻게든 권 대표나 박 실장님한테만은 말씀을 드리려고 했는데 회장님이 철저하게 비밀 보안을 원하셨습니다. 아시잖습니까. 권 회장님 눈 밖에 한 번 나면 매장당하는 거. 저도 정말 그동안 마음고생이 심했습니다."

오 교수는 지금껏 권 회장의 상태에 대해 말하지 못한 게 그의 탓이 아니라는 변명부터 했다. 지금 중요한 건 그게 아니었기에 박 실장의 표정은 점점 굳어갔다.

"그럼 사람을 착각하는 건 증상이 심해진 겁니까?"

"회장님이 그러셨습니까?"

오 교수는 올 것이 왔다는 표정으로 크게 놀랐다. 오 교수는 박 실장의 손을 부둥켜 잡았다. 이 큰 짐을 자기 혼자 지고 갈 수는 없다는 듯이.

"박 실장님이 이제라도 아셨으니 제발 권 회장님 옆에 딱 붙어서 잘 케어해주십시오. 딴 사람들한테 들키는 순간 다 제 잘못이라고 으름장을 놓으시는데. 그게 어떻게 제 잘못입니까. 병이 그런 걸. 이젠 정말 들키는 거, 시간문제입니다. 이 정도로 버틴 게 기적입니다!"

박 실장은 자신이 아픈 것처럼 낯빛이 창백해졌다. 그는 평생 권 회장의 부하로 살았지만 그가 권 회장보다 더 나이가 많았다. 그랬기에 강인한 권 회장이 그의 앞에서 이런 모습을 보이게 될 줄은 몰랐다.

그가 너무 오래 살았나보다. 그러니 이런 말도 안 되는 일을 겪게 되는 것이다. 정말 그가 너무 오래 산 게 문제였다.

　도혁은 불이 환하게 켜진 은채 아버지의 방과 까맣게 불이 꺼진 은채의 방을 심각한 눈으로 쳐다보았다. 전화를 받지 않아서 기어코 집 앞까지 찾아오긴 했는데, 은채 아버지가 떡하니 버티고 있는 집에 그가 함부로 문을 두드리고 들어갈 수는 없는 노릇이었다.

　그가 아무리 세상에 무서워하는 사람 없이 살았어도, 애인의 아버지는 그냥 어려웠다. 어떤 의미로는 무소불위의 힘을 가진 그의 아버지보다 더 힘겨운 상대일지 몰랐다.

　도혁은 혹시나 싶어서 다시 은채에게 전화를 걸어보았다.

　[고객님의 전화가 꺼져 있어…….]

　역시나 전화가 꺼져 있는 걸 다시 들은 도혁은 핸드폰을 조수석으로 던져버리고는 불이 꺼진 은채의 방 쪽을 노려보았다. 전화 한 통 받는 게 그리 어려운 일이란 말인가. 그는 오늘 박 실장에게 어마무시한 뒤통수를 맞고도 이렇게 잘 돌아다니고 있었다.

　도혁은 차에서 내렸다. 아무래도 그냥 돌아갈 수는 없었다. 박 실장을 허무하게 잃었지만 은채는 절대 아니었다. 그러니 그가 만나고 싶을 때 꼭 만나야만 했다.

　은채의 집 앞에서 어찌해야 하나 생각하며 서성이는데 은채 아버지의 방도 불이 꺼졌다. 담 너머로 까만 방을 보면서 도혁은 이제 때가 되었다는 막연한 확신이 들었다.

　도혁은 땅으로 고개를 내려 이리저리 살피다 허리를 숙여 작은 돌

멩이 하나를 집어 들었다. 그리고 그걸 은채의 방문 쪽으로 힘껏 던
졌다.

탁-.

그가 던진 돌은 정확히 목표물에 맞았는데 불이 켜진 건 은채의
방이 아니라 은채 아버지 만덕의 방이었다. 도혁은 흠칫 놀라서 대
문 뒤로 몸을 숨겼다. 곧 만덕의 방문이 열리는 소리가 들리고 걸걸
한 만덕의 목소리가 그의 귀에까지 들려왔다.

"뭔 소리가 분명 났는데."

만덕은 은채의 방으로 걸어가서 문을 열어보았다. 은채가 잘 자고
있는지 확인한 뒤에야 문을 닫고 다시 자신의 방으로 돌아갔다.

만덕의 방에 불이 다시 꺼진 뒤 도혁은 숨어 있던 대문에서 나왔
다. 도혁은 바로 지척에 있는 은채의 방을 보았다. 바로 코앞에 있는
저 문만 열면 은채가 있을 것이다. 그런데도 만날 수 없다는 게 그
의 기분을 더욱 나쁘게 만들었다.

오늘 하루를 이토록 나쁜 기분으로 끝낼 수는 없었다. 이런 기분
으로 집에 돌아가봤자 뜬 눈으로 아침 해가 뜰 때까지 아버지 욕,
박 실장 욕, 은채 욕밖에 안 할 것 같았다.

도혁은 담으로 시선을 주었다. 은채는 낑낑거리며 겨우 넘는 담이
었지만 도혁에게는 어깨 정도까지 오는 담이었다. 마음먹으면 한 번
에 넘을 수 있을 정도의 높이였다.

도혁은 복잡한 눈으로 눈앞의 장애물을 쳐다보았다. 그는 어릴
때부터 교양을 교육받은 상류사회의 일원이라 이런 짓만은 절대 하
고 싶지 않았는데, 지금은 달리 방법이 없는 것 같았다. 도혁은 담
위에 손을 얹었다.

“이은채 만나 별거 다 해보는군.”

혼잣말로 투덜거린 뒤 도혁은 가볍게 도약을 했다.

은채는 아직도 체한 게 내려가지 않아서 버티듯이 자고 있었다. 지금은 제 몸 하나 이겨내는 것도 힘들었다.

드르륵-.

방문이 열리는 소리가 들렸다. 아버지일 것이기에 은채는 그냥 눈을 감고 누워 있었다.

뚜벅뚜벅-.

그런데 이상하게 발걸음 소리가 구두 소리였다. 그녀의 아버지는 운동화만 신는데 말이다. 설마 구두 신은 도둑? 눈을 뜬 은채는 우뚝 솟은 인형을 보고 놀라서 눈이 커졌다.

“어떻게 들어왔어요?”

도혁이었다. 그런데 도혁이 그녀의 방에 있는 건 말이 안 되었다. 아버지가 도혁에게 문을 열어주었을 리가 없었다. 도혁은 구두를 신은 상태로 그녀의 침대에 걸터앉았다. 그의 큰 손이 그녀의 이마를 덮었다. 도혁이 너무 아무렇지 않게 행동하니 놀라는 그녀가 오히려 비정상처럼 느껴졌다.

나, 설마 지금 꿈꾸고 있나?

그런 것치고는 손의 온기가 너무 뜨겁지만 말이다.

“툭하면 아픈 걸 보니 프로는 못 되겠군.”

씨가지 없는 말투도 너무 생생했다.

은채는 힘겹게 손을 들어서 도혁의 뺨을 살짝 때렸다. 아프지는 않았지만 그녀에게 맞은 도혁은 기가 막힌 표정을 지었다.

“지금 나 때렸어?”

“꿈이 아니면 당신도 나 때려보던가.”

도혁은 ‘쯧’ 혀를 차며 팔짱을 꼈다. 그가 들어온 방식이 전혀 신사적이지 않긴 했지만 어쩌겠나. 그는 대문 두드리고 들어올 수 없는 처지인데.

그에게 이런 짓까지 하게 만든 그녀에게 화 먼저 대차게 낼 생각이었는데 막상 방 안에서 그녀가 끙끙 혼자 앓고 있는 걸 보니 그럴 수도 없었다. 그의 손안에 있는 은채가 조금만 힘을 주면 부서져버릴 거 같은 작고 여린 동물 같아 도혁은 마음이 좋지 않았다.

“병원은 갔었어?”

“손 땄어.”

은채는 진짜 꿈이라고 생각하는지 계속 반말이다. ‘그래, 꿈에서 네가 얼마나 날 막 대하는지 알겠어.’라고 생각하며 도혁은 은채가 내민 손을 잡고 살펴보았다. 체했던 건지 손끝을 전부 딴 흔적이 있었다. 그의 눈에는 전혀 과학적이지 못한 민간요법이었다.

“그래서 괜찮아?”

은채는 울상을 지으며 그의 배에 얼굴을 묻었다.

“나 미움받기 싫어서 진짜 열심히 먹었다고.”

누구한테 미움받기 싫다는 것인가 싶었다. 아픈 은채에게 따져 물을 건 아니었기에 도혁은 작은 싱글 침대 위로 올라와 은채를 끌어안고 누웠다.

“불편하기 짝이 없네.”

좁은 침대도 불편하고, 그녀를 만나러 오는 과정도 불편하고, 아무 때나 쉽게 만날 수 없는 것도 불편하고, 그녀가 전화 안 받는 것도 불편하고. 아픈 그녀에게 그가 해줄 수 있는 게 없다는 것도 불편했다.

"같이 살면 다 해결되는데 말이지."

그가 하는 말을 듣고 있긴 한 건지 은채는 그의 품 안에서 조용했다. 혹시 자나 싶어서 도혁은 고개를 내려 은채의 얼굴을 살폈다. 화장기 없는 얼굴이 수척하기는 했지만 눈을 감은 표정은 아까보다 평온했다. 도혁은 소중한 것을 만지듯이 은채의 뺨을 손가락으로 천천히 쓸었다.

"넌 절대 나 배신하지 마."

그녀가 마지막이었다. 그에게 남아 있는 유일한 사람이었다.

아침에 눈을 뜬 은채는 자신이 혼자인 것을 알고 지난밤 보았던 도혁은 역시 꿈이라고 생각했다. 상식적으로 재벌가 도련님이 도둑처럼 담을 넘어 그녀를 만나러 올 리가 절대 없었다. 그래도 한숨 자고 일어났더니 몸은 나아져 있었다.

"하암."

은채는 힘차게 기지개를 켜며 일어났다. 침대에서 나온 은채는 혹시 도혁이 그 뒤에 또 전화했나 가장 먼저 전화를 확인해보았다. 도혁이 아니라 다른 사람의 메시지가 와 있었다.

회장님에 대해 긴히 할 말이 있어요. 그러니 꼭 연락해요.

박 실장이었다.

똑똑―.

노크를 한 박 실장은 서재의 문을 열고 들어섰다. 권 회장은 창가에 서 있었다. 큰 창을 통해 들어오는 아침 햇살이 권 회장의 몸을 감싸고 있었다.

"차 대기하고 있습니다. 가시죠, 회장님."

권 회장의 출근에 동행하기 위해 박 실장은 일부러 권 회장의 집까지 찾아왔다. 과거 권 회장의 비서를 할 때는 외부 스케줄이 있는 날이 아니면 이렇게 집까지 오는 일이 없었지만 앞으로는 매일 집에서부터 권 회장을 보필할 생각이었다.

"내가 무슨 짓을 했지?"

권 회장의 건조한 목소리가 넓은 서재에 무겁게 떨어졌다. 박 실장은 당황하지 않고 평소처럼 담담히 보고했다.

"별일은 없었습니다."

다행히 은채였다. 안심할 수 있는 존재였기에 박 실장은 괜찮다고 자신에게 말했다.

"도혁이 약혼식 때까지는 아무도 몰라야 해."

권 회장은 자신의 상태가 급격히 악화된 이 상황에서도 여전히 도혁의 약혼을 고집했다. 그게 권 회장이 도혁에게 해줄 수 있는 마지막 일이기에 그렇다는 걸 이제야 알게 되어 박 실장은 쉽게 대답하지 못했다.

도혁을 생각하면 최다애와의 약혼은 안 된다고 해야 하고, 권 회장을 생각하면 성심성의껏 돕겠다고 해야 했다.

"네, 알겠습니다."

그리고 박 실장의 마지막 선택은 결국 권 회장이었다. 도혁의 비서를 했던 것도 자신이 모시던 보스의 아들이기 때문이었다. 모든 것의 시작은 권 회장이었으니 그 끝도 같이하고 싶었다. 이건 비서 박준상의 선택이 아니라 인간 박준상의 선택이었다.

은채는 박 실장을 만나러 다시 '애담'으로 가야 했다. 그냥 근처 커피숍에서 만나면 편할 텐데 굳이 인적 드문 애담까지 찾아오라는 게 불편하긴 했지만 어쩌겠나. 박 실장이 부른 거라 할 수 없이 은채는 택시를 타고 애담으로 갔다.

"어서 오세요."

애담의 안주인이 그녀를 반겨주었다. 단아한 외모에 강인한 눈빛을 가진 이였다.

"박 실장님을 만나러 왔는데."

그녀가 조심스럽게 한 말에 안주인은 이미 알고 있다는 듯 미소를 지었다. 그리고 전에 박 실장이 그녀를 안내해준 방으로 똑같이 데려다주었다. 권 회장을 만났던 그 방이라서 은채는 절로 생각하게 되었다. 왜 하필 이 방이야.

드르륵―.

문이 열리자 권 회장보다는 그래도 훨씬 편한 박 실장이 혼자 앉아 있었다. 다행이라고 생각하며 은채는 서둘러 방 안으로 들어가 상 앞에 털썩 앉았다.

"전 또 회장님이랑 같이 나오신 거면 어쩌나 걱정했잖아요. 왜 하필 여기서 보자고 하신 거예요?"

긴장이 풀리면서 말이 많아진 그녀를 보고 박 실장은 희미하게 웃어 보였다.

"아무도 들으면 안 되는 이야기를 제가 지금부터 할 거라 그렇습니다."

아무도 들으면 안 되는데 왜 그녀에게는 이야기한다는 건가 싶었다. 은채는 불안한 눈으로 박 실장을 보았다. 어째 평소보다 좀 경직되어 보이기도 했다. 박 실장은 서류 가방에서 앨범을 꺼내 상 위에 놓았다.

인디아 레드 앨범이었다.

"처음에 이 앨범 때문에 대표님이 은채 양에게 관심을 가지게 되었습니다. 기억하십니까?"

물론 기억하고 있었다. 그래서 계약까지 하게 되었으니까.

인디아 레드 '수'에게 부탁할 게 있다고 했다. 그러고 보니 그 부탁이 무엇인지 아직 듣지 못했다.

"이 앨범을 산 사람이 회장님이기 때문입니다."

권 회장이 그녀의 앨범을 샀다는 말에 은채는 경악스러운 표정을 지었다.

"거, 거짓말이시죠?"

그럴 리가 없다. 그럼 왜 그녀를 싫어하고, 돈 봉투를 보내겠나.

"사실입니다. 그래서 대표님이 처음에 은채 양과 회장님의 관계를 알아내려고 은채 양을 옆에 두신 겁니다."

뭔가 도혁에게도 뒤통수를 맞은 기분이었다. 그렇게 그녀를 의심하고 있을 줄은 꿈에도 몰랐다.

"하지만 전 회장님 알지도 못했어요. 본사에서 본 게 처음이었다고요.”

은채는 억울해서 자신은 결백하다고 주장했다. 이미 알고 있는 박 실장은 다 이해한다는 표정으로 그녀를 보았다.

“은채 양이 죽은 부인을 닮았습니다. 그래서 회장님이 이 앨범을 사신 겁니다.”

그녀가 이미 오래전에 죽었다는 도혁의 어머니를 닮았다는 말에 은채는 할 말을 잃었다. 알고 보니 남매였다는 것보다는 덜 충격이기는 하지만 그래도 충분히 믿기 힘든 말이었다.

“제가요?”

“네, 그래서 대표님이 돌아가신 어머니의 얼굴을 기억해냈을 때 은채 양을 잘라내려 한 겁니다. 은채 양의 얼굴을 보기 힘들어서.”

부정할 수 없는 게, 정말 그랬었다. 자기 아버지를 만나고 나오더니 그녀에게 두 번 다시 얼굴 보고 싶지 않다고 했었다.

“대표님은 쉽게 극복을 하신 듯한데, 회장님은 그렇지 않은가봅니다.”

왜 권 회장을 유약하게 말하는지 이해할 수 없었다. 모두가 절대 권력이라고 말했다. 도혁조차 자기 아버지 앞에서는 힘없는 을이 되어버렸다.

“그래서 이 방에서 은채 양을 보았을 때 사모님으로 착각하신 겁니다.”

은채는 박 실장이 무슨 말을 하는지 알 수 없어서 멍하니 박 실장의 얼굴을 보기만 했다. 박 실장은 젖은 눈으로 그녀를 응시하며 무겁게 입을 열었다.

“회장님은 알츠하이머 환자이십니다.”

은채의 두 눈이 시리게 얼어붙었다.

문을 연 도혁은 놀란 표정을 지었다. 늦은 시간이었는데 은채가 연락도 없이 찾아온 것이었다. 아버지 핑계 대면서 밤에는 잘 만나 주지도 않으면서 말이다.

"집에서 쫓겨났어?"

그런 일이 아예 없었던 것도 아니니 가능한 일이었다. 그의 첫 질 문에 은채는 발끈했다.

"내가 사고만 치는 줄 알아요?"

그런 줄 알았다.

"라면 먹고 싶어서 왔어요."

은채는 마트에서 사 온 라면 한 봉지를 진짜 내밀었다. 이걸 어쩌 라는 거냐는 눈으로 도혁이 쳐다보자 은채는 아주 황당한 요구를 했다.

"끓여줘요."

이 밤에, 갑자기 찾아와서, 단 한 번도 제 손으로 가스 불을 켜본 적도 없는 그에게, 라면을 끓여달라니.

도혁은 한 가지 결론을 내렸다.

"미쳤군."

은채는 발끈했다.

"이 여자가 정말 라면이 먹고 싶은 거 같으니 내가 꼭 맛있게 끓 여줘야겠구나, 라는 생각은 안 들어요?"

"안 들어. 서진우한테 전화해야겠군."

진우가 그녀의 형부라서가 아니라 정신과 전문의라서 전화하려는 거 같아 은채는 버럭 화를 냈다.

"끓여달라고요! 나 라면 먹고 싶어요."

박 실장을 만나고 나와 이 시간까지 방황했다. 그런데도 생각이 정리가 안 되어서 무작정 그의 집에 온 것이다. 몸에서 힘이 빠지니 정말 배도 고팠고. 도혁이 못 이기는 척 라면을 끓여서 그녀에게 주면 다 풀릴 거 같은데, 이 남자는 도통 그녀의 마음을 몰라준다. 은채는 생떼 부리는 아이처럼 고집을 부렸다.

"라면 끓여줘요."

결국 도혁은 그녀의 완강한 강요 때문에 라면 봉지를 들고 부엌에 서게 되었다. 그의 집에 있는 공간이지만 그에게는 한없이 낯설기만 한 곳에 서서 냄비에 물을 부으며 도혁은 진지하게 말했다.

"이거 먹고 서진우한테 꼭 가자."

은채는 들은 척도 안 하고 잔소리만 했다.

"물이 너무 많잖아요. 라면은 물 조절이 생명이에요. 그것도 몰라."

알 턱이 있겠나. 라면은 끓여본 적도 없고, 먹은 적도 없는데.

"봉지 뒤에 조리법 있다고요. 좀 읽으면서 만들어요."

도혁은 할 수 없이 라면 봉지 뒤에 나와 있는 조리법을 읽기 시작했다. 생각보다 어려워 보이지는 않았다. 물 끓으면 그냥 면 넣고 스프 넣으면 되었다. 이 정도쯤이야.

"파랑 양파도 넣어줘요. 난 채소 들어간 라면이 좋아."

그런데 고객님께서 귀찮은 요구 조건들이 많았다.

"조리법에 칼 쓰라는 건 없는데."

“내가 먹고 싶다고요.”

결국 도혁은 도마 앞에 칼까지 들고 서게 되었다. 파를 썰기 위해 도마 위에 올려놓는데 도대체 자신이 왜 이걸 하고 있어야 하는 거냐는 회의가 들기도 했다. 물 끓이는 것까지는 참겠는데, 칼질은 정말 자존심이 허락하지 않았다. 그렇다고 은채에게 대놓고 하기 싫다고 할 수도 없었다. 지금 분위기로 봤을 때 그 말을 하면 한 달은 절교라고 말할 태세였다. 그래서 도혁은 머리를 썼다.

“윽!”

칼을 파에 대자마자 도혁이 손가락을 잡고 신음하자 은채가 놀라서 일어났다.

“베였어요?”

“아, 잘린 거 같아.”

도혁의 말에 은채는 비명을 지르며 달려와 그의 손을 잡았다.

“어떡해. 내가 괜히 라면 끓여달라고 해서.”

그러니까. 앞으로 절대 이러면 안 되었다. 그는 요리할 수 없는 유전자를 가지고 태어난 거 같았으니까.

그런데 그의 손가락을 잡고 눈물까지 보였던 은채가 손에 피가 없다는 걸 깨닫고 눈물을 뚝 멈추었다. 도혁은 들켜도 당황하지 않고 진지하게 충고했다.

“계속하면 곧 그리될 거라고. 그러니까 채소는 포기하고. 악!”

속은 것에 화가 난 은채가 그의 손가락을 이로 물어버려서 도혁은 정말 고통의 신음을 터트렸다.

“진짜 아파!”

아프라고 문 것이었다. 그래야 다신 이런 몹쓸 거짓말을 안 할 테니까.

결국 도혁은 아플 거 다 아프고 라면도 채소까지 넣어서 끓여야만 했다.

"맛없어."

그녀는 라면을 한 입 먹자마자 인상을 썼다. 면은 너무 익혀서 불었고, 물은 너무 많이 넣어서 싱거웠다.

사람이 손가락 물려가면서 어렵게 만든 라면을 멸시하자 도혁은 인상을 썼다.

"맛없어도 다 먹어. 내가 만든 거니까."

"그럼 같이 먹던가요."

그녀가 젓가락을 넘기자 도혁은 몸을 뒤로 뺐다.

"난 라면 따위 안 먹어."

그런데도 만들어주었는데 고마운 줄도 모르니 괘씸할 뿐이었다.

은채는 맛이 없다고 하면서도 계속 먹긴 했다.

후르륵─.

면발이 빨려 들어가는 통통한 입술을 보면서 도혁은 다른 게 하고 싶어졌지만 턱을 괴고 우선 기다렸다. 지금은 그가 만든 라면이 먼저였으니까.

"아! 잘 먹었다. 그럼 난 살게요."

라면을 다 먹자마자 은채가 간다고 하자 도혁은 발끈했다.

"여기가 라면집인 줄 알아!"

"아니니까 이렇게 맛없게 끓였죠."

그러니 다 먹어준 걸 감사히 여기라는 듯한 은채의 태도에 도혁은 기가 막힌 표정을 지었다. 도혁은 서둘러 은채의 손을 잡아채며 단호히 말했다.

"내가 라면 끓였으니까 오늘은 여기서 자고 가."

은채는 그의 손을 털어내기 위해 거세게 팔을 흔들었다.

"택도 없는 소리 하지 마요. 이거 놔요. 나 집에 가야 해."

"못 놔. 내가 이 정도로 했으면 너도 적당히……. 아악!"

이번에도 그녀가 그의 손등을 물어서 도혁은 또 고통의 아우성을 토해냈다. 오늘 하루 두 번이나 그녀에게 물린 도혁은 자신의 손을 감싸 쥐며 그녀를 원망 어린 눈으로 쏘아보았다.

"이게 날 좋아한다는 너의 표현 방식인가?"

"제대로 고백도 안 한 주제에 자고 가라는 당신보다는 낫죠."

"나도 했잖아."

"뭘 해요! 난 당신 입에서 뭐 좋아한다는 소리, 들어본 적이 없어요!"

"너 이겼다고 해줬잖아!"

그게 그의 표현 방식 중 최고라는 듯이 도혁은 당당했다. 은채는 콧방귀를 뀌었다.

"그딴 말은 게임 사이트 가서 해요. 난 게임 안 해요."

그녀가 진짜 그대로 가려고 하자 도혁은 뒤에서 그녀의 몸을 결박하듯이 안았다. 그녀가 벗어나려고 힘을 쓸수록 도혁은 더 세게 안았다. 그녀가 힘으로 그를 이길 수는 없었다.

"치사하게 여자한테 힘자랑이야."

"너야말로 치사하게 먹고 도망가지 마."

결국 합의를 봤다. 그가 잠들 때까지만 그녀가 있어주기로. 불면증 환자를 상대로 참 불공정한 합의이기는 했지만 오늘도 그냥 그녀가 져주었다.

"눈 감아요. 그래야 자지."

그가 침대에 누워서도 그녀를 빤히 보고 있자 은채는 주의를 주며 그녀의 손으로 직접 그의 두 눈을 감겨주었다. 하지만 그녀가 손을 떼자마자 도혁은 바로 눈을 떴다. 은채는 발끈했다.

"자라고요."

"내가 내 의지로 잘 수 있었으면 병원도 안 갔겠지."

얄밉게 말해도 그의 말이 맞았기에 은채는 한숨을 푹 쉬며 물었다.

"요즘도 불면증 심해요?"

"병원 갈 정도는 아냐."

그녀를 만나기 전보다는 좋아졌다. 그의 불면증이 마음에서 오는 병이라는 진우의 말을 이제야 조금 이해할 수 있었다. 마음이 편해지면 약 없이도 잠이 들었으니까.

"키스하면 잠 잘 올 거 같은데."

"뻥치고 있어."

은채는 다가오는 도혁의 입술을 손으로 막으며 어서 자라고 눈빛으로 경고했다. 도혁은 살짝 눈살을 찌푸렸다.

"눈앞의 떡처럼 굴지 말라고."

누가 떡인가. 은채는 함부로 말하는 도혁의 입술을 손으로 살짝 꼬집은 뒤 손을 떼며 그의 입술에 가볍게 입을 맞추었다. 닿았다가 바로 떨어지는 그녀의 입술을 도혁이 아쉬운 눈으로 쫓았다.

"좀 더."

"그럼 더 못 잘 거 아니까 오늘은 그냥 자요."

은채는 보채는 아이 구슬리듯 그리 말하고는 그의 품으로 파고들었다. 은채는 울컥 눈물이 차오르는 얼굴을 그의 가슴에 묻고 숨겼다.

—대표님 약혼해야 할 거 같아요. 미안해요, 은채 양.

다른 사람도 아니고 박 실장이 그런 말을 할 줄은 몰랐다. 차라리 권 회장이 그리 말했다면 상처가 깊지 않았을 텐데, 박 실장이었기에 심장에 피가 흘렀다. 그래도 도혁에게는 말할 수 없었다. 그의 아버지가 무너지고 있다는 걸 그만은 끝까지 몰랐으면 했다. 도혁까지 무너질까 무서웠다.

지상에 있는 집 중 태양과 가장 가까운 도혁의 타워 팰리스에는 아침이 되면 햇살이 눈부실 정도로 쏟아져 들어왔다. 평소보다 푹 자고 일어난 도혁은 침대에 자신이 혼자 있는 걸 알고 살짝 눈살을 찌푸렸다.

잘 때는 둘이었는데 깰 때는 혼자라는 게 영 기분이 별로였다.

침대에서 일어난 도혁은 유리로 된 보드 앞으로 걸어가 펜을 들어 올렸다. 보통 그가 기억해야 할 중요한 스케줄을 적어놓는 보드였다. 도혁은 펜으로 보드에 오늘의 스케줄을 적었다.

청혼하기

마음을 정했다. 저질러버리기로.

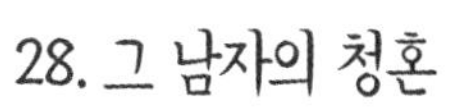

28. 그 남자의 청혼

은채에게 청혼하기로 마음먹은 도혁은 일부러 시간을 내 주얼리 숍에 들렀다. 프러포즈하려면 반지가 필요했으니까.

주얼리 숍에 간 도혁은 가장 비싼 것을 골랐던 처음과 달리 가장 은채가 마음에 들어 할 것을 찾고 있었다. 두 사람의 마음이 변한 만큼 그가 보석 고르는 기준도 달라졌다.

그가 다른 남자들과 달리 신중하게 고르자 주얼리 숍 직원이 도움을 주기 위해 물어보았다.

"생각하신 반지 디자인은 있으세요?"

도혁은 두 번 생각할 것도 없이 바로 대답했다.

"받으면 바로 키스해주는 반지."

그의 노골적인 대답에 여직원의 얼굴이 발긋하게 달아올랐다. 도혁 같은 남자가 이토록 아름다운 반지를 주며 프러포즈한다면 어떤 여자라도 행복할 거라 생각했다. 하지만 도혁은 그저 반지를 사러 온 손님일 뿐이기에 여직원은 애써 사무적인 태도로 반지를 추천해 주었다.

전혀 상관도 없는 여자에게조차 핑크 빛 오로라를 만들어낼 만큼 도혁은 반지를 고르며 행복했다. 이게 은채와의 진정한 시작이라고 생각했으니까.

이젠 그녀만 있으면 되었다. 그럼 더 이상 아버지의 억압도 두렵지 않고, 박 실장의 배신도 마음 아프지 않았다.

진우는 갑자기 병원까지 찾아온 만덕 때문에 당황했다.

"아버님, 어떻게 여기까지."

"어떻게는 뭐가 어떻게여. 내가 은채 만나는 남자 있다고 언질을 준 게 언제인데 감감무소식이니까 답답해서 왔지. 아직도 못 물어본 거야? 진짜 몰라?"

이미 만덕의 전화를 받기 전부터 알고 있던 진우는 난감한 표정을 지었다. 이건 말해도 큰일이고, 말 안 하면 만덕에게 계속 시달릴 골치 아픈 상황이었다.

"죄송합니다. 저도 잘……."

진우는 우선 입을 다물었다. 도혁에 대해서는 아직 판단을 내리지 못했으니까.

진우가 모른다고 말하자 만덕은 답답해 죽겠다는 표정을 지었다.

"진짜 몰라? 은채 걔가 서 서방 아니면 그런 이야기를 누구한테 하겠어? 살짝이라도 안 물어본 거야?"

"어차피 처제 나이가 연애하고 헤어질 나이이니까 믿고 그냥 두시는 게."

"믿기는 뭘 믿어! 사내놈들이 얼마나 위험한데!"

만덕이 갑자기 버럭 하자 진우는 흠칫 놀라서 뒤로 몸을 피했다. 그의 장인이지만 이럴 땐 진짜 무서웠다. 솥뚜껑 같은 손으로 바로 후려칠 기세였으니까.

"안 되겠어. 내가 직접 나서야 하겠어."

"지, 직접이요? 어떻게 하시게요?"

만덕이 스스로 알아낸다는 말에 진우는 놀라서 물었다. 만덕은 아버지가 아니라 마치 범죄자의 얼굴로 혼자서만 진지했다.

"우선 핸드폰을 확인해야지. 거기에 딱 그 자식 전화번호 있을 거 아니야."

누군지도 모르면서 무조건 그 자식이었다. 이대로 두면 진짜 도혁이 만덕에게 멱살 잡히는 건 순식간이라 여기고 진우는 조심스럽게 언질을 주었다.

"세진 건설 다니는 거 같던데."

대표라고만 말하지 않으면 대기업 다니는 그럴듯한 남자였다. 그러니 만덕도 안심할 거라 여겼다. 역시나 만덕이 놀란 눈으로 진우를 보았다.

"진짜야? 전처럼 노래하는 딴따라 아니고?"

진우는 아니라고 고개를 저었다. 그것만은 확실히 말할 수 있었다. 권도혁은 노래를 못했다.

"세진 건설이라고? 허. 굼벵이도 구르는 재주가 있다더니."

만덕이 더는 캐묻지 않고 자리에서 일어나자 진우는 따라 일어나며 만덕의 눈치를 보았다.

"안심하신 거죠?"

“우선은 세진 건설 가봐야지.”

“네?”

진우는 당황해서 만덕을 말렸다.

“얼굴도 이름도 모르는데 어떻게 만나시려고요. 거기 사원이 얼마나 많은데.”

“걱정하지 마. 지금까지 은채 고것이 만났던 남자들의 면상을 봤을 때 딱 얼굴만 봐도 알아.”

절대 몰랐다. 죽어도 몰랐다.

권도혁은 은채의 이상형이 전혀 아니었다.

“아버님, 그러지 마시고 처제가 말할 때까지 기다리시는 게.”

진우는 만덕의 팔을 붙잡고 사정했지만 만덕에게는 씨알도 안 먹혔다. 원래가 황소고집이었다. 은채는 그걸 잘 알기에 아버지 눈 밖에 나지 않을 정도로 행동하는 법을 터득한 것이다.

스키 리조트 설계가 계속 대표의 최종 승인이 나지 않자 몇 번이고 회의가 이어졌다. 오늘 새로 고친 설계도를 보고도 대표의 표정이 굳어 있자 설계 팀 직원들은 바짝 긴장해서 도혁의 얼굴만 주시하였다. 이번에도 ‘다시’라고 한다면 정말 사표 써야 할지도 몰랐다.

“그나마 나아졌군요.”

쉽게 칭찬을 하지 않는 대표의 입에서 나아졌다는 말이 나오자 설계 팀 직원들은 우선 안도했다.

“뭐, 딴 데 한눈팔지 않고 온 정신을 쏟았으면 더 나아졌을 수도 있을 거 같은데."

회의실 구석에 앉아 있던 설계 1팀 이설록 대리는 갑자기 대표의 시선이 자신에게 꽂히는 거 같자 심장이 얼어버리는 거 같았다. 그는 이 프로젝트의 책임자도 아니고 그저 서포트를 했던 말단 사원인데 권 대표가 왜 수많은 직원 중 그만 노려보는지 알 수 없는 일이었다.

도혁은 가련한 설계 팀 대리의 심장을 얼어붙게 만든 뒤 회의를 끝냈다. 회의실을 나가 복도를 걸어가던 도혁은 핸드폰이 울리자 꺼내서 확인했다. 진우의 전화였다. 정신과 주치의였을 때는 만만했는데 은채 형부라고 보면 껄끄러운 존재였기에 도혁은 잠시 못마땅한 눈으로 그 이름을 쳐다보다 통화 버튼을 눌렀다.

"무슨 일이야?"

[놀라지 마.]

난데없이 웬 서프라이즈인가 싶었다. 그는 워낙 스펙터클하게 살아서 웬만한 일 가지고는 놀라지도 않았다.

"날 놀라게 하기에 넌 너무 부족하지 않나."

[우리 아버님이 지금 너희 회사 로비에 있어.]

덜커덩-.

도혁은 정말 감전된 사람처럼 멈추어 섰다. 뒤따르던 이민국이 의아한 눈으로 그를 살폈지만 지금 그런 게 눈에 들어올 상황이 아니었다. 도혁으로서는 상상도 못 한, 상상하기도 싫은 경악스러운 사태였다.

"왜!"

[내가 처제 만나는 남자가 세진 건설 다닌다고 했거든. 아버님 안

심하시라고. 그런데 직접 찾아가셨네. 그러니 네가 가서 만나봐.]

"나보고 만나라고!"

도혁은 세상의 모든 아버지와 친해질 수 없다고 자신 있게 말할 수 있었다. 차라리 안 만나는 게 좋았다. 만나면 좋지 않은 인상만 줄 게 뻔했다.

[우리 처제랑 헤어질 생각이면 무시하고. 하지만 그런 게 아니라면 네가 어떤 사람인지 우리 아버님께 제대로 보여줘. 그게 네가 꼭 해야 할 일이야.]

진우는 야단치듯이 명령만 내리고는 전화를 끊어버렸다. 도혁은 예상 못 한 사태에 한동안 얼이 빠져서 움직이지 못했다.

"대표님, 괜찮으십니까?"

이민국이 말을 걸자 그제야 퍼뜩 정신을 차린 도혁은 엘리베이터로 걸어가며 이민국에게 경고했다.

"쫓아오지 마."

도혁에게 맞은 적도 있는 이민국은 섣불리 움직이지 못했다. 지금의 포스와 경고로 짐작하건대, 쫓아가면 때릴 태세였으니까.

도혁은 혼자 엘리베이터를 타고는 대표실이 있는 위가 아니라 아래로 내려갔다. 이민국은 내려가는 엘리베이터 숫자를 보다가 바로 옆에 있는 엘리베이터에 서둘러 올라탔다. 그렇다고 모른 척 가만히 있을 수는 없었으니까.

엘리베이터에서 내린 도혁은 바로 걸어나가지 못하고 고개만 내밀

어 로비 쪽을 살폈다. 데스크 쪽에서 허름한 옷차림의 중년 남자가 서성이고 있었다. 먼발치에서 본 기억을 더듬어보면 은채 아버지가 맞는 것 같았다.

도혁은 살면서 이렇게 고민한 적이 있나 싶을 정도로 갈등했다. 사람을 질리게 하는 데는 자신 있는데 사람에게 좋은 인상을 남기는 건 정말 자신 없었던 것이다. 그냥 진우한테 전화해서 난 모르니까 네가 오라고 하고 싶었지만 서진우가 그럴 생각이었다면 그에게 전화도 안 했을 것이다.

차라리 이은채한테 전화할까? 그러나 그건 불에 기름 붓는 꼴이 될 수 있었다. 젠장. 돌겠네.

섣불리 나서지 못하는데 은채의 아버지 만덕이 지쳤는지 다리를 꺾고 그 자리에 주저앉았다. 저대로 두면 경비원들이 나설 것이었다. 도혁은 더는 생각하지 못하고 우선 앞으로 걸어 나왔다. 그가 나오는 걸 보고 직원들이 놀라 인사하려고 하자 도혁은 손을 뻗어 가리키며 경고했다.

'인사하지 마. 하지 말라고.'

그의 거친 손짓에 직원들은 당황해서 쳐다보았다. 무슨 뜻인지는 모르겠지만 대표가 몹시 화가 난 듯 보였으니까.

직원들에게 공포 분위기를 조성하면서 진군한 도혁은 만덕의 앞까지 걸어가서야 정중한 태도로 돌변하여 물었다.

"괜찮으십니까?"

만덕이 고개를 들어 그를 보았다.

"댁도 세진 건설 다니나?"

도혁은 뭐라고 말할까 망설였다. 그가 이 회사 대표라고 하면 그녀의 아버지는 선입견부터 가질 게 분명했다. 재벌이 재미로 아무 여자나 만나는 거라고. 그래서 도혁은 머릿속에 떠오르는 이름을 거침없이 말했다.

"네, 설계 1팀 이설록 대리입니다."

피아노 학원에서 어린이 밴드에 쓸 곡을 작곡하다 좀 늦게 집에 갔는데 당연히 아버지가 계셔야 할 집이 텅 비어 있었다. 그녀가 밤 늦게 다니다 혼난 적은 많지만 아버지가 집을 비운 적은 없었기에 은채는 의아하게 생각하며 아버지에게 전화를 걸었다.

Rrrrrrrrr-. Rrrrrrrrr-.

[왜!]

무뚝뚝한 아버지답게 전화를 받자마자 따지듯이 묻기부터 했다.

"어디 계세요?"

[훗. 네가 말 안 하면 내가 모를 줄 알았제.]

뭔가 말하는 투가 기분 나빴다.

"제가 뭘 말 안 해요?"

[세진 건설!]

은채는 정말 깜짝 놀라 핸드폰을 손에서 놓칠 뻔했다.

"아, 아버지가 그걸 어떻게!"

[맞구면. 맞아. 누구여! 이름을 말해! 내가 이 대리한테 다 물어볼 거니까.]

이 대리?

"이 대리가 누군데요?"

[있어. 엄청 친절한 친구. 지금 술도 같이 마시고 있다니까.]

도대체 누구랑 같이 술을 마신다는 건지 알아들을 수가 없었다. 은채는 아무래도 수상해서 아버지에게 따져 물었다.

"도대체 어디 계신 거예요! 제가 갈 테니까 말해요!"

[난 말이다, 네가 그놈 때려치우고 우리 이 대리 만났으면 싶다. 우리 이 대리가 참 사람이 됐어. 거기다 얼굴도 훤칠하니 잘생기고. 술도 잘 마시고. 서 서방이 다 좋은데 술을 못하잖아. 내가 말을 안 해서 그렇지 그게 어어어어엄청 답답했다니까.]

언제 봤다고 우리 이 대리인가. 이상한 사기꾼 만나고 있는 게 아닌가 싶었다.

"이상한 소리 하지 마시고 있는 곳이나 말씀하시라고요!"

아버지가 지금 있는 술집을 말하자마자 은채는 서둘러 다시 집을 나갔다. 이 대리인지 박 대리인지. 어서 가서 아버지한테서 떼어놓아야겠다는 생각뿐이었다.

아버지가 계신 곳은 하필 세진 선설 근처 술집이었다. 뭔기 불길함이 느껴지기는 했지만 그래도 여기서 아버지가 도혁을 만날 수 있을 리는 없었다. 그녀가 찾아가도 프런트에서 막히는데 아버지가 무슨 수로 도혁을 만나겠나. 지금은 수상한 이 대리부터 아버지에게서 떼어내는 게 시급했기에 서둘러 술집 문을 열고 들어갔다.

그런데 아버지와 마주 앉아 있는 남자를 보고 은채는 어이없는 표정이 절로 나왔다. 이 대리인 줄 알았던 수상한 남자가 알고 보니 그녀가 잘 아는 남자였으니까.

"봐봐, 저기 내 딸. 내 말대로 겁나 예쁘지?"

아버지가 이 대리의 어깨를 툭툭 치며 그녀가 있는 쪽을 가리켰다. 술잔을 들고 있던 이 대리가 고개를 돌려 그녀를 보았다. 조각 같은 외모가 고깃집에서도 빛을 발하긴 했다.

"네, 진짜 예쁘네요."

그렇게 말하며 웃는 도혁에게 닥치라고 하고 싶은 걸 은채는 꾹 눌러 참았다. 할 말은 많았지만 아버지가 계셨기에 은채는 억지로 웃으며 아버지의 팔에 팔짱을 꼈다.

"아버지, 벌써 많이 드셨어요. 그만 집에 가세요."

"지금 와놓고 가긴 어딜 가. 내가 어떻게 이 대리를 만나게 됐냐 하면."

아버지 이야기 속 이 대리의 탈을 쓴 도혁은 세진 건설이라는 냉정한 세상 속에서 아버지에게 유일하게 먼저 말을 걸어준 건실한 청년이었다.

'그건 네가 아니잖아, 이 사기꾼아.'라는 눈으로 그녀가 도혁을 보아도, 도혁은 '나 그런 사람 맞습니다.'라는 표정으로 웃고 있었다.

퍽-.

결국 은채는 상 밑으로 도혁의 다리를 걷어차버렸다. 도혁은 잠시 움찔하기는 했지만 아무렇지 않은 척 아버지가 따라주는 술을 받았다.

"술도 엄청 센가봐. 아무리 마셔도 안 취하네."

"네, 제가 좀 셉니다."

당신은 좀 약해야 해. 은채는 도혁을 노려보며 이를 부득 갈다 아버지가 돌아보자 얼른 표정을 풀며 사정했다.

"그만 가요. 저보고는 밤늦게 싸돌아 다니지 말라면서 아버지가 이럼 안 되잖아요."

지금 도혁이 아무리 아버지에게 좋게 보여도 결국 그는 이 대리가 아니었으니 전혀 실속 없는 행동이었다. 그래서 은채는 아버지한테 집에 돌아가자고 몇 번이나 말했다.

"그럼 우리 집에 가서 2차 할래? 이 대리."

"안 돼요!"

아버지는 반대하는 그녀를 흘겨보았다.

"내가 사람 만나 즐겁다는데 너는 꼭 그리 인정머리 없이 반대를 해야겠냐. 도대체 네가 만난다는 그놈이 얼마나 대단하기에 그려. 내 생각엔 암만 봐도 우리 이 대리보다 잘날 수는 없을 거 같구먼!"

바로 그 이 대리가 그놈이지만 은채는 말을 할 수가 없었다. 말하는 순간 아버지가 헐크로 변해서 좋은 술친구 이 대리의 머리를 잡아 뜯을 것 같았으니까. 도혁도 그 순간만은 입을 꾹 다문 채 딴청을 피웠다.

그도 계획적으로 한 행동은 아니었던 거다. 우발적 사기였다고나 할까.

결국 도혁도 같이 집에 가는 택시에 올라타게 되었다. 아버지 바람대로 2차를 그녀 집에서 하기로 한 것이다. 택시 안에서 은채는 조수석에 탄 도혁에게 폭풍 카톡을 날렸다.

돌아온 도혁의 대답이 가관이었다.

별생각 없어.

은채는 꾸벅꾸벅 조는 아버지를 힐긋 보고는 다시 자판을 빠르게
두드렸다.

이 씨도 아니잖아! 대리 흉내를 내려면 성이라도 맞춰야지!

이야, 권 대리였다면 괜찮았다는 거네. 역시 유경험자.

은채는 참지 못하고 손을 뻗어 도혁의 뒷머리를 잡았다.
"윽."
도혁의 신음에 아버지가 눈을 뜨자 은채는 서둘러 손을 놓았다.
"이 대리, 속 안 좋나?"
"아닙니다. 괜찮습니다."
"그래, 남자가 한 번 마시면 끝까지 가야지."
아버지는 말을 끝내고 다시 쪽잠을 주무셨다. 은채는 아버지가
코를 골기 시작하시자 택시 기사에게 서둘러 말했다.
"아저씨, 차 세워주세요."
"네? 여기서요?"
다리 위였다. 갈아탈 교통수단이 없는 곳이었다.
"네, 상관없으니 세우세요."
택시 기사는 할 수 없이 다리 중간에서 차를 세웠다. 은채는 도혁

의 어깨를 찌르며 지시했다.

"어서 내려요."

"어떻게 날 버리는데 그리 망설임이 없지?"

"전화 한 통이면 운전기사가 데리러 올 거잖아요! 빨리 내려!"

도혁은 서운하다는 눈빛으로 그녀를 쳐다보았다.

"나도 나름 노력한 거라고."

"노력이 아니라 사기겠죠. 100대 맞을 거 1대로 끝나고 싶으면 빨리 내려요."

완강한 그녀를 도혁은 눈을 가늘게 뜨고 쳐다보았다.

"넌 날 네 아버지한테 보여주기 싫어?"

"그럼 당신은 나 당신 아버지한테 보여줄 수 있어요?"

은채가 받아치자 도혁은 잠시 표정이 굳었다.

"있어."

한 박자 늦게 도혁의 대답이 나왔지만 은채는 단호히 말했다.

"당신 아버지 먼저예요. 우리 아버지가 아니라. 그러니까 오늘은 내려요."

도혁은 원망 서린 눈으로 그녀를 보았다. 그의 아버지가 독재자인 건 그의 잘못이 아니었다. 그런데 지금 그녀가 그걸 그의 탓으로 돌리는 것 같아 억울했다.

탁―.

택시 문 닫히는 소리가 그녀의 가슴에 무겁게 내려앉았다. 아마 도혁은 그녀가 그의 탓을 하고 있다고 생각해서 서운해할 것이다. 사실은 그 반대인데 말이다.

말 못하는 벙어리가 된 심정이었다. 하지만 그 갑갑함에서 벗어나려고 도혁에게 그의 아버지에 대해 털어놓을 수는 없었다. 그럼 그 말은 고스란히 도혁의 상처가 될 것이니까.

"그냥 출발해요, 아가씨?"

택시 기사의 사무적인 질문에 은채는 무겁게 대답했다.

"네, 출발하세요."

택시가 다시 출발한 뒤에도 은채는 다리 위에 혼자 남겨진 도혁에게서 눈을 떼지 못했다. 버리고 가는 게 아닌데, 꼭 버리고 가는 것 같아 마음이 아렸다.

아버지는 아침에 술이 깨서 이 대리가 2차를 안 하고 간 걸 알고 크게 실망했다. 권도혁이란 사람에 대한 첫인상을 이렇게나 좋게 봐 준 사람은 그녀의 아버지가 최초이자 최후일 듯했다. 이 대리로 사기 친 것만 아니었다면 참 좋은 일인데 말이다.

"내가 꼭 우리 집 해장국 먹여주고 싶었는데 말이야."

도혁은 어차피 비위 상해서 해장국을 못 먹을 테지만, 아버지는 도혁에 대해 잘 모르니 이렇게 해맑은 소망도 품을 수 있나보다. 역시 많은 걸 안다는 게 그리 좋은 것만은 아니었다.

은채는 더 이상 아버지랑 이 대리에 대한 이야기는 하고 싶지 않았기에 입을 꾹 다물고 밥만 먹었다.

"이런, 내가 전화번호도 안 받아놨네. 혹시 너한테 주더냐?"

"그럴 리가 있겠어요."

어차피 연락할 방법도 없으니 이대로 끝냈으면 좋겠는데, 아버지는 진짜 다시 이 대리를 만나고 싶으셨나보다.

"이런, 건설 회사에 전화해서 물어봐야겠네."

"푸읍."

아버지의 이 대리에 대한 끈질긴 애정 때문에 은채는 밥도 편하게 먹을 수가 없었다. 도혁에게 단단히 따져야겠다. 또 이 대리로 그녀의 아버지한테 사기 치면 죽는다고.

세진 그룹 본사 회장실 비서실에 자연스럽게 서서 그에게 인사하는 박 실장을 도혁은 서늘한 눈으로 쳐다보았다.

"좋아 보이시네요."

박 실장은 주름진 미소를 지어 보였다.

"감사합니다."

인사 듣자고 한 말이 아니었기에 도혁은 팍 인상을 썼다.

"잠깐 이야기나 하죠."

"30분 뒤에 회장님 회의 들어가서서 시간이 별로 없습니다."

도혁은 또 팍 인상을 썼다. 박 실장이 완전히 권 회장 비서인 것처럼 굴고 있었으니까. 원래 그 자리가 박 실상의 사리였다고 헤도, 이건 완전 본처한테 돌아가면서 내쳐진 첩 꼴이었다. 그러니 도혁이 기분이 좋을 리가 없었다.

"제가 언제 길게 이야기하는 거 보셨습니까?"

이대로 그냥 돌아갈 도혁이 아닌 걸 알기에 박 실장은 어쩔 수 없이 고개를 끄덕였다. 두 사람은 아무도 없는 회의실로 자리를 옮겼다.

"하실 말씀 있으면 하십시오."

담담한 박 실장을 고요히 쏘아보던 도혁은 팔짱을 끼고 그의 앞으로 걸어가며 물었다.

"얼마면 되겠습니까?"

밑도 끝도 없는 도혁의 질문에 박 실장은 차분히 일러주었다.

"무슨 물건을 사시려는 건지 우선 말씀하셔야죠."

"박 실장님 말입니다, 도대체 돈을 얼마나 더 드려야 제 밑으로 다시 돌아오실 거냐는 겁니다."

그건 도혁의 진심이기도 했고, 박 실장을 향한 원망이기도 했다. 날것의 적의를 드러내는 도혁의 두 눈을 바라보던 박 실장은 또박또박 그에게 가르쳐주었다.

"전 제자리로 돌아온 것뿐입니다."

도혁의 눈에 순간 불이 붙었다.

"그럼 처음부터 내 편인 척 굴지 마셨어야죠!"

화를 내는 도혁을 조용히 버티던 박 실장은 벽시계를 보고 입을 열었다.

"전 회의 준비 때문에 그만 가봐야 할 듯합니다. 살펴 들어가십시오."

흰머리가 다 보일 정도로 꾸벅 고개를 숙인 박 실장을 도혁은 붉은 눈으로 쏘아보았다. 허망하게도 이 순간 그에게 도움이 되는 건 아버지의 가르침이었다.

사람은 믿는 게 아니라 다스리는 거라는 아버지의 말대로만 했어도 그가 이렇게 배신감을 느낄 일은 없었을 것이다.

"저 은채한테 청혼할 겁니다."

움찔, 숙였던 박 실장의 어깨가 가늘게 떨렸다.

"제 결혼식에 오실 필요 없으세요. 아버지도 박 실장님도 초대 안 할 거니까."

뚜벅뚜벅-.

도혁의 발소리가 점점 멀어져갔다. 문이 닫히는 소리가 들린 뒤에 야 박 실장은 고개를 들었다. 박 실장의 시선이 길 잃은 소처럼 방 황했다. 설마 도혁이 그리 빨리 자신의 마음을 인정하고 받아들일 줄은 몰랐다.

이제 믿을 건 은채뿐이었다. 그녀가 제발 현명하게 행동해주길 바 랄 뿐이었다.

첫 실로암 밴드 연습이 있는 날이었다. 지도 선생님을 맡은 은채 는 옹기종기 모여 있는 아이들을 쭉 둘러보며 교육적으로 말했다.

"음악은 배우는 게 아니라 즐기는 거야. 그러니까 틀려도 괜찮고 못해도 괜찮아. 대신 절대 억지로 하지는 않기. 알아들었지?"

"네에!"

역시 아이들답게 대답은 우렁찼다. 악기를 가르쳐주러 온 동우와 호야도 아이들의 기운에 자신들도 덩달아 어려진 듯 장난을 쳤다.

"사, 그럼 밴드에서 각지 역할을 선생님이 말해줄게."

은채는 모여 있는 아이 중 현이를 가장 처음 가리켰다.

"현이는 보컬."

반장 선거하는 거라 착각했는지 아이들이 일제히 박수를 쳤다.

“우! 미모순이다! 미모순!”

외모지상주의적 발언을 하는 준기를 가리키며 은채는 기타라고 말해주었다. 기타를 가르쳐주려고 온 호야가 손을 들어 올리자 준기는 우당탕 달려가서 호야의 손에 크게 하이파이브를 했다. 쇼맨십이 강한 아이라 기타가 잘 어울릴 것이다.

“그리고 베이스는 우리 미진이.”

현이와 함께 유일한 여자인 미진이 좀 당황했다.

“어? 전 키보드인 줄 알았는데.”

은채는 웃으며 키보드를 할 동이를 바라보았다.

“키보드는 동이야.”

“왜요? 동이는 피아노 안 배우잖아요.”

미진의 당돌한 질문에 그녀도 좀 당황했다. 설마 그리 대놓고 물을 줄은 몰랐으니까. 동이도 살짝 표정이 굳었다. 이미 기타를 치기로 한 준기도 미진의 말이 맞다고 맞장구를 치는 바람에 분위기가 이상하게 흘러가고 있었다.

그때 현이가 벌떡 일어나며 동이 옆에 서서 항변했다.

“동이도 피아노 잘 쳐. 그때 학원에서 젓가락 행진곡 치는 거 봤잖아.”

준기는 현이의 말도 맞는 거 같다고 고개를 끄덕였다.

“그건 혼자 친 게 아니라 아저씨랑 같이 친 거잖아.”

마지막 남은 리한까지 끼어드니 완전 100분 토론이 되었다. 피아노 학원 오면 피아노 치기 싫다고 딴청 피우는 것들이 오늘따라 왜 이러나 싶었다.

‘이것들아! 너희는 좋은 부모 만나서 피아노 학원에서 실컷 치잖아!'라고 하고 싶은 걸 꾹 참으며 은채는 어른스럽게 중재를 했다.

"그럼 이 자리에서 대회에서 연주할 곡을 미진이랑 동이 둘 다 쳐 보고 잘하는 사람이 키보드 하는 걸로 결정하자. 다수결로."

결국 그녀의 말대로 하기로 했다. 피아노 학원에 3년이나 다닌 미진이 먼저 자신 있게 피아노 앞에 앉았다. 악보가 그리 어렵지는 않았기에 바로 보고 곧잘 따라쳤다.

미진 다음으로 동이가 키보드 앞에 앉았다. 현이가 큰 소리로 동이를 응원했다.

"동이야, 잘해!"

완전 운동회 달리기가 되어버린 기분이다. 그럼 이제 동이 선수 스타트다. 출발!

딩딩-. 딩딩디이딩-.

동이가 그녀가 만든 악보와 다른 박자로 연주하는 걸 보고 은채는 헛웃음을 지었다. 역시나 악보대로 치는 건 못하고 자기 느낌대로 치는 거였다. 남다르게 느껴진 건 그 때문이었다.

여러 악기랑 같이 연주할 때는 문제가 좀 될 수도 있겠다는 걸 새삼 깨달았는데 별로 기대하지 않았던 동이가 잘 치는 걸 보고 준기와 리한이 한마음으로 외쳤다.

"키보드 동이!"

당연히 현이는 동이일 테니까 미진만 혼자 남게 되어버린 상황인데, 자기편을 들어주지 않는 친구들이 서러웠는지 미진이 갑자기 으앙 울음을 터트리며 학원을 뛰쳐나가 버렸다.

"미진아!"

베이스 시킬 아이가 시작도 하기 전에 가버린 것이라 은채는 당황한 눈으로 미진이 나간 문 쪽을 보았다.

결국 울며 가버린 미진네 집에 찾아가봐야 해서 그날 연습은 애매하게 끝이 나버렸다. 아이들과 함께하는 것이라 돌발적인 일이 생기는 것 같았다.

미진이 좋아하는 과자라도 사서 가려고 마트에 잠깐 들렀는데 그녀의 전화가 울렸다. 도혁에게서 온 것이었다.

[어디야?]

"아이가 울며 가버려서 달래러 가는 길이에요."

[학원 강사가 아니라 보모였나?]

"우는 아이 달래주는 건 모르는 사람도 해요. 아이가 우는데 어떻게 그냥 모른 척해."

자기는 모른 척할 거라 말할 줄 알았던 도혁이 생각도 못 한 질문을 했다.

[넌 아이 좋아해?]

뜬금없는 질문이라고 생각했다. 아이가 울었다고 말했는데 아이를 좋아하느냐고 묻고 있으니 말이다.

"당연히 좋아하죠. 난 귀여운 거 다 좋아해."

[날 닮으면 안 귀여울 텐데.]

은채는 초코 과자를 집어 들었다가 놀라서 떨어뜨렸다.

[하지만 어디 가서 맞고 들어오지는 않겠지.]

이, 이 인간이 자꾸 뭐라는 건가. 자기는 아이를 좋아하지도 않으면서.

“나 미진이네 집에 빨리 가봐야 하거든요. 그만 끊을게요.”

그녀가 낯 뜨거워져서 서둘러 끊으려고 하자 도혁이 발끈했다.

[나 오늘 박 실장 만나고 와서 기분 안 좋아. 먼저 끊지 마.]

박 실장을 만나고 왔다는 말에 그녀도 기분이 좋지 않았다. 박 실장이 권 회장의 비서로 돌아갔다는 걸 도혁에게 전해 들었다. 그녀는 박 실장이 그런 선택을 한 이유를 알기에 도혁처럼 배신감을 느끼는 게 아니라 마음이 복잡해지기만 했다.

박 실장이 도혁에게 아버지의 상태에 대해 말하지는 않았을 것이다. 그러니까 이렇게 그녀에게 하소연하듯이 전화를 한 거겠지.

“그럼 내가 미진이네 집에 갔다가 당신 집으로 갈까요?”

[그냥 나 먼저 만나러 오면 안 되나?]

어린애한테조차 양보를 못 하는 남자였다. 그런 그가 아버지에게 박 실장을 빼앗겼다고 생각했을 때 어떤 마음이었을지 그녀는 예상조차 할 수 없었다.

“미진이가 울었다니까요.”

[애들은 원래 우는 게 일상이야.]

“그래도 달래줘야 해요. 그래야 웃는 법을 안 잊지.”

그가 웃는 모습을 자주 보았던 것 같다. 그런데 그가 그녀 앞에서 웃는 것처럼 다른 사람 앞에서도 그리 웃는지는 모르겠다.

“박 실장님 때문에 기분 많이 안 좋아요?”

[응.]

도혁의 열없는 목소리가 아주 무겁게 그녀의 마음에 와서 박혔다. 그는 무슨 일이 있던 권도혁의 모습 그대로 유지할 줄 알았는데 이렇게 사람에 흔들리면 그녀가 불안했다.

"빨리 갈게요."

[시간 잴 거야.]

시간까지 잴 거라고 했던 도혁은 막상 그녀가 집에 갔을 때는 아직 퇴근 전이었다. 결국 그녀가 무조건 그에게 먼저 온다는 말을 듣고 싶었을 뿐이었나보다.

은채는 한숨 쉬며 머리를 돌돌 말아 올렸다. 어차피 도혁이 올 때까지 할 일도 없으니 그의 기분도 풀어줄 겸 뭐라도 준비해볼 생각이었다.

도혁이 현관문을 열고 들어온 건 1시간 정도 뒤였다.

"늦었잖아요."

현관 앞에 서서 그를 타박하는 은채를 보고 도혁은 잠시 멈추어 섰다. 집 안에 진동하는 음식 냄새와 그녀가 하고 있는 앞치마만 봐도 그녀가 무엇을 하던 중이었는지 알 수 있었는데, 그래도 그는 물었다.

"뭐 하는 거야?"

은채는 들고 있던 국자를 앞으로 내밀었다.

"밥해요. 아, 찌개 넘치겠다."

그리고 주방 쪽으로 쪼르르 달려가는 은채의 뒷모습을 도혁은 눈으로 좇았다. 이젠 거의 이 집에 사는 사람처럼 행동하는 은채의 모습에 살짝 미소가 지어졌다.

은채가 차린 밥상은 있는 건 다 있으면서도 심플했다. 도혁이 냄새가 강한 것과 맛이 강한 것을 별로 안 좋아하기에 부드럽게 먹을 수 있는 것들로 만들었다. 된장찌개도 일부러 미소 된장을 썼다. 우리나라 된장보다 향과 맛이 순하니까.

"된장찌개 먹을 만하죠?"

국물을 떠먹는 도혁을 은채가 기대감 가득한 눈빛으로 보며 물었다. 도혁은 가볍게 고개를 끄덕였다. 그리고 도혁이 아무 말 없이 먹기만 하자 은채는 눈을 좁혔다.

"애써 요리한 사람한테 맛있다 수고했다는 말 정도는 해줘야 하는 거 아니에요?"

"맛있어. 수고했어."

그녀의 말을 그대로 따라 하는 도혁 때문에 은채는 입이 꽉 다물어졌다.

겪어보니 알겠다. 그는 자기 필요할 때만 다정해지는 타입이었다. 전혀 다정하지 않은 남자보다 더 나쁘다. 다정함에 목적이 있는 거니까.

"설거지는 당신이 해요."

은채가 심통 나서 한 말에 도혁은 못 먹을 걸 먹은 듯한 표정으로 그녀를 보았다.

"설거지는 기계가 하는 거지."

"기계보다 사람 손으로 씻어야 더 깨끗해."

"그렇게 따지면 씻는 것보다 새로 사는 게 더 깨끗하겠네."

"그래서 하기 싫다고요?"

결국 밥을 다 먹고 도혁은 은채의 강요하는 눈빛에 져서 더러운 그릇들을 설거지통으로 날랐다. 음식 냄새에도 비위가 상하는데 음식 찌꺼기만 남은 그릇들이 괜찮을 리가 없었다.

"욱."

도혁이 싱크대 앞에서 헛구역질하는 걸 보고 은채는 한숨을 푹 내쉬었다. 이건 온실 속 화초보다 더했다.

옛날 조선 왕들은 화장실 시중도 궁녀들이 들었다고 했는데 도혁이라면 그런 생활에 정말 잘 적응할 것이다. 오히려 자기 손 안 더럽힌다고 좋아할지도 몰랐다.

"내가 퐁퐁으로 닦을 테니까, 당신은 물에 씻기만 해요."

혼자 했다가는 입덧하는 임산부보다 더 심한 증상을 보일 것 같아서 그녀도 싱크대 쪽으로 걸어가서 도혁과 나란히 섰다. 도혁이 지친 표정으로 그녀를 내려다보았다.

"넌 내가 괴로워하는 모습 보면 즐겁지?"

설거지 한 번 시켰다고 사람을 변태 취급하는 도혁을 은채는 기가 막힌 눈으로 올려다보았다.

"내가 언제요?"

"그러니까 자꾸 이런 일 시키는 거 아니야? 시작은 짜장면이었어. 그때부터 너의 사디스트적인 면이 눈을 뜬 거야. 아냐?"

보자 보자 하니까 누구를 '사다코'로 아나.

"내가 짜장면 사줘서 못 잊을 추억 하나 생긴 거잖아요. 그날 당신 뜻대로 호텔 레스토랑 갔으면 그날 일 기억이나 했겠어요?"

그녀의 말이 맞긴 했다. 그의 뇌리에 호텔 레스토랑 간 날은 없어도 짜장면 먹으러 간 날은 죽을 때까지 남아 있을 것이다.

그것만이 아니었다. 조조 영화 본 날 햄버거 먹고 온종일 괴로웠던 것도, 찜질방 간 날 불가마 방에서 타죽을 것 같았던 것도 다 선명히 기억났다.

"그런데 추억이란 게 떠올리면 기분 좋은 일들을 말하는 거 아냐?"

"나랑 짜장면 먹은 게 그리 치가 떨리게 싫었으면 왜 지금 나랑 같이 있어요?"

도혁은 심각한 고민에 빠진 사람처럼 잠시 말이 없었다.

"내가 알고 보니 마조히스트였나?"

들으나 마나 한 소리였기에 은채는 바로 물을 틀어버렸다.

쏴아아아아아-.

그릇 위로 물이 쏟아져 내렸다. 은채는 그릇을 퐁퐁으로 깨끗하게 닦고는 도혁에게 넘겨주며 씻는 법을 가르쳐주었다.

"물에 담가서 1차로 거품 걷어내고 흐르는 물에 2차로 깨끗하게 씻어요."

도혁은 할 수 없이 은채가 건넨 그릇을 받았는데 거품 때문에 그릇이 미끄러워 놓치고 말았다.

쨍-.

다행히 개수대 안에 떨어져서 깨지지는 않았지만 도혁이 그릇을 놓쳐서 떨어진 것이기에 은채는 눈을 부라렸다.

"그것도 못해요?"

억울하다는 말은 이럴 때 써야 하는 말이었다.

'그래도 너보다는 할 줄 아는 거 많아!'라고 받아치고 싶은 걸 도혁은 꾹 참았다. 두 사람의 평화는 그의 인내로 완성된다는 사명감이 있었다.

거의 반 강제로 설거지를 마친 후 도혁은 소파에 뻗어 앉았다. 안 쓰는 근육을 사용했더니 몸이 더 피곤한 것 같았다.

은채는 도혁이 늘어져 있는 모습을 보고 설거지를 괜히 시켰다는 후회가 들었다. 안 그래도 회사에서 오래 일하고 온 사람인데 말이다. 맛있다는 말 좀 건성으로 했다고 노동을 시켜버렸다.

"내가 안마해줄까요?"

밥해준 뒤에는 설거지시키더니 다시 다정하게 구는 그녀를 도혁은 지친 눈으로 올려다보았다.

"안마해준 뒤에는 또 뭐 시키려고?"

"뭐 안 시켜요."

은채는 툴툴거리며 도혁의 어깨를 두 손으로 잡았다. 워낙 근육만 있는 몸이라 딱딱했다. 꾹꾹 누르는 그녀의 손이 저렸다. 그녀가 어깨를 주무를 동안 가만히 있던 도혁이 고개를 젖혀 그녀를 올려다보았다.

눈이 마주치자 그녀는 장난스럽게 씨익 웃었다. 특별한 데이트가 아니라 남들도 매일 하는 일을 같이한 거뿐이지만 이 정도로도 좋았다. 이런 게 행복이라고 생각했다.

"이은채."

그가 그녀의 이름을 불러주자 그녀의 입가에 미소가 번졌다. 그가 불러주는 그녀의 이름은 혀 위에서 사르르 녹아내리는 초콜릿처럼 달콤했다.

도혁이 그녀의 눈을 응시하며 말했다.

“우리 결혼하자.”

그의 청혼에 그녀의 웃음이 그대로 멈추었다. 마치 시간이 정지해 버린 것처럼. 이 순간 전혀 예상 못 한 말이라 그녀는 더욱 아무 말도 할 수가 없었다. 이렇게나 느닷없이, 아무 망설임 없이, 아무 준비 없이 그가 그런 말을 할 줄은 정말 상상도 못 했다.

프러포즈의 정석에 하나도 맞지 않았다. 상대방이 방심할 때 공격하라는 공격법이면 몰라도.

“대답 안 해?”

프러포즈하는 순간에도 도혁은 위압적인 말투가 나왔다. 그제야 은채는 힘겹게 입을 열었다.

“바, 반지가 없잖아요.”

도혁은 마치 예상 못 한 필살기를 꺼내듯이 반지 케이스를 꺼냈다. 도혁이 반지 케이스의 뚜껑을 열자 그 안에는 백만 년이 지나도 빛을 잃을 것 같지 않은 다이아몬드 반지가 있었다.

그녀가 반지에서 시선을 떼지 못하자 반지를 직접 골라서 산 도혁은 보람을 느끼며 말했다.

“손 줘봐.”

도혁이 직접 그녀의 왼손 약지에 끼워주려고 하자 은채는 흠칫 놀라 주먹을 쥐었다. 그런 은채의 행동에 도혁은 눈살을 찌푸리며 그녀를 보았다.

“주먹?”

설마 그의 반지를 거부하는 거냐는 도혁의 날 선 질문에 은채는 서둘러 변명을 했다.

“사실 당신 아버지가 우리 언니한테 돈 봉투를 보냈어요.”

그에게 말하고 싶지 않았는데 그의 청혼을 미루려면 이 말밖에 없었다. 차마 그의 아버지가 아프시다는 말은 할 수가 없었다. 그 말만은 죽어도 못 했다. 돈 봉투라는 말을 듣자마자 도혁의 표정이 사나워졌다. 은채는 목소리가 떨렸다.

"그러니까 그 돈 당신 아버지한테 돌려준 뒤에. 그때 다시 해요."

도혁이 그녀의 팔을 잡는데 억센 힘에 정말 아팠다.

"넌 내가 청혼하지 않았으면 그 이야기 끝까지 안 하려고 했어?"

은채는 아픈 눈으로 도혁을 보았다.

"안 한 게 아니라 못 한 거예요."

"그래서! 못 한 이야기가 또 뭐가 있는데!"

도혁이 그답지 않게 목소리가 높아졌다.

"진짜 아파. 이것 좀 놔줘요."

은채는 서럽고 미안해서 눈가에 눈물이 맺혔다.

청혼하고, 청혼받은 자리인데 말이다. 우는 게 아니라 웃어야 할 자리였다. 그런데 이게 뭔가. 엉망진창이었다.

그녀는 끝이라 생각했는데, 그는 아니었나보다.

도혁은 그녀의 왼손을 끌어다가 주먹 쥔 손을 억지로 펴서는 기어코 그녀의 약지 손가락에 반지를 끼웠다. 아버지가 어떻게 나오던 그녀와 결혼하겠다는 그의 의지였다.

"반지 빼지 마."

도혁의 강압적인 말에 은채는 아무 말도 못 했다. 그녀의 손가락에서 반짝이는 반지만 눈에 들어왔다.

예뻤다. 그녀의 것이라는 게 믿기지 않을 만큼.

29. 당신만 몰랐으면 하는 비밀

아침에 눈을 뜬 은채는 바로 침대에서 일어나지 못하고 손가락에
끼워진 반지를 쳐다보며 한참이나 누워 있었다. 프러포즈 반지인데,
여전히 도혁과의 결혼은 그녀의 현실 속에서 너무 비현실적이었다.

아니, 과연 할 수 있긴 한 걸까.

은채는 오른손을 들어 반지를 뺐다. 오늘 권 회장을 찾아갈 생각
이었다. 그러니 오늘은 이 반지를 끼고 있을 수가 없었다. 평소처럼
되는 일 하나 없어도 그녀의 해피 바이러스로 잘될 거라 기운을 내
고 싶은데 지금은 그럴 기운조차 나지 않았다. 은채는 권 회장에게
줄 돈 봉투를 가방에 고이 담고 세진 그룹 본사로 향했다.

도혁은 박 실장이 회장실로 옮겨서 화가 났는지 몰라도 그녀는
권 회장을 만나러 갈 때마다 박 실장을 먼저 볼 수 있어서 안심이었
다. 그래도 그 적지에서 믿고 의지할 수 있는 사람이 한 명은 있는
것이니까.

"은채 양."

프런트에서 건 전화를 받고 비서실장인 박 실장이 직접 내려와 그

녀를 맞아주었다. 은채는 '애담' 이후 처음 보는 박 실장을 향해 꾸벅 고개를 숙여 인사했다. 그런 그녀를 안쓰러운 눈으로 보며 박 실장이 물었다.

"잘 지냈어요?"

은채는 가방에서 도혁에게 받은 반지를 꺼내서 박 실장에게 보여주었다. 박 실장은 반지를 보고 눈빛이 굳었다.

"그거 설마."

"도혁 씨가 준 프러포즈 반지예요."

박 실장은 창백한 시선으로 반지를 쳐다보기만 했다. 도혁이 말을 했기에 짐작은 하고 있었지만 막상 눈앞에서 그 결과물을 보니 암담했다. 권 회장의 병은 아무리 노력해도 나아지지 않고 나빠지기만 할 뿐인데, 도혁은 아무것도 모르고 자기 결심대로 밀고 나가려고 하고 있으니, 앞이 막막할 뿐이었다.

"제가 도혁 씨가 아버지 상태 알 때까지는 어떻게든 미룰게요."

은채의 말에 박 실장은 힘없이 고개를 들었다. 은채는 반지를 두 손으로 꽉 쥐었다.

"그러니 제 입으로 거절하라는 말은 하지 말아주세요. 저 그건 절대 못해요."

어차피 도혁은 자기 아버지의 병에 대해 모르기 때문에 이럴 수 있는 것이었다. 아버지의 병에 대해 알게 되면 도혁이 먼저 그녀와의 결혼을 멈추려고 할 것이다. 아버지가 아프다는데 자기 하고 싶은 대로 할 수 있을 리가 없었다.

그러니 그때까지만이라도 은채는 이 프러포즈 반지의 주인이고 싶었다.

“은채 양.”

박 실장은 그녀의 이름만 부를 뿐 쉽게 말을 잇지 못했다. 그저 시간이 좀만 더 천천히 가길 바랄 뿐이었다. 그녀의 프러포즈 반지가 빛을 잃지 않게.

다시 만난 권 회장은 다행히 그녀를 다른 이로 착각하지는 않았다.

“안녕하세요.”

고개 숙여 인사하는 그녀를 권 회장은 차가운 시선으로 쳐다보다 키폰을 눌렀다.

“이 아가씨 누가 들여보냈지?”

[제가 들여보냈습니다.]

비서실 최고참이 약속에도 없었던 방문객을 허락했다는 말에 권 회장은 눈살을 찌푸렸다.

“당장!”

은채는 권 회장이 쫓아내기 전에 서둘러 돈 봉투를 가방에서 꺼내며 권 회장이 있는 책상으로 걸어가 그 위에 돈 봉투를 놓았다.

“이거 돌려드리려고.”

권 회장은 서늘한 눈으로 사각의 흰 봉투와 그녀의 얼굴을 번갈아 보았다.

“돈이 적다는 건가?”

“혹시 짜장면 한 그릇에 얼마인지 아십니까?”

짜장면이란 말에 권 회장은 눈을 가늘게 떴다. 이건 또 무슨 수작이냐는 듯이.

"그런 식으로 내 아들을 홀린 건가?"

"아니, 도혁 씨는 짜장면 싫어해요. 짜장면은 제가 좋아하는데 저한테 꼭 필요한 돈은 그 짜장면 한 그릇 사 먹을 정도거든요. 그런데 그 돈은 짜장면 집을 사고도 남을 돈이라, 저랑 안 맞습니다."

해장국 집 딸이 자꾸 짜장면 이야기를 하니 권 회장은 헷갈렸다. 그녀가 무슨 의도인지.

"내 아들한테도 자넨 안 맞아."

냉정하게 말하는 권 회장과 생선 살 발라주던 권 회장이 자꾸 겹쳐 보여 마음이 싱숭생숭했다. 은채는 헷갈리지 말자고 생각하며 고개를 저었다.

그런 그녀의 행동에 권 회장은 못마땅한 표정을 지었다.

"지금 내 이야기 듣기 싫다는 건가?"

"아, 아닙니다. 자꾸 딴생각이 나서."

"내 앞에서 딴생각까지 했다고?"

어째 말할수록 권 회장에게 미움만 받고 있었다. 안 되겠다 싶어서 은채는 히죽 웃었다.

"저 그만 가보겠습니다."

퇴장에도 타이밍이 있는 것이다. 그가 말하는 중간에 갑자기 은채가 간다고 하자 권 회장은 기분이 좋을 리가 없었다.

"자넨 내가 우습나?"

"그, 그럴 리가요."

차마 그가 아팠을 때 그녀가 같이 있었다고 할 수는 없었다. 그럼 권 회장은 비밀 유지를 위해 그녀를 생매장해버릴지도 몰랐다.

"그럼 이건 어때? 자네 아버지 식당, 자네 언니 회사, 자네 형부 병원, 내가 다 못 쓰게 만들어버리면 그때야 내가 어떤 사람인지 인식하겠나?"

말만으로도 무시무시했다. 권 회장의 말을 들으니 이미 그녀에 대한 조사까지 다 끝난 듯했다. 그리고 조사한 것들을 그녀의 약점으로 이용하려 하고 있었다. 이런 독한 사람을 위해 자신이 양보해야 한다고 생각하니 은채는 갑자기 억울해지기까지 했다. 아픈 환자라고 다 불쌍하기만 한 건 아니라는 걸 이제야 깨달았다.

"그렇게 계속 독하게 사세요. 약해지지 말고 쭉 독하게 사시라고요!"

협박했더니 계속 협박하며 살라는 그녀의 말에 권 회장은 기가 찬 표정을 지었다.

평소처럼 자신의 겁박이 통하지 않자 권 회장도 진짜 화가 나려는데 갑자기 집무실 문이 허락도 없이 벌컥 열렸다. 그리고 열린 문으로 들어오는 도혁을 보고 은채와 권 회장은 동시에 놀랐다.

도혁은 두 사람이 같이 있는 걸 보고 오히려 웃었다. 무서워지게.

"마침 두 분이 같이 있었네요."

은채는 슬금슬금 권 회장이 있는 쪽으로 피하고 있었다. 사실 편으로 따지면 도혁이 그녀의 편이고 권 회장이 악당인데 말이다. 그녀는 자기편을 피해 악당 쪽으로 가고 있었다.

그런 그녀를 보고 도혁이 인상을 썼다.

"넌 이리 와."

은채는 싫다고 작게 고개를 저었다. 그녀가 오지 않자 도혁은 큰 걸음으로 단번에 그녀에게 걸어와서는 그녀의 손을 잡고 자신 쪽으로 끌어당겼다.

나란히 선 두 사람을 권 회장은 날 선 눈으로 쳐다보았다. 은채가 지펴놓은 불에 도혁이 화약을 던진 꼴이었다.

"이미 이름, 집안, 학력, 다 아실 테니까 따로 소개는 필요 없겠네요. 저희 곧 결혼합니다."

아버지 앞에서 결혼 이야기를 꺼내는 도혁의 말에 은채는 기겁을 했다. 권 회장 역시 눈빛에 노기가 서렸다.

"네 약혼녀는 이미 정해져 있어."

"제 약혼녀는 제가 정합니다."

그녀를 사이에 두고 아버지와 아들이 팽팽하게 맞서니 그녀는 숨도 못 쉴 것 같았다. 금방이라도 호흡 곤란이 올 듯했다.

"그래서 자넨 내 아들과 진짜 결혼할 건가?"

권 회장이 화살을 갑자기 그녀에게 돌렸다. 은채는 놀라서 붕어 눈이 되었지만 바로 대답이 나오지는 못했다. 그녀가 아무 말도 하지 않자 도혁이 그녀를 흘겨보았다. 어서 대답하라고.

하지만 두 남자가 강요하면 강요할수록 그녀는 점점 입이 꾹 다물어졌다. 권 회장의 병이 아니더라도 결혼은 신중해야 할 것 같았다. 시아버지와 남편 사이가 평생 이렇게 싸우기만 한다면 그녀는 새우등 터지듯이 매일 터질 게 분명했으니까. 결혼은 정말 어려운 문제였다.

"그, 그만 가보겠습니다."

은채는 권 회장에게 인사를 한 뒤 도혁의 손을 뿌리치고는 혼자 회장실을 나와버렸다. 다신 겪고 싶지 않은 삼자대면이었다. 그런데 이게 끝이 아닐 거 같아 불길했다.

"왜 대답 못 해?"

뒤에서 들려온 도혁의 목소리에 고개를 돌리니 도혁도 회장실을 나와 그녀에게 걸어오고 있었다. 그녀는 지친 눈으로 도혁을 보았다.

"당신이랑 아버지 사이 정말 대책 없네요."

"그게 우리 결혼이랑 무슨 상관이야."

"상관 많죠! 결혼이 둘만 하는 건 아니잖아요! 두 사람 싸우는 거 평생 볼 걸 생각하면 차라리 혼자 사는 게 나아요."

그녀가 절레절레 고개를 젓는 걸 보고 도혁은 눈을 가늘게 떴다.

"그래서 뭐야? 지금 내가 우리 아버지랑 싸우는 게 피곤해서 결혼 못 하겠다는 거야?"

"못 한다는 게 아니라 생각은 신중하게 해봐야 한다는 거죠."

은채는 도혁의 눈을 피하며 대답을 얼버무렸다. 그때 도혁이 그녀의 왼손을 빼앗듯이 잡아서 들어 올렸다.

"반지 없잖아."

은채는 아차 싶었다.

"회장님 만나느라 잠깐 빼놨어요. 가방에 있어."

은채는 서둘러 한 손으로 가방을 열어서 반지를 찾아 뒤적거렸다.

"헉! 반지 없다!"

반지를 받은 지 24시간도 지나지 않아서 프러포즈 반지를 잃어버렸다는 은채의 말에 도혁은 충격받은 표정이 되었는데 그녀는 인제 놀랐느냐는 듯이 반지를 가방에서 꺼내며 히죽 웃었다.

"속았죠? 있지롱."

도혁은 더는 참을 수가 없어서 두 손으로 그녀의 뺨을 잡아서는 쭉 잡아당겼다. 프러포즈한 여자한테 폭력을 쓸 수는 없었으니까.

"아악! 아파!"

"아프라고 하는 거야."

도혁이 잡아당긴 것 때문에 그녀의 얼굴 살이 1cm는 늘어난 듯했다.

도혁의 차를 타고 집에 돌아가면서 은채는 자신의 손에 다시 끼워진 반지를 신기한 눈으로 이리저리 돌려보았다.

아까는 결혼에 대해 회의적으로 말하더니 이젠 반지 끼고 좋아하는 그녀를 보며 도혁은 '쯧' 짧게 혀를 찼다.

"넌 반지만 좋나보지?"

아직도 서운함이 남아 있는 듯한 도혁의 말에 은채는 중얼거렸다.

"당신도 좋아."

그녀의 말에 도혁은 언제 심통 냈었냐는 듯이 피식 웃었다. 도혁은 운전대를 틀어서는 갓길에 갑자기 차를 세웠다.

"차는 왜 세워요?"

무슨 일이 벌어질지 짐작할 틈도 주지 않은 채 도혁은 은채에게 가까이 파고들었다. 그의 입술이 그녀의 입술 위로 포개졌다. 두 눈을 감은 도혁이 천천히 그녀를 음미했다.

그는 뜨겁고, 그녀는 떨렸다. 마치 이 순간만은 세상에 둘뿐인 듯해서 좋았다. 다른 건 아무것도 상관없고, 그저 둘뿐.

"오늘 밤에 같이 있으면 안 돼?"

도혁이 짙은 키스 뒤 나직이 물었다. 그녀는 쉽게 대답하지 못했다. 그녀도 같이 있고 싶기는 했지만 그러면 안 된다는 것도 이성적으로 알았으니까.

"안 돼……."

거절하려는 그녀의 입을 도혁이 다시 입술로 막았다. 도혁이 입술을 댄 채 속삭였다.

"내가 프러포즈한 날이잖아."

프러포즈는 어제였다. 그것도 그녀가 돈 봉투 이야기를 꺼내서 엉망이 된 프러포즈.

은채는 반지 낀 손을 들어 올렸다.

"나 사실은 엄청 기뻤어요."

설령 새드엔딩으로 끝나는 이야기라도 이야기 전체가 슬픈 건 아니다. 그 안에도 분명 기쁨이 있고 행복이 있었다.

행복한 표정을 짓고 있는 그녀를 보고 도혁의 눈빛에도 따스한 기운이 스몄다. 도혁은 그녀의 이마에 자신의 이마를 대고 진심으로 말했다.

"내가 행복하게 해줄게."

속삭이던 도혁의 입술이 깃털처럼 내려왔다.

"영원히."

은채는 눈을 감았다. 그리고 그가 주는 행복을 그녀의 안에 가둬 두었다. 좀 더 오래 그 안에 있을 수 있게. 꼭꼭.

프러포즈를 망친 게 미안해서 은채는 그날 밤에도 도혁의 집에 갔다. 적어도 이 프러포즈 반지를 끼고 있는 동안은 도혁만 생각하고 싶었다. 도혁의 아버지, 그리고 그녀의 아버지까지도 전부 내려놓고 그냥 둘만 있고 싶은 마음이었다.

그녀가 신발을 벗기도 전에 도혁이 그녀의 허리를 뒤에서 안으며 꿀을 발라놓은 듯한 목소리로 물었다.

"같이 씻을래?"

그녀였다면 평생 흉내도 못 내볼 말이었다. 은채는 팔꿈치로 그를 쳐내고는 소파로 바로 도망쳤다.

"성인끼리 알아서 씻는 거지 왜 쓸데없이 같이 씻어요?"

그의 알몸 보고 도망쳤을 때와 거의 비슷한 반응이었다. 시작도 하기 전에 무드를 깨는 그녀를 잠시 흘겨보던 도혁은 처음부터 무리하지 말자고 생각하며 한발 뒤로 물러났다. 어차피 밤은 길고 그녀는 이제 도망칠 수 없는 그의 여자였으니까.

"그럼 나 먼저 씻는다."

은채는 혼자만 홍당무처럼 붉게 달아올라서는 어서 씻으라고 세차게 손을 내저었다. 같이 씻는 거만 아니면 괜찮았다.

한껏 고춧가루를 뿌려놓고 도혁이 욕실로 사라진 뒤 은채는 혼자 비 맞은 중처럼 투덜거렸다. 순순히 오는 게 아닌데, 완전 호랑이 굴에 제 발로 걸어 들어온 꼴이라고.

Rrrrrrrr-. Rrrrrrrrrr-.

긴장하고 있던 은채는 전화벨 소리에 흠칫 놀랐다. 아버지인가 싶어서 받지 않으려고 하다가 다른 사람일 수도 있어서 은채는 조심스럽게 가방에서 핸드폰을 꺼냈다. 전화한 사람은 박 실장이었다.

이젠 박 실장의 전화가 마냥 편하지 않아서 쉽게 통화 버튼에 손이 가지 않았다. 그래도 박 실장이 중요하지 않은 일로 전화할 사람이 아니라서 은채는 할 수 없이 통화 버튼을 눌렀다.

"여보세요?"

박 실장의 다급한 목소리가 바로 들려왔다.

[은채 양, 여기로 좀 와줘요. 회장님이!]

은채는 당황한 눈으로 도혁이 있는 욕실 쪽을 보았다. 하필 도혁과 함께 있을 때 이런 전화를 받아서 곤란했다. 그렇다고 안 갈 수도 없었다. 급박한 상황이 아니면 박 실장이 그녀의 도움을 구하려고 이렇게 먼저 전화했을 리는 없을 테니까.

아버지가 엄청 화난 목소리로 전화하셔서 집에 다녀와요.
금방 올게요.

결국 은채는 도혁에게 쪽지 한 장만 남겨두고 그 집을 나왔다.

박 실장이 가르쳐준 집으로 택시를 타고 서둘러 간 은채는 박물관에 버금가는 집의 규모를 보고 놀라서 택시에서 바로 내리지 못했다. 그녀를 태워다준 택시 기사도 여기 찾아온 게 진짜 맞느냐고 몇 번이나 되물었다. 은채는 이럴 때가 아니라는 걸 깨닫고 택시비를 지급한 다음 급히 택시에서 내려 박 실장에게 전화를 걸었다.

"저 지금 가르쳐주신 집 앞인데. 어떻게 들어가죠?"

[잠시만요. 문 열어줄게요.]

박 실장이 그리 말하고 얼마 지나지 않아 육중한 문이 '철컹' 소리를 내며 열렸다. 땅이 울리는 줄 알고 은채는 움찔하며 뒤로 물러났다. 문 열리는 소리부터 들어가기 싫게 만드는 집이었다.

[들어와요.]

하지만 들어가지 않을 수 없었기에 은채는 울며 겨자 먹는 심정으로 열린 문을 통해 안으로 들어갔다. 넓은 집은 기묘할 정도로 고요하고 어둠에 싸여 있어서 적적한 기운이 무겁게 내려앉아 있었다. 조심조심 넓은 정원을 걸어가던 은채는 현관문 앞에 서 있는 박 실장을 발견하고는 서둘러 그한테 뛰어갔다.

"박 실장님, 회장님 괜찮으세요?"

그에게 달려오며 은채가 묻는 말에 박 실장은 어두운 표정으로 고개를 저었다.

"아직도 사모님을 찾고 계세요. 아무래도 잠드시기 전까지는 계속 저러실 듯해서."

이 집에서 권 회장에게 억지로 약을 먹일 수 있는 사람은 아무도 없었다. 그래서 은채의 도움이 필요했다. 권 회장에게는 살아 있는 두 번째 부인이 있기에 은채는 불안해서 물었다.

"그럼 지금 사모님은?"

"정 여사님은 이미 회장님 병세를 알고 계셨어요. 그나마 다행이죠. 오늘 밤에는 회장님을 저한테 맡기시고 아이들과 함께 친정으로 가셨습니다."

은채는 여자의 마음으로 도혁의 새어머니의 마음이 이해가 되었다. 권 회장이 힘들 때 옆에 있어준 건 자신인데 정작 권 회장은 아프고 난 뒤부터 죽은 부인을 찾고 있으니, 그건 아무리 아파서라도 용서가 안 될 듯했다. 재벌 집 여사님 팔자도 좋은 것만은 아니라고 여기며 은채는 박 실장에게 물었다.

"그런데 제가 어떻게 도와드리면 되는 거죠?"

박 실장은 굉장히 미안한 표정을 지으며 그녀를 보았다.

"전처럼 사모님을 대신해주시면 안 되겠습니까?"

은채는 표정이 굳어버렸다. 그때도 그녀가 대신한 게 아니라 얼떨결에 그 자리에 앉아 있었던 것뿐이었다. 권 회장이 자신을 다른 사람으로 착각했다는 것도 나중에야 알았다.

"전 사모님이 어떤 사람인지 절대 모르는데요."

"말이 없고 모든 일에 수동적이고 책만 읽던 분이셨습니다. 그러니 그냥 가만히 서 계셔주시기만 하면 됩니다."

그건 완전 인형 노릇을 하라는 말과 같았다.

"그렇게 재미없는 사람을 회장님은 도대체 왜 26년이나 지나서도 찾는 거래요?"

그녀의 말을 반박할 수는 없었기에 박 실장은 씁쓸한 표정을 지었다.

"사람 마음에 정답이 어디 있겠습니까."

차라리 정답이 있었으면 좋겠다. 요즘은 모든 게 오답투성이였다.

할 수 없이 은채는 박 실장이 준 검은색 원피스로 갈아입고 손에 물과 약을 들고 권 회장이 있다는 서재로 향했다. 불안해서 자꾸 뒤를 돌아보게 되었는데 박 실장이 계속 괜찮다는 뜻으로 고개를 끄덕였다. 그녀의 입장에서는 절대 괜찮지 않은데 말이다. 이런 식으로 문제 해결은 전혀 안 될 것이다. 그저 임시방편일 뿐이지.

26년 전에 죽은 사람이 살아서 돌아올 수도 없고, 이미 악화된 권 회장의 병이 깨끗하게 낫는 것도 힘들었다. 결국 도혁이 알게 되고 그가 힘들어할 것을 생각하니 서재 문을 여는 그녀의 마음은 돌덩이처럼 무거워져 있었다.

"어딜 다녀온 거야?"

권 회장의 목소리에 은채는 움찔했다. 역시 사무실에서 봤던 권 회장과 달랐다. 같은 사람이지만 말투며 눈빛이 그녀를 다른 사람으로 보고 있었다. 은채는 긴장한 눈으로 권 회장을 보기만 할 뿐

말을 하지는 못했다. 할 수가 없었다. 목소리까지 닮았을 것 같지는
않았으니까.

"란희."

권 회장이 이름을 불렀다. 그가 부인의 이름을 부르는 남편일 줄
은 몰랐다.

"집에서 나갈 때는 다른 사람과 같이 나가. 혼자 나가지 말고."

그리고 부인에 대해 이리 사소한 것까지 챙길 줄도 몰랐다.

"넌 혼자 하려고 하면 꼭 사고를 쳐."

아무래도 못 믿어서 그런 거 같기는 하지만.

"그만 가서 자. 자기 전에 도혁이 보고."

권 회장의 입에서 나온 도혁의 이름에 은채는 심장이 욱신거렸다.
지금 권 회장이 기억하는 도혁은 이미 서른 살이 넘은 아들이 아니
라 아직 학교도 들어가지 않은 꼬마일 것이다.

그 차이가 은채를 망연자실하게 만들었다.

하지만 이 상황이 버겁다고 가만히 그렇게 서 있을 수는 없었다.
은채는 권 회장에게 약을 먹이기 위해서 더듬더듬 그가 있는 책상
곁으로 다가갔다. 은채가 책상 위에 내려놓은 물 잔과 약을 보고 권
회장이 고개를 들어 그녀를 보았다.

"이게 뭐지?"

은채는 입을 열려다가 다시 다물며 힘겨운 표정을 지었다.

"나보고 먹으라는 건가?"

은채는 그렇다고 고개를 끄덕였다. 권 회장이 그녀의 얼굴을 빤히
보는데 식은땀이 나는 듯했다. 마치 당장에라도 그녀가 누군지 기억
해낼 것만 같았다. 그러면 그것도 곤란했다. 그녀가 죽은 아내 행세

를 한 걸 알면 권 회장은 정말 그녀를 죽이고 싶을 정도로 분노할 거 같았으니까.

그녀는 지금 권 회장의 가장 내면 깊숙한 곳에 숨겨져 있던 나약한 마음을 보고 있는 것이었다. 권 회장이 결코 남과 공유하기 싫어할 내밀한 공간에 들어와 있었다. 그의 아들인 도혁조차도 들어와 본 적 없는 이곳은 스산하고 아팠다.

권 회장이 손을 뻗어서 약을 집어 들었다. 그가 약을 입에 넣는 걸 보고 은채는 서둘러 물 잔을 그에게 내밀었다. 그런 그녀의 행동에 권 회장은 눈을 가늘게 떴다.

"오늘따라 왜 안 하던 행동을 하는 거지."

은채는 물을 먹으라는 뜻으로 물 잔을 더 내밀었다. 그제야 권 회장은 물 잔을 받아 물을 마셨다. 권 회장은 다 마신 물 잔을 쟁반 위에 올려놓으며 그녀에게 말했다.

"그만 가서 자. 책은 내일 읽고."

무사히 서재에서 나온 은채는 그 앞에서 다리에 힘이 풀려 주저 앉았다. 밖에서 초조하게 기다리고 있던 박 실장이 서둘러 다가와 그녀를 잡아 일으키고 옆방으로 데려다주었다.

"회장님이 약 드셨나요?"

"네."

"하아, 다행이네요."

박 실장은 한시름 놓았다는 표정을 지었다. 찾던 아내도 보았고, 약도 먹었으니 이제 권 회장이 잠만 자면 오늘은 무사히 넘길 거라고 여겼다.

"그런데 이 병 점점 심해지는 거 아닌가요?"

결국 자기 자신이 누군지도 잊어버린다고 들었다.

"도혁 씨한테 차라리 먼저 말하는 게."

"그럼 회장님이 원하시는 약혼은 쉽게 되겠죠."

박 실장의 말에 은채는 표정이 굳었다.

"하지만 그럼 아버지 병 때문에 억지로 약혼하는 권 대표도, 자신의 병이 알려진 권 회장도 다 패자일 겁니다. 아시잖아요? 두 사람이 얼마나 이기는 거에 집착하는지."

너무 잘 알았다. 그 승부욕의 피해자가 그녀였으니까.

"두 사람의 마지막 승부가 될 거 같으니 이왕이면 정정당당한 게 좋겠죠?"

박 실장은 권 회장도, 도혁도 둘 다 지켜주고 싶은 것이다. 어떻게 든 끝까지.

은채는 붉어진 눈으로 입술을 깨물었다.

권 회장도, 도혁도 강한 사람들이었다. 사람들과 어울리는 건 서 툴지 몰라도 자기 자신을 단련하는 것에는 그 누구보다 강인한 이 들이었다. 권 회장이 도혁을 그리 키웠다. 권 회장 역시 그리 살아 왔다. 그러니 믿자. 그들이 강하게 이겨낼 거라고.

달칵-.

그녀가 문을 열자 침대에 누워 책을 읽고 있던 도혁이 고개를 들 었다. 그의 머리카락은 아직 젖어 있었고, 벌어진 샤워 가운 사이로 드러난 맨가슴이 굉장히 섹시했지만 언밸런스하게도 그의 손에는 책이 들려 있었다. 'M&A의 승패'라는 제목의 책은 침대 위에서 샤워 가운 하나만 걸치고 읽기에는 전혀 섹시하지 않았다.

프러포즈 받은 걸 기념해서 같이 밤을 보내기로 한 날, 그가 씻을 동안 그녀가 쪽지 하나만 남기고 사라져버려서 굉장히 화가 나 있을 줄 알았는데 그녀를 보는 도혁의 눈빛은 무덤덤했다.

그래서 알 수 있었다. 도혁이 그녀에 대한 섭섭함을 마음에 단단히 싸안고 있다는 걸. 또 부산에서처럼 그녀가 잊었을 때 뒤통수를 치려고 벼르고 있는 거다.

"생각보다 일찍 왔네."

네가 날 버리고 갔어도 난 전혀 상처받지 않았다는 듯이 무심한 말투였다.

은채는 백 마디 변명 대신 침대 위로 올라가 도혁의 품으로 파고들었다. 그의 냄새를 맡으니 그제야 어지럽던 마음이 편해지는 것 같았다.

고민은 그녀에게 어울리지 않았다. 그 고민을 해결할 능력도 없고, 그냥 이렇게 그와 둘이 함께 나눌 수 있는 시간만 있으면 충분했다. 그 시간이 언제까지 이어질지 확신할 수 없다는 게 그녀를 조바심 나게 하였다. 그녀가 안은 팔에 힘을 주자 도혁의 긴 눈매가 가늘어졌다.

"이미 늦었어. 난 다 식었다고."

네가 그런다고 난 다시 불타지 않는다고 도혁이 차갑게 못을 박았지만 은채는 개의치 않고 그의 가슴에 자신의 얼굴을 파묻고 마구 비볐다. 그녀가 강아지처럼 굴어도 도도하게 경제학 책을 놓지 않던 도혁은 그녀의 다리가 그의 다리 사이를 겁 없이 파고들어 오자 신음을 삼키며 눈을 감았다. 모르고 하는 행동이 더 도발적이었다.

"개은채 되지 말고 얌전히 있어."

점잖게 타이르는 그의 말에 은채의 웃음소리가 까르르 탄산수처럼 터졌다.

"또 물어줄까요?"

"됐어. 나 귀한 집 자식이야."

은채가 아까보다 더 크게 웃자 도혁은 좀 이상했다. 그가 특별히 웃긴 말을 한 것도 아니고 항상 입만 열면 하는 '나 엄청 잘났어.' 말투인데 왜 지금만 이렇게 과하게 웃는 건가 싶었다.

도혁은 책을 내려놓고 그녀의 몸을 위로 끌어올렸다. 자꾸 아래로만 내려가는 그녀의 얼굴을 두 손으로 잡고 눈을 맞추었다. 그제야 그녀의 눈빛이 아까와 많이 다르다는 걸 알아챘다. 어디서 울고 온 것처럼 빨갰다. 그걸 보자마자 그녀에게 섭섭해서 벼르고 있던 앙금도 잊고 도혁은 목소리 톤이 올라갔다.

"눈이 왜 이렇게 빨개?"

"아버지 화나셨다고 했잖아요."

"네가 아버지한테 혼났다고 울 군번은 아니잖아."

"그래요. 난 혼나는 게 일상이야. 당신 같은 모범생이 내 마음을 알아요?"

혼자 발끈하는 그녀를 도혁이 웃음기 없는 눈으로 빤히 보자 그녀는 심장이 조여오는 거 같았다. 눈동자가 절로 아래로 떨어졌다. 도혁의 손이 앞으로 흘러내린 그녀의 머리카락을 귀 뒤로 넘겨주었다. 귓불에 스치는 손가락의 감촉이 내밀했다.

"누구든 내 아내를 울리면 네 아버지라도 용서 안 할 거야."

두근두근-.

그가 헛다리 짚은 것인데도 '아내'라는 말에 심장이 뻐근해졌다. 이 얼마나 꿈같은 단어인지 은채는 이제야 깨달았다.

그녀의 꿈은 가수가 되는 것뿐이라 생각했는데 그게 아니었다.

그녀는 그의 아내가 되고 싶었다. 간절히. 온 마음을 다해.

평생 그의 옆자리에서 그의 아내로 살고 싶었다.

그러니 도혁의 아버지가 제발 건강해지길 바란다.

강한 사람이니까 제발 그 독한 정신력으로 이겨내길.

그가 병을 이겨내야 그녀도 도혁과 함께 있을 수 있다.

"웃어봐."

도혁의 말에 은채는 경박하게 소리 내어 웃던 아까와 달리 입술만 살짝 움직여 배시시 미소를 그려냈다.

도혁은 그녀를 안은 채 몸을 돌려 그녀의 몸 위로 올라탔다. 가파르게 오르락내리락하는 탐스러운 가슴이 그의 시선을 끌었다. 순식간에 짙어지는 그의 눈빛에 그녀는 긴장했다.

"뭐 하려고요?"

"알면서 왜 묻지?"

"이미 늦었다면서요."

"아직도 남자를 잘 모르는군. 오늘 제대로 가르쳐줄게."

도혁이 말을 끝내자마자 그녀의 목에 입술을 파묻어서 그녀는 비명을 지를 뻔했다. 목이 물렸을 뿐인데 온몸이 화끈했다.

"자, 잠깐만요!"

그녀가 그의 어깨를 손으로 밀며 행동을 멈추게 하려고 하자 도혁은 그녀의 두 손을 머리 위로 올려서는 한 손으로 훔켜잡아 고정

하였다. 그리고 다른 손이 그녀의 옷 안으로 파고들어 오자 은채는
절로 비명이 나와버렸다.

"꺄악!"

도혁이 그녀의 귀를 잘근 씹으며 속삭였다.

"모르는 남자가 만지는 것도 아니니 그만 놀라."

얼굴이 홧홧하고 몸은 자꾸 꼬이고 심장이 쿵쾅댔다. 도혁이 드러
난 그녀의 새하얀 어깨에 입술을 꾹 눌러 화인을 남겼다. 몸의 감각
들이 일제히 깨어났다. 호흡이 제 갈 길을 잃고 흐트러지며 마음이
달싹였다.

"은채야."

도혁이 그녀의 눈을 마주 보며 그녀의 이름을 불렀다. 태양을 똑
바로 마주한 기분이었다. 그의 눈빛이 그녀의 피부를 뚫고 심장에
박혔다.

"사랑해."

그의 고백에 그녀의 두 눈이 천천히 커졌다. 자신이 지금 들은 말
이 맞는지 확인하듯이 그녀는 어지럽게 그를 올려다보았다.

"지금 나한테 사랑한다고 했어요?"

도혁은 대답 대신 그녀의 입술에 입을 맞추었다. 뜨거운 혀가 마
른 입술을 적시고 입안으로 밀려들어 와 그녀를 채웠다.

은채는 풀려난 두 손으로 그의 등을 끌어안았다. 그녀도 이제 그
에게 안기고 싶었다. 그녀의 첫 남자가 그였으면 했고, 그녀의 마지
막 남자도 그였으면 좋겠다.

"안아줘요."

그녀의 말에 화답하듯이 그의 손이 그녀의 옷을 벗겨냈다. 더 이

상 망설임은 없었다. 옷 안에 감추어져 있던 그녀의 하얀 피부가 드러나자 도혁의 숨결이 거칠어졌다. 만지는 순간 부서질 것처럼 투명한 피부였다. 연약한 것은 그의 욕망을 더 끓어오르게 했다.

오늘 밤, 그는 그녀를 안을 것이다.

그녀에게 닿은 그의 노골적인 시선이 부끄러워 은채는 벗은 어깨를 움츠렸다. 맨살에 닿는 공기가 오싹했다. 움츠러드는 그녀의 몸 위로 그의 무게가 겹쳐졌다. 그 묵직함에 심장이 뻐근했다. 사람의 체온이 이리 뜨겁다는 걸 미처 몰랐다. 맨몸으로 껴안은 그가 그 어느 때보다 가깝게 느껴졌다.

아직 밤은 깊고, 두 사람은 이제 막 시작이었다.

"은채야."

몽롱해지는 의식 속에 그가 부르는 그녀의 이름만이 또렷했다. 은채는 애타게 그의 입술을 찾아 헤맸다. 갈증이 일었다. 목이 바짝 타들어 갔다. 하지만 필요한 건 물이 아니라 그의 입술이었다. 도혁의 입술에 그녀가 더 적극적으로 키스했다. 젖은 살을 훑고 빨아들이다 말캉한 혀를 밀어 넣어 따뜻한 속살까지 더듬었다.

그의 손이 그녀의 몸을 그리듯 만졌다. 그 섬세한 손길에 오감이 눈을 뜨기 시작했다. 그가 민감한 곳을 만질 때마다 허리가 활처럼 휘었다. 하아, 그녀의 목소리가 아닌 듯한 달뜬 신음이 그녀의 입에서 새어 나왔다.

"네 몸 너무 예뻐."

그가 촉촉한 음성으로 그녀의 귓가에 속삭인 말에 화르르 몸 안에 불이 붙었다.

손이 떨어진 곳에 그의 입술이 닿았다. 그가 그녀의 몸에 남기는 뜨거움에 눈앞이 아득해졌다. 그가 남긴 흔적이 없어져도 결코 오늘 밤 느꼈던 이 뜨거움과 그의 눈빛과 두 사람을 감싸고 있던 공기의 맛까지 잊을 수는 없을 것이다.

이 순간만은 그 누구도 그녀와 그의 사이를 방해할 수 없었다.

둘 뿐이었다.

그리 서로를 안고, 탐하고, 느끼고, 아끼고, 사랑했다.

눈을 뜬 은채는 아직 사위가 새파란 것을 느끼고 살짝 눈살을 찌푸렸다.

"깼어?"

도혁의 목소리에 흠칫 놀라 고개를 돌리니 그가 그녀를 뒤에서 안은 자세로 누워 있었다. 그녀를 안은 팔에서 식지 않은 열망이 느껴져서 소름이 오소소 돋았다.

"안 잤어요?"

"자고 있어."

어디서 10원짜리도 안 되는 사기인가.

은채는 몸을 일으키다 도혁이 다시 끌어당기는 바람에 뒤로 쓰러졌다.

"뭐예요!"

"아직 해 안 떴어. 더 자."

누가 그걸 모르나. 화장실에 가려는 거였다. 그런데 지금은 화장실에 가려는 거라는 말이 창피해서 차마 나오지 않았다. 그래서 은채는 에둘러 말했다.

"목이 말라서 그래요."

"그럼 내가 물 가져다줄게."

자기가 언제부터 그렇게 친절한 남자였다고 시키지도 않았는데 나서서 몸종처럼 구는가. 그녀는 직접 가려고 했는데 도혁이 먼저 일어나서는 침실을 나가버렸다.

혼자 남은 은채는 차라리 이때 화장실을 가야겠다 싶어서 침대에서 엉금엉금 기어 나와 침실에 딸린 화장실로 들어갔다.

"은채야?"

미처 볼일을 다 보기도 전에 화장실 밖에서 자신을 부르는 목소리가 들려왔다. 빨리도 다녀왔다.

은채는 고개를 푹 숙이며 한숨을 길게 내쉬었다. 분명 그녀가 도혁보다 한참 어린 20대인데 지금은 도혁이 소년처럼 힘이 넘치니 그녀가 오히려 더 늙게 느껴졌다.

도혁은 정말 기운이 넘쳐서인지, 아니면 불면증이 다시 도진 것인지 그 뒤에도 잠들지 못했다. 그래서 그녀도 아침이 될 때까지 거의 자지 못했다.

"오늘은 왜 못 자요?"

같이 잘 때 그가 무리 없이 자는 거 같아서 걱정을 안 했었다.

"아직 몸에 열이 남았나보지."

진담인지 농담인지 알 수 없어 그를 흘겨보던 그녀는 차라리 지금 물어보는 게 부담이 없을 거 같아 도혁에게 물었다.

"혹시 어머니 기억해요?"

도혁은 생소한 단어를 들었다는 듯 은채를 빤히 보았다.

"박 실장님이 그러는데 내가 당신 어머니 닮았다면서요."

이 정도는 말해도 될 거 같았다. 그녀의 말에 도혁은 얼굴을 찌푸렸다. 그에게는 별로 달갑지 않은 사실이라는 듯이.

"몰라. 난 어머니 얼굴 잘 기억도 안 나."

그러니까 도혁이 그녀를 대할 때 머뭇거림이 없었던 거 같다. 만약 어머니에 대한 기억이 짙었다면 그녀를 볼 때 어떤 동요가 있었어야 했다.

"그래서 어머니에 대한 건 아무것도 기억 안 나요?"

"그런 건 왜 묻는데?"

도혁이 대답하기 귀찮다는 표정을 지었다.

"어머니 이야기하면 당신 몸에 남은 열도 알아서 식을 거예요."

그딴 식으로 식는 건 마음에 안 든다는 단호한 표정을 짓던 도혁은 그녀가 집요하게 대답을 강요하는 눈빛으로 쳐다보자 포기하듯 한숨을 푹 내쉬었다.

"기억하고 말고 할 것도 없어. 항상 책만 읽으셨으니까."

"그래도 어머니가 도혁 씨랑 놀아줬을 거 아니에요."

"날 데리고 나갔다 잃어버린 일은 있지. 그 뒤로 내 근처에는 오지도 않더군."

도혁이 무미건조하게 하는 말에 은채는 마음이 시큰했다. 왜 권 회장이 죽은 아내가 안 보이자 그리 찾았는지 알 수 있을 거 같았다. 어린 아들도 잃어버릴 정도라면 그녀 자신도 길을 잃어버릴 수 있는 일이었다.

"그래서 어머니가 싫었어요?"

도혁은 자신이 그랬나 되돌아보는 듯이 잠시 먼 곳을 보았다. 입을 열었을 때 도혁의 말투는 무심했다. 꼭 남의 어머니에 대해 이야기하듯이.

"궁금하긴 해. 무슨 마음으로 떠날 때 나한테 미안하다고 했는지."

그런 말을 할 사람이 아니었다. 그를 잃어버린 날에도 무덤덤하게 그를 보았던 어머니였다. 미안하다고 사과를 할 거면 그날 했어야 했는데 말이다. 버리고 떠나는 날이 아니라.

"윤서일 씨라면 알지 않을까요?"

그녀가 윤서일의 이름을 말하자 도혁이 갑자기 눈을 치켜 올렸다.

"지금 감히 내 침대에서 다른 남자 이름을 말한 거야?"

"다른 남자가 아니라 당신 어머니 동생이라고, 까악!"

도혁이 갑자기 이불 속으로 파고들자 은채는 비명을 지르며 침대 모서리로 피했다. 도혁이 그녀의 허리를 잡아채서 끌어당겼다. 하지 말라고 애원해도 소용없었다.

아침은 벌써 왔는데, 두 사람은 여전히 그들만의 시간에 빠져 있었다.

하루 사이에 너무 많은 일들이 일어나서 아이들 앞에 섰을 때 그녀는 참 많이 지쳐 있었다. 하지만 아이들 앞에서는 음악을 가르쳐 줘야 하는 선생님이었기에 지친 모습을 보여줄 수는 없었다.

"한번 연주해볼까?"

그녀의 말에 아이들은 각자의 위치에 섰다. 미진은 결국 빠졌다. 당연히 자신이 키보드를 할 줄 알았단다. 싫다는 아이에게 억지로 다른 악기를 시킬 수는 없었기에 아쉽지만 베이스는 없이 가기로 했다. 그래도 홍일점 밴드라고 아이들은 좋아했다. 자신들이 공주님 지키는 기사들이라고.

속 타는 건 선생님 몫이었다.

연주가 시작되자 근심스럽던 은채의 눈빛이 반짝했다. 연습도 제대로 안 했는데 뜻밖에 괜찮았다. 전주가 끝나고 현이의 노래가 시작되었다.

"빨간 모자를 쓰고 노란 자전거를 타서 초록 꽃밭 길을 달려. 랄랄, 라라라라라. 랄랄, 라라라라라. 파란 하늘에 흐르는 토끼 구름 쫓아……."

현이의 목소리가 맑아서 가사 전달이 더 잘되었다. 아이들의 연주가 끝나자 은채는 두 손을 번쩍 들고 박수를 치며 감탄했다.

"우와! 어떻게 이렇게 잘하지?"

"동이가 연습하자고 해서 같이 모여서 했어요."

그녀가 시키지 않아도 따로 연습했다는 말에 기특하기도 하고, 선생님으로서 미안하기도 했다. 아이들을 많이 도와주지 못했으니까.

"좋았어! 오늘은 연주도 잘했으니까 파이팅 하자는 의미로 선생님이 고기 사줄게."

그녀는 아이들을 위해 자신이 받은 프러포즈 반지를 팔아서라도 고기를 사주고 싶은 기분이었다. 하지만 그럼 도혁이 화낼 거라서 그냥 물주를 불렀다.

[아이들 고기 파티?]

"응, 연주를 정말 잘해서 사주려고요."

[그런 건 대회에서 상 탄 다음에 사줘야 하는 거 아니야?]

"돈도 많으면서 인정 없이 그러지 마요."

[아이들이 대회에서 우승하길 바란다면 좀 더 스파르타식으로 해야 한다는 거지. 인간은 퍼주면 나태해진다고.]

은채는 스파르타라는 말이 나올 때부터 똥 씹은 표정이 되었다.

"네, 당신의 교육관 잘 들었어요. 우리 파혼해요."

[야!]

도혁은 회사 일 때문에 같이 식사는 못 한다고 했다. 대신 비서를 시켜 카드를 보내주겠다고 했다. 그래서 귀여운 여 비서를 다시 볼 수 있게 되었다.

"은채 씨!"

여 비서는 고깃집에 들어와서 마치 오랜 친구를 만난 듯이 그녀에게 달려왔다. 아이들에게 고기를 구워주고 있던 은채는 미처 못 봤는데 남자애들이 갑자기 저기 보라고 난리를 치며 말했다.

"선생님, 저기 예쁜 누나가 여기로 와요!"

예쁜 누나? 그녀는 아이들에게 한 번도 예쁘다는 소리를 못 들어 봤기에 순간 울컥했지만 여 비서를 반갑게 맞았다. 그녀가 계산할 카드를 가지고 왔으니까.

"안녕! 얘들아, 언니는 여진이라고 해. 반가워."

처음 보는 아이들에게 활짝 웃으며 친근하게 인사하는 게 꼭 걸 그룹 멤버 같기도 했다. 남자애들은 동이까지 여 비서 앞에서 껌벅 죽고 있었다. 이제야 깨달았는데 이렇게나 엄청나게 귀여운 여자가 알고 보니 도혁의 사무실에서 일하고 있었던 거였다.

여 비서 귀엽죠?

은채가 보낸 뜬금없는 메시지를 보고 도혁은 '뭐야.'라고 생각만 하고 무시했다. 무슨 대답을 하던 파장이 안 좋을 메시지는 그냥 못 받은 척 무시하는 게 상책이었다.

똑똑-.

노크 소리가 들리며 이민국이 집무실 문을 열고 들어왔다.

"어머님이 찾아오셨습니다."

'어머니? 너 지금 날 놀리냐.'고 성을 내려 하는데 정말 열린 문으로 새어머니인 정 여사가 들어왔다. 도혁으로서는 생각도 못 한 방문이었다.

"무슨 일이시죠?"

"안 반가워도 회사이니 내 얼굴 안 부끄럽게 어머니 대접은 해주렴."

정 여사의 요구는 항상 그리 넘치지 않는 적당한 정도였다. 그랬기에 거부할 의지도 안 생겼지만 더불어 딱 그 정도 거리에서 절대 좁혀지지 않았다. 정 여사가 그를 아들로 받아들이기 위해서 아무런 위험을 감수하지 않았으니까.

도혁은 자리에서 일어나며 이민국에게 차 두 잔을 부탁했다. 정 여사는 3인용 소파 정중앙에 앉아 꼿꼿하게 허리를 폈다. 마치 당당하려 애쓰는 듯이 눈빛이 평소와 달리 힘이 들어가 있었다.

무슨 일이 있으니 여기까지 찾아온 것일 테니 우선은 들어보자는 마음으로 도혁도 맞은편 소파에 앉았다.

"나랑 도연이 도진이 지금 외가에 가 있단다. 알고 있었니?"

여 비서에 관해 묻는 은채의 메시지처럼 참 뜬금없다 생각하며 도혁은 대답했다.

"몰랐습니다."

"그래, 그럴 테지. 네가 우리 일에 관심이나 있겠니."

이렇게 대놓고 비꼬는 건 거의 처음이었다. 아무리 그가 마음에 안 들어도 그동안은 숨기려고 했는데 말이다. 혹시 그때 그가 일방적으로 서재의 책들을 가져간 일 때문에 그런가 싶기도 했지만 그렇다고 보기에는 시일이 좀 지나 있었다.

"하지만 네 아버지한테까지 그럼 안 되는 거잖니."

도혁은 눈을 좁혔다.

"아버지가 왜요?"

그때 문이 열리며 이 과장이 차 두 잔을 들고 들어왔다. 두 사람 사이에 무거운 침묵이 흘렀다. 눈치 빠른 이 과장은 잽싸게 찻잔만 내려놓고 소리 없이 퇴장했다.

문이 닫힌 뒤에도 대화는 바로 이어지지 않았다.

"난 네 아버지 포기했어."

이건 또 무슨 소리인가 싶어 도혁은 눈살을 찌푸렸다. 정 여사의 시선은 그를 향해 있었지만 초점은 더 먼 곳에 있었다.

"도연이 도진이 때문에 이혼은 안 하겠지만 그 정도까지야. 이젠 절대 신경 안 써."

들으면 들을수록 이혼 상담소에서나 어울릴 말이었다. 그는 바쁘다고 은채 만나는 것도 미룬 상태였기에 정 여사와의 대화를 이만 끝내기로 하였다.

"두 분의 일은 두 분이 알아서."

"네가 그 여자 아들이잖아!"

갑자기 신경질적이 된 정 여사의 높아진 목소리에 도혁은 표정이 굳었다.

"그러니까 네가 책임지라고."

정 여사는 그 말을 마지막으로 벌떡 일어났다.

"내가 여기 온 건 네 아버지한테는 비밀로 해줬으면 좋겠다. 집안에 분란 만들고 싶지 않으면 말이야."

정 여사는 마지막까지 강한 모습으로 말하고 또각또각 도혁의 집 무실을 걸어 나왔다.

탁-.

하지만 문이 닫히자마자 정 여사는 옆에 있는 파티션을 붙잡으며 휘청했다. 이민국이 놀라 다가오려고 하자 정 여사는 손을 들어 괜찮다고 거부했다.

"수고들 해요."

정숙하게 마지막 인사를 하고 정 여사는 그곳을 걸어 나왔다.

권태웅 회장의 두 번째 부인으로 들어가 그동안 참아왔던 냉대들, 그녀의 아들은 철저히 무시하고 전처의 아들만 챙겼던 권 회장의 편애, 아픈 권 회장을 그녀 혼자 노심초사 간호했던 지난 시간. 그 모든 게 걷는 걸음걸음 서러움이 되어 쏟아져 나왔다.

그녀의 남편 권 회장이 그 여자의 이름만 안 불렀어도 정 여사는 끝까지 참을 수 있었다. 그녀는 25년이나 그의 아내였다. 그리고 윤란희는 26년 전에 불미스럽게 죽은 전처일 뿐이었다.

그런데 어떻게 인생의 마지막에 다시 그 여자의 이름을 부를 수 있단 말인가. 어떻게 그 여자 이름만 기억할 수 있는가. 그녀의 남편이 철저하게 그녀를 조롱한 거나 마찬가지였다.

그래서 정 여사는 더는 좋은 어머니, 내조 잘하는 현모양처 역할은 하지 않기로 했다. 권 회장을 위해 그녀의 인생을 낭비하는 일은 앞으로 단 1초도 없을 것이었다.

　도혁은 그날 퇴근하고 그의 집이 아니라 본가로 향했다. 아무래도 새어머니가 하고 간 말들이 신경이 쓰였다. 도대체 얼마나 심각하게 부부 싸움을 했으면 그런 이상 행동을 보이는지 도혁으로서는 짐작이 되지 않았다.

　Rrrrrrrr-. Rrrrrrrr-.

　전화벨 소리에 핸드폰을 꺼내 보니 은채였다. 지금은 받기가 좀 껄끄러웠다. 왠지 받는 순간 그녀가 할 말이 뭔지 감이 왔기 때문이다. 여 비서가 귀여운지 안 귀여운지 따질 게 분명했다. 아무래도 오늘 여 비서를 그곳에 보낸 게 실수였나보다. 도대체 왜 실수인지는 모르겠지만 하여튼 그런 것 같았다.

　그가 전화를 피하니 역시나 메시지가 왔다.

　이젠 아예 자기 멋대로 단정하고 있었다. 아이들이랑 고기 먹는다고 했으면서 설마 술을 마신 건가 의심이 들 정도였다. 전화는 그녀의 마음이 가라앉은 내일 하는 게 좋을 것 같아서 도혁은 전화를 그냥 주머니에 집어넣었다.

　차가 본가 안으로 들어가고 있었다.

　"오셨습니까, 대표님."

박 실장이 집에 있었다. 이젠 회장실로 돌아갔으니 박 실장이 아버지 옆에 있는 게 당연한데, 회사가 아닌 집에서 보게 되니 더 기분이 안 좋았다.

"아버지 일이 많은가요?"

박 실장은 희미하게 웃었다. 좀 피곤함이 묻어나는 눈빛이었다. 그러고 보니 안 본 사이에 더 늙은 듯 보였다.

"저도 이제 막 돌아가려던 길이었습니다."

그런데 저택 안이 너무 조용했다. 마치 사람이 없는 것처럼. 정 여사 말대로 남은 가족들이 그쪽 외가에 가서 그런가보다 생각하고 도혁은 박 실장에게 물었다.

"아버지는 서재에 계십니까?"

"아뇨. 침실에 드셨습니다."

아직 그리 늦은 시간이 아니라 웬일인가 싶었다.

"괜찮으시면 다음에 찾아오시겠습니까? 회장님이 오늘 많이 피곤하셔서."

박 실장이 조심스럽게 묻는 말에 도혁은 짧게 눈살을 찌푸렸다. 다시 찾아오는 건 귀찮은 일이었으니까. 다른 때 같으면 그냥 다음에 다시 찾아올 거라고 할 텐데, 오늘은 이해할 수 없는 새어머니의 말 때문인지, 집 안에서 느껴지는 이상한 공기 때문인지 그냥 돌아가는 걸음이 무거워졌다.

"그럼 그냥 여기서 자고 아침에 만나겠습니다."

그가 이 집에서 자고 가겠다는 말에 박 실장은 놀란 표정을 지었다. 하지만 도혁이 자기 집에서 자고 가겠다는 걸 막을 수는 없었기에 박 실장은 애써 웃었다.

"네, 그럼 그렇게 하십시오."

결국 도혁은 본가에서 하룻밤 자게 되었다. 13년 전 이 집을 떠나고 처음 있는 일이었다.

어릴 때 쓰던 그의 방에 들어갔을 때도 은채의 메시지는 집요하게 따라왔다. 그냥 무시할까 하는 생각이 들기도 했지만 사랑하는 마음으로 변명하듯이 메시지를 찍었다.

말로는 무슨 말을 못 하나. 사실 은채가 무지막지하게 귀여운 타입은 아니었다. 우선 귀여운 사람이 되려면 애교가 있어야 하는데 은채는 전혀 없었다.

전송 버튼을 누르려다 밖에서 들린 발소리에 도혁은 고개를 들어 문 쪽을 보았다. 다들 외가에 갔다는데 누가 2층에 올라온 건가 싶었다. 일하는 사람이 이 늦은 시간에 돌아다닐 일은 없을 거 같은데 말이다.

도혁은 앉아 있던 침대에서 일어나 문으로 걸어갔다. 그가 막 문고리를 잡으려는데 문고리가 먼저 돌아갔다. 도혁은 미간을 좁혔다.

이 집에서 누가 노크도 없이 그의 방문을 함부로 연단 말인가.

달칵-.

문이 열렸을 때 문 앞에 서 있는 사람은 아버지였다.

30. 아슬아슬한 행복

열린 문을 사이에 두고 도혁과 권 회장은 똑같이 놀란 눈으로 서로를 쳐다보았다.

권 회장이 도혁의 방까지 온 적은 한 번도 없었기에 도혁은 이 시간에 권 회장이 왜 그의 방에 온 것인지 이해가 되지 않았다. 그리고 지금 그가 이 집에 와 있는 줄 권 회장은 몰랐었다.

"네가 왜 여기 있는 거냐?"

그가 권 회장에게 똑같이 묻고 싶은 말이었다. 하지만 권 회장이 먼저 그에게 물어서 도혁은 물을 수가 없고 대답을 해야만 하는 상황이 되었다.

"집에 아버지 혼자 계시다고 해서 왔습니다."

그가 대답해도 의심 가득한 권 회장의 표정은 펴지지 않았다. 도혁이 그런 걸 신경 쓸 성격이 아니라는 건 아버지인 권 회장이 잘 알았으니까. 그가 그리 냉정하게 키웠다.

"할 이야기 있으면 아침에 해."

권 회장은 명령하듯이 그리 말하고 몸을 돌려 계단 쪽으로 걸어갔다. 결국 권 회장이 왜 자신의 방까지 왔는지 그 이유는 못 들었기에 도혁은 탐탁지 않은 표정으로 권 회장의 뒷모습이 사라질 때까지 지켜보고 서 있었다.

이유는 모르겠는데 무언가 불편했다. 아버지의 뒷모습이, 이 집의 고독한 어둠이.

2층에서 내려온 권 회장이 향한 곳은 침실이 아니라 서재였다. 그답지 않게 성급한 걸음으로 원목 책상으로 걸어간 권 회장은 서둘러 잠겨 있던 서랍을 열고 만년필을 꺼냈다.

알츠하이머 진단을 받은 뒤부터 그의 24시간을 전부 기록해두기 위해 꼭 가지고 다니는 것인데 요즘은 박 실장이 옆에 있어서 예전보다는 덜 예민하게 확인하고 있었다. 그가 실수하기 전에 박 실장이 그렇게 되지 않도록 처리할 거라고 믿었으니까. 지금 권 회장의 입장에서 박 실장은 병들지 않은 뇌 역할을 해주는 존재였다.

하지만 도혁의 방 앞에서 도혁의 얼굴을 보고 정신을 차린 권 회장은 자신이 위험 수위를 넘어섰다는 걸 절실히 깨달았다. 권 회장은 창백한 표정으로 앉아서 박 실장이 돌아온 뒤 확인하지 않은 기록들을 확인하기 시작했다. 그 자신도 믿지 못하는데 박 실장을 믿은 게 실수였나.

잠자리가 갑자기 바뀌었지만 원래 그의 방이어서인지 도혁은 불면증으로 고생하지 않고 잠자리에서 일어날 수 있었다. 정말 오랜만에 본가에서 맞는 아침이었기에 눈을 뜬 도혁은 잠시 멍하니 천장

을 바라보고만 있었다.

13년 동안이나 떠나 있던 집인데 마치 한 번도 이 집을 떠난 적 없는 듯, 기분이 묘했다. 아마도 이 집에 그와 아버지뿐이기 때문인 듯했다. 새어머니가 들어온 그날부터 이 집은 그에게 더 이상 집일 수가 없었다.

자신의 영역을 절대적으로 여겼던 어머니의 영향이었다. 그는 타인에게 쉽게 자신의 영역을 허락하지 못한다. 그게 설령 가족이라는 이름으로 묶인 사람들이라도 말이다.

그래서 그의 짝으로 받아들인 은채라는 존재는 그에게 특별했다. 혼자가 아닌 둘이 함께하는 인생이란 그에게는 새로 태어난 것과 같은 느낌이었다. 그러니 아버지라도 그걸 망치려고 하면 절대 용납할 수 없었다. 끝까지 싸워서 빼앗기지 않을 것이었다.

도혁은 침대에서 일어나 늘 그랬던 것처럼 욕실로 향했다. 간단하게 씻고 1층으로 내려가니 아버지는 이미 내려와 신문을 읽고 있었다. 그가 내려오는 걸 보고 잠시 눈길을 주었지만 그뿐이었다.

새어머니의 말만 생각해보면 분명히 이 집에서 무슨 일이 있었던 것인데 아버지의 태도를 보면 평소와 다른 게 없었다. 그래서 도혁은 이 집에서 어떤 균열이 일어나고 있는 것인지 쉽게 짐작할 수가 없었다.

설마 지난밤 권 회장이 그의 방에 찾아온 것이 그 문제와 관련이 있는 것인가? 하지만 그런 거라면 너무 난해하다. 그것만으로는 아무것도 알아낼 수가 없다.

"새어머니는 언제 돌아오시는 건가요?"

결국 직접 물을 수밖에 없었다. 국을 떠먹던 권 회장은 잠시 멈칫

하는 것 같더니 아무 일 없었던 듯 국을 먹었다.

도혁은 대답을 기다리는데 권 회장의 대답은 돌아오지 않았다. 이리 보면 권력이란 참 편리하다. 자기가 대답하기 싫은 건 무시하면서 남이 자신의 말을 무시하면 사생결단을 내니 말이다.

도혁은 아버지에게 대답을 강요할 수가 없어 불편한 눈빛으로 권 회장의 얼굴을 바라만 보고 있는데 문이 열리며 박 실장이 들어왔다. 이른 출근이었다. 그와 함께 일할 때보다 훨씬 더.

'역시 날 만만하게 봤던 건가.'라는 표정으로 도혁은 박 실장을 쳐다보았고, 박 실장은 예의에 어긋남 없이 허리를 숙여 인사했다. 앞에 아버지만 없었으면 나 떠나 잘살고 있느냐고 한껏 비꼬았을 것이다. 노인네 두 명이 정말 마음에 안 든다고 생각하며 도혁은 건성으로 밥을 떠먹었다.

탁-.

권 회장이 책상에 던져놓은 펜을 박 실장은 조용히 쳐다만 보았다. 권 회장은 날 선 목소리로 마치 모든 게 박 실장의 잘못이라는 듯 따져 물었다.

"내가 왜 죽은 란희와 대화를 하고 있지?"

권 회장이 자신의 병을 알고도 아무런 대책 없이 살고 있을 리는 없다고 생각하긴 했었다.

하지만 바로 앞에 증거를 들이밀고 따지니 박 실장도 적잖이 당황했다. 그와 은채만 말조심한다고 해서 죽을 때까지 비밀이 되는 일이 아니었던 거다. 그나마 다행인 건 은채가 권 회장 앞에서 한 마디도 안 해서 권 회장이 은채가 관련 있다는 걸 알지는 못한다는 것이다.

"죄송합니다. 제 불찰입니다."

그저 권 회장의 병중이 심해진 것뿐이지만 박 실장은 그것조차 자신의 잘못이라고 사과할 수밖에 없었다. 권 회장 역시 박 실장에게 자세히 물을 수는 없었다. 그러기에는 겁이 났으니까. 자신이 회복 불능의 상태로 가고 있는 게 아닌가 하는 불안을 직시하는 건 아무리 권 회장이라도 쉽게 용기를 낼 수 있는 일은 아니었다.

"약혼식을 앞당겨야겠어. 최건 의원 쪽에 연락해."

결국 권 회장이 최건 의원 딸과의 약혼을 어떻게든 성사시키려는 건 그 일이 그가 세진 그룹 회장으로서 할 수 있는 마지막 일이라고 생각하기 때문일 수도 있었다.

이제 박 실장이 권 회장의 비서로서 할 수 있는 일은 그가 완벽하게 성공하려는 마지막을 도와주는 것밖에 없었다.

"네, 알겠습니다."

도혁의 얼굴과 은채의 얼굴이 머릿속에서 스쳐 지나갔지만 박 실장은 담담히 권 회장의 지시에 따랐다.

오늘은 실로암 밴드 연습이 있는 날이었다. 가장 열심히 하는 사람은 뿌듯하게도 동이였다. 놀러 가려고 땡땡이치려는 준기까지 붙잡아서 밴드 연습에 데려왔다.

"선생님! 준기가 PC방 가려고 한 거 제가 잡았어요."

그리고 어린애답게 고자질을 아주 당당히 했다. 그녀가 준기를 쳐다보자 준기는 입이 앞으로 쭉 나와서는 작게 투덜거렸다. 아이들의 자발적 참여로 만들어진 밴드였기에 은채에게는 잘 보여야 하는 고객이나 마찬가지였다.

"준기야, 기타 잘 치면 여자애들이 엄청 좋아해."

준기도 그런 줄 알고 밴드에 들어왔는데 기타 배우는 게 피아노 배우는 것보다 더 어려워서 그냥 놀고 싶은 것이었다.

"너무 어려워요."

힘들다는 준기에게 에너지를 심어주고, 고음 안 올라가는 현이에게 고음 부르는 법 가르쳐주고, 제 연주에 취해 박자가 따로 노는 동이에게 잘한다고 칭찬하면서도 화음의 중요성에 대해 알려주고, 그녀가 직접 노래 부르는 밴드 활동과는 참 많이 달랐지만 그래도 아이들이 믿고 따르는 사람은 그녀뿐이라는 책임감 때문에 오히려 더 열심히 하게 되었다.

그녀의 실수가 아이들의 실패가 될 수 있었으니까. 정말 아이들이 제대로 연주할 수 있게 해주고 싶었다. 그녀가 직접 무대에 오르는 게 아니더라도 아이들이 무대에서 환호를 받게 해주고 싶었다. 그 순간의 환희를 아이들도 그녀처럼 느꼈으면 좋겠다.

그건 가수인 그녀가 느꼈던 감정과는 많이 다르지만 또 같기도 했다. 결국 음악에 대한 열정이었으니까.

Rrrrrrr-. Rrrrrrr-.

전화벨 소리가 울린 건 그녀가 아직 자는 새벽이었다. 은채는 길든 동물처럼 잠이 덜 깬 채로도 통화 버튼을 누르고 핸드폰을 귀에 가져다 댔다.

“여보세요.”

[나야. 나와.]

‘나’가 누군지는 알겠는데, 나오라고?

“아직 해도 안 떴잖아요. 해 뜨면 다시 걸어요.”

그녀는 다시 자고 싶어서 그냥 전화를 끊으려는데 도혁이 그녀가 끊기 전에 말했다.

[나 지금 너희 집 밖에 있어.]

도혁의 말에 은채는 헛웃음이 나왔다.

“아침 운동하려고 우리 집까지 왔다고요?”

그녀의 집에 오면서 이미 운동이 다 되었을 것이다.

[아니, 데이트.]

“누가 데이트를 해도 안 떴는데 해요.”

결국 그녀는 참지 못하고 짜증을 냈다. 어쩌겠는가. 졸려 죽겠는데. 그녀는 졸리면 짜증 먼저 나는 보통의 사람이었다.

[빨리 만나면 더 오래 같이 있을 수 있어.]

전혀 감동적이지 않았다. 그냥 옛날 버릇이 다시 나오는 것 같았다. 사람은 쉽게 변하는 게 아니니 말이다.

[어차피 차 타고 몇 시간 가야 하니까. 차에서 자.]

은채는 고통의 기지개를 켜며 이불을 걷어찼다. 데이트 내내 옆에서 병든 닭처럼 자줄 것이었다. 그래야 잠의 소중함을 알지. 자기가 잘 안 잔다고 남의 잠까지 무시하면 큰일이었다.

그녀가 푸석한 얼굴로 집 밖으로 나가니 정말 도혁의 차가 골목에 세워져 있었다. 그녀가 나오는 걸 본 도혁이 차에서 내려 조수석

문을 열어주었다. 도혁이 보여주는 매너에도 은채는 짜증을 먼저 냈다.

"도대체 어딜 가는데 이렇게 아침 일찍 출발하는데요? 설마 또 부산 가요?"

부산을 갔던 건 거의 도피였다. 그럴 상황이었고 그러고 싶기도 했으니까. 하지만 지금은 그저 졸린 새벽 6시일 뿐이었다.

"가보면 아니까 타기나 해."

행선지를 정확히 가르쳐주지 않는 도혁을 짧게 노려본 뒤 은채는 조수석에 올라탔다. 그리고 진짜 자려고 가져온 무릎 담요를 알차게 펴서는 몸에 덮었다.

"난 잘 거니까 도착하기 전에는 절대 깨우지 마요."

그녀의 경고에 도혁은 마른 웃음을 지으며 차를 출발시켰다. 차가 좋아서인지 달리는 차에서 자는 것도 꽤 안락했다. 은채는 어설프게 깼던 잠이 다시 오는 걸 느끼며 반쯤 감긴 눈으로 운전하는 도혁을 보았다.

꼿꼿하게 앉아 있는 자세 때문인지 굉장히 단단해 보였다. 그러고 보니 그녀의 눈높이에 맞추어 몸을 숙일 때 빼고는 그가 허리 숙이는 걸 본 적이 없었다. 몸에 그런 절도가 배게 하려고 어릴 때부터 얼마나 고된 교육을 받았는지는 도혁 자신 외에는 아무도 짐작할 수 없을 것이다.

"정말 어디 가는 건데요?"

"잠이나 자. 도착하면 깨울게."

도혁의 큰 손이 그녀의 두 눈을 덮었다. 사위가 까매졌지만 무섭지 않은 어둠이었다. 그의 손에도 도혁의 체취가 스며 있었다.

시크하지만 뜨거운 향. 그 향에 취해 그녀는 거짓말처럼 그대로 잠이 들었다. 마치 새벽에 억지로 깨서 잠을 설친 적이 없는 것처럼 아주 푹 깊은 잠 속으로 빠져들었다.

어깨를 흔드는 손길에 은채는 천천히 눈을 떴다. 눈앞에 펼쳐진 낯선 풍경에 그녀의 눈이 점점 커졌다. 잠들기 전 보았던 빌딩 숲이 아니었다.

"설마 바다예요?"

눈앞에 펼쳐진 푸른 물은 아무리 봐도 강이라고 하기에는 너무 넓고 끝이 없었다. 꿈꾸듯이 바다를 보던 그녀는 도혁이 있는 쪽으로 고개를 돌렸다. 도혁은 그녀를 보며 의미심장한 미소를 짓고 있었다. 마치 자기만 아는 보물 상자를 이 바다에 묻어놓은 사람처럼 말이다.

"오늘은 바다 보러 온 거 아니야."

"그럼 회 먹으러 왔어요?"

맛집의 존재 가치를 모르는 도혁은 그녀의 물음에 절로 실소가 나왔다.

"우선 내려. 걷다보면 나올 테니까."

도대체 뭐가 나온다는 건지 알 수 없었지만 이미 해는 떠서 머리 위에 있었고, 그녀도 잠이 다 깼기에 그를 따라 차에서 내렸다. 도혁은 그녀의 손을 잡고 바닷가를 걷기 시작했다. 이건 아무리 봐도 바닷가 구경 온 사람들이 하는 것이라 그녀는 도혁에게 재차 물었다.

“여기 바다 말고 뭐가 또 있는데요?”

“아직은 없어.”

한국말인데 무슨 말인지 알아들을 수가 없어서 은채는 눈살을 찌푸렸다.

“있지도 않은데 왜 보러 와요?”

새벽부터 사람 잠까지 깨워가면서 말이다. 그래서 얼마나 대단한 곳에 데려가는 건가 싶었는데 말이다.

그런데 도착해보니 아무것도 없는 바닷가였다. 그러니 그녀가 실망을 할 수밖에.

“원래 집 짓기 전에는 집 지을 땅부터 보러 오는 거야.”

집이라는 말에 그녀의 두 눈이 동그랗게 커졌다. 도혁이 팔을 뻗어 바다 끝 언덕을 손가락으로 가리켰다.

“저 위에 우리 집을 지을 거야.”

지금은 아무것도 없는 그저 텅 빈 언덕일 뿐이었다. 그런데 도혁은 마치 그 위에 벌써 집이 지어진 듯 쳐다보았다.

“내가 직접 터도 고르고, 집도 지을 거야. 내 손으로 하나하나 전부.”

집을 짓고 싶다고 생각한 건 그녀의 집 근처로 이사 갔을 때였지만 그동안 사건이 많아서 현실로 옮기지 못했었다. 그녀에게 프러포즈한 뒤 바로 집 지을 땅을 알아보았다.

그와 그녀가 함께 살 집.

도시에는 넘쳐나는 게 집이었고, 그 집들을 지으며 그가 돈을 벌었지만 그녀와 함께 살 집은 그렇게 생각할 수 없었다. 그조차도 낭만적인 상상에 빠져들게 하였다.

아침에 눈을 떠서 그녀가 좋아하는 푸른 바다를 볼 수 있으면 어떨까. 하늘에 창을 뚫어 밤하늘의 별을 보며 잠들 수 있으면 어떨까. 건축 일을 하면서 생전 생각해보지 않았던 것들만 생각하게 되었다.

그렇게 오게 된 강원도 바닷가였다. 이 바닷가에서 그는 계획적인 꿈에 대해 말하고 있었다. 무조건 현실이 되는 그런 꿈.

"멋있겠지?"

그답지 않게 눈빛이 반짝이는 도혁을 올려다보며 은채는 애써 웃음을 지었다. 그녀는 생각도 하지 않았던 걸 그는 내내 생각하고 이렇게 현실로 만들려고까지 한다는 게 그녀의 마음을 흔들어 놓았다.

기쁘면서도 불안하고, 행복하면서도 아프고.

한 가지 마음만 느낄 수 있으면 좋겠는데 자꾸 마음은 두 갈래로 갈라져버렸다.

그도 곧 알게 될 것이었다. 그의 아버지에 대한 비밀을.

그때도 지금처럼 똑같이 말해줄까.

"왜? 바다, 별로야?"

그녀가 아무 대답이 없자 도혁이 살짝 기분 상한 듯이 따져 물어왔다. 그녀가 바다만 보면 첫눈 내리는 날의 강아지처럼 변해서 일부러 바다를 고른 것이었다. 그런데 그녀가 별로라고 하면 그로서는 맥이 풀리는 일이었다. 은채는 아니라고 고개를 저었다.

"그럼 얼마나 좋은지 몸으로 표현을 해봐."

은채는 바다를 향해 두 팔을 쫙 펼쳐 들고 온 힘을 다해 외쳤다.

"와아! 바다다!"

옆에 있던 도혁은 귀청이 떨어져 나갈 거 같은 성량에 한 손으로 귀를 막았다. 역시 가수는 가수였다. 작정하고 소리치니 엄청났다. 은채는 자신의 목청에 자신이 만족한 미소를 지으며 도혁을 올려다 보았다.

"엄청 좋은 티 나죠?"

"아니, 부족한데."

그렇게 말하며 도혁이 그녀를 쓸어안았다. 그의 몸에 감싸인 그녀가 굉장히 작게 느껴졌다. 그의 품은 넓고 아늑했다.

그녀가 고개를 들어 웃자 도혁이 따라 웃다 고개를 숙여 입을 맞추었다. 거대한 파도가 밀려오듯 도혁이 그녀에게 쏟아졌다. 그의 입술이 그녀를 적셨다. 차가운 바닷바람도 그가 그녀에게 전하는 뜨거움을 식히지는 못했다. 현기증이 났다. 그리고 행복했다.

"이제 됐어요?"

달뜬 호흡 사이로 그녀가 겨우 한 질문에 도혁이 짙은 눈빛으로 그녀를 관통하며 말했다.

"아니, 아직도 부족해."

도혁은 그녀의 손을 잡고 서둘러 다시 차로 걸어갔다. 은채는 그의 걸음에 맞추어 걸어가다 뒤를 돌아보았다.

아직은 텅 비어 있는 언덕.

아마 저곳에 집이 지어질 일은 없겠지?

그래도 그녀는 이 바다를 잊지 못할 것이다. 영원히.

집터 보러 온 곳에 바로 집을 만들어낼 수는 없었기에 도혁은 그녀를 차에 태우고 가장 가까이 보이는 호텔로 갔다. 그런데 막상 가보니 그냥 호텔이 아니라 러브호텔이었다.

"진짜 여길 들어가겠다고요?"

　나름 조신하다 주장하는 그녀는 거부 반응을 보였고, 무언가 해야만 했던 도혁은 애써 현실을 긍정적으로 보았다.

　"신세계일 거 같지 않아?"

　"전혀 안 신선해요! 그냥 서울로 가요."

　"강원도까지 왔는데 그냥 가는 건 아깝잖아."

　"러브호텔은 서울에도 널렸어요. 그런데 강원도랑 뭔 상관?"

　그녀가 강경하게 러브호텔에 대한 거부 반응을 보이자 도혁은 마땅찮은 표정으로 그녀를 보았다.

　"그러니까 오성급 호텔 아니면 싫다고? 이제 보니 너도 돈 허세 있네."

　그녀의 얼굴이 헐크 비슷하게 변하는 걸 보고 도혁은 자신이 너무 갔다는 걸 바로 깨달았다. 그래서 자신의 말을 정정했다.

　"농담이야."

　"그딴 농담 다시 하면 나랑 끝이에요."

　결국 러브호텔 앞에서 말 한마디 잘못한 것 때문에 좋은 분위기 다 망치고 그냥 서울로 돌아와야만 했다.

　씩씩대던 그녀도 서울에 도착하니 다시 차분해져 있었다. 그녀 성격상 오래 화내면 본인이 지치는 것이다. 그녀의 화가 풀린 거 같아서 도혁이 그녀에게 물었다.

　"우리 집 갈래?"

　"안 돼요. 당신 집 가면 자꾸 외박하게 되잖아. 오늘은 꼭 일찍 들어가야 해."

　아버지와 같이 사는 동안에는 아버지 눈치를 봐야만 했다.

　"너희 아버지 나 좋아하시잖아."

“당신이 아니라 이 대리를 좋아하시는 거죠.”

“그럼 내가 권 대표라고 하면 싫어한다고?”

“자기 속였다고 때릴 거예요.”

도혁은 미간에 주름이 졌다. 은채와 결혼을 하려면 결국 만덕한 테도 자신의 존재를 사실대로 말해야 했다.

“근데 넌 내가 네 아버지한테 맞는 걸 진짜 담담히 말한다. 내가 맞아도 상관없어?”

은채는 담담한 눈으로 그를 보았다.

“난 평생 맞았어요.”

할 말이 없어진 도혁은 다시 정면을 보며 운전했다. 한참 뒤에 도혁은 마치 처음 말하는 것처럼 말했다.

“우리 집 갈래?”

“내가 붕어인 줄 알아요? 조금 전 물은 걸 그새 잊게.”

결국 도혁은 그녀를 시장통 집까지 태워다주었다. 그녀가 안 된다고 먼저 거절한 건데 그의 차가 멀어지는 걸 보니 허전했다. 잠깐의 이별도 이렇게나 마음에 흔적을 남기는데 진짜 이별은 어떨지 상상하니 온몸에 힘이 쭉 빠지는 것 같았다.

“은채 양.”

자신의 이름을 부르는 귀에 익은 목소리에 은채는 놀라 고개를 돌렸다. 이곳에서 볼 거라 생각도 못 한 박 실장이 서 있었다. 그가 이젠 누구를 위해 일하는지 아는 은채는 예전처럼 반가워하지 못하고 불안한 눈으로 박 실장을 보았다. 그런 그녀의 마음을 읽은 듯이 박 실장이 미안한 표정으로 웃었다.

“지금 회장님이 기다리고 있어요.”

결국 피해갈 수 없는 존재였다. 어떻게든 정면으로 부딪쳐야 했기에 그녀는 불안했지만 박 실장을 따라갈 수밖에 없었다.

이젠 '애담'의 높다란 솟을대문을 보면 마음이 무거워졌다. 꼭 사대부 양반 집에 끌려온 무수리라도 된 기분이었다. 아무래도 앞으로 식사하고 싶어서 이곳을 찾는 일은 없을 것 같았다.

머리는 여전히 복잡한데 권 회장이 있는 방에 벌써 도착해버렸다. 전에 만났던 그 방이었다. 안 좋았던 기억이 또 떠오르면서 은채의 마음은 더 심란해져만 갔다.

드르륵―.

문이 열리고 그때처럼 권 회장이 어마어마한 존재감을 뿜어내며 방 한가운데 혼자 앉아 있었다. 환자라고는 도저히 생각할 수 없는 압도감이었다. 혹시 또 그녀를 죽은 아내로 착각하면 어쩌나 불안한 눈으로 쳐다만 보니 권 회장이 살짝 눈썹을 찌푸렸다.

"지금 날 구경하고 있는 건가?"

그제야 은채는 서둘러 고개를 깊게 숙여 인사를 했다.

"죄송합니다."

박 실장이 눈짓으로 어서 들어가 앉으라고 눈치를 주었다. 은채는 허둥지둥 방 안으로 들어가 상 앞에 앉았는데 너무 서두르다 보니 소리가 요란했다. 그녀는 자신이 앉는 소리에 자신이 놀라 두 눈을 크게 뜨고 눈앞의 권 회장을 보았다.

권 회장은 편치 않은 눈빛으로 그녀를 보고 있었다. 마치 세진 백화점 앞에서 그녀를 치명적인 오류가 있는 작품을 보듯 하던 도혁의 눈빛과 비슷했다.

"내 아들은 내가 잘 알지."

권 회장의 입에서 도혁이 나오자 은채는 속이 바짝 타들어갔다. 무슨 말을 하건 절대 그녀에게 좋은 말은 아닐 테니까.

"자기 손에 들어온 것에는 곧 흥미를 잃을 거야. 쟁취하는 것이 좋은 거지. 흔하디흔한 사랑 놀이가 아니라. 내 아들이 잠깐의 여흥 때문에 인생 전체를 망치는 걸 아비로서 내버려둘 수는 없어."

권 회장이 말을 이을 때마다 심장이 덜컹거렸다. 이런 말을 처음 만난 자리에서 들었어야 했는데 말이다. 그런데 지금은 상대방이 환자라고 생각하니 제대로 싸움도 못 하겠다. 재벌 회장님인데, 그녀가 동정을 해야 하는 상황인 게 뭔지 모르게 무지막지하게 억울했다.

"난 깡패가 아니니 자네를 해하지는 않아. 그러니 공정하게 내기를 하지."

'내기'라는 말에 그녀는 저도 모르게 눈을 치켜떴다. 그 아버지에 그 아들이다. 두 사람은 내기라고 말하고 승부라고 생각하나 보지만, 그녀는 내기라는 말을 못된 짓이라고 받아들였다. 그녀를 이겨먹으려고 할 뿐이니까. 내기라는 말을 꺼낸 사람은 결코 질 생각이 없었다.

"앞으로 한 달 뒤에 도혁이는 약혼식을 할 거야."

또 한 달. 거기다 이젠 약혼식.

은채는 떨리는 손을 꽉 주먹 쥐었다. 권 회장이 도혁의 약혼녀로 그녀를 생각하고 있을 것 같지는 않았으니까.

"그 약혼식이 취소되지 않고 시작되면 자넨 도혁이를 깨끗이 포기해."

은채는 잠시 아무 말 없이 권 회장의 얼굴을 쳐다만 보았다. 그의 말이 무슨 뜻인지 바로 알아들을 수가 없었으니까.

"그럼 취소될 수도 있단 뜻인가요?"

"그거야 자네와 도혁이 얼마나 영리하게 구느냐에 달렸겠지."

그리고 그의 병세가 얼마나 나빠지느냐에도 달렸다. 만약 약혼식 전에 그의 병이 숨길 수 없게 진행된다면 최건 의원 쪽에서 먼저 발을 빼려고 할 것이다. 권 회장의 병은 세진 그룹의 위기를 뜻했으니까.

하지만 권 회장은 그리 호락호락한 인간이 아니었다. 신이 이미 그를 버렸다고 해도 그는 이 약혼을 어떻게든 성사시킬 것이다. 그게 도혁을 완성하는 퍼즐의 마지막 조각이었다. 그러니 약혼식만 무사히 치러지면 되었다. 그럼 그 뒤에는 그가 어찌 되든 상관없다. 그는 할 일을 마친 것이니까. 그러니 그 전까지 그는 절대 무너질 수 없었다.

권 회장이 그녀의 머리에 폭탄 하나를 심어놓고 간 거나 마찬가지였기에 은채는 밤에 잠을 제대로 잘 수가 없었다.

"선생님 눈이 귀신 같아요."

동이의 말에 은채는 붉은 눈으로 동이를 쳐다보았다.

"내가 아직도 네 선생님으로 보이니?"

"아뇨. 못생겼어요."

이 자식이!

은채는 동이의 작은 머리통을 두 손으로 잡고 막 흔들다 놓아주었다. 잠도 안 자고 먹지도 않았더니 힘이 없었다.

"당분이 필요해."

초콜릿이라도 사 먹어야 할 것 같았다.

은채는 아이들 밴드 연습이 끝나고 도혁의 집에 가기로 했다. 이렇게 좀비 같은 모습으로 갈 수는 없었다. 그러면 그런 말도 안 되는 내기를 권 회장이 걸 필요도 없이 도혁이 먼저 그녀를 싫다고 할 것이다.

그래서 은채는 초콜릿도 챙겨 먹고 화장도 다시 꼼꼼히 하고 옷도 치마로 갈아입고 도혁의 집으로 갔다. 그녀가 먼저 도착할 줄 알았는데 도혁이 문을 열어주었다.

"홍대 갔다 왔어?"

그가 그녀의 얼굴을 보며 하는 말에 은채는 고개를 갸웃했다.

"애들 연습 봐주고 오는 건데요."

도혁은 피식 웃으며 길을 터주었다. 그런 도혁의 반응이 이상해서 은채는 경계하는 눈으로 그의 얼굴을 올려다보았다.

"왜 웃어요?"

"안 웃었는데."

입술이 웃고 있는데 안 웃는다고 하니 더 찝찝했다.

"말 안 하면 나 그냥 가요."

그녀가 진짜 몸을 돌리자 도혁이 그녀의 팔을 붙잡았다.

"헬퍼 일 하러 올 때 모습이랑 달라서 그래."

그럼 청소하러 올 때랑 같으면 그게 더 큰일 아닌가! 그녀가 손을 들어 립스틱을 지우려고 하자 도혁이 그녀의 나머지 손도 붙잡으며 못 하게 하였다.

"손 놔요!"

"더 예쁘게 하고 와서 좋다는 건데 왜 화를 내지?"

"화 안 냈어요."

“아, 넌 쑥스러워도 화를 내는군.”

“당신이야말로 왜 계속 날 놀려요.”

“재미있으니까.”

은채는 그 한마디에 질 수 없어 깨끗한 그의 셔츠에 얼굴을 대고 막 문질러버렸다. 그녀가 얼굴을 떼자 그의 셔츠에 화장품으로 얼굴이 만들어져 있었다.

“하하, 이것도 재밌죠?”

결벽증 있는 도혁은 더는 웃지 않았다. 그냥 조용히 그녀의 손을 놓아주고 옷을 갈아입으려고 드레스 룸으로 향했다.

혼자 통쾌하게 웃던 은채도 서서히 웃음이 잦아들었다. 한 방 먹였다고 좋아할 때가 아닌 거다. 그녀 스스로 오늘의 로맨스를 날려 먹은 거나 마찬가지였다.

사랑이 필요한 시기에! 욱하는 성격을 못 참고 또 사고를 치다니!

위장 속에서 초콜릿이 그녀를 비웃고 있는 듯했다.

삑삑─.

도혁의 핸드폰에서 메시지 알람이 울리자 도혁은 드레스 룸 문 앞에서 멈추어 서서 핸드폰을 꺼내 확인했다. 하지만 곧 별 문자 아니라는 듯이 핸드폰을 다시 집어넣고 드레스 룸의 문을 열었다. 그런 도혁의 행동이 신경 쓰여서 은채는 물었다.

“누구 문자예요?”

“박 실장.”

대답해줄 수 있는 사람이라는 건 다행스러운데 박 실장 문자를 그냥 보기만 하고 끝내는 게 걸려서 은채는 다시 물었다.

“무슨 내용인데 무시해요?”

“아버지 미국 출장 가신다고.”

권 회장이 미국 간다는 말에 은채는 놀라서 눈이 커졌다.

“회장님이 미국 언제 가시는데요?”

“지금 공항 가고 있다는 문자야. 신경 쓸 거 없어.”

권 회장 상태를 아는 그녀는 신경을 안 쓸래야 안 쓸 수가 없었다. 아무래도 권 회장이 미국에 가는 게 건강 상태 악화와 관련이 있을 거 같았으니까.

“그런데 당신은 공항으로 안 가요?”

“우리가 그리 친한 부자 사이로 보였나보지?”

도혁이 자신과 상관없는 일이라는 태도를 보이며 그냥 옷을 갈아입으려고 드레스 룸으로 들어가려고 하자 은채는 서둘러 그에게 달려가 그의 팔을 잡아끌었다.

“지금 당장 공항으로 가요!”

은채의 갑작스러운 행동에 도혁은 놀라 그녀를 돌아보았다.

“왜 이래?”

“왜긴 뭐가 왜야! 아버지 멀리 가시면 배웅하는 게 당연하잖아요! 회장님보다 당신이 더 못됐어!”

그들의 적과 같은 존재인 아버지 편을 드는 은채를 도혁은 기가 막힌 표정으로 쳐다보았다. 무조건 그의 편을 들어야지 어떻게 아버지 편을 드나. 도혁의 입장에서 이건 정말 말도 안 되는 일이었다.

결국 은채의 강요로 도혁은 생전 처음으로 아버지가 출장 가는 걸 배웅하러 공항까지 가게 되었다.

갑자기 공항에 나타난 도혁을 보고 가장 놀란 건 권 회장과 함께 있던 박 실장이었다.

"대표님이 어떻게 공항까지."

멀리서 은채가 아바타 조종하듯이 쳐다보고 있었기에 도혁은 할 수 없이 권 회장 앞으로 걸어가 배웅 인사를 했다.

"지나는 길이었어요. 미국 잘 다녀오세요."

어떻게 하면 인천 공항이 지나는 길이 될 수 있는지 알 까닭이 없지만 권 회장은 깊게 따져 묻지 않았다. 대신 도혁의 셔츠에 묻은 이상한 자국을 빤히 보았다.

"옷에 뭘 묻히고 다니는 거냐?"

그제야 도혁은 자신이 은채의 화장품이 묻은 옷을 갈아입으려고 했다는 걸 기억해내고 '쯧' 혀를 찼다. 이 꼴로 서울 거리를 누빈 건 짜증이 나지만 이미 이렇게 된 거, 어쩔 수 없기에 도혁은 두 손으로 셔츠 자락을 잡아 화장품이 만든 얼굴을 주름 없이 빳빳하게 펴서는 아버지에게 보여주었다.

"미래 며느리 얼굴입니다. 인사하시겠어요?"

기둥 뒤에 숨어서 지켜보고 있던 은채는 권 회장의 얼굴이 돌처럼 굳는 걸 보고 주먹을 꽉 쥐었다. 거리가 멀어서 들리지 않았지만 알 수 있었다. 분명 도혁이 또 싸가지 없는 소리를 한 게 뻔했다. 자식 교육은 정말 잘해야 했다.

31. 그녀의 선택

차가 달려 인천공항이 시야에서 거의 사라져갈 때쯤 은채는 도혁에게 물었다.

"회장님 미국에 얼마나 계세요?"

"한 달."

권 회장이 약혼식이 취소되지 않을 거라 확신한 건 이런 이유였다. 그가 한 달 동안 미국에 있으면 그의 병에 대해 아무도 모를 테고, 도혁도 어찌할 수 없을 테니까.

"네에?"

그녀가 놀라는 목소리에 도혁이 그녀를 돌아보았다.

"왜 그렇게 놀래?"

도혁의 약혼식이 한 달 뒤라고 권 회장에게 들었는데 권 회장이 한 달 동안 한국에 없다면 도혁이 권 회장의 병에 대해 알 길도 없는 것이다. 그녀는 당연히 도혁의 약혼식이 오기 전에 도혁이 아버지의 건강 상태에 대해 알게 될 거로 생각했다. 권 회장의 병은 더 이상 감추기 힘들 정도로 진행되었으니까.

그런데 권 회장의 출국으로 그런 그녀의 생각이 완전히 엎어져버렸다. 그렇다고 그녀의 입으로 도혁에게 권 회장의 병에 대해 말할 수도 없었다. 그것만은 정말 하고 싶지 않았다. 그럼 그녀는 도혁에게 끔찍한 말을 한 사람으로 평생 기억될 것이었다. 그럴 바에는 차라리 나쁜 여자로 미움받는 게 나았다.

그녀의 표정이 심상치 않다고 여긴 도혁이 그녀의 어깨를 잡았다.

"이은채, 괜찮아?"

은채는 아무 일 아니라고 고개를 저었다. 그러나 창백한 그녀의 표정이 전혀 괜찮지 않았기에 도혁은 가장 가까운 병원으로 차를 운전해 갔다. 병원에서 아무 이상 없다는 의사 진단을 받고 나서야 도혁은 괜찮다는 그녀의 말을 믿어주었다. 그래도 병원에 온 김에 결국 포도당 주사를 맞고 가게 되었다.

"그러니까 괜찮다고 했잖아요."

"내 눈엔 전혀 안 괜찮아 보였어."

그녀가 권 회장의 출장 일정을 듣고 놀랐었기에 도혁은 의심스러운 눈으로 침대에 누워 있는 그녀를 쳐다보았다.

"혹시 그때 회장실에서 말고 또 우리 아버지 만난 적 있어?"

"아뇨. 없어요."

도혁에게 권 회장의 상태에 대해 말하기 정말 싫었나보다. 그녀 자신이 생각해도 뻔뻔할 정도로 너무 자연스럽게 거짓말이 나왔다.

도혁도 그녀의 거짓말에 속아 넘어갔는지 찜찜한 표정으로 그녀를 쳐다보기만 했다.

"만약 당신 아버지랑 나랑 동시에 물에 빠지면 누구 먼저 구할 거예요?"

　도움이 안 되는 유치한 질문이긴 하지만 답답한 마음에 슬쩍 물어보았다. 도혁은 팔짱을 끼고 그녀를 쳐다보다 싱긋 웃으며 대답했다.

　"너."

　가식이다. 듣고 좋아하라고 그냥 하는 소리였다.

　"그럼 아버지는 물에 빠져 그냥 죽게 둘 거예요?"

　그녀가 한 단계 더 갈 줄은 몰랐는지 도혁은 살짝 눈을 찌푸렸다.

　"아버지는 박 실장이 구하겠지."

　"그럼 박 실장님도 같이 빠져 죽겠네. 당신 아버지가 박 실장님보다 훨씬 크잖아요."

　졸지에 그의 최측근 두 명이 같이 죽자 도혁은 정말 찝찝하다는 표정을 지었다.

　"그만해. 재미없어."

　"내가 죽였나. 당신이 죽였지."

　도혁은 앉아 있던 의자에서 벌떡 일어났다.

　"괜찮다고 했지. 그만 가."

　도혁에게 듣기 싫은 소리였다고 생각되자 그녀의 기분도 덩달아 안 좋아졌다. 결국 아버지도 박 실장도 도혁에게 아주 중요한 사람이라는 뜻이니까, 장님인 척 눈 감고 이대로 흘러가게 둘 수 있는 상황이 아니었다.

　권 회장은 도혁의 약혼식만 생각하고 있는 듯한데, 은채는 그것보다 권 회장과 도혁의 사이가 더 걱정이었다. 이렇게 서로 멀리 떨어져 있는 동안 권 회장의 상태가 악화되어 도혁과 제대로 된 대화를 나눌 수도 없는 상태가 되면 어떻게 하나.

　어쩌면 지금이 마지막 시간일 수도 있는데.

권 회장은 정말 아들과의 마지막 대화보다 도혁의 약혼식이 더 중요하단 말인가. 도대체 왜. 어째서 그렇게까지 하는지 은채는 답답하기만 하였다.

막막한 상황에서 그녀가 마음 터놓고 도움을 구할 사람은 역시나 박 실장밖에 없었다. 그녀는 권 회장과 함께 미국으로 떠난 박 실장에게 먼저 전화를 걸었다.

[은채 양.]

박 실장이 전화를 받자 우선은 안도가 되었다. 물어볼 사람이 생긴 것이니까.

"지금 미국이세요?"

[네.]

"회장님이랑 같이 계세요?"

[여긴 새벽이라 방에 혼자 있어요.]

"아! 제가 거기 시간을 잘 몰라서. 죄송해요."

그녀가 급하다고 상대방 상황을 고려하지 않고 전화한 거라 미안함이 더 커졌다.

[아니에요. 잠은 은채 양 전화하기 전에 깼으니까 말해요.]

은채는 말을 하기 전에 한숨을 짧게 쉬었다.

"권 회장님이 한 달 뒤에나 한국에 돌아오신다고 들었어요."

[네, 한국에 있으면 편하게 쉬실 수가 없어서.]

역시나 건강 때문이라고 하니 마음이 더 무거워졌다.

"한 달 뒤에 도혁 씨 약혼이라고."

[아, 회장님이 벌써 말씀하셨군요.]

박 실장이 맞다고 인정하자 가슴이 지끈거렸다. 도혁의 약혼이 정말 현실로 다가오고 있었다. 눈앞에 닥친 태풍처럼 느껴졌다.

"전 약혼 전에 도혁 씨가 회장님 상태에 대해 알게 될 거로 생각했어요."

[회장님이 원치 않으셨어요. 다른 누구보다 대표님한테 약한 모습 보이기 싫으실 겁니다.]

그 마음을 이해 못 하는 건 아니지만 그녀는 어쩐단 말인가.

"그럼 저는 어떡해요? 도혁 씨는 자기 아버지에 대해 전혀 모르고, 그 남자 약혼식은 코앞이고."

미치고 팔짝 뛴다는 상황이 바로 이런 경우를 두고 하는 말일 것이다. 뭐 하나 모자랄 거 없는 애인이 옆에 있는데 그 애인 때문에 죽을 거 같은 거다.

[은채 양은 어떻게 하고 싶은데요?]

어떻게 하고 싶으냐니, 그녀에게 정말 선택권이 있는지도 모르겠다.

"도혁 씨가 상처받지 않았으면 좋겠어요."

[그럴 수는 없어요. 회장님도, 약혼도 모두 대표님의 몫이니까. 어쩌다 엮인 건 은채 양이에요. 그러니까 은채 양이 하고 싶은 것만 생각해요.]

박 실장이 냉정하게 말하니 은채는 더 슬펐다. 입바른 소리도 나오지 않을 만큼 궁지에 몰린 거 같았으니까.

"그래도 도혁 씨가 상처받지 않았으면 좋겠어요."

자기 어머니 얼굴도 잊어버리고 산 남자.

아버지가 키우던 개에 물리고도 아버지 탓을 못 하고 산 남자.

제발 더 이상의 상처는 없었으면 좋겠다. 지금처럼 웃고 살 수 있게 해주고 싶었다.

"회장님 상태 박 실장님이 그 사람한테 말해주실 수는 없으세
요?"

그런 말을 전한다는 건 꼭 누군가에게 사형선고를 하는 일인 것
만 같았다. 그리고 그 누군가는 그녀가 사랑하는 남자였다. 그래서
그녀는 도저히 용기가 나지 않았다.

[회장님이 원치 않으십니다. 그리고 전 이제 회장님 비서고요.]

박 실장은 권 회장의 비서로 마지막까지 함께하기로 마음을 먹었
나보다. 더는 그녀를 도와주는 박 실장이 없다는 게 막막했지만 어
쩔 수가 없었다. 그녀 스스로 결정을 내려야 했다. 그리고 그 결정
이 어떤 결과를 불러오든 그녀가 책임져야만 했다.

그녀가 힘든 상황에 빠졌다고 아이들이 참석하는 어린이 밴드 대
회가 뒤로 미루어지는 건 아니었기에 아이들이 대회에서 입을 옷을
사기 위해 백화점에 가기로 했다. 외출을 나온 아이들은 봄날 강아
지처럼 떼로 신이 났다. 그래서 힘든 건 통솔자인 그녀였다.

"애들아! 뛰어다니지 마! 잡혀가!"

그녀의 큰 목소리까지 더해져서 다섯 사람이 지나는 길이 소란스
러웠다. 도혁의 전화가 걸려온 건 아이들이 똑같은 옷을 입고 거울
앞에서 폼을 잡고 있을 때였다.

[뭐 해?]

"아이들이랑 백화점 왔어요. 대회 나갈 때 입을 옷 사려고."

[세진 백화점?]

“거긴 죽을 때까지 안 가요.”

그 백화점에서 있었던 일을 떠올리며 은채는 단박에 질색을 했다. 생각해보면 도혁 때문에 블랙리스트가 된 것이었다.

“그러고 보니 당신 참 나한테 못할 짓 많이 했어요.”

[그래? 난 너 사고 친 것만 기억나는데.]

이 자식이.

“나 백화점이라 욕 못하거든요. 끊어요.”

도혁의 웃음소리를 들으며 그녀가 먼저 전화를 끊어버렸다. 진짜 이상한 일이었다. 막상 도혁과 이야기하다보면 이리 깃털처럼 가볍게 싸우는데 왜 그녀 혼자 남겨지면 고민만 쌓여 가는지.

“선생님, 저희 예뻐요?”

현이의 질문에 은채는 서둘러 도혁의 생각을 지우며 엄지손가락을 치켜들었다.

백화점에 간 김에 도혁에게 줄 넥타이도 샀다. 싸구려는 몸에 안 걸친다는 도혁도 백화점에서 산 것이라면 그럭저럭 만족할 것이다. 백화점이라서인지 넥타이조차 비싸긴 했지만 눈 딱 감고 결제를 했다. 넥타이 하나 사고 빈털터리가 된 여자 친구를 돈 많은 도혁이 좀 부끄러워할 것 같기는 했지만 그래도 그녀는 마음에 드는 넥타이를 골라서 뿌듯했다.

“뭐야?”

그녀가 다짜고짜 내민 상자를 도혁은 별 표정 없는 눈으로 보며 물었다. 마치 선물이란 단어를 전혀 모르는 사람처럼 말이다.

"보면 몰라요. 선물이잖아요."

"내 생일도 아닌데 왜 주는데?"

그녀가 기대한 반응은 이런 질문이 아니라 선물 상자를 들고 쑥스러워하면서도 감동하는 도혁이었는데 말이다. 그한테 바라기에는 너무 서정적인 반응이었나보다.

"그냥 주고 싶어서 샀어요."

자기한테 주는 선물이라는 걸 알고도 도혁이 '너 참 이상한 여자구나.'라는 눈으로 쳐다보기만 해서 은채는 '에잇, 이따위 선물.'이라는 듯이 도혁에게 선물 상자를 던져버렸다.

도혁은 얼떨결에 선물 상자를 받아 들었다.

"하든가 말든가."

은채는 츤데레 여친처럼 말하고는 휙 몸을 돌려 현관으로 걸어갔다. 생각해보니 바쁜 도혁을 생각해서 그녀가 그의 집까지 매번 와주는 것도 그녀만 너무 손해라는 생각이 들었다. 은채는 몸을 휙 돌려 도혁에게 경고했다.

"다음부터 나 만나고 싶으면 당신이 우리 집으로 와요."

다짜고짜 선물 주고, 다짜고짜 짜증을 내고.

오늘따라 버라이어티하다고 생각하며 도혁은 선물 상자를 열어보았다. 상자 안에 든 넥타이를 꺼내 든 도혁은 그걸 빤히 쳐다보았다. 마치 그녀의 선물에 점수를 매기는 듯한 눈빛이었다. 그런 도혁의 태도에 현관까지 걸어갔던 은채는 또 버럭 했다.

"맘에 안 들면 하지 마요."

도혁은 은채를 보았다. 사실 이런 식으로 선물 받은 게 처음이라

신기해서 보고 있었던 것뿐이었다. 도혁은 넥타이를 든 팔을 바로 옆에 있던 쓰레기통으로 뻗었다.

"그럼 버려?"

그러자 즉각 반응이 왔다. 현관까지 갔던 은채가 1초 만에 빛의 속도로 달려와서는 그의 손에서 넥타이를 빼앗으려고 했다. 도혁은 먹이를 낚아채는 짐승의 감각으로 그녀의 목을 팔로 감았다.

"그냥 널 통째로 선물로 줘."

넥타이를 버리려는 도혁의 행동 때문에 빈정 상했던 은채는 그의 말에 바로 얼굴이 불타올랐다. 이렇게 마음을 쉽게 들키니 덩달아 그의 마음도 살랑댄다. 어쩌면 그가 느끼는 마음이란 건 감정이 풍부한 그녀에게서 전염된 것인지도 몰랐다. 그러니 그녀와 있을 때만 느낄 수 있는 것인지도.

도혁은 그녀가 사랑스러워 참을 수 없다는 듯이 그녀의 얼굴에 연달아 뽀뽀했다. 눈, 코, 입, 볼에 그녀가 정신 쏙 빠지도록 입맞춤을 해대던 도혁은 그녀의 입술을 꽉 물었다 곧 부드럽게 빨아들였다. 그녀의 입술은 초콜릿보다 달콤했다. 아니, 세상에 존재하는 모든 달콤한 먹이들도 이런 맛을 낼 수는 없을 것이다.

은채는 눈을 감고 감각으로 그를 온전히 느꼈다. 하나도 남김없이 그녀의 안에 담아두고 싶었다. 이 달콤함도, 이 설렘도, 이 깨질 것 같은 평화조차도.

그의 혀가 밀려들어 와 그녀의 살덩이를 휘감았다. 살과 살이 엉키는 감촉이 아찔했다. 몸 안에서 작은 불씨로 시작된 열기가 점점 그녀를 집어삼킬 듯이 넘실댔다.

은채는 두 팔을 들어 그의 목을 끌어안았다. 그의 몸이 그녀의 위로 기울어졌다. 도혁이 그녀의 작은 몸을 단숨에 안아 올렸다. 그녀를 끌어당기는 중력에 잠시 현기증이 느껴졌다. 그의 목덜미에 얼굴을 묻고 숨을 내쉬자 그의 호흡에도 균열이 생겼다.

도혁은 그녀를 안고 침실로 걸어갔다. 오늘이 첫날밤인 듯.

저벅저벅-.

그의 발소리가 그녀의 심장을 밟는 듯 그녀의 안에서 울렸다. 은채는 그에게 자신을 내맡겼다.

일탈하고 싶은 밤이었다.

세상을 버리고 그와 둘만 도망치고 싶었다.

먼저 잠이 든 건 도혁이었다. 이젠 불면증 때문에 정신과 상담 받을 일은 없겠다. 그녀가 이리 잠든 그의 얼굴을 볼 수 있으니 말이다. 은채는 무릎을 세우고 앉아 한참이나 자는 도혁의 얼굴을 빤히 내려다보았다. 잠든 도혁은 평온해 보였다.

그가 팽팽한 긴장감으로 날 선 얼굴을 하고 있을 때는 그의 아버지 앞이었다. 그의 어머니는 어떤 이유에서인지 그에게 무관심했다고 했다.

남들에게는 세상에서 가장 의지가 되는 부모님이 그에게는 세상에서 가장 먼 존재들이 되어버렸다.

그는 상관없는 듯 살아가고 있지만 괜찮을 리가 없다. 그들이 없었다면 그도 없었으니까. 그녀가 주는 사랑보다 더 크나큰 사랑을 그에게 줄 수 있는 유일한 사람도 그의 부모님이었다.

만약 그의 부모님이 그에게 좀 더 다정한 추억을 주었다면 도혁은 지금보다 좀 더 행복한 사람이 되어 있지 않았을까 싶다. 분명 그랬을 것이다.

은채는 조심스럽게 손을 뻗어 도혁의 손을 살포시 쥐었다.

"내가 데려다줄게요."

당신 아버지한테.

권 회장은 도혁의 약혼식을 선택했지만, 그녀는 도혁의 아버지를 선택했다.

눈을 뜬 도혁은 옆자리가 비어 있는 걸 알고 상체를 들었다. 두 눈이 본능적으로 은채를 찾아 주위를 두리번거렸다. 새벽의 푸른 빛 속에 그 혼자 덩그러니 남겨져 있었다. 그 고독감이 아직 잠도 제대로 깨지 않은 그를 계속 움직이게 하였다.

도혁은 침대 아래로 발을 내려 일어서 침실 밖으로 나왔다.

은채는 또 부엌에서 우렁 각시 흉내를 내고 있을 것이다. 그를 위해 요리해주는 걸 봉사 활동 정도로 여기니까.

그런데 낭황스럽게도 당연히 부엌에 있을 거로 생각한 은채는 그곳에서도 보이지 않았다. 부엌은 깨끗했다. 그가 혼자 있을 때처럼.

"은채야?"

도혁은 불안해져서 그녀의 이름을 불렀다. 또 아버지 때문에 그가 자는 동안 돌아간 것일 수도 있지만, 같이 밤을 보낸 날 그런 적은 없었다. 그녀는 잠시 즐기다 가는 것처럼 행동하지 못했다.

도혁은 욕실마다 문을 열어보았다. 은채가 절대 갈 리 없는 서재 문도 열어보았다. 이 집이 쓸데없이 넓다는 게 오늘따라 화가 났다. 문을 열 때마다 그녀가 없어서 불안함은 폭발 직전이었다.

드르륵-.

마지막으로 드레스 룸 문을 연 도혁은 그제야 멈추지 않고 움직이던 몸이 멈추었다. 은채는 드레스 룸 바닥에 웅크리고 누워 잠이 들어 있었다.

마치 벽장에 숨어 자는 아이 같은 자세에 도혁은 울컥했다.

숨바꼭질하는 것도 아니고 뭐야!

도혁은 은채에게 다가가 그녀의 어깨를 흔들었다. 엄마 찾는 아이처럼 그녀를 찾아 온 집 안을 돌아다닌 서러움이 흔드는 손길에 실려 있었다.

"우웅. 왜요."

은채는 잠투정을 하며 그를 귀찮아했다.

이걸 확. 한 대 때려서 깨우고 싶은 걸 참으며 도혁은 낮은 목소리로 물었다.

"왜 여기서 자고 있어?"

"넥타이."

"뭐?"

도혁은 이미 그녀가 넥타이인지 벨트인지 선물로 준 걸 까먹고 있었다. 은채는 손에 쥐고 있던 넥타이를 앞으로 쓱 내밀었다. 어제 그녀가 그에게 선물했던 그 넥타이였다.

"어울리는 옷 찾아놓으려고. 안 그럼 이거 안 하고 갈 거잖아."

옷 고르는 센스가 없다며 전에 도혁이 엄청 구박했던 걸 은채는 마음에 담아두고 있었다. 그래서 일부러 일찍 깨어나 그가 출근할 때 입을 옷을 고른 것이다.

그깟 게 뭐라고 사람 불안하게 만든 건가 싶어서 도혁은 도리어 울컥했지만 화를 내는 대신 아직도 잠귀에 붙잡혀 축 늘어진 그녀의 몸을 일으켜서 품에 안았다.

"한참 찾았잖아."

도혁은 입술을 꾹 깨물었다. 그녀를 품에 안고 있는데도 아까 느꼈던 불안이 사라지지 않고 오히려 짙어졌다. 싫은 느낌이었다. 그답지 않게 나약한.

"으응?"

그녀 역시 그가 왜 그녀를 찾았다는 건지 알 수 없긴 마찬가지였다. 내내 한집에 같이 있었으니까.

"나 아직 옷 못 골랐는데."

넥타이에 딱 어울리는 옷을 고르는 게 쉽지 않아 이것저것 골라내다 지쳐 바닥에 엎드려 잠깐 쉰다는 게 그냥 잠든 것이었다.

"이번엔 진짜 엄청 멋있는 거로 골라줄게요."

그렇게 말하며 은채는 도혁의 목에 넥타이를 둘렀다. 씨익 웃는 그녀를 보고 도혁은 양미간을 찡그렸다.

"한번 믿어봐요."

그가 얼굴을 찌푸리는 게 그녀의 옷 센스를 못 믿어서 그런 거라 여긴 은채가 그의 미간에 진 주름을 손가락으로 꾹 눌러 펴며 자신감을 보였다.

도혁이 그녀의 손을 잡고 아래로 끌어내렸다. 그의 표정이 심각해서 은채는 멋쩍은 표정이 되었다. 그녀는 자다 일어난 것뿐이라 그가 왜 이리 심각한지 이유를 알 수가 없었다.

"이은채."

그가 문제 학생 부르듯이 그녀의 이름을 불렀다.

"너 오늘부터 너희 집 못 가."

상상도 못 한 그의 말에 은채는 할 말을 잃고 그를 쳐다보기만 했다. 도혁이 마치 그녀의 마음을 들여다보기라도 한 것처럼 갑자기 그런 말을 해서 은채는 정말 놀랐지만 애써 입가에 미소를 지으며 그의 목에 건 넥타이의 매듭을 만들었다.

"그럼 당신 회사 가 있는 동안 난 우리 집 가면 되겠네."

"나 장난 아니거든."

"나도 우리 집 가야 하거든요."

그녀의 귀소 본능은 결혼하지 않는 이상 절대 없어지지 않을 거라는 걸 도혁도 잘 알았다. 그녀의 아버지가 딸의 안전을 위해 집은 돌아오는 곳이라는 걸 철저히 세뇌해놨으니까. 그래도 그는 눈을 떴을 때 그녀가 없다는 불안을 다시 느끼기가 정말 싫었다.

"난 오늘 당장에라도 결혼하고 싶어."

아무리 궁지에 몰려도 조바심을 내지 않는 게 권도혁인데 오늘따라 유독 이래서 은채는 적잖이 당황스러웠다.

"조바심 내지 마요. 나 여기 있으니까."

할 수만 있다면 그를 안은 이 두 팔을 평생 풀고 싶지 않았다.

그를 절대 혼자 두고 싶지 않았다.

그들은 이제 겨우 시작이었을 뿐인데 시간은 재각재각 성실하게 흘러가버리고 있었다. 그래서 그녀는 그를 위해 더는 방관만 하고 있을 수가 없었다.

빵빵―.

학원 가던 길에 은채는 그녀를 부르는 듯한 클랙슨 소리에 멈추어 서서 돌아보았다. 본 적 있는 빨간 스포츠카가 그녀의 뒤에 있었다. 도혁의 동생 도연의 차였다. 이젠 반갑기까지 했다. 도연은 그녀를 엄청 싫어하는데 말이다.

"나랑 잠깐 이야기 좀 해요."

은채는 고개를 끄덕였다. 도연의 차분한 분위기에 그녀까지 얌전해지는 기분이었다.

근처 카페로 자리를 옮겨 마주 앉았다. 그녀는 라떼를 시키고 도연은 아메리카노를 주문했다.

"우리 아버지 갑자기 미국 떠나신 거 알아요?"

주문한 차가 나오기도 전에 도연이 꺼낸 질문에 은채는 뜨끔했다. 분명 도연도 권 회장의 병에 대해서는 모를 것이니까.

"그리고 어머니랑 우리 남매도 그 집에서 나와 외가에 있어요. 신기하죠? 오빠가 여자 하나 만난 것뿐인데. 우리 집이 텅 비었네요."

그녀에게 책임을 따질 일도, 전혀 그녀의 탓도 아닌 문제였지만 도연이 아무래도 화풀이할 상대를 그녀로 고른 것 같아서 그냥 잠자코 듣고만 있었다.

"오빠랑 결혼할 거예요?"

너 같은 여자는 오빠 상대가 아니라는 막말이 먼저 나와야 하는데 그녀에게 의견을 물어오니 좀 당황스럽기도 했다.

"그렇다고 하면 그 물 나한테 뿌릴 거예요?"

그녀가 도연의 앞에 있는 물 잔을 소심하게 손가락으로 가리키며 묻자 도연은 건조하게 웃었다.

"그럼 힘들 거라고요. 우리 엄마는 도혁 오빠한테 받은 냉대를 오빠 부인한테 풀 게 뻔하고, 아버지는 도혁 오빠에게 거는 기대가 너무 어마어마해서 당신 정도로 절대 만족 못 해요."

왜 자기 이야기는 쏙 빼나 싶다. 자기도 신데렐라 새 언니들처럼 구박을 할 거면서.

"우리 부모님은 내 손으로 어쩌지 못해도 최다애 정도는 막아줄 수 있어요."

도연의 말에 은채는 놀란 눈으로 그녀를 쳐다보았다. 바로 앞에서 얼굴을 마주하고 듣고 있어도 믿기 힘들지만 도연이 그녀를 도와준다는 말로 들렸으니까.

"지금 설마 내 편 들어준다는 거예요?"

"당신 편 아니에요. 우리 오빠가……."

도연은 뭔가 감정이 복받치는지 시선을 돌려 창밖을 보았다.

이번에 정 여사가 단칼에 잘라내듯이 본가에서 나오는 것을 보고 도연은 절실히 느끼게 되었다. 사랑 없는 정략결혼이 만든 가족이란 건 이런 식으로 절단 날 수도 있다는 걸.

재벌 집 아가씨라는 타이틀을 떼면 도연도 한 가족에 속한 평범한 딸이었다.

가부장적인 아버지 때문에 힘들고, 엄마와 더 친하고, 가족과 어울리지 못하는 오빠를 걱정하는 그런 여동생.

그런데 그녀의 힘만으로는 가족들을 다시 한집에 모을 힘이 없었다. 도혁이 나서지 않으면 불가능했다. 그리고 도혁이 선택한 건 최다애가 아니라 은채였다. 그러니 은채가 대신 말해주면 도혁도 듣지 않을까 싶어서 그녀를 찾아온 것이었다. 가족의 일이었기에 자존심을 다 버리고 꾹 참으며.

그런 도연의 마음이 보였기에 은채는 웃으며 먼저 손을 내밀었다.

"그럼 앞으로 언니라고 불러요."

"미쳤어요!"

쌍심지를 세우는 도연을 보고 친해지려면 아직도 멀었다는 걸 깨달았다.

대회 전날 마지막 연습이었다. 은채는 원장 선생님과 함께 실로암 밴드 앞에 관객으로 앉아서 아이들이 연주하는 걸 꼼꼼하게 지켜보았다. 연습한 게 빛을 발해 아이들은 실수 없이 연주를 거뜬히 해냈다.

역시나 가장 튀는 건 천부적인 재능을 가진 동이였다. 그나마 연습으로 아이들과 합주하는 법을 가르쳤으니 망정이지 혼자 치라고 했으면 더 자기 느낌대로 쳤을 것이다.

"동이가 재능이 있긴 있네요."

원장 선생님이 속삭이는 말을 듣고 은채는 괜히 그녀 자신이 뿌듯했다. 그래서 연주가 끝났을 때 기립 박수를 쳐주었다.

"좋았어. 내일 대회에서도 이대로 연주하는 거야."

그녀의 칭찬에 준기가 히죽 웃으며 물었다.

"그럼 저희 1등 해요?"

아마 대회에는 원래부터 밴드 활동을 했던 쟁쟁한 팀들이 많이 나올 것이다.

실로암 밴드를 만든 원래 목적은 동이에게는 피아노를 칠 기회를 주고 싶었고, 아이들에게는 함께 연주하는 만족감을 알게 해주고 싶었던 것이지 그 팀들을 이기는 것이 아니었지만 은채는 아이들의 사기를 위해 엄지 두 개를 척 들어 올렸다.

"너희가 최고야."

내일 대회에 가면 바로 들킬 거짓말이었지만 이런 거짓말은 백만 번 해도 지구 평화에 악영향이 없었다.

집에 들어갈 때 아버지 좋아하시는 족발을 사서 들어갔다. 그녀가 사온 족발을 보고 아버지는 바로 역정을 내셨지만 말이다.

"식당 하는 집에 왜 남의 집 식당 음식을 사와!"

"아버지 족발 좋아하잖아! 먹으라고! 그럼 버려!"

"음식을 왜 버려! 벌 받게!"

족발 하나 가지고도 언성을 높이고 나서야 먹을 수 있었다. 아버지 때문에 그녀의 성량이 커진 게 분명했다. 고로 그녀가 가수 할 수 있게 특훈을 시켜준 게 바로 아버지라는 소리였다. 아버지한테 말하면 바로 등 스매싱을 당할 말이지만 말이다.

아버지와 같이 족발을 먹다가 은채는 불쑥 물었다.

"아버지는 나 믿어?"

"너 또 사고 쳤냐?"

사람이 무슨 말만 하면 의심부터 하니 그녀가 삐뚤어진 거다. 그래도 이번엔 꼭 해야 할 말이었기에 은채는 꾹 참으며 말했다.

"내가 진짜 사랑하는 사람이 생겼는데."

만덕은 먹던 족발을 떨어뜨리며 바로 성을 내었다.

"그럼 이 대리는!"

그러니까 그녀가 사랑한다는 사람이 그 이 대리였지만 설명하기 복잡했기에 은채는 아버지에게 다시 족발을 물려주며 차분하게 말을 이었다.

"내가 그 사람을 위해 사고를 하나 쳐야 하거든."

성질 급한 아버지는 그녀의 말이 끝나기도 전에 '사고'라는 말에 바로 버럭 했다.

"사고 쳤네!"

결국 화만 내는 아버지를 보며 은채는 찌푸린 표정으로 웃었다. 딱 아버지다운 반응이었으니까. 아버지에게 해결을 바라는 게 아니었다. 그저 단지 이야기할 상대가 필요했다. 이번 일은 너무 겁이 나서 차마 진우에게도 말할 수 없었다. 진우는 도혁을 알고 있었으니까.

"내가 이번에도 제대로 못 하면 어떡해? 사고만 치고 끝나면. 그럼 이번에 다치는 건 그 사람인데. 그건 진짜 싫은데."

무섭다. 그녀의 선택이 모든 걸 망쳐버릴까 봐. 너무 무서워서 차라리 도혁에게 다 떠넘기고 싶은데 그럴 수가 없었다. 이제 겨우 밤에 잠을 잘 수 있게 된 사람에게 그녀의 손으로 다시 불면의 밤을 줄 수는 없었다.

"난 진짜 그 사람 생각하고 생각해서 한 결정인데. 그게 결국 상처만 남기고 끝날까봐 겁이 나."

만덕은 시장 장사로 굳은살이 박인 투박한 손으로 그녀의 얼굴을
잡았다.

"울지 마! 이것아! 왜 네가 울어! 그놈이 뭐라고! 세상에 널리고 널
린 게 남자야!"

아버지에게 말한 건 그저 편하게 울 수 있는 품이 필요해서인지
도 모르겠다. 그동안은 계속 참기만 했다. 그녀가 울면 정말 슬픈
일이 될 것 같아서.

은채는 정말 오랜만에 아버지에게 안겨 울었다. 그저 울고 싶은
만큼 울 수 있다는 거로 오늘은 괜찮았다.

적어도 오늘은 이걸로 충분했다.

어린이 행사라고 해도 전국을 대상으로 열리는 대회라서인지 역
시나 예상 못한 팀이 많이 참가했다. 그녀의 응원에 자신감이 가득
차 있던 아이들은 대회에 나온 다른 팀을 보고 조금씩 자신감이 사
라지고 있었다.

"우와, 저 팀 봐. 징 박힌 옷 입었어. 완전 멋있다."

정통 어린이 록 밴드를 보고 리한은 기가 죽고.

"저 보컬 진짜 잘 부른다."

3단 고음을 내지르는 다른 밴드 보컬을 보고 현이도 기가 죽고.

"그래도 비주얼은 우리가 제일 나아."

준기는 심사 기준과 전혀 상관없는 것에서 자신감을 얻고.

"선생님, 배고픈데 밥 먹고 오면 안 돼요?"

주위 분위기에 전혀 동요하지 않는 건 역시나 '마이 스타일' 동이였다. 은채는 동이의 머리를 손으로 쓰다듬으며 고개를 끄덕였다.

실로암 밴드의 순서는 딱 중간이었다. 하필이면 앞 밴드가 실력파 록 밴드라서 아이들이 기가 죽기는 했지만 은채는 무대에 오르는 아이들에게 기를 잔뜩 넣어주었다.

"무대 위에서는 너희가 주인공이야. 이미 무대에서 내려온 사람은 의미 없어. 그러니까 주인공답게 연주하고 와. 알았지?"

동이, 현이, 리한, 준기는 두 주먹을 불끈 쥐고 파이팅을 외친 뒤 무대 위로 올라갔다. 자신이 직접 올라간 무대가 아닌데도 은채는 자신의 무대보다 더 떨렸다.

선생님이란 거, 아무나 할 수 있는 게 아니었다. 그녀가 더 좋은 선생님이었으면 좋았을 텐데 말이다.

대회가 끝난 뒤에는 도혁을 만나기로 미리 약속을 잡았다.

오늘이 디데이였다. 도혁은 모르고 그녀만 아는 디데이.

그랬기에 이 긴장되는 날 아이들이 잘해주었으면 좋겠다. 그럼 그녀에게도 행운이 따를 것 같았다.

반주가 시작되었다. 그녀의 무대가 아닌데도 그녀가 무대 위에 있는 것처럼, 아니, 그때보다 더 기분 좋은 흥분이 솟아올랐다.

"빨간 모자를 쓰고 노란 자전거를 다서 초록 꽃밭 길을 달려. 랄랄 라라라라라. 랄랄 라라라라라. 파란 하늘 위 토끼 구름 쫓아."

현이의 맑은 목소리가 넓은 대회장 안에 울려 퍼졌다. 아이들을 위해 만든 곡이었기에 동요처럼 곡은 해맑았다. 그게 기존의 가요 같은 곡을 연주했던 다른 팀과의 차별점이라면 차별점이었다. 어린이 밴드였으니 어린이다운 게 좋았다.

떨지 않고, 실수하지도 않고 너무 잘 공연해주는 아이들의 무대
를 보며 은채는 기도하듯이 두 손을 꼭 쥐었다.

그래, 괜찮을 거다. 다 잘될 거다. 용기를 내자.

도혁은 집으로 가는 길이었다. 은채가 아버지 눈치 본다고, 아이
들 대회 준비한다고 며칠 동안 보지 못했다. 그도 회사 일이 바빠서
먼저 찾아가지도 못하다보니 시간이 훌쩍 지나버렸다.

오늘 은채가 내내 준비하던 대회가 끝나는 날이라서인지 그녀가
먼저 만나자고 했다. 그래서 도혁은 오늘 하루 남은 일을 내일로 미
루고 오랜만에 정시 퇴근을 해서 회사를 나왔다.

"잠깐 세워요."

창밖으로 꽃집이 보이자 도혁은 운전기사에게 차를 세우라고 지
시했다. 그는 절대 꽃을 사는 로맨틱한 남자가 아닌데 오늘은 무슨
바람이 든 건지 꽃다발을 사고 싶어졌다.

꽃집을 통째로 살 돈이 있었지만 도혁은 욕심내지 않고 은채에게
가장 잘 어울리는 붉은 장미꽃 한 다발을 사고는 차에 타서 다시
집으로 향했다. 도혁은 자신이 산 꽃다발을 지그시 보며 무언가 만
족스럽지 않은 기분이 들었다.

뭐지, 뭐가 빠진 거지? 와인인가? 그건 집에 있는데. 반지? 이미 줬
잖아.

아무리 생각해도 짐작이 되지 않았다. 섬세한 성격이 아닌 그가
누가 시키지도 않았는데 이런 걸 스스로 샀다는 것부터 이미 부족

함을 넘어 넘치는 건데 말이다. 아무래도 은채에게 꽃을 주며 부족한 게 무엇인지 직접 물어봐야지 알 수 있을 듯했다.

집에 올라가는 엘리베이터를 탔는데 엘리베이터 거울에 비친 모습이 썩 마음에 들지 않았다. 이런 건 여자한테 지고 사는 남자들이나 사가는 거 아닌가. 하지만 이미 산 것을 버리기도 그랬다.

'뭐, 은채는 좋아할 테니까.'라는 마음으로 정리하고 도혁은 64층에서 내렸다. 문이 열렸을 때 어쩌면 은채가 벌써 와 있을지도 모른다는 생각이 들었지만 현관문을 지나 안에 들어가도 집 안은 고요하고 아무 소리도 들리지 않았다. 은채가 와 있었다면 그가 문 여는 소리에 바로 달려오는 발소리가 들렸을 것이다.

아직인가? 애들 대회 주제에 엄청 오래 하는군. 또 속으로 투덜거리며 거실로 들어오던 도혁은 거실 소파에서 반짝이는 물건을 발견하고 우뚝 멈추어 섰다.

영원히 변하지 않는다는 다이아몬드의 빛은 정말 멀리서도 너무 잘 보였다.

그건 분명 그가 은채에게 준 프러포즈 반지였다. 그게 왜 은채의 손이 아니라 그의 집 거실 탁자에 놓여 있는지 알 수가 없어서 도혁은 잠시 그 자리에 못 박힌 듯이 서서 반지를 노려보았다.

반지는 의지가 없었다. 의지가 있는 건 사람이었다. 저곳에 반지를 놓고 갈 수 있는 사람은 은채뿐이었다.

도혁은 저벅저벅 소파가 있는 쪽으로 걸어갔다. 애써 들고 왔던 장미 꽃다발을 아무렇게나 소파 위에 던져버리고 반지 케이스 옆에 있는 종이를 집어 들었다. 그 종이에는 은채가 남긴 짧은 메시지가 적혀 있었다.

도혁은 한글로 된 그 메시지가 도대체 무슨 내용인지 모르겠다는 표정으로 몇 번이나 읽었다. 그의 아버지는 지금 미국에 있는데 어떻게 만난다는 것인가. 그리고 도대체 왜 그가 준 프러포즈 반지를 놓고 간 것인가.

도혁은 핸드폰을 꺼내 바로 은채에게 전화를 걸었다.

[고객님의 전화가 꺼져 있어 소리샘으로 연결됩니다.]

불길한 예감을 적중시키듯이 은채의 전화는 완전히 꺼져 있었다. 도혁은 바로 화를 내지 않고 그의 비서실장인 이민국에게 전화를 걸었다.

[네, 대표님.]

맘에 들지 않는 비서지만 그래도 이민국은 은채처럼 도혁의 전화를 함부로 무시하는 짓은 절대 하지 않았다.

"지금 당장 미국행 비행기 탑승자 명단에 이은채 있는지 확인해 봐."

지시를 내리면서도 절대 그럴 리 없다고 생각하고 있었다. 미국이 얼마나 먼 나라인데 겁도 없이 혼자 찾아간단 말인가. 더군다나 여행도 아니라 그의 아버지를 만나러 미국까지 간다고? 그야말로 미친 짓이다.

도저히 현실로 받아들일 수 없던 도혁은 반지를 낚아채듯이 잡아들고는 다시 집을 나섰다. 차를 직접 운전해서 그가 달려간 곳은 은채의 집이었다. 직접 만나서 제대로 따질 생각이었는데 시장 골목을 서성이는 만덕을 발견하고 도혁은 그녀의 집에서 멀리 떨어진 곳에서 차를 멈추어야만 했다. 만덕은 다른 사람들이 다 들을 정도로 투덜거리며 거리를 걸어 다니고 있었다.

"이놈의 가시나. 집에 제시간에 들어오는 법이 없어. 가시나가 허파에 바람만 잔뜩 껴서는!"

은채가 집에 없다는 건 만덕의 태도만 봐도 알 수 있었다. 도혁은 잠시 길 잃은 사람처럼 방황하다 바로 차를 출발시켜 홍대로 향했다. 그녀가 집이 아니라면 갈 곳은 그곳뿐이라고 생각했으니까.

하지만 그의 짐작을 비웃기라도 하듯이 인디아 레드가 공연했던 클럽에서 그녀의 모습을 찾을 수는 없었다.

"은채 여기 안 온 지 한참 되었는데. 그런데 왜 찾으시는데요?"

도혁은 은채가 없다는 걸 확인하고 바로 클럽을 나와버렸다.

늦은 밤이었지만 홍대 거리에는 사람들이 넘쳐났다. 뭐가 그리 즐거운지 웃고 떠들고. 그런 사람들의 모습에 더 기분이 나빠지는데 차에 타려는 그에게 지나가는 여자들이 말을 걸었다.

"오빠, 이거 오빠 차예요? 엄청 멋있다. 우리 좀 태워주면 안 돼요?"

도혁은 서늘한 눈으로 여자들을 쳐다보았다. 말도 없이 경멸만 가득한 그의 시선에 여자들은 얼굴이 굳어서 더는 추파를 던지지 못했다.

도혁은 차에 올라타 바로 소란스러운 홍대를 떠나 밤의 도로를 달렸다. 도로 위를 달리며 다시 은채에게 전화를 해보았는데 그녀의 전화는 여전히 전원이 꺼져 있었다.

빵—!

그가 화가 나서 내려친 클랙슨이 날카로운 동물의 울음소리처럼 도로 위에 울려 퍼졌다.

　14시간이나 비행기에 있다 내렸더니 잠시 평평한 땅이 적응이 되지 않았다. 머리 색깔부터 피부색까지 다양한 인종이 섞여 있는 미국 공항은 그녀에게 그야말로 별천지였다.

　그 낯선 땅에서 박 실장은 구세주처럼 그녀를 마중 나와 있었다. 한국에서 출발하기 전에 박 실장한테는 미국 간다고 미리 전화한 것이다. 그가 안 왔으면 그녀는 공항도 제대로 빠져나가지 못했을 것 같았다.

　"회장님이랑 같이 안 계셔도 괜찮아요?"

　그녀의 물음에 박 실장은 주름진 미소를 지었다.

　"잠깐은 괜찮으세요."

　"저 오는 거 모르시죠?"

　갑자기 온 거라 그녀도 미국에 있는 자신이 낯설었다.

　"걱정하지 말아요. 제가 쫓아내지 못하게 할 테니."

　그 말을 들으니 든든한 게 아니라 불안해졌다. 쫓아낼 정도로 싫어하실까 싶어서.

　"회장님 상태는 어떠세요?"

　"걱정할수록 은채 양만 힘들어질 거예요."

　"그래도 걱정은 돼요. 전 그 두 남자랑 달리 감정이 풍부하거든요."

　사실 도혁에게 일방적으로 반지를 돌려주고 말도 없이 미국에 와 버린 거라 도혁 쪽이 더 걱정이긴 했다. 그녀의 일방적인 결정이라

화가 엄청 났을 것이다. 그래서 핸드폰을 켜기 겁이 날 정도였다.

"도혁 씨한테 프러포즈 반지 돌려주고 왔어요."

박 실장은 걱정하는 눈으로 그녀를 보았다. 그녀가 반지를 놓고 왔다는 건 두 사람의 관계가 끝날 것까지 고려하면서 미국에 왔다는 거니까.

"괜찮아요?"

은채는 애써 밝게 웃었다.

그녀가 반지를 돌려준 게 화가 나고 자존심 상해서 이대로 그녀랑 끝내고 싶으면 그는 미국에 오지 않을 것이다. 그러면 권 회장의 뜻대로 그녀와 도혁은 정말 끝인 거다.

그러지 않을 거라 믿는다. 그가 사랑한다고 말했으니까. 그러니 그녀가 있는 미국까지 찾으러 올 것이다. 그럼 자연히 그의 아버지와도 만나게 될 거다. 거기까지였다. 그녀가 도혁과 권 회장 사이에서 해줄 수 있는 역할은.

고작 그 정도라는 게 은채는 자꾸만 서러웠다.

32. 시간아, 이대로 멈추어줘

"우와."

권 회장이 머무는 미국의 별장에 도착한 은채는 감탄사가 절로 나왔다. 땅이 넓은 미국이라서인지 집이 아니라 저택이었다.

"정말 돈이 많긴 많나봐요. 미국에도 이런 집을 가지고 있게."

박 실장은 집 구경하느라 목이 꺾어질 것 같은 은채를 정문 쪽으로 안내했다. 하우스메이드가 문을 열어주기에 은채는 반사적으로 인사를 했다.

"안녕하세요."

미국인 메이드는 방긋 웃을 뿐이었다. 박 실장이 옆에서 살짝 설명해주었다.

"이 집에서 일하는 사람들은 전부 한국말을 못 알아들어요."

은채는 낭패라는 표정을 지었다. 그녀는 영어를 못했으니까.

박 실장은 미로 같은 복도를 지나 권 회장이 있는 서재로 그녀를 안내해주었다. 굳게 닫힌 짙은 원목 색의 문은 그녀에게 꼭 닫혀 있는 권 회장의 마음처럼 보였다.

"혼자 들어갈 수 있겠어요?"

은채는 괜찮다는 뜻으로 고개를 끄덕였다.

미국까지 왔는데 뭘들 못 하겠는가.

달칵-.

육중한 문이 신기할 정도로 조용히 열리자 서재 책상에 앉아서 무언가를 읽고 있는 권 회장의 모습이 보였다. 한국 회사에서 봤을 때와 똑같은 모습이었다.

은채는 문 뒤에 서 있는 박 실장에게 한 번 시선을 준 뒤 혼자 서재 안으로 걸어 들어갔다. 그녀의 뒤에서 문이 닫혔지만 멈추지 않고 권 회장이 앉아 있는 책상까지 걸어갔다.

권 회장은 누가 서재에 들어오든 상관없이 자기 일에 집중하고 있었다. 서류를 읽고 있는 걸 보니 회사 일인 듯했다. 어떤 면으로는 참 대단했다. 저리 건강이 나빠진 상태에서도 일하고 있으니 말이다.

"안녕하세요."

그녀의 목소리를 듣고 나서야 권 회장은 고개를 들어 그녀를 보았다. 갑자기 나타난 그녀를 보고 권 회장도 놀란 눈빛으로 변했다. 그녀를 보고 이렇게 동요하는 건 처음인 듯해서 뭔가 미국까지 온 보람이 좀 느껴졌다.

"뭐 하는 짓이지?"

첫 마디부터 그녀를 전혀 반기지 않는다는 게 느껴졌다. 그리고 도혁 역시 멋대로 미국에 가버린 그녀에게 화가 나 있을 것이다. 그녀는 정말 그들을 생각해서 한 행동인데 말이다. 아직 두 사람은 그녀에게 화만 내고 있었다. 기운 빠지게.

"권 회장님이 저한테 내기하자고 하셨잖아요."

도혁의 약혼식이 한 달 뒤에 제대로 이행되면 그녀보고 도혁을 깨끗하게 포기하라고 했다.

"그런데 곰곰이 생각해보니 회장님 말씀 중 틀린 게 좀 있어서요. 그건 꼭 짚고 넘어가야 해서요."

그가 틀렸다는 말에 권 회장은 기분 상한 표정을 지었다. 그렇다고 그녀는 말을 멈출 수 없었다. 어차피 그녀도 낭떠러지에 서 있는 거나 마찬가지였다.

"제가 도혁 씨 흥밋거리일 뿐이라 하셨잖아요. 그게 아니라면 어쩌실 거예요?"

"자기 자신에 대한 자신감 과잉이 심하군."

"사랑은 자신감으로 하는 게 아닙니다. 마음으로 하는 거지."

"지금 나한테 훈계하는 건가?"

권 회장은 정말 화가 난 듯 목소리가 높아졌다. 하지만 그녀 역시 그와의 모든 것이나 마찬가지였던 프러포즈 반지까지 내놓고 온 것이라 여기서 물러설 수는 없었다.

"기다려보면 알겠죠. 아드님이 저 없이도 잘 살 수 있는지, 없는지. 저도 저를 흥밋거리로만 생각하는 남자는 싫습니다."

그녀가 이렇게 커다란 사고까지 치면서 원하는 건 하나였다.

아버지와 아들이 제대로 된 대화를 나눌 시간을 가지길.

단 한 번밖에 기회가 없다고 하더라도 그건 희생할 가치가 있는 기회였다.

그들은 이야기를 해야 했다.

아버지로서 아들에게, 아들로서 아버지에게.

제발 서로의 말이 상대방의 심장까지 닿기를 바란다.

불청객처럼 진료실에 들이닥친 도혁을 보고 진우는 절로 인상이 써졌다. 그가 아무리 보살 소리를 들을 정도로 성격이 좋은 사람이라도 요즘 도혁에게는 굉장히 불만이 많은 상태였기에 도혁의 이런 무례한 태도는 그의 기분을 더 언짢게 했다.

"넌 이제 내 환자 아냐."

단호히 진료 거부 의사를 밝히는 진우에게 도혁은 종이 한 장을 집어 던졌다. 그게 미국행 비행기 표라는 걸 알고 진우는 황당한 표정이 되었다. 왜냐하면 비행기 표에 적혀 있는 이름이 그의 이름이었으니까. '네가 가라, 하와이.'도 아니고, 이건 도대체 뭐란 말인가.

"이거 뭐야?"

"이은채 지금 거기 있어. 네가 가서 데려와."

도혁의 말에 진우는 놀라서 눈이 왕방울만 해졌다. 은채가 가출했다는 소리를 들었어도 이리 놀라지는 않았을 것이다. 가출해도 항상 찾아갈 수 있는 거리에 있던 은채였다.

그런데 미국이라고?

이건 은채가 절대 할 수 없는 사고의 크기였다.

"말도 안 돼. 처제가 왜 말도 없이 미국에 가!"

쾅─.

도혁이 두 손으로 책상을 세게 내려치며 진우를 노려보았다.

"그러니까 그런 말도 안 되는 일을 한 네 처제, 네가 가서 데려오라고."

미국에 은채가 있는 게 사실이라면 서둘러 데리러 가는 게 맞았다. 그런데 도혁의 태도가 진우는 너무 거슬렀다.

"네가 원인이야?"

"왜 뭐든 내가 나쁜 게 되는데!"

도혁이 거칠게 소리치는 말은 진득한 진심이었다. 그 안에 도혁의 억울함이 다 담겨 있어 진우는 좀 놀랐다. 죽을 거 같이 잠을 못 자도 도도하게 다리를 꼬고 앉아서는 절대 자신의 속내를 말하지 않던 도혁이었으니까. 그래서 그는 상처받을 마음이 없는 사람인지도 모른다고 생각했었다.

"이번에 난 절대 잘못하지 않았어."

도혁은 자기 자신에게 말하듯이 한 단어 한 단어 힘을 주어 말했다. 도혁이 뻔뻔하기는 하지만 거짓말로 자신을 포장하지는 않는다는 걸 아는 진우는 한숨이 나왔다.

"처제가 미국에 있는 게 맞으면 너도 같이 가."

정확한 원인이 무엇인지는 모르겠지만 분명 도혁이 관련이 있긴 했다. 같이 가자는 진우의 말에 도혁은 허리를 세우며 뒤로 물러났다. 위험 물질을 피하듯이.

"난 먼저 떠난 사람 절대 안 잡아."

그와 끝내고 싶어서 반지를 놓고 갔으면 그녀가 먼저 그를 버린 것이었다. 그와 끝낼 생각이면 왜 그의 아버지를 만나러 간 것인지 전혀 이해가 안 되긴 했지만 말이다. 지금 그는 자신의 마음 하나 추스르기도 힘들었다. 그녀의 마음 속내까지 다 꿰뚫을 여유가 없었다.

"네 자존심이 우리 처제보다 더 중요하다는 거야?"

그럼 그 혼자 남겨졌는데 자존심을 지켜야지 무얼 지킨단 말인

가. 그의 어머니가 미안하다는 말 한마디 하고 그를 떠나려다 죽었을 때도, 아버지가 끝없이 그를 몰아붙였을 때도, 그리고 마음을 주고 믿었던 은채까지 이렇게 말도 없이 떠났을 때도 그를 지킬 건 그 자신뿐이었다.

믿을 사람은 아무도 없었다. 세상에 의지할 건 오직 그 자신뿐이었다.

사랑이라니. 미련하게도 내가 왜 그런 허상을 믿었을까.

도혁은 분개하고, 상처받고, 얼어붙어 갔다.

눈의 여왕 성에 갇힌 카이는 행복하지는 않아도 적어도 안전은 했을 것이다. 심장이 얼어붙어 그 누구에게도 상처받지 않았을 테니까. 그런데 얼어붙은 심장에 온기가 돌던 도혁은 너무 쉽게 상처받았다.

네가 어떻게 날 두고 떠나. 네가 어떻게…….

식사하러 내려왔던 권 회장은 식탁에 먼저 와서 앉아 있는 그녀를 보고 걸음을 멈추었다. 그녀와 같이 밥 먹기 싫어하는 표정이 분명했기에 그녀도 자기 처지를 밝혔다.

"저도 밥은 먹어야 할 거 아닙니까."

"나중에 따로 먹어."

"저 영어 못한다고요. 그러니 차려줄 때 먹어야죠."

영어 못하니까 같이 먹어야 한다는 그녀의 말에 권 회장의 표정이 미묘하게 일그러졌다. 다행히 강압적으로 그녀를 쫓아내지는 않고 권 회장도 식탁에 앉았다. 그녀의 맞은편에 박 실장이 앉았다.

박 실장이 권 회장이 먼저 식사를 시작하길 기다리기에 그녀도 같이 기다리는데 권 회장은 가만히 앉아 있기만 했다. 은채는 박 실장을 보며 눈으로 물었다. 원래 이리 뜸 들이느냐고. 그런데 박 실장의 눈빛에 당황함이 스쳤다.

힐긋 권 회장 쪽을 보니 수저와 젓가락 앞에서 손이 머뭇거리고 있었다. 설마 이런 식으로 일상적인 생활까지도 잊어버릴 줄은 몰랐기에 그녀도 적잖이 당황했다. 박 실장은 차마 수저와 젓가락 사용법을 알려주지 못하고 쳐다보고만 있었다.

안 되겠다 싶어서 은채는 먼저 수저를 들어서 밥을 크게 떠먹어 버렸다. 그녀가 밥 먹는 모습을 권 회장이 쳐다보았다. 은채는 입안 가득 넣은 밥을 씹으며 변명했다.

"제가 배가 많이 고파서."

그녀가 수저로 밥을 떠먹는 것을 본 권 회장이 그제야 수저를 들어 올려 밥그릇에 가져갔다. 조용히 치열했던 식사가 그제야 제대로 시작되었다. 박 실장이 눈빛으로 그녀에게 고맙다고 했다. 은채는 밥을 씹는데 모래알을 씹는 거 같았다.

이게 뭔가. 그녀는 핍박받는 비련의 여주인공 입장이어야 하는데 소처럼 밥을 먹고 앉아 있으니. 정말 울고 싶은데 눈물도 안 나오는 상황이었다.

은채는 방 침대에 누워 전원이 꺼진 핸드폰을 멍하니 쳐다보고 있었다. 손가락이 자꾸 전원 버튼 쪽으로 갔지만 차마 켜지는 못했다. 켜는 순간 도혁에게서 온 문자가 쏟아질 것 같았으니까. 그녀를 찾는 내용이라면 상관없는데 저번처럼 잘 먹고 잘 살라고 한마디 하고 끝냈다면 그녀는 어쩌란 말인가. 아픈 권 회장한테 넌 역시 우리 아들 장난감이었다고 조롱만 당하고 한국에 돌아가야 한다.

통뼈도 아니면서 무슨 배짱으로 이런 일을 벌였을까 머리를 부여잡고 괴로워하다 방을 나갔다. 어울리지 않지만 산책이라도 하면서 머리를 맑게 깨워야 했다.

어슬렁어슬렁 넓은 정원을 걸어 다니다 서재 창문을 통해 안에 있는 권 회장을 발견한 은채는 그 자리에 멈추어 서서 크게 손을 흔들었다. 나름 인사였는데 권 회장이 보지 못하자 은채는 큰 소리로 권 회장을 불렀다.

"회장님!"

부르고 보니 좀 이상하긴 했지만 이미 불러버려서 한 번 더 불렀다.

"회장님!"

자신을 부르는 소리를 듣고 정원 쪽으로 고개를 돌렸던 권 회장은 손을 흔들고 있는 그녀를 보고 흠칫 놀라는 듯싶더니 마치 그녀를 못 본 척 등을 돌려버렸다.

은채는 포기하지 않고 그대로 집 안으로 다시 들어가 서재로 직접 갔다. 집이 넓어서 좀 헤매다 서재에 도착한 은채는 노크도 없이 서재 문을 열었다.

"나가."

그녀가 서재 문을 열자마자 권 회장은 바로 퇴장 명령을 내렸다. 그래도 은채는 헤헤 웃으며 서재 안으로 들어갔다.

"저도 심심해서 책 좀 읽으려고."

'네가?'라는 눈으로 권 회장이 쳐다보았지만 책 읽는다고 하니 쫓아내지는 않았다.

"제가 책을 잘 안 읽어서 그러는데 하나 추천 좀 해주시겠어요?"

그녀는 권 회장과 대화를 할 요량으로 책 추천을 부탁했다. 다행히 권 회장은 책상에 놓여있던 책 하나를 그녀에게 내밀었다. 엄청나게 두꺼운 책 두께만 봐도 재미없을 것 같았지만 은채는 서둘러 책상으로 다가가 권 회장이 내민 책을 받았다.

"무슨 책이에요?"

"자본론."

음, 소설책이 아닌 건 확실했다.

"자네가 이 책을 이해한다면 깨닫는 바가 있을 거야."

뭘 깨닫게 될 거라는 건지는 모르겠지만 분명 좋은 뜻이 아닌 건 분명했다.

"제가 이거 정말 다 읽으면 어쩌실 건데요?"

그럴 리가 없다는 명백한 무시의 눈빛이 그녀에게 날아왔다. 부전자전이다. 사람 무시하는 눈빛이 똑같이 재수 없다.

"저도 한다면 해요. 그러니까 이렇게 미국까지 혼자 왔잖아요. 영어도 못하는데!"

권 회장은 절레절레 고개를 저으며 시선을 돌려버렸다. 은채는 무거운 자본론 책을 가슴에 껴안고 당당하게 말했다.

"그럼 이 책 다 읽고 다시 오겠습니다."

권 회장이 힐긋 책을 안고 나가는 그녀의 뒷모습을 보았지만 바로 책으로 시선을 돌렸다.

은채는 권 회장이 지금껏 겪은 인간 중 가장 소란스러웠다. 누구도 그의 앞에서 큰 소리를 낼 엄두를 내지 못했으니까. 심지어 그녀와 닮았던 그의 아내는 아예 벙어리처럼 말조차 하지 않았었다.

처음은 시끄러운 은채가 잘못된 거로 생각했는데 그녀의 시끄러움에 적응해 갈수록 그가 주변 사람들을 벙어리로 만든 것일 수도 있겠다는 생각이 들고 있었다. 만약 그가 그러지 않았다면 그의 아내는 그에게 무슨 말을 했을까. 할 말이 있긴 했을까.

권 회장은 책장을 넘겼다. 병든 몸이 정신까지 나약하게 만들고 있다 자책하며.

끼이익-.

질주하던 도혁의 람보르기니가 멈추어 선 곳은 허름한 시장가였다. 은채의 집이 있는 곳이었다. 도혁은 황망한 눈으로 허름한 시장 골목을 쳐다보았다. 이렇게 좋은 차를 타고 기껏 온 곳이 여기라니 정신 나간 일이었다. 그대로 출발하려고 하던 도혁은 시장 쪽을 다시 보았다.

저벅저벅-.

담 너머로 보이는 은채의 방은 불이 꺼져 있었다. 그녀가 진짜 미국행 비행기를 탄 것까지 확인했는데 불이 꺼진 방을 보자 겨울바람보다 더 시린 기운이 그의 심장에 다시 스며들었다.

도혁은 힘없이 몸을 돌리다 골목을 걸어오는 만덕을 보고 놀라서 멈추어 섰다. 어깨를 쭉 늘어뜨리고 걸어오던 만덕도 도혁을 발견하고는 바로 얼굴에 화색이 돌았다.

"아이고! 이 대리! 나 만나러 왔어!"

저 이 대리 소리를 또 듣게 될 줄은 몰랐는데 말이다. 도혁은 어색하게 웃었다. 기분이 안 좋다고 만덕에게까지 신경질을 낼 수는 없었으니까.

만덕은 스스럼없이 도혁의 팔을 잡으며 집으로 이끌었다.

"어여 들어가. 여기까지 왔는데 우리 술 한잔 거하게 해야지."

생각도 못 한 만덕의 환대에 불면의 밤이 이상한 쪽으로 흘러가게 되었다. 집에 은채가 없었기에 만덕은 술상도 직접 차려서 내왔다.

"우리 집 딸이 또 가출해서 말이야. 내가 그 가시나 찾아 돌아다니다 온 거야. 아휴! 아주 애물단지가 따로 없어."

만덕이 은채 욕으로 술상을 시작해서 도혁은 가슴이 쿡쿡 찔렸다. 같이 욕하고 싶은 마음이 불끈불끈 솟았지만 참아야 했다. 그는 이 자리에서 권 대표가 아니라 이 대리였으니까. 이 대리는 은채와는 전혀 모르는 사이였다.

"걱정되시겠어요."

만덕은 텁텁한 표정으로 멸치를 씹었다.

"뭐, 시간 지나면 알아서 들어오긴 하는데. 이번엔 좀 기네. 이렇게 소식 끊긴 적이 없긴 했는데."

도혁은 마른 입안에 술을 넣었다. 빈속에 들어간 술이 순식간에 목을 뜨겁게 달구었다. 빈 술잔을 내려놓으며 도혁은 남의 일 묻듯이 입을 떼었다.

"어디 있는지도 모르세요?"

"알면 당장 잡으러 갔지. 그런데 이 대리가 우리 딸 걱정되나봐. 전에 봤었지? 우리 딸이 좀 예쁘긴 해. 그렇지?"

억지로 웃는데 눈가가 떨렸다. 속에서 뜨거운 게 올라왔다. 아버지한테 이렇게 걱정 끼치고 그도 자기 멋대로 버린 은채가 정말 나쁜 여자처럼 느껴졌다.

"내가 이 대리 처음 봤을 때부터 딱 우리 둘째 딸 짝 하면 좋겠다
고 생각했다니까. 그런데 그 가시나가 부모 말을 들은 적이 한 번도
없어. 족발 사 와서는 딴 놈 좋다고 울고불고하는데. 내 우리 딸 눈
에 눈물 뽑게 한 그놈은 보기만 하면 머리털을 다 뽑아버릴 거야!
이번에도 분명 그놈 때문에 마음 못 잡아서 나간 거야! 다 그놈 때
문이라니까!"

만덕의 말이 갑자기 격해졌다. 듣고 있던 도혁은 눈빛이 가늘어졌
다. 울었다고? 자기가 먼저 멋대로 떠난 거면서 왜 자기가 울어?

할 수만 있다면 만덕에게 이유를 묻고 싶었지만 만덕은 남의 말
은 안 듣고 자기 이야기만 했다. 그리고 계속 술잔을 부딪치며 먹어
서 짧은 시간에 굉장히 많이 마셨다.

만덕이 잠든 뒤에야 도혁은 그 방에서 나올 수 있었다. 마당에 선
도혁은 은채의 방 쪽을 보았다. 잠시 닫힌 문을 쳐다보던 도혁은 은
채의 방으로 걸어가 문으로 손을 뻗었다.

드르륵―.

달빛이 스민 방 안은 주인 없이 텅 비어 있었다. 작은 옷장과 꽃
무늬 이불이 덮인 침대, 그리고 정리가 덜 된 화장대. 도혁은 은채
의 물건을 하나하나 보다 책상에 놓인 그녀의 사진에 시선을 멈추
었다. 활짝 웃고 있는 얼굴이었다.

"웃지 마."

그의 경고에도 그녀의 웃음은 그대로였다. 그녀를 믿지 말라는
마음과 그래도 믿고 찾아가야 한다는 마음이 그의 안에서 치열하
게 부딪혔다. 그녀의 얼굴을 마주 보고 그녀의 눈과 입을 통해 직접
확인하면 명확해질 일인데 말이다. 그럴 용기가 생기지 않았다. 그

게 진짜 그녀와의 마지막일까봐.

은채는 번쩍 눈을 떴다. 책에 떨어진 침을 보고는 경악을 하며 고개를 쳐들었다. 권 회장의 책에 침을 흘리다니 그녀를 죽일지도 몰랐다.

은채는 허둥지둥 휴지를 뽑아 책을 닦았다. 무슨 책이 읽기만 하면 잠이 왔다. 불면증인 도혁에게 선물해야 하는 책인가보다.

도저히 혼자 읽을 자신이 없어진 은채는 책을 들고 박 실장을 찾아갔다.

"이 책 내용 혹시 요약해서 말씀해주실 수 있으세요?"

'자본론'이라는 책의 제목과 그녀의 얼굴을 박 실장이 번갈아 쳐다보았다.

"회장님은 그런 꼼수 바로 아십니다."

그녀가 권 회장에게 이 책을 다 읽겠다고 호언장담한 것을 마치 아는 듯이 박 실장이 말해서 은채는 뜨끔했다.

"제, 제가 읽은 것처럼 말하는 노하우가 있어요."

"회장님을 상대할 때는 정수를 써야 합니다. 그래서 힘든 거고요."

그럼 정말 이 책을 다 읽으란 말인가. 1년은 걸릴 텐데.

은채는 자본론 위에 푹 쓰러졌다.

"아무래도 둘 다 망한 거 같아요."

그녀는 자본론 읽다 망하고, 도혁은 혼자 센 척하다 망하고. 결국 승자는 권 회장이다.

"그렇게 쉽게 포기하지 마요."

박 실장은 여유 있는 척 말하지만 권 회장이 이상행동을 보일 때마다 제일 노심초사하는 게 그였다. 오늘 아침에는 계단 앞에서 움직이지 못하는 권 회장을 보았다.

시간이 많이 남지 않았다. 그러니 도혁이 늦지 않게 와야 하는데 그가 너무 늦으면 어쩌나 불안했다. 그래서 도혁이 막상 왔을 때 권 회장이 알아보지 못하면 어쩌나.

그녀가 주르륵 흘린 눈물이 또 자본론 책을 적셨다. 슥슥, 박 실장 몰래 옷소매로 눈물 자국을 닦았다.

권도혁 바보 멍청이. 왜 안 오는데.

세진 그룹의 후계자가 면허 정지를 당할 정도로 음주 운전을 했다는 기사가 대한민국에 도배된 것은 미국에 밤이 찾아왔을 때였다.

촤악-.

권 회장은 노기 서린 손길로 박 실장의 얼굴에 신문을 집어 던졌다.

"어떻게 일 처리를 했기에 이런 기사가 멋대로 실리게 돼! 자기들이 누구 때문에 먹고사는데 감히 내 아들 얼굴에 먹칠해!"

음주 운전을 한 것은 도혁의 잘못이었다. 그리고 그 원인이 무엇인지도 뻔했기에 권 회장의 분노는 극에 달해 있었다. 권 회장의 시선이 서재 문 뒤에 있던 은채에게 닿자 분노는 바로 그녀에게로 옮겨갔다.

"네가 말한 증거가 이거야! 내 아들을 이런 식으로 망치는 게 네가 말한 사랑 따위냐고!"

은채는 움찔거리며 움츠러들었다. 권 회장이 이렇게 화를 내는 걸 보는 게 처음이었으니까. 거대한 해일이 몰려오는 거 같았다. 아픈 사람이라고는 믿을 수 없었다.

"은채 양 잘못이 아닙니다, 회장님."

이런 상황에 권 회장에게 저런 말을 하다니 박 실장은 목숨이 여러 개인가보다.

"닥쳐! 당장 수습해! 1시간 내로 기사 다 내리라고!"

박 실장은 알겠다고 대답하고 서재를 나왔다. 은채는 마치 자기 잘못인 것만 같아서 구석에 웅크리고 서 있었다. 그런 은채에게 박 실장은 괜찮다고 웃어 보였다.

"도혁 씨 다친 건 아니죠?"

"음주 단속에 걸린 거예요."

박 실장은 우선 기사 처리부터 해야 한다면서 서둘러 걸어갔다. 도대체 이 먼 미국에서 박 실장이 할 수 있는 일이 무엇인지 그녀는 짐작도 되지 않았다.

그나저나 면허 정지당한 도혁은 어쩌고 있나 싶었다. 드라이브가 유일한 취미라고 했는데 말이다.

도혁을 걱정하며 한참이나 서성이던 은채는 결국 못 참고 거실에 놓인 전화기로 걸어가 수화기를 집어 들었다. 그가 정말 괜찮은지 그의 목소리만이라도 듣고 싶었다.

그의 전화번호를 누르고 한참이나 기다렸다. 전화 연결음을 들으며 한국은 지금 몇 시인지 계산해보는데 잘 계산이 안 되었다.

[여보세요?]

도혁의 목소리가 들리자 은채는 숨을 크게 들이켰다.

세진 그룹의 힘으로 도혁의 음주 운전 기사는 몇 시간 만에 내려 가긴 했지만 이미 알 만한 사람은 다 본 뒤였다. 도혁으로서는 처음 겪어보는 불명예이긴 했다. 이런 식으로 사람들 입에 오르내리는 건 정말 불유쾌한 상황이었다. 거기다 음주 운전으로 면허 정지까지. 딱 개판 오 분 전 상황인 듯했다.

내가 왜 그렇게 멍청한 짓을 했을까 후회했을 때는 이미 면허는 날아간 뒤였다.

그리고 짜증 나게 그 기사를 본 진우가 회사까지 찾아왔다. 도혁 은 관자놀이를 두 손으로 누르며 도도하게 말했다.

"난 멀쩡해."

진우는 사무실 입구에 서서 마치 정신과 의사가 환자를 보는 듯 한 시선으로 조용히 그를 보기만 했다.

"면허는 다시 따면 돼. 넌 환자 없어? 왜 부르지도 않았는데 찾아 와!"

분노 조절 장에 환자처럼 화를 내는 도혁을 진우는 빠히 쳐다보 다 진지하게 말했다.

"미국 같이 가자."

'지금은 왜 바보같이 음주 운전 했어.'라는 질문만큼이나 그를 화 나게 하는 말이었다.

"내가 왜!"

"너 이대로 못 끝내잖아."

진우의 말에 도혁은 차가운 불을 눈으로 뿜어내었다.

"난 아무렇지……."

"마지막으로 잠잔 게 언제인데?"

도혁은 대답하지 못했다. 은채가 놓고 간 반지를 본 뒤부터 그 침대에 누워 잠을 잔 기억이 전혀 없었으니까.

"처제한테 피치 못할 사정이 있는 것인지도 모르잖아. 그러니까 직접 찾아가서 처제 얼굴 보며 물어봐. 이렇게 혼자 철벽 쌓고 버티지 말고."

그도 알고 싶었다. 그녀가 왜 갑자기 그렇게 쪽지 한 장 달랑 남겨 두고 떠나버린 건지. 진짜 그의 아버지 탓인지, 아니면 다른 이유가 있는 건지. 그는 아무리 생각해도 그의 잘못을 찾을 수가 없었으니까.

Rrrrrrrr-. Rrrrrrrr-.

그의 핸드폰이 울렸다. 모르는 번호였는데 도혁의 눈빛이 날카로워진 건 미국 번호였기 때문이었다. 도혁은 통화 버튼을 누르고 핸드폰을 귀에 가져갔다.

"여보세요?"

[……]

상대편에서는 아무 대답이 없었다.

"이은채?"

뚝-.

그가 이름을 묻자마자 전화는 일방적으로 끊겨버렸다.

뚜뚜뚜뚜뚜뚜뚜-.

전화는 이미 끊겼지만 도혁은 쉽게 핸드폰을 내려놓지 못하고 있었다.

"처제 전화야?"

도혁은 대답 대신 키폰을 눌러 비서실장에게 지시했다.

"지금 미국 가는 가장 빠른 비행기 표 예약해."

도혁이 미국에 가기로 한 것을 알고 진우는 짧게 한숨을 내쉬었다. 무슨 말을 해도 안 듣더니, 은채가 아무 말 없는 전화 한 통 했다고 바로 미국 갈 결심을 하는 걸 보니 도혁이 사랑이란 걸 하긴 하나보다. 그렇지 않으면 이렇게 바보같이 행동할 리가 없다.

"대표님이 미국행 비행기 탑승하셨다는군요."

박 실장에게 전해 들은 은채는 안도와 불안을 동시에 느꼈다. 그녀의 예상보다 한참 늦은 출발이었으니까. 그래도 온다고 기뻐해야 하는 건지. 아니면 폭풍이 몰려오고 있으니 준비를 해놔야 하는 건지 마음이 복잡했다.

"무슨 마음으로 오고 있을까요?"

박 실장은 말없이 웃기만 했다.

"그래도 나힌테 화내면 화냈지 자기 아버지한테 화내지는 않겠죠?"

두 사람이 또 싸우기만 하면 정말 낭패였다.

"두 사람은 은채 양 없을 때도 싸우기만 했어요."

은채는 절로 긴 한숨이 나왔다. 산 넘어 산 같았으니까. 도혁이 이곳까지 온다고 다 해결된 게 아니다.

"어떻게 하면 두 사람이 마음속 이야기를 서로 나눌까요?"

두 사람을 30년이나 봐온 박 실장은 난처한 표정만 지었다. 그걸 그가 알았다면 벌써 했을 것이니까.

"고마워요, 은채 양."

그녀는 고민만 가득한데 박 실장이 고맙다고 인사를 하자 은채는 눈을 동그랗게 떴다. 무엇이 고맙다는 건지 알 수가 없었으니까.

"두 사람한테 기회를 줘서."

은채는 어색하게 웃었다. 과연 그 기회가 아름답게 마무리될지 폭탄이 될지 지금으로써는 정말 알 수 없었으니까.

도혁이 올 시간이 가까워져 올수록 은채는 초조해졌다. 이대로 권 회장과 도혁이 또 최악의 만남을 가지게 할 수는 없었다. 어떻게 해야 할지 고민하던 은채는 권 회장이 있는 침실로 무작정 찾아갔다. 서재에 찾아가는 것도 쫓아내는데 침실은 더 좋아할 리가 없었다.

"당장 나가."

또 쫓아내려는 권 회장에게 은채는 단호히 말했다.

"도혁 씨한테 저 허락한다고 말해주세요."

권 회장은 기가 막힌 표정을 지었다. 이렇게 단순 무식하게 그에게 강요한 사람은 그녀가 최초였다. 그래서 화를 낼 생각조차 하지 못하고 있었다.

"머리가 이상해진 건가?"

저런 말은 분명 머리가 멍청하다고 해서 나올 수 있는 말은 아니었으니까.

"마음은 안 그렇다고 해도 그냥 말만이라도 그렇게 해달라고요. 그 정도는 해주실 수 있잖아요."

"내가 죽기 전에는 절대 도혁의 짝으로 너 같이 볼품없는."

"그렇게 말씀 안 해주시면 도혁 씨한테 회장님 병에 대해 제가 말할 거예요."

그녀의 협박에 권 회장은 자신이 화를 내던 것도 멈출 정도로 얼굴이 굳어버렸다.

"뭐?"

은채도 자신이 엄청 심하게 굴고 있다는 걸 알고 있었기에 권 회장의 눈을 바로 쳐다보지 못했다. 하지만 어쩌겠나. 이 방법 말고는 도저히 생각이 나지 않는데.

"회장님도 도혁 씨가 아는 거 싫잖아요. 저도 저 때문에 두 사람 싸우는 거 싫어요. 그러니 서로 공평하게."

"지금 내 앞에서 감히 공평이라고!"

"저도 상감마마처럼 구는 회장님 같은 시아버지 절대 싫어요. 그냥 도혁 씨랑 말 좀 하시라고요. 다른 아버지와 아들처럼요. 제발요."

그녀의 목소리가 권 회장의 목소리보다 커지자 집 안에 있던 사람들이 놀라서 달려왔다. 박 실장도 뒤늦게 서둘러 와서는 그녀 대신 권 회장에게 사과하고 상황을 정리하려는데 하필 그때 초인종이 울렸다.

딩동─.

이 집에 올 방문자는 없었다. 연락도 없이 갑자기 찾아오는 중인 도혁이 아니라면 말이다.

은채는 입술을 깨물며 권 회장을 보았다. 권 회장은 대역 죄인을 보는 듯한 눈으로 그녀를 쏘아보며 여전히 화나 있을 뿐이었다.

박 실장은 은채와 권 회장을 번갈아 보다 우선 현관으로 달려갔

다. 이러다 오늘 박 실장까지 심장에 무리가 와서 병원에 실려 갈 수
도 있었다.

메이드가 열어준 문을 통과해 거침없이 집 안으로 들어오던 도혁
은 허둥지둥 뛰어오는 박 실장을 보고 눈에 힘을 주며 멈추어 섰다.

"은채 어디 있어요?"

박 실장은 겨우 숨을 진정시키며 평정심을 유지하였다. 박 실장
은 일부러 도혁과 함께 온 진우에게로 시선을 돌렸다.

"일행이 계셨군요."

딱 불청객 신세였기에 진우는 어색하게 웃으며 인사했다.

"은채 형부 되는 서진우입니다."

도혁에게 두 사람의 대화를 기다려주는 배려는 없었다.

"아버지 서재에 계시죠?"

당연히 그럴 거라 여긴 도혁은 서재가 있는 쪽으로 향했다. 차라
리 도혁이 서재에 있는 동안 권 회장과 은채가 이야기를 나누어보
는 게 좋을 거 같아서 박 실장은 일부러 입을 다물고 있었는데 침
실과 통하는 복도 쪽에서 권 회장이 먼저 모습을 드러냈다.

"네가 무슨 일로 미국까지 온 거냐?"

권 회장의 꾸짖음에 도혁은 서재로 향하던 걸음을 멈추고 아버지
쪽으로 몸을 틀었다. 아버지를 보는 도혁의 눈빛에서 애정이라고는
전혀 느낄 수가 없었다. 아버지에 대한 원망과 분노만 가득했다.

"은채 어디 있어요?"

박 실장에게 했던 질문을 똑같이 권 회장에게도 했다. 아버지는
안중에도 없다는 듯이.

그런 아들을 보며 권 회장은 쓴 표정을 지었다. 당장에 정신 차리

라고 큰 소리가 나갔어야 맞는데 기둥 뒤에서 은채가 지켜보고 있었다. 여전히 그를 협박하듯이 말이다. 권 회장은 은채가 있는 쪽을 힐긋 노려보았다. 그가 누군가의 협박에 의해 움직인다는 건 말이 안 되는 일이었다. 아무리 아프고 숨어 지내는 중이라도 그는 세진 그룹의 수장 권태웅이었다. 대통령이라고 해도 감히 그에게 협박하는 건 용납할 수 없었다.

모두의 관심 밖에서 구경꾼처럼 서 있던 진우가 제일 먼저 기둥 뒤에 있는 은채를 발견했다.

"처제."

은채는 놀라서 더 기둥 뒤에 바싹 몸을 붙였지만 이미 소용없는 행동이었다.

그녀가 어디 숨어 있는지 알아낸 도혁이 성큼성큼 기둥 쪽으로 걸어갔다. 은채에게 다가가는 도혁을 권 회장과 박 실장은 불안한 눈으로 쳐다보았다. 지금 상황으로는 딱 시한폭탄한테 가까이 다가가는 꼴이었으니까.

도혁이 갑자기 그녀의 앞에 나타나서 은채는 깜짝 놀라 저도 모르게 뒷걸음질을 쳤지만 바로 뒤가 벽이었다. 도혁이 그녀의 손을 잡아채서는 끌고 가기 시작했다.

"자, 잠깐만요!"

주위에 사람들도 많은데 도혁은 상관하지 않고 그녀를 끌고 현관으로 향했다. 붙잡는 사람이 아무도 없어서 그녀도 난감했다. 이대로 도혁의 손에 끌려 허무하게 한국에 돌아가게 되는 건가 싶었는데 도혁이 막 현관문을 열려고 할 때 권 회장의 묵직한 목소리가 집 안에 퍼졌다.

“내 손님에게 함부로 굴지 말고 그 손 놔.”

우뚝, 도혁의 걸음이 그제야 멈추었고 덩달아 그녀도 멈출 수 있었다. 그 자리에 있던 모든 사람이 놀란 눈으로 권 회장을 쳐다보았다.

권 회장은 잔뜩 찌푸린 눈으로 두 사람을 보고 있었다. 아마 이 집을 나서면 그녀가 도혁에게 진짜 그의 병에 대해 말할까봐 염려되어 우선 붙잡은 거 같았다.

하지만 그걸 전혀 모르는 도혁은 믿기 힘들다는 눈으로 그의 아버지를 보았다. 그의 아버지가 은채에게 산탄총을 겨누면 겨누었지 손님으로 받아들일 거라고는 결코 생각해본 적도 없으니까.

“손님이라고요?”

“그래, 난 그 아이와 이야기 중이었다. 아직 이야기 안 끝났으니 그 손 놓아라.”

도혁이 그녀를 돌아보았다. 은채는 무슨 표정을 지어야 할지 몰라 오히려 표정이 굳었다. 비록 허락한다는 말을 한 건 아니지만 그나마 다행이라고 할까. 사람들이 이래서 협박을 하나보다. 그 덕에 그녀가 무려 권 회장의 손님 위치까지 올라갔으니 말이다.

“아버지랑 네가 무슨 이야기를 해?”

권 회장이 제대로 된 설명을 안 하고 그냥 방으로 들어가버려서 도혁은 그녀를 추궁했다. 은채는 그리 좋지 않은 머리를 굴려가며 이 상황을 헤쳐나가야만 했다.

“당신 아버지랑 내가 무슨 이야기를 하겠어요? 음악 이야기를 하겠어요, 경제 이야기를 하겠어요.”

그에 관해 이야기했다는 소리에 도혁은 기가 찬 표정이 되었다.

“우리 아버지가 너한테 내 이야기를 했다고?”

"방금 회장님이 직접 말씀하셨잖아요. 나랑 이야기 중이라고."

도혁은 아직도 생각이 정리되지 않아서 방 안을 서성였다. 은채가 그의 아버지를 먼저 찾아갔다는 것도 기가 찰 노릇인데 막상 와 보니 그녀가 아버지의 손님이란다. 그리고 그도 하기 힘든 이야기를 그녀가 그의 아버지와 하고 있다니 그게 말이 되는가.

"혹시 아버지한테 나랑 헤어졌다고 말했어?"

그렇지 않고는 아버지가 그녀에게 이리 관대할 수 없다는 게 도혁의 결론이었다. 그런 도혁을 은채는 쓴 표정으로 보았다.

그녀가 반지를 빼고, 그의 입에서 헤어졌다는 말이 나오고.

마치 이별이 점점 그들의 앞으로 다가오고 있다는 전조 같았다.

"궁금하면 아버지한테 직접 물어봐요."

"그냥 네가 말해!"

"싫어요."

은채는 대답을 거부하고 먼저 돌아섰다. 도혁이 그녀를 붙잡으려고 하자 가만히 지켜보던 진우가 두 사람 사이에 끼어 도혁을 말렸다.

"처제랑 싸우려고 여기까지 온 거 아니면 이 정도에서 멈춰."

도혁은 화가 난 눈으로 진우를 쏘아보았다.

"네가 보기에는 말이 돼? 한국에서는 먼지 취급하더니 미국 오니까 손님이라는 게."

"적어도 내 눈엔 나빠 보이지 않았어."

"그게 날 버린 대가이면!"

도혁의 외침에 은채의 어깨가 움찔했다.

"너 절대 용서 안 해."

은채는 고개를 돌려 도혁을 볼 수가 없었다. 그가 어떤 눈으로 그녀를 보고 있을지 무서웠으니까. 그냥 말 한마디면 그녀는 편해질 일이었다.

하지만 그 한마디에 두려움과 아픔은 그에게로 옮겨가는 것이라 그녀는 아무 말도 할 수가 없었다. 떨고 있는 그녀의 어깨를 진우가 감싸주었다. 고개를 드니 진우가 여전히 다정한 눈으로 그녀를 내려다보고 있었다. 그가 같이 와주어서 다행이었다. 이 순간 도혁과 둘만 있었다면 그녀는 더 많이 상처받았을 것이다.

"정말 같이 안 돌아갈 거야?"

진우는 그녀를 한국으로 데려가기 위해 여기까지 온 것이라 혼자서는 쉽게 발걸음이 떨어지지 않았다. 진우가 아주 힘들게 미국까지 그녀를 찾으러 왔다는 걸 알기에 은채는 미안한 표정을 지으며 진우를 보았다.

"지금은 못 가요. 죄송해요."

그런 은채를 말없이 보던 진우는 나직이 물었다.

"말 못 할 다른 사정이 있는 거지?"

그 말 그대로 말할 수 없는 사정이라 대답은 못 하고 그냥 웃기만 하는데 눈가에 눈물이 맺혔다. 울지도 웃지도 못하는 그녀의 표정을 보고 진우는 안쓰럽다는 듯이 그녀의 머리에 손을 올려 쓰다듬어주었다.

"후회가 남을 거 같으면 해결하고 와. 아버님한테는 내가 잘 설명할게."

은채는 두 눈을 꾹 감고 고개를 끄덕였다. 말하지 않아도 이해해주는 진우가 고마웠다. 그런 진우가 그녀의 가족이 되어서 정말 다행이었다.

도혁이 권 회장을 찾아갔을 때 권 회장은 박 실장과 함께 서재에 있었다. 미국 출장 일을 저택 안에서 해결하는 게 좀 이상하기는 했지만 지금 중요한 건 그게 아니었기에 도혁은 아버지에게 먼저 말을 걸었다.

"은채와 무슨 이야기를 나누신 거예요?"

"너야말로 리조트 일은 어떻게 하고 여기까지 날아온 거냐?"

권 회장의 질문에 박 실장은 긴장했다. 이런 식으로 나가면 결국 또 두 사람은 날 선 기 싸움만 하다 끝날 거 같았으니까. 역시나 도혁의 눈빛이 좋지 않았다.

"여자 하나 때문에 네 일까지 내팽개쳐둔 거냐? 그런 네가 무슨 자격으로 세진의 20만 직원들을 책임진다는 거냐."

"여자 한 명도 제 뜻대로 못하는데 어떻게 20만 명을 이끄는데요?"

"그걸 말이라고 하는 거야!"

"도대체 무슨 수로 은채를 여기 묶어두셨는지는 모르지만!"

두 사람의 목소리가 커질수록 박 실장은 심장이 아팠다. 제발 그러지 말라고 말리고 싶었지만 그는 그럴 수 없는 위치였다. 오늘따라 비서라는 직업이 너무도 비루하다. 이렇게 지켜보는 것밖에는 아무것도 할 수가 없었으니까.

"제가 한국에 데리고 갈 겁니다."

도혁은 아버지에게 선전포고하듯이 그리 말하고는 몸을 돌려 서재 문을 박차고 니가버렸다.

도혁이 오면 어쩔 수 없이 그한테 마음이 흔들릴 줄 알았는데, 오히려 은채는 권 회장이 더 걱정되었다. 이곳에 와서 그가 약해지고 있는 모습을 눈으로 직접 보고 겪어서 그런 듯했다.

도혁과의 충돌 때문에 병세가 더 악화할까 불안했다. 그래서 화원에서 꽃을 꺾었다. 자연의 아름다움을 보면 그나마 마음의 안정을 찾을 수 있을 테니까. 권 회장이 있는 서재에 가져다놓을 꽃인데 과연 권 회장은 좋아할지 잘 모르겠다. 그저 그녀의 기분 전환용일 뿐일지도.

"반지는 왜 뺀 거야?"

뒤에서 들린 도혁의 목소리에 꽃을 따던 그녀의 손길이 잠시 멈추었다. 은채는 깊게 숨을 들이쉬고는 다시 꽃을 꺾었다.

뚜벅뚜벅, 도혁이 그녀에게 걸어왔다.

"너랑 아버지, 나한테 숨기는 거 있지?"

의심은 해도 그게 무엇인지 도혁은 절대 짐작도 못 할 것이다. 어떻게 알겠나. 도혁에게 그의 아버지는 세상에서 가장 강한 사람인데.

은채는 꽃을 한 아름 안고 돌아보았다. 그녀가 들고 있는 꽃 때문에 도혁은 더 기분이 좋지 않았다. 그가 그녀를 위해 샀다가 버려진 장미 꽃다발이 생각났으니까.

도혁은 그녀에게 손을 뻗었다. 하지만 은채가 그의 손을 피해 뒤로 한 발짝 물러났다.

허공에 남겨진 손을 도혁은 공허한 눈으로 쳐다보았다. 이렇게 빈손으로 돌아가려고 미국까지 온 게 아닌데 말이다. 도혁은 주먹을 세게 움켜쥐었다.

"그래, 이제 알겠어. 내가 마음을 주는 사람은 전부 날 버린다는 거."

도혁의 눈빛이 사나워진 걸 보고 은채는 마음이 안 좋았다. 그러지 말라고 하고 싶었다. 왜 자기 안에 숨으려고만 하느냐고.

"당신 아버지는 당신 안 버렸잖아요."

도혁이 외면하고 있는 거다.

"그러니까 네가 날 버린 건 인정한다는 거야?"

은채는 쓰게 웃었다. 그녀도 궁금했다. 도혁이 모든 걸 알게 된 순간 먼저 버리는 쪽이 그가 될지, 그녀가 될지. 어쩌면 기적이라는 게 진짜 있어서 그들이 다시 행복해질 수 있을지.

뭐든 곧 벌어질 일이었다. 시간이 다 되었다.

"은채 양."

도혁을 혼자 화원에 두고 서재로 가는 길에 박 실장이 그녀를 부르며 다가왔다. 은채는 심각한 표정을 지우고 애써 웃었다.

"꽃을 좀 꺾었어요. 서재에 가져다 두려고. 예쁘죠?"

"그건 그냥 은채 양 방에 가져다 두는 게 좋을 거 같습니다."

"아! 혹시 회장님 꽃가루 알레르기 같은 거 있으세요?"

"그게 아니라."

박 실장은 굉장히 난처한 표정을 지었다.

"최다애 양이 찾아왔습니다."

다시 듣게 된 그 이름에 은채의 표정이 돌처럼 굳어버렸다.

33. 아버지와 아들의 대화

그 집에서 최다애를 반길 사람은 아무도 없었다. 도혁의 약혼녀로 최다애를 지정한 권 회장조차 지금은 그녀를 반길 상황이 아니었다. 초대한 사람도 없는데 최다애가 멋대로 찾아온 것이었다.

제멋대로인 최다애를 보는 권 회장의 표정은 그리 밝지 않았다.

"남의 집에 찾아올 때는 약속을 하는 게 먼저 아닌가?"

권 회장의 꾸짖음에도 최다애는 상황 파악 못 하는 사람처럼 웃었다.

"저희가 남인가요. 이제 한 가족 될 사이잖아요. 회장님이야말로 너무하세요. 미국 출장 오실 거면 저한테 연락하셨어야죠. 제가 미국에서 학교 다니는 거 뻔히 아시면서."

학교를 빠지고 한국에 갔을 때 권 회장이 자신에게 얼마나 냉정히 대했는지 경험했던 최다애는 이번에야말로 권 회장에게 점수를 따고 싶었다.

그러나 그녀의 얄팍한 수에 넘어갈 권 회장이 아니었다. 오히려 제멋대로인 그녀의 행동에 그녀에 대한 인상까지 나빠졌다. 도혁의 짝으로 완벽하게 격이 맞는 최건 의원의 딸만 아니었다면 당장 이 집에서 쫓아냈을 것이다.

이 집에 있는 은채의 존재가 신경 쓰여 권 회장의 시선이 문 쪽으로 옮겨졌다. 박 실장이 갔으니 알아서 잘 처리할 것인데도 마음이 불안해졌다. 어차피 두 사람이 만난다고 해도 은채가 이 판을 바꿀 힘 따위는 없는 데 말이다.

"미안해요. 잠시만 방에 있어요. 최다애 양도 곧 돌아갈 거예요."

박 실장이 대신 사과한다고 그녀의 기분이 나아질 리는 없었다. 권 회장에게 주려고 꺾은 꽃을 들고 은채는 입을 꾹 다물고 서 있기만 했다. 그녀의 기분이 안 좋다는 걸 느낀 박 실장은 애써 변명했다.

"회장님이 초대한 게 아니에요. 지금 손님 초대할 상황 아닌 건 은채 양이 잘 알잖아요."

"그래도 그 어린 여자애를 도혁 씨랑 약혼시키려는 건 안 바뀌셨잖아요."

그거야 목표를 달성해야 하는 사업 계획서 같은 것이었으니 권 회장의 병환과는 별개로 진행되는 일이었다.

"도혁 씨도 최다애랑 만나요?"

박 실장은 바로 대답하지 못했다. 권 회장이 도혁을 부르게 되면 어쩔 수 없이 그리 될 것 같았으니까.

"대표님이 안 만나려고 하실 거예요."

믿을 건 도혁밖에 없다는 듯이 박 실장은 힘을 주어 그리 말했다.

하지만 지금은 그녀와 도혁의 사이도 불안했다. 도혁이 오히려 그녀에 대한 반발심으로 최다애를 만나려고 할 수도 있었다. 그런 생각까지 들자 은채는 자신이 묵는 방에 얌전히 앉아 있을 수가 없었다.

한참이나 방 안을 서성였지만 마음이 편해지지 않았다. 모르면 몰랐지 이렇게 같은 집 안에 있는데 도혁이 약혼할지도 모를 여자와 함께 있다고 생각하니 심장에 불이 붙는 듯 뜨거워졌다. 이미 최다애를 만나봐서 그녀의 얼굴을 알기에 상상도 너무 구체적으로 되었다.

도저히 방 안에 그냥 있을 수 없어진 은채는 조심스럽게 방문을 열고 다시 밖으로 나왔다. 도혁이 어찌하고 있는지만 확인하고 다시 방으로 돌아올 생각이었다.

그런데 도혁이 정확히 어느 방에 묵고 있는지 모르기에 2층에 있는 방이란 방은 전부 열어보아야 했다.

방에서 찾지 못한 도혁을 찾은 건 수영장에서였다.

아버지랑 싸우고, 그녀랑도 말이 안 통하니 답답해서 기분 전환 겸 수영을 하고 있는 듯했다. 도혁의 긴 몸이 인어처럼 수영장을 가로질렀다.

좌악좌악-.

도혁의 긴 팔이 수면을 칠 때마다 물보라가 일었다. 은채는 자신이 그를 화나게 했다는 것도 잊은 채 넋을 놓고 그가 수영하는 걸 구경했다. 수영을 이렇게 잘할 줄은 몰랐다. 그러고 보니 피아노도 칠 수 있는 줄 몰랐는데 연주했었다.

그는 혼자 존재할 땐 참 완벽한 사람이었다. 그런데 그녀를 만나고, 그리고 그의 아버지 때문에 부족한 점이 생겨버리는 것 같아서 마음이 슬퍼졌다.

좌악-.

수영장 끝에서 수면을 박차고 나온 도혁은 젖은 머리를 쓸어 뒤로 넘겼다. 얼굴을 타고 내리는 물기는 이목구비가 선명한 그의 얼굴을 더욱 관능적으로 보이게 만들었다. 지켜보던 은채는 깊은숨을 뱉어냈다.

유리창 너머에 서 있는 그녀를 발견한 도혁이 눈을 좁혔다.

"수영하기에는 춥잖아요."

그녀가 어정쩡하게 건넨 말에 도혁은 냉소를 지었다.

"네가 더 추워."

어쭙잖은 걱정은 하지도 말라는 경고같이 들렸다. 그래도 그녀는 그냥 갈 수가 없어서 유리문을 열고 수영장으로 다가가며 그에게 다시 말했다.

"그만해요. 정말 감기 걸려요."

미국까지 찾아온 그를 냉대하더니 갑자기 그를 걱정하는 듯이 행동하는 그녀를 도혁은 의심스러운 눈으로 쳐다보았다. 아무 이유도 없이 태도가 이리 바뀔 리는 없을 테니까 말이다.

이유가 뭐든 그에게는 나쁘지 않은 변화였다. 안 그래도 그녀 때문에 그의 인생 최악의 사춘기를 겪고 있었으니까 말이다. 도혁은 사춘기의 탈출구를 찾듯이 은채에게 손을 내밀었다.

"나가게 손 좀 잡아줘."

최다애에 정신이 팔렸던 은채는 도혁의 행동에 별 의심을 하지 못하고 그의 손을 덥석 잡았다. 그런데 그녀가 잡자마자 도혁의 손에 힘이 가해졌다. 상하이에서 그녀가 그를 물에 빠뜨릴 때 그랬던 것처럼. 그녀가 아차 싶었을 때는 이미 그녀의 몸이 앞으로 기울고 있었다. 도혁이 상하이에서의 복수를 미국에서 한 것이다.

첨벙-!

물보라를 일으키며 그녀의 몸이 물속으로 빠졌다.

최다애는 수영장이 있는 쪽으로 시선을 돌렸다. 무언가 물에 빠지는 소리가 응접실까지 들린 것이다. 하지만 나무들 때문에 수영장에 무엇이 있는지는 정확히 보이지 않았다. 남의 일에 관심이 전혀 없는 그녀는 누군가 수영장에 빠져 위험에 처했을지도 모르는데도 더는 신경 쓰지 않고 다시 권 회장을 보았다.

"약혼식 앞당긴 게 회장님 쪽이라고 들었어요."

결국 이 약혼에 안달이 난 쪽은 권 회장이라고 최다애는 못을 박아두고 싶었다. 그래야 그녀에게 함부로 못 할 테니까. 그녀는 좀 더 대접받고 싶었다. 권 회장에게도, 도혁에게도.

"어차피 약혼식은 하루면 끝나니 학교는 약혼식 끝내고 다시 가서 학기 마칠 수 있을 거야."

학교 따위야 아무 상관없었다.

"혹시 약혼식 갑자기 앞당기신 이유라도 있으세요?"

그녀는 권 회장의 입에서 아쉬운 소리가 듣고 싶은 것이었다. 한국에서처럼 그녀를 철없는 아가씨라고 훈계하는 말이 아니라.

살피는 듯한 최다애의 눈빛에 권 회장은 불쾌해졌다. 안 그래도 자신의 병을 알고 난 뒤부터 타인의 시선에 더 민감해진 그였다. 그러니 노골적으로 살피는 최다애의 시선은 그를 기분 나쁘게 만들었다. 그가 아픈 걸 알게 되면 약점 잡았다고 좋아할 살쾡이 같은 시선이었다. 그가 사는 세계에서는 하루에도 몇 번이나 마주치는 인간 부류인데도 오늘따라 더 그의 신경을 거슬리게 하였다.

아마도 요즘 최다애와는 너무 다른 은채와 같이 지내서 그런 거 같았다. 도대체 그의 멸시를 당하면서도 계속 여기 있는 이유를 모르겠다. 도혁과의 관계를 허락받는 게 목적이라면 그의 병을 미끼로 그를 협박해서는 안 되었다. 권 회장은 은채를 절대 인정할 수 없다고 생각하면서도 정작 도혁의 진짜 약혼녀인 최다애와 마주 앉아서는 그녀에 대해 생각하고 있었다.

물속에 갇힌 은채는 다시 나가려고 몸부림을 쳤지만 도혁이 꽉 잡고 있어서 물 밖으로 나갈 수가 없었다. 물속에서는 눈을 뜰 수 없어서 새카만 어둠 속에서 헤매는 거나 마찬가지였다. 이번엔 상하이보다 더 심했다. 진짜 그녀에게 고통을 주려고 작정한 사람처럼 그녀를 놓지 않았기에 은채는 주먹으로 그의 어깨를 때렸다. 하지만 물속이라 그녀의 의지만큼 힘이 들어가지 못했다.

호흡이 가빠졌다. 괴로움에 얼굴이 일그러지는데 말캉한 것이 그녀의 입술에 겹쳐졌다. 입술 사이로 뜨거운 호흡이 밀려들어 왔다. 물속인데도 입술의 감촉은 생생했다. 약탈인지 키스인지 인공호흡인지 모를 행위는 차가운 듯 뜨거웠다. 그가 그녀를 안고 다시 물 밖으로 나와서도 키스는 계속 이어졌다. 그 집요함에 그녀의 몸속도 요동치기 시작했다.

그에게 안겼던 몸은 그를 정확히 기억하고 있었다. 이 감촉을, 이 온기를, 이 체취를.

이성적 생각이 모래처럼 흩어지는데 그가 그녀의 입술 위에서 속삭였다.

"한국에 같이 돌아가."

그 한마디가 벼락처럼 그녀의 머리에 꽂히며 이성이 돌아왔다. 그녀가 이럴 때가 아니었다. 은채는 그를 있는 힘껏 밀치고 수영장에서 나와 젖은 옷을 입은 채 뛰어갔다. 멀어지는 그녀의 뒷모습을 도혁은 쓴 표정으로 쳐다보았다. 그의 바람인지, 미련한 착각인지 모르겠지만 그녀는 그가 정말 싫어진 게 아닌 것만 같았다.

그런데도 그를 거부하며 가버린다. 도대체 그녀의 진짜 마음이 무엇인지 점점 혼란스럽기만 했다.

"당신!"

최악의 타이밍이란 이런 걸 두고 하는 말이었나보다. 은채는 물에 젖은 생쥐 꼴을 하고 성급하게 그녀의 방으로 가다 응접실에서 나오는 최다애와 정면으로 부딪치고 말았다.

도혁과의 키스 때문에 잠시 그녀에 대해 잊고 있던 은채는 아차 싶었지만 이미 후회해도 상황은 되돌릴 수가 없었다.

멀쩡한 모습으로 만나도 한참 불리한데 가장 우스꽝스러운 모습으로 최다애와 마주쳤다. 도혁이 그녀에게 복수하고 싶었다면 정말 제대로 한 셈이었다. 그녀 인생 최악의 순간이었으니까.

"당신이 왜 여기 있어!"

최다애는 정확히 그녀를 기억하고 있었다. 그래서 이 집의 메이드라고 거짓말을 할 수도 없었다. 은채가 당황해서 제대로 설명을 못하는 사이 응접실 문이 열리며 권 회장까지 나왔다. 그녀와 최다애가 마주친 걸 보고 권 회장의 표정이 급격히 안 좋아졌다. 아무래도 오늘이 그녀가 이 집에서 쫓겨나는 날이 되려나보다.

"회장님! 이 여자가 어떻게 여기 있는 거예요!"

최다애는 남편의 불륜 현장을 목격한 여자처럼 분노했고, 은채는 진짜 불륜녀라도 된 것처럼 그 자리에서 도망치고만 싶었다. 당당해야 하는데, 그녀는 정말 잘못한 게 없는데, 젖은 옷 때문인지 자꾸 쪼그라들었다.

"상관하지 않아도 되니 그만 돌아가."

권 회장이 제대로 된 설명도 없이 그녀를 보내려고 하자 최다애는 더 목소리가 높아졌다.

"제가 어떻게 그냥 돌아가요! 이 여자, 권 대표가 만나던 여자잖아요! 약혼이 며칠 남지도 않았는데 아직도 정리를 안 했다는 게 말이 돼요! 회장님까지 이러시면 어떡해요! 저희 아버지한테 다 말할 거예요!"

은채는 입술을 꼭 깨물었다. 먼저 등 돌리면 안 될 거 같아 버티고 서 있는데 권 회장과 눈이 마주쳤다. 그녀에게 화가 났을 줄 알았는데 오히려 좀 불안해 보였다. 설마 또 상태가 안 좋아진 건가 싶어 그녀가 도리어 걱정하고 있는데 최다애가 갑자기 그녀의 팔을 휘어잡아 끌어당겼다. 그녀의 몸이 휘청 앞으로 기울며 계단 위에서 넘어질 뻔했다.

"당장 이 집에서 나가! 너희 같은 것들은 격리를 해놔야 해! 기생질 못 하게!"

"그 손 놔!"

패악스러운 최다애의 목소리와 그런 최다애의 행동을 절단시키는 말이 동시에 부딪혔다. 그녀는 도혁이 온 줄 알았다. 하지만 도혁의 모습은 보이지 않았다. 최다애의 행동을 저지한 건 권 회장이었다.

"내 집에서 소란 떨지 말고 나가."

분명 그녀가 아니라 최다애를 보고 하는 말이었다. 최다애도 그걸 알고 두 눈에 핏발이 설 정도로 부글부글 끓었다.

"저한테 그렇게 말씀하시면 안 되죠. 제가 권 대표 약점 다 알고도 참고 있는 거예요. 제가 약혼해드리는 거라고요. 그럼 고개 숙여 고맙다고 하셔야죠. 절 쫓아낼 게 아니라!"

최다애도 보통내기는 아니었다. 권 회장을 상대로 저리 말하다니. 처음으로 이 어린 아가씨가 무섭다고 느껴졌다.

"내 아들은 약점 따위 없어."

최다애가 도혁까지 건들자 권 회장의 분노는 더 차갑게 불타올랐다. 설령 최건 의원이라도 그의 앞에서 그의 아들에 대해 그리 말하면 안 되었다. 그런데 어린 최다애는 눈치가 없었던 건지, 알면서도 상관하지 않았던 건지 권 회장의 말에 오히려 비웃는 듯한 표정을 지었다.

"정신과 기록 없다고 모를 줄 아세요? 사람들 다 알아요. 권 대표 어머니가 정신적으로 문제 있었다는 거. 그거 유전되면 어쩔 건데요. 그 여자 하나 죽었다고 끝날 문제가."

짝-!

최다애의 얼굴이 옆으로 돌아갔다. 최다애의 뺨에 선명하게 찍힌 손자국을 보고 은채는 아차 싶었지만 이미 욱해서 때린 뒤였다. 두 번째 최악의 순간이었다. 이번엔 빼도 박도 못하게 폭행죄로 잡혀갈 수도 있었다. 최다애가 희번덕 눈을 떠 그녀를 보는데 폭행죄 고소만으로 만족할 눈빛이 아니었다.

"죽고 싶지, 너."

정말 죽일 것도 같은 눈빛이라서 그녀는 주춤 뒤로 물러났다. 최다애의 손이 위로 올라갔다. 그대로 그녀를 후려칠 기세라 절로 두 눈이 감겼다.

"꺄악."

그녀의 비명이 나와야 하는데 도리어 최다애가 비명을 질러 눈을 떠보니 도혁이 최다애의 팔을 움켜잡고 있었다. 뒤늦게 나타난 도혁은 제3자의 눈으로 그녀를 보고, 권 회장을 보고, 최다애를 보았다.

"저 여자랑 난 이미 끝난 사이야."

도혁의 말에 은채는 심장이 쿵 내려앉았다. 권 회장조차 좀 놀란 눈으로 도혁을 보았다.

"그거 때문에 너한테 화풀이한 거니 이 정도로 하지."

도혁의 말에 최다애만이 미소 지으며 아수라장이 끝나버렸다.

좀 늦어진 저녁 식사 시간에 박 실장이 은채의 방으로 찾아왔을 때 그녀는 짐을 싸고 있었다. 그녀가 갑자기 짐을 싸는 이유가 오늘 최다애와 있었던 사건 때문일 게 뻔하기에 박 실장은 굳이 묻지 않고 저녁 먹으라는 말만 했다. 은채는 입맛이 없다고 했다. 오늘 하루 그리 난리법석을 떨었는데 이 집에서 무슨 염치로 밥을 먹겠는가.

"회장님이랑 대표님은 나와 계세요. 그러니 은채 양도 나와요."

두 사람 분위기가 삭막해지면 풀어줄 사람은 그녀뿐이었다. 그런데 은채도 지금은 그럴 기분이 아니었다. 도혁이 자기 입으로 그녀와 끝난 사이라고 했는데 어떻게 그와 마주 앉아 밥을 먹겠나.

"대표님은 일을 크게 안 만들려고 그리 말한 거예요. 안 그랬으면 최다애 씨가 은채 양을 법적으로 처리하려고 할 게 뻔하니까."

박 실장이 대신 변명해주어도 은채는 전혀 기분이 나아지지 않았다. 그냥 자꾸 이미 끝난 사이라는 도혁의 말만 머릿속에서 맴돌았다.

"이렇게 될 거 몰랐던 것도 아닌데 바보처럼 자꾸."

눈물을 찬는 은채를 보고 박 실장은 방 안까지 들어와서 그녀의 어깨를 꾹 잡아주었다.

"가더라도 밥은 먹고 가요. 회장님 얼굴 보고 인사는 해야죠."

그녀는 밥보다 권 회장에게 마지막 인사를 하기 위해 식당으로 내려갔다. 도혁과 권 회장은 이미 와서 앉아 있었지만 둘 다 밥은 안 먹고 있었다. 은채는 식당에 들어서면서 사과부터 했다.

"죄송합니다."

도혁이 그녀를 보며 물었다.

"네가 뭘 잘못했는데?"

그녀는 최다애를 때렸던 오른손을 올려 죄인 보듯 쳐다보았다. 은채는 힐긋 권 회장을 보았다. 그녀가 도혁의 미래를 망쳤다고 난리를 쳐도 할 말이 없는데 이상하게도 권 회장은 너무 조용하였다. 도혁 역시 그리 생각했는지 아버지 쪽으로 시선을 돌렸다.

"자기 딸 따귀 한 대 값으로 비자금 천억 요구하면 어쩌실 건데요?"

따귀 한 대 위자료가 천억이라는 말에 그녀는 무릎이 꺾일 뻔했다.

"천억 주고라도 약혼식은 하실 생각이세요?"

도혁의 비꼬는 말에도 권 회장은 조용히 한 곳만 응시하고 있었다.

"은채가 안 때렸으면 제가 때렸어요. 내 어머니에 대해 그리 함부로 말하는 여자는 제가 용서 안 해요."

권 회장이 천천히 고개를 들어 도혁을 보았다.

"……어머니를 원망하고 있었던 거 아니냐?"

도혁은 무슨 소리냐는 눈으로 아버지를 보았다.

"제가 왜 아버지를 두고 어머니를 원망해요?"

사람들이 수군거릴 정도로 그의 어머니는 공식 석상에서 세진 그룹의 안주인 노릇을 제대로 못했었다. 그래서 점점 그런 자리에 나가는 횟수가 줄어들었고, 결국에는 사교 생활도 전혀 없이 항상 서재에 혼자 박혀 책만 읽었다. 심지어 어린 아들을 데리고 나갔다가 잃어버린 적도 있었다. 외가에서 어머니를 일찍 결혼시킨 것도 그런 이유 때문이었다.

그래도 도혁은 한 번도 다른 어머니를 원한 적이 없었다. 어머니가 어딘가 부족해도 그에게 어머니는 그녀 하나뿐이었다. 그녀가 죽은 뒤에도 계속.

"아버지야말로 어머니가 바람피웠다고 오해하신 거 아니에요?"

권 회장의 눈빛이 흔들렸다. 오래도록 숨겨온 마음을 들킨 사람처럼.

도혁은 그날 어머니를 붙잡은 아버지가 그녀에게 퍼붓는 말을 들었기에 짐작한 것이었다. 물론 그때는 너무 어려서 그게 무슨 뜻인지 잘 몰랐지만 말이다. 그날 아버지는 불같이 화가 나 있었고, 어머니는 불안함에 어찌할 바를 모르는 모습이었다.

"그날 아버지가 조금만 참고 어머니의 이야기를 제대로 들었다면 아버지도 진실을 아셨겠죠."

어머니가 결국 떠나게 되었어도 적어도 그리 허망하게 죽지는 않았을지도 몰랐다. 어머니가 계단에서 떨어지던 모습이 도혁은 아직도 생생했다. 그가 붙잡기만 했어도 죽지 않았을 거라는 후회와 자책감이 끝까지 그를 따라다녔었다.

하지만 그때 어린 도혁이 어머니를 구하려고 어머니의 손을 붙잡았다면 같이 떨어져서 크게 다쳤거나 어머니와 같이 죽었을 것이다. 시간을 다시 되돌린다고 해도 도혁이 그 상황에서 할 수 있었던 일은 아무것도 없었다.

"결국 내가 죽였다는 거냐?"

권 회장의 눈빛이 붉게 달아올랐다. 사실 지금껏 도혁은 아버지의 책임이 제일 크다고 생각했었다. 어머니가 다그치고 윽박지르는 걸 극도로 못 참는 걸 알면서도 그리 몰아붙였으니 어머니가 그 계단 끝에 서서 버틸 수 있을 리가 없었다. 그러니 권 회장이 어머니를 궁지에 몰아넣어 죽음 문턱까지 데려간 거라 여겼었다.

하지만 어머니의 죽음은 결국 사고였고, 도혁이 마음 쓰이는 건 어머니의 죽음에 대해 아버지가 가지고 있는 마음이었다. 어머니가 죽고 1년도 지나지 않아 새어머니가 집에 들어왔을 때 도혁은 어머니가 죽었을 때보다 더 심하게 아버지에게 배신감을 느꼈었다. 아버지가 어머니의 죽음을 후련하게 생각한다 여겼으니까.

"만약 어머니가 살아 계셔서 제 앞길에 문제가 되었으면, 그래도 어머니랑 이혼 안 하셨을 거예요?"

질문한 건 도혁이지만 은채도 박 실장도 숨을 죽이고 권 회장의 대답을 기다렸다. 권 회장은 모래알을 삼키듯 어렵게 숨을 들이켜더니 차게 말했다.

"안 했어."

권 회장의 대답에 도혁이 안도하는 표정을 지었다. 그걸 옆에서 지켜본 은채 역시 마음이 울컥했다. 26년 전의 불행이 이제야 매듭이 지어지는 거 같았으니까.

정말 오래 걸렸다. 그럼에도 이제라도 서로 이야기를 해서 다행이었다.

도혁은 은채가 묵는 방 근처에서 서성이고 있었다. 최다애에게 한 말이 신경이 쓰여 그녀에게 제대로 해명을 해야 할 거 같은데 그가

변명을 하는 성격도 아니었고, 그녀와의 사이가 지금 별로 좋지가 않아서 말을 꺼내기가 쉽지 않았다.

결국 포기하고 그냥 그의 방으로 돌아가려는데 메이드가 와인을 들고 오는 게 보였다. 도혁은 이상하게 생각하고 메이드를 불러 세워 물었다. 이 집에 술을 마실 사람은 없었으니까.

누구에게 가져가는 술이냐고 물었더니 메이드의 입에서 '미스 리'라는 호칭이 나왔다. 그게 은채를 말하는 거라는 걸 도혁은 1초 뒤에야 깨달았다. 도혁은 메이드에게 손을 내밀었다.

"내가 가져갈 테니까 줘요."

차라리 술을 가져다주는 핑계로 말을 해보아야겠다.

똑똑―.

노크 소리에 메이드가 술을 가져온 거로 생각하고 방문을 열던 은채는 와인 병을 들고 서 있는 도혁을 발견하고 표정이 굳었다. 오늘 사고 친 걸로 마음이 심란했기에 방에서 몰래 혼자 마실 요량으로 메이드에게 방으로 가져다달라 부탁했던 것이었다.

"술 기다린 거 아니었나? 아, 술은 좋은데 나 때문에 기분 안 좋은 건가."

별로 반기지 않는 그녀의 표정이 기분 좋지 않은 건 그도 마찬가지였다. 그래서 첫 말이 좀 비꼬는 투로 나가버렸다. 또 싸우려고 온 게 아닌데 말이다. 오늘은 아버지와도 제대로 대화를 한 나름 의미 있는 날인데 오히려 그녀와 대화하는 게 더 어려웠다. 난감하게도 말이다.

"아까 최다애한테 한 말은."

"잘 자요!"

은채는 도혁의 손에서 와인 병만 빼앗고는 서둘러 문을 닫아버렸
다. 도혁은 황당한 눈으로 닫힌 문을 쳐다보았다.

뭐야, 이 반응은. 나랑 진짜 헤어지고 싶은 거야?

권 회장은 먹는 약이 많아서 잠을 잘 때는 거의 약에 취해 잠이
들었다. 꿈도 꾸지 않고 자고 있던 권 회장은 무언가 이상한 느낌을
받고 눈을 떴다.

어두운 방에서 이상한 소리가 들리고 있었다.

"흑흑."

그건 꼭 처녀 귀신의 울음소리처럼 음산하고 처연했다. 권 회장
은 자신이 꿈을 꾸는 건가 생각하며 소리에 집중했다.

"흑흑."

이젠 소리에 냄새까지 났다. 톡 쏘는 알코올 향이었다.

꿈인데 냄새까지 너무 생생하다 생각하며 고개를 돌린 권 회장은
침대 옆에 긴 머리를 늘어뜨리고 앉아 있는 은채를 발견하고 심장마
비가 걸릴 정도로 놀랐다. 심장병이었다면 진짜 큰일 났을 정도였다.

"내 방에서 뭐 하는 거야!"

권 회장의 다그침에도 은채는 눈물을 멈추지 못하고 끅끅댔다.
와인 한 병을 혼자 다 마셔서 취하니 새삼 아픈 권 회장이 혹시 죽
는 건 아닌가 걱정하는 오지랖이 생겼다. 잘 있는지 그녀의 눈으로
꼭 확인하고 싶은 마음에 굳이 권 회장이 자는 침실까지 보러 온 것
인데 권 회장의 얼굴을 보니 자꾸 눈물이 나는 것이다.

"끅끅. 눈물이 안 멈춰요."

"당장 나가!"

"윽. 회장님, 죽으면 안 돼요."

술 취해서 야밤에 찾아와 처녀 귀신처럼 우는 것도 모자라 그를 산송장 취급하는 말에 권 회장은 기가 차다 못해 얼이 빠졌다.

"저한테 욕해도 좋고 미워해도 좋으니까 제발 죽지 마요. 으허엉."

사실 권 회장은 죽는 거 따위는 걱정하지 않았었다. 그의 병이 세상에 알려지는 게 가장 두려웠을 뿐이었다. 그리되었을 때 그를 보는 사람들의 시선들이 변할 걸 생각하면 하루에도 열두 번씩이나 그의 손으로 자신의 목숨을 끊고만 싶었다. 그런데도 버틴 건 도혁이 아직 미완성이기 때문이었다. 어떻게든 완성하고 삶을 끝내고 싶었는데 그것도 무리일 듯했다.

꼭 은채 탓만은 아니었다. 최다애가 죽은 그의 아내를 모욕한 순간 권 회장은 더는 그녀를 도혁의 약혼녀로 생각할 수 없었다. 이제 남은 시간은 별로 없는데 고르고 고른 도혁의 약혼녀는 그리 허무하게 사라졌다.

그렇다고 은채를 도혁의 짝으로 인정할 수는 없었다. 그건 이쪽이 아니면 그냥 저쪽이 되는 단순한 문제가 아니었으니까.

권 회장은 벨을 눌러 사람을 불렀다. 은채는 여전히 울고 있었다. 아마 그의 죽음에 눈물 흘려줄 사람은 그녀와 박 실장이 전부일 듯했다. 아이러니하게도 둘 다 피가 섞인 가족이 아닌 타인이었다. 한 가족의 가장으로서 그를 위해 울어줄 가족을 만들지 못한 건 그의 잘못이었다.

술 취해서 권 회장 침실에서 주사를 부리긴 했지만 다행히 아침에 일어났을 때는 그녀의 방이었다. 그래서 그녀는 자기 비하를 더 보태지 않고 짐을 마저 쌀 수 있었다. 아침 일찍 방에서 나와 캐리어를 끌고 가던 은채는 복도에 서서 흐뭇한 표정을 짓고 있는 박 실장을 발견하고 의아해서 그의 곁으로 다가갔다.

박 실장과 나란히 서서야 그가 무엇을 보고 웃고 있는지 알 수 있었다. 응접실에서 도혁과 권 회장이 마주 앉아 차를 마시고 있었다.

"원래 아침에는 같이 차 마시나요?"

도혁이 집에서 항상 커피를 마시고 출근하는 건 알고 있었다.

"아뇨. 처음이에요."

박 실장의 목소리에는 평소보다 감정이 실려 있었다.

"대표님이 먼저 회장님한테 차를 마시자고 했어요."

정말 사소한 일인데 말이다. 그게 지금껏 두 사람은 힘들었다는 게 은채는 안타깝다.

"아마 어제저녁에 두 사람이 도혁 씨 어머니에 관해 이야기해서 좀 풀렸나봐요."

그런 거 같다고 고개를 끄덕이던 박 실장은 은채가 끌고 나온 캐리어를 보고 놀라 눈이 커졌다.

"설마 지금 가려고요?"

"네, 저 사고 쳤잖아요. 알아서 사라져야죠."

그렇게 말하며 은채는 따귀 때리는 시늉을 했다. 박 실장은 은채가 들어 올린 손을 덥석 잡으며 부탁했다.

"그 일 때문에 마음 많이 상한 건 아는데 좀만 더 있어주면 안 되겠어요?"

"네? 왜요?"

박 실장이 너무 적극적으로 말려서 은채는 좀 당황했다.

"두 사람 겨우 편해지고 있는데 은채 양이 가버리면 대표님도 떠날지 몰라요."

은채는 애써 웃으며 박 실장을 안심시켰다.

"이젠 저 없어도 두 사람 서로 이야기할 수 있을 거예요. 보세요. 지금도 저랑 상관없이 저리 마주 보고 같이 있잖아요."

그녀가 바란 건 그리 작은 것이었다. 두 사람 사이에 기적을 일으켜줄 능력까지는 없었으니까. 아버지와 마주 앉아 이야기하고 있는 도혁을 보니 은채는 마음 가득 뿌듯하면서도 슬펐다. 이제 진짜 그와 헤어질 시간이 된 거 같았으니까.

오래된 앙금 하나를 풀어낸 아버지와의 대화는 도혁에게 잊지 못할 느낌을 심어주었다. 아버지와의 대화란 게 그런 거라는 걸 처음으로 깨달은 것이다. 그건 연인과의 대화처럼 달콤하지도, 친구와의 대화처럼 유쾌하지도 않았지만 그 모든 걸 압도하는 무게감이 있었다. 그 무게는 그의 인생을 지탱해주는 힘을 담고 있었다.

아버지가 한 말은 고작 한마디였는데, 그 한마디가 세상의 모든 말들을 불필요하게 만들었다. 그래서 먼저 아버지에게 차를 마시자고 권하게 되었다. 지난밤 아버지와 나누었던 대화처럼 또 이어가고 싶었다.

그런데 권 회장은 도혁에게 냉정하게 한국행을 명령했다.

"돌아가서 네 일 똑바로 진행해."

도혁은 울컥했지만 26년의 단절이 풀린 지 만 하루도 지나지 않았기에 참아야 한다 생각하며 차분하게 말했다.

"은채는."

"같이 데려가. 어차피 여기 있어봤자 민폐니."

데려가라니 다행이긴 한데 은채가 같이 간다고 할지가 걱정이었다.

"최건 의원 쪽에서는 아직 무슨 말 없습니까?"

그가 그 자리에서 최다애의 편을 들어서 일을 크게 만드는 걸 막았지만 곱게만 자란 최다애가 그리 얻어맞고 조용히 입 다물고 있을 리가 없었다. 약혼 취소는 아니더라도 분명 무리한 조건을 추가할 것이다. 최다애의 정신적 피해에 대한 위로금이라는 명목으로 말이다. 은채가 최다애의 뺨을 때렸으니 은채까지 걸고 넘어갈 수 있었다. 그럼 세상에서 가장 잔인한 방법으로 보복할 거라고 생각하고 있는데 권 회장이 의미 모를 말을 했다.

"3년."

도혁은 무슨 소리냐는 눈으로 권 회장을 보았다. 권 회장은 무미건조한 눈으로 그를 보며 뜻밖의 말을 하였다.

"3년 뒤에도 여전히 그 애랑 결혼하고 싶으면 네 뜻 존중하마."

도혁은 아직 그의 병을 모르니 그가 어떤 마음으로 이런 말을 하고 있는지 반의반도 이해하지 못할 것이다. 아마 3년 뒤에는 그가 이 세상에 없을지도 몰랐다. 그리고 살아 있다고 해도 지금의 모습은 아닐 것이었다. 그랬기에 반대하고 싶어도 못했다. 지금의 그가 아들인 도혁에게 할 수 있는 건 도혁이 사랑이란 것에 눈멀어 그릇된 선택을 하지 않게 만드는 것이다.

적어도 3년 동안 그 마음이 변하지 않는다면 한순간의 욕망도 아닐 테고, 아버지에 대한 반항심도 아니니라. 3년이 지난 뒤에 이은채가 격 안 맞는 여자에서 격 맞는 여자로 신분 상승할 가능성은 전혀 없지만 적어도 도혁의 선택이 실수일 리는 없으리라.

"진심이세요, 아버지?"

도혁이 믿기 힘들다는 눈으로 그를 보며 물었다. 권 회장은 아버지란 말을 곱씹었다. 그가 마지막까지 기억해야 하는 말이었다. 누군가 그를 아버지라 불렀을 때 잊지 말고 돌아보아야 했다. 권 회장은 도혁의 얼굴을 한참이나 바라보았다. 잊지 않고 기억해 두기 위해.

3년이란 유예기간이 있긴 했지만 아버지에게 생각도 못 한 말을 얻어낸 도혁은 격앙된 기분으로 은채의 방을 찾아갔다. 그녀에게 가장 먼저 알려주고 싶었다. 3년만 참으면 그들이 아무 장애 없이 결혼할 수 있다는 걸 알면 은채도 당연히 돌려주었던 프러포즈 반지를 다시 낄 것이다.

벌컥-.

하지만 노크도 없이 연 그녀의 방은 텅 비어 있었다. 은채를 찾기 위해 돌아서던 도혁은 박 실장이 서 있는 걸 발견하고 움직임이 멈추었다.

"은채 보셨어요?"

박 실장은 쓸쓸한 표정을 지었다.

"은채 양은 공항으로 이미 떠났습니다."

"네?"

은채가 떠났다는 말을 들으니 그제야 3년의 무게감이 묵직하게 심장에 내려앉았다.

아버지가 3년의 시간을 조건으로 내건 건 마음이 떠난 그녀를 붙잡으라고 한 말이 아니라 어떤 상황에서도 끝까지 그의 마음이 변하지 않는지 확인하고 싶어서이다. 아버지는 사랑을 믿는 사람이 결코 아니었다. 그래도 사랑에 빠진 아들을 믿고 싶어 3년이란 시간을 조건으로 내건 것이다. 불멸의 시간보다는 짧지만 사랑의 유통기한으로는 아주 긴 시간이었다.

그를 먼저 버리려고 한 은채를 원망하지만 여전히 사랑했다. 그러니 그녀와 이대로 끝내고 싶지 않았다. 하지만 그렇다고 이미 그에게 프러포즈 반지를 돌려준 은채의 마음을 돌리려고 아버지와의 약속을 이용하고 싶지 않았다. 아버지가 처음으로 명령이 아닌 그와 약속을 한 것이다. 그래서 그는 이번엔 정말 아버지의 말을 진심으로 지키고 싶었다. 이번만은 아버지와의 약속이 먼저였다.

미국 공항은 올 때와 마찬가지로 다양한 국적의 사람들로 북적이고 있었다. 은채는 멍하니 공항에 앉아 사람 구경을 하였다. 비행기 탑승할 때까지 달리 할 일도 없었다.

다양한 사람들이 사는 곳이라서인지 정말 각양각색의 모습들이 여기저기서 보였다. 그들의 공통점은 모두 웃고 있다는 것이다. 가족을 만나러 와서 즐겁고, 여행 와서 즐겁고, 새로운 곳으로 떠나서 즐겁고. 각자 즐거운 이유도 다양할 것이었다.

그녀만 웃지 못하고 인형처럼 앉아 있었다. 푼수 같다는 말을 들을 정도로 정말 잘 웃는 그녀였는데 말이다. 더는 도혁과 권 회장이 서로 잘 지내고 있는지 걱정하지도 않았다. 이젠 그녀 코가 석 자였으니까. 이 쓸쓸함이 얼마나 참아야 지나갈지 막막하기만 했다. 잊히기는 하는 걸까. 평생 그리움으로 남으면 어쩌나 불안했다.

좀 영악하게 사랑할걸. 앞뒤 안 보고 다 퍼주어버린 게 이제 와서야 후회되었다.

뚜벅뚜벅―.

키가 큰 검은 머리의 동양 남자는 덩치 큰 백인들 사이에 있어도 우월했다. 그가 사람들 사이를 지나 그녀에게 걸어오는 걸 발견한 은채는 두 눈이 점점 커졌다. 어떻게…….

도혁이었다. 그가 그녀에게 걸어오고 있었다. 마치 그녀를 마중이라도 나온 사람처럼 태연한 얼굴로. 그녀는 그와 헤어져서 혼자 귀국하는 처량한 신세였는데 말이다. 벤치에 쭈그려 앉아 있는 그녀의 앞까지 걸어온 도혁은 그녀를 구경이라도 하듯이 빤히 내려다보았다. 은채는 왜 그리 보느냐고 화도 내지 못했다. 여전히 현실감이 없어서.

도혁이 그녀에게 손을 내밀었다. 악수를 청하는 정중한 그의 손이 낯설었다. 이게 무슨 뜻인지도 알 수 없었다.

"어쩌라고요?"

그녀가 퉁명스럽게 묻자 도혁이 입술 한쪽만 말아 올렸다. 반쪽짜리 미소는 삐뚤어졌지만 근사했다.

"악수할 줄 몰라?"

아는데, 왜 그가 그녀와 악수를 하려는 거냔 말인가.

그녀가 내키지 않아 손을 오히려 등 뒤로 숨기려고 하자 도혁이 먼저 팔을 뻗어서는 그녀의 손을 잡고 앞으로 끌어당겨 억지로 악수를 했다. 그의 손이 여전히 뜨거워 은채는 어깨를 움츠렸다. 그녀가 그와의 악수에 정신을 못 차리는 사이 도혁이 그녀에게 말했다.

"잘 먹고 잘 살아."

또 그 말이다. 이 나쁜 놈이.

그녀가 붉게 충혈된 눈으로 노려보자 도혁은 오히려 웃었다.

"아프지 말고."

왜 어울리지 않게 그런 걱정을 하는가.

"아버지 말 잘 듣고."

자기나 잘할 것이지.

"노래도 즐겁게 하고."

그녀의 검은 눈동자가 정처 없이 떨렸다. 그가 진짜 그녀와 이별하려고 하고 있었다. 그의 마지막 말이었다. 그가 그녀와 이별할 이유는 너무도 많아서 왜 그러는지 물을 수도 없었다.

그녀도 마지막에 멋지게 무언가 말을 해야 하는데 벌어진 입에서 쉽게 말이 안 나왔다.

"아, 아버지한테 잘해요."

겨우 꺼낸 그녀의 말에 도혁이 찡그리듯이 웃었다.

"어울리지 않게 효녀야."

도혁이 손을 놓자 그녀의 손이 아래로 떨어졌다. 도혁이 미련 없이 그녀에게 등을 보였다. 이젠 원망도 없고 망설임도 없다. 얄밉게도 그만 후련해 보였다. 그가 상처받지 않기를 정말 간절히 원했는데 그게 그녀의 상처로 돌아올 줄은 몰랐다.

뚜벅뚜벅―.

그가 점점 멀어졌다. 그녀를 떠나간다.

그녀와 그가 이별하고 있었다.

뚝―.

참았던 눈물이 볼을 타고 흘렀다. 물기 어린 눈으로 보는 그의 뒷모습이 자꾸 일그러졌다.

그들은 이미 이별했는데 사랑은 아직도 그녀의 마음에 그대로 남아 있었다. 홀로 남겨진 사랑을 어찌해야 할지 그녀는 갈피를 잡을 수 없었다.

그의 뒷모습이 점점 작아졌다. 그리고 더는 보이지 않았다.

34. 그리고 3년 후

6개월 후.

"어서 오십시오."

식당에 들어오는 손님을 향해 인사를 하던 은채는 들어온 손님의 얼굴을 보고 한숨을 푹 내쉬었다. 도혁만큼이나 뼈다귀 해장국 집에 안 어울리는 손님이었으니까.

윤서일이었다.

그녀의 노래 '달콤한 밤'이 마음에 들었던 건지 윤서일이 먼저 그녀에게 전화를 해서 다른 노래를 작곡해보라고 권했다.

하지만 그녀는 요즘 노래를 전혀 하지 않고 있었다. 그러니 작곡을 하고 싶을 리 없었다. 그래서 전화로 거절했더니 이렇게 직접 식당으로 찾아온 것이다. 윤서일답지 않게 지극정성이었다.

"식성이 바뀌셨나봐요? 요즘엔 호텔에서 안 지내세요?"

윤서일은 특유의 나른한 표정을 지으며 그녀를 보았다. 마흔을 훌쩍 넘긴 나이에도 이성을 끌어당기는 남성적 매력이 흐르는 건 아마 그가 계속 음악을 해서일 것 같았다.

“호텔만큼 편한 곳을 내가 왜 떠나겠어. 그런데 넌 이 식당 물려받을 거야?”

그럴 마음도 없지만 그녀가 하고 싶다고 해도 아버지가 절대 반대하실 것이다.

“안 물려받아도 작곡은 안 해요. 여기 해장국 하나요!”

어차피 메뉴는 하나였기에 윤서일의 주문을 속전속결로 하고 돌아서는데 윤서일의 한마디가 그녀의 발목을 붙잡았다.

“이별의 아픔은 음악의 가장 좋은 밑거름이야. 아깝게 그걸 그냥 버리겠다고?”

은채는 화난 눈으로 윤서일을 돌아보았다. 그가 그런 말만 하니까 더 하기 싫은 것이다.

그녀는 좋은 음악을 만들기 위해서 도혁과 이별한 게 아니다. 그냥 도혁에게 차인 거다. 그런 쓰디쓴 기억을 자꾸 후벼 파면서까지 음악 하며 살고 싶지 않았다.

“그리고 음악은 공부처럼 억지로 하면 안 되는 거죠. 제가 하기 싫다는데 왜 자꾸 강요하세요!”

“내가 언제 강요했나. 물어본 것뿐이지.”

누가 권도혁 핏줄 아니라고 할까봐. 사람의 화를 부추기는 말투가 똑같았다.

해장국은 주문하면 금방 나오는 음식이라서 윤서일이 먹을 해장국이 바로 나왔다. 도혁처럼 우아 떨며 못 먹을 줄 알았는데 뜻밖에 윤서일은 평소에 먹던 음식처럼 해장국을 먹었다.

“도혁이는 촉망받는 CEO로 잘 나가고 있는데 너만 미련 떠는 거, 억울하지 않아?”

　　권 회장의 병은 아직도 언론에 보도되지 않았다. 대신 도혁이 하고 있는 중국 사업이 언론의 대대적인 관심을 받으며 젊은 사업가로 주목받고 있었다. 연예인도 울고 갈 만큼 수려한 외모 때문에 인터넷에서 더 난리였다.

　　이별하고 나서 그녀는 그렇게 좋아하는 노래 한 곡 못 부르고 있는데 반면에 도혁은 그녀를 만날 때보다 더 잘나가고 있었다.

　　은채는 그것에 억울함을 느끼지는 않았다. 아마 지금쯤이면 도혁도 그의 아버지 병에 대해 알았을 테니까. 분명 그럴 것이다. 그런데도 그리 잘 지내고 있는 걸 기사를 통해 확인할 수 있으니 오히려 다행이라고 생각했다.

　　그리고 아프다. 마치 어제 헤어진 것처럼. 그래서 아직은 담담히 도혁의 사진을 볼 수가 없었다.

　　2년 후.

　　실로암 피아노 학원에는 특별한 피아노가 하나 있었다. 바로 동이의 피아노였다. 어린이 밴드 대회 상품으로 받은 피아노였다. 그 피아노로 열심히 피아노를 친 동이는 그 뒤로 각종 콩쿠르의 상을 휩쓰는 위엄을 보이며 피아노 신동으로 우뚝 올라섰다.

　　그렇게 그녀의 첫 번째 신동 제자는 재수 없는 천재의 길로 들어섰다.

　　"쇼팽쯤이야 나한테는 껌이에요."

　　요즘은 어찌나 자랑질이 몸에 뱄는지 귀여운 동이는 더는 존재하지 않았다.

쇼팽쯤이라고? 이 녀석이 제 증조할아버지보다 더 나이 많은 위대한 예술가를 대하는 태도 좀 보게. 은채는 불량하게 앉아 있는 동이의 등을 자로 툭툭 때리며 엄하게 말했다.

"160센티 크고 다 컸다는 소리 그만하고. 제대로 쳐. 음악을 사랑하는 마음으로."

정말 키가 160센티인 동이는 불만 가득한 눈으로 그녀를 쳐다보았다.

"아직 크는 중이라고요."

"그리고 네 피아노 실력도 마찬가지야. 미완성 주제에 어디서 자랑질만 늘어서는."

"레슨받을 때 교수님이 저보고 엄청 잘 친다고 했다고요!"

콩쿠르 심사 위원이었던 음대 교수가 동이의 피아노 실력을 좋게 보고 무료 레슨을 해주고 있었다. 처음엔 굉장히 좋은 기회인 줄 알았는데 그때부터 동이의 '나 잘났어.' 병이 도진 것이기도 했다. 그 교수의 말투가 문제였다. 말을 좀 과장되게 하는 사람이었다. 그게 마치 예술가의 덕목이라는 듯이 말이다.

"그렇게 그 교수님이 좋으면 학원은 더는 오지 말고 그 교수님한테만 배워. 이 학원은 잘 못 쳐도 성실한 아이들만 오는 곳이니까."

어차피 동이는 아직도 정식 피아노 학원생은 아니었다. 동이는 자신의 이름이 붙은 피아노만 치러 오는 것이었다.

은채의 지적에 동이는 그제야 얌전해져서 피아노를 쳤다. 아직은 훈계가 먹힐 구석이 남아 있었다. 그리고 교수 레슨을 받은 뒤 테크닉이 놀랄 만큼 늘었다. 더는 그녀가 가르쳐주는 건 무리일 정도였다.

은채는 동이의 미래가 기대되었다. 반짝반짝 빛나겠지. 많은 사람의 사랑을 받겠지. 상상만으로도 그녀는 미소가 지어졌다.

학원을 마치고 집에 돌아왔더니 식당 안에 뼈다귀 해장국 집과는 어울리지 않는 서정적인 발라드 곡이 흘러나오고 있었다. 그녀는 노래를 듣자마자 바로 짜증을 냈다.

"청승맞게 왜 또 틀어놨어! 손님들 다 딴 식당 가겠네!"

그녀가 라디오를 끄려고 하자 아버지가 달려와 그녀의 등짝을 찰싹 때렸다.

"끄지 마라! 내 듣고 있다!"

"어제도 듣고 그제도 들었잖아! 그런데 왜 또 들어!"

"신곡 아니냐! 이렇게 많이 틀어서 홍보해야지!"

"이런 음악 좋아하는 사람이 뼈다귀 해장국 먹으러 오겠어!"

그녀가 무대 위에 서는 가수 활동하는 건 정말 싫어했던 아버지는 엉뚱하게도 그녀가 작곡한 노래가 텔레비전이나 라디오에서 나오는 건 엄청 좋아하셨다.

그녀에게는 둘 다 비슷한 것 같은데 아버지는 엄청 다르단다. 결국 아버지는 그녀가 짧은 치마를 입고 무대 위에 올라갔다가 팬티 보일까 무서우셨던 건지도 모르겠다.

윤서일이 직접 찾아왔을 때도 하지 않겠다고 거절했던 그녀가 윤서일을 먼저 찾아간 건 도혁과 헤어지고 1년이 지난 후였나. 결국 그녀는 남자와는 이별해도 노래와는 이별할 수 없었다.

즐거운 노래만 부를 거라던 그녀가 작곡하는 노래는 믿기 힘들게도 전부 헤어진 연인들의 아픔을 노래하는 발라드였다.

그래서인지 그녀는 곡 써서 돈 버는 건 좋은데 자신이 작곡한 노래는 잘 듣지 않게 되었다. 자꾸 들으면 우울해졌으니까. 부르는 노래로는 여전히 즐거운 노래를 좋아했다.

이번에 나온 신곡 반응이 좋아서 윤서일이 그녀에게 밥을 사주었다. 대천재 작곡가 윤서일은 이제 그녀에게 돈 주는 '갑'으로 돌변해 있었다. 천재 따위, 알고 보니 여기도 있고 저기도 있는 흔한 것이었다.

"다음에 만든 곡은 네가 직접 부르지 그래."

"싫어요. 발라드는 안 불러요."

그녀의 거부에 윤서일은 참 신기하다는 눈으로 그녀를 보았다.

"부르지도 못하는 노래를 작곡은 어떻게 하는데?"

"작곡가 중에 노래 못 부르는 사람 많거든요."

그녀는 반박했지만 마음은 뜨끔했다. 2년째 실연 중이라는 사실은 이제 그녀의 감춰진 뱃살 같은 이야기가 되어버렸다. 다른 사람이 아는 게 싫었다. 그녀가 여전히 미련하게, 이별한 사람과 사랑에 빠져 있다는 걸. 아직도 그 공항에 혼자 우두커니 앉아 뒤 한 번 돌아보지 않고 떠났던 그 사람이 돌아오길 기다리는 꿈을 꾼다는 걸.

윤서일은 도혁의 외삼촌이라 더 말하기 싫었다. 어차피 두 사람은 그 뒤로 전혀 연락도 하지 않는 것 같지만 말이다.

"우리 누나가 비슷했는데 말이야, 글은 잘 썼는데 죽어도 남한테는 보여주지 않았어."

윤서일의 누나는 도혁의 어머니였기에 은채는 고개를 들어 윤서일을 보았다. 윤서일이 누나 이야기를 그녀의 앞에서 하는 건 거의 처음이었다.

그녀도 일부러 묻지 않았었다. 도혁과 관계된 것들은 더는 그녀와는 상관없는 일로 만들고 싶었으니까. 하지만 윤서일이 먼저 말하니까 그냥 무시할 수가 없었다.

"남한테 보여주지도 않았는데 잘 썼는지는 어찌 알아요?"

"내가 훔쳐봤으니까."

이런 나쁜 동생.

"그럼 누나는 평생 자기가 쓴 걸 자기만 본 거예요?"

"자기가 좋아하는 책을 쓴 소설가한테 편지로 보내는 거 같기는 했어."

"결혼 전에요?"

"아니. 결혼 후에도 편지 쓰는 거 같던데. 유일한 소통 수단이었으니까. 계속했을 거야."

아내가 바람피웠다고 권 회장이 의심했었다고 도혁이 했던 말이 떠올랐다. 어쩌면 그 편지 때문에 권 회장이 착각한 게 아닌가란 생각이 들었다.

"소설가가 남자였어요?"

"그게 중요한가?"

권 회장한테는 중요한 일이었을 거다. 하지만 이젠 권 회장이 어찌 지내고 있는지, 살아 있긴 한 건지 그녀는 알지도 못했다.

"네가 우리 누나 많이 닮았다고 내가 이야기했던가?"

박 실장이 이야기해주었었다. 그 때문에 그녀가 도혁과 만나게 되었다고, 그래서 권 회장이…….

"난 누구 닮았다는 이야기가 제일 싫어."

그녀의 투덜거림에 윤서일은 피식 웃었다. 그리고 더는 자신의 누나 이야기를 하지 않았다.

그녀는 따뜻한 사케를 마셨다. 오늘따라 술이 더 썼다.

　요즘은 언니 때문에 귀찮아서 살 수가 없다. 동생이 스물일곱에 혼자 있는 게 그렇게 창피했는지 자꾸만 소개팅 자리를 물고 왔다. 비위 맞추어서 나가주는 것도 한두 번이지, 한꺼번에 두 남자 사진을 내밀자 은채는 결국 언니 은서에게 발끈했다.

　"둘 다 못생겼어!"

　"네 나이가 몇 살인데 남자 외모만 봐!"

　"그래! 난 평생 철부지야! 잘생긴 남자가 좋다고! 날 시집보내고 싶으면 원빈 같은 남자를 데리고 오라고!"

　은서가 화를 내려는 거 같자 진우가 서둘러 끼어들었다.

　"처제 취향이라는 게 있잖아. 좀 존중해줘, 여보."

　"그 취향이라는 게 쓰레기만도 못한 권도혁이야!"

　돈 봉투 한 번이 언니에게 너무너무 미안해서 언니가 소개팅 하라고 할 때마다 참고 나간 것이었다. 하지만 이런 말까지 참을 수는 없었는지 은채의 눈빛이 변했다. 은채가 쏘아보자 은서도 지지 않고 노려보았다.

　"왜? 돈 봉투 던져주고 떠난 남자가 쓰레기보다 나아 보여?"

　"그래도 어떻게 사람을 쓰레기에 비교해! 개똥도 약에 쓸려면 없다고 했어!"

　"그럼 차라리 개똥이랑 사귀어!"

　"그래! 내가 알아서 개똥 같은 놈으로 주워올 테니까 나 좀 내버려둬!"

　언니랑 언성만 높이고 싸우다 나왔기에 진우가 서둘러 그녀를 쫓아와 붙잡았다.

"처제, 다시 들어가서 화해해. 이렇게 가면 처제도 마음 안 편하잖아."

"벌써 3년인데 아직도 권도혁 이야기로 제 속을 긁잖아요. 내가 그 돈 봉투에서 만 원이라도 썼으면 억울하지나 않지."

화를 내는 그녀의 눈이 금세 붉어졌다. 화가 나는 것보다 서럽다. 너무 서러워 못 참겠다.

도대체 언제까지 이래야 하는 건가. 3년이면 잊을 때도 되었잖은가. 인내심은 쥐똥만큼도 없으면서 왜 남자 하나 잊는 데 이리 오래 걸리나.

은채는 이렇게 자신의 젊은 날이 흘러가 버리고 있다는 게 너무도 서러웠다.

진우가 안쓰러운 눈으로 그녀를 보았다. 진우의 시선이 거슬려 은채는 눈살을 찌푸렸다.

"형부까지 왜 그렇게 봐요?"

"처제는 처제가 변한 거 못 느끼지?"

은채는 움찔했다.

"제가 변했어요?"

"그래. 도혁이 만나기 전이랑, 만날 때랑, 그리고 헤어진 뒤, 전부 달라."

그녀는 티 내지 않으려고 노력했는데 주위 사람들은 다 알고 있었다는 소리로 들렸다. 그럼 그녀는 왜 참아가며 소개팅을 나간 것인가. 시간 아깝게.

"나쁜 쪽으로요?"

"그건 처제 마음에 달렸겠지."

진우가 부드럽게 그녀의 어깨를 감싸 쥐고 그녀와 눈을 맞추었다.

"지금 도혁이를 생각하면 제일 먼저 떠오르는 게 뭐야?"

그녀는 차마 말하지 못하고 젖은 눈으로 진우를 쳐다보았다. 진우는 씁쓸한 미소를 지으며 그녀에게 충고했다.

"도혁과 함께 갔던 추억의 장소에 가서 제대로 보내주는 의식을 하는 것도 조금은 도움이 될 거야. 이렇게 꾹 눌러 참아가며 떠안고 사는 것보다는 밖으로 표출하는 게 좋아."

"의식이요?"

"그래, 그 장소에 서서 고래고래 소리를 질러. 잘 가라. 난 너 없이도 잘 살 거다. 그렇게."

은채는 허탈하게 웃었다. 말만 들으면 바보 같은 행동 같았으니까.

하지만 다음 날 해가 뜨기도 전에 은채는 집을 나섰다. 강원도까지 가려면 부지런히 움직여야 했으니까. 진우의 말 때문인지 갑자기 그 바다에 가보고 싶어졌다. 도혁이 그녀와 함께 살 집을 짓겠다고 했던 그 바닷가.

기차 타고 버스 타고 걸어서 다시 온 바다는 3년 전 도혁과 함께 왔을 때보다 바닷바람이 세고 파도가 높았다. 여기서 집 짓고 살면 얼어 죽을 수도 있을 것 같았다. 이젠 그녀가 할 걱정은 아니지만 말이다. 은채는 하얀 숨을 뿜어내며 차가운 바다를 응시하다 도혁이 집을 짓겠다고 했던 바다 끝 언덕 쪽으로 시선을 돌렸다. 여전히 텅 빈 언덕일 것이다. 그들은 그 집을 짓기 전에 헤어졌으니까.

그런데…….

시리게 얼어 있던 은채의 두 눈이 서서히 커졌다. 절대 그럴 리가 없는데 그녀의 눈에 믿을 수 없는 게 보였다. 당연히 텅 비어 있어야 할 언덕 위에 집이 있었다. 도혁이 집을 짓겠다고 한 바로 그 자리에 누군가 집을 지어놓았다.

저벅저벅-.

은채는 집이 있는 언덕 쪽을 향해 천천히 걸어갔다. 집에 넋이 빠져 걷느라 몇 걸음 못 가서 털썩 주저앉고 말았다. 그래도 은채는 다시 손을 짚고 일어나려고 애썼다. 귀신에 홀린 기분이었다. 저곳에 진짜 집이 있을 거라고는 이곳에 오는 내내 전혀 짐작도 못 한 것이었다.

그녀와 그가 3년 전 헤어졌을 때 언덕 위 집도 그저 꿈으로 남겨진 것으로 생각했다. 꿈은 이루어지지 않은 것이기에 꿈이라고 부르는 것이다. 그런데 집은 현실이었다. 지붕이 있고, 기둥이 세워지고 계단이 있고, 문이 있었다. 어떻게. 도대체 누가!

시간이 늦어서인지 강원도로 가는 도로는 한산했다. 도혁은 운전을 하며 비서실장과 통화 중이었다. 처음엔 아버지가 보낸 스파이라고 동료 취급도 하지 않았는데 이젠 제법 파트너 같아졌다.

"지금 강원도 가는 길이니까. 내일 올라갈 거야."

[네, 알겠습니다.]

강원도는 서울보다 더 추웠다. 하지만 이미 다 지어진 집이었다. 집 안 인테리어만 마무리하면 되었다. 그의 손으로 언제 다 지을까 싶었는데 조금씩 짓다보니 어느새 완성되었다. 그만큼 많은 시간이 흘렀다.

곧 아버지와 약속했던 3년이었다.

3년 동안 그에게는 정말 많은 일이 있었다. 아버지의 병을 뒤늦게 알게 되었고, 세진 건설에서 세진 그룹으로의 이동이 있었고, 강원도 바다에 직접 집도 지었다.

아버지와 약속하던 날 은채를 잡지 않은 건 그녀가 그와의 미래가 불안하고 그를 둘러싼 환경에 지쳐서 반지를 돌려준 거라 생각했기 때문이었다. 그녀를 붙잡기 위해 아버지와의 약속을 이용하고 싶지 않았다. 그 순간에는 은채보다 아버지가 먼저였다.

그 결정은 아버지의 병을 알고 난 뒤 그의 가슴을 무너뜨렸다. 은채가 그를 미국에 있는 아버지에게 인도하지 않았다면 그 혼자서는 죽어도 그런 결정은 못 했을 것이었다. 끝까지 아버지와 제대로 된 대화도 못 하고 싸우기만 하다 아버지의 병을 알게 되었겠지.

그런 비극이 일어나지 않게 은채가 그를 아버지에게 데려다준 것이다. 은채한테 너무 큰 빚을 졌다. 그녀 때문에 아버지와 마지막에 가서라도 제대로 대화를 할 수 있었으니까. 그 대화가 아버지의 병을 알고 난 뒤였다면 아버지와의 추억 중 좋은 건 하나도 남아 있지 않았을 것이다.

그땐 그녀가 혼자 얼마나 마음고생을 했을 줄 알지도 못하고 그녀 원망만 했다. 먼저 배신했다고 원망만 했던 그에게 그녀는 마지막까지 한마디 변명도 하지 않았었다. 그가 아버지를 먼저 생각하며 그녀에게 등 돌리던 순간조차 그의 아픔을 대신 떠안고 있었다.

은채가 그에게 지친 게 아니라, 그 대신 그의 아픔을 짊어진 걸 알고 난 뒤 바로 은채에게 달려가고 싶었지만 그때도 아버지 때문에 갈 수가 없었다. 그조차 점점 잊어가는 아버지를 두고 혼자 행복하겠다고 사랑을 찾아갈 수가 없었다.

그렇게 3년 동안 변해가는 아버지 때문에 힘들었지만 은채를 다시 만날 생각을 하며 버틸 수 있었고, 은채가 보고 싶어 힘들 때는 아버지와의 약속 때문에 버틸 수 있었다. 그래서 알았다. 그는 혼자가 아니라는 걸. 항상 혼자 잘난 거라 여기며 살았던 그였는데 아니었다.

그래서 그녀를 다시 만나면 할 말이 정말 많았다.

곧 3년이다. 아버지와 약속한 3년이 되는 날 은채를 만나러 갈 계획이었다. 이젠 그 혼자 기억하는 약속이라도 그가 진심이었다는 걸 3년 전의 아버지가 인정해주는 거라 그리 믿으면서.

그런데 불안한 건 그녀도 여전히 그와 같은 마음일까 하는 것이었다. 3년은 결코 짧은 시간이 아니었다. 많은 일을 겪은 그한테도 이리 긴 시간이었는데 인내심 짧은 그녀한테는 얼마나 길었겠나. 못 참고 찾아갈까봐 일부러 더 소식 끊고 살았기에 그녀가 혼자 지냈는지, 다른 사람이 생겼는지도 알지 못했다. 하늘 높았던 자신감이 그녀와 이별하고 아버지의 병을 겪으면서 많이 깎여버렸다.

마음이 심란할 때는 강원도에 내려와 집을 짓는 게 가장 좋았다. 그의 손으로 직접 집을 짓다보면 상념이 천천히 사라졌다. 그렇게 완성된 집이었다. 그의 고뇌와 번민이 집 안에 고스란히 담겨 있어 바닷바람에도 100년은 튼튼할 것이다.

차에서 내리는데 바닷바람이 심했다. 날씨를 신경 쓰지 않고 왔던 도혁은 코트 깃을 세웠다. 바람에 머리가 헝클어지는 게 마음에 들지 않아 살짝 인상을 쓰며 집 현관으로 걸어가던 도혁은 현관 앞에 무언가 있는 걸 느끼고 걸음이 느려졌다.

그가 세운 집 말고는 인적이 없는 곳이었다. 방해받지 않게 일부러 사람 없는 곳을 골랐다. 그런데 사람 하나가 그의 집 앞에 웅크리고 앉아 있었다.

작고 가는 몸이…… 여자의 실루엣이었다.

여자 혼자 뭐하러 이 사람 없는 바다까지 온 것인가 싶었다. 실연이라도 당한 것인가. 그렇다고 그는 동정심을 가지고 여자를 그의 집에서 재워줄 생각 따위는 없었다. 자신의 집에 함부로 접근하지 말라고 경고하기 위해 여자에게 다가서던 도혁은 점점 걸음이 느려졌다.

동그란 어깨가, 흘러내린 머리카락 사이로 보이는 이마가, 몸을 감싸 안고 있는 손이, 어딘지 모르게 낯설지가 않았다.

어느새 도혁은 우뚝 멈추어 서 있었다. 도혁은 차마 다가가지 못하고 거리를 두고 선 채 어둠 속에서 웅크리고 앉아 움직이지 않는 여자를 보았다.

"은채야?"

그의 부름에 그림같이 존재하던 여자가 천천히 고개를 들었다.

바닷가 언덕 위 집에는 사람이 없었다. 창문으로 보이는 집 안도 텅 비어 있었다. 마치 아무도 살지 않는 집처럼. 자세히 보니 아직 공사가 끝난 집이 아니었다. 여기저기 공사 자재들이 남겨져 있었다.

그래도 은채는 미련을 버리지 못하고 그 집을 떠나지 못했다. 누가 이 집 주인인지 꼭 알고 싶었다. 공사 중인 집에서 기다린다고 이 집 주인이 온다는 보장도 없는데 현관 앞 계단에 앉아 답도 없이 기다렸다. 얇게 입고 온 옷 속으로 파고드는 바닷바람은 더 차가워졌다. 해는 짧아서 금세 어둠이 몰려왔다. 바다의 밤은 도시의 밤보다 몇 배는 어두웠다. 그녀는 인적도 없는 밤바다에 덩그러니 남겨져버렸다.

이젠 돌아가야 하는데, 집에 가려면 한참을 가야 한다는 걸 알면서도 쉽게 발걸음이 떨어지지 않았다. 이렇게 미련을 떨려고 여기까지 온 게 아닌데 말이다. 잘 가라고 소리쳐주려고 온 것이다. 홀홀 털어버리려고.

"은채야?"

자신이 잠깐 잠이 든 거로 생각했다. 꿈속에서 들은 목소리라고. 그렇지 않다면 이곳에서 도혁의 목소리를 들을 수 있을 리가 없었으니까. 그렇게 생각하며 천천히 고개를 들었는데 도혁이 서 있었다. 그래서 진짜 꿈이라고 생각했다. 꿈이라도 이렇게 만나니 눈물 나게 반갑다는 게 분했다.

벌써 3년인데, 이러다 30년 동안 미련하게 그를 못 떠나면 어쩌나 싶다. 따지고 보면 그리 운명적인 애인도 아니었는데 말이다. 처음엔 악마가 따로 없다고 질색했었다. 그런데 왜 이리 못 잊는 건가. 똑똑하지 못한 머리라 암기력도 나쁘면서 말이다.

도혁이 그녀에게 뛰어와서는 그녀의 어깨를 붙잡았다. 억센 손이 진짜 현실 같았다.

"도대체 얼마나 이러고 있었던 거야! 얼어 죽고 싶어!"

그가 화를 내니 '어라?' 싶었다. 진짜 현실 같잖은가.

은채는 언 손을 들어 차가운 손바닥으로 그의 뺨을 꽉 밀어내었다. 도혁이 이게 뭐 하는 짓이느냐는 듯 인상을 썼다. 그녀도 인상을 썼다. 점점 현실감이 밀려오고 있었으니까.

"설마 이 집 주인, 당신이에요?"

"당연한 거 아니야."

그의 대답에 잠이 확 깨는 기분이 들었다.

그녀와 헤어졌으면 집도 짓지 말아야지. 왜 짓는데! 그새 같이 살 여자라도 생긴 거야?

저 집에서 그가 같이 살 여자가 헤어진 그녀가 아니라 새 애인일 것이기에 은채의 눈이 순식간에 붉게 달아올랐다.

괜히 여기까지 왔다. 추억 정리하려다 추억이 작살나버렸다.

은채는 도혁을 확 밀어내고 벌떡 일어났다. 그녀가 밤바다로 가려고 하자 도혁이 놀라 그녀를 붙잡았다.

"몸이 얼음장이야! 차에 타. 서울에 데려다줄 테니까."

집은 공사가 아직 제대로 끝나지 않아서 추웠다.

"됐어요! 당신이랑 나랑 끝난 사이인데 왜 당신이 신경 써요! 내가 알아서 가요!"

청개구리 같은 구석은 3년 전이나 지금이나 똑같았다. 말싸움이야 그도 한 가닥 하지만 지금은 추운 곳에 오래 있었던 그녀의 몸이 더 걱정이었기에 도혁은 힘으로 그녀를 끌어당겨서 번쩍 안아 들었다. 순식간에 그의 두 팔에 안긴 은채가 기겁을 했다.

"내려놔요!"

그녀가 뭐라고 하건 도혁은 그녀를 차에 태우고 서울로 데려갈 작정이었기에 그녀를 안고 자신의 차로 걸어갔다.

은채는 몸이 얼어서 반항하고 싶어도 제대로 할 수가 없었다. 그래서 말로라도 퍼부어주고 싶은데 그의 옆얼굴을 보니 목구멍까지 콱 막혀왔다. 가끔 느닷없이 마주쳤던 사진과는 비교도 할 수 없는 감정을 불러일으켰다. 3년 동안 참아왔던 게 한꺼번에 폭발하는 듯 심장이 너무 아팠다. 이런 주제에 그를 잊겠다고 이 강원도 바닷가까지 꾸역꾸역 온 자신이 너무 바보같이 느껴졌다.

그녀를 차 조수석에 억지로 태운 도혁은 안전벨트까지 단단히 매주었다. 그런 도혁을 은채는 붉은 눈으로 쏘아보았다. 이미 다른 여자랑 살 집도 다 지은 인간이 왜 그녀를 이렇게 신경 쓴단 말인가. 은채는 분해서 소리쳤다.

"당신 애인한테나 잘해요!"

"그런 거 없으니까 서울 도착할 때까지 얌전히 앉아 있어."

애인이 없다는 말에 은채의 두 눈이 흔들렸다. 믿을 수 없었다.

"그, 그런데 왜 집을 지었어요?"

그가 이곳에 집을 짓겠다고 말했을 때 그 집은 누군가와 같이 살고 싶은 집이었다. 타워 펠리스같이 그 혼자 사는 집이 아니라.

"애인 없는 사람은 집 지으면 안 된다는 법은 어느 나라 법이야?"

'넌 왜 그리 한결같이 무식하니.'라고 핀잔을 준 뒤 도혁은 운전석에 올라타서는 바로 차를 출발시켰다.

은채는 여전히 혼돈에 빠져서 한동안 아무 말도 못 하고 망부석처럼 앉아만 있었다. 그녀가 올 때는 한참 걸린 거리였는데 도혁이 운전하는 차는 금세 강원도를 빠져나갔다.

"당신 음주 운전으로 면허 정지당하지 않았어요?"

한참 만에 은채가 한 질문에 도혁은 절로 헛웃음이 나왔다. 그 전

국적인 개망신을 다시 상기시켜주는 사람이 그 원흉이었으니까 말이다.

"다시 땄어."

도혁이 간단하게 대답하자 은채는 고개를 돌려 그를 쳐다보았다. 기사에서 보던 사진이 아니라 진짜로 보는 건 3년 만인데도 마치 어제도 만난 사람처럼 낯설지가 않았다.

"아버지는 어떻게 되셨어요?"

그가 어찌 지냈는지는 기사로 나오는데 권 회장의 소식은 전혀 없었다. 죽었는지 살았는지도 알 수가 없었다. 권 회장이 모습을 드러내지 않으니 추측 기사만 난무해서 이젠 차마 기사를 찾아볼 용기도 나지 않았다.

도혁도 고개를 돌려 그녀를 쳐다보았다.

"……너라면 알아볼 것도 같네."

그 말에 은채는 안도했다. 그래도 아직 만날 기회가 있다는 것이었으니까.

"고마워. 나 대신 우리 아버지 신경 써줘서. 네 덕에 덜 힘들었어."

그의 감사에 심장이 붉게 달아오르는 것 같았다. 그땐 그가 아플 것만 생각하느라 미처 그녀 자신이 아플 거라는 건 생각지 못했다. 그래서 자신이 3년 동안 그리 힘들었다고 생각하면 울컥했지만 그때의 행동을 후회하지는 못했다. 아마 다시 그때로 돌아간다고 해도 그녀는 똑같이 행동했을 것 같았다.

은채는 눈물이 나올 것 같아서 고개를 창가로 돌려버렸다. 그런데 밤이라 창밖 풍경보다 그녀의 얼굴이 거울처럼 더 잘 비쳤다. 은채는 입술을 꽉 깨물며 어떻게든 눈물을 참았다. 3년 전에 헤어진 남자 앞에서 우는 건 정말 추태 중의 추태였으니까.

도혁이 정말 운전을 잘해서인지 서울에 금방 도착했다. 얼었던 몸도 차 안의 히터로 풀려 괜찮아졌다. 이젠 헤어져야 할 시간인 것이다. 약속하고 만난 것도 아닌데 또 헤어져야 한다는 게 기분이 좋지 않았다.

"태워다줘서 고마워요."

지금 내리면 또 도혁과 마지막일 것 같았기에 은채는 먼저 인사를 했다. 도혁은 그녀의 집이 있는 시장통 거리만 쳐다볼 뿐 별말이 없었다. 은채는 마지막으로 다시 그의 얼굴을 볼 용기가 없어 그대로 차 문을 열고 내렸다.

붙잡지 않는 그에게 조금 야속한 마음이 들었지만 그건 그녀의 바보 같은 미련이었다. 그가 아니라 그녀를 야단쳐야 할 일이었다. 오늘은 그저 우연히 마주친 것뿐이라고, 다시 만날 일 없다고 은채는 자신에게 되뇌며 걸어갔다.

뒤돌아보지 말자. 그가 3년 전 그리 떠난 것처럼 그녀도 절대 뒤돌아보지 않을 거다.

"……."

도혁은 멀어지는 은채의 뒷모습을 하염없이 쳐다보았다. 아직 아버지와 약속한 3년이 되려면 20일이 남아 있었다. 2년 11개월을 꾹 참고 기다렸으니 이 정도면 충분히 그가 할 만큼 했다고 말할 수도

있는데 그게 아버지와 한 마지막 약속이어서인지 도혁은 타들어 가
는 마음과 달리 멀어지는 그녀를 보고 있기만 했다.

권 회장은 더는 그 약속을 기억도 못 할 것이다. 이젠 그만 기억
하는 약속이기에 도혁에게는 더욱 두 사람 몫의 무게감으로 간직된
약속이었다.

꾸욱, 핸들을 잡은 손에 힘이 들어갔다. 지금껏 잘 버텼는데, 이
렇게 그녀를 만나게 되니 남은 20일이 지나온 2년 11개월보다 훨씬
더 길게만 느껴졌다. 참을 수 없는 시뻘건 응어리가 그의 마음 깊숙
한 곳에서부터 올라왔다.

벌컥-.

결국 도혁은 차 문을 열고 밖으로 나갔다.

뚜벅뚜벅-.

그녀가 느릿하게 걸어간 거리를 도혁은 긴 다리로 단숨에 따라잡
았다. 그가 옆에 서서 걷자 은채는 동그랗게 눈을 뜨고 그를 올려다
보았다.

"왜 따라와요?"

"네 아버지한테 해야 할 말이 있어."

그녀가 아니라 그녀 아버지한테 할 말이 있다는 도혁의 말에 은
채는 어이가 없었다. 제대로 인사도 한 적 없는 사람한테 무슨 할
말이 있단 말인가.

"왜? 내가 네 아버지 만나는 거 싫어?"

은채는 복잡한 눈으로 그를 올려다보았다. 진짜 그녀의 아버지한
테만 할 말이 있는 건지 아니면 그녀 때문에 핑계를 대는 건지 헷갈
렸다.

"나 늦게 와서 엄청 화나셨을 거예요."

도혁은 그까짓 것쯤이야 상관없다는 듯이 계속 그녀와 함께 갔다. 정말 알다가도 모를 남자였다. 지금 그가 무슨 생각을 하는지 그녀는 도저히 읽어낼 수가 없었다. 은채가 먼저 대문을 열자 역시나 아버지의 우렁찬 고함이 득달같이 터져 나왔다. 마당을 서성이며 그녀가 귀가하길 기다리고 계셨던 거다.

"이노무 가시나! 어딜 싸돌아다니다 이제야 기어들어 와! 옛날 버릇 또 나오는 거야!"

장 빗자루를 들고 뛰어오던 만덕은 은채가 혼자가 아닌 걸 알고 놀라서 넘어질 뻔했다. 겨우 중심을 잡은 만덕은 놀란 눈으로 두 사람을 번갈아 보았다.

"어떻게 네가 이 대리랑 같이 와?"

만덕은 3년 전에 잠깐 만났던 이 대리를 아직도 기억하고 있었다. 하긴 도혁이 쉽게 잊힐 인상은 절대 아니었다.

은채가 서둘러 변명했다.

"앞에서 마주쳤어. 이 대리가 아버지 만나러 왔대."

만덕은 벗겨졌던 슬리퍼를 신으며 순식간에 그들이 있는 곳까지 달려와서 딸인 그녀가 아니라 도혁의 손을 덥석 잡았다.

"아이고, 이 내리! 왜 그동안 연락이 뜸했어! 내 술 마실 때마다 이 대리가 얼마나 생각이 났다고!"

결혼도 안 한 딸이 밤늦게 들어왔는데 외간 남자에게만 관심을 보이는 아버지를 보고 은채는 기가 막힌 표정을 지었다. 두 사람이 이렇게나 애틋한 사이였을 줄은 그녀도 미처 몰랐다. 이제 보니 도혁은 그녀가 아니라 그녀의 아버지가 더 보고 싶었나보다. 이런 우라질 놈.

"아버님."

도혁이 부르자 만덕은 언제 화를 냈느냐는 듯이 방긋 곰처럼 웃으며 그를 보았다. 그녀랑 둘만 있을 때는 절대 볼 수 없는 환한 얼굴이었다. 아버지한테도 배신감이 들고 있었다. 어떻게 27년간 같이 산 딸이 아니라 같이 술 마신 게 전부인 도혁을 더 반길 수가 있단 말인가.

"그래, 이 대리. 어서 들어가. 넌 당장 술상이나 봐와."

만덕이 도혁을 끌고 안방으로 가려고 하자 도혁은 갑자기 만덕 앞에서 두 무릎을 꿇었다. 만덕도 놀라고, 은채도 놀랐다.

"이 대리! 왜 그래! 무릎 안 좋나!"

이 상황에서 도혁의 관절을 걱정하는 아버지의 말에 은채는 빵 터질 뻔했다.

"제가 아버님을 속인 게 하나 있습니다."

은채는 움찔했다. 도혁이 아버지에게 한다는 말이 무섭게 짐작이 되고 있었다. 설마 그걸 말하려고 하는 건 아니겠지? 3년이나 지난 거짓말을 왜 이제 와서 굳이 밝힌단 말인가. 그와 그녀는 헤어져서 이미 상관도 없는 사이인데 말이다. 그녀를 엿 먹이려는 게 아니라면 굳이 말할 필요 없는 것이었다.

"나한테 속여? 뭘?"

"사실 제가 이 대리가 아니……."

"하하하하하! 아버지! 나 강원도 갔다가 아버지 선물 사왔어! 지금 볼래?"

도혁의 앞을 가로막으며 그녀가 말을 끊자 만덕이 그녀의 머리를 옆으로 밀어버렸다.

"이 대리 말하잖아. 좀 가만히 있어."

어떻게 가만히 있겠나. 말하면 아버지 손에 죽을 게 뻔한데.

은채는 만덕의 뒤에서 도혁에게 말하지 말라고 두 손을 싹싹 빌었지만 도혁은 기어코 입을 열었다.

"전 이설록 대리가 아니라 권도혁입니다."

도혁이 이름을 속였다는 말에 만덕은 순간 얼굴이 굳었다.

"그, 그러니까 내가 이 대리로 알던 이 대리가 사실은 이 대리가 아니란 말이여? 내가 똑바로 들은 게 맞아?"

만덕이 그녀를 보며 동의를 구하자 은채는 죽을상만 짓고 있었다. 도혁이 입 다물고 있었으면 아버지도 모르고 지나갔을 일이었다. 그런데 헤어지고 3년 뒤에 그 사실을 밝히다니.

권도혁 이 악마 같은 자식. 오늘로 미련도 싹 말라죽었다. 넌 역시 나쁜 놈이었어.

"그럼 세진 건설 다닌다는 것도 거짓말이었어?"

"아뇨. 거기 다니는 건 사실이었습니다."

도혁은 좀 자신 없이 대답했다. 왜냐하면 지금은 세진 그룹 본사에서 일하고 있었다. 그러니 지금 기준으로는 그것조차 거짓말이 되는 것이었다.

"맞는데 왜 거짓말을 했어! 거기 다니면 된 거지! 그냥 처음부터 자기 이름 말했으면 됐잖아!"

"그게 제 직급을 사실대로 말하면 아버지께서 놀라실까봐."

"이 대리, 아니, 권도혁이라고? 하여튼 자네 직급이 대리 아니면 뭔데? 대리가 제일 말단 아니야? 그 아래가 또 있었어?"

도혁은 그녀의 얼굴을 한 번 본 뒤 다시 만덕을 보며 사실을 말했다.

"세진 건설 대표이사였습니다."

만덕은 잠시 도혁의 얼굴을 아주 빤히 보기만 했다. 그러다 자신의 귀가 잘못되었다 생각했는지 그녀를 돌아보며 확인차 물었다.

"방금 이 대리가 뭐라고 한 거야?"

은채는 어색하게 웃기만 했다. 하여튼 권도혁은 그녀 인생에 도움이 전혀 안 되었다.

"대표이사면 그 회사 사장 아니야?"

은채는 소심하게 고개를 끄덕였다. 만덕은 도혁을 돌아보며 히죽 웃었다.

"농담이지, 이 대리?"

"둘째 따님과 만났던 남자도 저였습니다."

도혁이 두 번째 폭탄을 터트리자 만덕에게 더는 술친구 이 대리는 존재하지 않았다.

"그러니까 3년 전에 우리 딸 눈에서 눈물 뽑은 천하에 개 쌍놈이 네놈이라고!"

술친구인 줄 알았던 놈이 알고 보니 원수였다는 소리에 만덕의 눈이 돌아가는 걸 보고 은채는 본능적으로 지금이 맞을 타이밍이라는 걸 알았다. 그래서 온몸으로 도혁을 막으며 아버지를 말렸다.

"까아악! 아버지, 때리지 마!"

만덕은 누가 말린다고 참을 사람이 아니었다. 상대가 이 대리였다면 술잔 기울인 정을 생각해서 참겠지만 더는 이 대리도 아니라고 하니 왜 참겠는가.

　살면서 누군가에게 제대로 맞아본 건 처음인 도혁에게는 테러나 마찬가지였다. 결국 도혁과 은채는 같이 만덕을 피해 집에서 나와야만 했다. 한참이나 달리다 아버지가 쫓아오지 않는 걸 확인한 은채는 그제야 화를 내며 그에게 따졌다.

　"당신 때문에 나 오늘 집에도 못 들어가잖아요. 어떻게 책임질 거예요."

　사실 귀한 몸에 흠집 생긴 그가 더 큰일이 난 것이지만 도혁은 선심 쓰듯이 그것에 대해서는 그녀에게 따지지 않았다.

　"우리 집에서 자."

　도혁이 너무 자연스럽게 하는 말에 은채는 움찔했다.

　이 남자가 지금 뭐라는 건가.

　아버지한테 몇 대 맞더니 머리에 이상이 생긴 건가 싶었다. 그와 그녀는 3년 전에 헤어진 사이인데 그녀가 왜 그의 집에서 잔단 말인가.

　"내가 왜 당신 집에서 자요?"

　은채가 경계하는 말에 도혁은 맞아서 먼지 묻은 거 같은 옷을 털어내며 통명스럽게 대답했다.

　"나보고 책임지라며."

　그녀가 그리 말하긴 했다. 이렇게 된 게 전부 도혁의 책임이기도 했고. 그렇긴 한데 그의 집이라니. 오늘은 왜 자꾸 일이 이리 꼬이는지 모르겠다.

　모든 일이 '기승전도혁'이었다.

　사실 친구네 집에 가서 잤어도 됐을 일이었다. 서울 바닥에 잘 수 있는 곳이 그의 집밖에 없는 것도 아닌데 그녀는 그를 쫓아 다시 그의 집으로 오고 말았다. 지상보다 별에 더 가까운 64층 타워 팰리스. 그의 집은 그녀의 기억과 똑같았다. 변한 게 아무것도 없었다. 마치 다시 그와 함께였던 과거로 돌아간 기분이었다. 그래서 은채는 한동안 움직이지 못하고 멍하니 집 안을 쳐다보고만 서 있었다.

"계속 여기서 살았어요?"

"아니. 난 본가."

아버지 병을 알게 된 뒤 도혁은 제일 먼저 외가로 떠난 새어머니를 찾아갔다. 아버지와 이혼할 게 아니라면 다시 본가로 돌아와달라고 부탁하기 위해서였다. 그가 먼저 부탁하는 말에 새어머니는 좀 놀란 듯했다. 그 역시 그의 아버지와 같은 인종이라 절대 부탁 같은 건 못 할 줄 아셨던 거다.

그래서 은채를 떠나보낸 자리를 새어머니와 이복동생들로 채워 넣었다. 사랑했던 그녀와 같을 수는 없는 존재였지만, 그래도 혼자보다는 나았다. 아버지에게도 가족이 의사보다 더 의지가 되는 존재였다.

도혁이 그녀만 두고 본가로 갈 수도 있다는 것이기에 은채는 불안한 눈으로 도혁을 올려다보았다. 그녀를 보던 도혁의 시선과 닿았다. 두 사람은 잠시 서로를 말없이 쳐다보기만 했다.

같은 마음이지만 생각은 서로 달랐다. 그녀는 다시 흔들리면 안 된다고 생각하고 있었고, 그는 다시 시작하기 위해서는 아버지와의 약속을 끝까지 지켜야 한다고 생각하고 있었다.

지나온 시간을 생각하면 고작 20일이지만 그녀를 마주하고 있는 순간에는 영원히 끝나지 않을 것 같은 20일이었다.

"잘 자."

도혁은 어렵게 작별 인사를 하고 돌아섰다. 그가 먼저 등을 보인 순간, 참고만 있던 은채는 3년 전 그가 그녀에게 먼저 이별의 말을 하고 돌아서던 그 순간이 떠올라서 참지 못하고 소리치고 말았다.

"나한테 먼저 등 보이지 마요!"

도혁이 걸음을 멈추고 돌아보았다. 은채는 원망 섞인 눈빛으로 그를 거칠게 쏘아보았다.

"당신 원래 헤어진 여자한테 이렇게 잘해줘요? 수면제 먹고 자살 시도한 여자도 모른 척했다면서 왜 나한테는 차도 태워주고 집도 빌려주는 건데요? 내가 그렇게 불쌍해 보여요?"

그녀가 화를 낼수록 도혁은 가슴이 뜨거워졌다. 그 자신도 확신할 수 없었던 3년이었다. 아무리 뜨거운 열정도 영원히 뜨겁기만 할 수는 없었으니까.

사람은 변하고, 사랑은 처음이었다. 그의 마음이 변하지 않아도 그녀의 마음이 변할 수도 있었다. 그래서 공항에서 그녀에게 쿨하게 작별 인사를 했어도 기다려달라는 말은 끝까지 할 수 없었다. 그 말이 족쇄가 될 것 같았으니까.

3년.

아버지의 말대로 그의 마음이 변하면, 미련이 남았다 해도 은채를 평생 보지 않으려고도 했다.

"너 아직도 날 사랑해?"

그리고 이젠 알았다.

그가 그녀를 사랑하는 것은……

"안 사랑해요. 내가 미쳤어요? 3년 전에 헤어진 남자를 아직도 못 잊고 살게?"

그의 삶이 되어버렸다는 걸.

35. 두 번째 프러포즈

아침에 눈을 뜬 은채는 자신이 있는 곳이 도혁의 펜트 하우스인 걸 다시금 깨닫고 한참이나 멍하니 높은 천장을 쳐다보고만 있었다.

도혁은 본가로 돌아갔고, 그녀 혼자 이 집에 있었다.

3년 전 헤어진 애인 집에서 태평하게 잠을 자다니. 그녀는 아무래도 스트레스로 병 걸릴 일은 없을 것 같았다. 감정 기복이 심하기는 하지만 오래가지는 않으니 말이다. 그만 이 집에서 나가기 위해 은채는 소파에서 일어났다. 현관으로 느릿느릿 걸어가던 은채는 잠시 멈추어 서서 돌아보았다.

이 집은 꼭 도혁을 닮았다. 우아하고 고급스럽지만 온기가 없었다.

은채는 쓴 표정을 지었다. 그녀가 그에게 온기를 주고 싶었는데, 반대로 그의 냉기가 그녀에게 옮아버렸다.

"너도 잘 먹고 잘 살아."

주인을 닮은 집에서 주인 대신 말을 해주고 은채는 타워 팰리스를 나왔다.

윤서일에게 들었던 소설가 김승우를 찾아간 건 도혁 때문이 아니라 권 회장 때문이었다. 도혁과 권 회장이 이야기할 때 더 응어리가 깊은 사람은 권 회장이었다. 그의 아내는 변명도 하지 못하고 죽어버려서 권 회장은 평생 오해를 품고 살아야 했다.

김승우 작가는 서정적인 글을 쓰기 때문인지 여성 팬이 굉장히 많다고 했다. 도혁의 어머니도 그중 한 명이었던 거다. 지금은 나이가 많이 들었지만 젊었을 때는 꽤 수려한 외모를 하고 있었을 젠틀한 사람이었다. 만약 권 회장이 김승우 작가의 실물을 보았다면 아내를 오해할 만도 했을 것 같았다.

이것이야말로 진정한 오지랖 같았지만 그래도 그녀가 아니면 권 회장에게 아내의 편지를 찾아다줄 사람이 없을 것 같아서 김승우 소설가에게 부탁했다.

"윤란희 씨의 편지를 돌려받을 수 있을까요?"

너무 오래전의 편지라 도혁의 어머니가 보낸 편지를 김승우 작가가 버렸으면 어쩌나 걱정했는데 다행히 김승우 작가에게도 인상적인 팬이었는지 편지를 간직하고 있었다. 가족에게 편지를 돌려주고 싶다는 그녀의 부탁에 김승우 작가는 편지 일부를 내주었다.

소설에 대한 감상이나 자작 소설이 아니라 그녀의 가족에 대해 적혀 있는 편지들이었다. 어쩐지 그녀의 가족이 이 편지를 찾으러 올 것 같아서 따로 보관했다고 한다. 그러나 그녀는 가족이 아니라서 김승우 작가에게 허락을 구했다.

"혹시 제가 읽어봐도 되는 걸까요?"

모든 것의 시작은 그녀였다. 그래서 은채는 그녀가 어떤 사람이었는지 궁금했다.

김승우 작가는 웃으며 고개를 끄덕였다. 은채는 조심스럽게 오래

된 편지 한 장을 펼쳐보았다.

편지는 에세이처럼 적혀 있었다. 그녀의 일기 같은 것이었다.

그녀의 글을 훔쳐 읽었던 동생처럼 누군가 훔쳐 읽지 못하게 자신의 글을 써서 김승우에게 보낸 게 아닌가 싶다. 보관 목적으로 말이다. 소설가에게 반해 팬레터를 쓸 정도로 그녀의 글 쓰는 스타일이 감성적으로 느껴지진 않았으니까.

도혁의 이름이 나온 편지를 읽고 은채는 살짝 눈동자가 흔들렸다. 이 짧은 글만 보아도 도혁의 어머니가 서툰 사람이라는 걸 알 수 있었다. 쉽게 서로를 마주 보지 못했을 어머니와 어린 아들을 생각하니 마음이 아렸다.

아마 그녀는 새로운 인생을 살고 싶어서 두 사람을 떠나려고 했던 게 아니라 두 사람에게 더 좋은 아내와 더 좋은 엄마를 주고 싶어 스스로 물러나려고 했던 것인지도 모르겠다.

그래서 만난 적도 없는 그녀를 위해 은채는 눈물 한 방울을 흘렸다. 그녀도 알았으면 좋았을걸. 두 남자에게 필요한 사람은 그녀뿐이었다는 걸.

은채는 편지들을 작은 상자에 고이 담아서 받는 사람에 도혁의 이름을 적었다. 보내는 사람은 아무것도 적지 않았다. 중요한 건 윤란희란 여자의 편지였으니까.

어쩌면 권 회장이 우연히 그녀의 앨범을 발견하게 된 건 이 편지를 돌려받기 위한 연결 고리가 아니었나 싶다. 우연이 아니라 운명이었던 건지도. 그러니 도혁은 알아서 이 편지들을 그의 아버지에게 전해줄 것이다.

30년 가까이 미완결이었던 그들의 관계가 부디 이 편지로 조금이나마 마무리되길 바라며 은채는 편지가 든 상자를 부쳤다. 그러자 그녀의 마음도 조금은 정리가 되는 기분이었다.

그녀의 인생에서 한 챕터가 간신히 넘어간 듯했다. 이제 좀 더 단단하게 2막을 시작해야겠다. 화려하지 않아도 좋다. 그녀답게 살아갈 수 있다면 그걸로 충분했다.

진우는 진료실 문을 열고 들어오는 도혁을 보고 절로 인상이 써졌다. 은채가 도혁과 헤어진 뒤 그도 도혁을 만나지 못했었다. 그래서 이젠 평생 언론을 통해서만 볼 수 있을 줄 알았더니만 불쑥 진료 예약도 없이 병원에 찾아온 것이다.

"난 이제 네 상담 안 해."

진우는 히포크라테스 선서에 위배되는 행위임을 알고도 환자를 거부했다. 그는 의사이기 이전에 가족이 소중한 사람이었으니까.

하지만 도혁은 개의치 않고 진료실 안으로 걸어 들어와서는 소파에 다리를 꼬고 걸터앉았다. 몸에 배어 있는 당당함이 그를 더욱 오만하게 보이게 만들었다.

"그럼 친구로서 들어주던가."

"내가 왜 네 친구야!"

그는 도혁을 친구라고 생각할 수 없었다. 이렇게나 어려운 친구가 세상에 어디 있단 말인가. 같은 학교 나왔다고 다 친구가 되는 건 절대 아니었다.

"내가 12일 뒤에 어떤 여자한테 프러포즈할 건데."

진우는 프러포즈라는 말에 울컥했다. 은채는 그와 헤어지고 그렇게나 좋아하던 노래도 못 부르고 살았는데 그는 이미 다 잊고 다른 여자랑 결혼까지 한다고 하니 아무리 점잖은 진우라도 주먹이 불끈 쥐어졌다.

"네가 거기서 한마디만 더 하면 나 정말 너 때릴 거 같거든."

"두 번째 프러포즈는 어떻게 해야 하는 거냐?"

"권도혁!"

자기 할 말만 하는 도혁에게 진짜 화가 나서 의자에서 벌떡 일어나던 진우는 무언가 이상한 걸 느끼고 멈칫했다.

"두 번째?"

"그래. 첫 번째 반지 그냥 줘도 되는 거야?"

그러니까 두 여자한테 각각 한 번의 프러포즈를 한다는 게 아니라 한 여자에게 두 번째 프러포즈를 한다는 소리로 들려왔다. 자존심이 하늘을 찌르는 권도혁이 한 번 실패한 여자에게 또다시 프러포즈한다는 건 쉽게 믿을 수가 없었다.

"프러포즈할 여자가 누군데?"

"내가 왜 널 찾아왔을 거 같은데?"

질문에 질문으로 받아치는 도혁을 진우는 빤히 쳐다보다 점점 두 눈이 커졌다.

"이제 와서 왜?"

이제 와서가 아니라 지금까지 기다린 것이다.

이제 12일 남았다. 일주일 전에 은채를 만난 후 사막에 뚝 떨어진 것처럼 기다림이 너무 힘들어서 이렇게 진우라도 찾아온 것이었다.

그래도 정신과 전문의답게 그의 마음에 소나기 같은 평화라도 주길 바랐는데 진우는 오히려 그의 마음에 불을 지르는 말을 했다.

"처제, 은서가 잡아준 소개팅하러 나갈 건데."

도혁이 눈을 치켜 올렸다. 기껏 3년이 코앞인데 이게 무슨 날파리 디스코 추는 말인가.

"처제는 이제 너 제대로 정리하려는 거 같았어."

"내가 그게 안 되는데 이은채가 어떻게 그게 가능한데?"

따지는 도혁의 말에 진우는 머릿속이 복잡해졌다. 진우는 무조건 은채가 행복한 쪽을 응원했다. 은채가 아직 도혁을 못 잊은 걸 알고 있으니 도혁이 다시 돌아올 수도 있다는 걸 알게 되면 분명 마음이 흔들릴 것이다.

하지만 이제야 마음 정리할 힘을 내서 언니 은서와도 화해하고 소개팅도 제대로 해보겠다고 하는데 도혁 때문에 그걸 망치게 되면 진짜 제자리 찾는 게 더 오래 걸릴 수도 있었다.

"너, 진심이야?"

3년 전의 도혁은 그 진심이란 걸 비웃는 사람이었다. 그래서 도혁이 은채와 헤어졌을 때 그게 그의 한계라고 생각했었다.

"진심이야."

그런데 오만하지도 않고, 비꼬지도 않고, 마음 그대로 말을 꺼내 놓는 도혁을 보고 진우는 깊게 숨을 내쉬었다. 저 한마디를 듣기 위해 참 멀고도 복잡하게 돌아온 기분이었으니까.

"그래, 네 진심 믿어줄게."

그가 나쁘게 행동하기도 하고 사람들에게 상처도 많이 입혔는데도 진우가 그의 말을 의심 없이 믿어주자 도혁은 희미하게 웃었다.

"하지만 처제 소개팅 나는 못 막아."

바로 그 웃음이 냉기로 변하기는 했지만 말이다.

"믿는다며!"

"그래. 믿기는 하지만 도와줄 수는 없다고."

다른 사람도 아니고 그의 하늘 같은 아내 은서가 마련한 소개팅이었다. 그가 어떻게 감히 그런 중대한 자리를 파투 내겠나.

은채는 도혁에 대한 미련을 깨끗하게 정리하기로 마음먹은 뒤 언니 은서와 화해를 하고 그녀가 잡아준 소개팅을 나가기로 했다. 두 남자 전부. 어차피 새로운 남자를 만날 거면 많이 만나보는 게 나았다.

426

하지만 마음 정리한다고 해서 다른 남자에 대한 호감이 바로 생기는 건 아니라서 별 기대 없이 소개팅 자리에 나갔다. 잘되든 안되든 모든 걸 신의 뜻에 맡기기로 했더니 여자인 그녀가 남자보다 더 일찍 와버렸다. 먼저 기다리고 있는 모습을 보이면 좀 쉬운 여자로 보일 것 같긴 했지만 그녀는 개의치 않고 자리에 앉아 소개팅 상대가 오길 기다렸다.

가만히 창밖을 보고 앉아 있는데 뒤에 앉은 여자들의 목소리가 갑자기 커졌다.

"어머, 저 남자 좀 봐. 진짜 멋있다."

"아! 나 저 남자 인터넷에서 봤는데."

"연예인이야? 배우?"

"그게 아니라, 경제 기사에서! 재벌이잖아."

'알고 보니 대한민국에 재벌이 참 흔한 거구나.'라고 혼자 실소를 짓고 있는데 여자들의 수군거림이 작아지며 좀 더 호들갑스러워졌다.

재벌 남자가 이쪽으로 걸어오는 듯했다.

그녀가 오늘 만날 소개팅 남은 초등학교 교사인 부모님을 둔 건실한 대기업 사원이니 절대 재벌은 아니었다. 그래서 그녀랑 상관없는 사람이라고 생각하며 창밖만 보고 있는데 창문에 비친 남자의 흐릿한 얼굴에 은채는 두 눈이 휘둥그레 커졌다. 은채는 자신이 잘못 본 건가 싶어서 휙 고개를 반대편으로 돌렸다. 그런데 정말 도혁이 그녀의 옆 테이블에 막 다리를 꼬고 앉고 있었다.

"당신이 왜 여기 있어요?"

그녀가 경악하며 따지는 말에 도혁은 언젠가 분명 들어본 적 있는 말을 했다.

“우연.”

왜 이 인간이 말하는 우연은 전부 그녀에게 최악의 타이밍이란 말인가.

나 소개팅해야 하니까 당장 꺼지라고 할 수도 없어서 은채는 말문이 막힌 얼굴로 그를 쳐다보았다.

“당신이 언제부터 이런 데 다녔다고.”

그는 절대 한가하게 따로 시간 내서 커피숍에 커피 마시러 다니는 사람이 아니었다.

“너야말로 이젠 무대가 아니라 남자 만나고 다닐 때 그러고 다니나봐?”

곱게 차려입고 화장까지 꼼꼼히 한 그녀를 건조한 눈으로 보며 도혁이 하는 말에 은채는 속에서 열이 확 올라왔다. 그녀는 네가 먼저 헤어지자고 했으면서 무슨 자격으로 그런 말을 하는 거냐고 소리치는 대신, 벌떡 일어났다. 그리고 아직 소개팅 남이 오지도 않았는데 그 카페를 박차고 나와버렸다. 안 그럼 진짜 도혁에게 화를 낼 거 같았으니까.

이젠 도혁에게 화내고 싶지 않았다. 그에게 화낼수록 속이 시원해지는 게 아니라 그녀의 마음만 닳는 거였다. 그녀는 도혁으로부터 자신의 마음을 지키고 싶었다.

도혁은 도망치듯 가버리는 은채의 뒷모습을 눈으로 좇았다. 목적대로 소개팅 못 하게 하는 건 성공했는데 뒷맛이 썼다. 그는 예전처럼 그녀를 괴롭히고 싶었던 게 아니었으니까. 할 수만 있다면 그냥 지금 가서 은채를 붙잡고 싶었다. 그런데 그가 그래도 되느냐고 물어봐도 그의 아버지는 더는 대답을 해주지 않는다.

이름 모를 누군가가 보낸 어머니의 편지를 전해 받았을 때도 아버지는 아무런 반응이 없었다.

그의 아버지가 이 세상에 더는 없는 듯 그리 보일 때마다 도혁은 더 3년의 약속에 집착하게 되었다. 그가 아버지와의 약속대로 3년을 제대로 지켜내면 아버지가 혹시나 마지막으로 한 번만이라도 그의 이름을 불러줄까 싶어서.

"이제 7일."

도혁은 깊게 중얼거렸다.

소개팅 펑크 낸 것 때문에 또 언니랑 싸우고 말았다. 기분이 좋지 않았다. 요즘 따라 왜 자꾸 도혁과 마주치게 되는 건지 모르겠다.

그래서 더는 그런 우연조차 생기지 않게 집 밖 출입을 금했더니 그녀는 어느새 집 안에서만 생활하고 있었다. 원래 집에 있으면 좀이 쑤셔서 밖으로 나가야만 하는 체질이었는데 말이다.

권도혁 때문에 그녀의 체질까지 바뀌고 있는 듯했다. 그렇게 자발적 은둔 생활이 일주일 정도 되었을 때 그녀의 집으로 퀵 서비스 배달이 왔다. 윤서일이 보낸 것이었다.

회사 창립 기념일이니 와서 꽃 역할 좀 해.

초대하는 건지, 놀리는 건지. 그녀는 가기 싫었다. 그런데 윤서일의 마지막 멘트가 신경이 쓰였다.

소개해줄 사람? 아마 음악에 관련된 사람일 것 같은데 누구를 말하는 건지 짐작이 되지 않았다. 윤서일이 소개하는 사람이니 분명 유명하거나 대단한 음악가일 것이다.

가야 하나 말아야 하나 고민을 하던 은채는 반쯤 포기한 상태로 외출 준비를 했다. 사람들 앞에서 방긋방긋 웃을 자신은 없었지만 그렇다고 그녀의 일에 도움을 줄 수 있는 사람을 만날 기회를 놓치는 것도 미련한 짓이었다.

"하필이면 왜 레드 드레스야."

은채는 윤서일이 보낸 드레스를 보고 살짝 눈살을 찌푸렸다. 그녀가 인디아 레드 앨범 재킷 사진을 찍을 때 입었던 것과 비슷한 드레스인데 훨씬 더 고급스러웠다.

그녀가 인디아 레드 보컬이어서 레드 드레스를 보낸 거라 생각하고 은채는 할 수 없이 그 드레스를 입고 SI 기획사 파티가 열리는 퀸 호텔로 향했다.

하필 파티가 열리는 장소가 도혁의 집 근처였다. 하지만 도혁은 요즘 본가에서 산다고 했으니 마주칠 일은 없을 것이다. 없겠지? 그래야 하는데. 두 번이나 연속으로 바보같이 도망치는 모습은 보이기 싫었다.

그녀가 파티 장소에 도착했을 때 이미 파티는 한창 무르익은 분위기였다. 음반 기획사 파티였기에 파티에 초대된 사람들은 모두 화려한 외모를 뽐내는 유명인들이었다. 그래서 그녀가 레드 드레스를 차려입어도 특별하게 예쁘거나 눈에 띄지도 않았다. 그녀로서는 다행이었다. 여기선 눈에 띄고 싶지 않았으니까.

윤서일만 살짝 만나서 소개해준다는 사람 소개받고 바로 돌아갈 생각이었는데 윤서일은 호스트답게 사람들에 둘러싸여 있었다. 한참 걸릴 것처럼 보였기에 은채는 그나마 사람들이 적게 있는 베란다 쪽으로 향했다.

베란다와 통하는 문을 열고 나오니 쌀쌀한 공기가 꽤 추웠다. 벌써 겨울이 오고 있었다. 그런데 그녀는 따뜻한 봄을 맞은 기억이 요즘 별로 없어서인지 겨울이 오는 게 새삼스럽지도 않았다. 그냥 1년 내내 겨울인 듯한 기분이었다.

통유리를 통해 보이는 파티장 속 사람들은 웃고 떠들고 먹고 마시고 참 즐거워 보였다. 그녀만 홀로 남겨진 기분이었다. 이렇게 화려한 파티에 왔는데 말이다. 역시 괜히 온 건가 싶어서 은채는 몸을 돌려 베란다 난간에 몸을 기댔다.

"하아."

하얀 입김이 시리게 흘러나왔다. 어깨를 작게 움츠렸다. 그냥 집에 가고 싶었다. 이 아픔이 사라질 때까지 사람들이 아무도 없는 곳에서 숨어서 나오고 싶지 않았다.

툭—.

추웠던 어깨 위로 두툼한 재킷이 따스한 기운을 품고 감싸졌다. 은채는 흠칫 놀라며 고개를 들었다. 언젠가 그랬던 것처럼 도혁이 절제된 미소를 지으며 그녀를 내려다보고 있었다.

"왕자님이 아니라 내가 나타나서 실망했나?"

또 기억 속 그 대사를 그대로 하는 도혁을 은채는 붉은 눈으로 쏘아보았다.

"왜 자꾸 나타나요?"

아프게.

원망 어린 눈으로 그를 보는 은채를 도혁은 말 없는 눈으로 응시하다 왼손을 들어 올렸다. 그의 새끼손가락에 끼워져 있는 반지를 본 그녀의 눈이 커지다 못해 파르르 떨렸다.

그녀가 받았던 프러포즈 반지였다. 그녀가 미국 갈 때 도혁에게 돌려주었던.

"3년 전에 아버지랑 약속했어."

'아버지'라는 말에 은채의 눈빛이 흔들렸다. 3년 전이면 도혁과 그녀가 이별했을 때니까. 그때 그녀는 도혁이 아버지를 선택하고 그녀를 버린 거라 생각했다. 그래서 차마 붙잡지도 못한 것이다. 그녀가 붙잡으면 그가 더 힘들 것 같았으니까.

그 뒤로 그를 마음껏 미워하지도 못하고 버려내지도 못하고 3년을 헤매며 살았다.

"3년 동안 변하지 않는 마음이면 내가 선택해도 된다고."

그의 말에 그녀가 힘들게 버틴 3년이 떠오르며 눈물이 차올랐다. 차라리 말해주었으면 좋았을 거라고 화를 낼 수도 없었다. 그럼 아픈 아버지 때문에 힘들어하는 도혁을 옆에서 보며 그녀는 다른 방식으로 괴로웠을 거 같았으니까.

지난 3년은 그녀에게도, 도혁에게도, 권 회장까지 아주 긴 겨울이었던 거다. 도저히 피할 수 없고, 막을 수도 없었던.

"지난 3년 동안 네가 내 유일한 희망이었어."

그가 없는 3년 동안 그녀는 내내 겨울이었다. 그렇게 평생을 살아야 한다는 두려움이 제일 무서웠다. 그래서 그녀는 그를 잊으려 노력한 3년을, 그는 그녀를 기억하려 노력했단다.

도혁이 새끼손가락에서 반지를 빼는 걸 보니 마음이 울컥했다. 도혁이 뺀 반지를 그녀에게 내밀었다. 다이아몬드 반지의 반짝임은 여전히 눈부셨다. 절대 퇴색하지 않을 아름다움이었다.

"이은채, 이번엔 정말로 나랑 결혼해줄래?"

그에게서 받은 두 번째 프러포즈였다.

뚝-.

그녀의 큰 눈망울에서 보석처럼 빛나는 눈물이 떨어졌다.

은채가 한참 만에야 입을 열었을 때 그녀의 목소리는 가늘게 떨리고 있었다.

"당신이 거짓말하는 거 같아."

반지를 눈앞에 두고도 믿지 못하는 그녀 때문에 도혁은 마음이 아팠다. 어쩌면 그녀가 그보다 더 힘들었다는 뜻인 것도 같았으니까.

도혁은 은채에게 한 발짝 다가섰다. 은채는 두려움에 저도 모르게 뒤로 물러나려고 했는데 도혁이 그리되게 두지 않았다. 그녀의 팔을 잡더니 그대로 그의 품에 쓸어안았다.

쿵쿵-.

더는 찬바람은 느껴지지 않고 뜨거운 심장 박동만 힘차게 울렸다. 펄떡대는 심장 소리가 그녀의 것인지 그의 것인지 헷갈렸다.

도혁의 손이 그녀의 등을 세게 끌어안았다. 압박감에 오히려 안도감이 밀려왔다. 도혁이 그녀의 머리에 얼굴을 묻고 깊게 숨을 내쉬었다.

"앞으로 절대 헤어지지 말자."

도혁의 목소리가 그녀의 겨울을 깨트리며 얼어붙어 있던 영혼을 깨웠다.

그녀가 사랑했던, 아니, 아직도 사랑하고 있는 그가 돌아왔다. 영원히 잃어버렸다고 생각했는데 이렇게 다시 그녀에게 돌아왔다.

아직도 거짓말이고 꿈인 것만 같지만 이게 정말 현실이라면 붙잡고 싶었다. 그 없이 혼자 살아가는 게 얼마나 힘든지 겪었기에 더는 그렇게 살고 싶지 않았다.

그와 함께 살아가고 싶었다. 혼자 남겨지기 싫었다. 권 회장이 기사회생해서 또 그와 그녀를 갈라놓으려 한다고 하더라도 이젠 절대 그와 헤어지고 싶지 않았다.

도혁은 그녀를 데리고 바로 파티장에서 나왔다. 그녀가 그렇게 가버려도 윤서일은 그녀를 붙잡지 않았다. 아마 윤서일이 오늘 소개해 준다던 사람이 바로 도혁인 것 같다는 예감이 들었지만 굳이 도혁에게 물어보지는 않았다.

은채는 그의 차에 앉아서 그가 돌려준 반지에서 한참이나 눈을 떼지 못했다. 이 반지가 다시 자신에게 돌아왔다는 게 쉽게 믿기지 않는 것이다.

도혁은 3년 동안 주인을 잃고 홀로 남겨져 있던 반지가 제자리를 찾아 돌아간 걸 보고 있기만 해도 좋았기에 반지 낀 은채의 손을 끌어다 반지 위에 입을 맞추었다.

그런 도혁의 낭만적인 행동은 굳어 있던 그녀의 심장에 다시 피가 돌게 하였다. 세차게 뛰는 심장 때문인지 그녀의 얼굴은 순식간에 상기되어 발긋하게 홍조를 띠었다.

"당신 아버지한테도 말했어요?"

고개 숙인 도혁의 눈빛이 순간 흔들렸지만 입술에 걸린 미소를 지우지 않았다.

"이 반지 가지고 너한테 오기 전에 아버지한테 먼저 말했어."

"뭐라고 하세요?"

아무 말도 안 했다. 아무 말도.

"허락한다고."

도혁의 거짓말에 은채는 안도하여 그제야 환하게 웃었다. 그녀의 아름다운 미소에 도혁은 겨우 긴 터널을 빠져나온 기분이 들었다.

그의 아버지가 더는 건강해질 수 없다고 해도 그의 선택을 원망하지는 않으실 것이다. 그러니 괜찮았다. 그와 그녀는 행복해질 자격이 충분히 있다고 믿었다.

도혁이 손을 뻗어 눈물 자국이 남아 있는 그녀의 뺨을 감쌌다. 커다란 손이 그녀의 눈물을 닦고 온기를 전해주었다. 은채는 고개를 들어 그의 눈과 마주했다.

"그럼 진짜 나랑 결혼할 거예요?"

도혁은 머뭇거림 없이 고개를 끄덕였다. 그의 대답에도 은채의 두 번째 질문은 처음보다 좀 더 조심스러웠다.

"나 진짜 당신이랑 결혼해도 돼요?"

그에게 첫 번째 프러포즈를 받았을 때 권 회장의 병에 대해 혼자 알고 있어서 마음대로 기뻐하지도 못했던 그녀였다.

그래서 3년 만에 다시 받은 프러포즈에도 쉽게 기뻐하지 못했다. 이 반지가 정말 자신의 것이 맞는지 여전히 100% 확신할 수가 없었나.

도혁은 대답 대신 그녀의 턱을 들어 올려 입을 맞추었다. 그의 입술이 부드럽게 그녀를 감쌌다. 긴 겨울의 끝을 알리는 봄비 같은 그의 키스에 은채의 눈동자가 파르르 떨다 천천히 감겼다.

슬픈 행복감이 마음을 적셨다. 그가 돌아왔다는 걸 현실로 받아들이게 되면 그녀도 더는 외롭지 않을 것이다. 예전처럼 노래도 할 수 있게 될 것이다.

"음음음, 음음."

화장실에 가던 만덕은 요상한 콧노래 소리를 듣고는 이상하게 생각하며 멈추어 섰다. 소리가 나는 쪽을 따라가 보니 그 소리는 은채의 방에서 나오는 소리였다. 만덕은 수상함을 느끼고 문에 귀를 더 가까이 댔다. 철부지처럼 노래하며 살겠다고 밖으로 싸돌아다니던 그의 둘째 딸은 3년 전부터 노래를 멀리하며 조신한 딸로 거듭났다.

그런데 다시 날개를 달고 훨훨 날아가는 듯한 노랫소리가 들려오다니. 이건 뭔가 아주 많이 수상했다.

드르륵―.

갑자기 방문이 열려 만덕은 앞으로 꼬꾸라질 뻔했다. 막 문을 열고 나온 은채도 놀라서 외쳤다.

"변태처럼 왜 남의 방을 엿봐!"

만덕은 데이트라도 가는 것 같은 은채의 화사한 차림과 화장을 보고 더 역정을 냈다.

"그렇게 헤프게 하고 어디 가는 거야!"

예쁘다는 말을 헤프다는 말로 하는 아버지를 흘겨보며 은채는 구두를 꺼내 신었다.

"언니가 나 소개팅해준다고 했잖아."

소개팅이라는 말에 만덕의 흥분은 바로 가라앉았다. 그런데 뭔가 찜찜했다. 소개팅하는데 왜 신이 나서 콧노래를 부르는가. 항상 회사 면접 보러 가듯이 소개팅하러 갔던 은채였다.

"진짜야? 은서한테 확인 전화한다."

"전화해. 난 하늘을 우러러 한 점 부끄럼이 없으니까."

은채가 너무 당당하게 말하니 만덕은 기가 밀렸다. 만덕이 은서에게 전화하는 동안 은채는 집을 나와버렸다. 아버지한테 거짓말한 게 이번이 처음도 아니니 고작 이 정도로 쫄지 않았다.

골목 끝에 도혁의 차가 서 있었다. 그녀가 집에서 나온 걸 보고 도혁이 차에서 내려섰다. 딥코발트블루 색상의 슈트에 화이트 드레스 셔츠를 입은 도혁은 막 패션 잡지를 찢고 튀어나온 것처럼 멋있었다.

3년 전과 달라진 게 아무것도 없다는 것에 은채는 가슴이 뛰었다. 아니, 이젠 두 사람을 갈라놓는 사람도 없으니 그때보다 더 행복해질 것이었다. 은채는 서둘러 그의 차를 향해 뛰어갔다.

"우리 오늘 어디 가요?"

웃으며 묻는 은채에게 도혁도 웃으며 대답해주었다.

"너희 집."

은채의 웃음이 바로 돌이 되었다. 방금 소개팅한다고 아버지한테 거짓말하고 나왔는데 바로 자수하러 가자는 소리였으니까.

"좋은 데 가는 거 아니었어요?"

3년 만의 데이트였다. 그러니 당연히 근사한 곳일 거라 기대했다. 무조건 그래야 했다. 안 그럼 3년이나 수절한 게 억울했다.

“그러니까 너희 집.”

이 인간이 3년 사이에 바보가 된 것인가. 어떻게 그녀의 집이 좋은 곳인가!

“난 싫어요. 당신 혼자 가요.”

도망치는 그녀의 목을 도혁이 팔로 휘감아 억지로 그녀의 집에 데려가기 시작했다. 은채는 그의 손에서 벗어나기 위해 팔을 버둥거렸지만 그의 힘을 이길 수가 없었다.

“나 싫다고. 우리 아버지한테 맞을 거면 당신 혼자 맞아요.”

아버지가 이 대리라고 사기 친 도혁을 좋아할 리가 없었다. 이번엔 그녀와 그가 대문을 열고 들어가자마자 아버지는 장 빗자루를 들고 뛰어나오실 거다.

징징대는 그녀를 끌고 도혁은 꿋꿋하게 해장국 집으로 향했다. 결혼하려면 만덕의 허락도 꼭 필요했으니까. 이제 정말 마지막 관문이었다. 그런데 몇 대 맞기 싫다고 피할 수는 없었다.

가시방석이란 말의 산증인이 설마 그녀와 도혁이 될 줄은 몰랐다. 양반다리만 하고 앉을 줄 알았던 도혁이 두 다리 꿇고 앉아 있는 게 영 어색하고 아버지 만덕은 도혁을 어떻게 죽여야 하는지 궁리하는 듯한 표정으로 그를 쏘아보고 있었다.

상황이 좋지 않았다.

“아버지, 도혁 씨가 아버지 주려고 뱀술도 사왔어. 산삼 든 거.”

그래서 은채는 어색하게 웃으며 도혁이 아버지 주려고 사온 뇌물 먼저 꺼내놓았다. 하지만 술친구 이 대리를 잃은 아버지는 호락호락 넘어오지 않았다.

“그래서 지금 뱀술이랑 내 딸이랑 바꾸라는 거야 뭐야.”

상황은 더더욱 안 좋아졌다. 그래도 도혁은 사업가의 피를 물려받아서인지 기죽거나 아버지 눈치를 보지는 않았다. 모 아니면 도인 것이다.

"따님이랑 결혼하고 싶습니다."

"내가 사기꾼한테 내 딸을 줄 거 같아! 어림도 없어!"

도혁의 돌직구에 아버지는 바로 화를 버럭 냈다. 그래도 도혁의 사회적 배경이 좀 무섭긴 하셨는지 그녀한테 하듯이 쉽게 손찌검을 하지는 못했다. 도혁이 굳이 경고하지 않아도 그를 때리면 삼대가 괴롭다는 걸 연륜으로 감지한 것이다.

이걸 다행이라고 해야 하나, 차별이라고 해야 하나.

"전 사실 아버님께 이름을 속인 것보다 더 나쁜 짓 많이 하고 살았습니다. 제가 그러고 살아도 잘못했다고 말하는 사람이 없었으니까요. 세상이 저를 중심으로 돌았습니다."

거짓말로 좋은 사람이라고 포장해도 모자랄 판에 도혁이 아버지 앞에서 고해성사하자 은채는 기겁을 했다.

나랑 결혼하고 싶다며! 그런데 왜 깽판을 쳐!

"제가 처음부터 이 대리가 아니라 권 대표라고 했으면 아버님도 그렇게 생각하셨을 거 아닙니까? 돈 많은 놈이 딸 가지고 노는 거라고. 아니십니까?"

만덕은 얼굴만 붉어져서 부정하지 못했다. 아주 정확히 그리 생각했을 게 뻔했으니까.

"그래서 그게 아니란 말이야!"

"전 놀고 싶은 여자와 결혼하지 않습니다. 제가 평생 함께 살고 싶은 여자와 결혼합니다."

도혁은 진지했다. 오만하지도 않고, 비꼬지도 않고, 진심만 담겨
있었다.

"평생 아끼고 살겠습니다. 그리고 평생 아버님 술친구도 해드리겠
습니다. 더는 세상이 저를 중심으로 안 돌아도 괜찮습니다. 그러니
제발 내치지 말아주십시오."

그녀의 아버지 앞에서 자존심 다 버리고 고개 숙인 도혁을 보고
그녀가 오히려 울컥했다. 그가 이렇게 자신을 다 내려놓고 말할 줄
은 몰랐다. 그런 걸 할 수 있는 사람이라고 생각하지도 못했다.

그런 도혁에게 차마 화를 낼 수 없었는지 아버지는 화살을 그녀에
게 돌렸다.

"넌 왜 울고 지랄이야!"

그래도 도혁의 아버지가 반대할 때처럼 아주 많이 걱정이 되지는
않았다. 도혁을 오해해서 반대한다는 걸 알았으니까. 도혁에 대해
제대로 알게 되면 아버지도 진우처럼 그녀가 도혁과 결혼하는 걸
축복해줄 것이었다.

강원도 바닷가 집에 다시 찾아갔을 때는 도혁과 둘이 함께였다. 혼
자 찾아갔을 때의 적막함과 쓸쓸함을 느낀 뒤여서인지 옆에 도혁이
있다는 것만으로도 이미 집에 도착하기도 전에 은채는 행복했다.

"그 집, 사람이 살 수는 있는 거죠?"

도혁이 곁눈으로 그녀를 흘겨보았다. 명색이 건설 회사 대표였던
그였다. 집 하나 제 손으로 제대로 못 지을까봐 그런 무례한 질문을

하는가.

"집은 내가 지었으니 청소는 네 몫이야."

또 청소하라는 말에 은채는 발끈했다.

"돈 많잖아요. 헬퍼 써요."

"청소나 하라고 그 강원도 깡촌까지 사람 부르는 것도 너무 양심 없지 않겠어? 그냥 그 집에서 살 네가 해."

그와의 관계에서 결국 청소는 절대 빠질 수 없는 조건인가 싶어서 은채는 인상을 팍 썼다 폈다. 그러다 금세 웃으며 협상하듯이 말을 꺼냈다.

"당신이 나한테 하는 거 봐서 내가 청소할게요."

"그럼 집 지은 나한테 네가 잘해주는 게 청소하는 거야."

"나 청소시키려고 나랑 결혼해요?"

여전히 금방 달아오르는 그녀를 보고 도혁은 혼자 키득키득 웃었다.

은채는 화내면 자기만 손해라는 걸 너무 잘 알기에 그의 말에 쉽게 반응하지 말자고 생각해도 그게 생각처럼 잘되지 않았다. 아무래도 확실한 거 같았다. 그녀가 나무라면 도혁은 성냥이었다. 그래서 자꾸 나무인 그녀한테 불을 지르는 것이었다.

"절대 딸 낳으면 안 되겠어."

그녀의 중얼거림을 들은 도혁이 눈을 좁히며 그녀를 보았다.

"뭐?"

"당신 닮은 딸 낳으면 어떤 남자가 데려가겠어요. 나 닮은 딸 낳아봤자 나처럼 남자 때문에 고생만 하지. 그러니까 딸은 절대 안 돼요. 분명 고생할 팔자야."

그렇다고 자기 닮은 아들이 좋은 것도 아니었기에 도혁은 입을 꾹 다물었다. 도혁이 아무 말도 하지 않자 은채는 기가 찬 표정으로 그를 보았다.

"설마 아이들 싫어한다고 아기도 낳지 말자는 거예요?"

"딸이라면 괴롭히지는 않을게."

"뭐라고요?"

진짜 어떤 아버지가 될지 심각하게 걱정되는 남자였다. 이런 남자와 그녀가 결혼하는 것이었다. 마냥 행복하다고 생각만 하는 건 너무 안일한 것인지도 몰랐다. 절대 실패할 리 없는 가족계획을 확실하게 세워야 했다. 그에게 진짜 가족이 생길 수 있게.

처음 보았을 때는 공사가 덜 끝났던 집은 완전히 공사가 끝나서 침대나 소파 같은 것들이 들어와 있었다. 커다란 침대에 두 팔을 쫙 벌리고 누운 은채는 감탄사를 터트렸다.

"우와, 여기서 자면 밤에 별 볼 수 있는 거예요?"

천장이 통유리라서 강원도 하늘을 볼 수가 있었다. 별이 뜬 밤하늘도, 비가 내리는 하늘도, 눈이 펄펄 날리는 것도 모두 볼 수 있을 거 같았다.

도혁이 걸어와 누워 있는 그녀의 옆에 앉았다. 그의 손에는 벌써 와인 잔이 들려 있었다.

"그 별만 보겠어? 다른 별도 같이 보겠지."

여전히 야한 소리는 밥 먹는 것처럼 잘하는 그의 옆구리를 발로 찼다. 도혁이 흘겨보았다. 서방님 함부로 차는 거 아니라고.

"그럼 집 지으면서 계속 나한테 보여줄 생각 하며 지은 거예요?"

그녀와 그가 헤어져 있는 3년 동안 지어진 집이었다. 그녀가 혼자 외로워할 동안 그는 이 집을 지었다고 생각하니 단단한 콘크리트로 된 이 집이 꼭 그가 보여주는 거대한 감정같이 느껴졌다.

"아니."

도혁의 대답에 그녀는 눈을 찡그렸다. 뭐야, 이 낭만도 모르는 남자.

"우리 아버지 생각했어. 내가 배신하면 안 된다고."

그가 이 집을 짓는 동안 세상에서 유일하게 무서웠던 강인한 아버지는 점점 쇠약해져 갔다. 그러니 그가 아버지와의 약속은 잊은 척 은채를 찾아갔어도 권 회장은 더는 그를 막지 못했을 것이었다.

그래서 마음이 약해질 때마다 이 집으로 왔다. 이 집의 터를 다듬으며, 벽을 쌓으며, 기둥을 세우며, 지붕을 얹으며 약해지는 마음을 붙잡았다.

도혁의 짧은 말에 깃든 무거운 3년을 느낀 은채는 뭐라고 대꾸하지 못하고 손을 뻗어 도혁의 손을 잡았다. 그의 긴 손가락에 그녀의 다섯 손가락을 끼워 넣었다. 도혁이 그녀의 손을 마주 잡아 단단해졌다.

"내가 당신 닮은 아들도 낳고, 당신 안 닮은 딸도 낳아줄게요."

그녀의 위로에 도혁의 눈이 부드럽게 휘었다. 그의 몸이 그녀의 위로 기울어졌다. 은채는 무겁게 짓눌러 오는 그의 무게를 온전히 받아냈다. 다리와 다리가 엉키고 두 팔의 서로를 끌어안았다. 서로의 심장 소리가 들릴 듯 내밀한 포옹이었다. 그의 손이 그녀의 몸을 타고 올라와 봉긋하게 솟은 그녀의 가슴을 한 손 가득 쥐었다. 옷 위로 느껴지는 감촉이 생생했다.

은채는 달아오른 숨결을 터트리며 그의 입술을 찾았다. 겹쳐진 입술이 금세 뜨거워졌다. 부드러운 살결을 그의 입술이 양껏 머금었다. 붉은 입술을 탐하던 그의 입술이 그녀의 목덜미로 미끄러져 내려갔다. 그녀는 목을 한껏 젖히고 그에게 자신을 내맡겼다. 하얀 목선에 붉은 열꽃이 피어올랐다.

사르락-.

그가 벗겨낸 옷이 살결 위를 부드럽게 흘러내려 멀어졌다. 아직은 차가운 공기가 맨살에 닿아 오소소 소름이 돋았다. 하지만 더운 그의 몸이 곧 그녀를 전부 감싸 안아 추울 사이가 없었다. 슬픈 것도 아닌데 은채의 눈가에 눈물이 고였다. 도혁이 그녀의 젖은 눈가에도 입을 맞추었다.

"사랑해, 은채야."

그의 달콤한 사랑 고백을 음미하듯이 은채는 눈을 감았다.

오늘 밤 이 집에서 그녀는 그에게 안길 것이다. 그는 그녀를 안을 것이다. 오늘 밤만이 아니라, 앞으로 그들에게 찾아올 그 수많은 밤을 이곳에서 함께 보낼 것이다.

더는 이별은 없었다.

36. 우리 결혼하는 날

"어서 와."

두 사람을 반갑게 맞아준 사람은 진우뿐이었다. 그 옆에 서서 차가운 눈으로 쳐다보고 있는 언니 은서 때문에 도혁과 은채는 초대받아 온 것인지 심문받으러 온 것인지 알 수 없었다.

그래도 20만 명이 넘는 직원을 책임져야 하는 세진 그룹의 후계자답게 도혁은 먼저 미소를 지으며 은서에게 인사했다.

"잘 부탁해."

은서가 대답 없이 쳐다만 보자 은채는 도혁의 옆에 가까이 붙어서 불안한 목소리로 속삭였다.

"언니가 당신 엄청 싫은가봐."

"나도 보는 눈은 있으니까 일부러 안 가르쳐줘도 돼."

"어떻게 할 거예요?"

"좀 기다려봐."

"지금 내 앞에서 내 흉보니?"

두 사람이 수군거리는 걸 보고 은서가 그제야 한마디 하자 두 사람은 바로 입을 다물고 그녀를 보며 가식적으로 웃었다. 이 집에서는 진우도 은서의 눈치를 보지만 그래도 분위기를 바꾸어보기 위해 거실에 차려진 손님상 쪽을 가리켰다. 은서가 준비했다 말하고 그가 다 준비한 음식들이었다.

"우선은 식사 먼저 하자. 배고프지?"

둘 다 배는 안 고팠지만 뭐라도 해야 했기에 진우를 따라 손님상 앞으로 갔다. 도혁과 그녀가 나란히 앉고 반대편에 진우와 은서가 앉았다. 이제 분위기 좋게 식사를 시작하면 되는데 은서가 찬물 끼얹는 소리를 했다.

"오늘은 돈 봉투 안 가지고 왔어요?"

저걸로 한 번은 꼭 걸고 넘어갈 거로 생각했기에 은채는 썩소를 지으며 언니를 보았다.

"그거 3년 전에 돌려준 거야. 이젠 그만 잊어, 언니."

"3년 전에는 안 된다고 돈 봉투까지 보내더니 어떻게 지금은 허락한 건데? 그쪽 집에서 허락한 게 맞긴 해요?"

"어머니께서 상견례 날짜 잡으라고 하셨어. 이쪽 집에서 날짜만 정하면 돼."

도혁이 머뭇거림 없이 하는 말에 은서는 차갑게 웃었다.

"어쩌죠? 난 그쪽 집안이랑 가족 되기 싫어요."

은서의 완벽한 반대에 진우와 은채는 같이 표정이 굳었다. 동요하지 않는 건 도혁뿐이었다.

"어, 언니. 우선은 먹자. 음식 식어."

은채가 화제를 전환하기 위해 고추장 양념이 된 고기를 젓가락으로 집어오다 그만 실수로 옷에 떨어뜨리고 말았다. 더러워진 옷 때문에 그녀가 당황하자 진우가 서둘러 일어났다.

"처제, 우선 언니 옷 입어. 그 옷은 내가 빨아줄게."

"괜찮아요. 휴지로 닦으면 돼."

"가서 갈아입어. 더러워."

내가 누구 때문에 자리를 못 뜨는 건데!

은채는 도혁을 힐긋 흘겨보았다.

도혁은 한쪽 입술만 말아 올리며 웃는데 '나 권도혁이야. 쓸데없는 걱정 따위 하지 마.'라고 말하고 있는 듯했다.

은채는 할 수 없이 옷을 골라주러 먼저 간 진우를 따라 방으로 들어갔다. 거실에는 도혁과 은서 둘만 남겨졌다. 당연히 분위기는 아까보다 더 냉랭했다.

"그쪽 때문에 죽으려고 했던 여학생한테 사과는 했어요?"

아마 그 소문부터 그에 대한 이미지가 몹시 나쁘게 인식된 거 같았기에 도혁은 마른 웃음을 지었다.

"안 했어. 내 잘못 아니니까."

은서는 그가 변명을 한다고 생각하는 건지 그를 더 경멸하는 듯한 시선으로 쳐다보았다.

"나도 진우한테 들었는데, 진우랑 도서관에서 만났다면서."

도혁이 갑자기 자기 이야기가 아니라 그녀와 진우의 이야기를 하자 은서의 눈빛이 순간 흔들렸다.

"진우가 자기 자리 대신 맡아준 거로 엄청 감동했더라고."

"쓸데없는 이야기 하지 마요. 내 이야기를 할 때가 아니잖아."

은서는 그만하라고 경고했지만 도혁은 멈추지 않고 은서에게 질문을 던졌다.

“진우 옆에 앉은 거 진짜 우연이었어?”

하얀 도자기 인형 같던 은서의 얼굴이 눈에 띄게 붉게 달아올랐다.

“우연 맞다고 말하면 우연이라고 믿어줄게. 그런데 왜 내 말은 안 믿어주는 거지? 우리 서로 마주 보고 대화하는 거 처음이잖아. 나에 대한 이야기면 내 말을 먼저 믿어줘야 하지 않나? 그래도 내가 나쁘다고 무조건 반대하는 거면 내 눈에는 언니가 동생 마음은 안중에도 없고 자기 기분만 먼저인 걸로 보이는데.”

도혁은 부드럽게 말하고 있었지만 눈빛은 강했다. 은서는 자존심 때문에 그의 말을 그대로 받아들일 수 없었지만 더는 반박의 말을 하지 못했다.

가족 중 은서의 말에 토를 다는 사람은 지금껏 아무도 없었다. 만약 도혁과 은채가 결혼하면 천적의 탄생인 거다. 도혁은 세상의 중심으로, 그리고 은서는 가족의 중심으로 살아왔기에 두 사람의 기운은 결코 서로 좋을 수 없었다.

그 탓인지 은채와 도혁이 진짜 결혼식을 올리기 위해서는 도혁이 두 번째 프러포즈를 한 뒤 6개월이란 시간이 더 필요했다. 아버지는 뜻밖에 쉽게 마음을 바꾸셨는데 그녀의 언니가 끝까지 심하게 반대를 한 것이다.

아버지의 반대는 겸허히 받아들였던 도혁도 언니인 은서가 장기전으로 끌고 가자 나중에는 거의 전투 모드가 되었다. 그 사이에서 은채는 큰 싸움 없이 문제를 해결하기 위해 진땀을 빼야 했다.

결국 화해보다는 휴전 정도로 만족하기로 했다. 그녀가 아니더라도 그녀의 언니와 도혁은 성격 자체가 결코 친해질 수 없는 체질이라고 정신과 의사인 진우가 직접 진단을 내렸다.

그러니 둘이 친해지길 기다렸다가는 그녀가 노처녀로 늙어 죽을 것 같았기에 두 사람이 친해지는 건 결혼 후로 넘기기로 했다.

정말 결혼이란 건 험난하고 힘든 것이었다. 두 번 하라고 하면 절대 못 할 듯했다.

그녀는 웨딩드레스에 대한 환상은 전혀 없이 살았었다. 사실 그녀가 이렇게 빨리 결혼하게 될 줄도 몰랐었다. 그녀 혼자 꿋꿋하게 살아갈 줄 알았던 인생의 두 번째 챕터가 결국은 그와의 결혼이 된 것이다.

누구나 살면서 한 번의 전성기는 꼭 온다고 하던데 그녀가 바로 그 전성기를 사는 거 같았다. 그러니 이 전성기가 지나가버리기 전에 행복할 때 욕심껏 행복을 느끼고 싶었다.

"전부 예뻐! 다 입어봐도 돼요?"

"하하. 농담이지?"

서른 벌도 넘어 보이는 웨딩드레스를 다 입어본다는 은채의 말에 도혁은 영혼 없이 웃으며 바로 태클을 걸었다. 은채는 사람들 앞이라 웃으며 도혁을 보았다.

"오늘은 내 말에 토 달지 말고 그냥 웃기만 해요. 결혼식의 꽃은 신부라고요."

도혁은 말 잘 듣는 아이처럼 웃어 보였다. 하지만 손가락은 하나만 올리고 있었다. 제일 마음에 드는 거로 하나만 입어보라고. 이걸 다 입을 동안 기다리는 건 그에게는 고문이었다. 3년 기다렸으면 되었지 뭘 또 기다려야 하냔 말인가. 그는 이제 기다리는 건 지긋지긋했다.

"신랑분이 너무 멋있으세요. 턱시도 엄청 잘 어울리실 거야."

드레스 입는 걸 도와주는 웨딩 플래너가 신부인 그녀 칭찬은 안 하고 도혁 칭찬만 했다.

저기, 그 인간은 그리 칭찬 안 해주어도 자신이 잘난 거 너무 잘 아니까 날 예쁘다고 침이 마를 때까지 칭찬해주라고요.

항상 강렬한 색상의 드레스만 입어서 그런지 순백의 하얀 드레스를 입은 그녀의 모습은 좀 어색했다.

"신부님 나가십니다."

웨딩 플래너가 커튼을 젖혔다.

촤락-.

밖에 서 있는 도혁이 보이자 그제야 심장이 쫄깃하게 뛰었다.

두근두근-.

그가 웨딩드레스 입은 그녀를 어찌 볼지 긴장되었다. 그녀가 입은 웨딩드레스는 치마가 풍성하게 꽃처럼 피어난 벨라인 웨딩드레스였다. 깔끔한 라인에 과한 장식이 없어서 신부의 얼굴을 한층 돋보이게 해주었다. 여자의 사랑스러운 이미지를 가장 잘 표현해주는 옷이었는데 좀 걱정이 되었다. 어설프게 사랑스러울까봐.

도혁이 빤히 보면서 아무 말 안 하기에 은채는 걱정스럽게 물었다.

"안 어울려요?"

"나 말해도 되는 거였어?"

아까 그냥 웃기만 하라는 그녀의 지시에 도혁이 진짜 웃기만 했다는 것에 은채는 인상을 팍 썼다. 언제 그런 거 신경 썼다고!

도혁이 그녀의 옆으로 걸어왔다. 그의 붉은 입술이 부드럽게 호를 그렸다. 그녀가 웨딩드레스를 입은 모습을 보니 그들의 결혼이 실감이 나기 시작한 것이다. 두 사람이 드디어 결혼하게 됐다. 힘들었던 만큼 이 순간이 소중했다.

"붉은 드레스 입은 수는 만인의 수지만, 하얀 드레스 입은 이은채는 나만의 신부인가."

예쁘다는 말보다도 더 마음을 두드리는 말이었다.

내 신부.

그리고 도혁은 곧 그녀의 남편이 되는 거였다.

그와 가족이 된다.

그 사실이 모든 걸 새롭게 보이게 만들었다. 지금과는 다른 삶일 것이다. 행복할 테지만 분명 힘들 때도 있을 거다. 그때마다 그와 그녀가 서로를 믿으며 잘 버텨나가야만 했다. 잘할 자신은 없지만 포기하지 않을 의지는 있었다.

도혁이 웨딩드레스 입은 그녀를 두 눈에 가득 담고 말했다.

"사랑해, 은채야."

3년 만에 다시 만난 도혁은 사랑한다는 말을 매일 해주는 남자로 바뀌었다. 오히려 반대로 그녀가 재회한 뒤 한 번도 그에게 사랑한다는 말을 하지 못했다. 이제 결혼식까지 하게 되었는데도 그가 또다시 그녀에게 등 돌리고 가버릴지 모른다는 불안이 마음 깊숙한 곳에 남아 있는 것인지 쉽게 사랑한다는 말이 나오지 않았다. 배고픈 아기 새처럼 계속 그가 주는 사랑을 받아먹고만 있었다.

그녀가 그의 얼굴을 빤히 쳐다보자 도혁이 매끄럽게 웃었다. 예전의 도혁이었다면 그녀에게 더 많은 사랑을 강요해야 만족할 텐데 지금의 도혁은 절대 그녀에게 강요하지도 않고 자신을 사랑하느냐고 묻지도 않는다.

아버지 때문이지만 그녀를 3년 동안 혼자 둔 것에 대한 미안함 때문인 것 같아 은채는 울컥했다.

"지금 행복해요?"

그녀의 물음에 도혁이 고개를 숙이고 그녀의 귀에 속삭였다.

"이 옷 지금 벗길 수 있으면 더 행복할 거 같은데."

처음 만났을 때부터 밝히더니 끝까지 밝히는 그를 은채는 밉지 않게 노려보다 피식 웃고 말았다.

"첫날밤까지 절대 안 돼요."

또 기다리라는 말에 도혁은 한숨을 푹 쉬다 웃고 말았다.

그와 그녀가 드디어 결혼한다. 그런데 어찌 안 웃을 수 있겠나.

도혁의 새어머니인 정 여사는 권 회장처럼 힘든 사람은 아니었지만 편한 사람도 아니었다. 그래서 정 여사가 먼저 불러서 도혁 없이 혼자 찾아갔을 때 좀 긴장했다. 도혁과 함께 있을 때는 결혼을 허락한다고 말했었는데 막상 그녀 혼자 불렀을 때는 그 뒤에 숨겨놓았던 귀부인의 사악한 속내를 보여주는 게 아닌가 싶어서 말이다.

하지만 정 여사가 꺼내준 패물들을 보았을 때 그게 그녀의 망상이라는 걸 깨달았다. 워낙 권 회장이 스펙터클하게 그녀를 반대했었기에 아직 그 후유증이 남아 있나보다.

"내가 결혼할 때 시어머니가 물려주신 거예요. 이젠 은채 씨가 가지는 게 맞는 거 같아서."

그녀가 편하게 말을 하라고 해도 정 여사는 말을 놓지 않았다. 그건 아마 그녀가 마음에 들지 않아서가 아니라 도혁 때문인 듯했다.

두 사람 사이에 아직 남아 있는 문제들은 그녀가 결혼한 뒤 풀어나가야 할 숙제 같은 것이었다.

"고맙습니다."

너무 비싼 거라 받기 거북하기는 했지만 시어머니로서 주는 거라고 해서 안 받을 수가 없었다.

"내가 회장님 때문에 서운한 걸 도혁이한테 푼 적이 있어요."

그땐 마음에 배신감이 너무 커 그녀가 잘못했다는 생각을 못했는데 시간이 지나고 생각해보니 그녀가 도혁에게 정말 어미답지 못한 행동을 한 것이었다. 넌 내 아들이 아니었다고 그녀의 입으로 말해버린 거나 마찬가지였다.

"결국 내가 도혁이한테 제대로 어머니 역할을 못 해준 거 같아서 많이 미안해요."

그녀는 할 만큼 했다고 생각했는데 그게 아니었다는 자책이 도혁과 함께 권 회장 간병을 하면서 깊게 들었었다. 도혁은 도도한 아이가 아니라 어머니를 허무하게 잃은 아픈 아이였는데 그녀가 그걸 알지 못했었다.

"그러니 결혼해서 은채 씨가 도혁이 부모한테 못 받은 사랑 많이 줘요."

도혁이 이제라도 제대로 된 가족의 정을 느끼고 살기를 정 여사는 진심으로 바랐다. 그렇게라도 그녀가 지닌 마음의 부채를 없애고 싶은 것이기도 했다.

은채는 그럴 거라고 고개를 끄덕였다.

"아이는 하나만 낳고."

갑자기 아이 얘기가 튀어나와서 은채는 놀란 금붕어 눈이 되었다.

"권 회장이랑 도혁이 피 물려받으면 키우기 힘들 거니까. 아! 물론 아들로."

역시 만만한 시어머니란 세상에 존재하지 않나보다. 결혼도 하지 않았는데 아들을 낳으라니. 심적 부담이 태평양만큼 밀려왔다.

"그럼 딸 낳으면?"

"힘들어도 하나 더 낳아야죠."

아이 낳는 걸 마치 밭에서 무 뽑는 것처럼 말하는 정 여사를 은채는 어색하게 웃으며 쳐다보았다.

그래도 또 딸이면? 생각하지 말자. 우선은 결혼식만 생각하자. 행복한 결혼식에 난자와 정자는 정말 안 어울렸다.

결혼식을 하루 남겨두고 만덕은 작정한 사람처럼 도혁에게 술을 먹였다. 도혁이 뱀술을 사 들고 와서 아버지에게 결혼 허락받을 때 평생 같이 술 마셔준다고 약속을 했기에 만덕이 주는 술을 거부할 수는 없었다. 그런데 오늘은 자꾸 먹게 하니 이러다 정신 놓게 되는 거 아닌가 걱정이었다.

"내가 말이지. 우리 딸들이 제 어미 닮아서 너무 예쁘기만 해서 금이야 옥이야 지켰다고. 세상에 나쁜 놈들이 너무 많아. 길 가다 마주치는 사내새끼들조차 죄다 흑심 품고 쳐다보는데 내가 우리 딸들을 쉽게 세상에 내놓을 수 있겠어. 그런데 결혼을 시킨다는 건 정말 어마어마하게 큰 결심을 한 거라고. 앞으로 나 대신 자네가 우리 딸을 지켜야 한다는 소리야. 내 말 알아듣겠어?"

술을 콸콸 따라주며 몇 번째인지 모를 말을 또 반복했다. 그러니까 요약해보면, 결혼한 뒤 그의 딸 눈에 눈물 흘리게 하면 가만 안 두겠다는 소리였다. 아마 진우도 똑같은 과정은 겪었을 거 같은데 진우는 술을 별로 못 마셔서 두 잔도 다 못 마시고 뻗어버렸을 거다. 차라리 이럴 때는 술이 약한 게 오히려 좋은 것이었다.

도혁은 센 척하느라 주는 술을 다 받아 마시고 있었다.

"은채야, 술 떨어졌다. 더 가져와."

"그만 좀 마셔! 이러다 결혼식 아니라 장례식 하겠네!"

그녀가 구박하자 술기운이 얼큰하게 오른 아버지는 그녀에게 화를 내시는 게 아니라 갑자기 눈물을 펑펑 쏟으셨다. 그녀도 놀라고 도혁도 깜짝 놀랐다.

"내가 널 어떻게 키웠는데!"

어떻게 키우긴, 막 키웠지.

"이 대리! 내가 지켜볼 거야!"

이 대리 아니라 권도혁이라니까.

하지만 아버지의 눈물을 보니 은채도 무언가 복받쳐 올라왔다. 그동안 아버지랑 지지고 볶고 살며 지겹다고 짜증도 많이 냈는데 막상 헤어져 살 생각을 하니 슬퍼졌다. 이래서 피는 물보다 진하다고 하나보다.

"아버지, 울지 마!"

은채까지 따라 울자 도혁은 무서워지기 시작했다. 울지 않는 그만 이상해진 분위기였다.

"저기, 제가 잘할 테니까."

그가 애써 다독여보아도 부녀는 끌어안고 통곡을 하였다. 누가 보면 딸이 팔려가는 줄 알겠다. 도혁은 차라리 그냥 두는 게 나을 거 같아서 혼자 술을 마셨다.

결국 그날은 그가 많이 취해서 집에 돌아가지 못하고 비어 있는 은서의 방에서 잠을 자게 되었다.

"내일까지 술이 깨긴 해요?"

그녀는 술 취한 신랑과 결혼식장에 들어가고 싶지 않아서 도혁에게 괜찮으냐고 물었다.

"난 언제나 정신은 멀쩡해."

제 발로 제대로 걷지도 못하면서 저 입은 끝까지 자기 할 말을 한다는 게 더 수상했다.

"옷 벗고 자요."

불편하면 푹 자지 못할 거 같아 은채는 도혁이 옷을 벗을 수 있게 도와주었다. 넥타이를 풀어내고 목까지 잠겨 있던 셔츠 단추를 하나하나 푸는데 도혁이 그녀의 머리 위에서 키득 웃었다.

"왜 웃어요?"

"이 방 너무 좁아."

그게 뭐가 웃긴가. 진짜 취하긴 했나보다.

"앞으로 아버지랑 술 마시면 자게 될 방 같으니 친해둬요."

"네 방에서 자면 안 되나?"

"거긴 더 좁아요."

"괜찮아. 붙어서 자면 되지."

결혼했으면 몰라도 결혼식 전날에 아버지가 허락하실 리가 없기에 은채는 붙어오는 도혁의 얼굴을 손으로 밀어내고 계속 그의 옷을 벗겼다. 셔츠 단추를 다 풀어주고 바지 벨트까지 풀어주려다 어쩐지 그건 아직 쑥스러워서 도혁의 손을 잡고 벨트 위에 올려놓았다.

"바지 벗고 누워 자요. 나, 내 방 가요."

후다닥 그 방을 나오려고 했는데 도혁이 갑자기 그녀의 발을 잡아서 넘어질 뻔했다. 은채는 크게 휘청했다가 벽을 짚고 버틴 뒤 도혁에게 화를 냈다.

"발을 잡으면 어떡해요. 넘어질 뻔했잖아요."

"못 가. 그냥 여기서 같이 자."

"내일이 결혼식이잖아요. 하루를 못 참아요?"

"그래서 지금은 내 신부 아니라고?"

그건 아니지만 그래도 바로 내일이 첫날밤인데 하루 못 참고 술 취해서 이러는 건 정말 아깝다는 생각밖에 안 들었다.

"아버지 아시면 혼나요."

"왜? 내가 내 신부랑 같이 자겠다는데."

내 신부.

처음 들었을 때는 참 감격스러운 말이었는데, 설마 그게 주사로 탈바꿈할 줄이야.

안 된다, 내 방 가서 자야 한다, 된다, 내 신부잖아…….

그렇게 30분은 티격태격한 거 같다.

그녀가 술 취한 도혁보다 더 빨리 지쳐 나가떨어졌다. 아마 아버지도 그들이 실랑이하는 소리를 듣고 깨셨을 거 같은데 내일이 결혼식이라 일부러 모른 척한 듯했다.

"그럼 진짜 손만 잡고 잔다고 약속해요. 아니면 난 내 방 갈 거야."

도혁이 약속하지 않으면 싫다고 은채는 단단히 못을 박았다. 그녀가 내민 새끼손가락에 도혁도 자기 손가락을 걸었다.

그런데 술 먹었다고 약속의 의미도 까먹은 건지, 아니면 무시한 건지 도혁은 새끼손가락을 걸고 약속하자마자 은채의 허리를 안고는 그대로 이불 위로 쓰러졌다. 은채는 절로 비명이 나왔다.

“안 돼요. 내일이 첫날밤이라고요. 오늘이 아니라!”

강경하게 소리치던 은채는 이불 위에 쓰러진 뒤 도혁이 너무 조용한 걸 느끼고 질끈 감았던 눈을 천천히 떴다. 도혁이 그녀의 배를 베개 삼아 누워 쿨쿨 자고 있었다.

“도혁 씨?”

대답이 없었다.

“자요?”

진짜 자는 거 같았다. 첫날밤을 지켰다고 안심해야 하는데 맥 빠지는 이 기분은 뭐란 말인가. 남자들의 흑심도 어쩔 수 없지만 여자들의 변심도 참 어쩔 수 없다. 잠든 도혁의 얼굴을 물끄러미 내려다보던 은채는 고개를 숙여 그의 귀에 속삭였다.

“사랑해요.”

그 말 한마디가 몰고 온 바람이 마음에 가득 찼다. 거센 바람이었지만 결코 춥지 않았다. 오히려 뜨거웠다. 이렇게 말하려고만 하면 할 수 있는 말이었는데 말이다. 왜 그리 머뭇거렸을까. 그녀가 겁쟁이였다. 3년 동안 얼어 있던 알의 껍데기를 완전히 벗어던진 은채는 도혁의 머리에 이마를 대고 두 눈을 감으며 다시 말했다.

“사랑해요.”

“알아.”

도혁의 대답에 은채는 놀라 감았던 눈을 떴다. 도혁은 여전히 자고 있었다. 설마 그녀가 잘못 들은 건가 싶어서 은채는 조용히 그의 이름을 불러보았다.

“도혁 씨?”

도혁의 대답이 없었다. 그의 감긴 눈은 고요했고 입술은 부드럽게 호를 그리고 있었다. 은채는 긴 손가락으로 조심스럽게 그의 뺨을 어루만졌다.

내일의 해가 뜨면 그녀와 그는 부부가 될 것이었다.

신이 불공평하다는 걸 그녀는 결혼식 날 절실히 느끼고 말았다.

술을 그리 진탕 마신 도혁은 마치 건강 음료만 마신 것처럼 피부가 탱탱했는데 아버지랑 조금 운 것뿐인 그녀는 두 눈이 퉁퉁 부어 버렸다. 신부 화장을 하는데 그게 그렇게나 속상할 수 없었다.

왜 신은 권도혁만 편애하며 다 주는가. 내 눈 어쩔 거냐고!

2시간의 사투 끝에 겨우 화장을 무사히 끝낸 은채는 웨딩드레스로 갈아입고 턱시도 입은 도혁과 만났다. 항상 왕자님 아니라 실망했느냐고 떠보던 도혁은 오늘 정말 왕자님이 되어 있었다. 조각 같은 얼굴은 오만하지 않고 우아했고, 각 잡힌 턱시도는 늘씬하고 비율 좋은 몸에 완벽하게 핏되어 있었다.

"결혼식의 꽃은 신부인데 당신이 더 눈에 띄잖아요."

그녀가 투덜거리는 말에 도혁은 그녀의 키에 맞추어 다리를 구부렸다.

"그럼 이러고 입장할까?"

은채는 그의 등을 때려서 똑바로 서게 했다. 그리고 그의 팔에 자신의 팔을 꼈다. 팔짱을 끼기 딱 좋은 키 차이였다. 그녀는 아담해 보였고, 도혁은 듬직해 보였다.

"준비됐어?"

도혁이 묻는 말에 은채는 고개를 끄덕였다. 도혁이 햇살보다 더 눈부시게 웃었다.

두근두근-.

그녀는 다시 한 번 더 사랑에 빠진 듯했다.

결혼식장에는 그들의 결혼을 축하해주기 위해 그들의 가족과 친한 사람들만 와 있었다. 도혁의 사회적 위치 때문에 공개 결혼식은 언론의 지나친 관심을 받을 수 있었기에 친한 사람들에게만 청첩장을 보냈다. 그래도 사람들이 많았지만 가족들이 제일 먼저 눈에 들어왔다.

그녀의 아버지, 좀 뚱한 표정의 언니, 사회자석에 서 있는 긴장한 표정의 진우, 그리고 도혁의 어머니, 동생들.

권 회장은 없었다. 대신 박 실장이 서 있었다. 버진로드 끝에 선 그녀와 그를 보고 주름진 미소를 지어주는 박 실장과 눈이 마주치자 은채는 또 눈물이 날 거 같았지만 꾹 참았다. 세상에서 가장 예뻐야 하는 결혼식 날이었다. 울어서 화장 망치면 큰일이었다.

오늘은 그녀가 결혼하는 날이었다.

오늘은 도혁에게 가족이 생기는 날이었다.

오늘은 태어나 가장 행복한 날이었다.

날마다 오늘 같은 마음으로 남은 날들을 살아갈 것이다.

시련이 다시 와도, 아픔이 힘들게 만들어도, 오늘의 이 벅참을 잊지 말고 기억해두었다 힘들 때마다 이날의 행복과 맹세를 기억하며 이겨나가리라.

"신랑 신부 입장!"

은채는 도혁을 올려다보았다. 도혁도 그녀를 내려다보았다. 마주친 시선에 두 사람은 단단히 연결되어 있었다.

"혹시 어젯밤에 당신 잘 때 내가 한 말 들었어요?"

도혁은 고혹적으로 웃었다. 처음 진우의 병원에서 보았을 때처럼 멋있고, 그때는 없던 따뜻함이 느껴지는 우아한 미소였다.

"이젠 나 잘 때 말고 내 눈 보고 말해."

은채의 눈동자에 물기가 번져 은은하게 빛났다.

"사랑해요."

도혁이 그녀의 손을 꼭 쥐었다가 놓고는 먼저 걸음을 떼었다. 도혁을 따라 그녀도 앞으로 걸어나갔다. 온 사방에 빛이 가득했다. 오늘 부부가 되는 두 사람을 축복해주는 음악 소리가 심장을 두드리며 결혼식장 안을 가득 채웠다.

그와 그녀가 식장에 들어서자 사람들의 박수 소리가 커다랗게 울려 퍼졌다. 관객의 집중을 받는 건 공연할 때와 비슷했지만 무대 위에 오르는 것보다 좀 더 긴장되는 순간이었다. 하지만 그녀 혼자가 아니라 옆에 도혁이 있었기에 두려움은 없었다.

오늘은 우리가 결혼하는 날이다.

권도혁이, 이은채가 서로의 반쪽이 되어 모두의 앞에서 약속하는 날이다.

맹세한다. 이 사랑을 끝까지 지키겠다고.

약속한다. 언제나 함께하겠다고.

은채는 도혁과 함께 버진로드를 끝까지 걸어나갔다.

에필로그 1. 신혼여행

"엉엉엉엉엉."

비행기에 탄 승객들이 쳐다보기 시작하자 도혁은 일행이 아닌 척 신문을 보는 시늉을 했다. 누가 보면 해외로 팔려가는 줄 알겠지만 이곳은 부자들이나 탈 수 있는 일등석이었다. 그리고 두 사람은 신혼여행을 가는 길이었다.

"후회하는 거면 지금 말해. 아직 혼인신고 안 했으니까 깨끗하게 정리할 기회는 지금뿐이야."

도혁은 은채만 들을 수 있게 작은 목소리로 말했다. 은채는 그래도 눈물을 멈추지 못하며 코맹맹이 목소리로 변명했다.

"엉엉. 그게 아니잖아요. 엉엉. 행복해서 우는 거야."

행복한 사람이 왜 길에서 엄마 잃은 애처럼 우는가. 아니면 좀 곱게 울던가.

절대 울 수 없는 유전자를 가지고 태어난 도혁은 행복해서 펑펑 운다는 은채와 교감할 수가 없었기에 은채에게 티슈를 내밀며 부탁했다.

462

“그럼 소리만이라도 안 낼 수 없어?”

“당신은 너무 냉정해.”

“그렇게 냉정한 내가 널 사랑한다잖아. 얼마나 기적이야.”

정말 울던 신부도 뚝 그치게 하는 자백 대사였다. 은채는 졌다는 표정으로 도혁을 보며 그의 손에 들린 티슈를 빼앗아 눈물과 콧물을 같이 닦았다. 정말 이렇게 대성통곡을 한 건 엄마가 돌아가셨을 때 이후로 처음인 것 같았다. 행복한 결혼식 날인데 말이다.

북적이던 결혼식이 끝나고 비행기 좌석에 앉아 한숨을 돌리자마자 어떤 주체할 수 없는 감정이 복받쳐 올라왔다. 왜 이리 눈물이 멈추지 않고 나는 건지 그녀 자신도 참 이해하기 힘든 상황이었다. 결혼식이 끝나자 긴장감이 한 번에 풀리면서 몸에 있던 수분이 다 빠져나가는 기분이었다.

“아버지 혼자 집에 들어가셨겠다.”

아버지 이야기를 꺼내자마자 은채가 또 울려고 하자 도혁은 그녀의 머리를 자신의 가슴 쪽으로 끌고 와 꽉 끌어안았다. 은채가 숨 막힌다며 주먹으로 그의 몸을 때리며 화를 냈지만 도혁은 더 세게 안았다. 그래도 있는 힘껏 안으면 안 울게 하는 효과가 있는 것 같았으니까. 신부의 눈물샘이 마르는 것보다는 신랑의 몸에 멍이 조금 드는 게 차라리 나았다.

두 사람이 신혼 여행지로 선택한 첫 번째 도시는 상하이였다. 은채가 가고 싶다고 정한 곳이었다. 그곳에서 두 사람의 사랑이 시작된 것이나 마찬가지인데 그때 여러 사정상 제대로 상하이 여행을 못 했으니 신혼여행에서라도 상하이 로맨스를 완성하고 싶었다. 그래서 상하이에서 묵을 호텔 방도 그때 도혁을 풍덩 빠뜨렸던 수영장이 있는 그 호텔 스위트룸으로 예약했다. 이번 상하이 여행의 목적은 그 호텔 방에 있었다. 부부로서의 첫날밤이니 두 사람의 사랑이 시작된 곳에서 묵는 게 의미 있을 것 같았다.

그때는 도혁이 혼자 묵는 방에 그녀가 찾아간 것이었는데, 오늘은 두 사람이 나란히 호텔 방의 문을 열고 들어섰다. 문이 열린 순간 똑같은 수영장과 풍경을 보고 그날로 다시 돌아간 듯한 몽환적인 기분이 들었다. 그때 그녀는 처음 온 상하이와 마음을 자꾸 흔들어대는 도혁 때문에 술도 마시지 않았는데 한껏 상기되어 있었다. 그리고 그건 지금도 마찬가지였다.

"우와!"

방문을 열고 들어가자마자 은채가 또 수영장으로 달려가려고 하자 도혁이 은채의 옷을 빠르게 낚아챘다. 안 그러면 또 옷을 입고 풍덩 뛰어들 것 같았으니까.

"이거 놔요."

바로 반항을 하는 은채에게 도혁은 주의를 주었다.

"네가 물나비야? 물만 보면 뛰어들게? 그때처럼 까불다 아프지 말고 이번엔 얌전히 감상만 해."

아내에게 하는 말이 아니라 아이한테 하는 훈계 같았기에 은채는 입이 절로 앞으로 나왔다. 하지만 그때처럼 아프면 상하이까지 온 의미가 없기도 했다. 이번엔 정말 완벽해야 했다. 일생에 단 한 번뿐인 신혼여행이었으니까.

은채는 도혁을 향해 두 팔을 뻗으며 말했다.

"그럼 그때 못 했던 안아서 방으로 데려다주는 거 지금 해줘요."

그런 건 신혼부부들이나 하는 거라면서 거절했었는데 이제 진짜 신혼부부가 되어서 같은 장소에 돌아왔다. 도혁이 은채에게 가까이 다가서 그녀의 가는 허리에 팔을 감으며 은근하게 속삭였다.

"내 팔에 안겨 저 방 들어가면 오늘 못 나와."

은채는 바로 도혁의 팔을 밀치고 방금 들어온 문을 향해 뛰었다.

"우리, 시장 가요."

시장? 은채가 방에 박혀 있는 걸 싫어할 거라는 건 알았지만 신혼여행 첫 코스가 시장이라니, 그에게는 정말 안 어울리는 장소라 절로 입술이 일자로 다물어졌다. 이제 많이 적응했다고 생각했는데 앞으로도 맞추어 가야 할 것들이 남았나보다.

어쩔 수 없었다. 평생 다른 인생을 살아온 두 사람이 만나 같이 살기로 한 것이니까. 도혁은 자신이 좀 더 어른이고 좀 더 신중하니 넓은 이해심을 발휘할 수 있을 거라 믿었다. 은채가 시장에서 소림사 스님 인형을 집어 들기 전까지는 말이다.

"찾았다!"

은채가 집어 든 인형을 보고 도혁은 인상부터 썼다. 그의 입장에서는 안 좋은 기억이 덕지덕지 묻어 있는 인형이었다. 저 싸구려 인형을 그는 도둑질까지 했었다.

"그걸 또 사겠다고? 이번엔 세진 그룹 권도혁의 아내로 하는 첫 선물이니 함부로 고르지 마."

도혁은 은채가 또 사람들에게 선물을 돌리기 위해 인형을 사는 줄 알고 아주 강경하게 인형 구매를 반대했다. 도혁이 가르치는 식으로 말하자 은채는 입을 삐쭉 내밀었다.

"이건 선물할 게 아니라 당신 때문에 사는 거예요."

"나? 나 그 인형 싫어."

도혁은 지금이 아무리 아내가 눈에 넣어도 아프지 않을 정도로 사랑스러워 보이는 신혼이라고 해도 나를 위해 사준다니 감동이라고 말하지 못했다. 그러니 날 위해 산다는 말은 거두라고 확실히 말했는데 은채가 인형의 대머리 부분을 손가락으로 집어서 올려 그의 얼굴 앞에 들이밀며 의뭉스러운 미소를 지었다.

"이 인형 하나가 한 번이에요."

도혁은 그게 무슨 소리냐는 눈으로 은채를 쳐다보았다.

"당신이 제일 좋아하는 거 한 번이요."

도혁의 얼굴이 점점 굳어졌다.

"설마 내가 병원에서 말한 그거 말하는 거야?"

"맞아요. 그거."

그땐 가짜 의사 행세하는 은채를 곤란하게 만들고 싶어서 그 순간 생각나는 가장 낯 뜨거운 병명을 말한 거였는데 이제 와서야 자신의 장난에 대한 대가를 돌려받고 있었다. 도혁은 자신이 코너에 몰린 걸 느끼고 억지로 웃었다.

"장난이 심하네."

신혼여행이다. 은채한테 중요한 게 '여행'이라면 도혁에게 중요한 건 '신혼'이었다. 인형 따위로 막을 수 있는 열정이 아니었다.

"난 진심이에요. 바쁜 당신이랑 이리 여행하는 거 분명 이번 아니면 힘들 테니까 난 호텔 방에만 틀어박혀 있기 싫어요. 그러니 인형들 함부로 다루지 말고 신중하게 써요."

은채가 그의 품에 안겨준 소림사 인형은 총 7개였다. 신혼여행은 7박 8일인데 말이다. 그가 1박이라도 늘이려고 얼마나 노력했는지 은채는 상상도 못 할 것이다. 모든 일정을 초 단위로 끼워 맞추어 날짜를 만들어냈다. 그런데 보상이 고작 대머리 인형 7개라니. 이건 정말 너무했다. 도혁은 인형 하나를 집어 들며 은채에게 물었다. 그래도 희망을 품고 말이다.

"그러니까 대머리 하나에 하룻밤이지?"

은채는 고개를 저으며 손가락 하나를 도도히 들어올렸다.

"한 번."

이 정도면 새신랑은 절망할 만도 한데 도혁은 은채의 얼굴 가까이 얼굴을 들이밀며 더 강하게 말했다.

"내가 그 말 후회하게 만들어줄 수도 있어."

이 정도 말에 당황하지 않을 내공은 충분히 생긴 은채는 오히려 방긋 웃어 보였다.

"할 수 있으면 해봐요."

도혁은 인형을 손에 꼭 쥐었다. 이젠 어쩔 수 없이 이 싸구려 소림사 인형은 신혼여행 동안 그의 분신이 되어버렸다. 잃어버려도 안 되고, 함부로 남발해도 안 되었다.

혼자만 심각한 도혁이 무슨 생각하는지 다 안다는 듯이 은채가 그의 팔을 잡아끌었다.

"이제 상하이 구경 가요."

상하이에서의 일정은 2일이었다. 첫날밤을 추억이 있는 스위트룸에서 묵고 다음 날 잠깐 상하이 구경을 한 뒤에 저녁에 낭만의 도시 파리로 떠날 것이다. 상하이에서 있을 수 있는 시간이 그리 길지 않기 때문에 잠시도 시간을 낭비할 수가 없었다. 분명 지칠 텐데도 쉬지 않고 움직이려는 은채의 손을 도혁이 잡아끌어 세웠다.

"네 인생 마지막 여행이 아니라 네가 앞으로 하게 될 여행 중 하나일 뿐이야. 조급해하지 마."

은채가 쳐다보자 도혁의 눈이 부드럽게 호를 그렸다.

"내 말 잊은 거야? 나랑 있으면 원하는 도시와 언제든지 데이트할 수 있다고 했잖아."

"당신이 바쁘잖아요."

그 말을 처음 들었을 때는 연애하기 전이었기에 낭만적이라고만 생각했는데 그 뒤에 그와 연애하였을 때 깨달았다. 그가 여행은커녕 데이트할 시간도 없을 정도로 바쁜 사람이란 걸.

도혁은 급소를 찔린 사람처럼 잠시 경직되었다 바로 평소의 얼굴로 돌아왔다.

"그래도 네가 여행 가고 싶다고 하면 네가 원하는 도시에 가서 일할게."

일을 뒤로 미루고 같이 가준다고 하는 게 아니라 일은 하는데 그녀가 가고 싶은 도시에 가서 해준다고 하니 좀 현실적으로 들려왔다. 그녀가 도혁의 품으로 파고들자 그의 두 팔도 자연스럽게 그녀를 안아주었다.

"내가 앞으로 어떻게 하면 잘 놀 수 있는지 가르쳐줄게요."

"성실한 CEO 남편을 탕아 남편으로 바꾸고 싶다는 거야?"

"너무 일만 하면 감정 바보 돼요."

"네가 감정 과잉이니까 네 얼굴 한 번 볼 때마다 충전되지 않겠어?"

　도혁이 자신의 이마를 그녀의 이마에 대었다. 그리 닿아 있으면 진짜 충전이 된다는 듯이.

　은채는 바쁜 마음을 잠시 내려놓고 눈을 감았다. 닿은 이마가 따뜻했다. 넓고 넓은 상하이 도시에서 느껴지는 건 오직 도혁이라는 남자의 존재뿐이었다.

　결국 어느 도시를 가던 옆에 그가 있다는 게 가장 중요했다. 함께 있다는 이 충만함을 평생 잃고 싶지 않았다.

　저녁은 도혁의 뜻대로 스위트룸에서 룸서비스를 시켰다. 방에서 먹는 저녁이지만 모자란 것 없이 모든 게 호화로웠다. 주위에 방해하는 사람 없이 둘만 있으니 서로에게 집중할 수 있는 분위기도 좋았다.

　"이 와인도 그때 마시자고 했던 그 와인이야."

　그녀가 그를 물에 빠뜨리는 바람에 못 먹은 그 와인이란 소리였다. 은채는 잔에 붉은 물결을 일으키며 채워지는 와인을 보고 짧게 웃었다.

　"사실 그때 우리가 결혼하게 될 줄은 당신도 상상 못 했죠?"

　"네가 날 물에 빠뜨릴 줄도 상상 못 했지."

　몇 초 뒤를 몰랐는데 몇 년 뒤를 어찌 알았겠나. 재미있는 일이면서 신기한 일이었다. 그 과정 중 단 하나만 달랐어도 이 자리에 두 사람이 다시 같이 있는 건 불가능했을지도 몰랐다. 웃으며 와인을 마시던 은채가 와인 잔을 내려놓으며 상기된 목소리로 말했다.

"나 수영해야겠어요."

도혁은 한쪽 눈썹을 찌푸렸다. 그 말이 꼭 그를 다시 물에 빠뜨리고 싶다는 소리로 들려왔으니까.

"또 감기 들어도 난 몰라."

"이번엔 괜찮아요."

"어떻게 장담하지?"

"당신이 내 속을 안 썩이잖아요."

도혁은 반박하지 못하고 항복이라는 듯이 두 팔을 반쯤 들었다. 은채는 의자에서 일어나 수영장 가로 걸어갔다. 그녀가 휙 몸을 돌리자 플레어 치맛자락이 크게 펄럭이는 바람에 도혁은 은채가 물에 빠지는 줄 알고 순간 심장이 쿵 뛰었다. 하지만 은채는 위험한 줄도 모르고 놀이에 빠진 아이처럼 생글생글 웃으며 그에게 물었다.

"같이 수영 안 해요?"

도혁은 고개를 저었다. 그가 수영장에 다가가면 분명 은채가 그를 물에 빠뜨릴 게 뻔했으니까. 그걸 뻔히 알면서 다가갈 수는 없었다. 그의 아내는 가끔 멀리서 보는 게 더 예쁜 여자인가 보다. 지금이 딱 예뻤다.

"하고 싶어질 텐데."

은채가 은근히 말하며 수영장 가 끝을 아슬아슬하게 걸었다. 그는 절대 그럴 리 없다고 생각하고 있는데 은채가 손을 올려 블라우스의 단추를 하나씩 풀기 시작했다.

검은 브래지어에 감싸인 깊은 가슴골이 아슬아슬하게 보이기 시작하자 도혁은 팔짱을 끼고 배에 힘을 꾹 주었다. 저건 딱 봐도 도발이었다. 그는 단언컨대 도발에 강했다.

"그래도 난 수영 안 해."

그가 단호히 거절하자 은채는 그에게 등을 보였다. 그녀가 벗은 블라우스가 바닥에 흘러내렸다. 실크 블라우스의 부드러움이 잠시 눈을 어지럽혔다. 은채는 거기서 멈추지 않고 치마 지퍼에도 손을 가져갔다.

"설마 다 벗을 생각은 아닌 거지?"

그에게는 7개의 인형이 있었다. 그리고 그와 그녀에게는 아직 7일 밤이 남아 있었다. 그녀의 유혹에 그가 넘어가면 그가 가난해지는 거고, 그가 잘 견디어서 인형의 수를 밤의 수보다 많이 남기면 그가 부자가 되는 것이었다. 태어나기를 부자로 태어난 그였으니 부자가 되는 길을 선택해야 했다.

순식간에 치마까지 벗은 은채는 속옷 차림이 되었다. 검은 속옷은 비키니 수영복 같으면서도 좀 더 자극적이었다. 그리 큰 키는 아니지만 다리가 길고 허리가 잘록한 은채의 몸매는 움직일 때마다 더 치명적이었다. 그걸 잘 안다는 듯이 은채는 등 뒤로 그를 돌아보며 다시 물었다.

"진짜 나랑 같이 수영 안 해요?"

목구멍 바로 밑까지 '인형 하나'라는 말이 올라왔지만 도혁은 입을 더 꾹 다물었다. 도혁이 버티자 은채는 재미없다는 표정을 짓고는 고개를 돌려 그에게 등을 보였다. 그대로 물속으로 뛰어들 것 같았던 은채는 마지막으로 하나를 더 벗었다. 아찔한 살덩이가 물속으로 풍덩 빠지는 순간 도혁도 의자에서 일어났다.

이제 그녀는 그의 아내였다. 좀 이겨보려고 참는다는 게 바보 천치인지도 몰랐다.

옷을 다 입고 했던 수영은 쫓고 쫓기는 스릴러였는데 옷을 다 벗고 하는 수영은 농염한 격정 멜로였다. 도혁의 젖은 입술이 그녀를 집어삼킬 듯이 파고들어 왔다. 그가 아쉽게 그녀를 떼어놓았던 그날로 돌아가 서로의 눈치를 보며 하지 못했던 키스를 이어서 하는 듯한 느낌에 기분 좋은 전율이 온몸을 감쌌다. 도혁이 한참 만에야 입술을 떼자 은채는 흐트러진 호흡을 내쉬며 물었다.

"그러니까 인형 하나인 거죠?"

도혁은 그녀의 입술을 깨물었다 삼키며 몸을 밀착해왔다. 맞닿은 몸이 하나가 되었을 때처럼 내밀하고 뜨거웠다.

"그냥 키스야."

그런데 말은 이성적이고 이기적이다. 그녀의 기준으로 이건 키스가 아니라 전희였다. 진짜 키스라면 그녀의 가슴을 욕심내는 그의 손은 반칙이었다.

"인형이잖아요."

"키스라니까."

"진짜 이런 걸로까지 고집 피울 거예요?"

"그냥 사실을 말하는 거야."

그리 말싸움을 하면서도 스킨십이 끊기지 않는다는 게 신기할 지경이었다. 은채는 안 되겠다 싶어서 그를 밀치고 물속으로 들어갔다. 하지만 악어 흉내를 잘 내는 남자를 피해 도망가는 건 쉬운 게 아니었다. 도혁에게 붙잡혀 다시 물 밖으로 나왔다. 물속에 있다 나와서인지 맨살에 닿는 공기가 아까보다 차가웠다. 그의 몸은 아까보다 좀 더 뜨거웠다.

"더는 못 참겠어."

그가 더운 숨을 그녀의 얼굴에 뿜어내며 항복 비슷한 말을 했다. 그의 표정에 여유가 없었다. 아무리 참을성의 대가 권도혁도 절대 참지 못하는 게 있는 것이었다. 그가 이리 속수무책이 되는 순간은 정말 흔한 게 아니었기에 은채는 이 순간의 정복감을 마음껏 누리고 싶었다. 그래서 그의 어깨에 두 팔을 올리며 물었다.

"그러니까 인형 하나라는 거죠?"

도혁이 그녀의 몸을 우악스럽게 안으며 결국 말했다.

"그래, 다 가져가. 대신 오늘 밤은 내 거야."

그의 밤이 아니었다. 그녀와 그, 우리의 밤이었다.

결국 상하이에서는 또 호텔 구경만 실컷 하다 파리로 가기 위해 공항으로 떠나야 했다.

"이번엔 꼭 상하이 구경 제대로 하고 싶었는데."

상하이 구경을 못 한 게 다 도혁 탓이라는 듯이 은채가 그의 얼굴을 흘겨보았다. 도혁의 얼굴은 포만감에 찬 육식동물 같았다. 첫날 밤에 그가 하고 싶은 대로 다 했으니 그는 전혀 아쉬울 게 없을 것이다.

"아쉬우면 나중에 또 오고."

"이제 안 와요."

도혁이 말로만 그러는 거 같아서 은채는 그 말을 튕겨내었다. 그래도 추억의 장소에서 첫날밤을 보낸 건 좋았다. 상하이를 떠올릴 때마다 가졌던 아쉬움이 많이 사라졌다.

상하이 다음 여행지를 파리로 정한 건 신혼여행에 낭만이 빠지면
안 될 것 같아서였다. 낭만하면 아메리카보다는 유럽이었다. 느낌상
말이다.

"파리 가본 적 있어요?"

그녀의 질문에 도혁은 무미건조하게 고개를 끄덕였다. 여행이 아
니라 일 때문에 갔던 것이었으니까.

"어땠어요?"

"여자들이 적극적…… 윽!"

도혁의 말이 끝나기도 전에 은채는 도혁의 팔을 세게 꼬집었다.
도혁은 정말 아팠는지 인상을 팍 썼다.

"소림사 인형 몇 개 안 남았거든요."

"넌 사랑 노래 부르는 가수면서 어떻게 사랑을 인형 머릿수로 매
기려고 하는 거야? 너무 메마른 거 아니야?"

"플라토닉한 아름다운 사랑이었으면 인형 같은 거 필요도 없었거
든요."

무슨 끔찍한 소리를 하는 거냐는 눈으로 도혁이 그녀를 흘겨보았다.

"그래서 나만 좋았다는 거야?"

은채는 새침하게 눈을 떴다. 누가 싫다고 했나. 신혼여행을 왔으
니 여행의 추억을 남기자는 거지.

"유럽에서 질릴 때까지 사진 찍어요."

"말만 들어도 질리네."

그녀는 또 도혁의 팔을 꼬집었다. 도혁은 금방이라도 삐뚤어질 거
같은 표정으로 그녀를 보았다.

"웃어요. 신혼여행이잖아요."

그녀는 도혁의 입꼬리를 손가락으로 쿡 찍고는 위로 올렸다. 억지로 웃고 있는 도혁의 표정을 보고 그녀도 키득키득 웃었다. 이렇게 낭만이라고는 쥐뿔도 없는 남자와 낭만의 도시로 신혼여행을 가고 있는데도 기대되는 걸 보면 사랑의 힘이란 참 위대하다.

유럽 투어의 첫 번째 도시인 파리는 보는 것만으로도 동화 속 주인공이 된 듯한 착각을 주었다. 가장 낭만에 취해 있는 신혼여행에 온 낭만의 도시다. 어찌 아름답게 안 보일 수 있겠나.

"여기 개똥 많아."

은채는 초를 치는 말을 하는 도혁을 흘겨보았다.

"당신은 여행이 안 즐거워요?"

"난 너만 있으면 돼."

그 순간 다가오는 도혁을 은채는 재빠르게 피했다. 관광은 접어두고 호텔로 가자는 소리로 들렸으니까.

"나 파리 처음이에요. 다 구경하고 싶어요."

도혁은 뭐 그런 것을 그리 열심히 하느냐는 표정이었다. 그래서 그녀는 강경하게 말했다.

"당신이 그랬잖아요. 당신이랑 같이 있으면 어느 도시든 데이트할 수 있다고. 그런데 당신이 망치면 안 되죠."

자신이 뱉은 말이라 도혁은 반박하지 못했다. 역시 꼬실 때 아무 말이나 막 질러대면 안 된다는 걸 절실히 깨달았을 뿐이다. 은채는 진두지휘하듯이 팔을 쭉 뻗으며 말했다.

"우선 센강으로."

"D'accord, madame."

결국 그녀의 뜻대로 두 사람은 온종일 파리 투어를 했다.

파리는 거리 자체가 예술인 곳이었다. 왜 예술가들이 파리로 모여드는지 도시 자체가 말해주고 있는 것 같았다. 그녀도 노래로 예술을 하며 살길 꿈꾸었던 적이 있기에 파리의 정취에 흠뻑 빠지게 되었다. 이곳에서 한 달만 살면 노래의 영감이 쏟아져 나올 것 같았다.

"나 파리 좋아요."

"이제 보니 뭐든 쉽게 좋아하는군."

"하하하하하하하. 당신만 빼고."

도혁의 팔이 그녀의 목을 꼭 끌어안았다. 그녀가 고양이처럼 몸을 비틀며 빠져나가려고 하자 도혁이 더 끈끈하게 그녀의 목을 감싸다 기습적으로 입술을 덮쳤다. 센강 다리 위에서의 키스는 낭만에 풍덩 빠지는 기분이었다. 키스가 끝났을 때 은채는 두 눈을 감은 채 속삭였다.

"배고파요."

도혁이 낮게 웃으며 다리 건너 레스토랑을 가리켰다.

"저기서 먹자."

"여긴 그냥 아무 데나 막 들어가도 맛집이에요?"

"글쎄. 그래도 프랑스 요리는 아무 데서나 나오겠지."

도혁의 말대로 맛있는지는 모르겠지만 분명 프랑스 요리인 달팽이 요리를 먹었는데, 처음 먹어 보는 프랑스 요리라는 것에 의의를 두기로 했다. 식사하고 나와서 그녀는 투어 버스를 타자고 했다. 도혁은 욕망을 내려놓았는지 그녀가 하자는 대로 순순히 따랐다. 버스를 타기만 하면 그녀가 보고 싶어 하는 파리의 주요 관광지를 한번에 모두 볼 수 있으니 도혁의 생각으로도 시간 절약 같기는 했다.

"버스 처음 타보죠?"

당연한 걸 왜 묻느냐는 눈으로 도혁이 그녀를 보았다. 은채는 도혁의 어깨에 머리를 기대며 부드러운 목소리로 말했다.

"뭐든 당신이 나랑 같이 처음 하는 건 다 좋아."

그녀가 그에게 안긴 뒤에야 도혁도 웃었다. 그녀의 어깨에 팔을 두르고 이마에 입맞춤을 하며 도혁이 속삭였다.

"너한테 줄 거 있어."

그녀 몰래 꽃이라도 산 건가 싶어 입가에 미소가 걸리는데 도혁이 내민 것을 보고 은채는 눈살을 찌푸렸다. 상하이 스님 인형이었던 것이다.

은채는 고개를 들어 도혁의 얼굴을 보았다.

"당신은 그 생각만 해요?"

"네 생각만 하는 거지."

말이라도 못 하면 얄밉지나 않지.

"당신은 나중에 당신 똑 닮은 자식한테 한번 당해봐야 내 마음을……."

자기한테 불리한 소리를 하자 도혁이 바로 그녀의 입술에 키스를 하며 말을 끊어버렸다. 얄미워도 키스는 달콤했다. 그리고 도혁의 어깨너머로 보이는 파리는 아름다웠다.

그와 함께 온 파리리서 좋은 것이었다. 혼자서는 의미가 없었다.

도혁은 자신이 많이 참았다는 걸 과시라도 하듯이 호텔 방에 들어서자마자 그녀의 옷을 벗기려고 하였다.

“우선 씻고요.”

“어차피 하고 또 씻어야 해.”

성욕은 결벽증도 이기는 듯했다. 파리 투어할 때는 그가 그녀에게 맞추어주었기에 호텔 방에서는 그녀도 순순히 그의 말을 따라주었다. 그의 입술이 그녀의 벗은 어깨에 닿았다. 그 뜨거움에 은채는 어깨를 움츠렸다. 성마른 손이 가슴을 움켜잡자 그녀도 몸속이 찌르르르하였다. 그녀의 몸이 그의 손길을 기억하고 반응하였다. 어느새 그에게 길들어버린 듯했다.

“나 사랑해요?”

몇 번이고 들어도 또 듣고 싶다.

“사랑해.”

도혁에게는 그녀를 사랑하는 것과 그녀를 안는 것이 같은 의미였다. 그래서 그녀도 그의 몸을 힘껏 두 팔로 안았다.

“나도 사랑해요.”

도혁이 사랑을 말하는 그녀의 입술에 깊게 키스했다. 그리고 그와 그녀는 하나가 되었다. 그 뜨거움에 가본 적도 없는 우주에서 별과 별이 충돌하는 게 보이는 듯도 했다. 그녀가 그인 듯, 그가 그녀인 듯 서로의 경계가 허물어졌다.

중간에 너무 지쳐서 까무룩 정신을 놓았나보다. 그녀의 등을 쓰다듬는 손길에 은채는 눈을 떴다. 도혁의 품에 안겨 있었다. 그녀가 깬 것을 느낀 도혁이 더 자라고 했다. 아직 밤이라고. 호텔 창문으로 파리의 야경이 보였다.

“아, 에펠탑이다.”

이제야 에펠탑을 본 은채가 신기해서 한참이나 창밖을 보았다. 순진한 눈빛으로 에펠탑 구경에 빠진 은채를 잠시 지켜보던 도혁이 입을 열었다.

"한국 돌아가면 아마 이렇게 같이 있는 시간이 많지 않을 거야."

은채는 눈동자만 움직여 도혁을 보았다. 그녀도 이미 아는 사실이었다. 하지만 사랑이 더 컸기에 그와 결혼한 것이었다. 그녀와의 결혼으로 그가 희생하길 바라지는 않았다. 서로가 자신들의 삶에 충실하면서 사랑할 수 있기를 바랐다.

"네가 외롭다고 느낄 때 내가 널 버려두는 거로 생각하지 마."

은채는 희미하게 웃었다. 도혁의 입가에도 잔잔하게 미소가 걸렸다.

"그리고 아버지 때문에 집에 가야 한다는 말 이젠 안 통해."

은채는 킥킥 웃음을 터트리며 도혁의 품으로 파고들었다. 맞잡은 두 손에 같은 반지가 반짝이고 있었다. 아마도 혼인신고서가 두 사람이 하는 마지막 계약이 될 것이었다.

에필로그 2. 신부의 하루

　결혼해서 좋은 건 아침에 눈을 떴을 때 가장 처음으로 사랑하는 사람을 볼 수 있다는 것이다. 그러나 도혁과 은채 사이에서 그건 도혁에게만 해당하는 일이었다.

　결혼하고 난 뒤 불면증이 많이 나아지기는 했지만 아침잠이 없는 건 어릴 때부터의 습관이라 이른 시간에 저절로 눈이 떠졌다. 눈을 뜨면 잠시 옆자리에서 자는 은채의 얼굴을 바라보다 일어나서 씻으러 갔다.

　은채는 그가 씻을 때나 그가 옷을 입을 때나 간혹 그가 출근하려고 나갈 때 소스라치게 놀라며 깨어나 자신이 늦게 일어난 걸 그의 탓으로 돌렸다.

　"또 알람 껐죠?"

　"난 알람 시끄럽다고 했잖아."

　그는 평생 알람 소리 없는 조용한 아침에 익숙해져 있었다. 그래서 은채가 아침에 일찍 일어나려고 맞추어놓은 알람 시계를 그는 자기 전에 다 끄고 잤다. 그가 계속 알람을 꺼버리자 은채가 알람 시계를 안 들키려고 숨겨놓기도 해서 요즘은 자기 전에 알람 시계 찾는 숨바꼭질 놀이를 하고 자게 되었다.

"알람을 끄면 나 못 일어난다고요."

"그럼 일어나지 마."

둘만 사는 신혼집이었다. 그러니 아침에 은채를 깨울 수 있는 건 그뿐이라는 건데 그가 아침에 은채한테 바라는 건 잠자는 숲 속의 공주처럼 예쁘게 자주는 것이었다.

"내가 아침에 일찍 일어나야 건강 주스도 만들고, 넥타이도 골라 주고, '여보 일어나세요.'도 하고!"

은채의 마지막 말에 도혁은 웃음을 터트렸다. 평생 못 들어볼 게 확실할 거 같으니까.

"나 때문에 늦게 자는 거 다 아니까. 아침에는 그냥 자."

그가 퇴근이 늦을 때는 자지 않고 기다리느라 그녀도 덩달아 잠자는 시간이 늦어졌다. 일을 뒤로 미루고 신혼여행을 길게 간 거 때문에 다녀와서 오히려 회사에서 퇴근 시간이 늦어졌다. 그가 바빠질 거라는 그녀의 짐작은 거의 적중한 거나 마찬가지였다.

"밤은 밤이고, 아침은 아침이고."

시무룩해진 은채의 앞에 걸터앉은 도혁은 웃으며 입술을 내밀었다.

"그럼 모닝 키스로 부인의 책임을 다하는 걸로."

은채는 입술 대신 손으로 도혁의 입을 꼬집으며 매일 하는 말을 또 했다.

"내 알람 좀 끄지 말라고요."

끄지 말라고 하면 꼭 끄고 싶어지는 청개구리 심리는 아마 그녀 한테 옮은 듯했다. 결국 그날도 알람 끈 도혁 때문에 그녀는 제대로 아침밥을 만들지 못했다. 시부모님과 함께 살고 있었다면 정말 제대로 불량 며느리로 찍힐 일이었다.

　아직 아들인 도혁을 어려워하는 시어머니인 정 여사가 신혼에는 둘만 살라고 하셔서 지금은 도혁이 혼자 살던 타워 팰리스에서 두 사람이 살고 있었다. 하지만 역시 시어머니는 시어머니라서 그녀가 자유분방하게 살 게 그냥 두지는 않으셨다.

　세진 그룹 차기 오너의 안주인 자리에 걸맞은 사람이 되기 위해서는 신부 수업을 받아야 한다고 하셔서 도혁이 출근한 뒤 얼마 지나지 않아 그녀는 시댁으로 출근해야 했다. 뭐든 억지로 배우는 건 별로 좋아하지 않는 은채였지만 며느리로서 뭔가 해야 할 거 같아서 정 여사의 말에 고분고분 따르고 있는 중이었다.

　그러나 잘 하는 중인지는 솔직히 잘 모르겠다. 그녀의 아버지처럼 때리지도 않고 화도 못 내는 정 여사는 그녀가 실수하면 그냥 표정 없는 얼굴로 그녀를 쳐다보기만 했으니까. 그 인내심에 존경심이 들 정도였다. 그 정도 인내심이 되니까 권 회장이나 도혁과 그리 오래 같이 살 수 있었던 것 같았다.

　"식사하셨어요?"

　침묵이 미덕인 집에서 몇십 년이나 일한 고용인들은 은채가 큰 소리로 인사할 때마다 움찔움찔 놀라곤 했다.

　"아, 네. 작은 사모님은 식사하셨습니까?"

　고용인들은 낯간지럽게도 그녀를 사모님이라 불렀다. 위에 그녀의 시어머니인 정 여사가 있기에 그녀에게는 한 단계 낮추는 의미로 작은 사모님이라고 했다. 그녀는 작고 귀여운 나이도 아니었고, 사모님 소리가 어울릴 정도로 지긋한 나이도 아니었다. 그냥 아가씨라는 말이 제일 적당한 때라고 그녀는 생각했다.

"그냥 제 이름 불러주시면 안 돼요? 박 실장님은 은채 양이라고 했는데."

"아뇨. 어찌 감히. 사모님 아시면 큰일 납니다."

시어머니가 싫어한다고 하시니 은채도 더는 강요할 수가 없었다. 그녀의 이름 한 번 부르고 직장 잃게 할 수는 없었으니까.

"어머니는 어디 계세요?"

"거실에서 기다리고 계십니다."

그녀가 서둘러도 항상 늦는 거 같은 기분은 부디 착각이기를 바라며 은채는 종종걸음으로 시어머니가 있는 거실로 향했다.

오늘 신부 수업의 내용은 그림이었다. 음악은 좋아하지만 그림에는 전혀 문외한인 그녀였다. 설마 살면서 그림 공부를 하게 될 날이 올 줄은 상상도 못 했는데 상류층 인맥을 쌓기 위해서는 갤러리에서 그림에 대해 유식하게 몇 마디는 할 수 있어야 한다고 했다. 결국 그녀가 무식해 보이는 게 싫다는 뜻 같아 얌전히 정 여사가 그림에 대해 해주는 설명을 들었다.

"이 그림은 2001년에 구매한 겸재 정선 화백의 그림이란다. 내가 직접 옥션에 나가 낙찰을 받았지. 그게 이 그림에 대한 예의라고 생각했거든."

뭔가 거칠게 그려진 소나무 한 그루가 그려진 그림이었는데 그 그림을 정 여사는 아주 자랑스럽게 쳐다보고 있었다. 너무 뿌듯한 표정이라 은채는 동조하는 뜻으로 한마디 했다.

"나무를 좋아하시나봐요?"

정 여사가 산통 깬다는 표정으로 그녀를 보았다. 나무 그림을 좋아하면서 보기에 나무를 좋아하느냐고 물은 게 그리 큰 잘못이란 말인가.

"재벌가에서 그림을 수집하는 건 돈 관리의 목적도 있단다. 그러니 너무 간단하게 생각하지 마렴."

결국 재벌가에서는 모든 게 '기승전돈'으로 귀결되는 것 같았다. 이깟 소나무 한 그루가 얼마나 할까 싶어서 은채는 기대 없이 물었다.

"얼마인데요?"

"7억."

억 소리 나는 가격에 은채의 입이 턱 빠질 정도로 벌어졌다. 미친 건가? 도혁이 차에 그 정도 돈을 쓰는 것보다 더 이해가 안 되는 일이었다.

은채가 놀라움을 전혀 숨기지 못하자 정 여사는 아직 멀었다는 생각이 들었다. 상류층 집단에 무리 없이 섞이려면 무엇보다 필요한 건 내숭이었다. 그래도 아닌 척, 아니어도 그런 척. 그런데 은채는 그걸 가장 못 했다. 지금 은채를 데리고 상류층 모임에 나가면 은채는 바로 놀림감이 되어버릴 것이었다. 그렇게 둘 수는 없었다. 도혁과 결혼한 은채는 세진 가의 얼굴이 된 거나 마찬가지였으니까.

"너랑 바로 갤러리에 갈 수는 없겠구나. 집에 가서 이 책들을 먼저 읽어두렴."

정 여사는 그림에 관련된 두꺼운 책 세 권을 그녀에게 주었다. 그녀가 아는 신부 수업은 밥하고 반찬 만들고 집 안 청소하는 거였는데 말이다.

재벌가의 신부 수업은 공부였다. 학교였다면 땡땡이라도 칠 텐데 그녀는 막 결혼한 신부였고 시어머니는 선생님보다 더 부담되는 존재였기에 은채는 싫다는 말도 못하고 웃으며 두꺼운 책을 받았다.

도혁은 밤늦게 돌아오는 날이 대부분이었다. 도혁이 돌아오길 기다리며 정 여사가 준 그림책을 읽고 있는데 자꾸 눈이 감겼다. 역시 책은 그녀와 안 맞았다. 안 되겠다 싶어서 텔레비전을 틀었다. 드라마를 보다보면 금방 시간이 갈 것으로 생각했는데 드라마 시청이 2시간이 넘어가자 또 꾸벅꾸벅 졸게 되었다.

몸이 공중에 붕 뜨는 기분에 눈을 떠 보니 도혁에게 안겨 침실로 가는 중이었다. 그녀도 모르는 사이 진짜 잠이 들었나보다. 은채는 잠이 묻은 목소리로 물었다.

"왜 초인종 안 눌렀어요?"

벨 소리를 들었으면 분명 잠이 깼을 것이다.

"그냥 자. 자정 넘었어."

그럼 그녀가 1시간 넘게 잔 것이었다. 밤에 잔 잠이라서인지 쉽게 잠이 깨지 않았다. 은채는 도혁의 가슴에 얼굴을 묻으며 잠투정을 했다.

"매일 나 잘 때 나가고 잘 때 들어오고. 나만 잘못하는 거 같잖아."

"그런 거 아니야."

빨리 오려고 온종일 쉬지 않고 일해도 이렇게 늦어버렸다. 분명 같이 살려고 결혼한 건데 말이다. 혼자 있는 시간을 너무 많이 만들어서 미안하다. 그래서 일부러 알람을 끄게 되는 것이기도 했다. 밤에도 그를 기다리느라 잠을 참고 기다리는데 아침까지 그렇게 만들고 싶지는 않았으니까. 그를 만나 그녀가 행복하게만 살았으면 했다. 하지만 그건 좋은 집과 좋은 옷만으로는 턱없이 부족했다.

"내일 점심은 같이 먹자."

그의 말에 은채는 언제 투정했느냐는 듯이 방긋 웃었다.

"미팅 없어요?"

"응."

만나자는 사람도 많고, 만나야 하는 사람도 많지만 그래도 매일 같이 있고 싶은 건 그녀였다. 결혼하면 그 뒤로는 그리움이 끝이 나는 줄 알았는데 아니었다. 3년 동안의 깊고 시린 그리움이 일상의 그리움으로 전환되었을 뿐이었다. 도혁은 은채를 침대 위에 내려놓고 그녀의 이마에 짧게 입을 맞추었다.

"난 씻을 거니까. 기다리지 말고 자."

"안 돼. 나 당신한테 보여줄 그림도 그렸다고요."

"그림?"

같은 예술 분야라도 음악과 그림은 참 많이 다르다. 음악은 청각으로 느끼고 거고, 그림은 시각으로 느끼는 것이니.

"어머님이 요즘 나한테 그림 가르쳐주세요. 그래서 내가 잘 배워서 그림 그렸어요."

정 여사가 가르쳐준 그림이라면 분명 재테크 개념의 그림만 가르쳐주고 그리는 법 같은 건 전혀 안 가르쳐주었을 텐데 도대체 무얼 그렸다는 건지 도혁은 짐작이 안 되었다.

"내가 그린 그림 보여줄게요."

정 여사가 보여준 소나무 그림은 세로 147cm, 가로 103cm 정도 되는 크기의 종이에 그려져 있었다. 그리고 은채는 도혁에게 그림을 보여준다며 옷의 단추를 풀었다. 도혁은 뭔가 싶어 눈을 가늘게 떴다. 단추를 네 개 정도 푼 은채가 블라우스 자락을 젖히자 가슴 윗부분에 립스틱으로 그린 하트가 있었다.

"이 그림은 얼마짜리 같아요?"

그녀의 장난기를 느낀 도혁은 피식 마른 웃음을 지었다. 하루가 끝나는 시간이지만 도혁은 그녀와 같이 있는 지금 이 순간이 가장 소중했다. 그녀를 뒤로 미루고 일만 하는 게 아니었다. 그녀와 함께 있는 시간을 더 가치 있게 만들기 위해 그는 자신에게 주어진 일을 최선을 다해 하는 것이었다. 도혁은 은채가 그린 하트에 입술을 가져가 꾹 누르며 가격을 말했다.

"내 몸값."

은채는 그 가격에 만족하며 그의 넥타이를 잡고 끌어당겼다.

"그럼 이제부터 이 몸 내 맘대로 해도 되는 거죠?"

기꺼이. 도혁은 잠시 일상의 질서에서 벗어나 은채가 누워 있는 침대 위로 쓰러졌다. 서로의 옷을 벗기는 두 사람 사이에서는 달콤한 웃음이 끊이지 않았다.

밤에 무리해서인지 결국 다음 날 아침에는 출근하는 도혁의 얼굴도 못 볼 정도로 늦잠을 자버렸다. 하지만 점심에 같이 밥을 먹기로

했기에 크게 실망하지는 않았다.

"무슨 옷 입고 가지?"

이젠 세진 그룹 차기 오너의 아내라는 무거운 사회적 지위가 있어서 아무거나 입고 가서도 안 되고, 예전처럼 길에서 막 함부로 뛰어다녀서도 안 되었다. 당연히 차는 기사가 운전하는 거로 타고 가야 할 것이었다. 집 나가는 순간 신경 써야 할 것이 한두 가지가 아니라서 도혁과는 집에 둘만 같이 있을 때가 가장 편했지만 회사 근처에서 점심을 먹어야 했기에 은채는 외출 준비를 시작했다. 남들이 보기에 교양 있어 보이지만 남편한테는 예뻐 보일 옷을 고르는데 속이 좀 불편했다. 요즘 자주 배가 아팠다. 하지만 참다보면 괜찮아졌기에 그리 심각하게 여기지 않았다. 그녀는 아버지를 닮아 건강 체질이었으니까. 무조건적인 건강 신뢰가 있었다.

도혁과 점심을 먹기로 한 식당에는 그녀가 먼저 도착하였다. 서비스 전문가인 직원의 안내를 받으며 예약된 자리로 걸어가는데 뭔가 시선이 느껴졌다. 고개를 돌리니 모임인 듯 보이는 여자 무리가 그녀 쪽을 보고 있었다. 무슨 모임인지 알기 힘든 게 나이가 제각각이었다. 보통 여자들은 또래끼리 어울려 다니는데 말이다. 뭐지? 모르는 사람들인데. 그녀가 그냥 예뻐서 쳐다보는 것이거나 그녀가 입은 옷의 브랜드가 궁금해서 보는 거라 여기고 은채는 모르는 여자들한테 관심을 껐다.

안내받은 자리는 풍경이 좋은 창가 자리였다. 직원이 의자를 빼주자 그 자리에 자연스럽게 앉았다. 이제 이 정도 매너에는 행동이 자연스러웠다.

"남편 오면 그때 주문할게요."

남편이라고 말하는 순간 속에서 찌르르 전기가 통하는 거 같았다. 직원이 떠나고 혼자 남은 은채는 손을 들어 결혼반지를 보았다. 아직도 누군가의 아내라는 것이 좀 어색했다. 그래서인지 자신이 결혼했다는 걸 느끼는 순간이 올 때마다 어떤 감격스러움이 있었다.

"안녕하세요."

누군가 인사하는 소리에 고개를 들었는데 아까 그녀를 쳐다보던 여자 중 가장 나이가 많았던 여자가 앞에 서 있었다. 어라? 아는 사이였나? 그런데 그녀는 진짜 기억이 안 나서 조심스럽게 물었다.

"누구신지?"

설마 이 고급 식당에서 '도를 아십니까'를 마주칠 리는 없을 거 같은데 말이다.

"세진 그룹 며느리 맞죠?"

은채는 순간 긴장했다. 왜냐하면 결혼식에 오지 않았던 사람이기 때문이다. 결혼식에는 가족과 가장 가까운 지인들만 초대되었다. 그러니 얼굴도 모르는 사람이 초대되었을 리 없었다. 그리고 그녀는 아직 공식 석상에 도혁과 함께 나간 적이 없어서 그녀가 도혁의 아내인 줄 아는 사람은 거의 없어야 했다. 그런데 먼저 그녀를 아는 척 하며 물어오니 뭐라고 대답해야 할지 복잡했다. 맞다고 하기도 찝찝하고, 아니라고 거짓말하기도 싫었다.

"우선 그쪽이 누구인지 먼저 알아야겠는데요."

그녀가 돌려서 말하자 여자의 얼굴에 도도한 기운이 서렸다. 꼭 도혁의 약혼녀가 될 뻔한 최다애에게서 느꼈던 기운과 비슷해서 은채는 그냥 모르는 여자가 마음에 들지 않기 시작했다.

"나 은성 그룹 사장 사모예요."

그 말을 들으면 그녀가 깜짝 놀랄 거란 반응을 기대했나본데 그녀는 그게 뭐 어쨌다는 건데, 라는 눈으로 처다만 보았다. 그녀가 아무 반응이 없자 은성 사모라는 여자는 기가 찬 표정을 지었다.

"진짜 신데렐라가 맞나보네."

좋은 뜻으로 하는 말이 아닌 거 같아서 뭔가 한 마디 해주고 싶었는데 갑자기 한숨 쉬는 시어머니의 얼굴이 생각나며 멈칫했다. 시어머니가 그녀에게 가장 자주 하는 말은 '아직은 때가 아니구나.'였다. 여기서 사고 치면 곤란해지는 건 시어머니와 도혁이라고 생각하니 나오던 말도 쑤욱 들어갔다.

"정 여사님한테 모임에 한 번 데리고 나오라고 해도 안 데려온 이유가 있었네. 아직 교육이 많이 필요하겠어요."

은채는 테이블 아래에서 두 손을 꼭 쥐었다. 꼭 그녀가 가정교육을 제대로 못 받은 것처럼 말하고 있었으니까. 왜 모르는 사람한테 이런 소리를 듣고 있어야 하나 싶어 울컥하다가도 사고 치면 안 된다는 불안 때문에 참게 되었다.

쿡쿡, 신경을 써서인지 배가 아까보다 더 심하게 아파졌다. 화장실에 가고 싶은 거 같기도 하고 생리통 하는 것처럼 아픈 거 같기도 하고.

"지금 인상 쓰는 거예요?"

은성 사모가 불쾌한 표정으로 물었다. 이제 그냥 좀 가버렸으면 좋겠는데 말이다. 도대체 그녀한테 뭘 바라고 자꾸 말을 거는 건가 싶었다.

"제 아내한테 볼일 있습니까?"

뒤에서 들린 도혁의 목소리에 분위기가 순식간에 반전되었다. 강자처럼 그녀를 몰아붙이던 은성 사모는 깜짝 놀라며 뒤로 물러났다.

"어머, 권 사장. 나 알죠?"

은성 사모는 도혁에게 반갑게 인사를 했지만 도혁은 낯빛이 안 좋은 그녀에게 바로 다가왔다. 무시당한 은성 사모는 순간 모멸감을 느낀 표정을 지었다.

"어디 안 좋아?"

"그게, 배가……."

도혁은 그녀의 손을 잡고 바로 일으켜 세웠다. 그가 그녀를 이대로 식당에서 데리고 나가면 분명 교양이 넘치는 저 여자들이 사실도 아닌 말을 그들끼리 지어낼 거 같았지만 그냥 무시하기로 했다. 시어머니한테는 미안하지만 그녀는 역시 남 눈치 보면서 사는 건 무리였다. 눈치 보기 시작하자마자 몸이 이리 아픈 걸 보면 말이다.

결국 도혁과의 점심 약속은 병원으로 바뀌었다. 병원에 도착했을 때에는 이미 아픈 배가 멀쩡해져 있었지만 그냥 계속 아픈 척했다. 이랬다저랬다 하면 그녀만 변덕 부린 게 될 것 같았으니까.

권 씨 가의 주치의인 오 교수가 그녀의 상태를 봐주었다. 그녀는 별거 아닌 복통이라고 생각했는데 오 교수는 그녀가 요즘 자주 배가 아팠다는 말을 듣고 꼼꼼히 검진했다. 아무래도 옆에 도혁이 버티고 서 있어서 그런 것 같았다. 그녀는 '건강합니다.'라는 말만 들으면 충분한데 말이다.

"배가 아픈 거 말고 몸에 다른 이상은 없습니까?"

"별로 없는데."

"그래요? 생리는 꾸준히 하시고요?"

별스러운 질문을 한다는 듯이 은채는 의사를 쳐다보았다. 그런데 생각해보니 마지막으로 생리한 기억이 좀 까마득했다. 원래 생리 주기가 일정하지 않아서 더 헷갈렸다. 은채가 바로 대답을 못 하고 생각에 빠지자 의사는 옆에 있는 도혁을 올려다보았다.

"혹시 모르니 임신 검사해보시겠습니까?"

임신이라는 말에 도혁은 순간 아무 말도 못 했다. 병원에 오면서 전혀 생각도 못 한 말이었으니까. 은채도 배가 아파서 온 것 뿐이었기에 의사의 말이 황당했다. 그녀가 상상했던 임신은 음식 보고 갑자기 구역질을 느끼며 화장실로 달려가는 것이었다. 그런데 그녀는 그러지는 않았었다. 그래서 의사의 말에도 별 기대 없이 임신 검사를 받았다. 어차피 결혼한 지 몇 달 되지도 않았고, 도혁이 워낙 바빠서 같이 있던 시간보다 혼자 있는 시간이 더 많았다. 님을 봐야 별도 따는 거니까 말이다.

"축하합니다. 임신 5주차네요."

은채는 산부인과 의사의 말을 듣자마자 도혁의 얼굴을 보았다. 도혁도 그녀를 돌아보았다. 서로 낯선 땅에 떨어진 표정을 짓다 도혁이 먼저 웃음을 터트렸다. 은채는 여전히 얼떨떨한 표정이었다. 아직 누군가의 아내라는 것도 익숙하지 않은 시기인데 이젠 누군가의 엄마까지 된다고 하니 현실감이 전혀 없었다.

"나 아직 준비가 안 되었는데."

그녀가 울상을 짓자 도혁이 그녀의 얼굴을 두 손으로 감싸며 더 크게 웃었다. 자기가 낳는 거 아니라고 너무 좋아한다. 얄밉게.

"업어줄까?"

혼자 갈 수 있다고 했는데도 회사로 가지 않고 굳이 집까지 같이 와준 도혁이 차에서 내린 그녀에게 그리 물었다.

"나 중병 환자 아니에요."

그녀가 툴툴거리자 도혁이 그녀의 팔을 잡고 돌려세웠다. 은채는 도혁의 시선을 피했다. 지금은 뭐라 표현할 수 없는 복잡한 감정이었으니까. 이렇게 빨리 엄마가 될 줄은 전혀 몰랐기에 기쁨보다는 당황스러움이 앞섰다. 그리고 순수하게 기뻐하지 못하는 자신이 잘못하는 거 같아 자꾸 움츠러들었다.

"아까 식당에서 그 여자 때문에 불쾌했지?"

그러고보니 임신 때문에 너무 놀라서 식당에서의 일은 까맣게 잊어버리고 있었다.

"나보고 신데렐라래요."

아마 그녀가 아무리 노력해도 그 여자들은 끝까지 그리 생각할 게 뻔했다. 겉으로는 웃으면서 속으로는 그녀를 비웃겠지.

"그런데 아니라고 아기가 뱃속에서 대신 화내 준 거잖아."

그녀가 배 아팠던 걸 도혁이 그런 식으로 해석하자 은채는 기가 찬 표정을 짓다 허탈하게 웃고 말았다. 정말 그런 거 같기도 했으니까.

"널 이 집에 혼자 두고 나가는 게 항상 마음이 안 좋았는데 이젠 너 혼자가 아니라 다행이야."

그녀는 그를 위해 자신이 무언가 더 해줄 수 없는 게 항상 마음에 걸렸는데 말이다. 도혁은 그녀가 혼자 있는 게 신경 쓰였다고 하니 좀 뭉클했다. 은채는 도혁을 향해 두 팔을 뻗었다.

"그럼 업어줘요."

도혁이 그녀의 앞에 한쪽 무릎을 꿇고 등을 보였다. 넓고 곧은 등이었다. 그녀가 평생 기대고 살아도 끄떡없을 정도로. 은채가 도혁의 목에 팔을 두르자 도혁이 그녀를 업고 일어났다. 그녀가 보던 세상이 훌쩍 높아졌다. 그녀 혼자만의 임신이 아니라 그와 함께 헤쳐 나갈 임신이라고 생각하니 좀 마음이 놓였다.

"나 갑자기 먹고 싶은 게 생각났어요."

"뭔데?"

"우리 아빠가 만든 뼈다귀 해장국."

"그래, 내일 너희 집에 같이 가자."

아기가 생겼단다. 아니, 아기가 생겼다. 그래서인지 아빠가 너무 보고 싶어졌다. 아빠한테 내가 엄마가 된다고 말하면 어떤 표정을 지으실까.

처음엔 누군가의 딸로 태어나 철부지처럼 살기만 했는데, 이젠 누군가의 아내가 되고, 9개월 뒤에는 누군가의 엄마가 된다.

그래서 그녀는 지금보다 더 좋은 사람이 되고 싶어졌다.

누군가 그녀에게 사랑한다고 말했을 때 그 사랑에 부끄럽지 않게.

에필로그 3. 가족

"임신했다고?"

언니의 목소리는 시베리아 서릿바람처럼 서늘했다. 그도 그럴 것이 언니 부부는 결혼한 지 몇 년이 지났는데도 아직 아기가 없는데 결혼한 지 몇 개월밖에 안 지난 동생 부부가 아기가 생겼다고 하니 바로 축하가 안 나오는 것이었다.

"언니는 공부를 어마무시하게 잘했잖아."

그걸 지금 위로라고 하는 거냐는 눈으로 은서가 은채를 쳐다보았다. 은채는 자신이 언니보다 능력 있는 게 임신이라고 생각하니 웃겼다. 하지만 여기서 웃으면 은서가 화낼 게 뻔했기에 입술을 꽉 깨물었다. 진우가 웃으며 두 자매 사이에 끼어들었다.

"축하해, 처제. 태교가 정말 중요한 건 알지?"

"네, 그래서 헤비메탈을 끊었어요."

"헤비메탈? 그런 음악도 들었어?"

"시댁 갔다 왔을 때 살짝."

그녀와 안 맞는 사람과 맞추려고 하다보니 스트레스는 어쩔 수 없이 쌓였다. 그래서 속이 뻥 뚫리는 헤비메탈 들으면서 헤드뱅잉을 하며 기분을 풀곤 했는데 아기가 들으면 놀랄 수도 있으니 임신 중에는 자제를 할 생각이었다.

"권도혁은 뭐래?"

아직도 도혁이 탐탁잖은 은서는 취조하듯이 도혁에 관해 물었다. 은채는 수줍게 핸드폰을 꺼내서 도혁이 보낸 메시지를 보여주었다.

> 우리 아기한테 사랑한다고 전해줘. 너도 사랑해.

도저히 권도혁이 보낸 거라고 믿기 힘든 메시지를 은서와 진우는 놀란 눈으로 쳐다보았다.

"이걸 진짜 도혁이가 보냈다고?"

은채는 고개를 끄덕였다. 이 정도는 기본이라는 듯이. 사실 서로 같이 태교를 하기로 하면서 도혁이 하기로 한 태교는 매일 한 번 이상은 사랑한다 말하기였다.

"네가 조작한 거 아니야?"

은서의 말에 은채는 발끈했다.

"언니는 그 의심병부터 고쳐!"

"처제, 흥분하지 마."

은채는 아차 싶어서 서둘러 라마즈 호흡을 하며 진정을 했다. 아직 배는 조금도 안 나왔지만 돌다리도 두들겨보고 건너라고 했으니까 지금부터 조심해야 했다.

베테랑 운전기사가 운전하는 차를 타고 안전하게 집에 돌아가는 길에 창밖을 보던 은채는 손을 잡고 걸어가는 어린아이 두 명을 보

고 미소를 지었다. 임신해서인지 아이들만 보면 저절로 시선이 갔
다. 아직 아들인지 딸인지 모르니까 남자아이를 보면 저렇게 씩씩
한 아기가 나올 거 같았고, 귀여운 여자아이를 보면 저렇게 예쁜 아
기가 나올 거 같았다.

"아이 낳는 거 많이 아플까요?"

은채의 갑작스러운 질문에 운전기사는 깜짝 놀란 표정을 지었다.
왜냐하면 아이를 낳아본 적 없는 남자였으니까.

"그렇죠. 제 마누라 말이 트럭이 배 위를 지나가는 거 같다고."

무엇이든 대답을 해야 할 거 같았기에 순간적으로 생각나는 말을
했다가 은채의 얼굴이 경악에 차는 걸 보고 서둘러 덧붙였다.

"제 마누라가 엄살이 좀 심합니다."

그 심한 엄살로 네 명이나 낳기는 했지만 말이다.

"저도 엄살 겁나 심한데."

은채는 더는 아이들을 보지 못하고 앞만 보며 손을 배 위에 얹었
다. 아직 배는 나오지 않아서인지 잘 실감이 나지 않았다. 그녀의
몸 안에 다른 생명이 있다는 게.

임신을 한 그녀는 평소보다 더 잠이 많아졌다. 그래서 이젠 도혁
이 일을 끝내고 돌아왔을 때는 대부분 자고 있었다. 인기척에 눈을
떠보니 도혁이 그녀의 배 위에 손을 올리고 있었다.

"이 시간에는 아기도 잘 거야."

그녀가 졸린 목소리로 말을 하자 도혁이 그녀의 배를 손으로 쓱
쓱 문질렀다.

"그러니까 잘 자라고 하는 거야."

은채는 손으로 입술을 가리고 아기 목소리로 복화술을 했다.

“아빠도 잘 자요.”

정말 아기 목소리 같았기에 도혁이 깜짝 놀란 표정으로 그녀를 보았다.

“아기 목소리네.”

“응. 아기가 내 안에 있잖아요.”

은채는 꼭 아기 목소리를 듣고 전해준 것처럼 말했다.

“그럼 우리 아기한테 말 좀 전해줘.”

똑똑하고 영악한 인간이 순진한 말을 하니 안 어울리면서 웃겼다. 그녀가 웃음이 가득 묻은 얼굴로 고개를 끄덕이자 도혁이 다가와 그녀의 귀에 속삭였다.

“아빠가 엄마한테 키스할 거니까 눈 감고 있으라고.”

은채는 큰 소리로 웃음을 터트렸다. 그리고 신기하게도 누군가 배를 두드리는 거 같았다.

“방금 아기가 움직인 거 같아.”

그녀가 눈을 크게 뜨고 하는 말에 도혁은 진지하게 말했다.

“착각이야.”

아직 배도 나오지 않았다. 분명 찰 수 있는 발도 안 만들어졌을 것이다.

“그럼 왜 아기한테 말 전해달라고 해요?”

그녀가 착각한 거라면 그런 착각을 하게 만드는 데 도혁의 책임도 컸다. 하지만 이런 순간에도 도혁은 자신이 옳았다.

“그게 예의야.”

예의는 얼어 죽을. 그녀는 자신이 삐졌다는 걸 보여주기 위해 그의 키스를 거부했다.

배가 나오고 움직이는 게 둔해지기 시작하자 집 밖으로 외출하는 일이 거의 사라졌다. 그리고 도혁이 착각이라고 확신했던 아기의 태동도 이젠 확실히 느껴졌다.

오랜만에 도혁이 쉬는 날이었다. 온종일 같이 있는 날이 흔치 않기에 그의 팔에 머리를 베고 누워 어리광을 피웠다.

"그래도 내 머리는 여전히 가볍죠?"

"모르겠는데. 팔의 감각이 없어."

아침부터 계속 이러고 있었기에 쥐가 날만도 했다. 그래도 은채는 계속 그의 팔을 베고 누워 있었다. 그녀는 10개월이나 그녀의 몸을 아기에게 내주고 있으니 도혁도 몇 시간 그녀에게 팔을 내주는 것 정도는 참아야 한다고 생각했다.

하지만 화장실 가고 싶은 것까지 참아가며 팔베개를 하고 있을 수는 없었기에 은채는 힘겹게 무거운 몸을 일으켰다. 도혁은 살았다는 표정을 짓다 그녀가 돌아보자 바로 표정을 지웠다.

"나 화장실 다녀올 테니까 과일 깎아서 가져와요."

이래서 오늘 일하는 아줌마를 못 오게 한 거란 말인가. 도혁은 왜 굳이 날 부려먹으려고 하느냐 묻고 싶었지만, 말하면 안 좋을 것 같다는 눈치는 있었기에 알았다고 고개만 끄덕였다. 뒤뚱뒤뚱 펭귄처럼 걸어서 화장실 가는 은채의 뒷모습을 보며 임신이란 게 임신한 사람만 힘든 게 아니라 둘 다 힘든 거라는 걸 뼈저리게 느끼는데 은채가 갑자기 뒤돌아보았다.

"나 아직도 예뻐요?"

방금 펭귄 같다고 생각했지만 도혁은 1초도 망설이지 않고 대답했다.

“예뻐.”

은채는 진심인지 확인하려는지 그의 얼굴을 한참이나 보았다. 그러다 화장실이 급했는지 몸을 돌려 다시 뒤뚱뒤뚱 걸어갔다. 도혁은 한숨 섞인 미소를 지었다. 아슬아슬하게 패스였다.

평소였으면 화장실에서 아주 느긋하게 있다가 나왔을 테지만 오늘은 어쩌다 도혁이 집에 있는 날이라서 볼일만 보자마자 바로 좌변기에서 일어났다. 은채는 무거운 몸을 가능한 한 빨리 움직여 세면대로 걸어갔다. 그런데 분명 바닥에 물기가 없이 깨끗했는데 서둘러 움직이다 몸이 먼저 균형을 잃은 건지, 타일에 발이 미끄러진 건지 바닥에 주저앉고 말았다.

쿵-.

자신이 넘어진 소리에 은채 자신이 가장 많이 놀랐다. 정상적인 몸이었다면 그냥 엉덩이 아프다고 인상만 쓰고 끝났을 일이었다. 하지만 은채는 반사적으로 두 손으로 배를 감싸 안으며 비명 지르듯이 도혁을 불렀다.

“도혁 씨!”

넘어지는 소리를 듣고 먼저 달려오고 있던 도혁이 바로 화장실 문을 벌컥 열었다. 바닥에 주저앉아 있는 그녀를 보고 도혁도 안색이 창백해졌다. 단숨에 그녀에게 다가와 그녀의 상태를 살폈다.

“괜찮아? 우선 병원 가보자.”

은채는 도혁의 팔을 꽉 움켜잡았다. 지금은 아픔보다 공포가 더 컸다.

병원에 도착하자마자 검사를 받았다. 다행히 배 속의 태아는 건강하다고 했다. 하지만 은채는 자신이 조심하지 않아 아기가 큰일

날 뻔한 게 너무 충격이라 검사가 끝난 뒤에도 계속 울고 있었다.

"엉엉. 내가 화장실만 안 갔어도."

"네가 화장실 안 가면 아기한테도 안 좋아."

"엉엉. 내가 조심해서 움직였어도."

누구에게나 일어날 수 있는 실수였다. 그런데 그게 은채에게 평생 남을 마음의 상처가 된 게 도혁은 마음이 무거웠다. 그의 탓 같기도 했으니까. 그가 항상 그녀의 곁에 있어주었다면 은채가 무거운 몸으로 서두르다 넘어지지도 않았을 것이다.

"안고 가줄까?"

처음 임신이라는 걸 알았을 땐 도혁이 은채를 자주 업어주었었다. 하지만 이젠 배가 너무 나와 업는 게 불가능했다. 그래서 대신 안아준다고 했다.

그에게 안긴 뒤에야 은채는 눈물을 삼키며 두 팔을 뻗었다. 몸속에 아기가 있어서인지 은채도 점점 아기가 되어가는 듯도 했다. 도혁은 두 사람 무게가 나가는 은채를 가뿐히 들어 올렸다. 그에게 안긴 뒤에야 은채의 울음소리가 사그라졌다. 은채는 도혁의 목에 팔을 두르며 물었다.

"무겁죠?"

"전혀."

"무겁잖아. 나 20킬로나 쪘다고요."

"내 가족 안아줄 힘 정도는 있어."

한 사람을 안고 있는 게 아니라 그의 가족을 안고 있는 것이었다. 그가 평생 지탱하고 가야 할 무게였기에 무겁지 않았다. 그녀를 안고 차가 있는 곳까지 걸어갔다. 점점 안정을 찾은 은채가 작은 목소리로 그에게 말했다.

"나 말이죠, 사실 가끔 이 아기가 좀 미웠어."

그녀의 고해성사에 도혁이 살짝 얼굴을 찌푸리며 그녀를 보았다.

"왜?"

"아기 때문에 내가 못생겨져 가는 거 같아서."

임신하고 몸이 점점 변해가도 여자인 이은채를 포기하지 못했었다. 신혼에 임신해서 더 그랬었다. 그런데 아기가 다쳤을 수도 있다는 두려움이 든 순간 깨달았다. 이 아기가 얼마나 소중한 존재였는지. 아기가 없다면 더는 그녀도 없다는 걸.

"하지만 이젠 아기가 먼저니까 나한테 못생겼다고 해도 돼요."

그녀가 진지하게 한 말이 도혁은 귀엽기만 해서 웃음을 터트렸다.

"내가 아까도 말했잖아. 너 예쁘다고."

"거짓말. 내가 화낼까봐 그냥 그렇게 말해주는 거잖아."

도혁은 처음 만날 때 모습 그대로인데 그녀만 변해버려서 더 자격지심이 있었다. 하지만 이젠 괜찮다. 그런 것에 신경 쓸 마음을 아기한테 다 쏟을 거다.

"진짜 예쁘다고."

"나 살찐 거 보고 돼지라고 생각한 적 있잖아요."

"아니, 펭귄이라고 생각했는데."

"거봐요! 펭귄이라고 생각했잖아요!"

"네 몸이 펭귄을 귀엽게 닮은 거고, 네 얼굴은 예쁘지."

"얼굴에도 살 붙었어요."

"그래서 만지면 촉감 좋아."

은채는 툴툴댔지만 기분은 완전히 풀려 있었다. 그와의 말싸움에

져서 이리 기분이 좋아진 건 거의 처음인 거 같았다.

"우리 아기 이름 뭐로 할지 생각했어요?"

도혁은 이미 생각해두었는지 바로 대답했다.

"윤."

아기는 아들이었다. 권윤. 세진 그룹의 새로운 황태자가 곧 태어
날 것이다.

6년 뒤.

"권은!"

그녀가 소리쳐 부르자 다섯 살 꼬마 여자애는 움찔하며 돌아보았
다. 예쁘장한 아이의 커다란 두 눈에는 장난기가 가득했다.

"너 오빠 괴롭히지 말라고 했지! 왜 말을 안 들어!"

한편 여동생한테 읽던 책을 빼앗겨서 울상을 짓고 있던 여섯 살
남자애는 바로 의젓한 표정을 지으며 오히려 화난 엄마를 위로했다.

"어머니, 전 괜찮습니다."

"넌 왜 자꾸 동생한테 당하니. 네가 오빠잖아."

덩달아 야단을 맞은 윤은 다시 시무룩해졌다.

"오빠는 나보다 책을 좋아해."

은은 자신이 오빠의 책을 빼앗을 수밖에 없었던 이유를 자기 멋
대로 정했다. 나이 차이가 적어서인지 남매는 오빠 동생 사이라기보
다는 친구 사이처럼 보였다. 은은 활발한 편이고, 윤은 조용해서 거
의 여동생 은의 일방적인 구애로 보이기도 했지만 오빠 윤도 동생

을 챙길 때는 의젓하게 잘 챙겨주었다.

첫째 윤을 낳고 바로 은을 임신해서 연년생 남매가 되었다. 남들이 말하기를 환상의 궁합이라고 하지만 2년 내내 임신해야만 했던 은채는 은을 낳자마자 더 이상의 임신은 사절이라고 엄포를 놓았다. 아무리 임신이 그녀가 새로 발견한 특출한 재능이라고 해도 평생 임신만 하며 살 수는 없었다. 그래서 아직은 다행히 두 남매의 엄마로 잘 살고 있었다.

그녀가 도혁에게 약속한 건 도혁을 닮은 아들과 도혁을 안 닮은 딸이었는데 낳고 보니 반대가 되어 있었다. 아들 윤은 그녀를 닮아 딸이라고 착각할 정도로 곱상한 편이었고, 딸 은은 아빠를 똑 닮아서 두 눈에 꿍꿍이가 가득했다. 그래서 그 넘치는 꿍꿍이를 자기 오빠 괴롭히는 데 다 쏟아붓고 있었다.

온종일 아이 두 명과 지내다 보면 이젠 혼자라서 외롭다고 말할 틈 따위는 없었다. 아이들을 재우고 잠깐 소파에 앉아 쉬고 있으면 도혁이 퇴근해서 돌아왔다. 그제야 하루가 또 이렇게 갔다는 걸 깨달았다. 도혁은 그룹의 회장 자리에 오르고 한 가정의 가장이 되어서인지 처음 만났을 때보다 눈빛이 많이 진중해지고 멋스러움이 깊어졌다. 섹스 중독이라고 장난치던 남자는 이제 진짜 어른이 되어 있었다.

"아이들은 자?"

이제 도혁이 퇴근하고 돌아오면 제일 먼저 묻는 말이었다. 그럼 은채는 조금 서운하다. 그녀가 뒤로 밀린 거 같아서. 이런 유치한 질투심을 아무래도 은이 물려받은 거 같았다. 오빠가 읽는 책을 질투해 빼앗는 걸 보면 말이다.

"은이가 자꾸 윤이를 괴롭혀요."

"아이들이잖아."

멀리서 보는 아빠의 시선에 아이들은 그저 사랑스럽기만 한 존재였다. 가까이서 항상 보는 엄마의 시선에는 언제 사고 칠지 모를 악동인데 말이다.

"은이가 일방적으로 괴롭힌다고요. 윤이는 매일 당하기만 하고."

"윤이가 당해주는 거겠지."

"윤이가 당신한테는 그렇게 말해요? 나한테는 아무 말 안 하던데."

"원래 남자들끼리만 하는 이야기가 있는 거야."

그게 뭔가. 얄밉게.

"나랑 은이는 그런 거 없거든요."

은은 자기 고집만 부리고, 그녀는 항상 야단만 쳤다. 그녀가 불퉁스럽게 받아치자 도혁은 피식 웃었다.

"은이가 지금보다 더 많이 크면 생기겠지."

그건 맞는 말이었다. 그녀는 어릴 때 어머니가 돌아가셔서 사춘기가 정말 힘들었었다.

"나 은이 초경할 때까지는 꼭 살아야 하는데."

갑자기 심각해진 그녀의 볼을 도혁이 귀여워 죽겠다는 듯이 두 손으로 꼬집어 잡아당겼다.

"괜한 걱정하지 말고 지금 피곤한 남편 걱정이나 해줘."

"피곤해요? 안마해줄까요?"

연애할 때처럼 서로만 생각할 수 있는 시간이 거의 없어졌어도 둘만 있을 때는 그래도 여전히 서로에게 집중하는 두 사람이었다. 도혁은 옷을 갈아입고 씻기도 전에 소파에 편하게 누워 그녀에게 몸을 맡겼다. 그녀의 손이 그의 어깨를 꾹꾹 누르자 하루의 피로가 스르르 풀렸다. 절로 눈이 감겼다.

"나 말이죠, 다시 무대에서 노래해도 돼요?"

아이들 키우면서 가수는 더는 그녀의 꿈도 일도 아니게 되었었다. 그녀는 그냥 두 아이의 엄마였다.

"하고 싶어?"

"응. 작곡 말고 직접 무대에서 노래하고 싶어."

도혁은 무대에서 노래하던 그녀의 모습을 떠올리고 미소를 지었다. 그녀가 가장 빛나던 순간이기도 했으니까.

"그럼 지금 노래해봐. 날 위해서."

은채는 도혁의 두 눈을 바라보며 그를 위해 만들었던 노래를 불렀다.

"당신의 밤에 흐르는 아름다운 달빛."

삭막했던 그의 밤이 그녀를 만나 윤기가 흐르기 시작했다.

"나의 밤에 빛나는 찬란한 별들."

철없던 그녀는 그를 만나 성숙해져 갔었다.

"오! 그대의 달빛은 어두운 밤을 밝히고 나의 별들은 그 밤에 색을 칠하죠."

그렇게 사랑을 하고, 아프게 이별도 하고, 다시 재회해 결혼을 하고, 아이를 낳고, 서로의 가족이 되었다.

도혁은 그녀의 목을 손으로 감싸 쥐고 그에게 끌어당겨 입을 맞추며 속삭였다.

"사랑해, 은채야."

"나도 사랑해요."

답변이 엉뚱한 곳에서 혀 짧은 소리로 들려오자 은채와 도혁은
동시에 놀라서 뒤를 돌아보았다. 은이 벽 뒤에서 키득키득 웃고 있
었다.

"권은!"

은채가 야단칠 때처럼 크게 이름을 부르며 벌떡 몸을 일으키자
은은 오빠인 윤의 방으로 걸음아 날 살려라 하며 도망쳤다. 이제 잘
자고 있는 윤까지 깨울 기세라 은채는 부리나케 은을 쫓아 달렸다.
도혁은 오늘 밤도 아닌 듯해서 알아서 넥타이를 풀었다.

그래도 아름다운 달빛도 있고, 찬란한 별들도 빛나는 따뜻한 밤
이었다.

윤의 생일이었다. 이날은 바쁜 도혁도 일부러 시간을 내서 가족
나들이를 가기로 했다. 놀러 갈 곳은 은이 가고 싶다는 놀이공원으
로 정해졌다. 은의 생일도 은이 가고 싶은 곳에 가고, 윤의 생일도
은이 가고 싶은 곳으로 가는 건 아닌 거 같아서 은채는 윤을 붙잡
고 네가 가고 싶은 곳을 말해보라고 꼬치꼬치 캐물었다.

"윤아, 너무 은이 하고 싶은 거 다 들어줄 필요는 없어. 너도 가고
싶은 곳 있을 거 아니야."

윤도 은처럼 아직 어린 나이인데 동생한테 양보만 하는 건 좋은
것만은 아닌 것 같았다. 그녀가 포기하지 않고 계속 묻자 윤은 한참
만에야 입을 열었다.

"하지만 내가 가고 싶은 곳은 못 가는걸."

“어디 가고 싶은데?”

“우주.”

은채는 순간 입이 다물어졌다. 우주는 그녀의 지식 범위를 한참 넘어선 곳에 있는 것이었으니까. 윤과 은은 고작 한 살 차이인데 두 아이의 차이는 놀이공원과 우주의 거리만큼이나 엄청난 것 같았다.

“윤이가 생일에 우주 가고 싶대요.”

그래서 그날 밤에 도혁이 돌아왔을 때 우주에는 어떻게 가면 되는지 물어보았더니 도혁의 대답도 가관이었다.

“나 휴가 하루야.”

갈 수는 있는데 시간이 안 되어서 못 간다는 거다. 은채는 인상을 팍 쓰며 시간 타령을 하는 도혁을 나무랐다.

“윤이는 진짜 진지하게 말한 거라니까요. 그러니까 당신도 진지하게 생각하고 말해요.”

도혁은 피식 마른 웃음을 지으며 그냥 씻으러 간다고 했다. 그래서 은채는 도혁의 뒤를 쫓아가며 잔소리를 하게 되었다. 너무 일만 하지 말고 아이들에게 관심 좀 가지라고. 욕실 문 앞에서 도혁이 팔을 뻗어 입구를 막으며 눈을 내리깔고 그녀를 보았다.

“같이 씻을 거면 같이 들어가고, 잔소리만 할 거면 여기까지.”

은채는 입을 꾹 다물고 도혁을 노려보다 몸을 휙 돌려 침실을 나가버렸다. 은채의 등을 보고 도혁은 짧게 한숨을 내쉬었다. 은채는 모르고 그만 아는 게 있었다. 윤이 누구를 닮았는지. 아버지가 돌아가신 뒤 더는 그의 어머니에 대해 되새기는 일이 없을 것이라 여겼는데 말이다. 그게 아니었다. 가족은 결코 헤어질 수 없는 존재였다. 죽음이 갈라놓은 뒤에도 말이다.

　결국 윤의 생일에 놀러 가게 된 곳은 은이 노래를 부른 놀이공원
이었다. 차 운전은 도혁이 직접 했다. 운전이 유일한 취미였던 도혁
이 이제 운전을 하는 건 이렇게 가족끼리 나갈 때뿐이었다.

　"나 놀이 기구 전부 다 탈 거야."

　은이 두 팔을 쫙 벌리며 자신의 포부를 밝혔지만 그게 헛된 소망
이라는 것을 그녀와 도혁은 이미 알고 있었다. 키 제한에 거의 대부
분 걸릴 테니까 말이다. 아마 놀이공원에서 두 사람이 하게 될 일은
위험한 놀이 기구 타고 싶다고 떼를 쓰는 은을 말리는 일이 될 것
같았다.

　"오빠 오늘은 책 안 가져왔지?"

　항상 어디에 가더라도 꼭 책을 가져가는 윤의 손이 비어 있는 걸
은은 몇 번이고 확인했다. 은이 윤의 손가락을 펴서 억지로 도장을
찍으며 약속을 받아냈다.

　"오늘은 은이랑 노는 거야. 꼭."

　윤은 알았다고 고개를 끄덕였다. 그런 윤을 은채는 유심히 쳐다보
았다. 혹시 싫은데 은이 강요하니까 억지로 하는 건 아닌가 싶어서
말이다. 윤을 키우기 전까지는 어린아이의 심오한 속내라는 게 있
을 줄은 상상도 못 했다.

　"앙앙앙. 니 탈 거야!"

　역시나 놀이공원에서의 풍경은 예상대로 흘러갔다. 하필 은이 제
일 타고 싶은 게 바이킹이었는데 키 제한 때문에 탈 수가 없는 것이
다. 놀이공원 안내원의 몸에 매달리며 떼를 쓰는 은을 말리느라 은
채는 진땀이 났다.

　"권은! 그 손 놔!"

그녀는 날뛰는 은을 말리느라 고생 중인데 도혁은 어느새 사라져 있었다. 창피하다고 딸과 아내를 버리고 도망가버리다니! 진짜 못 됐다! 윤은 은과 엄마의 목소리가 들리는지 자꾸 뒤돌아보았다. 도혁은 신경 쓰지 말라고 무심하게 말했다. 어차피 누가 말릴 수 있는 고집이 아니었다.

"이건 아빠가 주는 선물."

도혁은 차 트렁크에 숨겨두었던 커다란 책을 꺼내 윤에게 내밀었다. 어린 윤이 읽기에는 너무 어려운 전문 서적이었다. 영어로 출판 되었고 쓰인 단어들도 어려운 전문 용어들 투성이었다. 하지만 윤은 우주에 대한 방대한 자료를 보고 입이 딱 벌어졌다. 어린이용 책과는 너무 달랐던 거다. 마치 가보지 못한 우주가 손 안에 있는 듯한 책이었다.

"읽다보면 언젠가는 다 이해될 거야."

윤은 이미 책에 빠진 듯 그의 말에 아무 반응이 없었다. 책을 읽으면서 혼자만의 세계에 빠져버리는 모습이 꼭 그의 어머니와 닮아서 윤이 책을 좋아하는 걸 알면서도 지금껏 한 번도 책을 선물하지 못했었다.

"윤아."

도혁이 윤의 작은 어깨를 꾹 잡자 윤이 고개를 들어 그를 보았다.

"책을 읽다가도 은이가 오빠라고 부르면 꼭 대답해줘야 해. 은이를 지켜줄 수 있는 건 오빠인 너뿐이야."

윤이 어떤 사람으로 클지 아직은 알 수가 없다. 미리부터 걱정하고 싶지도 않았다. 윤은 그의 어머니가 아니니까. 윤의 옆에는 은이 있고, 은채도 있고, 그도 있으니까.

“응. 은이는 내가 꼭 있어야 해요.”

윤의 대답에 도혁은 부드럽게 미소 지었다.

“그럼 은이랑 엄마한테 가볼까?”

윤이 고개를 끄덕이고는 책을 다시 그에게 주었다. 오늘은 책을 안 가지고 있겠다고 은과 약속을 했으니 그 약속을 지키려는 거다. 도혁은 윤의 책을 받아들고는 윤의 머리를 큰 손으로 쓱쓱 문질렀다.

두 사람이 다시 바이킹이 있는 곳으로 갔을 때 은은 여전히 바이킹을 못 타서 울고 있었고, 은채는 은을 말리다 딸이 자기 말 안 듣는 게 속상해서 울고 있었다. 두 사람이 돌아온 걸 보고 은채가 소리쳤다.

“엉엉. 왜 이제 와요!”

“엉엉. 나 바이킹!”

두 여자 때문에 바이킹의 줄이 일자가 되지 못하고 동그랗게 휘어졌다. 그녀들을 피해 사람들이 줄을 서 있었다. 정말이지 잠시도 내버려둘 수 없는 두 여자였다. 윤이 주위를 초토화하며 울고 있는 은에게 다가가 은의 손을 잡았다.

“은아, 오늘은 오빠 생일이니까 오빠가 타고 싶은 거 타자.”

악바리처럼 버티던 은이 갑자기 눈물을 뚝 그쳤다. 언제 세상 다 끝난 듯이 펑펑 울었느냐는 듯이 말이다.

“응. 그러자.”

눈앞에서 딸의 악어의 눈물을 본 은채는 치를 떨었다.

“야! 권은!”

은은 엄마의 분노를 무시하고 오빠 윤의 손을 잡고 회전목마가 있는 쪽으로 뛰어갔다. 쫓아가서 은을 혼내려고 하는 은채를 도혁이 붙잡았다.

"혼내면 또 울 거야."

"안 혼내면 내가 울 거야!"

도혁은 어린 딸을 이기지 못해 분통을 터트리는 은채를 꽉 안아 주었다. 은채는 도혁의 등을 팡팡 때리며 화풀이를 하다 제풀에 지쳐 축 늘어졌다.

"엄마! 아빠!"

앞서 갔던 아이들이 두 사람을 부르며 작은 손을 흔들었다. 도혁은 두 아이가 함께 있는 모습을 보며 희미하게 웃었다. 저보다 완벽한 그림은 없을 거 같았으니까. 그러니까 걱정할 필요는 없다. 은도, 윤도 아주 잘 자랄 것이다.

"아이들이 부른다. 가자."

은채는 한숨을 푹 쉬고 그가 이끄는 대로 걸어갔다. 은이 언제 속을 썩였느냐는 듯이 은채의 옆으로 달려와 그녀의 손을 꽉 잡았다. 은채는 얄밉다는 눈으로 은을 내려다보다 결국 웃어버렸다. 요물은 요물이지만 그녀가 사랑하는 요물인데 어쩌겠나. 매일 이렇게 지고 살아갈 것이다.

"그런데 윤이만 데리고 어디 갔다 온 거예요?"

그녀가 묻는 말에 도혁과 윤이 서로 눈빛 교환을 하더니 도혁이 시크하게 말했다.

"남자들끼리의 비밀."

"가족끼리 그럼 안 되죠!"

그녀가 발끈하자 은도 덩달아 발을 쾅쾅 굴렀다.

"안 되지!"

그리고 은이 윤에게 물었다.

"비밀이 먹는 거야?"

윤이 비밀의 뜻을 알려주려고 은의 귀에 두 손을 대고 속삭이자 은이 간지러워서 몸을 웅크리고 킥킥 웃었다. 어린 남매의 모습이 사랑스러워 은채는 절로 미소가 지어졌다. 그런 은채에게 다가온 도혁이 속삭였다.

"저런 거 보면 한 명 더 낳고 싶지 않아?"

은채는 바로 정색을 했다.

"절대 안 돼요."

"너도 그렇게 생각한 적 있잖아."

"없어요."

"있으면서."

"없다니까요."

정말 많은 시간이 흘렀다. 그럼에도 앞으로 남은 시간이 더 많았다. 우리 가족이 지금처럼 행복할 수 있기를. 우리 아이들이 이 아름다움을 잃지 않기를.

에필로그 4. 사랑해

도혁이 강원도 바닷가에 지은 집은 그녀와 결혼해서 살려고 지은 집이었지만 그의 바쁜 일과 그녀의 너무 빠른 임신 때문에 쉴 때만 가끔 찾아가는 별장이 되어버렸다. 다시 또 돌아온 결혼기념일에 윤과 은을 시어머니에게 맡기고 정말 오랜만에 둘이서 그 집을 찾았다.

"이 집에서 살 수 있긴 한 거예요?"

은채는 1년에 한 번도 겨우 오는 집을 도혁이 3년이나 열심히 지었다는 게 허무해서 현관에 들어서며 도혁에게 물었다.

"나중에 나 은퇴하고 아이들 다 독립하면."

늙어야 이 집에서 살 수 있다는 말에 은채는 어깨를 축 늘어뜨렸다. 그런 그녀를 보고 도혁이 피식 웃고는 그녀의 허리를 한 팔로 감싸 안으며 물었다.

"지금이라도 여기서 살고 싶어? 그럼 다 정리하고 내려올까?"

"윤이 내년에 초등학교 들어가는 건 어쩌고요?"

도혁은 바로 입이 꾹 다물어졌다. 천하의 권도혁도 아들의 교육

514

문제 앞에서는 대책 없이 자신의 고집을 내세울 수는 없었던 거다. 지금 당장 해결할 수 없는 문제로 이 아까운 밤을 소비할 수는 없었다.

"오늘은 아이들 잊고 우리만 생각하기로."

도혁이 그녀를 번쩍 안아서 그의 발 위에 올려놓았다. 그리고 침실까지 한 발 한 발 걸어가며 그녀에게 몇 번이고 키스했다. 신혼 생활이 끝나기도 전에 그녀가 임신해서 바쁘게 살아서인지 둘만 있으면 아직도 신혼 느낌이 살아났다.

"우리 둘만 있는 거 진짜 오랜만이지?"

은채는 고개를 끄덕였다. 자신이 이젠 그냥 아이들 엄마인 줄 알았는데 아이들 없이 도혁과 둘만 있으니 몸 깊숙이 잠들어 있던 여자 이은채가 꿈틀거리며 살아나고 있었다. 은채는 두 팔로 도혁의 목을 감싸 안으며 달콤한 미소를 지었다.

"사랑해요."

예전에는 행복이 누군가 빼앗아 갈 수 있는 건 줄 알고 불안했었는데 살아보니 그게 아니었다. 행복은 두 사람의 마음 안에 있는 것이니 그 누구도 빼앗아 갈 수 없었다. 두 사람이 마음먹기에 달린 것이었다. 그들이 서로를 사랑하는 마음이 변하지 않는 이상 이렇게 서로 마주 보고 있는 것만으로도 행복은 존재했다.

"나도 사랑해."

그들의 사랑이 여전히 단단함을 확인하며 서로에게 흠뻑 취해가고 있는데 갑자기 훼방꾼처럼 전화벨 소리가 우렁차게 울려댔다. 은채는 귀신이라도 나타난 듯 도혁의 목을 있는 힘껏 끌어안았다. 도혁은 순간 숨이 막혀서 인상을 썼다.

“분명 은이예요.”

은채의 말에 도혁은 설마 했다.

“다른 사람일 수도 있잖아.”

도혁은 회사에서 전화가 많이 걸러왔다. 오늘은 결혼기념일이니까 전화하면 후회하게 될 거라고 엄포를 놓고 오긴 했지만 말이다.

뚝-.

전화를 받지 않자 전화벨이 끊겼다. 안도하는 것도 잠시 이번엔 은채의 전화가 울려대기 시작했다. 부정할 수 없이 은이었다. 그들의 딸은 멀고 먼 강원도까지 쫓아와 그들의 사랑을 방해할 정도로 집요했다. 전화벨 소리가 ‘엄마아! 아빠아!’ 하고 소리치는 은의 우렁찬 목소리로 들리자 도혁은 은채를 번쩍 안아 들어서는 서둘러 침실로 피했다. 미안하지만 오늘 밤은 둘만의 시간이었다. 그 누구의 방해도 받고 싶지 않았다.

아침에 눈을 뜬 은채는 천장의 통유리를 통해 보이는 파란 하늘을 보고 싱긋 웃었다. 이 집에서 가장 좋은 풍경이었다. 이리 누워서 하늘을 볼 수 있다는 거. 옆에서 자던 도혁의 팔이 뻗어와 그녀의 허리를 감싸고 자신에게 끌어당겼다. 은채는 도혁의 품에 안겨서도 하늘에서 눈을 떼지 못했다.

“날씨 정말 좋아요.”

“음, 난 네가 더 좋아.”

도혁이 그녀의 목덜미에 입술을 묻자 은채는 간지럽다며 까르르 웃음을 터트렸다. 웃음이 잦아들자 은채는 천진난만한 아가씨에서 엄마가 되어 말을 했다.

“이 집 나중에 윤이한테 줘요.”

도혁이 눈을 떠 그녀를 보았다.

“은이는 이런 시골 답답해서 싫어할 거고, 윤이는 조용해서 좋아할 거야.”

도혁은 부정하지 못하고 소리 없이 웃었다.

“결국 또 아이들 이야기로 돌아간 건가.”

하룻밤 둘만의 시간에 흠뻑 취했었는데 아침이 되니 마법이 풀린 것처럼 자연스럽게 엄마와 아빠로 돌아갔다. 도혁은 아쉬움이 남아 그녀의 입술에 짙게 키스를 했다. 말캉한 입술뿐만 아니라 그녀의 속살까지 모두 음미했다. 한참 만에야 입술을 뗀 도혁은 천천히 눈을 뜨며 속삭였다.

“이 집은 윤이 못 줘. 우리 둘만을 위한 집이야.”

은채는 잠시 황당한 표정을 짓다 웃고 말았다. 그의 마음을 알 것 같았으니까.

두 사람의 사랑이 이 집을 완성했다. 아이들이 소중하다고 해도 양보할 수 없는 것도 있었다. 그는 사랑할 줄 모르는 남자였는데, 이젠 그녀보다 더 사랑을 지킬 줄 아는 모습에 은채는 마음이 뭉클했다.

“이제 돌아갈까?”

은채는 고개를 끄덕였다.

돌아갈 시간이었다. 그들의 아이들한테.

아마 서울에 돌아가면 다시 생활에 치여 바쁘게 시간이 흘러가 버릴 테지만 두 사람의 사랑이 여전히 아름다운 모습으로 이곳에서 그들을 기다리고 있다는 걸 알기에 행복한 마음으로 돌아갈 수 있었다.

작가 후기

『보스의 노골적 취향』 첫 편을 처음 올린 게 벌써 3년 전이네요. 어떤 작가분이 네이버 웹소설 공모전에 당선되었다는 글을 보고 처음으로 네이버에 웹소설이 있다는 걸 알게 되어 글을 올리게 되었습니다. 우연으로 시작된 웹소설과의 인연이었습니다. 네이버 웹소설이란 것이 처음 생겨난 때여서 웹소설을 아는 사람보다 모르는 사람이 더 많은 때이기도 했고, 오랜 시간이 걸린 글이라는 건 그만큼 굴곡이 많은 글이라는 뜻도 되겠네요.

글을 올리고 3년의 시간 동안 네이버 웹소설은 공룡이 알 낳듯이 커져버렸고, 저 역시 챌린지 리그에서 승급되어 베스트 리그, 그리고 이젠 '오늘의 웹소설'란에서 이 글을 연재하고 있습니다.

첫 편을 올릴 때는 설마 3년 뒤에도 제가 이 글을 쓰고 있을 줄은 전혀 생각도 못 했고, 연재 중단을 해서 1년이나 잠수를 탈 때에는 설마 이 글이 종이 책으로 나올지 전혀 예상도 못 했고, 휴재를 해서 한 달 동안 이 글에 대해 고민을 할 때는 웹소설 정식 연재가 될 줄은 기대도 못했었습니다. 그 우여곡절 중 한 부분에서 제가 이 글을 쓰는 걸 그만 멈추었다면 아마 이렇게 작가 후기를 쓰는 일은 평생 없었을 거라 생각하니 감회가 새롭습니다.

웹소설 정식 연재 덕에 도혁과 은채의 멋있고 예쁜 모습이 그림으로 형상화되었다는 것이 웹툰 연재를 직접 하고 싶었던 저에게는 정말 가슴 두근거리는 일이었습니다. 그래서 삽화를 맡아주신 Cierra 님, Kira 님께 정말 감사드려요.

첫 번째 거절에도 포기하지 않고 또다시 저를 컨택해주신 테라스북도 깊이 애정합니다. 그리고 무엇보다 1년이나 잠수 타고 돌아온 불성실한 작가의 글을 사랑해주시고 끝까지 읽어주신 독자님들이 저에겐 글을 계속 쓸 수 있게 만들어주신 은인들이십니다.

이미 이 글은 저 혼자만의 글이 아니라 너무도 많은 분의 애정과 관심과 인연이 엮여서 저의 이야기만 쓸 수가 없네요.

그리고 '보노취' 비하인드 스토리를 말하자면 밴드 멤버인 동우와 호야 이름이 인피니트 멤버의 이름이라는 걸 전 댓글을 보고서야 알았답니다. 제가 마지막으로 좋아한 그룹은 GOD네요. 또 은채가 바닷가에서 떠올린 노래 가사는 백석 시인의 시를 패러디한 것입니다.

마지막으로 네이버 작가명 '시크크'는 '시크+크크'라는 뜻으로 지어진 닉네임입니다. 시크하지만 웃을 수 있는 글을 쓰고 싶은 마음에 지은 닉네임입니다.

앞으로도 웃으며 즐길 수 있는 로맨틱 코미디로, 신선하다는 말을 들을 수 있는 참신한 소재로 독자님들에게 다가갈 수 있는 작가 '시크크'가 되도록 노력하겠습니다.

보스의 노골적 취향 2

초판 1쇄 인쇄 2015년 12월 18일
초판 1쇄 발행 2015년 12월 25일

지은이 이여운 ｜ 펴낸이 강성욱 ｜ 책임 기획 전주예 ｜ 기획 디자인 이선영 ｜ 기획 편집 송진아 김혜정
마케팅 손주영 ｜ 로고 김미현 ｜ 교정 서진영, 류혜선
펴낸곳 테라스북 ｜ 등록 제381-2003-000040호
주소 (134-826) 서울특별시 강동구 동남로 65길 13 2층
전화 070-4794-5826 ｜ 팩스 0505-911-5826
블로그 http://terracebook.blog.me ｜ 전자우편 terracebook@naver.com
ISBN 978-89-94300-51-1 (04810)
ISBN 978-89-94300-49-8 (전2권)

테라스북은 오름미디어의 임프린트 브랜드입니다.

이 도서의 국립중앙도서관 출판시도서목록(CIP)은 서지정보유통지원시스템 홈페이지(http://www.seoji.nl.go.kr)와
국가자료공동목록시스템(http://www.nl.go.kr/kolisnet)에서 이용하실 수 있습니다. (CIP제어번호: CIP2015031688)